dtv

Sie gilt als die größte Dichterin des Altertums, Platon bezeichnet sie als zehnte Muse im griechischen Götterpanoptikum: Sappho, geboren um 615 v. Chr. Ihre Kindheit ist außergewöhnlich. Als erste Frau schreibt sie Gedichte, die sie schon bald über die Grenzen von Lesbos hinaus berühmt machen. Zwar heiratet sie einen Händler aus Andros, mit dem sie eine Tochter hat, er setzt sich jedoch schon wenige Jahre später während politischer Unruhen wieder in seine Heimat ab. Mit Kleis, ihrer Tochter, muss Sappho nach Sizilien in die Verbannung, wo sie eine bittersüße Liebe mit einem Zeuspriester erlebt. Immer deutlicher wird ihr die eigentliche Bestimmung ihres Lebens: Mädchen eine Ausbildung zu ermöglichen, ihnen Lesen, Schreiben, Rechnen beizubringen, sie auf ihre Aufgaben als Hausfrau vorzubereiten, sie aber auch vor der Hochzeit in die Geheimnisse der Liebe einzuweihen. Zurück auf Lesbos, verwirklicht sie sich diesen Lebenstraum. Es dauert jedoch nicht lange, bis ihre unkonventionellen Lehrmethoden Anstoß erregen …

Siegfried Obermeier, geboren am 21. Januar 1936 in München, arbeitete als Redakteur und schrieb für Rundfunk, Zeitungen und Zeitschriften. Er ist einer der erfolgreichsten deutschen Autoren historischer Romane. Seine Bücher wurden in zahlreiche Sprachen übersetzt. Für sein Romanwerk wurde er mit der Littera-Medaille ausgezeichnet. Er lebt in Oberschleißheim.

Siegfried Obermeier

Sappho

Roman

Deutscher Taschenbuch Verlag

Von Siegfried Obermeier
sind im Deutschen Taschenbuch Verlag erschienen:
Caligula (20353)
Die Geschichte des Judas (20500)
... und baute ihr einen Tempel (20542)
Mein Kaiser – Mein Herr (20587)

Für T. und S. in Liebe

Ein Glossar zu den griechischen Begriffen sowie
ein Personenregister finden sich
im Anhang auf Seite 442 ff.

Ungekürzte Ausgabe
Dezember 2003
Deutscher Taschenbuch Verlag GmbH & Co. KG,
München
www.dtv.de

Umschlagkonzept: Balk & Brumshagen
Umschlaggestaltung unter Verwendung eines Ausschnitts des Gemäldes
›Sappho und Alcaeus‹ (1881) von Sir Lawrence Alma-Tadema
(© The Walters Art Museum, Baltimore)
Gesetzt aus der Aldus 9,5/11,5˙ (3B2)
Gesamtherstellung: Druckerei C. H. Beck, Nördlingen
Gedruckt auf säurefreiem, chlorfrei gebleichtem Papier
Printed in Germany · ISBN 3-423-20677-2

Prolog

Ich will dir einen Traum erzählen, liebe Kleis, den ich träumte, seit ich mich erinnern kann. Doch wie weit reicht unsere Erinnerung zurück? Bis ins zweite, ins dritte – oder erst ins vierte Lebensjahr? Vielleicht haben andere Mädchen es anders empfunden, ich jedenfalls fühlte mich benachteiligt, beiseite geschoben, ungerecht behandelt, wenn meine älteren Brüder schon in ganz jungen Jahren nach draußen gingen, um den Vater auf die Jagd, zu Besuchen und zum Hafen zu begleiten. Du, meine Tochter, bist anders erzogen worden, aber damals begegnete man mir mit wenig Verständnis. Für Mädchen gehöre sich das nicht, sagten die Mutter, die Amme, die Tanten, die Dienerinnen. Alle waren sich darin einig, dass es unserem Geschlecht – dem weiblichen – nicht gestattet sei, die gleichen Freiheiten zu genießen, wie es Knaben, Jünglinge und Männer durften.

Mein Traum war, dies zu ändern, zuerst nur für mich, dann für alle Frauen und Mädchen. Man mag ihn einfältig nennen, diesen Traum, unausgegoren, kindisch – ja hoffnungslos und in keinem Fall zu verwirklichen. Zuerst wurde ich belächelt – ein Kleinmädchenwunsch! Später tuschelten sie hinter meinem Rücken, und es fehlte nicht an guten Ratschlägen, auch an Drohungen und Mahnungen.

Habe ich meinen Traum verwirklichen können, habe ich erreicht, was ich so sehnlich wünschte? Vieles konnte ich verwirklichen, einiges nicht. Kluge Leute sagen, die wahre Geburt des Menschen finde nicht bei seinem ersten Atemzug statt, sondern in dem Augenblick, da er sich deutlich erinnere, zu denken und zu sein. Jeder von uns aber hat eine Vorgeschichte – es gibt Eltern und Großeltern, wir stehen nicht allein da, sondern werden in ein Geflecht von Menschen und Umständen hineingeboren, das wir zuerst nicht bewusst erleben, sondern erst später aus dem Munde anderer erfahren.

Ehe ich selbst zu erzählen beginne, gebe ich wieder, was mir Eltern, Verwandte, Diener und Freunde berichtet haben über eine Zeit, da ich noch ungeboren oder nicht zu eigenen Gedanken – nicht zur Erinnerung fähig war. Es soll dein Wissen erweitern, liebe Kleis, über mich und unsere Familie; und so beginne ich meinen Bericht mit deiner Großmutter, deren Namen du trägst und der du im Wesen nicht unähnlich bist.

Buch I

Komm hierher zur heiligen Stätte,
wo von Apfelbäumen ein schöner Hain
sich rings erstreckt und auf Altären
schwelen Wolken von Weihrauch.

Kühles Wasser rauscht an Apfelzweigen
leis vorbei, Rosen beschatten alle
Hänge, traumlos rieselt der Schlaf
von ihren bebenden Blättern.

Überblüht von Frühlingsblumen
prangen die Wiesen – Nahrung der Pferde
und süßen Duft verströmt das Aniskraut.

Komm doch, Kypris, waltend an dieser Stätte,
und vermische im Gold der Schalen den Nektar,
mit dem zarten Duft der Festesfreude!
Gib uns zu trinken ...

1

Kleis war jetzt hochschwanger und verließ das Haus nicht mehr. Früher hatten sie ihre Dienerinnen gelegentlich zum Markt begleitet, wo sie mit kundiger Hand und wachsamen Augen den Bedarf an Fleisch und Fisch einkaufte – oder, besser gesagt, einhandelte, denn sie war nur selten gesonnen, den geforderten Preis zu bezahlen. Es hätte dieses Handels nicht bedurft, da ihr Gemahl Skamandronymos einige Dutzend höriger Bauern, Fischer, Schäfer, Winzer, Imker und Jäger beschäftigte, sodass sie mit allem Notwendigen versorgt waren. Aber in den Familien der Oligarchie war es üblich, dass die Frauen sich nicht ganz unsichtbar machten, sondern sich dann und wann in der Öffentlichkeit zeigten, natürlich in schicklicher Begleitung der *douloi,* die ihre Sänfte umgaben und deren Zahl den Wohlstand der Familie anzeigte. Wurden es weniger, so zog man gleich gewisse Schlüsse daraus.

Kleis gehörte einer alteingesessenen Familie an, die seit Menschengedenken auf Lesbos blühte und sich mehrfach verzweigt hatte. Die Ureinwohner – sie nannten sich Pelasger – unterschieden sich im Äußeren deutlich von den späteren Zuwanderern. Ihr Wuchs war klein, stämmig; Haut, Haare und Augen dunkel, ihre aiolische Sprachform unterschied sich wesentlich von der der anderen hellenischen Stämme.

Auch auf Lesbos war – wie überall, wo sich Menschen in Städten und Siedlungen zusammenfanden – eine Rangordnung entstanden. An der Spitze standen die Familien der Oligarchie, was eine »Herrschaft Weniger« bedeutet, und diese bestimmten auf den Adelsversammlungen in gemeinsamer Beratung das Schicksal ihrer Stadt. Dann gab es die Freien, die kein eigentliches Bürgerrecht besaßen, jedoch Handel und Handwerk trieben und auch Grundbesitz erwerben konnten. Den Unfreien aber, den hörigen Bauern und Handwerkern, den dienenden Knechten und Mägden musste es nicht unbedingt schlechter ergehen als den Freien. Es hing von ihrem Herrn ab, wie er sie behandelte, und wer sein Gesinde schlecht hielt, geriet in schlechten Ruf.

Auch bei der pelasgischen Urbevölkerung hatten sich im Laufe der Jahrhunderte Unterschiede herausgebildet. Bei Familien, die im Laufe der Zeit wohlhabend geworden waren und seit Generationen keine schwere Arbeit verrichten mussten, hatten sich nicht nur Sprache und Sitten verfeinert, sondern auch Gesicht und Gestalt. Nach und nach war alles Grobe und Bäuerische abgefallen. Bei fast allen Männern hatte sich das Derb-Stämmige in anmutige Wohlgestalt verwandelt und das war bei den sportlichen Wettkämpfen der *epheboi* deutlich zu sehen.

Die Frauen aus den alten Adelsfamilien neigten zu feiner Zierlichkeit und Antlitzen von herbem Liebreiz. Auf fremde Zuwanderer wirkte das häufig so bestrickend, dass sie auf Lesbos einheirateten und sich dort niederließen. Dazu muss gesagt sein, dass die meisten Patrizierfamilien keineswegs abgeneigt waren, ihre Töchter und Söhne mit Einwanderern aus guten Familien zu verbinden. Nicht wenige der Oligarchen betrieben – wenn auch nebenher und durch geeignete Diener – lebhaften Handel mit hellenischen Städten und Inseln und manchmal reichten die Verbindungen bis nach Aigyptos und Parthia.

Kleis kannte diese Zusammenhänge schon, weil es Hera, der Gemahlin des Zeus, gefallen hatte, sie ehelich mit einem dieser Zuwanderer zu verbinden. Aphrodite, die Schaumgeborene, hatte zuvor jedoch bewirkt, dass Kleis' Liebe zu ihm entbrannte.

Sie lächelte, als sie daran dachte, und gerade in den Zeiten der hohen Schwangerschaft kamen ihr diese Ereignisse oft in den Sinn. Bei ihren Söhnen war das noch anders gewesen. Da hatte sie ihr Sinnen und Trachten ganz nach innen gerichtet, auf das neue Leben, das wundersam in ihr heranwuchs. Jetzt hingegen erlebte sie in Wachträumen oft jene Zeit, da sie zu den großen Jahresfesten mit ihrer Familie ins *heraion* gezogen war, um dort mit anderen Mädchen aus Adelsfamilien im

Chorgesang das Götterpaar Zeus und Hera zu preisen. Auch Dionysos besaß in diesem Tempel einen Altar, doch ihm zu huldigen war den Erwachsenen, vor allem den Frauen vorbehalten. Das im Zentrum der Insel am Golf bei Pyrrha gelegene Heiligtum gehörte allen Bewohnern von Lesbos, gleich aus welchem Gebiet sie kamen.

Skamandronymos war nur bedingt als Fremder anzusehen, denn er kam aus dem Gebiet von Ilion in der Landschaft Troas, wo man aiolisch sprach und sich politisch der Insel Lesbos verbunden fühlte. Kein Fremder und doch fremd auf Eresos und Mytilene – fremd auch, als er im Tempelvorhof unter den Bürgern und Freien von Lesbos stand und dem lieblichen Chorgesang der Mädchen lauschte.

Singe mir, Muse, das Lied von den Werken
der häuslichen Hera ...

Skamandronymos ließ seinen Blick über die jugendfrischen Mädchengesichter wandern, von denen ein Teil noch kindliche Züge aufwies, ein anderer aber schon die erwachende Weiblichkeit verriet. Wie es sich bei Hymnen an Götter gehörte, war der Blick der Mädchen nicht – wie sonst anempfohlen – züchtig gesenkt, sondern zum Himmel erhoben, wo die Unsterblichen wohnten und wohin der Rauch der schwelenden Opferfeuer zog.

Da blieb sein Blick an einem der Gesichter haften. Ein schmales Antlitz mit dunkel leuchtenden Augen und dunkel schimmerndem Haar, das – von einem silbernen Stirnband gehalten – zu beiden Seiten auf die schmalen Schultern fiel.

Immer wieder kehrte sein Blick zu diesem einen Gesicht zurück. Ihre Augen sahen ihn nicht, denn sie schaute während des Gesanges nach oben und in den Pausen blieb ihr Blick gesenkt. Einmal jedoch, für die Zeit eines Lidschlags nur, trafen sich ihre Augenpaare. Kleis erschrak etwas, runzelte auf niedliche Art ihre glatte Stirn und dann setzte wieder der Chorgesang ein. Weil die späte klare Morgensonne den Vorhof des Tempels in helles Licht tauchte, genügte dieser kurze Augenblick, um sie das Gesicht ihres Betrachters genau erkennen zu lassen. Sein Haupt überragte die meisten seiner dicht gedrängt stehenden Nachbarn um fünf oder sechs *daktyloi,* seine schmale Nase ragte kühn hervor, Haar und Bart leuchteten in der Sonne wie das Goldbraun reifer Haselnüsse.

Für Skamandronymos war es dann sehr schwierig, den Namen ihrer Familie herauszufinden. Bei dem auf das Tempelfest folgenden *symposion* der Handelsherren und ihrer Gäste begegnete er nur nachsichtigem Kopfschütteln.

»Aber mein Lieber, da standen gut dreißig Mädchen in drei Reihen; über die Hälfte davon wird dunkelhaarig gewesen sein und sie alle trugen als Jungfrauen nach Landessitte das Haar offen.«

Der andere lachte. »Da wird es dir wohl nicht erspart bleiben, von Haus zu Haus zu gehen und ...«

»Unsinn!« Skamandronymos sagte es mit verhaltenem Zorn, doch dann beschloss er, das Pferd von der richtigen Seite aufzuzäumen. Sollte es nämlich überhaupt zu einer Werbung kommen, dann musste er mit mindestens einem Fuß auf Lesbos stehen. Bisher hatte er seine Handelsgeschäfte drüben am Festland ausgeübt, seine Schiffe lagen im Hafen von Ilion und das war sein *euporion,* der Platz seiner Geschäfte, gewesen. Hauptsächlich verschiffte er Wein, Getreide und Öl zum Zwischenhandel nach Kypros; einige Male hatte er es gewagt, auf eigene Rechnung nach Aigyptos zu segeln, wo es im Delta – nahe dem Meer – in Naukratis einen Umschlaghafen für Waren aus Hellas gab.

Für das, was er nun plante, musste er niemanden um Erlaubnis fragen, keinem Menschen Rechenschaft ablegen. Sein Vater war vor Jahren ins Schattenreich gewandert, die Mutter ihm vor einigen Monaten nachgefolgt. Die beiden Schwestern waren verheiratet, sein jüngerer Bruder ausbezahlt – er führte als *naukleros* ein Frachtschiff, war Eigner und Kapitän in einer Person.

Es dauerte nicht lange, dann betrieb Skamandronymos seine Geschäfte von Mytilene aus, erwarb dort ein Haus, doch das Bürgerrecht von Lesbos wurde ihm verweigert, solange er nicht

»als Gründer einer Familie Lesbos endgültig zu seiner Heimat erwählt hatte«. Dieser amtliche Bescheid erregte nur seine Heiterkeit.

»Aber deshalb bin ich ja hierher gezogen!«, rief er lachend und sein Diener blieb stehen und blickte ihn fragend an.

»Es ist nichts ...«, sagte Skamandronymos.

Natürlich hatten sie ihn auch gefragt, warum er als Achtundzwanzigjähriger nicht längst verheiratet war, doch dafür gab es plausible Gründe. Die Eltern hatten das für ihn – wie es üblich war – längst geregelt und ihren halbwüchsigen Sohn mit der damals erst achtjährigen Tochter einer befreundeten Familie verlobt – ganz ernst gemeint und amtlich mit einer Abschrift des Vertrages im Tempel der Hera. Nur, was die Menschen planen, müssen die Götter nicht gutheißen und so hatte Atropos seiner kindlichen Verlobten schon als Elfjähriger den Lebensfaden durchschnitten. Dann mussten seine Schwestern verheiratet werden, zudem bereitete die zunehmende Seeräuberei den Kauffahrern große Verluste. Damit wurde es erst besser, als die Handelsschiffe schwer bewaffnete Krieger mit an Bord nahmen, darunter geschickte Bogenschützen, die im Stande waren, aus großer Entfernung die Segel der Piraten in Brand zu schießen.

So war es nun gekommen, dass Skamandronymos nach Lesbos umsiedelte, um dort eine Braut zu finden – allerdings keine beliebige, sondern eine ganz bestimmte, nämlich sie, die Schwarzäugige und Dunkelgelockte, die Schöne und Zierliche aus dem Chor der Jungfrauen.

Als im *gamelion,* dem siebten Jahresmonat, das Fest der Hera stattfand, war Skamandronymos wieder zur Stelle, begleitet von einem Geschäftsfreund, der jede wichtige Familie auf Lesbos kannte. Wieder trat der Chor auf, fast sofort entdeckte er die Gesuchte und flüsterte seinem Begleiter ins Ohr: »In der mittleren Reihe, die Vierte von links ...«

Der andere musterte sie lange und nickte dann. »Du hast Glück ...«, flüsterte er kaum hörbar.

Skamandronymos stieß ihn leicht an. »Und?«

»Später«, kam es zurück.

Ungeduldig erwartete er das Ende der Feier; sein Freund führte ihn zu dem Maulbeerwäldchen hinter dem Tempel.

»Was wolltest du damit sagen, dass ich Glück habe?«

Der andere lachte gutmütig. »Glück aus mehrerlei Gründen. Zum einen habe ich das Mädchen gleich erkannt, weil sein Vater früher unser Nachbar in Mytilene gewesen war.«

»Früher – warum früher?«

»Sei nicht so ungeduldig. Der Vater des Mädchens heißt Penthilos und verlor zwei seiner Söhne beim Seehandel. Kamon, sein dritter, ist schon verheiratet.«

»Was soll das? Ich möchte etwas über das Mädchen wissen!«

Der Freund nickte. »Gut – Penthilos begann danach das Meer zu hassen, gab den Seehandel auf und kaufte sich in Eresos, im Südwesten der Insel, ein Gut. Er lebt heute nur noch von Wein- und Olivenanbau. Kleis ist seine einzige Tochter – das ist ein weiterer Glücksfall für den, der sie freit.«

Der Freund musste dann die ersten Verbindungen herstellen; dazu nannte ihm Skamandronymos die Höhe seines Vermögens, sein Einkommen, gab auch Auskünfte über Herkunft und Familie.

»Penthilos ist nicht abgeneigt, aber ihn stört dein Beruf. Wer sich mit Poseidon einlasse, der stehe auf unsicherem Boden, und damit meint er die Planken der Schiffe. Er wolle nicht erleben, dass seine Enkel das gleiche Schicksal teilten wie seine Söhne. Und dann schloss er – wie stets – seine Rede mit dem Zitat unseres Homeros aus der Odysseia: *Übel gibt es gewiss, doch kein anderes vergleicht sich dem Meere.*«

Skamandronymos schluckte. »Das – das ließe sich ändern …«

Der Freund nickte. »Darum geht es. Ehe Penthilos mit dir überhaupt in Verhandlungen tritt, musst du dich bereit erklären, die Handelsschifffahrt aufzugeben.«

»Ich soll also ein besserer Bauer werden, Wein und Getreide ziehen?«

»Das liegt bei dir.«

Dann aber kam ihm das liebliche Bild der Kleis vor Augen und er ließ sein Einverständnis ausrichten.

So kam es zu einem Treffen mit Penthilos, das nicht in dessen Haus, sondern auf der Agora von Eresos stattfand.

Penthilos deutete auf niedrige Lagerhallen, die den Hafenbereich säumten. »Von hier aus werden meine Waren verschifft – hauptsächlich Wein und Öl.«

Sie betraten eine der Hallen und Penthilos winkte den Wächter beiseite. »Stelle dich draußen vor die Tür, wir wollen nicht gestört werden!«

Sie nahmen auf niedrigen Hockern zwischen den hohen Amphoren Platz. Es roch so betäubend nach Wein, dass er davon fast betrunken wurde.

»Wo hast du Kleis gesehen?

»Im *heraion* beim Chorgesang.«

»Und das genügt dir, um sie zu freien?«

»Ja, verehrter Penthilos, so seltsam es klingen mag.«

»Hat sie dich bemerkt?«

»Ich weiß nicht – ja, ich glaube schon.«

»Nun, das tut ja nichts zur Sache, die Kinder werden von den Eltern verheiratet – sie allein bestimmen, wer sich mit wem verbindet.«

»Unter Anleitung und Zustimmung der Götter, so meine ich.« Penthilos sah ihn seltsam an. »Du bist ein frommer Mann, wie es scheint ... Das kann nicht schaden, denn wer die Götter ehrt, begegnet auch den Menschen mit Respekt. Du wirst dich fragen, warum ich überhaupt einen Fremden als Gatten für meine Kleis in Betracht ziehe?«

»Sage es mir.«

»Der Grund ist einfach, wenn vielleicht auch ungewöhnlich. Es hat schon Bewerber für Kleis gegeben, schließlich ist sie vierzehn, recht hübsch und nicht unvermögend.« Penthilos hielt inne, um zu prüfen, wie der andere darauf reagierte.

Skamandronymos gab sich gelassen. »Wie es scheint, hast du bisher abgelehnt.«

»So ist es und ich sage dir auch, warum. Der eine war zu alt, ein Witwer, hätte mein Bruder sein können. Die beiden anderen bestanden darauf – was ihr gutes Recht ist –, dass Kleis in ihr Haus, in ihre Familie komme. Doch ich will meine Tochter nicht verlieren, sie ist mein letztes Kind. Du aber hast hier keine Familie, wirst den Seehandel aufgeben, wirst – darauf bestehe ich – dein Haus neben dem meinen errichten. So sehe ich meine Enkel heranwachsen, bin den Göttern dankbar, dass meine durch den Tod der Söhne geschwächte Familie wieder grünt und blüht. Du sprichst aiolisch wie wir, bist nicht unvermögend, bist niemandem verpflichtet. Wenn meine Frau einverstanden ist, dann sollst du Kleis bekommen und ich habe wieder einen Sohn im Haus.«

Penthilos wischte sich die Tränen aus beiden Augen und er tat es nicht verstohlen, bekannte sich zu seinem Leid und zeigte es. Beim nächsten Mal durfte Skamandronymos schon in das Haus seiner künftigen Familie kommen. Es stand auf einem bewaldeten Hügel, hoch über der Stadt Eresos, und war so angelegt, dass man von hier aus das Meer nicht sehen konnte. Zum Teil verdeckte es die im Südwesten aufragende Akropolis, außerdem hatte Penthilos nach dem Tod seiner Söhne schnell wachsende Büsche und Bäume pflanzen lassen. So schwand bald die Sicht auf Poseidons Reich, in dem die beiden Jünglinge ihr frühes Ende gefunden hatten.

2

Kleis erhob sich schwerfällig von ihrer *kline* und sogleich eilte eine Dienerin herbei, um sie zu stützen. Doch sie wies die helfende Hand zurück.

»Es muss auch so gehen – ich bin schwanger und nicht krank. Ist es draußen noch warm genug?«

Es war gegen Ende des Monats *maimakterion*, es hatte mehrmals geregnet, am Morgen und in den frühen Abendstunden war es schon recht kühl.

Kleis ließ sich einen Sessel in den kleinen Innenhof stellen, wo der Schatten der Säulen auf Gesicht und Oberkörper fiel, während die Sonnenstrahlen ihre Beine wohlig erwärmten.

Kleis hatte damals nicht zu hoffen gewagt, dass jener Fremde mit dem nussbraunen Haar und der herrischen Nase jemals um sie freien würde, ihr Wunsch ging nur dahin, dass ihr künftiger Gemahl wie dieser Fremde sein würde: groß, schlank ... Natürlich wusste sie genau, dass die Heirat von jungen Menschen zunächst eine Sache der Eltern war; mit der Ehe mussten sie sich dann jedoch selbst zurechtfinden. Es gab nicht eine unter ihren inzwischen verheirateten Freundinnen, die ihren künftigen Mann vorher kennen gelernt hatte. Es war schon viel, wenn die beiden Elternpaare auf der Agora eine kurze Begegnung herbeiführten, um dem jungen Mädchen wenigstens zu zeigen, dass ihr Künftiger nicht hinkte, nicht bucklig und kein Greis war.

Auch Kleis wurde von der Mutter eines Tages mitgeteilt, dass nun der geeignete *nymphios* für sie gefunden war und ihr in den nächsten Tagen einen Besuch abstatten werde. Dass es eines Tages – eines nicht sehr fernen Tages – dazu kommen musste, hatte sie gewusst, nur jetzt, da diese Zeit gekommen war, erschrak sie doch. Das ist wie mit dem Tod, dachte sie später, man wusste, dass er kam, schob ihn aber dennoch in eine Ferne, die ihn quasi unsichtbar machte. Wenn er dann nahte, war es schrecklich. Es war allerdings kein tödlicher Schrecken, sondern mit Neugier und allerlei Erwartungen vermischt, ein eher wohliger Schrecken.

Diesen Besuch wollte Penthilos damit verbinden, dass sein künftiger Schwiegersohn gleich die ganze Familie kennen lernte. So wurden Tanten und Onkel, Vettern und Basen, dazu auch enge Freunde geladen. Das Haus war dafür groß genug, denn Penthilos hatte es nach der Geburt jedes Sohnes erweitert, in der irrigen Annahme, dass sie für ihre künftigen Familien Platz brauchen würden.

Ihr klopfte das Herz, als sie an der Seite ihrer Mutter das *andron* betrat, den Hauptraum des Hauses, genutzt für *symposioi* und Familienfeiern. Hier waren an sich keine Frauen zugelassen, nur bei großen Ereignissen wie Geburt, Heirat, Tod versammelte sich im *andron* die ganze Familie.

Skamandronymos erhob sich und ging den Frauen einige Schritte entgegen. Er verneigte sich leicht, begrüßte zeremoniell die Herrin des Hauses, dann wandte er sich an Kleis.

»Ich glaube, wir kennen uns schon.«

»Ja – ja, wir haben uns schon gesehen ...«

»Zwei Mal.«

Sie nickte. Dann nahmen alle Platz; die jungen Leute auf Hockern, die älteren auf einer *kline,* die Kinder blieben stehen und reihten sich an den Wänden auf – großäugig, neugierig, schüchtern, die älteren Jungen schnitten, wenn keiner hinsah, freche Gesichter, einer streckte sogar kurz die Zunge heraus.

Kleis nahm nichts davon wahr. Sie sah dem Mann ins Gesicht, der sie und nur sie mit seinem Blick beim Tempelfest gesucht und gefunden hatte. Sollten ihre heimlichen Opfergaben an Aphrodite – eine vertraute Dienerin hatte sie zum Tempel gebracht – dieses Wunder bewirkt haben?

Nachdem die Anwesenden – einige hatten sich länger nicht gesehen – das Notwendigste an Fragen und kaum wahrgenommenen Antworten in einem kakophonischen Lautsturm hinter sich gebracht hatten, gebot der Hausherr mit erhobener Hand Ruhe.

»Meine lieben Gäste, heute hat uns ein Ereignis zusammengeführt, das nicht von Schmerzen begleitet ist wie eine Geburt oder in Trauer und Tränen gehüllt ist wie ein Tod. Zu unser aller Freude habe ich heute meine Tochter Kleis mit Skamandronymos aus dem von Homeros unsterblich gemachten Ilion verlobt und verbunden. Dronymos – wie ich ihn künftig nennen werde – wird mir und meiner Gemahlin unsere zu früh ins Schattenreich entschwundenen Söhne ersetzen, er wird mit Kleis Kinder zeugen und unser vereinsamtes Haus wieder lebendig machen.«

Penthilos redete noch viel, sprach auch davon, dass Dronymos ihm zuliebe den Seehandel aufgegeben habe und von Mytilene nach Eresos übersiedeln werde.

Kleis senkte den Kopf und verbiss sich ein Lachen. Glaubte ihr Vater wirklich, es sei ihm zuliebe geschehen, oder ist das eine dieser dummen Vorstellungen, dass alles im Leben von den Männern ausgeht? Gerade in letzter Zeit hatte sie oft darüber nachgedacht, wie das so war mit Frauen und Männern und ob es wirklich recht und richtig war, dass schon die kleinen Jungen sich nach Herzenslust draußen umtun konnten und sich daran auch nichts änderte, wenn sie heranwuchsen: Immer standen sie mit einem Fuß draußen und später als Ehe- und Handelsmänner oft genug mit beiden, waren nur noch Gast im eigenen Haus. Draußen – das waren Geschäfte, Krieg, Seefahrt, Wettspiele und anderes mehr. Frauen und Mädchen hatten keinen Anteil daran oder doch nur einen sehr geringen.

Als der Vater davon sprach, dass Dronymos mit ihr Kinder zeugen werde, erweckte das in Kleis weder Scham noch Neugier oder Verwirrung, sondern nur Ratlosigkeit. Kinder wurden von Frauen im Bauch ausgetragen und dann geboren, das hatte sie oft genug beim Gesinde gesehen. Nur, was hatte ein Mann damit zu tun? Niemand hatte darüber je mit ihr gesprochen und sogar ihre geliebte *trophos*, die altvertraute Amme und Kinderfrau, war diesen Fragen ausgewichen.

»Das lernst du schon noch früh genug kennen ...«, hatte es da immer geheißen. Es war ihr allerdings anzusehen, dass sie gerne mehr gesagt hätte, und einmal erfuhr Kleis auch, warum dies nicht geschah.

»Die Mutter will es nicht ...«, murmelte die Amme mit abgewandtem Gesicht.

Kleis lächelte still in sich hinein, umfasste ihren Leib mit beiden Händen und erhob sich. So trage ich mein Kind schon jetzt, dachte sie und spürte, wie das Kleine sich – von der Berührung aufgestört – sachte bewegte, als wolle es sich bequemer betten.

Die späte Sonne hatte sich in den Ästen der Pinien und Steineichen verfangen, die das Haus im Westen umgaben. Nur manchmal drang ein feiner Strahl durch die Baumkronen und zeichnete einen bald verblassenden Lichtfleck auf die Mauern des Hofes. Schnell war es kühl geworden und Kleis ging ins Haus.

Aus ihrer damaligen Ratlosigkeit bei des Vaters Rede vom Kinderzeugen war bald ein Wissen geworden – ein frohes Erleben, denn Dronymos erwies sich als zärtlicher und rücksichtsvoller Gatte.

Als junger Mann war er durch die Schule von Hafenhuren

gegangen; später – als er es sich leisten konnte – kam noch die Erfahrung mit kundigen Hetären hinzu und durch diese Begegnungen lernte er mehr über das Wesen der Frauen kennen, als es anders möglich gewesen wäre.

Wenige Tage nach seiner Hochzeit wurde Dronymos in die Bürgerliste von Eresos aufgenommen, hatte nun Stimme und Sitz bei den Adelsversammlungen. Anfangs waren von manchen seiner Standesgenossen ironische Bemerkungen zu hören.

»Da hast du dich ja fein ins gemachte Nest gesetzt …«, musste er sich sagen lassen und ein anderer sah sich zu der Feststellung veranlasst: »Du bist schon ein Glückskind, Dronymos, hast zwei Männer beerbt, mit denen du nicht einmal verwandt bist.« Damit waren die beiden verstorbenen Söhne des Penthilos gemeint, deren Erbteil über Kleis jetzt an ihn gefallen war.

Doch Dronymos unterdrückte den aufsteigenden Zorn und begegnete der Ironie mit gutmütigem Spott. »Es stimmt schon, die launische Tyche hat immer ihre schützende Hand über mich gehalten. Ich hoffe nur, dass sie es weiterhin tut.«

»Du sagst ja selbst, dass die Schicksalsgöttin launisch ist«, hielt ihm einer entgegen. »Mache dich lieber darauf gefasst, dass sie dir plötzlich den Rücken kehrt.«

Sie tat es nicht. Kleis gebar ihm nacheinander die beiden Söhne Charaxos und Erigyos, was Penthilos zu Tränen rührte.

»Zwei Söhne hat mir Poseidon genommen, zwei Enkel gaben mir die Götter zurück.«

In seiner tiefen Dankbarkeit bestiftete er das *heraion* reich und übernahm die Kosten für eines der alljährlichen Götterfeste.

Penthilos erlebte noch die Geburt seines zweiten Enkels, starb jedoch kurz darauf an einem Sturz von der Leiter, als er eigensinnig den Weinstock an der Südseite des Hauses selbst beschneiden wollte. Die alte Rebe war von seinem Großvater gepflanzt worden und trug alljährlich besonders süße Früchte.

»Da lasse ich keinen anderen hin«, hatte er eigensinnig gesagt und hatte sich dann bei dem schweren Sturz das Genick gebrochen.

Seine Gemahlin folgte ihm bald nach und jetzt, da Kleis ihr drittes Kind erwartete, waren sie und Dronymos Frau und Herr des Hauses.

Wenn sich Dronymos im Freundeskreis einen dritten Sohn wünschte, so tat er dies vor allem, weil es für einen Mann von Stand und Ansehen keine andere Möglichkeit gab. Hätte er gesagt, diesmal wünsche er sich eine Tochter, so wäre er nur kopfschüttelndem Unverständnis begegnet. Wie kann sich ein geistig gesunder Mann nur ein Mädchen wünschen? Die gehen später aus dem Haus, brauchen eine Mitgift und gehören dann einer anderen Familie an, tragen den Samen eines Fremden aus. Nur die Söhne sind es, die eine Familie am Leben erhalten, die nach seinem Tod die Namen ihrer Vorväter in ehrenvoller Erinnerung halten. Im Stillen dachte Dronymos anders. Ja, diesmal wäre ihm eine Tochter willkommen, ein zierliches Abbild ihrer Mutter, ein Wesen, das lieblich heranwuchs wie eine Blume und einen verwundern machte, dass ein so grober und haariger Klotz etwas so Schönes und Zartes zeugen konnte.

Nur Kleis gegenüber deutete er es an, kleidete sein »Bekenntnis« allerdings in feine Ironie. »Ein wenig eintönig ist es wohl schon, immer nur Jungen auf die Welt zu bringen? Weißt du, ich habe mir gedacht, wenn da ein Mädchen dazwischen kommt, kann es auch nicht schaden. Danach dürfen es wieder Jungen sein ...«

Zu solch törichten Worten hatte Kleis nur nachsichtig gelächelt. »Ja, mein Lieber, Männer reden sich da leicht. Müsste nur einer von euch einmal im Leben ein Kind gebären, so würde er alles tun, damit dies nicht wieder geschieht.«

Bei ihren beiden Jungen konnte Kleis den Zeitpunkt der Zeugung nur ungefähr nennen, denn Dronymos war damals ein eifriger Liebhaber gewesen und schlief in manchen Zeiten fast täglich mit ihr. Ihre jetzige Schwangerschaft hingegen konnte sie genau bestimmen. Dronymos war im vergangenen Winter einmal längere Zeit in Mytilene gewesen, wo ihn politische Ereignisse festgehalten hatten. Bei seiner Rückkehr schien er verärgert.

»Das war wieder einmal Zeit für nichts geopfert! Einige der

Adelsfamilien liegen sich schon seit Monaten in den Haaren – jede fühlt sich benachteiligt und bangt um ihren Einfluss. Jetzt ist der Friede vorläufig wiederhergestellt, aber lange wird er nicht dauern. Die Versöhnung sollte mit einem abschließenden *symposion* gefeiert werden, doch ich hatte einfach genug von diesen ewigen Streitereien und schützte dringende Geschäfte vor und bin in einem Zug hierher geritten – hatte Sehnsucht nach dir ...«

Diese Sehnsucht mündete in eine heftig durchliebte Nacht und Kleis fühlte deutlich, dass der reichlich vergossene Samen in ihr aufging, und so konnte sie genau die Zeit berechnen, wann dieses Kind zur Welt kommen sollte. Gerade das machte ihr einige Sorgen, denn die zweihundertsiebzig Tage waren abgelaufen und jetzt noch einige dazu. Und es gab nicht die geringsten Anzeichen einer nahe bevorstehenden Niederkunft. Das Kind in ihrem Leib bewegte sich zuzeiten sehr heftig und bewies damit, dass es lebte, doch es wollte offenbar nicht ans Licht der Welt. Dronymos versuchte, sie zu beruhigen.

»Vielleicht hast du dich doch in dem Zeitpunkt getäuscht? Wir haben uns schließlich nach meiner damaligen Rückkehr nicht nur einmal geliebt. Die Schwangerschaft könnte doch auch ein paar Wochen später entstanden sein.«

»Nein, nein – diesmal weiß ich es genau. Die Zeit meiner Reinigung blieb schon beim nächsten Mal aus, zudem habe ich gefühlt, dass – dass ...« Sie streichelte seinen Arm. »Ein Mann versteht das nicht ... Ich werde noch einige Tage warten, dann lasse ich Gaia rufen.«

»Was? Nein, das verbiete ich dir! Diese Kassandra kommt mir nicht ins Haus, die hat schon vielen Unglück gebracht.«

Gaia war eine heilkundige Kräuterfrau, und wenn Dronymos sie eine Kassandra nannte, dann einiger düsterer Prophezeiungen wegen, die sich seltsamerweise erfüllt hatten – jedenfalls sagte man das. Schon ihre Mutter und auch deren Mutter hatten Gaia geheißen und dasselbe Gewerbe betrieben. Menschen aller Stände riefen sie ins Haus, wenn eine Krankheit nicht weichen, eine Wunde nicht heilen wollte. Doch sie taten es insgeheim, quasi bei Nacht und Nebel, denn wer wollte sich schon dem Gerede aussetzen, die als Kassandra und Giftmischerin Verrufene um Hilfe gebeten zu haben?

Anders war dies freilich beim Priester des Asklepios, der auch als heilkräftiger Arzt galt und dessen Anwesenheit jede Familie als Ehre betrachtete. Er lebte als Stadtschreiber in Mytilene, wo auf der Akropolis ein kleines Heiligtum des Asklepios stand, das er nebenher versorgte. Ihn lud man bei hellem Tag ins Haus und er trat mit zwei Dienern, die seine ärztlichen Gerätschaften trugen, sehr würdevoll auf.

Auf seine Hilfe setzte Dronymos alle Hoffnung. Doch zunächst stellte der Priesterarzt die strenge Frage, ob der Hausherr in dieser Sache dem Asklepios schon geopfert habe.

»Nein – nein … Daran haben wir noch nicht gedacht, denn alles kam so plötzlich …«

Der *iatros* runzelte seine Stirn. »So plötzlich? Eine Schwangerschaft dauert neun Monate, wenn ich nicht irre, und da wäre wohl reichlich Zeit gewesen, Asklepios, dem heiligen Sohn des Apollon, ein angemessenes Opfer darzubringen. Das muss jetzt schleunigst geschehen, und zwar noch ehe ich mich mit deiner Gemahlin befasse.«

Der eingeschüchterte Dronymos brach sofort mit dem Arzt nach Mytilene auf, wo er am Altar des Asklepios eine Ziege opferte, reichlich Weihrauch streute und zwei *oboloi* Silber niederlegte. Kleis nutzte die auf zwei Tage angesetzte Abwesenheit ihres Gemahls, um Gaia ins Haus zu rufen, und zwar gleich am nächsten Morgen noch vor Sonnenaufgang.

Ihre Hütte stand etwa eine Wegstunde entfernt, verborgen in einem kleinen Tal, inmitten eines fast unzugänglichen Gefilzes von Sträuchern und Büschen. Wer Gaia rufen wollte, musste in den frühen Morgenstunden ein bestimmtes Gebiet aufsuchen, wo sie ihre heilkräftigen Wurzeln und Kräuter sammelte.

Als sie im oberen Stock die *gynaikonitis* betrat – nur begleitet von Kleis' vertrauter Dienerin –, bemerkte sie mit leiser Stimme: »Ein schönes Haus, ein großes Haus – man spürt den Reichtum …«

Kleis lag auf einer *kline,* den Leib grotesk aufgetrieben. Sie blickte der Besucherin entgegen und bemühte sich um eine men heißende Miene, doch es wollte ihr nicht ganz en.

lank und groß stand Gaia da, ihre langen, etwas verfilzten re fielen frei auf die Schultern, ihr Gesicht war von feinen nzeln überzogen, die Haut vom Aufenthalt im Freien tief ebräunt. Ihr Alter war kaum zu schätzen, lag wohl zwischen dreißig und vierzig. In den hellen honigfarbenen Augen stand ein leises Lächeln.

»Brauchst vor mir keine Angst zu haben, *kyria.* Gaia kommt nur, um Gutes zu bewirken – nach Kräften und mithilfe der Götter.«

Sie kniete nieder und betastete den hochschwangeren Leib.

»Das Kindchen will nicht ans Licht, es fühlt sich wohl im warmen, feuchten Dunkel deines Bauches, und wer sich wohl fühlt, will diesen Zustand nicht verändern. Schicke deine Dienerin hinaus, Kleis.« Die alte Amme blickte Gaia böse an, doch sie gehorchte dem Wort ihrer Herrin.

»Ich muss dich genauer untersuchen, darf ich?« Kleis nickte etwas widerstrebend.

Ohne zu zögern, schlug Gaia die Gewänder der Schwangeren zurück, goss aus einem Tonfläschchen etwas Öl auf die Finger ihrer rechten Hand und drang schnell und geschickt in Kleis' Schoß ein. »Nur ruhig – ganz ruhig, du darfst dich nicht verkrampfen. Der Muttermund ist so fest geschlossen wie der Pfropf auf einer Flasche, aber Vorwehen hat es schon gegeben, das spüre ich.«

»Davon habe ich nichts bemerkt …«

»Die meisten Frauen nehmen sie nicht wahr, weil sie schnell vergehen und sich anfühlen wie leichtes Bauchgrimmen, wenn man zu viel Obst gegessen hat.«

Sie richtete sich auf und wischte die Hand sorgfältig an ihrem *peplos* ab. »Weißt du, es ist so: Die Götter sind auf wunderbare Menschen eifersüchtig, neiden ihnen die besonderen Gaben und suchen deshalb ihre Geburt zu verhindern. Ja, Kassandra kann auch Gutes prophezeien und ich sage dir, Kleis, dieses Kind wird ein Mädchen ganz besonderer Art.«

»Ein Mädchen? Woher weißt du das?«

»Ich weiß es eben. Du hast ja schon zwei Jungen geboren und die kamen recht schnell – das stimmt doch? Die werdenden Männer haben es immer besonders eilig, auf die Welt zu kommen, damit sie bald ihre fragwürdigen Heldentaten verrichten können: Wettkämpfe, saufen, Kriege führen, Frauen schwängern, bis ihre Namen glänzen wie funkelnde Schwerter.«

»Und das gefällt dir nicht? Auch deine Mutter und deren Mutter haben Männer gebraucht, um Kinder zu zeugen. Wer waren diese Männer und warum sind es immer nur Mädchen geworden?« Gaia lächelte. »Neugierige Fragen beantworte ich nicht gerne, aber da ich in dir keine Bosheit erkenne, sollst du es wissen.«

Sie nahm auf dem niedrigen Hocker Platz. »Von meiner Großmutter weiß ich es und von meiner Mutter auch. Sie haben sich junge, schöngestaltige Hirten gesucht, die entzückt waren, statt ihrer Schafe und Ziegen einmal eine richtige Frau begatten zu dürfen. So kam bei uns Nachwuchs ins Haus ...«

»Und wenn es ein Junge wurde?«

Gaia hob ihre schlanken, langfingrigen Hände. »Der wurde dann ausgesetzt – nachts auf der Agora von Eresos. Da fanden sich immer gleich Männer zur Adoption bereit, denn das Schwänzchen vorn dran macht einen Säugling ungleich wertvoller ...«

Sie lachte und strich sich mit einer schroffen Geste eine Haarsträhne aus der Stirn. »Ich habe das auch schon zwei Mal getan, denn mir erging es wie dir: Das Mädchen erschien erst nach zwei Knabengeburten. Ich weiß, wer die Kleinen adoptiert hat – da sind sie ungleich besser versorgt als in meiner armseligen Hütte.«

»Nun hast du eine Nachfolgerin?«

»Ja, die kleine Gaia steht im achten Lebensjahr und erweist sich als recht tüchtig – in jeder Beziehung. Doch jetzt zu dir. Die Frucht in deinem Körper ist reif zur Geburt – schon überreif. Wenn sie nicht kommt, wächst sie in deinem Leib weiter, wird größer und größer und das kann am Ende deinen und den Tod des Kindes bedeuten. Ich werde das nach Kräften verhindern und dir eine Arznei bereiten, welche die Wehen hervorlockt. Da ich schon wusste, um was es bei dir geht, habe ich alles mitgebracht.«

Gürtel trug sie ein pralles Leinensäckchen, aus dem sie winzigen Mörser hervorholte. Sie legte einige Wachol- eren und schwärzliche Stücke des Mutterkornes hinein, stampfte und zermahlte sie gründlich, fügte einige Tropfen hinzu und verrührte das Ganze mit dem Zeigefinger. Dabei murmelte sie Unverständliches und es klang wie leiser, beschwörender Singsang. Mit einem zierlichen Holzlöffel schabte sie die Paste heraus und gebot: »Mund auf!«

Gehorsam schluckte Kleis die Arznei und trank ein paar Schluck Wein hinterher.

»In zwei Stunden müssten die ersten Wehen einsetzen und das Kind wird bis spätestens morgen früh zur Welt kommen. Du bist ja eine erfahrene Mutter, und wenn du glaubst, die Wehen seien nicht stark genug, dann schluckst du noch einmal meine Arznei – ich werde sie dir vorbereiten.«

»Ich danke dir, Gaia – fordere deinen Lohn!«

»Den hole ich mir, wenn dein Kind gesund in der Wiege liegt.«

3

Als die Kinderfrau die beiden Söhne vor ihrem Mittagsschlaf hereinbrachte, hatte Kleis noch den bitter-aromatischen Geschmack von Gaias Arznei auf der Zunge.

Die beiden Vier- und Fünfjährigen unterschieden sich in vielen Dingen. Charaxos, der Ältere, zeigte ein aufgeräumtes Wesen, lächelte und lachte oft über sein rundes Kindergesicht mit den freundlichen grauen Augen und dem hübschen, immer leicht geöffneten Mund. Er plapperte die ganze Zeit vor sich hin, erzählte alles durcheinander und hielt dabei den Arm der Mutter fest, um ja nicht ihre Aufmerksamkeit zu verlieren.

Der vierjährige Erigyos hingegen zeigte ein schmales verschlossenes Gesicht, das weit weniger kindlich wirkte als das seines Bruders. Er lachte so gut wie nie und sprach nur, wenn er mit seiner Mutter allein war. Zusammen mit seinem Bruder aber schwieg er verbissen, scheute jede körperliche Berührung und in seinen dunklen, etwas abgründigen Augen war keine Gefühlsregung zu erkennen.

Kleis sorgte sich um diesen Jungen, der so wenig Kindliches an sich hatte und sich vor jeder Zuwendung verschloss.

Wenn sie beide in dem kleinen ummauerten Garten spielten, dann tat Charaxos dies lärmend, geschäftig und in ständiger Bewegung. Er las verschiedenfarbene Steinchen auf, trug sie mit wichtiger Miene da- und dorthin, sammelte sie in einem Korb, wählte die schönsten aus, warf jedoch die ausgeschiedenen nicht weg, sondern stapelte sie an der Gartenmauer.

Erigyos hingegen suchte sich einen dürren abgefallenen Ast und schlug damit auf alles ein, was lebte – auf Blumen, Sträucher, Käfer und Schmetterlinge und sogar auf ein halb zahmes Wiesel, das zur Mäuseverfolgung gehalten wurde. Schließlich musste der Vater von diesem Treiben unterrichtet werden, und als eine Strafpredigt nichts half, wandte Dronymos widerwillig den Stock an, der allerdings nur bewirkte, dass Erigyos besser aufpasste und seine Untaten heimlich verrichtete.

»Das wird sich geben«, versuchte Kleis ihren Gemahl zu beruhigen. »Kinder sind in diesem Alter oft seltsam und unberechenbar, weil sie erst lernen müssen, sich richtig zu verhalten. Einige brauchen dazu eben länger und dies scheint mir bei unserem Erigyos der Fall.«

Dronymos zögerte. »Ich weiß nicht – ja, du magst Recht haben, vielleicht habe ich mich als Kind ähnlich verhalten ...«

Kleis hatte es eingeführt, dass die beiden Jungen drei Mal am Tag mit ihr etwa eine Stunde ohne Kinderfrau allein sein sollten: am Morgen nach dem Aufstehen, vor dem Mittagsschlaf und vor dem Zubettgehen. Warum sie so dick geworden war, hatte sie den beiden erklärt.

»Da steckt für euch ein Geschwisterchen drin, und wenn es geboren ist, seid ihr ein dreiblättriges Kleeblatt.«

»Das ist aber schön!«, hatte Charaxos freudig gerufen, »zu dritt spielt es sich noch besser als zu zweit.«

Erigyos hatte zuerst nichts gesagt, dann jedoch leise gefragt: »Es wird doch ein Junge – oder?«

wissen bis jetzt nur die Götter – wir Menschen lassen erraschen.«

it einem Mädchen spiele ich nicht!«, Erigyos machte sein tocktes Gesicht und wandte sich ab.

»Stell dich nicht so an!«, lachte sein Bruder. »Warum soll n Mädchen nicht mit uns spielen können?«

Erigyos drehte sich um. »Was sie tut, ist mir egal – ich werde nicht mit ihr spielen.«

Daran musste Kleis nun denken, als die beiden vor ihr standen. »Es müsste wohl schon da sein?«, Charaxos sah sie fragend an.

»Wer hat das gesagt?«

»Alle im Haus sprechen davon ...«

Kleis mühte sich um ein Lächeln. »Nur Geduld, ihr beiden – ein Tag früher oder später macht doch nichts aus.«

»Es könnte auch sterben, wie Nisas Kind, das nur vier Tage gelebt hat«, sagte Erigyos, ohne eine Miene zu verziehen.

Nisa war eine Hausmagd, die vor einigen Monaten geboren hatte. »Sie wird neue Kinder bekommen«, versuchte Charaxos abzulenken. Kleis betrachtete ihren Jüngsten mit gerunzelter Stirn. »Du wünschst doch nicht, dass unser Neugeborenes stirbt?«

»N-nein, n-nur, es könnte doch sein?«

»Es könnte, aber es wird nicht sein«, sagte Kleis fest. »Jetzt geht in euer Zimmer, ich fühle mich nicht wohl.«

Das war nicht gelogen, denn Kleis spürte ein leises Ziehen im Leib und gegen Abend setzten die Wehen ein.

Die Sonne im Osten sandte gerade ihre ersten gelbgrünen Lichtpfeile in den fahlen Morgenhimmel, da erschien das Köpfchen des Kindes. Als die Hebamme den glänzend feuchten Körper geschickt herauszog und mit einem leichten Klaps das neue Leben entfachte, begrüßte das Kind mit einem quäkenden Wa-wa-wa den erwachenden Tag.

Gegen Mittag kehrte Dronymos zurück, betrachtete erleichtert und entzückt seine Tochter.

»Ein Mädchen! Jetzt bist du nicht mehr ganz allein in dieser Männerwirtschaft, liebe Kleis. Hast du dir schon einen Namen ausgedacht? Die unserer Söhne habe ich gewählt, jetzt bist du an der Reihe.«

Kleis hatte sich schon vor der Geburt Gedanken über einen Mädchennamen gemacht und da war ihr eingefallen, dass manchmal in ihrer Familie von einer fernen Urahnin die Rede war, die als Seherin galt und sehr alt geworden war. Sie hatte den jetzt unüblichen Namen Sappho getragen und nun sollte er in der Neugeborenen weiterleben.

»Ja, sie soll Sappho heißen, wie deine verehrte Vorfahrin.«

Ein leises Unbehagen war aus seinem Gesicht abzulesen, doch Dronymos stand zu seinem Wort und rief das Hausgesinde zusammen. Dann nahm er das Kind aus dem Korb, hob es hoch und sagte vernehmlich:

»Dieses Mädchen wird Sappho heißen! Es ist mein und meiner Gemahlin Kleis geliebtes Kind – habt ihr es gehört?«

Die Frauen und Männer nickten und murmelten ihr »Ja – ja – jawohl ...«

Dann trug der Vater sein Kind feierlich um den Herd des Hauses und draußen vor der Tür wurde ein Stück Wollstoff aufgehängt. Bei den Knaben waren es Ölzweige gewesen.

Für Gaia ließ Kleis aus einem viertel *obolos* Silber einen Ring schmieden und in die Siegelplatte deren Namen eingravieren. Dieses Geschenk übersandte sie ihr mit den Worten: »Sappho grüßt Gaia, ihrer Helferin ans Licht«.

Dass ein Vater besonderen Anteil an der Erziehung einer Tochter nahm, war keineswegs üblich – ja, sogar die Söhne wurden bis zu ihrem sechsten oder siebten Lebensjahr den Frauen überlassen und erst dann unter die Aufsicht eines *paidagogos*, eines Erziehers und Hauslehrers, gestellt. Mädchen blieben bis zu ihrer Verehelichung in der Obhut ihrer Mutter oder, wenn diese vorzeitig starb, anderer weiblicher Verwandter.

Dronymos hingegen – er tat es nicht einmal verstohlen – nahm regen Anteil an seiner heranwachsenden Tochter, ohne sich allerdings in die Erziehung zu mischen. Dies geschah erst, als sie ins Fragealter kam und recht energisch dagegen protestierte, dass die älteren Brüder ihre regelmäßigen Lehrstunden hatten, sie jedoch davon ausgeschlossen war.

»So ist das von alters her eingerichtet«, erklärte die Mutter. »Aus den Knaben werden Männer und die haben draußen im Leben eine Aufgabe zu erfüllen – als Kaufleute, Krieger, Seefahrer, was auch immer. Dazu braucht es Kenntnisse wie Schreiben, Lesen, Rechnen, auch Geschichte und Geografie und das Wissen von den seligen Göttern. Unbildung ist das Vorrecht von Sklaven und Halbfreien, mit Ausnahme der Hauslehrer, die ihr Wissen weitergeben und davon leben. Wir, die Frauen und Mädchen, bleiben im Haus – wir wirken nach innen, die Männer nach außen. Und glaube mir, die Kenntnis von häuslichen Aufgaben verlangt nicht weniger zu lernen und zu üben als bei deinen Brüdern, nur sind es eben andere Dinge, mit denen wir uns befassen. Wenn du sie später als Ehefrau nicht selbst tun musst, so fordert es deine Rolle als Herrin des Hauses, dass du weben, spinnen und nähen kannst, über Küche und Keller Bescheid weißt, denn das ist unumgänglich, wenn du das Hausgesinde überwachst und deine Befehle erteilst. Wenn die Leute merken, dass sich ihre Herrin dabei nicht genau auskennt, verlieren sie jeden Respekt und tun, was ihnen beliebt. Hast du das alles verstanden?«

Sappho hob ihr feines Köpfchen und ihre klugen dunklen Augen blickten Kleis liebevoll an.

»Natürlich, liebe Mutter, dazu bin ich ja alt genug. Eines will mir jedoch nicht in den Kopf: Warum sollen nicht auch Mädchen schreiben und lesen können, nicht über Religion und Geschichte Bescheid wissen – nur zur eigenen Freude?«

Kleis schüttelte ihren Kopf. »Nutzloses Wissen! Jeder Mensch – ob Frau oder Mann – hat gewisse Pflichten im Leben zu erfüllen und nur dafür muss er gerüstet sein. Was hätte dein Vater davon, wenn er kochen könnte?«

Sappho lachte leise und es klang wie ein zartes Glockengeläut. »Er könnte dann immer seine Lieblingsspeisen zubereiten.«

Da musste nun Kleis lachen und sie versäumte nicht, bei nächster Gelegenheit Dronymos von diesem Gespräch zu berichten. Der lachte allerdings nicht.

»So Unrecht hat sie da nicht, unsere kleine *dorkas.*«

Seine ursprünglich große Gegnerschaft schmolz nach und nach dahin und das lag an seiner geschickten Familienpolitik.

Melanchros entstammte einer alten wohlhabenden Familie aus Antissa, der am weitesten im Westen gelegenen Siedlung auf Lesbos – einer blühenden und sehr stolzen Stadt. Hier nämlich war in alten Zeiten der Kopf des göttlichen Sängers Orpheus an Land gespült worden. Seinen Körper hatten thrakische Mainaden auf Befehl des Dionysos zerrissen, weil er sich weigerte, ihn als Gott zu verehren. Der Kopf aber sang wundersame Weisen und mit ihm warf das Meer auch seine berühmte Lyra an Land. Als das Haupt dann schwieg und die Augen schloss, bestatteten es die Bewohner von Antissa in ihrem Apollon-Tempel und stellten davor die Lyra auf. Neben Mytilene galt Antissa als die wichtigste und volkreichste Stadt, sodass Melanchros als ihr Sprecher im Adelsrat entsprechend gewichtig auftrat. Seinen Eltern war es gelungen, ihn mit der reichsten Erbin von Antissa zu verheiraten, und er wiederum tat alles, um seinen Sohn und die beiden Töchter mit Sprösslingen aus einflussreichen und wohlhabenden Familien zu verbinden. Als ihm das schließlich gelungen war, versuchte er, der Adelsversammlung einzureden, dass Länder und Gemeinwesen unter der Herrschaft eines Einzigen – mag er sich nun König oder *tyrannos* nennen – weit besser wachsen und gedeihen konnten als die von einer ständig zerstrittenen Oligarchie beherrschten.

»Muss ich Namen nennen?«, rief er mit seiner raumfüllenden und wohlklingenden Stimme. »Hat nicht König Kyros von Persien sein Land geschickt aus allen Zwisten herausgehalten? Hat nicht Alyattes von Lydien Smyrna erobert und seinen Einfluss bis Karien ausgedehnt? Und wie ist es mit Aigyptos? Blüht nicht das Land am Neilos seit über zweitausend Jahren unter der Führung seiner Pharaonen? König Nechos hat sein Reich bis Syrien ausgedehnt und besitzt vermutlich mehr Reichtümer als alle Fürsten dieser Welt. Lesbos ist groß und fruchtbar, liegt zudem an einer Stelle, die für Handel und Wandel nicht günstiger sein kann.«

Er trug seine Thesen so beredt und überzeugend vor, dass er

nach und nach Anhänger und Fürsprecher fand. Doch es bildete sich auch eine erbitterte Gegnerschaft unter der Leitung des Pittakos, eines sehr angesehenen Mannes, der trotz seiner vierzig Jahre aussah wie ein Jüngling und mit jugendlichem Feuer seine Ansichten vertrat. Ihm schloss sich Dronymos an, und als es Melanchros endlich gelang, sich als Tyrann auf der Akropolis von Mytilene niederzulassen, schmiedeten seine Gegner Pläne für seinen Sturz.

Das war nun der Grund, warum Dronymos in dieser Zeit ein seltener Gast im eigenen Haus war. Er hielt sich jetzt oft bei Kamon auf, dem Bruder von Kleis. Allzu sehr wurde er in dieser Zeit nicht vermisst, denn Kleis hatte ihm einen dritten Sohn geschenkt – eine leichte, schnelle Geburt – und Sappho freute sich, dass sie nun nicht mehr die Jüngste war. Sie fühlte sich Larichos gegenüber wie eine zweite Mutter und Kleis hinderte ihre Tochter nicht daran, den Kleinen zu füttern und zu hüten, sah es als eine gute Schule für später, wenn sie selbst Kinder haben würde.

Wäre jetzt nicht der Augenblick gekommen, da ich die Erzählung abbrechen und mit dem eigenen Bericht beginnen soll? An die Geburt meines jüngeren Bruders erinnere ich mich sehr genau und auch daran, dass ich in den ersten Jahren eher wie eine zweite Mutter für ihn empfand. Eifersüchtig hütete ich meine nach und nach erkämpften Vorrechte, ihn einmal am Tag füttern und zwei Mal pro Dekade baden zu dürfen. Meine älteren Brüder hatte ich niemals nackt gesehen und so war ich schon ein wenig erstaunt, dass bei Larichos etwas zwischen seinen kleinen prallen Schenkeln war, das ich nicht hatte. Die Kinderfrau lachte.

»Irgendwie müssen wir uns ja von denen unterscheiden, oder? Drum schlagen sie ja ihr Wasser im Stehen ab, weil sie mit ihrem Röhrchen besser zielen können.«

»Gibt es noch andere Unterschiede?«

»Ja, wir kriegen als Frau einen Busen, bei Männern bleibt die Brust flach und ist oft noch behaart wie bei Tieren – bäh!« Sie verzog ihr Gesicht und tat, als ekle sie sich davor.

Mir genügten diese Auskünfte fürs Erste, und auch als Larichos älter war und ich mich als seine Schwester verstand, blieb er mein Liebling und eigentlich hörte ich niemals auf, ihn zu bemuttern. Jetzt aber zum Eigentlichen. Da sich damals noch vieles außerhalb meines Gesichtskreises abspielte, möchte ich mit dem eigenen Bericht noch ein wenig abwarten bis zu jenem Einschnitt, der mein, der unser Leben völlig veränderte.

4

Die Verschwörung gegen den Tyrannen nahm anfangs keinen so großen Umfang an, wie Pittakos, Dronymos und andere erhofft hatten. Das lag nicht zuletzt an seinen glänzenden Auftritten. An ihm war keineswegs etwas Finsteres, er besaß angenehme Gesichtszüge, lachte gern, war zu jedermann höflich, konnte genau zuhören und redete mit klangvoller Stimme, wobei es zunächst den wenigsten auffiel, dass er anders sprach, als er handelte. Dem Adelsrat hatte er seine Erhebung mit den Worten schmackhaft gemacht: »Hellas ist im Aufbruch, verehrte Herren, und Lesbos wird sich nur behaupten können, wenn ein Mann – von euch erwählt – für alle das Wort führt. Bei wichtigen Verhandlungen über Krieg und Frieden, über Bündnisse und Verträge, über Handel und Wandel war es doch bisher so, dass Lesbos nicht mit einer Stimme, sondern mit vielen sprach. Die einen wollten dies, die anderen das und am Ende kamen Kompromisse heraus, die der Gegenseite nur nützten. Die politische Entwicklung erfordert es nun dringend, dass wir nur mit einer Stimme sprechen durch einen von euch Erwählten. Im Grunde bleibt es ja wie früher, nur sollen künftig unsere Meinungsverschiedenheiten hier im Adelsrat ausgetragen werden, und zwar unter höchster Geheimhaltung. Nach außen hingegen vertritt ein Tyrannos vor aller Welt eine feste Position und nur so werden wir von anderen ernst genommen. Als Beispiel aus vielen möchte ich nur Korinth nennen. Solange dort eine Adelsherrschaft das Ruder führte, kam es immer wieder zu

Aufständen und nach außen hin war Korinth schwach und angreifbar. Seit aber der Tyrannos Kypselos herrschte und nach ihm sein Sohn Periandros, ist Korinth groß, reich und mächtig geworden, hat ein gewaltiges Kolonialreich aufgebaut. Diesem Vorbild sollten wir nacheifern. Und ein Letztes noch: Hat nicht der große Homeros im zweiten Gesang der Ilias seinen Helden Odysseus sagen lassen: *Nie bringt Segen die Herrschaft vieler – einer sei Herrscher!*«

So sprach Melanchros und von seiner Zunge tropfte der süße Honig eitler Hoffnung und nicht wenige gingen ihm auf den Leim. Nachdem der Adelsrat ihn mit großer Mehrheit zum Tyrannos von Lesbos erwählt hatte, kümmerte er sich kaum noch um die Beschlüsse der immer seltener stattfindenden Versammlungen. Er tat einfach, was er wollte, und nach und nach wurde es auch einem Teil seiner Anhänger klar, dass dieses Tun fast ausschließlich dem eigenen Wohl, der eigenen Sippe galt. Auf dunklen Wegen brachte er Weinberge, Ländereien und Handelsschiffe an sich. Die Betrogenen konnten sich kaum wehren, wurden als Verräter und Staatsfeinde hingestellt und immer waren es solche, die damals gegen ihn gestimmt hatten.

Als ein großer Teil der Adelsfamilien sich der Verschwörung zum Sturz des Melanchros angeschlossen hatte, versammelten sich ihre Führer im Haus des Kamon, einem älteren Bruder unserer Mutter. Pittakos war ihr unbestrittener Sprecher und hatte es mit Geduld, Klugheit und Wortgewalt erreicht, dass alle auf ihn hörten und seinen Vorschlägen folgten. Als er seine Hand hob, verstummten die leisen Gespräche.

»Da wir uns zwar körperlich unterscheiden, aber in unserem Ziel zum Sturz des Tyrannen Brüder im Geiste sind, fühle ich mich euch so nahe wie ein Bruder. Vorweg gesagt: Melanchros macht es uns leicht. Dummdreist stolziert er durch die Stadt, eitel wie ein Pfau, und glaubt in seiner Verblendung – sagt es auch noch! –, die Liebe des Volkes trage ihn so sicher wie eine gut gebaute *triere* auf ruhiger See. Seine engsten Anhänger bestätigen es ihm und er kann es nicht oft genug hören. Legt man ihm nahe, bald wieder eine Adelsversammlung einzuberufen, so wehrt er nur lachend ab. Er halte das nicht für nötig, er stehe mit allen im Einklang, sei aber jederzeit bereit, bei nahender Bedrohung, in kritischer Lage – und so fort. Meine Brüder, nehmen wir ihn doch jetzt beim Wort! Seit Jahren schwelt ein Kleinkrieg um Sigeion in der Troas, wo sich – auf dem Siedlungsgebiet von Lesbos! – zunehmend Einwanderer aus Athen festsetzen. Freilich, von dort lässt sich die Zufahrt zum Hellespontos am besten überwachen und das ist für Athen von großer Bedeutung. Wollen wir aber dort nicht unseren ganzen, bitter erkämpften Einfluss verlieren, muss dem Zwist ein Ende bereitet werden, und zwar nicht irgendwann, sondern in allernächster Zeit. Aus diesem Grund werden wir eine Ratsversammlung einberufen und Melanchros zwingen, dazu deutlich Stellung zu nehmen. Er wird sich herum- und herausreden wollen – nichts anderes ist von ihm zu erwarten.«

Pittakos schwieg und ließ seine klugen, etwas grüblerischen Augen über die Versammlung wandern. Niemand sagte etwas, doch aus fast allen Mienen war unbedingte Zustimmung zu lesen.

Dann hob er seine Stimme: »Bei dieser Gelegenheit, meine Brüder, wird der Tyrann Melanchros sterben.« Er sagte es ohne Betonung, aber so bestimmt, als sei es schon geschehen.

»Wer Einwände hat, mag sie jetzt vorbringen.«

Eine Stimme fragte: »Würde eine Verbannung auf Lebenszeit nicht genügen?«

»Nein, mein Lieber. Verbannte Tyrannen haben die Eigenschaft, zur Unzeit wiederzukommen – das lehrt uns die Geschichte. Verbannen werden wir seine Anhänger und Nutznießer. Er muss sterben.« Da erhob sich kein Einwand mehr.

Dronymos fragte: »Wie soll es geschehen?«

»Wir müssen zeigen, dass nicht der Hass eines Einzelnen, sondern der Wille einer Mehrheit hinter diesem Entschluss steht. Wie sicher zu erwarten, wird Melanchros keinen richtungsweisenden Entschluss fassen, sondern nur auf geschickte Art herumreden. Ich als euer Sprecher werde aufspringen und rufen: ›Aber wir müssen handeln – jetzt!‹ Auf dieses Zeichen hin erhebt ihr euch und jeder, der an ihn herankommt, versetzt ihm einen Dolchstich.«

»Die Saalwächter? Sie werden uns zuvor nach Waffen durchsuchen!«

Pittakos lächelte sanft. »Sie tun es gewiss, doch sie werden nichts finden, denn ich habe sie bestochen.«

»Können wir uns auf sie verlassen?«

»Es sind Leute, die mit ihm eine Rechnung zu begleichen haben – mehr müsst ihr nicht wissen.«

Auf die Dringlichkeit einer sofortigen Ratsversammlung hingewiesen, versuchte Melanchros abzuwiegeln. Den Zwist um Sigeion gebe es schon lange und die athenischen Kolonisten seien denen aus Lesbos gegenüber in einer deutlichen Minderheit. Da müsse man einfach zuwarten, bis ...

Ja, dem Tyrannen fiel noch eine Reihe von Gründen ein, um in dieser Sache untätig zu bleiben, doch als sich der Druck verstärkte, zeigte er sich bereit, den Fall auf einer Adelsversammlung zu klären. Dronymos hatte in seinen langen Jahren als Kaufmann gelernt, jeden Plan mit aller Vorsicht und nicht ohne ein gewisses Misstrauen auszuführen. Hier aber war es nicht angebracht. Die Saalwächter taten recht eifrig, spürten – so war es abgesprochen – einige Dolche auf und verwahrten sie.

Melanchros nahm am Ende der Tafel Platz und Pittakos erläutert ihm und den Anwesenden in beredten Worten die zunehmend schwieriger werdende Lage in der Troas.

»Sigeion aber, von Lesbos besiedelt und befestigt, muss sich seit geraumer Zeit auch mit Waffengewalt gegen die Ansprüche der Athener wehren. Ehe die Lage für uns unhaltbar wird, schlage ich vor, dort entscheidend einzugreifen.«

»Wie darf ich das verstehen?«, fragte Melanchros.

»Eine Sondersteuer erheben, so schnell wie möglich eine Flotte aufbauen und eine schlagkräftige Truppe zusammenstellen.«

Der Tyrann blickte sich um, als wolle er die Meinung der anderen erkunden, doch die meisten Gesichter blieben verschlossen und abwartend.

»Das wird viel Geld kosten, und wie unbeliebt Sondersteuern sind, muss ich dir nicht erläutern.«

»Nein, das musst du nicht, doch wenn dazu aufgerufen wird, die Heimaterde zu verteidigen, wird sich niemand seinen Pflichten entziehen. Am wenigsten du, Melanchros, dessen Reichtum sprichwörtlich ist. Du könntest leicht ein Drittel der Kriegskosten übernehmen …«

Melanchros erhob sich – schnell und entschlossen. »Das muss gründlich überdacht werden, ich muss meine Räte befragen und …«

»Wir sind doch die Ratsversammlung!«, rief Pittakos empört und Kamon schloss sich an: »Wen willst du noch befragen? Deine Sklaven vielleicht?«

Melanchros wandte sich zum Gehen. »Ich kann das nicht sofort entscheiden …«

Da rief Pittakos laut: »Wir müssen handeln – jetzt!«

Die Verschwörer sprangen auf, stießen die unentschlossenen Leibwächter beiseite, umringten Melanchros und stachen auf ihn ein, wo immer er zu treffen war. Die Verwirrung war groß, einige der Verschwörer verletzten sich gegenseitig. Dronymos fing einen schlecht gezielten Stich auf, der dem Tyrannen gegolten hatte. Als die Verwirrung sich legte und alle zurücktraten, um den reglosen, blutüberströmten Körper zu betrachten, blieb Dronymos verkrümmt und leise stöhnend liegen. Kamon rief seine Diener, doch als sie ihn aufhoben, hatte er seinen letzten Atemzug getan.

Pittakos schlug sich verzweifelt an die Stirn und rief: »Um diesen Preis! Um diesen Preis!«

Die Toten wurden schnell weggebracht, doch als sich auch die Anhänger des Melanchros davonmachen wollten, ließ Pittakos sie festnehmen.

Kamon ließ Dronymos in seinem Haus aufbahren, während ein Bote nach Eresos unterwegs war.

Kleis musste von ihren Dienerinnen gestützt werden.

»Mein Dronymos soll tot sein? Nein – nein, das glaube ich nicht! Vor einigen Tagen saß er noch hier mit uns am Tisch, aß und trank – und jetzt … Nein! Nein! Kinder, euer Vater lebt nicht mehr – glaubt ihr das?«

Sie schaute alle der Reihe nach an, Charaxos, Erigyos, Sappho und presste dabei den dreijährigen Larichos so fest an sich, dass der Kleine aufschrie.

Der verschreckte Bote stotterte heraus: »Ich – ich soll – dich noch fragen, Herrin – ob – ob du deinen Gemahl hier – oder dort, ich meine in Mytilene, bestatten willst ...«

Es sollte hier geschehen, so wollte es Kleis. Da inzwischen der Monat *maimakterion* angebrochen war, mit kalten Nächten und kühlen windigen Tagen, war Kamon einverstanden. Im Sommer wäre es unmöglich gewesen, den Zerfall eines Leichnams länger als drei oder vier Tage hinauszuzögern.

So brachte ein mit kräftigen Ruderern bemanntes Boot den Toten in wenigen Tagen nach Eresos und dort wurde Skamandronymos im Trauerhaus der Stadt aufgebahrt. Sein Haupt schmückte ein goldener Kranz, sein Körper war in weiße Leintücher gehüllt. Um die Bahre herum waren die Besitztümer aufgestellt, die mit ihm verbrannt werden sollten, denn nur was mit dem Körper in Flammen aufging, würde mit ihm in der Unterwelt auferstehen – zwar schattengleich wie er, aber doch vertraut und zu seiner gewohnten Verfügung.

Dem war ein schwerer Familienzwist vorausgegangen. Kamon, als Bruder der Kleis nun Oberhaupt der Familie und Vormund der Kinder, dachte nüchtern und wollte so viel wie möglich von des Toten Erbe für die Familie bewahrt wissen.

Da reckte die kleine Sappho ihr zierliches Haupt. »Vater selbst hat es mich gelehrt: Wer ohne Kleider verbrannt wird, friert in der Unterwelt und muss barfuß laufen, wenn nicht auch seine Sandalen in Flammen aufgehen. Das gilt für alles andere: den kleinen Tisch aus Ebenholz, wo er meist seine Schriftrollen niederlegte, die *kline*, auf der er seine Mittagsruhe abhielt, den etwas eingedellten Silberpokal, aus dem nur er seinen Wein trank, sein Staatsgewand für die Ratsversammlungen, dann seine ...«

»Halt – halt!« Kamon hob gebieterisch seine rechte Hand. »Es ist ein Unding, Kostbarkeiten zu verbrennen, die eure Familie gerade jetzt gut brauchen kann. Ich dagegen würde dazu raten ...«

»Ich stimme Sapphos Vorschlägen zu«, sagte Kleis leise und

Charaxos ergänzte: »Das wird uns nicht ärmer machen, und wenn es für Vater drüben – also ich meine, dort im Schattenreich, eine Freude bedeutet, so sollten wir es tun.«

Kamon schaute den zehnjährigen Erigyos an. »Stimmst du deiner Familie zu?«

»Ich habe nichts dagegen, halte es aber für weitaus wichtiger, den Mörder unseres Vaters zur Rechenschaft zu ziehen.«

»Schlage dir das aus dem Kopf!«, sagte Kamon schroff. »Es war einer von uns und es war ein Versehen. Genau betrachtet ist Dronymos das letzte Opfer des Melanchros – und der ist tot. Zudem bist du noch unmündig und es steht dir nicht zu, von Rache zu sprechen. Im Übrigen wünsche ich, dass die ganze Familie nach Mytilene übersiedelt. Dort steht ihr unter meinem persönlichen Schutz – hier lässt sich das nicht machen. Das Gut werde ich verpachten und sein Ertrag fließt ausschließlich dir, Kleis, und deinen Kindern zu.«

Das neue Familienoberhaupt hatte entschieden, da erübrigte sich jede Gegenrede.

Kleis hob matt beide Hände. »Wird schon richtig sein ...«

5

Am Tag, als mein Vater vor seinem offenen, schon bereiten Grab verbrannt wurde, setzt meine volle Erinnerung ein. Natürlich gab es auch zuvor Ereignisse, Situationen, Augenblicke, die mein Gedächtnis bewahrt hat, sie stehen jedoch für sich, herausgerissen aus dem Fluss des jungen, zum Teil noch wenig bewussten Lebens. Als meine älteren Brüder ihre Fackeln an den Scheiterhaufen hielten, war mir, als beginne ein neues, anders geartetes Leben. Hell loderten die Flammen, der Nordostwind trieb den wirbelnden Rauch aufs Meer hinaus, drückte ihn aber nicht aufs Wasser hinab, sondern hob ihn hoch in den düsteren Herbsthimmel, wo er sich mit den jagenden Wolken vereinte.

Vorläufig war an einen Umzug nicht zu denken, denn jetzt

setzten die Herbststürme ein und es gab kaum noch Schiffer, die sich bei diesen launischen Winden hinausgewagt hätten.

Meine Mutter nutzte die – auch in Herbst und Winter – hier häufigen schönen Tage, um mir, ihrer fast siebenjährigen Tochter, in kleinen Wanderungen das Gebiet um Eresos zu zeigen. »Bewahre es gut in deinem Gedächtnis! Hier bist du geboren, das ist deine eigentliche Heimat – wer weiß, wann wir sie wieder sehen ...«

Meine beiden älteren Brüder sahen diese Ausflüge nicht gern. Charaxos, weil es sich nicht gehörte und die Familie in ein schlechtes Licht setzen konnte, und Erigyos, weil seine dringende, fast flehentliche Bitte, uns bewaffnet begleiten zu dürfen, sowohl von Kleis wie von seinem Fechtmeister abgelehnt wurde. Ehe man eine Waffe nicht sicher führen könne, so meinte der alte Krieger, solle man nicht auf sie bauen. Im Übrigen müsse Erigyos erst zum *ephebos* werden, ehe er sich öffentlich in Waffen zeigen dürfe.

Meine Mutter war jetzt Herrin im Haus und ließ sich von niemand dreinreden. Von zwei vertrauten Dienern begleitet, stiegen wir die steilen Treppen zur Akropolis hinauf. An der Ostseite erhob sich eine kleine Festung, von deren hohem Turm besonders scharfsichtige Wächter Tag und Nacht das Meer beobachteten. Der größere Teil der abgeflachten Hügelkuppe war heiliger Boden, denn hier standen Tempel, Kapellen oder nur Opferaltäre verschiedener Gottheiten. Der größte Tempel war Kypris geweiht, der schaumgeborenen Aphrodite, und dem schönen Adonis, mit dem die Göttin ihren Gemahl Hephaistos betrog. Doch der hinkende Götterschmied saß die ganze Zeit vor seiner Esse und schien sich wenig darum zu kümmern. In meinem damaligen Alter konnte ich mit dem Begriff betrügen noch wenig anfangen, aber so wie Mutter mir die Geschichte erzählte, hing ich gebannt an ihren Lippen und fühlte einen eisigen Schauder, als ich hörte, dass der schön gestaltete Adonis – auf Wunsch der eifersüchtigen Persephone – von dem grimmigen, als Eber verkleideten Ares aufgespießt und getötet wurde. Meiner Mutter standen die Tränen in den Augen.

»Aus seinem vergossenen Blut sprossen liebliche Anemonen,

er selbst musste hinab in den *tartaros*, denn er war ein Sterblicher. Damit aber mochte sich Aphrodite nicht abfinden und weinend bat sie ihren Vater, den Blitze schleudernden Zeus, auf irgendeine Weise Abhilfe zu schaffen. Der Göttervater – ein wenig in seine schöne Tochter verliebt – entschied, dass Adonis die dunkle Jahreszeit im *tartaros* bei Hades und seiner Gemahlin Persephone verbringen musste, in der hellen aber, in der Zeit von Frühling und Sommer, durfte er auf die Erde zurück in die Arme seiner Geliebten. Und so finden die Feiern zu seinen Ehren auch im Spätsommer statt, um ihm den baldigen Abschied von der Oberwelt zu versüßen. In dieser Zeit stellen die Frauen schnell wachsende und schnell welkende Blumen in Töpfen auf die Hausdächer. Das nennt man dann ein Adonis-Gärtlein ...«

Mutter hatte mir die Geschichte erzählt, während wir langsam die steile Treppe von der Akropolis hinabstiegen. Vor dem Tor wartete schon unsere Sänfte, Kleis nahm darin Platz und wollte mich auf den Schoß nehmen. Ich aber blieb stehen und schüttelte den Kopf. Bei der Geschichte des Adonis war mir etwas eingefallen. Ich trat näher und flüsterte in ihr Ohr: »Dann gibt es doch eine Möglichkeit, unseren Vater wieder zurückzuholen? Wir bitten, beten und opfern am Altar des Zeus so lange, bis er uns das Gleiche gewährt wie seiner Tochter Aphrodite. Es würde ja schon genügen, wenn er ihn für zwei oder drei Monate ...«

Das Gesicht meiner Mutter war ernst und bitter geworden. »Ein schöner Vorschlag«, flüsterte sie zurück, »er lässt sich nur leider nicht verwirklichen, denn wir sind mit Zeus weder verwandt noch verschwägert. Wir sind einfache Sterbliche, Sappho, und können nur hoffen, Dronymos eines Tages im Schattenreich wieder zu sehen. Selbst wenn es uns gelänge, wie Herakles in den *tartaros* hinabzusteigen, würde mein Gemahl und dein Vater uns nicht erkennen, denn die Seelen im Elysion haben aus dem Fluss Lethe getrunken und der schenkt ewiges Vergessen.«

Weinend kletterte ich auf den Schoß meiner Mutter, die mich zu trösten versuchte. »Das ist Menschenschicksal, mein

Kleines. Es soll uns ein Trost sein, dass keiner dem entgeht, dass niemand – und sei er noch so reich – sich davon freikaufen kann.«

Einmal fragte ich Kleis, warum die winzige, zu Füßen der Akropolis aus dem Meer ragende Insel keinen Namen trug. Meine Mutter dachte nach.

»Sie ist einfach zu klein dafür, wird nur von ein paar Seeigeln bewohnt. So nennt man sie einfach *nesos,* die Insel.«

Ich gab mich damit nicht zufrieden und tat tagelang nichts anderes als für das kleine Eiland Namen zu erfinden: Seestern, Bröckchen, Kiesel, Ei des Phoinix, Klecks, Schachtel, Spucke des Poseidon und andere mehr, die zum Teil sehr poetisch, zum Teil nur lächerlich klangen. Schließlich gab ich es auf und beließ es bei *nesos,* wie jedermann die kleine Insel nannte.

Wie war der südöstlich des Hafens aus dem Wasser ragende Felskamm zu seinem Namen gekommen? Blickte man von gewissen Stellen hinab aufs Meer, so ähnelte dieses aus dem Wasser ragende Steingebilde tatsächlich einem riesigen Skorpion. Seine Scheren ragten weit aufs Wasser hinaus, sein Schwanz wies zum Ufer. Schon mein Vater hatte manchmal Andeutungen gemacht.

»Da draußen, dem Hafen benachbart, liegt ein riesiger *skorpios* im Meer, der – so sagt man – vor Urzeiten noch lebendig war und die Menschen, Fischer wie Bauern, bedrohte. Ganz in der Nähe lebte ein alter weiser Mann, dem von Zeit zu Zeit die Götter ihren Willen offenbarten. Der Seher verkündete, Poseidon wolle hier am Ufer mit einem Tempel geehrt werden, und wenn man ihm regelmäßig opfere, dann werde er das Untier in Stein verwandeln. Die dem Meeresgott geweihte Kapelle steht noch heute dort, aber wehe uns, wenn wir an einem Tag vergessen, dort Blumen, Fische, Muscheln oder andere kleine Opfergaben niederzulegen! Dann kann es sein, dass der *skorpios* wieder zum Leben erwacht und uns alle auffrisst ...«

Das lachende Gesicht meines Vaters widersprach zwar dieser düsteren Drohung, ich sah es jedoch als meine Pflicht an, von Zeit zu Zeit nachzufragen, ob Poseidon auch seine Opfer erhalten habe. Wie das bei Kindern häufig so ist, kann eine Angstvorstellung in ihnen so lebendig werden, dass sie – zum Glück meist nicht sehr lange – ihr Leben verdüstert. So sah ich eines Nachts die Wände und Mauern unseres Hauses transparent werden wie ein stilles, klares Wasser und ich blickte von meinem Bett hinab aufs Meer, sah dort den steinernen *skorpios* still im Wasser liegen. Ein seltsam düsteres Licht ging von ihm aus, als brenne in seinem Inneren eine rötliche Glut, die außen noch als schwaches Leuchten zu erkennen war.

Was war das? Schreckensstarr war ich nicht einmal fähig, mir die Decke übers Gesicht zu ziehen – nein, ich musste mit angstgeweiteten Augen ansehen, wie sich das Untier zu regen begann, wie es seinen riesigen Schwanz hob und den Giftstachel aufrichtete. Dann begann es sich langsam umzudrehen. Das Meer schäumte auf, als seine Scheren es durchpflügten und sich landwärts richteten.

Nein! schrie ich, nein! nein! Doch es waren tonlose Rufe, eher geflüstert als geschrien, und sie beeindruckten den *skorpios* nicht. Vor Angst muss ich dann so laut gewimmert haben, dass meine Kinderfrau erwachte und mich tröstend in die Arme nahm.

»Der *skorpios* kriecht an Land«, flüsterte ich mit zitternder Stimme in ihr Ohr, »wir müssen das ganze Haus wecken und fliehen, sonst frisst er uns!«

Meine *trophos* wusste gleich, wer gemeint war, und redete beruhigend auf mich ein. »Der Skorpion ist zu Stein geworden und Poseidon wird es niemals zulassen, dass er wieder zum Leben erwacht. Die Priester achten streng auf das regelmäßige Opfer – dir wird nichts geschehen, mein Täubchen.«

Jetzt, aus dem Abstand eines Erwachsenenlebens, kommen mir Zweifel, ob Vater mir diese Geschichte erzählt hat, ehe ich den *skorpios* sah, oder ob sie von Kleis stammte, als wir vom Hügel auf das Untier herabblickten.

Es muss dann im Frühjahr in den Monaten *munichion* oder *thargelion* gewesen sein, da unser Schiff anlandete und die Diener tagelang unser Hab und Gut zum Hafen trugen und im Frachtraum verstauten.

Im Alter von sieben Jahren ist der Mensch noch nicht so fest verwurzelt mit dem, was man Heimat oder Heimstatt nennt. Mich hatte die Neugierde gepackt, ich freute mich auf Mytilene wie auf ein fröhliches Abenteuer und meinen Brüdern ging es nicht anders. Jedenfalls stand fest, dass keiner von uns vieren unter der Übersiedlung litt, während unsere Mutter schon tagelang vor der Abreise mit verweintem Gesicht herumlief und kaum noch ansprechbar war.

Unser Onkel Kamon war gekommen, um seiner Schwester beim Umzug zu helfen. Er sah gleich, was sie bewegte, und versuchte, sie auf männlich-ungeschickte Art zu trösten.

»Stell dich nicht so an, Schwesterchen! Euer Gut hier wird weder verkauft noch verpachtet, sondern von einem Verwalter weitergeführt wie bisher. Du kannst in ruhigen Zeiten die Sommer hier verbringen – oder mehr noch: Wenn die Kinder aus dem Haus sind, dich wieder hier niederlassen. Aber wie gesagt, das hängt von der politischen Lage ab und die ist im Augenblick nicht so, dass ich euch ohne Schutz zurücklassen könnte.«

Am Abend vor der Abreise nahmen wir ein gemeinsames Mahl ein und er versuchte – auch uns Kindern – die Lage zu erläutern. »Wie ihr alle wisst, hört der Boden von Lesbos nicht am Meer auf, sondern setzt sich drüben in Mysia fort, wo das Gebiet der Troas von uns schon vor langer Zeit besiedelt wurde und von hier aus verwaltet wird. Da gibt es nun eine Reihe von Städten wie Abydos, Ilion, Lampsakos und jenes umstrittene Sigeion, das den Athenern so sehr am Herzen liegt, dass sie sich mit uns seit Jahren darum raufen. Könnt ihr euch denken, warum?«

Charaxos war anzusehen, dass er längst die Antwort wusste und nur aus Respekt vor dem Onkel nichts gesagt hatte. Nun platzte er heraus: »Weil die Stadt am Ausgang des Hellespontos liegt und man von dort alle ein- und ausfahrenden Schiffe überwachen kann.« Kamon nickte erfreut. »Das ist richtig, mein Junge. Es geht dabei um den wichtigen Handel mit den Städten an den Ufern des Pontos Euxeinos wie Herakleia, Synope, Kerasis, Trapezos und ein Dutzend anderer. Melanchros, der Tyrann, war offenbar der Meinung, man sollte den Athenern ruhig diese wichtige Stadt überlassen, denn ein Kriegszug kostet Geld und das sah er bei sich und seiner Sippe besser aufgehoben. Wer so denkt, ist ein Hochverräter und verdient einen schimpflichen Tod. Nun, er hat seine Strafe erhalten, und wir ...«

Erigyos sprang auf. »Ja – gut, er wurde bestraft! Aber mein Vater musste dabei sterben und sein Mörder läuft bis jetzt frei herum! Im Angesicht meiner Familie schwöre ich, dass ...«

»Schweig! Ein kaum Zwölfjähriger ist nicht eidesfähig und macht sich damit nur lächerlich. Im Übrigen wurde Dronymos nicht ermordet, sondern ist beim Anschlag auf den Tyrannen ehrenvoll gefallen. Bis heute weiß niemand, ob ein Leibwächter ihn tötete oder ob er im Handgemenge einen für Melanchros gedachten Stoß abfing. Da gibt es nichts zu strafen, nichts zu rächen, nichts zu vergelten. Dein Vater hat sich auf dem Altar des Vaterlandes selbst als Opfer dargebracht – so musst du es sehen!«

Erigyos schwieg und blickte verstockt zu Boden. Kamon, über die Ablenkung noch etwas ergrimmt, runzelte die Stirn und sammelte sich.

»Nun zum Eigentlichen. Lesbos ist dabei, gegen die athenischen Kolonisten aufzurüsten, und Pittakos wurde – und zwar einstimmig! – zum *strategos* des geplanten Feldzuges ernannt. Zurzeit werden noch einige Schiffe gebaut, doch spätestens im Sommer wird Pittakos mit unseren Truppen nach Abydos segeln, um von dort gegen Sigeion zu ziehen.«

»Ich wollte, ich wäre dabei!«, platzte Erigyos heraus und Kamon lächelte nachsichtig.

»Diese Einstellung ehrt dich, aber du musst noch sechs Jahre warten, bis du mündig und damit waffenfähig bist.«

»Es gibt Völker, da ziehen schon Dreizehn- und Vierzehnjährige in den Krieg!«, rief Erigyos trotzig.

Kamon nickte geduldig. »Mag sein, dass es dergleichen bei Barbarenvölkern gibt. Aber diese Jungen sind keine Waffenträger, sondern gehen nur als Hilfskräfte mit – verrichten als Ochsentreiber, Lastträger oder Arbeitskräfte im Tross Sklavendienste. Dafür solltest du dir zu schade sein, Erigyos! Vergiss niemals, aus welcher Familie du stammst!«

»Ich vergesse es schon nicht!« Er blickte Kamon beleidigt an. Wie man ihm so etwas unterstellen konnte?

Mit sanfter Stimme versuchte unsere Mutter die Wogen zu glätten. »Es ist ganz einfach das Alter. Ein zwölfjähriger Junge steht noch mit einem Fuß in der Kindheit, während der andere sich auf dem Pfad des Erwachsenwerdens vortastet. Da ist man mit sich selbst uneins, schnell beleidigt, schnell versöhnt ...«

Kamon blickte seine Schwester erstaunt an. »Du redest, als seist du selbst ein Junge gewesen.«

Kleis lächelte. »Mädchen ergeht es auch nicht viel anders, außerdem habe ich dich als Zwölfjährigen erlebt – das scheinst du vergessen zu haben.«

Er blickte etwas unbehaglich drein. »Vergessen? Nein, nicht ganz, nur bei Frauen ist das anders. Ihr könnt eure Erlebnisse in der Stille des Hauses bewahren, hegen und pflegen. Ein Mann muss hinaus ins Leben, hat sich um seine Geschäfte zu kümmern, nimmt am politischen Leben teil, hat Aufgaben und Ehrenämter ...«

»Ja, ihr habt es schon schwer«, sagte Kleis mit ernstem Gesicht, allerdings in einem solch spöttischen Ton, dass alle lachen mussten. Kamon räusperte sich und sein Lächeln verschwand schnell. »Da wir gerade beim Thema sind. Sobald ihr euch in Mytilene eingerichtet habt, werde ich für Charaxos einen Mentor suchen, und zwar einen aus den besten Familien. Ein Jahr später wird Erigyos an der Reihe sein und bei ihm werde ich besonders darauf achten, dass ...«

»... er etwas von Waffen versteht!«, unterbrach ihn mein Bruder.

»Als Erstes wird er dir abgewöhnen müssen, dass du Erwachsenen ins Wort fällst. Zum anderen sollte jeder frei geborene Mann mit Waffen umgehen können.«

Später erzählte mir Charaxos, dass ich einen Teil dieser abendlichen Aussprache verschlafen hatte. Bei Erigyos' lauter, fordernder Stimme war ich wieder aufgewacht. Gähnend fragte ich: »Was ist das – ein Mentor?«

»Du bist ein Mädchen, das geht dich nichts an!«, wies mich

Erigyos zurecht. Aber mein Onkel war da anderer Meinung. »Warum soll sie es nicht wissen? Später wird sie Söhne gebären und wieder vor dieser Frage stehen. Also, kleine Sappho: Wenn ein Junge heranwächst und etwa mit zwölf in ein Alter kommt, da seine Stimme dunkler wird und ihm der Bartflaum sprießt, ist es in Kreisen der freien Bürger üblich, für ihn einen erwachsenen Mann auszuwählen ...«

Kleis hob die Hand. »Jetzt muss ich dich unterbrechen. Ist es nicht so, dass der erwachsene Mann sich den Jungen erwählt?«

Kamon lächelte nachsichtig. »So will es der Brauch – ja, und manchmal geschieht es auch. Meistens ist es jedoch so, dass man vorher von Familie zu Familie aushandelt, wer für die Söhne als Mentor in Frage kommt. Für Charaxos etwa habe ich schon jemanden im Auge. Aber darüber werden wir reden, wenn es so weit ist. Zurück zu Sapphos Frage. Einen Mann mit Namen Mentor gab es wirklich. Er war ein Jugendfreund des Odysseus und dieser vertraute ihm – vor seiner Abreise nach Troia – den Schutz seines Hauses an. Sein Name ist inzwischen in unsere Sprache eingegangen und bedeutet einen älteren, erfahrenen Ratgeber, der einem Jungen im Alter von zwölf bis achtzehn Jahren in allen Dingen des Lebens beisteht. Er muss darauf achten, dass sein Schützling fleißig lernt, seine Waffenübungen nicht vernachlässigt, stets gut gekleidet und freundlich zu jedermann ist. Er wird ihm wichtige Verbindungen schaffen – kurz gesagt, ihn fördern und anleiten, so gut er nur kann. Der junge Mann aber dankt es ihm durch Freundschaft, Gehorsam und Hingabe ...«

»Kamon! Das genügt fürs Erste; mehr braucht Sappho nicht zu wissen.« Die Augen meiner Mutter blitzten, wenn nicht Zorn, so war es doch eine nachdrückliche Entschlossenheit, dieses Thema abzuschließen.

Charaxos grinste dazu wissend, während Erigyos verächtlich seine Nase rümpfte.

Selbst wenn ich gewusst hätte, welches Band über die von Kamon genannten Rechte und Pflichten hinaus den Jüngling mit dem Mentor verknüpft, so hätte ich damals nicht verstanden, was körperliche Liebe bedeutet.

Dann kam der Tag unserer Abreise. Die Sonne entrollte ihren funkelnden Lichtteppich und warf ihn über die Kuppen der Hügel. Wir bestiegen unser voll gepacktes Frachtschiff, und als es ablegte, standen wir Kinder am Bug und blickten voll Ungeduld und froher Erwartung nach vorn. Als ich zur Linken den *skorpios* sah, hatte er aus der Meeresperspektive seine bedrohliche Gestalt verloren. Was von oben wie gewaltige, angriffslustig geöffnete Scheren aussah, hatte sich jetzt in einen harmlosen, niedrigen Felskamm verwandelt, den die Wellen spielerisch umgaukelten.

Wir Kinder blickten nach vorn – ja, aber Kleis stand am Heck und schaute zurück auf die kleiner werdende Akropolis und das um sie angesiedelte, langsam hinter den Uferhügeln verschwindende Eresos. Damit blickte sie auf ihre Vergangenheit, schaute zurück auf ein zum größten Teil schon gelebtes Leben – zurück auf ihre Kinder- und Mädchenzeit, auf Heirat, Ehe, Geburten und ihre Aufgaben als Herrin eines großen Hauses. Was konnte sie in Mytilene schon anderes erwarten als das zurückgezogene Dasein einer Witwe?

Kinder sind grausam – uns kümmerte das nicht.

6

Die bangen Zukunftsgedanken meiner Mutter erwiesen sich als unbegründet. Kamon war seit zwei Jahren verwitwet, keines seiner Kinder lebte mehr im Haus. Später hegte ich den Verdacht, der von ihm befohlene Umzug sei weniger zu unserer Sicherheit als zu seiner Bequemlichkeit geschehen. Nun gab es wieder eine Herrin, die über das Hauswesen wachte, sich um Dinge kümmerte, die einem Mann nicht anstanden.

Kamon nämlich war viel beschäftigt und es gab Tage, da war er im Haus kaum zu sehen. Seine Stimme im Adelsrat galt viel und sie wog noch schwerer, als Pittakos im Sommer zum Feldzug aufbrach. Seine Pflichten den Neffen gegenüber erfüllte Kamon gewissenhaft. Charaxos wurde angehalten, regelmäßig die *palaistra* zu besuchen und so oft wie möglich im *gymnasion* anzutreten. Erigyos hätte das weit besser behagt, denn Charaxos neigte in diesen Dingen eher zur Bequemlichkeit und hätte es vorgezogen, im Hafen die Frachtschiffe zu inspizieren und zuzuschauen, wie und mit welchen Waren sie be- und entladen wurden. Er war von jeher etwas dicklich gewesen, aß gerne und liebte es, nach den Mahlzeiten ausgiebig zu ruhen.

»Und das bei einem Zwölfjährigen!«, rief Kamon empört. »Wenigstens in dieser Beziehung solltest du dir deinen Bruder zum Vorbild nehmen. Der isst auch nicht wenig, doch du setzt Speck an und dagegen werden wir etwas tun. Dein künftiger Mentor hat Anspruch auf einen wohlgestalteten Jungen, der schlank ist und Muskeln vorzeigen kann, wo ich bei dir nur Fettpolster finde.«

Ganz so schlimm war es zwar nicht, Charaxos wurde jedoch von einem kräftigen und unnachsichtigen Diener ins *gymnasion* gebracht und musste dort so lange laufen und ringen, den Speer und den Diskos schleudern, bis die Fettpolster verschwunden waren und er als athletischer Jüngling bei einem der häufigen Kampfspiele auftreten konnte. Beim Speerschleudern errang er sogar einen zweiten Preis und an diesem Tag lernte er seinen künftigen Mentor kennen.

Eumenos besaß eines der führenden Handelshäuser von Mytilene, was heißen soll, dass er Waren nur umschlug, nicht produzierte. Er unterhielt drei Frachtschiffe, es gab aber in der Regel weitere drei oder vier, die in seinem Auftrag die Meere durchkreuzten.

Natürlich hatte Kamon schon zuvor diese Verbindung mit Geschick eingefädelt und sie kam beiden entgegen. Eumenos fühlte sich vom regen Interesse seines Schützlings geschmeichelt und Charaxos fand im Haus seines Mentors alles, was ihn seit jeher bewegt und begeistert hatte: Seekarten, Schiffsmodelle, Warenproben und sorgsame Auflistungen aller von Eumenos getätigten Geschäfte.

Da stürmte er des Abends ins Haus und alle – auch Mutter und ich – mussten sich anhören, wie gut er es getroffen hatte und dass Eumenos in jeder Beziehung sein leuchtendes Vorbild sei. Er breitete seine Arme aus und rief: »Ihr könnt euch nicht vorstellen, welche Waren bei Eumenos umgeschlagen werden! Von manchen Dingen erfuhr ich erst dort, dass es sie gibt! Da kamen Ochsenknochen aus Etruria, Silphionstängel aus Kyrene, Elfenbein aus Libya, Papyros, Ebenholz und Duftstoffe aus Aigyptos, Zypressenholz aus Kreta, Schlachtschafe aus Euboia, Datteln und Weizen aus Phoinikia, Sklaven aus Phrygia, Weihrauch aus Syria, Teppiche und bunte Webstoffe aus Karthago ...«

»... und Söldner aus Arkadia«, stieß Erigyos bitter hervor. »Ich habe sie im Hafen gesehen, als ihre Schiffe ausgebessert wurden. Und diese Burschen waren beileibe nicht alle schon achtzehn, da gab es nicht wenige Fünfzehn- und Sechzehnjährige darunter. Wenn auch ihre Sprache kaum zu verstehen war – das jedenfalls habe ich herausgefunden.«

»Gut, dass Kamon dich nicht hört«, sagte Kleis streng.

Charaxos blickte seinen Bruder spöttisch an. »Was willst du damit sagen? Soll ein unkultiviertes Barbarenvolk uns als Vorbild dienen? Ist es so schön, seine Haut an den ägyptischen König zu verkaufen, der seit seiner Thronbesteigung nichts anderes tut, als Kriege zu führen? Nicht etwa, weil sein Land bedroht ist, sondern aus Habgier. Übrigens, Erigyos, meines Wissens hat noch kein freier Mann aus Lesbos jemals Söldnerdienste geleistet.«

Erigyos setzte seine wohl bekannte, trotzig-verstockte Miene auf. »Ich habe ja nicht gesagt, dass ich es tue, wollte nur darauf hinweisen, dass man anderswo sehr wohl einen Sechzehnjährigen für geeignet hält, im Kampf seinen Mann zu stehen.«

»Werde erst einmal ein Mann, mein Sohn; das wird dich hinreichend beschäftigen.« Kleis sagte es ohne Spott oder Vorwurf.

»Ich werde mich bemühen, Mutter, mache dir keine Sorgen.«

Was mich betraf, so ließ es Kleis nicht dabei bewenden, mich alle von einer künftigen Hausfrau zu erwartenden Kenntnisse zu lehren – nein, sie dachte an ihre eigene Mädchenzeit, oder war ich es, die sie daran erinnerte? Es ist schon seltsam: Manche Ereignisse aus der Kinderzeit stehen einem kristallklar vor

Augen, man könnte sie auf einer Bühne nachspielen lassen, andere wollen sich jedoch nicht aus dem Nebel der Vergangenheit lösen und bündeln sich zu Fragesätzen.

Selbst gemeinsame Erlebnisse, die ich mit meinen Brüdern – oder einem von ihnen – hatte, stellen sich anders dar, wenn andere davon erzählen. Da fällt mir unser Abenteuer mit der Schlange ein. Kamons Haus lag auf einem flachen Hang unterhalb der Akropolis und blickte auf den Nordhafen, der damals ausschließlich für Handelsschiffe genutzt wurde. Um die voll beladenen Frachter aufzunehmen, hatte man das Hafenbecken vertieft und im Osten mit einer Mole versehen, die bei stürmischer See die Wellen brach und den Hafen sicherer machte. Der Garten des Hauses grenzte an den Euripos, jenen etwa neunzig Fuß breiten Meeresarm, der Mytilene vom Festland trennt, sodass die Stadt im Grunde auf eine Insel gebaut ist.

Der etwas verwilderte Garten hatte sich zum Treffpunkt von uns Kindern entwickelt, wenn ich meine damals zwölf- und dreizehnjährigen Brüder überhaupt noch so nennen darf. Ich liebte es, den etwa fünfjährigen Larichos mit nach draußen zu nehmen und dabei die ältere und so viel gescheitere Schwester zu spielen. Er war mitten im Fragealter, und wenn ich keine Erklärung für seine unablässig prasselnden Fragen wusste, dann erfand ich eine.

Es mag ein Jahr nach unserem Umzug gewesen sein, als ein besonders heißer Sommer die Insel heimsuchte. Gegen Abend regte sich dann ein leiser Wind, der sich eine oder zwei Stunden vor Sonnenuntergang verstärkte und – da er von Norden kam – wohltuend über unseren Garten strich. Jeder weiß, dass trockene, heiße Sommer die Vermehrung der Schlangen begünstigen, und da Kamon seinen Garten wenig schätzte und kaum nutzte, war ein Teil davon verwildert und bot dem Gewürm viele Schlupfwinkel. Wir wurden nachdrücklich davor gewarnt, in das Gestrüpp einzudringen, aber solche Warnungen bewirken bei fantasievollen und lebhaften Kindern gerade das Gegenteil. Da könnte doch etwas Schönes verborgen sein, denken sie, das die Erwachsenen uns nicht gönnen, da sehen wir doch besser selbst nach.

Ich nahm den kleinen Larichos an die Hand, und gerade als wir in den rückwärtigen Teil des Gartens eindrangen, hörte ich die Stimme meines Bruders Erigyos rufen: »He – was wollt ihr da drin? Da gibt es Schlangen, Marder, Ratten und anderes Raubzeug – kommt lieber zurück und spielt beim Haus.«

Es war ja sonst nicht Erigyos' Art, sich um seine Geschwister zu kümmern, doch als Älterer trug er einen Teil der Verantwortung, und wenn ein Unglück geschah, wollte er sich nicht nachsagen lassen, er habe uns nicht gewarnt. Da ich seine Rufe einfach überhörte, kam er uns nach. Später habe ich erfahren, dass gerade die Feuerotter gegen Abend aus ihrer sonnentrunkenen Trägheit erwacht, um in der Dämmerung auf Eidechsen, Mäuse und Jungvögel Jagd zu machen.

Im hinteren Teil des Gartens gab es den Rest einer zyklopischen Mauer, die – so Kamon – vermutlich zu einer uralten Befestigungsanlage gehört hatte. Sie ragte nur ein paar Fuß aus dem Boden, war zum Teil von dornigen Ranken überwuchert, aber da gab es einen Vorsprung und darauf hatte sich die graubraune, schwarz gefleckte Viper niedergelassen, genoss – locker zusammengerollt – die letzten Sonnenstrahlen. Und wir, die ungestümen Kinder, störten ihre Ruhe. Erigyos hatte sich vorsichtshalber mit einem Stock bewaffnet und uns, den Kleineren, je einen gewichtigen Stein in die Hand gedrückt.

»Man soll niemals unbewaffnet ein fremdes Gebiet erkunden«, sagte er naseweis.

Die Schlange dachte keineswegs daran, vor uns die Flucht zu ergreifen. Sie blähte sich auf, ihr schmaler Kopf schnellte in die Höhe, die in zwei Spitzen geteilte Zunge fuhr zischend aus dem Maul. Erigyos und ich erkannten die Gefahr, aber Larichos, der dieses lustige Abenteuer genoss, jedoch immer wieder vor der »bösen Schlange« gewarnt worden war, warf jauchzend seinen Stein und traf die Viper am Kopf, der zwar geschmeidig zurückschnellte, jedoch keine Zeit mehr fand, vorzustoßen, denn Erigyos knüppelte das Tier schnell nieder und ich half dabei nach Kräften mit.

In seinen späteren Berichten trat mein Bruder stets mit dem Anspruch auf, er allein habe die Viper durch Stockschläge getötet, während ich mich klugerweise der Stimme enthielt, um dem Vorwurf zu entgehen, ich habe den kleinen Larichos mutwillig einer Gefahr ausgesetzt. Auch Erigyos erwähnte den kleinen Bruder nicht. Das war zwischen uns nicht abgesprochen, sondern geschah in stillschweigendem Einvernehmen. So fiel Larichos aus einer Geschichte heraus, in der er, genau betrachtet, den Helden gespielt hatte. Wäre die Schlange nicht von seinem Steinwurf für Augenblicke betäubt und verwirrt gewesen, so hätte ihr schneller Biss einen von uns erwischt und vermutlich getötet.

Blicke ich auf mein Leben zurück – anderen wird es ähnlich ergehen –, so setzen sich die meisten Ereignisse aus Unwägbarkeiten, Zufällen, falscher oder mangelnder Erinnerung zusammen, die manches vermengt, ausklammert, aber auch von andern Erlebtes zu eigenem macht.

Zurück zu meiner Mutter und ihren Plänen für mich, die jetzt sieben- oder achtjährige Tochter.

Auf der Akropolis von Mytilene gab es – ähnlich wie in Eresos – eine Reihe von Tempeln, Kapellen und Altären für die verschiedensten Gottheiten, nur war hier alles größer, kostbarer und aufwändiger gestaltet. Aphrodite und Athena besaßen einen ansehnlichen, gemeinsamen Tempel, Apollon und Asklepios einen anderen. Für Poseidon, Hermes und die Nereiden, die Töchter des Meeresgottes Nereus, gab es Kapellen und Altäre in beiden Häfen. Hermes, der Gott der Kaufleute, wurde zudem am Handelshafen in einem eigenen kleinen Tempel verehrt. Der Tempel von Aphrodite und Athena wurde damals ausschließlich von Priesterinnen geführt, auch Tanz, Chor und alle Hilfsdienste waren in weiblicher Hand, ausgenommen das Amt der Opferpriester, das abwechselnd von den Metzgermeistern der Stadt übernommen wurde.

Um die Zeit meines achten Geburtstages brachte Kleis mich zu einer angesehenen *choregis,* besser gesagt es war die für Mytilene maßgebende Chorführerin, die eine Reihe von Mädchen in Singen, Tanz und an Musikinstrumenten ausbildete. Da die Mädchen schnell zu Frauen wurden und wegheirateten, gab es für Abanthis ständig Probleme mit dem Nachwuchs. Denn auf eines achtete sie streng: Die Mädchen mussten aus guten Familien stammen und sie nahm lieber einen verminderten Chor in Kauf, als dabei Zugeständnisse zu machen. Abanthis kam unseren Wünschen zuvor und ließ anfragen, ob Kleis geneigt sei, ihre Tochter zu einer »Dienerin der Göttin Aphrodite« zu machen. So drückte sie sich aus und so empfanden wir es.

Die in Kypros dem Meer entstiegene Zeus-Tochter genoss und genießt auf Lesbos hohe Verehrung und Abanthis versuchte ihren neuen Schülerinnen deren Wesen begreiflich zu machen.

»Aphrodite waltet nicht nur als Göttin des Liebesverlangens und seiner Erfüllung, ihr Geist weht im Frühling durch die Gärten und Haine – Myrte und Rose sind ihr heilig. Viele Seeleute opfern vor großer Fahrt auch ihr in ihrer Eigenschaft als Euploia – der Göttin, die gute Fahrt verleiht. Doch Aphrodite wäre keine Göttin, hätte sie nicht zugleich ihre dunklen Seiten. Das, liebe Mädchen, braucht ihr jetzt allerdings noch nicht zu wissen – die meisten von euch werden es im Leben ohnehin erfahren.«

Doch welches acht-, neun- oder zehnjährige Mädchen interessiert sich für die dunklen Seiten des Lebens? Freudig und beschwingt blickten wir in eine Zukunft, die für eine Reihe von Jahren dem Dienst der holden Göttin geweiht war, und ich erinnere mich recht gut, wie sehr ich meine Brüder bedauerte, die ständig sich und ihren Mentoren beweisen mussten, wie mutig und geschickt, wie fleißig und ausdauernd sie waren. Freilich, etwas davon, nämlich Fleiß und Ausdauer, wurde auch von uns Mädchen verlangt. Besonders beim *choros* – dem Reigentanz – war Abanthis unerbittlich. Sie ließ uns stunden-, ja tagelang üben, bis jeder Schritt, jede Bewegung so fehlerlos war, wie sie es im Namen der Göttin forderte.

»Nicht ich, liebe Mädchen, bestehe auf einer Vollkommenheit, nach der wir Menschen streben, die wir aber niemals erlangen werden. Kypris ist es, die sie verlangt, aber sie weiß auch, dass ihr dieses Ziel niemals erreichen werdet. Ich bin schon zufrieden, wenn ihr ihm so nahe wie möglich kommt.«

Wir, ihre Schülerinnen – zumindest die meisten von uns –, waren schon bald überzeugt, dass Abanthis diesem Ziel nicht nur nahe gekommen, sondern es auch erreicht hatte.

Sie entstammte einer der edelsten Familien von Methymna, der reichen Stadt an der Nordspitze der Insel, hatte nach Mytilene geheiratet und war früh, noch kinderlos, verwitwet. An neuen Bewerbern hätte es ihr wahrhaftig nicht gefehlt, doch sie beschloss – gegen den Willen ihrer Familie –, ihr Leben der seligen Göttin zu weihen. Ihre in die Ehe eingebrachte Mitgift legte sie am Altar der Kypris nieder. Dieses Verhalten hatte einiges Aufsehen erregt, doch die von ihr begründete Chor- und Tanzschule hatte bald ein solches Ansehen gewonnen, dass es nicht nur für Adelsfamilien aus Mytilene eine Ehre war, wenn die Töchter bei ihr aufgenommen wurden. Schnell sprach sich herum, welche Anforderungen sie für eine *areté*, also für eine Eignung zur Ausbildung, stellte: ein strahlendes Antlitz, schöner Wuchs, schlanke Beine, ein anmutiger Schritt, glänzendes Haar, eine schöne Stimme.

Brachte ich diese Eigenschaften tatsächlich alle mit? Schlank war ich wohl – damals wie heute – und es mag schon sein, dass mein Antlitz strahlte, als ich der berühmten Frau gegenüberstand. Anmutig schreiten hatte mich Kleis gelehrt und meine etwas dünne, jedoch wohlklingende Stimme war ihr Erbteil.

Heute, nachdem ich später in Abanthis' Fußstapfen getreten war, weiß ich, dass die von ihr geforderten Eigenschaften nur Orientierungspunkte darstellten und die *areté* nicht allein von ihnen abhing. Was nützt ein schöner Wuchs, eine klangvolle Stimme und ein leuchtendes Antlitz, wenn die innere Bereitschaft fehlt? Wer aber aus tiefstem Herzen bereit ist, sich dem Dienst der Göttin hinzugeben, der wird sich – ich habe das oft beobachtet – auch im Äußeren ändern. Manchmal habe ich rechte Pummelchen aufgenommen, dicklich mit unschönem Gang, stumpfem Haar und quäkender Stimme, doch ich fühlte deutlich, dass ein glühendes Verlangen diese Mädchen bewegte, der Göttin zu dienen und das dafür Nötige bei mir zu erlernen. Was dann oft schon nach kurzer Zeit aus dem Pummelchen wurde, hat ihre Eltern und selbst mich in Erstaunen versetzt.

Die Chorschule der Abanthis befand sich im Südosten der Stadt, etwa in Höhe des Südhafens, der den Kriegsschiffen vorbehalten war. Die besaßen einen sehr flachen Kiel und wurden nach dem Anlanden auf das sandige Ufer gezogen.

Der Garten unserer Schule schaute nach Osten aufs freie Meer hinaus. Dort war die Mauer so niedrig gehalten, dass wir bei unseren Tanzübungen im Freien einen ungehinderten Blick auf die Meeresfläche hatten. Abanthis verband damit eine bestimmte Absicht. »Wer den Körper tanzend und singend bewegt, wird durch den Anblick von Mauern und Türmen – ja sogar durch den von Bäumen und Büschen – in seiner freien Entfaltung gehemmt. Das beengt die Brust, verwirrt das Auge und lenkt den Geist in eine falsche Richtung. Darum, liebe Mädchen, soll das Meer euch frei atmen, frei schauen lehren.«

Wer mich heute nach dem Aussehen unserer Lehrerin fragen würde, brächte mich in schiere Verlegenheit. Sie war schlank, mittelgroß, hatte einen leichten, doch festen Gang und ihr Gesicht ... Ja, ihr Antlitz – wie sah es nur aus? Es liegt wie hinter einem Nebel und ich weiß nur noch, dass es von innen heraus leuchtete, dass ihm ein Zug eingeprägt war, als schicke sie sich an zu lächeln.

Es dauerte nicht lange, dann hatte ich mich in Abanthis unrettbar verliebt. Wenn ich dieses starke Wort gebrauche, so will ich damit sagen, dass nichts und niemand mich vor dieser Liebe hätte retten können. Ich wollte ja nicht gerettet werden und wäre jedem Feind gewesen, der es versucht hätte. Doch niemand tat es, weil ich mir lieber die Zunge abgebissen hätte, als etwas von meinen Gefühlen preiszugeben. Abanthis – so glaube ich wenigstens – spürte meine Zuneigung, aber in unserer Schule gab es an die zwei bis drei Dutzend Mädchen und kaum eine war darunter, die nicht ähnlich wie ich empfunden hätte.

Es gibt viele Arten von Liebe, Zuneigung und Verehrung, doch da ist ein wesentlicher Unterschied. Liebe, die mit körperlichem Verlangen einhergeht und auf Erfüllung drängt, will keine Nebenbuhler. Jeder, der sich in gleicher Absicht dem geliebten Wesen nähert, wird zum Feind. Anders bei der geistigen, wortlosen, aber nicht weniger innigen Zuneigung, wie ich sie Abanthis gegenüber fühlte. Ich wäre auf jede meiner Mitschülerinnen böse gewesen, die nicht ebenso empfunden hätte, und ich weiß, dass es diesen genauso erging.

Diese Umstände brachten es mit sich, dass ich alles vermied, um Abanthis zu missfallen, und dass ich mich heiß bemühte, der *areté*, ihrem idealen Mädchenbild, nahe zu kommen. Abanthis strafte und lobte selten, aber immer begründete sie es.

»Wir werden uns in einigen Dingen von den für Knaben und junge Männer als richtig und geeignet erkannten Erziehungsmethoden unterscheiden. Hier gibt es weder Stock noch Geißel, weder Maulschellen noch Kopfnüsse. Wer von euch ohne dergleichen nicht auskommt, hat hier nichts zu suchen. Wo Strafe nötig ist, besteht sie im Entzug von Schulstunden, die ihr nicht als Last oder Sisyphosarbeit empfinden sollt, sondern als Glück und Vorzug. Und deshalb gibt es auch keine ausgesprochenen Belohnungen, denn unser Dienst an Aphrodite soll Lohn genug sein.«

Alle sahen das ein, und wer nicht damit einverstanden war, schwieg und unterwarf sich den von Abanthis aufgestellten Regeln. Kritik an Männern war von ihr nicht zu hören, und als Pittakos von seinem erfolgreichen Feldzug zurückkehrte, ließ sie uns eine ›Hymne auf den Sieger‹ einstudieren, die wir ihm vor dem *prytaneion* darbrachten. Allerdings war sie schon darauf bedacht, das in ihren Augen Unschöne an männlichen Verhaltensweisen kritisch aufzuzeigen und uns davor zu warnen. Eines ihrer Lieblingsthemen war der anmutige Schritt.

»Schaut euren Brüdern und Vätern einmal genau zu, wie sie gehen, und dann wisst ihr schon, dass dieses anmaßende, unschöne Dahinstelzen einer Frau nicht ansteht, sie hässlich und abstoßend macht. Ich werde es euch erklären. Die Männer, meist schon als Knaben, schleudern die Oberschenkel nach vorn und lassen das Bein nachschnellen. Dabei kommt nichts weiter heraus als ein ungeschlachtes Stampfen. Ihr aber sollt beim Schreiten sanft die Knie biegen und zugleich den Fuß nach vorn gleiten lassen.«

Sie führte es uns vor – den unschönen Gang der Männer

ebenso wie das von ihr angestrebte anmutige Schreiten der Frauen. Natürlich taten wir Mädchen noch am selben Tag nichts anderes, als das ungeschlachte Stampfen unserer Brüder, Väter und männlichen Dienstleute genau zu beobachten, und stellten dabei fest, dass unsere Lehrerin in den meisten Fällen Recht hatte.

Abanthis, die sich von vielen geliebt wusste, tat alles, um auch nur den Anschein einer Vorzugsbehandlung zu vermeiden. Wenn sie Lieblingsschülerinnen hatte, dann zeigte sie es nicht, aber manchmal gab es doch Augenblicke, da glaubte ich zu ahnen, dass sie der einen oder anderen Mitschülerin einen liebevollen Blick schenkte. Auch mir geschah das bisweilen und noch heute fühle ich den freudigen Schauer, der mich durchrieselte, mir den Atem stocken und die Stirne heiß werden ließ. Da schwebte ich dann die nächsten Stunden nur so dahin und dachte in meiner vermessenen Entzückung, so muss es den Göttern zu Mute sein, wenn sie über die Wolken schreiten.

Mit den Jahren, ich gebe es zu, ließ diese Kleinmädchenverliebtheit nach, es blieben jedoch der Respekt und die Verehrung für eine wunderbare Frau und Lehrerin.

7

In unserem Haus – ich nenne es einfach so, weil Kleis unbestritten dort herrschte – hatte sich eine Art Dreiteilung ergeben. Kamon behielt zwar die Übersicht, prüfte dann und wann die Fortschritte seiner Neffen, besprach mit Kleis verschiedene Fragen, das Haus und die Familie betreffend. Im Übrigen fand sein Leben im Kreise der politischen Freunde statt und es verging kaum ein Tag, da er nicht an einem auswärtigen *symposion* teilnahm. Der zweite Kreis betraf meine älteren Brüder. Sie teilten ihr Leben zwischen dem an unserer Seite und dem im Haus ihres Mentors, blieben aber mit uns unter einem Dach – das heißt, je älter sie wurden, desto mehr entfernten sie sich aus dem Lebenskreis von Mutter, Schwester und kleinem Bruder.

Larichos allerdings wusste sehr wohl, dass er bald in die männliche Welt eintreten würde, und begann seit seinem sechsten Lebensjahr, sich aus der weiblichen Sphäre zurückzuziehen. Zu ihm kam nun täglich ein Hauslehrer und seine Spielstunden mit mir wurden beträchtlich verkürzt. So verblieben meine Mutter und ich als dritter Kreis, umgeben von einigen langjährigen Dienerinnen, die mit uns aus Eresos hierher gezogen waren. Manchmal ergab es sich schon, dass unsere Kreise sich überschnitten, dass wir alle im *andron* zusammensaßen, um etwas zu feiern oder um Kamons Schilderung der politischen Lage zu lauschen. Freilich war es unüblich, dass daran auch Frauen teilnahmen, doch mein sonst eher altehrwürdigen Bräuchen verpflichteter Onkel vertrat die Auffassung, dass in Krisenzeiten auch die Frauen das Schicksal ihrer Familien – Ausweisung, Verbannung, Enteignung – zu teilen hatten und deshalb das Recht besaßen, über alles im Bilde zu sein. Wie bald schon unsere ganze Familie davon betroffen sein würde, ahnte keiner von uns und damals gab es nicht die geringsten Anzeichen dafür.

Wie das auswärtige Leben meiner älteren Brüder aussah, hatte mir Kleis erzählt, doch auch sie kannte es nur vom Hörensagen und davon, was ihre heranwachsenden Söhne preisgaben.

»Das ist die Welt der Männer, Sappho, wir dringen da nicht ein. Die einzigen Frauen, die zu gewissen Anlässen daran teilhaben, sind die Hetären und du bist nun alt genug, um darüber Bescheid zu wissen. Die *pezai hetairai* lassen wir vorerst beiseite, das sind niedrige Dirnen, die üblicherweise in den Kreisen unserer Männer nicht zu finden sind.«

So sprach Kleis, meine Mutter. Heute weiß ich es besser und habe die Erfahrung gemacht, dass eine gewisse Art von Männern – es gibt sie in allen Ständen – an keinem weiblichen Wesen vorbeigehen kann, ohne lüsterne Augen zu machen. Es ist kein Geheimnis, dass auch die Sprösslinge aus den besten Kreisen ihre ersten Erfahrungen mit kundigen Hafendirnen machen.

Schnell sprach Kleis weiter. »Hier geht es um die *hetairai musikai,* die singen, tanzen und konversieren können, sich auch sonst durchaus zu benehmen wissen. Diese Frauen werden für Geld zu den *symposia* geladen und wie gesagt – sie sind die einzigen Frauen, die daran teilnehmen.«

Ich war empört. »Das ist ja scheußlich! Sich für solche Dienste bezahlen zu lassen ...«

Kleis hob die Hand. »Urteile nicht vorschnell! Diese Frauen haben sich ihr Schicksal nicht ausgesucht. Meist wurden sie schon als kleine Mädchen in die Sklaverei verkauft; ihr Besitzer hat sie in musischen Künsten ausbilden lassen und erhält dafür einen Teil ihrer Einkünfte. Die meisten von ihnen können sich später freikaufen, manche finden sogar einen Mann, der sie heiratet. Diese Frauen haben viel erlebt, und wenn es ihnen gelingt, an einen häuslichen Herd zu kommen, so werden sie zu Haus- und Ehefrauen von strengster Tugendhaftigkeit. Ich kenne da einige ...« Ich riss vor Erstaunen die Augen auf. »Du, Mutter? Wie kannst du mit solchen – ich meine, wie ist es möglich, dass ...«

Sie unterbrach mich schroff. »Es ist möglich! Damit sehe ich dieses Thema vorerst als beendet an.«

Wenig später ergab es sich durch einen Zufall, dass ich doch mehr über das Leben meiner Brüder erfuhr, als mir lieb war – oder besser gesagt, mehr als ich damals verstand.

Kamon hatte sich nun doch entschlossen, den verwilderten Garten etwas zu kultivieren, doch der Gärtner war angewiesen, die entlang der Mauer wachsenden Bäume und Sträucher stehen zu lassen. Dort trafen sich an Sommerabenden – des kühlen Nordwindes wegen – von Zeit zu Zeit meine Brüder, brachten manchmal gleichaltrige Freunde mit und taten, was sie sonst nur den Frauen nachredeten, sie tratschten nach Herzenslust über alles, was sie bewegte und erregte.

Larichos war schon ins Bett gebracht worden und ich zog mich in mein Zimmer zurück unter dem Vorwand, eine lange Götterhymne einstudieren zu müssen. Mein Schlafraum gehörte im oberen Stockwerk zur *gynaikonitis,* doch bei dem an einen Hang gebauten Haus ergab es sich, dass mein Fenster fast ebenerdig lag. Ich war gerade am Einschlafen, da hörte ich vom Garten her leise Stimmen, unterbrochen von lautem Gelächter, das aus dem undeutlichen Gemurmel aufloderte wie ein harziger Kienspan im kleinen Feuer. War es Neugier, die mich hinaustrieb, oder nur der Wunsch, meine Nase ein wenig in das Leben meiner Brüder zu stecken? Jedenfalls wurde ich sofort hellwach, und noch ehe mich eine innere Stimme warnen konnte, war ich in meinen *peplos* geschlüpft, aus dem Fenster geklettert und schlich nun gebückt in Richtung der Stimmen. Ein schlechtes Gewissen hatte ich nicht, fühlte eher etwas wie Trotz, denn meine älteren Brüder redeten gerne und oft über das Hauptlaster der Frauen und Mädchen, nämlich ihre Neugier, und der kleine Larichos plapperte es ihnen schon nach. Damit ihr ja Recht behaltet, ging es mir durch den Kopf, werde ich mein weibliches Laster jetzt ausleben.

Von einem sternenklaren Himmel blinkte die schon etwas fülliger gewordene Mondsichel wie frisch geputztes Silber. Ihr mildes Licht überzog die Bäume und Sträucher mit einem zarten Gespinst, im Übrigen hätte ich mich hier auch blind zurechtgefunden. Das von Zeit zu Zeit aufbrandende Gelächter nutzte ich, um jeweils ein paar schnelle Schritte zu tun, und gelangte so in Hörweite der Stimmen, wo ich mich hinter einem Busch niederkauerte. An ihrer Stimme erkannte ich meine Brüder Charaxos und Erigyos, dazu müssen es noch zwei oder drei ihrer Freunde gewesen sein. Einer davon fragte: »Wie war das bei deinem Alten? Ist er gleich aufs Ziel losgegangen oder hat er zuerst herumgelabert?«

Ich hörte die scharfe, helle Stimme meines Bruders Erigyos.

»Der Kerl ist ein Waffennarr wie ich, und noch ehe es zu einem längeren Gespräch kam, musste ich ihm meine Kenntnisse vorführen. Er ist schon ziemlich alt, so um die dreißig, aber ganz auf Zack, wenn es um Speerwerfen oder Bogenschießen geht. Ein paar Tage danach wollte er mit mir nackt ringen und danach musste ich ihm einen abwichsen. Er hat da keine großen Ansprüche ...«

Sie lachten und eine fremde Stimme sagte: »Da ist meiner ganz anders. Zuerst hielt er mir einen langen Vortrag von Sinn und Zweck des Lebens und danach beklagte er sich über seine Frau oder besser gesagt, über das ganze weibliche Geschlecht.

Es werde ihm von Mal zu Mal unheimlicher, wenn er seinen Schwanz in eine Muschi stecke. Da quäle ihn jedes Mal der Gedanke, was verbergen die nur da drin und ob die Falle nicht einmal zuschnappe wie ein Raubtiergebiss und er dabei seinen Schwengel einbüße. Das gehe schon so weit, sagte er, dass beim Anblick einer nackten Frau sein *peos* vor Schrecken in sich zusammenfalle, als wolle er sich verkriechen. Bei uns Männern, meinte er, sei das alles viel klarer und übersichtlicher. Was wir haben, hänge sichtbar draußen und brauche kein Licht zu scheuen. Bei diesen Worten zog er mir den *chiton* über den Kopf und zerrte sich sein Gewand vom Leib. Ich musste seinen *embolos* massieren – ja er nannte ihn tatsächlich Rammsporn – und ihr glaubt nicht, wie schnell das Ding eisenhart wurde. Dann goss er Duftöl darauf und ich musste meinen Hintern hinstrecken und er rammte seinen Sporn in mich, dass ich laut aufstöhnte. Danach sagte er doch tatsächlich, es habe ihn sehr angeregt, als er mich vor Lust stöhnen hörte. Zum Glück geschieht so etwas nicht oft. Genau betrachtet führen mein Mentor und ich zwei grundverschiedene Leben – ein geheimes und ein öffentliches. Das geheime findet auf der *kline* in seinem so genannten Arbeitszimmer statt, das sonst niemand betreten darf. Dort muss ich ihm den Schwanz lecken und den Sack kitzeln, dort holen wir uns gegenseitig einen herunter und dann überhäuft er mich mit Kosenamen wie *lapidorchas, peodes, orthagoras* oder *lastauros.*«

Da ertönte lautes Lachen.

»Das gibt es doch nicht! Dein Mentor ist doch sonst als mundfaul bekannt, während er bei dir zum Dichter wird.« Er kicherte und wiederholte genüsslich: »Hodenkönig, Schwellschwanz, Steifling, Stierschwanz – bei Priapos, so etwas muss einem einfallen!«

»Da hast du wohl Recht, doch das ist nur die eine Seite. Im öffentlichen Leben muss ich ihn behandeln wie ein rohes Ei, triefend vor Ehrfurcht, Diensteifer und herzlicher Zuneigung. Er spielt den erfahrenen und viel wissenden Freund, stets bemüht, mich zu leiten, zu fördern, meine Lebensführung vollkommen zu machen. Na ja, ich werde es schon durchstehen ...«

Ich erkannte das fette, behagliche Lachen meines Bruders Charaxos.

»Wenn ich euch so höre, kann ich nur sagen: Da habe ich Glück gehabt! Eumenos geht ganz in seinen Geschäften auf und hat wenig Sinn für gewisse Spielchen. Wenn dich dein Schwanz juckt, hat er mir geraten, dann wichse dir einen ab oder geh runter zum Hafen, da gehört mir ein kleiner Puff. Ich schreibe dir eine Empfehlung und du kannst dort kostenlos sämtliche Damen durchvögeln. Wirst es eh bald satt haben ... Ja, so redete er und ich habe es mir nicht zwei Mal sagen lassen, bin jetzt ständiger Gast bei einer Hetäre namens – nein, das werde ich euch nicht verraten.« Wieder lachte er. »Was du von deinem Mentor erzählt hast und wie er den Schoß der Frauen fürchtet, das kann ich, ehrlich gesagt, nicht verstehen. Es gibt doch nichts Schöneres als so eine feuchtwarme Muschi, die sich auftut, wenn dein Schwanz anklopft, und dann – oh-oh-oh ...«

Ich konnte mir vorstellen, wie Charaxos, der Genießer, dabei seine Augen genüsslich verdrehte. Wovon redeten diese Kerle überhaupt? Was war unter Hodenkönig, Schwellschwanz und Steifling zu verstehen? Was tat mein Bruder, wenn er Damen durchvögelte? Vor meinem inneren Auge sah ich ihn im Kreise von Hetären – denn um solche musste es sich wohl handeln –, wie sie ihm mit Flöte und *kithara* aufspielten, während andere dazu tanzten. Dann küsste er sie der Reihe nach ab – und danach ... Eine Muschi, die sich auftut? Ein Schwanz, der anklopft? Pah – das waren Männergeheimnisse, die mich nichts angingen und die vermutlich genauso langweilig waren wie die Adelsversammlungen im *prytaneion* und die dort gehaltenen endlosen Reden – Kamon hatte sie mehrmals erwähnt.

Ich wollte mich schon zurückschleichen, als ein anderer zu reden begann. Seine aufgeregte, empört klingende Stimme ließ mich verweilen.

»Hätte ich gewusst, dass es so etwas gibt, dann wäre ich meinem Vater so lange in den Ohren gelegen, bis wir einen anderen Mentor gefunden hätten. Es dauerte jedoch eine Weile, bis er sein wahres Gesicht zeigte. In den ersten Dekaden verhielt er sich vorbildlich, half mir beim Lernen, übte mit mir im *gymnasion* – alles so nett und unaufdringlich, dass ich mir täglich Glück zu diesem Mentor wünschte. Eines Abends, ganz plötzlich – ich wollte gerade nach Hause gehen – begann er so seltsam daherzureden, dass ich zuerst nicht wusste, wie es gemeint war und was er wollte. Er sagte, in meiner jugendfrischen Gegenwart spüre er seine Jahre umso stärker und vor nichts graue ihm mehr als vor Alter und Krankheit. Er habe nun einen Weg gefunden, um sich vorzugaukeln, er sei nicht schon über dreißig, sondern sein Leben beginne erst richtig und er werde sich in die Rolle eines acht- oder zehnjährigen Schuljungen versetzen.«

»Der ist wohl nicht richtig im Kopf«, hörte ich die empörte Stimme meines Bruders Erigyos.

»Es kommt noch schlimmer ... Um diesen Zustand glaubhaft und lebensecht zu gestalten, müsse ich den Lehrer spielen und ihn genauso behandeln wie einen zehnjährigen Schüler – zum Beispiel den Homer abfragen und etwaige Fehler streng bestrafen. Er zitierte dann gleich den Anfang der Odysseia – ihr wisst schon: Muse! Erzähle mir vom wendigen Mann, der die heilige Feste Trojas zerstörte! Er sah dann auf mannigfaltiger Irrfahrt – und so weiter. Ich habe das meiste längst vergessen. Der Alte stockte, versprach sich, warf sich mir zu Füßen, gestand seine Fehler ein und bat um strenge Bestrafung.

Beim rußigen Hephaistos! Was hättet ihr getan? Der Kerl holte einen Haselstock, legte sich auf seine *kline* und streckte mir den nackten Hintern entgegen. Die Sache muss jetzt ein Ende finden, dachte ich und fragte ihn, ob er sich jetzt schon jugendlich genug fühle. Erst wenn das Spiel zu Ende sei, rief er empört und forderte mich auf, ihm zwanzig kräftige Hiebe zu versetzen, oder sei es mir lieber, wenn er sie mir aufzähle? So dumm war ich dann auch wieder nicht und erfüllte sein Verlangen. Er schrie und stöhnte dabei, rief aber immer wieder: Nur weiter – nur weiter! Ich habe die Strafe verdient ...

Ja, meine Freunde, so geht es seither und ich gebe zu, dass ich mich an meine seltsame Rolle gewöhnt habe. Zuerst hat es mich angeekelt und Spaß habe ich bis heute keinen daran. Doch er dankt es mir mit Geschenken, tätiger Freundschaft und – auch das muss ich sagen – nie nachlassender Hilfsbereitschaft. Auch ich werde diese Zeit durchstehen ...«

Das hatte ich nun verstanden. Da gab es einen erwachsenen Mann, der auf diese Weise seine Jugend wieder finden wollte. Nur, dafür Schmerzen erdulden, sich durchprügeln lassen wie ein Sklave? Diesen Teil verstand ich nicht, doch offensichtlich steckte darin ein Zauber, der seine Wirkung tat.

Ich schlich in mein Zimmer zurück, mit heißer Stirn und wirrem Kopf. Dann beruhigte ich mich mit der Überlegung, dass die Geschlechter sich in vielem unterschieden und es auch bei Frauen einiges gab, wofür den Männern jeder Sinn fehlte. Mit diesen Gedanken schlief ich ein.

Später verstand ich nach und nach, worüber die Burschen sich unterhalten hatten, und wusste, dass es ein Teil ihres Lebens, ihres Erwachsenwerdens war – ein Teil, der die weibliche Menschheit nichts anging – oder doch, wenn auch auf andere Art.

Im Jahr darauf feierte ich meinen zehnten Geburtstag und Abanthis hielt es für angebracht, mich und andere gleichen Alters an einer großen, feierlichen Kulthandlung teilnehmen zu lassen – nicht als Gast, sondern als Mitwirkende.

Dann kam der Tag des Frühlingsfestes der Aphrodite. Noch vor dem Morgengrauen versammelten wir Mädchen uns nüchtern, frisch gebadet und in bodenlangen Kleidern um Abanthis, die an uns feine weiße Schleier verteilte, die wir lose um die Haare binden mussten. Abgesehen vom Opferpriester und seinen Gehilfen war es Männern nur erlaubt, die Opfertiere bis hinauf zur Akropolis zu begleiten, wo sie die Oberpriesterin in Empfang nahm. Dann mussten die *archontes*, die hohen städtischen Beamten, umkehren und die Prozession setzte ihren Weg fort. Das Tor zum Vorhof des Tempels stand weit offen, wir zogen ein, an unserer Spitze zwei ältere Mädchen, die das Gefäß mit dem Weihwasser und den Korb mit den Gerstenkörnern trugen. Unter der Gerste lag das Messer für den Opferpriester verborgen.

Während die Oberpriesterin das Haupt des weißen Stieres zu einem rituellen Gebet mit Weihwasser besprengte, sangen wir den Hymnos auf Aphrodite; unsere besten Tänzerinnen – ich gehörte damals nicht dazu – umtanzten in feierlichem Reigen den Opferaltar. Zur Musik von Flöten und leisen rhythmischen Trommelschlägen stimmten wir an:

Wir singen das Lied von den Werken der goldenen Kypris,
Die den unsterblichen Göttern süße Sehnsucht einflößt,
Wie auch die Geschlechter der Sterblichen jäh überwältigt.
Dazu die Vögel am Himmel und alle anderen Tiere,
Deren riesige Zahl sich vom Meere ernährt und
vom Festland.
Ihr, der Göttlichen im herrlichen Stirnband, huldigen alle.

Während wir tanzten und sangen, nahm die Priesterin einige Gerstenkörner aus dem Korb, schnitt vom Kopf des Opfertieres ein Büschel Haare ab und warf sie in das auf dem Altar flammende Feuer. Damit war der Stier Aphrodite geweiht, gehörte ihr und nicht mehr den Menschen, war göttlich geworden. Unser Gesang verstummte und feierlichen Schritts nahte sich der Opferpriester mit seinen Gehilfen. Als er mit seiner Axt ausholte, um dem Tier die Stirn zu zerschmettern, zogen die Priesterinnen und wir unsere Schleier vor das Gesicht. Dann ergriffen die kräftigen Gehilfen die Hörner des Stieres und bogen seinen Kopf weit zurück, damit der Rinderschlächter mit einem kräftigen Schnitt die Halsader öffnen konnte. Als das Blut in hohem Strahl gen Himmel spritzte, stießen wir die *ololyge* aus, den lauten rituellen Schrei.

Während der *boutypos*, der Rinderschlächter, mit seinen Gehilfen geschickt das Opfertier zerteilte, setzten wir unseren Hymnos mit der Huldigung des Hesiodos fort:

In Kypros ging die hehre, schöne Göttin an Land.
Ringsumher spross das Gras unter ihren schlanken Füßen.
Schaumgeborene nennen Götter und Menschen sie,
Kypris aber, weil sie auf der meerumbrandeten Insel
geboren,
Die das Lächeln liebende, weil stets lieblich sie lächelt
Ihr folgt Eros ...

Wir sahen nicht, was der Opferpriester inzwischen tat, doch Abanthis hatte es uns zuvor genau geschildert. Er öffnete die Brust des Stieres, entnahm ihm Herz, Lunge, Leber, Milz und Nieren, zuletzt die Gedärme. Dann wurde das Tier enthäutet und zerteilt. Die Schenkel wurden mit Fett umwickelt, mit Wein übergossen und zu Ehren der Göttin verbrannt. Der dabei zum Himmel steigende Rauch stellt die Verbindung zwischen der Gottheit und den Menschen her, ist willkommene Nahrung der Götter. Die Eingeweide wurden dann auf Spieße gesteckt, von den Priesterinnen über dem Altar geröstet und von uns als heiliges Opfermahl verzehrt. Ich weiß noch genau, dass ich ewig auf einem Stück halb rohen Herzens herumkaute und es schließlich mit gewaltiger Anstrengung hinunterschluckte. Das hatte mit Empfindungen wie Hunger, Wohlgeschmack oder Sättigung nichts zu tun – man nahm etwas Heiliges in sich auf.

Wie überlegen fühlte ich mich da meinen Brüdern und ihren Mentoren – ja, der ganzen Männerwelt. Mögen diese Hodenkönige, Steiflinge und Schwellschwänze doch ihre kleinen schmutzigen Geheimnisse haben! Was ich heute erlebe, hebt mich himmelhoch über diese Männerspiele hinaus – ich schaue von oben auf sie herab und kann sie nicht einmal verachten, nein, ich bedauere sie nur.

So dachte die zehnjährige Sängerin der Aphrodite und begegnete ihren Brüdern von da an so schnippisch und mit unverhohlener Herablassung, dass unsere Mutter mich fragte, ob ich irgendwelche Probleme hätte. Nein, sagte ich, ich sei nur froh und glücklich, dass ich als Mädchen zur Welt gekommen sei.

Da lachte Kleis und strich mir über die Haare. »Bewahre diesen Frohsinn, mein Kleines ...«

Abanthis sorgte auch dafür, dass wir von Zeit zu Zeit im *heraion* auftraten, dem am Golf von Pyrrha gelegenen Heiligtum aller auf Lesbos lebenden Menschen.

Dort sangen und tanzten wir zu Ehren der Göttin Hera, der Schwestergemahlin des Zeus, Schutzherrin des Ehelebens. Hier war auch dem Dionysos ein prächtiger Altar errichtet worden, doch ihn zu feiern waren wir noch zu jung, denn das stand nur erwachsenen Frauen zu. Es wurde allerhand darüber gemunkelt, wie maßlos wild und orgiastisch diese stets im Freien abgehaltenen Feiern verliefen, aber Genaueres wussten wir nicht. Wie ich später erfuhr, war es von Staat zu Staat verschieden, ob Männer daran teilnehmen durften. In Athen waren sie von den Mainaden – so werden die feiernden Frauen genannt – als Zuschauer geduldet, in Lesbos durften nur junge Priestergehilfen, als *satyroi* verkleidet, dabei mitwirken, anderswo waren es reine Frauenfeste.

Dionysos, der Gott des Rausches und der Ekstase, ist nie der meine geworden, denn ich wollte niemals – wie es der Gott erwartet – ›außer mir‹ sein, auch wenn ich es einmal erlebt habe.

Die alten Götter scheinen da, mit Respekt gesagt, ähnliche Vorbehalte zu hegen, denn Dionysos ist als Sohn des Zeus mit einer Sterblichen zwar selbst ein unsterblicher Gott, aber an der Göttertafel im Olymp darf er nicht teilnehmen. Dessen ungeachtet bin auch ich eines Tages als Mainade in die Wälder gezogen und werde vielleicht später davon berichten.

Ehe ich zum Schicksal unserer Familie komme, das sich wohl keiner von uns so wechselvoll gedacht hatte, will ich über Pittakos berichten und sein siegreiches Eingreifen in der Troas bei Sigeion. Als Frau konnte ich über diesen Feldzug nur aus verschiedenen Berichten schöpfen, doch sein mutiges, ehrenhaftes Verhalten, das letztlich diesen Krieg beendete, hat Pittakos als Feldherrn unsterblich gemacht. Dass wir diesen Mann später von einer ganz anderen Seite kennen lernen sollten, steht auf einem anderen Blatt, doch wider Erwarten hat Pittakos am Ende uns alle überrascht.

8

Hier nun mein Bericht. Als Pittakos einstimmig zum *strategos*, also zum Führer unserer Truppen ernannt worden war, gelang es ihm in kürzester Zeit, genügend Freiwillige und Söldner anzuwerben, um mit beeindruckender Heeresmacht im Hafen von Abydos anzulanden. Die Athener aber – durch Spitzel vorgewarnt – sandten ihren tüchtigen *strategos* Phrynon mit einer wohl gleich starken Truppe nach Sigeion, wo sie inzwischen schon in großer Zahl Fuß gefasst hatten.

Bei gleich starker, gleich bewaffneter Heeresmacht – so habe ich mir sagen lassen – ist der Kampfgeist das Entscheidende. Söldner kämpfen für Geld und sind eher darauf bedacht, heil davonzukommen, als Männer, die ihre Heimaterde, also Haus, Hof und Familie, zu verteidigen haben. In diesem Krieg aber wollte es das Schicksal, dass beide Heere etwa gleich viel Söldner wie Freiwillige aufwiesen. Das war nun der Grund, dass der Zwist fast zwei Jahre lang hin und her wogte und sich in kleinen, wechselvoll siegreichen Scharmützeln erschöpfte.

Pittakos wie auch Phrynon vermieden die große, entscheidende Schlacht, die ein guter *strategos* nur wagt, wenn er sich dem Feind überlegen fühlt. Pittakos, im Alter schon weit über vierzig, viel erfahren und klug, wollte dem Zwist ein Ende bereiten und ließ Phrynon eine Aufforderung zum Zweikampf überbringen. Nicht wenige hielten das für sehr unbedacht, denn Phrynon war ein bekannter Olympionike, der schon mehrere Wettkämpfe gewonnen hatte.

Um ihre Warnungen auszusprechen, baten ihn seine Hauptleute um eine Unterredung. Zuerst nahm der Älteste das Wort.

»Edler Pittakos, an Alter und Erfahrung sind wir beide etwa gleich, darum verzeihe mir ein offenes Wort. Der Name Phrynon wird in Athen mit Ehrfurcht genannt, in Olympia wie in seiner Heimatstadt hat man ihm Denkmäler errichtet. Er hat an insgesamt drei olympischen Wettkämpfen teilgenommen und ist zwei Mal Sieger im Faustkampf gewesen, dazu je einmal im Diskos- und Speerschleudern. Dass du selbst ein kühner und geübter Kämpfer bist, wissen wir alle, aber bedenke, Phrynon ist etwa zehn Jahre jünger und hat sich als Olympionike bewährt. Du hingegen …«

Pittakos hob lächelnd seine rechte Hand. »Sprich nicht weiter, Verehrter. Du magst in vielem Recht haben, aber ein Faustkampf ist kein Schwertkampf. Mag bei dem einen die schiere körperliche Kraft ausschlaggebend sein, so fällt doch beim anderen auch die Kopfarbeit ins Gewicht. Du nennst dich – und gewiss mit Recht – einen erfahrenen Mann und so wirst du wohl wissen, dass nicht selten ein schwächlich wirkendes Bürschchen klug und fintenreich einem törichten Muskelprotz das Lebenslicht ausgeblasen hat.«

Der andere zögerte. »Das stimmt schon, aber ...«

»Ich tu's in jedem Fall! Wenn ich unterliege, so führt ihr den Kampf weiter und Ares möge euch gnädig beistehen.«

Ein junger Hauptmann sprang begeistert auf. »Und seine Söhne Phobos und Deimos mögen dir zur Seite stehen! Heil Pittakos – heil!«

Fast alle stimmten in den Beifall mit ein.

Der athenische Feldherr Phrynon hatte dem Zweikampf sofort und bedingungslos zugestimmt. Zu seinen Männern sagte er: »Dieser Kampf wird meinen olympischen Siegen ein weiteres Ruhmesblatt anfügen! Pittakos wird sich wundern ...«

Als Kampfplatz wurde eine ebene Fläche vor den Mauern der Stadt Sigeion ausgewählt. Eine Stunde nach Sonnenaufgang traten die beiden Kämpfer im Angesicht ihrer Truppen aufeinander zu. Als der Diener des Pittakos ihm Helm und Rüstung anlegen wollte, wehrte er ab.

»Nein, das brauche ich heute nicht. Besorge mir einen leichten Lederpanzer, wie ihn unsere Bogenschützen tragen – mehr ist nicht nötig.«

Der Diener zeigte sich entsetzt. »Aber, Herr, der andere wird dich sogleich in Stücke hauen, wenn du ungeschützt ...«

»Er wird es nicht, mein Freund.«

Phrynon erschien gepanzert von Kopf bis Fuß, als statte Ares den Menschen einen Besuch ab. Klirrend und martialisch stampfend betrat er das mit Speeren abgesteckte Rund und unter dem blinkenden Metall waren seine gewaltigen Muskeln zu ahnen. Erstaunt blieb er stehen und sagte etwas, das aber, weil er schon den geschlossenen Helm trug, nur als dumpfes Gemurmel zu hören war.

»Ich verstehe dich nicht ...«, sagte Pittakos laut.

Da nahm Phrynon den Helm ab und bellte: »Was soll das? Du trittst mir ungeschützt gegenüber! Willst du mich damit als

Kämpfer lächerlich machen? Traust du mir nicht zu, dass ich ...«

»Ich traue dir alles zu, doch in der Abmachung war nur von gleichen Waffen die Rede. Ob ich mich panzere oder nicht, geht dich nichts an. Nun sehe ich, dass du in der linken Hand eine Streitkeule hältst, ich trage nur das Schwert. Ich muss dich also bitten ...«

Phrynon grinste nur verächtlich, spuckte kräftig aus und schleuderte die Keule von sich.

»Also gut, da du es nicht anders willst ...«

Er setzte seinen Helm wieder auf und starrte durch die Augenschlitze hasserfüllt auf den Gegner.

Pittakos blickte mit seinen großen grüblerischen Augen den Gepanzerten abschätzend an. Er sah, womit er fest gerechnet hatte. Der bei den Athenern gebrauchte Kriegshelm schützte zwar den ganzen Kopf, doch er endete unter dem Kinn, während der Metallpanzer die Brust bis zum Halsansatz verdeckte. Dazwischen klaffte eine drei Finger breite Lücke, wo deutlich Phrynons mit schwarzen Kräuselhaaren bedeckte Haut zu sehen war.

Pittakos trug auf dem Kopf eine abgewetzte Lederkappe, kaum geeignet, auch nur einen leichten Schlag zu mildern. Darauf hatte sein Gegner es abgesehen, denn ein einziger Schwerthieb auf den Schädel hätte den Kampf entschieden.

Pittakos aber wehrte geschickt die auf seinen Kopf gezielten Schläge ab, tänzelte behände und leichtfüßig herum, während sich Phrynon wegen seiner schweren Beinschienen nur langsam bewegen konnte. Nicht wenige seiner mit zorniger Wucht geführten Hiebe sausten ins Leere, sodass Phrynon, von ihrem Schwung mitgerissen, nach vorn stolperte und zwei Mal beinahe gestürzt wäre. Das Gefäß der Wasseruhr zeigte noch keine halbe Stunde an, als Pittakos sein Haupt scheinbar ungeschickt darbot und damit den Gegner unvorsichtig werden ließ. Er wich blitzschnell seitlich zurück und stieß gleichzeitig sein Schwert in die ungeschützte Lücke zwischen Helm und Brustpanzer. Phrynon ließ sein Schwert fallen, taumelte zurück und stürzte zu Boden. Pittakos beugte sich über ihn, zog den Helm herunter, packte das Haar des Gegners und schlug ihm mit zwei Hieben den Kopf ab.

Durch die Reihen der Athener ging ein erregtes Raunen, aber den Hauptleuten gelang es, die Männer zurückzuhalten. Phrynons Stellvertreter betrat den Kampfplatz und beugte sein Haupt.

»Ich neige mich vor dem Sieger und schlage vor, einen Schlichter zu bestellen.«

Pittakos nickte. »So war es abgemacht. Damit erkläre ich den Krieg zwischen Lesbos und Athen für beendet und bitte jedermann, den Spruch des Schlichters abzuwarten.«

Dass dann der Tyrann Periandros von Korinth zum Schiedsrichter bestellt wurde, konnte für Lesbos nur zum Nachteil geraten. Periandros nämlich war naturgemäß kein Freund der Adelsherrschaft und sein Schlichterspruch fiel dementsprechend aus.

Den Athenern wurde die Kontrolle über den Hellespontos zugestanden, während Lesbos die Städte der Troas erhielt mit dem Besitz des Heldengrabmals des Achilleus. Wenn diese viel besuchte Pilgerstätte auch als reiche Pfründe galt, so sahen die in alten Vorstellungen befangenen Adelsherren aus Lesbos darin vor allem die hohe Ehre. In Athen, der aufstrebenden Handelsmacht, lächelte man spöttisch über solche unzeitgemäßen Vorstellungen.

Lesbos feierte den Sieg seines Feldherrn, der sich mit seiner Rückkehr Zeit ließ. Diese Zeit nutzte ein gewisser Myrsilos, der damals mit den Freunden des getöteten Melanchros verbannt worden war. Doch das große Vermögen seiner Familie hatte sich ungeschmälert erhalten und damit gelang es ihm, genügend Anhänger anzuwerben, um ungehindert nach Lesbos zurückzukehren und in einem geschickten Handstreich die Herrschaft an sich zu reißen. Er versuchte, auch Kamon auf seine Seite zu ziehen, doch der sagte weder ja noch nein, sondern verwies auf die Rückkehr des Pittakos, ohne dessen Zustimmung er keine Entscheidung treffen wolle. Myrsilos erklärte sich damit einverstanden, festigte aber seine Tyrannis von Tag zu Tag.

9

Für mich nahte die Zeit, da ich von Abanthis und ihrer Schule Abschied nehmen musste. Ich war inzwischen vierzehn geworden und Kamon hielt Ausschau nach einem geeigneten Bräutigam. Meine Mutter unterstützte ihn dabei nur lustlos, denn sie hätte mich gerne noch länger an ihrer Seite gehabt. Der jetzt fast zwanzigjährige Charaxos hätte seinen Mentor längst verlassen können, doch er war Eumenos unentbehrlich geworden und zu seinem Handelspartner aufgerückt.

Erigyos hatte ungeduldig seinen achtzehnten Geburtstag abgewartet, um dann ohne Abschied zu verschwinden. Doch einige Äußerungen seinen wenigen Freunden gegenüber ließen mit Sicherheit darauf schließen, dass er als Söldner nach Aigyptos gegangen war. Pharao Nechos führte unentwegt Kriege und sein Kronschatz schien unerschöpflich. Er zahlte seinen Söldnern den höchsten Lohn und ein tüchtiger Krieger konnte im ägyptischen Heer schnell aufsteigen.

Mein Liebling Larichos war inzwischen ins Lager der Männer übergewechselt. Man war dabei, für ihn einen Mentor zu finden, doch dies alles hinderte ihn nicht, sich so oft wie möglich mit mir zu treffen. Er sprudelte dann über vor Erlebnissen, Fragen mit altklugen Ansichten, doch in allem spürte ich seine unwandelbare Zuneigung, sein unbedingtes Vertrauen und seine brüderliche Liebe. Unserer Mutter gegenüber war er zurückhaltend und verschwiegen geworden, mir aber vertraute er alles an, was ihn bewegte, beschäftigte, begeisterte oder abstieß. Besonders stolz machte es ihn, dass er bei den Ratsversammlungen in *prytaneion* als *oinochoos,* als Mundschenk, dienen durfte; ein Ehrenamt, das ansehnlichen und geschickten Jungen aus adeligen Häuser vorbehalten war. Viel kam ihm dort zu Ohren, doch er verstand nicht alles. Nicht zu überhören war jedoch der Wunsch, Pittakos möge bald heimkehren, um der Herrschaft des immer anmaßender auftretenden Myrsilos ein Ende zu bereiten. Als der Ersehnte endlich zurückkehrte, schloss er sich – wie von allen erwartet – den Gegnern des Tyrannen an.

»Auf ihn ist Verlass!«, rief mein Onkel Kamon begeistert. »Jetzt muss Myrsilos sich vorsehen, dass es ihm nicht ergeht wie Melanchros!«

In Wahrheit wünschten sich alle seine Gegner, er möge fallen wie sein Vorgänger in der Tyrannis, aber keiner sprach es laut aus.

Ich hatte inzwischen erleben müssen, wie mein Körper sich so sehr veränderte, dass ich mir selbst fremd wurde. Meine Brust begann zu knospen, meine Hüften rundeten sich. Eines Nachts wachte ich mit starken Leibschmerzen auf und sah – als ich ein Licht entzündet hatte – erschreckt, dass ich in einer Lache von Blut gelegen hatte. Verzweifelt schluchzend weckte ich meine Amme, die mich sofort in die Arme nahm.

»Nur ruhig, mein Täubchen, nur ruhig. Das ist jetzt neu für dich, aber weder ein Grund zum Erschrecken noch einer zum Verzweifeln. Du bist jetzt kein Mädchen mehr, sondern eine junge Frau – kannst heiraten und Kinder bekommen.«

Das erfreute mich nun keineswegs, denn bisher war dies weitab gelegen und hatte immer andere betroffen. Nun aber stand der künftige Bräutigam sozusagen vor der Tür und ein *tekton* zimmerte die Wiege meiner künftigen Kinder.

Das, meine Tochter, muss um die Zeit gewesen sein, da ich es als schreiendes Unrecht empfand, dass meine Brüder und ihre Freunde langsam auf das Erwachsenwerden vorbereitet wurden. Der Mentor führte sie bis zu ihrem achtzehnten Lebensjahr gründlich und mit Bedacht in alle Bereiche des Männerlebens ein, während es bei den Mädchen diese Lern- und Besinnungspause nicht gab. Bis zum Tag unserer Monatsregel wurden wir als Kinder angesehen, um dann ohne äußere und innere Vorbereitung einem Ehemann ins Bett gelegt zu werden. Ein Mädchen konnte von Glück reden, wenn es eine Kinderfrau, Amme oder eine verständige Mutter gab, die ihm zur Seite stand und die Ahnungslose ein wenig aufklärte.

Ich nahm all meinen Mut zusammen und sprach mit Kleis darüber. Ihr Gesicht wurde zuerst streng und abweisend, dann sah ich mitfühlendes Verständnis in ihren dunklen Augen aufleuchten.

»Ich fühle mit dir, meine Tochter, aber niemand kann unser vorgegebenes Frauenschicksal ändern. So wie ein junger Mann – ob er will oder nicht – von seinem Mentor erwählt und ausgebildet wird. Ist er gesund, so muss er später mit Waffen umgehen können, ob es ihm nun passt oder nicht. Uns hat die Natur dazu ausersehen, einem Ehemann zu dienen, das Haus zu hüten und Kinder zu gebären. Sich dagegen aufzulehnen ist nicht nur zwecklos – es ist dumm!«

Ich schüttelte den Kopf. »Dagegen lehne ich mich doch nicht auf! Ich finde es nur ungerecht, dass man den Mädchen keine Gelegenheit gibt, die Aufgaben einer Frau zu erlernen, und damit meine ich nicht weben, nähen, kochen und ein wenig auf der Lyra klimpern. Wenn ich meinem Mann freudig dienen soll, dann muss ich doch vorher wissen, was ihm Freude macht und wie man es anstellt. Den jungen Männern gibt man dazu sechs Jahre und mehr Zeit, wir aber werden aus der Kindheit gerissen und sollen sozusagen über Nacht zu richtigen Frauen werden. Das geht nicht, Mutter – bei mir geht das nicht!«

»Es wird wohl gehen müssen. Dein Vater und ich hatten damit keine Schwierigkeiten. Mache dir die Erfahrungen deines künftigen Mannes zu Eigen und finde seine schwachen Stellen heraus, aber nicht, um ihm zu schaden, sondern um es für euch beide zu nutzen. Tausende von Frauen haben es vor dir getan und Tausende werden es nach dir tun.«

Diese Worte waren gut gemeint, jedoch nicht geeignet, mir weiterzuhelfen. Dann lernte ich Alkaios kennen und erfuhr erst viel später, dass meine und seine Familie erwogen hatten, uns ehelich zu verbinden. Er war etwa fünf Jahre älter und gleich, als er Waffen tragen durfte, zu Pittakos gestoßen, um in der Troas für uns den Krieg zu gewinnen. Als Zwanzigjähriger kehrte er nun zurück und man munkelte, er habe eine Neigung zur Dichtkunst gefasst. Er trug bei *symposia* die unsterblichen Verse des Homeros vor, und zwar mit Vorliebe solche, die Kampf und Krieg feierten. Doch Alkaios war eitel und ließ es nicht dabei bewenden, nur in Männergesellschaft zu glänzen. So trat er einmal im *odeion* auf, das an bestimmten Festtagen auch für erwachsene Frauen – natürlich nur im Kreise ihrer Familie – zugänglich war.

Festlich gekleidet stand er da, den Kopf mit dem kurzen Jünglingsbart stolz gereckt, um die Stirne das goldfarbene Band eines Dieners der Musen. Er hob die Lyra hoch, schlug ein paar Töne an und dann hörte ich seine weithin tragende, klangvolle Stimme.

Auch die Troer stürmten in Scharen; es führte sie
Hektor graden Weges voran, wie ein rollender Stein
von dem Felsen, wann die wintergeschwollene Flut ihn stößt
von der Zinne – endlose Güsse zermürbten den Grund des
tückischen Felsens; hüpfend schnellt er empor und unter ihm
kracht das Gehölze; unaufhaltsam stürzt er und stürzt,
bis dass er den gleichen Boden erreicht; dann rollt er nicht
weiter mehr trotz allem Schwunge:
Also drohte nun Hektor, zunächst bis zum Stande des
Meeres leicht zu durchbrechen das Lager der feindlichen
Zelte und Schiffe, tötend. Aber sobald er stieß auf
geschlossene Reihen, stand er, von ihnen beengt, und die
Gegner, die Söhne Achaias, holten aus mit den Schwertern,
und doppelschneidige Speere drängten ihn bald zurück.
Er wich und konnte nicht halten, und er schrie, es gellte sein
Ruf durch die Reihen der Troer:
Troer und Lykier ihr, und Dardaner,
Kämpfer der Nähe, harret aus! Nicht lange mehr halten wir
stand die Achaier, Mögen sie auch sich fest
in Haufen zusammenschließen: Sondern ich glaube,
schon bald zerstreut sie mein Speer …

Die gewaltige Sprache des großen Homeros rührte mich an – wie immer, wenn ich seine Dichtung las oder hörte –, an Alkaios ärgerte mich allerdings, dass er ausschließlich Stellen aus Ilias und Odysseia vortrug, die von Krieg, Schlacht, Kampf, Blut und Tod berichteten. Bei allen neun Musen! Gab es gerade in der Odysseia nicht genug anderes? Die Götter ließen Odysseus alles kosten, was ein Menschenleben ausmacht, und da spielen Waffen und Kampf die geringste Rolle. Sie lassen den irrenden Seefahrer hoffen, leiden, sich freuen, lassen ihn hungern und prassen, dürsten und schwelgen, auch immer wieder Liebe und Hass empfinden.

Als er wenig später eigene Werke vortrug, war in ihnen viel von den Freuden des Weines und des Kampfes die Rede. Doch war er klug genug, um zu sehen, dass ich ihn zwar als Dichter, nicht aber in seiner Rolle als Saufbold und Schwertrassler schätzte, denn genau diese Pose übernahm er in seinen farbigen, kraftvollen Liedern. »Pflanz' kein anderes Bäumchen, bevor du dir Wein gepflanzt.« Mit diesem Spruch auf den Lippen ging er damals durchs Leben und ich bin Tyche noch heute dankbar, dass ich nicht seine Gemahlin werden musste. Zwei seiner Frauen sind im Kindbett gestorben, danach begnügte er sich mit Hetären, wobei er häufig bemerkte, das hätte er von Anfang an tun sollen. Trotzdem rufe ich ehrlichen Herzens hinab in den *tartaros:* Alkaios, wenn es um deine Dichtung ging, hast du mit dir selbst keine Gnade gekannt und ausgetilgt, was dir nicht gut genug erschien. Nicht weniger mutig und aufrecht hast du dich im Kampf gegen die Tyrannis gezeigt, ließest Myrsilos deine wilde Verachtung spüren und Pittakos deine tiefe Enttäuschung.

Damit bin ich dem Gang der Dinge vorausgeeilt, denn damals – ich mag vierzehn gewesen sein – jubelte ganz Lesbos, als sich im Osten die bunten Segel unserer Kriegsschiffe zeigten und wir voll Freude die Rückkehr des Pittakos erwarteten. Ich habe es schon an anderer Stelle gesagt, dass Abanthis mit uns einen Hymnos vorbereitete, den wir dem Sieger vor dem *prytaneion* darbrachten.

Danach trat er heraus, einfach und bürgerlich gekleidet, so gar nicht als der gewaltige Sieger wirkend. Sein schmales, kluges Gesicht mit den grüblerischen Augen und der hohen Stirn hellte sich auf, als er die Mädchenschar sah. In wohlgesetzten Worten bedankte er sich und sprach davon, dass nun für Lesbos eine neue, friedlichere Zeit beginne und er alles dazu tun wolle, um daran nach Kräften mitzuwirken.

Die ganze *pentapolis* jubelte ihm zu, als er seine Rundreise durch die fünf Städte machte. Niemals gab er öffentlich zu erkennen, dass Myrsilos beseitigt werden müsse, doch er betonte im Kreis von Freunden und Gleichgesinnten, dass der Sturz des Tyrannen sein oberstes Ziel sei.

In den darauf folgenden Jahren beutelte das Schicksal unsere Familie – und viele andere – gehörig durch. Mein Onkel Kamon hat wohl einiges vorausgeahnt und ließ da und dort Bemerkungen fallen, Pittakos sei gewiss ein edler und mutiger Mann, er äußere jedoch seine Absicht, den Tyrannen zu stürzen, nicht deutlich genug. Daran anknüpfend schlug Kamon meiner Mutter vor, mich so bald wie möglich zu verheiraten, damit ich bei einem Umsturz in sicherer Hut sei. Das war nun auch der Grund, warum die Ehepläne mit Alkaios aufgegeben wurden. Er sei ein Hitzkopf und es stehe zu erwarten, dass er bei einem Aufstand in vorderster Front kämpfen würde. Und Kamon sei nicht gesonnen, seiner einzigen Nichte mit dem Ehebund eine mögliche Witwenschaft gleich mit dreinzugeben. Ja, Kamon konnte sehr nüchtern und vorausschauend denken. Meine Mutter sprach sich mit mir offen darüber aus.

»Glaube nur ja nicht, dass mich dein Weggang freut oder dass ich ihn gar beschleunigen will! Aber ich muss Kamon Recht geben: Irgendwann in nächster Zeit wird man Myrsilos stürzen und dann ist ein böser Aufruhr zu erwarten. Wir haben uns nun Folgendes gedacht: Am besten wäre es für dich, du würdest einen Fremden heiraten, wie ich es tat – einen, der nicht in den hier herrschenden Zwist verstrickt ist. Es könnte sogar sein, dass der Mann, den wir ins Auge gefasst haben, hierher zieht. Kamons Kinder sind aus dem Haus sowie auch deine Brüder, es ist also Platz genug. Du aber bräuchtest nur deinen Stand zu wechseln, nicht jedoch dein Haus.«

Ich hätte natürlich darauf gefasst sein müssen, dass in meinen Alter ein Bräutigam vor der Tür stand und jeden Tag anklopfen konnte. »Kannst du mir etwas Genaueres sagen?«

Meine Stimme muss sehr leise und zaghaft geklungen haben. Ich sah, wie das Gesicht meiner Mutter sich aufhellte. Ihre Stimme wurde lebhaft.

»Es ist, als erlebe ich meine Ehe ein zweites Mal. Dein

künftiger Bräutigam gleicht in vielem deinem Vater. Er ist groß und dunkelblond – ein rechter Achaier und ein tüchtiger Kaufmann dazu. Im Vorjahr hat er seine Geschäfte von Andros hierher verlegt, weil er überwiegend Handel mit den griechischen Kolonialstädten am Pontos Euxeinos treibt und Lesbos für ihn deshalb ein besserer Ausgangspunkt ist. Er bemüht sich sehr um das Bürgerrecht, aber – und so war es auch bei deinem Vater – nach unseren Gesetzen muss er zuerst in eine hiesige Adelsfamilie einheiraten. Er hat dich bei dem Huldigungsgesang für Pittakos gesehen und möchte nun mit uns in nähere Verbindung treten. Übrigens heißt er Kerkylas, stammt aus Andros und ist etwa zehn Jahre älter.«

»Älter als ich oder Kamon?«

Kleis runzelte schon erbost die Stirn, dann erkannte sie an meinem Gesicht, dass es ein Scherz war.

»Älter als Kamon natürlich«, scherzte sie zurück.

Wenig später kam es zu einem ersten Treffen. Meine Mutter bestand darauf, unter dem Vorwand, sie selbst müsse sich ein Bild von ihrem künftigen Schwiegersohn machen. Doch ich weiß, dass sie es mir zuliebe tat.

Auf den ersten Blick wirkte Kerkylas durchaus beeindruckend. Er schien größer als wir alle, sein volles dunkelblondes Haar wallte ihm wie eine Löwenmähne über den Nacken. Nur seine Augen gefielen mir nicht – klein, schlau und hart schienen sie jeden Menschen nur auf seinen Besitz hin zu taxieren. Damals mag ich nicht so empfunden haben, aber heute – nach einer Ehe mit diesem Mann – kann ich sagen: In seinen Augen spiegelte sich sein Charakter. Schlank und doch kräftig gebaut, entstand der Eindruck, er betreibe regelmäßig gymnastische Übungen, doch fand ich bald heraus, dass dem nicht so war.

Wir wechselten ein paar gleichgültige Worte und ich konnte mir einfach nicht vorstellen, mit diesem völlig fremden Mann bald Tisch und Bett teilen zu müssen. Ich sag es gleich vorweg: Diese Fremdheit blieb bis zu einem gewissen Grad zeit unserer Ehe bestehen – da änderten auch Tisch und Bett nichts daran.

Meine Brüder wünschten mir Glück zum bevorstehenden Ehestand. Charaxos tat es in der für ihn typischen Art.

»Mit Kerkylas heiratest du einen schönen Besitz! In der heutigen Zeit kann es nur nützen, wenn eine Familie wohlhabend ist – das erleichtert vieles.«

»Was hältst du von – von meinem Bräutigam?«

»Ich hatte schon in Geschäften mit ihm zu tun und kann nur sagen: tüchtig, tüchtig! Dieser Mann spürt, wohin der Hase läuft, und kauft zur Zeit in Aigyptos ganze Schiffsladungen Papyros auf, weil Pharao Nechos seiner hohen Kriegskosten wegen die Ausfuhr vieler Waren künftig mit Extrasteuern belegen will.«

»Das wollte ich eigentlich nicht wissen ...«

»Du hast mich doch gefragt, ob ...«

»Ist gut, Charaxos, ich danke dir.«

Larichos, mein Liebling, war seit einigen Monaten nun auch der Hut eines Mentors anvertraut. Jetzt, da mir die Zeit des Ehelebens bevorstand, wollte ich die Gelegenheit nutzen, um ihn nach jenen mir rätselhaften Ausdrücken zu fragen, die ich damals aufgeschnappt hatte.

»Weißt du, Brüderchen, für mich ist es neu, mit einem Mann zusammenzuleben, und da du ja auch einer bist, kannst du mir vielleicht in einigem weiterhelfen.«

Ein strahlendes Lächeln erschien auf seinem frischen jungen Gesicht, wo sich schon der erste Bartflaum zeigte. »Nur zu! Für dich, Schwesterchen, tue ich alles, das weißt du doch.«

»Vor einiger Zeit habe ich deine Brüder und ihre Freunde im Garten belauscht – nicht absichtlich, eher zufällig ...«

»War da Erigyos noch dabei? Dann muss es schon über ein Jahr her sein ...«

»Ja, so ungefähr. Jedenfalls tauschten sie Erfahrungen über ihre Mentoren aus und da fielen Worte, die ich nicht verstand. Einer von ihnen – ein Fremder – schilderte die Koseworte, mit denen ihn sein älterer Freund belegte. Da war die Rede von *lapidorchas, peodes* und *orthagoras,* doch ich ...«

Da sah ich, wie sich auf dem Gesicht meines Bruder eine tiefe Verlegenheit abzeichnete. So hatte er als kleiner Junge dreingeschaut, wenn ich ihn bei einer Lüge ertappt hatte. Doch er fing sich schnell und zwang ein Lächeln auf sein Gesicht.

»Diese Blödmänner ...«, murmelte er, gab sich dann aber recht unbefangen. »Das hat nichts mit deinem künftigen Mann zu tun. Solche Worte benutzen einige Mentoren, wenn sie die körperliche Schönheit ihrer Schützlinge preisen. Das ist loses Geschwätz und muss dich nicht kümmern. Schließlich werden auch Frauen von ihren Männern mit ähnlichen Worten belegt, wenn sie die weibliche Schönheit preisen. Da ist die Rede von schön gelockt, weißarmig und schwellenden Rosenmündern – du brauchst es nur im Homeros nachzulesen. Also mach dir da keine Gedanken, von Kerkylas wirst du solche Worte niemals hören, denn sie gelten nur jungen Männern.«

»Ah – mein gescheites kleines Brüderchen! Wenn ich daran denke, dass du mir vor nicht allzu langer Zeit die Seele aus dem Leib gefragt hast und ich dir manchmal beim Pipimachen geholfen habe ... Jetzt muss ich mich von dir belehren lassen.«

Larichos errötete kurz und grinste. »Die Zeiten ändern sich eben und wir uns mit ihnen.«

»Wie kommst du mit deinem Mentor zurecht? Erfindet er für dich auch solche Kosenamen?«

Wieder errötete er – ganz leicht nur, aber es entging mir nicht. »Ach, weißt du, man gewöhnt sich aneinander ... Im Grunde ist er ein netter Kerl.«

Ich versetzte ihm eine spielerische Ohrfeige. »Das ist die letzte, die du von mir erhältst. Gehe hinaus in die Welt und werde ein Mann.«

»Ich höre deinen Spott schon heraus, kleine Sappho. Aber bei uns dauert es ein wenig länger: Als Mann und Bürger gelte ich erst mit achtzehn und da wird noch einige Zeit vergehen. Du hingegen wirst bald eine Haus- und Ehefrau sein, und wenn ich erwachsen bin, kann ich vielleicht schon zwei oder drei meiner kleinen Neffen und Nichten küssen.«

Da erschrak ich, als hätte mir jemand einen Schlag versetzt. Jetzt war ich es, die rot wurde. »Wir werden sehen ...«, sagte ich leise.

10

Abanthis! Ja, sie musste ich aufsuchen, sie als Witwe war die Einzige, bei der ich Rat und Trost finden konnte. In meine Mutter wollte ich nicht weiter dringen, mehr als sie mir gesagt hatte, würde ich von ihr nicht erfahren.

Seit Kamon und Kleis für mich einen Gatten suchten, galt ich sozusagen als Braut und hatte die Schule verlassen müssen. Das war vor fast zwei Jahren gewesen und auch im Leben meiner Lehrerin hatte sich einiges verändert. Von einer schweren Krankheit genesen, hatte sie den anstrengenden Unterricht aufgegeben und war von der Stadt Mytilene zur Aphrodite-Priesterin bestellt worden. Davon gab es zwei, die der Oberpriesterin zur Seite standen. Es wäre kein sehr aufwändiges oder anstrengendes Amt gewesen, hätte die *archierea* ihren Dienst voll versehen können, doch die ehrwürdige Dame hatte ein ungewöhnlich hohes Alter erreicht und trat nur noch an wenigen Festtagen auf – unterstützt von den beiden Priesterinnen.

An dieser Stelle muss gesagt sein – was durchaus nicht alle wissen –, dass die von Männern versehenen Priesterämter zwar sehr ehrenvoll, aber nicht immer beliebt sind. Die meisten haben noch einen Beruf oder eine politische Tätigkeit auszuüben und so kann dieses Nebenamt sehr lästig werden, auch wenn seine Inhaber sich alle paar Jahre abwechseln. Frauen haben es da leichter, denn die Priesterinnen von Aphrodite und Hera, von Hestia und Artemis sind in der Regel ältere Ehefrauen oder Witwen, auf die zu Hause kaum noch Aufgaben warten.

Abanthis bewohnte mit zwei Dienerinnen ein kleines Haus unterhalb der Akropolis, und als ich bat, sie besuchen zu dürfen, war sie sofort dazu bereit. Meiner Mutter sagte ich, dies sei ein Abschiedsbesuch vor meinem Eintritt in den Ehestand, doch sie meinte, dann gehöre es sich, dass Abanthis zu mir käme, denn eine junge Braut könne nur in außergewöhnlichen familiären Notfällen das Haus verlassen. Dafür hatte ich mir schon eine Antwort zurechtgelegt.

»Gewiss, Mutter, aber erstens einmal steht sie jetzt als Priesterin doch weit über mir, der jungen Frau, und zum anderen hat ihre Krankheit sie so mitgenommen, dass sie nur noch aus dem Haus geht, um ihr Amt zu versehen.«

Dagegen ließ sich wenig sagen, doch eine vertraute Dienerin musste mich auf einen Weg begleiten, der kaum einen Steinwurf ausmachte. Als Geschenk für Abanthis hatte ich eine Chorhymne auf Aphrodite verfasst und sie meiner Mutter vorlesen wollen, doch sie winkte nur ab.

»Das ist gewiss recht schön geworden, doch solltest du so etwas nicht berufenen Dichtern überlassen? Alkaios scheint sich dahin zu entwickeln, aber für eine Frau schickt es sich nicht. Waren etwa Kallinos von Ephesos, Tyrtaios von Sparta oder gar der große Homeros Frauen? Hat je eine Frau dichtend zur Feder gegriffen?«

Da platzte ich heraus: »Wir sollen also nur zu Kochlöffel, Nähnadel und Spinnwirtel greifen und alles andere den Männern überlassen?«

Kleis verpasste mir eine saftige Ohrfeige. »Ja, du vorwitziges Gänschen! Finde dich endlich damit ab!«

Ach – Mutter, Mutter, seither sind vierzig Jahre vergangen und das ist eine lange Zeit im Leben eines Menschen. Im Leben der Völker ist das nichts. Jeder Gebildete weiß, dass ägyptische Könige seit zweieinhalb Jahrtausenden das Land am Neilos regieren – dagegen sind vierzig Jahre wie ein Lidschlag. Und doch, liebe Mutter, pilgern heute Menschen aus aller Welt nach Mytilene, um deine Tochter zu sehen, die so frech und vorwitzig zur Feder gegriffen hat. Nichts hat deine Ohrfeige bewirkt – gar nichts. Sie sitzen mir zu Füßen und lauschen gebannt dem Ton meiner Lieder, schreiben sie auf und bringen sie nach Hause – bis ins ferne Aigyptos oder an die Ufer des Pontos Euxeinos und verkünden dort, dass der sapphische Vers elfsilbig ist. Die Lehrer bläuen es ihren Schülern ein und Nachahmer habe ich zu Dutzenden gefunden – auch Frauen. Ach, Mutter, viel kann in vierzig Jahren geschehen, sogar dass es einer Frau – deiner Tochter! – gelingt, von den Musen in die lange Reihe der männlichen Dichter gestellt zu werden.

Abanthis war durch ihre Krankheit in einem gewissen Sinne

noch schöner geworden. Ihre Gestalt hatte von ihrer Straffheit nichts verloren, nur schien sie mir schlanker, feingliedriger und ihr edles beherrschtes Gesicht prägte ein Zug von lächelnder Nachsicht. Gelächelt hatte sie früher nur selten, aber nun, da ich ihr als Braut und nicht mehr als Schülerin gegenüberstand, schien es mir, als sei ein trennender Vorhang gefallen.

Sie bedankte sich für das Chorlied, schlug die Rolle ein wenig auf, las, nickte und legte den Papyros sorgsam in ihr kleines Schriftenregal.

»Damit werde ich mich später und in aller Ruhe befassen. Nun habe ich gehört, du wirst bald in den Ehestand treten, wirst mit einem Gatten zusammenleben, wirst Kinder und damit andere Aufgaben haben, als dann und wann unsere Aphrodite in Lied und Tanz zu preisen. Freue dich, mein Liebes, diese Lebensphase ist die wichtigste in deinem Dasein und es gilt sie auszufüllen mit Hingabe, Kraft, Liebe und ...« – sie zögerte etwas, hob ihre schlanke Hand, legte sie wieder in den Schoß, lächelte – »und Nachsicht. Ja, auch das, denn die Männer haben es im Leben nicht leicht und verdienen unser Mitgefühl. Draußen in der harten Welt der Geschäfte und der Politik weht oftmals ein sehr rauer Wind, dem sie standhalten müssen. Da gibt es nichts Besseres als Verständnis und Unterstützung einer liebenden Gemahlin.«

Lag nicht ein wenig Spott in ihrer Stimme, als sie das sagte?

»Ähnliches habe ich schon von meiner Mutter gehört und werde – wenn ich darf – meinen ihr gegenüber gebrauchten Einwand wiederholen.«

Sie nickte auffordernd.

»Wie du weißt, bin ich mit drei Brüdern aufgewachsen und habe miterlebt, wie Mentoren sie auswählten, um ihnen im Laufe der Jahre das Hineinwachsen in die Welt der Männer zu erleichtern. Wer tut so etwas für uns Mädchen? Mutter, Amme und Kinderfrau bestimmen unser Dasein, bis der Bräutigam kommt und uns aus der Kindheit herausreißt. Für unsere Familie bleiben wir immer die Kinder, da ist nichts dazwischen, was uns aufs Erwachsensein, auf die Rolle der Frau und Mutter vorbereitet. Ist das richtig? Ist es gerecht?«

Abanthis zögerte nicht mit ihrer Antwort. »Nein, es ist weder recht noch richtig, doch ich habe die Welt, in der wir leben, nicht erschaffen oder gestaltet. Da gäbe es etwas nachzuholen, etwas gutzumachen. Aber wer soll es tun, wo anfangen? Hätte ich es tun sollen? Willst du es tun?«

Da fühlte ich mich ihr so nahe, so verbunden, so geistesverwandt. Und ich wurde kühn.

»Warum nicht damit beginnen, was den Jungen längst zuteil wird, nämlich die Vorbereitung auf das Leben von Erwachsenen, vorbereiten auf das, was uns Mädchen in der Ehe erwartet. Wer könnte dies besser als du, Abanthis?«

»Das war nicht meine Aufgabe. Ich war dazu da, euch singen, tanzen und rezitieren zu lehren. Das habe ich getan und die Götter haben mein Werk sichtbar gesegnet. In die Rolle eines weiblichen Mentors zu schlüpfen ist mir nicht gegeben – steht mir nicht zu.«

»Dann sollen also weiterhin ahnungslose, unwissende Mädchen in die Ehe gestoßen werden, wie vom Henker in die Schlangengrube? Die Götter haben nun einmal bestimmt, dass es Menschen zweierlei Geschlechts gibt, nur ihren Willen, den weiblichen Teil zu vernachlässigen, kann ich nicht erkennen. Im Gegenteil: Hera, Demeter, Artemis, Aphrodite, Athena und Hestia – jede von ihnen thront im Olymp gleichberechtigt neben ihrem göttlichen Ehegemahl. Sollen wir uns über die Götter erheben und es aus menschlichem Trotz anders machen?«

Abanthis hielt meinen Blick mit ihren leuchtenden Augen fest. »Auf den Mund gefallen bist du wahrhaftig nicht, Sappho. Nein, ich will dir nicht widersprechen, gebe allerdings zu bedenken, dass wir uns nicht mit den Göttern messen sollen. Nicht dürfen, Sappho, denn das wäre *blasphemia!* Du, die du Kypris so oft besungen hast, müsstest es doch wissen!«

Nicht, dass ich mich ihr jetzt überlegen gefühlt hätte, doch ich wusste, dass ich Recht hatte und es keinen Grund gab, meine Meinung zu ändern. Was nützte es, darüber zu streiten?

»Natürlich hast du Recht, aber neugierig darf ich doch sein? Du warst verheiratet, Abanthis, bist den Weg gegangen, den ich jetzt vor mir habe. Es ist kein Verstoß gegen göttliches oder menschliches Gebot, wenn du mir ein wenig davon verrätst. Was erwartet mein künftiger Mann von mir – was darf er verlangen, was nicht?«

»Mann ist nicht gleich Mann und Frau nicht gleich Frau – die Menschen sind verschieden, doch es gibt Grundsätzliches. Du bist die Lebensgefährtin deines Gemahls, aber nur im Haus, denn draußen gehen die Männer allein ihren Geschäften und Vergnügungen nach. Du hast keinen Anteil daran, es geht dich nichts an. Im Haus aber bist du die Herrin, und wenn er es vergisst oder missachtet, dann sage es ihm deutlich. Ihr teilt Tisch und Bett – das heißt, ihr nehmt die Hauptmahlzeit gemeinsam ein und nachts schläfst du an seiner Seite im gemeinsamen *domation* –, wenn er nicht seine Nächte woanders verbringt, etwa bei Freunden, bei Hetären, auf Geschäftsreisen.«

»Gut, und was heißt das, miteinander schlafen?«

Abanthis lächelte und wiegte ihr schmales Haupt. »Das heißt nicht unbedingt nebeneinander, sondern in Liebe verbunden, um Nachwuchs zu zeugen, auch des gemeinsamen Vergnügens wegen, auf das du aber nicht rechnen sollst. Die Natur hat es offenbar so eingerichtet, dass der Mann das Vergnügen hat und die Frau dafür mit Schmerzen seine Kinder gebären darf. Gut, es kann auch für Frauen lustvoll sein, aber in dieser Frage musst du dich an eine Hetäre wenden – dafür bin ich nicht zuständig.«

»Wirklich nicht?«

»Nein.«

»Wie soll ich eine Hetäre fragen?«

»Das geht nicht, ich weiß. Dann musst du es wohl selbst herausfinden.«

»Eine solche weiß also mehr als du?«

Abanthis schaute mich seltsam an – abwägend, nachdenklich. »Ich habe dich immer gemocht, Sappho, und spürte auch deine Zuneigung. Es gibt Männer, die es durchaus verstehen, den Frauen Lust zu bereiten, aber damit darfst du nicht rechnen. Du bist kein Kind mehr und verständig genug, wenn ich dir jetzt etwas vorführe.

Wir werden deinen Hochzeitstag in großen Zügen durchspielen. Was an Zeremonien vor sich geht, wirst du von anderen wissen, das ist jetzt hinter dir und du betrittst mit deinem Ehemann den *thalamos,* das Hochzeitsgemach. Hier seid ihr nun zum ersten Mal miteinander allein und – wie es so schön heißt – nun sollt ihr euch erkennen.«

Abanthis stand auf und führte mich in ihr nach Norden gelegenes Schlafgemach.

»Setze dich aufs Bett, Sappho. Da bist du nun und weißt nicht, wie es weitergehen soll – nicht, was dein Mann von dir erwartet. Nehmen wir einmal an, er ist zärtlich und erfahren, weiß, wie man sich in einer solchen Lage verhält.«

Ohne zu zögern, lächelnd und fast spielerisch wickelte sie mich aus dem *peplos,* löste den Gürtel und zog mir den *chiton* über den Kopf. Ich saß nun da in meinem kleinen Lendentuch und fröstelte vor Scham und Verlegenheit.

Abanthis deutete auf das Tuch. »Wenn dir die Frauen beim Ankleiden nicht vorher schon gesagt haben, dass du dieses Stück Stoff heute nicht brauchst, dann wird es dir jetzt dein Mann erklären oder es dir wortlos abstreifen – je nach seiner Wesensart. Du musst auf alles gefasst sein ...«

Sie zauberte einen *lekythos* herbei, goss etwas von seinem Inhalt auf ihre Handfläche und begann sanftfingrig meinen Körper mit dem feinen Duftöl zu bestreichen. Hals, Schultern, Brüste, Bauch, Schenkel – ihre schlanken Finger flogen nur so dahin, verstärkten da und dort den Druck, bei größeren Flächen – etwa bei Brust und Oberschenkel – verwendete sie ihre ganze Hand, die kosend über meine Haut glitt.

Nach und nach durchdrang mich eine köstliche Wärme, die sich dann wohlig im Bauch konzentrierte und das Blut in meinem Schoß sanft pochen ließ. Mein ganzer Körper hatte sich angenehm erwärmt, die Haut duftete, Scham und Verlegenheit waren verschwunden.

Abanthis ging zum Fenster, schloss die halb zugezogenen Vorhänge mit einem kräftigen Ruck und der Raum versank in ein weiches graues Dämmerlicht. Dass sie ihre Kleider abgelegt hatte, bemerkte ich erst, als sie zurückkam, und ich weiß bis heute nicht, wann sie es getan hatte. War sie schon nackt, während sie meinen Körper ölte oder schlüpfte sie aus den

Kleidern, nachdem sie die Vorhänge geschlossen hatte? Scheint dies überhaupt von Belang?

Sanft drückte sie meinen Oberkörper zurück, legte sich neben mich und flüsterte in mein Ohr: »Du bist also unwissend und dein Gemahl wird das Stückchen Stoff hier entfernen müssen, um ans Ziel zu gelangen. Sein Verlangen zielt auf deinen Schoß, in den er eindringen will, um seinen Samen abzuladen. Die Natur zwingt ihn dazu – wenn es nicht so wäre, gäbe es längst keine Menschen mehr. Was du bei einem deiner Brüder vielleicht einmal gesehen hast, diesen kleinen Wurm zwischen seinen Schenkeln, der ist beim erwachsenen Mann größer geworden. Liegt er aber mit einer nackten Frau im Bett, dann schwillt dieses Ding – man nennt es Phallos – gewaltig an, richtet sich auf und will nur eines, nämlich in einen weiblichen Schoß gelangen. So viel, was die Männer betrifft. Doch es wäre nicht gerecht und von den Göttern schlecht eingerichtet, wenn das Liebesverlangen nur die Männer beträfe. Aphrodite ist es, die in uns Frauen eine Glut entfacht, aber nur ein erfahrener Mann kann sie zum Auflodern bringen, kann in uns die Bereitschaft erzeugen, seinen Phallos liebend und willig aufzunehmen. Nicht alle Männer sind erfahren, nicht alle haben vor ihrer Ehe mit kundigen Hetären verkehrt. Was dann? Er weiß nur, dass er in dich eindringen will, um sich Lust zu bereiten, um zu zeugen. Du bist nur ein Gefäß für seinen Samen und er schert sich nicht darum, was du dabei empfindest. Für solche Fälle gibt es einen Ausweg, der uns ersetzt, was die Männer versäumen.«

Flugs zog sie mir das Lendentuch vom Leib und ich half ihr dabei und hob willig die Hüften. Als ich ihren Finger an meiner Scham spürte, zuckte ich zurück und versteifte mich. Sofort hielt Abanthis inne und küsste mich zart auf beide Brüste.

»Keine Angst, mein Kleines, es geschieht dir nichts. Mache dich nicht steif, sei vertrauensvoll, lasse dich fallen ...«

Sanft, zuerst kaum spürbar, begann sie meinen Schoß zu reiben, und als ich mich öffnete und entspannte, fühlte ich, wie ihr Finger kreisend einen bestimmten Punkt liebkoste und ich hörte ihr erregtes Flüstern: »Da, kleine Sappho, genau da ist die

Stelle, die allein uns Frauen Lust verschafft und für die wir keinen Namen haben und von der viele gar nicht wissen, dass es sie gibt. Kluge Frauen aber wissen Bescheid und lehren einander diese Kenntnis – so wie ich sie jetzt an dich weitergebe.«

Während sie sprach, hatte sie nicht aufgehört, mich zu liebkosen, und ich fühlte, wie das lustvolle Pochen in meinem Schoß sich verstärkte. Wie aus plätschernden Wellen eine mächtige Woge wurde, die mich einhüllte und hochhob, meinen ganzen Körper in rasendes Entzücken versetzte – barst und mich sanft niedergleiten ließ. Abanthis wartete, bis mein schneller Atem sich beruhigt hatte. »Auch ein erfahrener Mann kann dir solche Lust bereiten und an ihm wird es liegen, wie heftig und wie oft du sie erlebst. Es kann jedoch auch anders sein und du hast die Möglichkeit nachzuholen, was er versäumte.«

Ich hörte ihr leises Lachen. »Das liegt sozusagen in deiner eigenen Hand ...«

Warum bin ich damals nicht auf den Gedanken gekommen, ihr die Lust zu verschaffen, die sie mir bereitet hatte? Entweder es kam mir nicht in den Sinn oder ich wagte es nicht, aus Respekt und Schüchternheit.

Meine Dienerin schaute ein wenig misstrauisch drein, weil mein Besuch so lange gedauert hatte, aber Abanthis kam mir mit der Erklärung zuvor, wir hätten die Hymne an Aphrodite gemeinsam gelesen und eine mögliche Aufführung besprochen.

Ich habe sie dann nur noch einmal gesehen, und zwar beim Festmahl am Tage meiner Hochzeit. Sie fand Anfang des Monats *thargelion* statt, als das ganze Land in ein Kleid aus Grün und bunten Blüten geschlüpft war. Der *gamos* war auf einen bestimmten Tag festgesetzt und ich sah dem Ereignis nicht allzu neugierig oder aufgeregt entgegen. Auf gewisse Art hatte mich Abanthis vorbereitet und ich Gänschen glaubte tatsächlich, mir könne nichts Überraschendes mehr begegnen.

Die *proteleia,* der Tag vor der Hochzeit, war den Göttern geweiht, vor allem denen, die als Schutzgottheiten von Hochzeit und Ehe galten, nämlich Hera, Artemis, Apollon und Peitho, die im Gefolge der Aphrodite auftritt und als Göttin der Überredung verehrt wird. Üblicherweise legt die Braut am Altar der Artemis Gegenstände aus ihrer Kindheit nieder – also Spielzeug und anderen geliebten Krimskrams, dazu einige Haarlocken. Ich bestand jedoch darauf, diese Dinge Aphrodite zu opfern, denn ihr fühlte ich mich am stärksten verbunden.

Später erfuhr ich, dass allein dies schon den Unwillen meines künftigen Gatten erregt hatte. In Andros, meinte er, werden Mädchen und Frauen in solchen Angelegenheiten nicht um ihre Meinung gefragt, sondern sie hätten sich dem alten Brauch zu fügen.

Am Nachmittag begleiteten mich Dienerinnen unseres Hauses zur heiligen Quelle, wo sie Wasser für das Reinigungsbad herbeiholten, dem sich Braut und Bräutigam zu unterziehen hatten. Nach dem Ankleiden und erneuten Verschleiern trat Kerkylas vor mich, band seinen mit Goldfäden durchwirkten Gürtel um mein Brautgewand und verknüpfte ihn zu einem Heraklesknoten. Später, wenn ich schwanger wurde, war es dann seine Aufgabe, mir den zu eng gewordenen Gürtel wieder abzunehmen.

Am *gamos,* dem Tag der Hochzeit, schmückten Diener die Häuser der Nachbarn und natürlich auch unseres mit Oliven- und Lorbeerzweigen. Gegen Abend fand in Kamons Haus das *gamelion deipnon* statt, das festliche Hochzeitsmahl.

Verschleiert und bekränzt saß ich im Mittelpunkt der Frauen, bedient von der *nympheuteria,* meiner Hochzeitsbegleiterin, deren Rolle eine verheiratete Tochter meines Onkels Kamon übernommen hatte. Demgemäß hatte Kerkylas seinen *parochos,* den mein Liebling Larichos unwillig und mit nur schlecht verhehlter Abneigung darstellte. Er hatte meinen künftigen Gemahl schon seit ihrer ersten Begegnung nicht gemocht. Ob er damit nur in den Spiegel meiner eigenen Abneigung blickte und ungeprüft die Meinung seiner verehrten Schwester übernahm oder ob es aus eigenem Antrieb kam, sei dahingestellt. Wie hier zu Lande üblich, speisten Frauen und Männer zuerst getrennt, doch als danach das Festmahl in ein *symposion* überging, mischten sich die Geschlechter – in allen Ehren.

Abanthis, deren priesterliches Amt ihr hohes Ansehen verlieh, nahm mich beiseite, und als wir auf die Gartenterrasse hinaustraten, wagte niemand, uns zu folgen. Mit einem Seufzer schlug ich den Schleier zurück und blickte in die leuchtenden Augen meiner früheren Lehrerin.

»Wir werden uns vielleicht niemals wieder sehen, denn ab morgen gebietet Kerkylas über dein Leben und vielleicht ist es ihm nicht recht, dass ...«

»Das soll mich nicht kümmern!«, stieß ich hervor. »Sowohl mein Vater als auch jetzt mein Onkel haben mich nicht als Gefangene gehalten und das wird auch einem Kerkylas nicht gelingen.«

Abanthis seufzte. »Das liegt nicht zuletzt an dir. Einen Weg habe ich dir ja gewiesen, wie du seiner Lieblosigkeit begegnen und dich schadlos halten kannst. Sollte er sich jedoch als zärtlicher Gatte entpuppen, dann weihe Hera ein Dankopfer und preise die von deiner Familie getroffene Wahl.«

Sie küsste mich schnell auf den Mund und zog den Schleier zurück, ehe wir in den Festsaal zurückgingen.

Ich saß dort neben meinem Gemahl und gemeinsam nahmen wir die von einem Jüngling verteilten Brote entgegen. Dieser als *amphitales* bezeichnete junge Mann trug auf dem Haupt einen Kranz aus dornigen Pflanzen mit eingeflochtenen Eicheln und hatte die rituellen Worte zu sprechen: »Ich bin dem Übel entflohen und habe das Beste gefunden.«

Dies solle, so wurde ich belehrt, an den Übergang vom primitiven zum kultivierten Leben erinnern – also von der kargen Wildheit eines Jäger- und Sammlerlebens zum geordneten Dasein des Ackerbauers. Um dies noch zu unterstreichen, trug meine *nympheuteria* Pfanne und Sieb, als Symbol für das Rösten der Gerste und die Feinheit des Mehles.

Am Abend hätte sich der Hochzeitszug vom Haus des Brautvaters zu dem des Ehemanns in Bewegung setzen müssen, da es diesen Vater jedoch nicht mehr gab und Kerkylas zu uns ziehen würde, umschritt die feierliche, von Musik und Fackeln begleitete Prozession einfach das um Kamons Haus gelegene Stadtviertel.

Das dauerte ziemlich lange und mir brach unter meinem dichten Schleier der Schweiß aus. Nach der langen Mahlzeit und dem für mich ungewohnten Genuss des zuletzt unvermischten Weines erfüllte mich etwas wie eine träge Stumpfheit, wie sie ein Arbeitssklave nach einem langen, mühseligen Tag empfinden mochte. Da lässt man schließlich alles mit sich geschehen, trottet nur noch so dahin, tut und plappert nach, was der Zeremonienmeister vorsagt und anordnet.

Als mich später einige meiner Schülerinnen nach ihrer Verehelichung besuchten, erfuhr ich von ähnlichen Gefühlen, die ja übrigens nicht verwunderlich sind. Da wird so ein junges Ding aus seinem geordneten und behüteten Mädchendasein herausgerissen, in eine ihm fremde Welt verpflanzt. Dass dies in den jungen Seelen Angst und Verwirrung erregt, ist verständlich, und da ein Aufbegehren sinnlos ist, übernimmt man die Rolle des geduldigen Opferlammes.

Als unsere Prozession ihre Runde gemacht hatte, kam sie wieder zu Kamons Haus, wo er und meine Mutter – in Vertretung der fernen Eltern des Bräutigams – das Brautpaar empfingen. Ich nahm ein Stück Sesamkuchen und eine Quitte entgegen, zwar Symbol für Fruchtbarkeit, aber vielleicht auch für die Bitternis, die viele junge Frauen am Beginn oder während ihrer Ehe erfahren müssen. Dann kam die feierliche Zeremonie der *katachysmata,* bei der ich langsam das Herdfeuer umschreiten musste und man mir Nüsse und Dörrfeigen auf das Haupt schüttete.

Um dem jungen Paar ein Stück eigenes Heim zu verschaffen, hatte Kamon nach Nordosten hin einen Anbau errichten lassen, und zwar so, dass Kerkylas von seinem an das *andron* angrenzenden Arbeitsraum auf den Handelshafen blicken konnte. Unser gemeinsamer Schlafraum lag – hangaufwärts gebaut – etwas höher. An die Tür des *thalamos* hatte man Mörser und Stössel gebunden, vielleicht ein ironischer Hinweis auf den Vorgang, der sich dort im Brautbett abspielte.

Es war inzwischen längst Nacht geworden, Kerkylas schwankte von dem im Übermaß genossenen Wein, denn er war ein von Grunde auf nüchterner Mensch und es gehörte nicht zu seinen Fehlern, dass er sich betrank.

Trotz der anzüglichen Bemerkung meiner *nympheuteria*, dass ich heute kein Lendentuch benötigen werde, hatte ich aus alter Gewohnheit – vielleicht auch aus Trotz – dennoch eines angelegt. In dem nur von einer Ölfunzel erleuchteten Brautgemach ertastete Kerkylas dieses Hindernis, murmelte »Das Zeug muss weg!«, riss es mir täppisch vom Leib und sagte mit hämischem Lachen: »Verabschiede dich jetzt von deiner *parthenia!*« Nach mehrmaligen ungeschickten Anläufen gelang es ihm, mich zu entjungfern, und ich empfand nur Schmerz und hilflose Demütigung. Ich dachte: Bei Hera und Hestia, wenn das Eheleben nur darin besteht, dass man sich quälen lassen muss, dann gehe ich einer trüben Zukunft entgegen. Doch ich will Kerkylas nicht Unrecht tun. Geleitet von kundigen Hetären – so nehme ich an –, verfeinerten sich mit der Zeit seine »Liebeskünste«, die mir dann zwar keinen Schmerz, aber auch keine Lust bereiteten. Dazu fehlte ihm die Geduld und allmählich gewann ich den Eindruck, dass er die mir gewidmete Zeit mit seinen Geschäften aufrechnete. Er lud seinen Samen pflichtschuldig bei mir ab, ohne nach meinen Empfindungen zu fragen. Ich aber hielt mich mit der von Abanthis gelehrten Methode schadlos und verschaffte mir selbst die Lust, von der mein Gemahl offenbar glaubte, dass nur Männer auf sie Anspruch hätten.

Jetzt, aus dem langen Abstand meines Lebens und meiner gemachten Erfahrungen, muss ich sagen: Kerkylas war, mit anderen verglichen, keineswegs ein schlechter Ehemann. Es war nur so, dass die Geschäfte für ihn den Hauptinhalt seines Lebens bildeten und er, nachdem ich zwei Fehlgeburten durchgestanden hatte, es aufgegeben hatte, durch mich auf männlichen Nachwuchs zu hoffen. Noch dazu waren es beide Male Knaben gewesen, und als es zur dritten Schwangerschaft kam, meinte er nur verachtungsvoll: »Das wird ja doch wieder nichts.«

Jenen Sommer verbrachte ich – wie schon einige Male zuvor – auf unserem Landgut in Eresos. Wie eine Erleuchtung kam dort der Gedanke über mich, die von meiner Mutter geschilderte Geburtshilfe der Gaia könnte bei mir auch dahingehend wirken, dass sie diesmal eine vorzeitige Niederkunft verhinderte. Kleis hatte immer nur in den Tönen höchsten Lobes von der heilkundigen Kräuterfrau gesprochen, doch nun wandte sie ein: »Inzwischen sind achtzehn Jahre vergangen – wer weiß, ob Gaia noch lebt oder eine Nachfolgerin gefunden hat.«

»Aber du selbst hast doch immer erwähnt, dass sie von ihrer Tochter sprach ...«

»Ja, mein Liebes, ich werde mich darum kümmern.«

Kamon und Kerkylas waren ihrer Geschäfte wegen in Mytilene geblieben und auch die gespannte politische Lage erforderte ihre Anwesenheit, denn – das berichte ich aus späterem Wissen – ein Anschlag auf den verhassten Tyrannen Myrsilos stand kurz bevor.

Gaia lebte durchaus noch und es schien, als sei das Alter an ihr vorübergegangen. Ihre Tochter, so hörten wir, gehe ihr schon seit vielen Jahren zur Hand und habe sie inzwischen mit einer Enkelin erfreut.

Schlank, groß und langhaarig betrat sie die *gynaikonitis* und nur eine leichte Graufärbung ihres Haares und ein paar Fältchen um die scharfen, runden Vogelaugen verrieten ihr fortgeschrittenes Alter.

Als sie von meinen beiden Fehlgeburten hörte, nickte sie ernst. »Du hast gut daran getan, mich holen zu lassen. Wenn Atropos schon zwei Mal den Faden abschnitt, ehe es zum Leben kam, wird sie es vielleicht auch ein drittes Mal tun. Vielleicht wollte Aphrodite – der du ja so innig verbunden bist – dich davor bewahren, Knaben aufziehen zu müssen, aus welchen Gründen auch immer. Diesmal, das spüre ich, wird es eine Tochter, und wenn du dich genau an meine Anweisungen hältst, wird sie leben und gedeihen. Die letzten sechs Dekaden deiner Schwangerschaft wirst du vorwiegend im Bett verbringen, darfst nur zu den Mahlzeiten aufstehen. Dazu empfehle ich eine bestimmte Diät, die alle gewürzten und schwer verdaulichen Speisen vermeidet. Mögen sie mich auch Kassandra schimpfen, dir, Sappho, habe ich jetzt nur Gutes zu verkünden.«

Sie behielt Recht. Noch während ich in Eresos weilte, wurdest du, liebe Kleis, geboren und auf Wunsch meiner Mutter trägst du ihren Namen.

Kerkylas war nicht besonders erfreut, aber er war damals bereits in Pläne verstrickt, in denen du und ich keinen Platz mehr hatten. Vielleicht ließe sich zu seiner Entschuldigung sagen, dass auch er nur ein Opfer der politischen Umstände war, doch genau betrachtet hat er nicht wie ein verantwortungsvoller Ehemann und Vater gehandelt. Mir fällt dabei nur der bekannte Vergleich mit den Ratten ein, die das sinkende Schiff verlassen. Friede seiner Asche, ich zürne ihm nicht, sehe allerdings auch keinen Grund, sein wenig ehrenhaftes Verhalten in diesem ganz Lesbos erschütternden Konflikt zu unterschlagen oder gar zu beschönigen.

11

Nun wollte ich eigentlich die damaligen Zustände schildern, die zum bitteren Exil unserer Familie führten, nach Überprüfung des Vorigen stelle ich jedoch fest, dass ich – ehe Kleis geboren wurde – Wichtiges nur gestreift oder unterschlagen habe. Noch heute werde ich von älteren Freunden als »Witwe des Kerkylas« bezeichnet, aber die Erinnerung an ihn ist geschwunden wie alljährlich im Frühling der Schnee auf dem Olympos.

Wer unbedingt noch erwähnt werden muss, ist Alkaios, der zwar zeitlebens ein Säufer, Frauenjäger und Säbelrassler war, aber diese Erfahrungen dazu nutzte, sie in großartige Dichtung umzuformen. Wir blieben die Jahre über in steter Verbindung – ausgenommen die Zeit des Exils. Ich versäumte keinen seiner Auftritte im Odeion und sah ihn öfter als Gast in unserem Haus und später in meiner Schule. Zudem verknüpfte uns das von der Muse Erato geflochtene Band über ganz unterschiedliche Lebensbereiche hinweg.

Alkaios war von sehr jäher Natur, geriet schnell in rasenden Zorn, der sich ebenso schnell wieder legte, was allerdings, so viel ich weiß, manche seiner Freundschaften für kurze Zeit getrübt, keine jedoch jemals zerstört hat – eine ausgenommen. Davon werde ich später berichten. Dazu eines der vielen Ereignisse, die sein Leben begleiteten und später zur Legende wurden. In der von Lesbos kolonisierten Troas entbrannten auch nach dem athenischen Schiedsspruch immer wieder kleine bewaffnete Zwiste und es gab eine Reihe von jungen, heißblütigen Männern, die sich darüber freuten und begeistert zu den Waffen eilten. Alkaios, der schließlich schon bei den Entscheidungskämpfen unter Pittakos mit dabei war, sah keinen Grund, an jedem dieser Scharmützel teilzunehmen, worauf ihn ein Freund bei einem *symposion* mit den Worten kritisierte: »Ehe unser Alkaios zu den Waffen greift, kratzt er sich drei Mal mit der Feder an den *didimoi.*«

Mit diesem Wort werden in der Regel Zwillinge benannt, aber in Männerrunden gibt es noch eine andere Bedeutung, die Alkaios sofort verstand. Er sprang auf und stieß dem Spötter seinen Dolch in die Brust mit den Worten: »Damit befreie ich dich ganz vom lästigen Waffendienst!« Mit Mühe und Not konnte ein tüchtiger *cheirourgos* das Leben des Verletzten retten und Alkaios musste sich bis zu dessen Genesung bei einem seiner Bauern verstecken. Nun zu Kerkylas, meinem Gemahl. Schon in den ersten Wochen unserer Ehe versuchte er mir klarzumachen, dass seine Herkunft etwas Besonderes sei.

»Die Männer von Andros sind besonders *andreios,* denn das steht schon im Wortstamm unserer Insel. Das heißt nun vor allem, dass wir uns in keinster Weise von den Weibern regieren oder bevormunden lassen. Du wirst tun, was ich sage, wirst wollen, was ich will, und dass du dich draußen herumtreibst, wie das hier leider immer noch üblich ist, kommt nicht in Frage!«

Sein Sprachstil war ein wenig dürftig, wie man sieht, aber davon soll nicht die Rede sein. Ihn störte ganz einfach die bei den Aioliern übliche Lebensweise, die auch einer verheirateten Frau gestattete, mit einem Diener auf den Markt oder mit Freunden ins Odeion zu gehen. Als er zum wiederholten Male davon sprach, dass die Frau die Geschäfte ihres Mannes nichts angingen und – wie er spöttisch hinzusetzte – sie wohl auch kein Interesse daran hätte, wandte ich ein, dass ich sehr gerne eines seiner Handelsschiffe am Hafen besuchen und mir die dort gestapelten Waren ansehen möchte. Da kam wieder sein trockenes, hämisches Lachen.

»Ah, man möchte die Waren besichtigen, um gleich zu prüfen, ob man da nichts für sich abzweigen kann. Das schlage dir sofort aus dem Kopf! Außer den Hafendirnen hat dort unten keine Frau etwas zu suchen!«

Mein Onkel Kamon, der sich nur ungern in unsere Ehe mischte, aber doch das Oberhaupt der Familie war, sah sich manchmal veranlasst einzugreifen.

»Wenn Sappho mit einer verheirateten Freundin, begleitet von zwei bewaffneten Dienern, das Odeion besuchen will, wo sie mit anderen Frauen auf abgesperrten Rängen sitzt, dann steht dem nichts entgegen, denn dies ist hier zu Lande üblich und durchaus gestattet.«

Was er mir zu gestatten und zu verbieten habe, sei allein seine Sache, wandte Kerkylas ein, aber Kamon blieb hart.

»Sappho hat nicht in deine Familie nach Andros geheiratet, sondern du in ihre nach Lesbos und so muss ich dich bitten, die hiesigen Bräuche zu achten, umso mehr, da du ja hier das Bürgerrecht anstrebst.«

Das war nun ein etwas heikler Punkt und erst sehr viel später habe ich erfahren, dass Kerkylas dies zwar tat, zugleich jedoch auch verhindern wollte. Dieser scheinbare Widerspruch ist leicht zu erklären. Gleich nach unserer Heirat hatte er das Bürgerrecht beantragt und mit der untrüglichen Witterung eines gewieften Kaufmanns für politische Ereignisse gespürt, dass dieses Recht ihm zum Danaer-Geschenk werden könnte. Er galt nun als ein Mitglied unserer Familie, von der jeder wusste, dass sie zu den erbittertsten Feinden des Myrsilos gehörte. Als er wenig später erfuhr, dass auf den Tyrannen ein Anschlag geplant war, fürchtete Kerkylas nicht zu Unrecht, dass auch er bei einem Fehlschlag zusammen mit unserer Familie dafür hätte büßen müssen. So hintertrieb er bis zur völligen Klärung der politischen Lage seine Aufnahme in die Bürgerliste, indem er vorgab, noch auf einige wichtige Dokumente aus Andros zu warten, die – so vermute ich – längst vorlagen.

Kerkylas war ein Mensch, der niemals einem spontanen

Gefühl nachgab, sondern immer quasi in seinen Akten blätterte, ob diese oder jene Entscheidung ihm zum Nachteil gereichen könnte. Er handelte viel mit Papyros aus Aigyptos und nahm selbst etwas von dieser Ware an. Seine Rede, sein Auftreten, sein Handeln gemahnte an das sterile Rascheln von Papier.

Eines Nachmittags kam er vorzeitig nach Hause, drang laut polternd in meine Gemächer, wo ich gerade für eine befreundete Familie über einem *hymenaios* brütete. Er rieb sich lachend die Hände und rief: »Diesmal haben sich Hermes und Poseidon zu meinen Gunsten verschworen! Drei meiner Handelsschiffe sind wohlbehalten zurückgekehrt, mit unverdorbener, kostbarer Ware, die ich hier um ein Fünf- bis Zehnfaches umsetzen kann. Das muss gefeiert werden!«

Er drängte mich in das *domation,* riss mir die Kleider vom Leib und drang zufrieden grunzend und mit roher Gewalt in meinen unvorbereiteten Schoß. Ich stöhnte und verzog schmerzlich mein Gesicht, was er für einen Ausdruck meiner lustvollen Teilnahme hielt. Kaum war sein Samen verspritzt, wälzte er sich von mir herunter und kleidete sich hastig an.

»Siehst du, ich habe meine Freude zuerst mit dir geteilt, und so geziemt es sich für einen guten Ehemann. Jetzt aber werde ich ein *symposion* für meine Freunde richten, wie es sich nach einem solchen Erfolg gehört.«

Dann war er draußen und hat vermutlich den ganzen Tag keinen Gedanken mehr an mich verschwendet. Ich war so enttäuscht und verbittert, dass ich mein Hochzeitslied erst am nächsten Tag wieder aufnehmen konnte. Für Kerkylas war das ein harmloser Zeitvertreib, gegen den er so lange nichts einzuwenden hatte, bis er hörte, dass Alkaios neben eigenen und anderen Dichtungen im Odeion zunehmend auch meine Lieder vortrug.

»Du kannst deiner Muse huldigen, so viel du willst, solange nichts davon nach draußen dringt. Doch dich in aller Öffentlichkeit damit zu brüsten, das – das kommt nur Hetären zu!«

»Die schreiben in der Regel keine Lieder, tragen sie nur vor.« Das verwirrte ihn für Augenblicke. »So? Du musst es ja wissen ... Wie dem auch sei, ich verbiete dir hiermit, künftig mit deinen *meloi* an die Öffentlichkeit zu gehen. Dass dieser Säufer und Weiberheld Alkaios sie vorträgt, macht das Maß übervoll. Also Schluss damit!« Wieder stellte sich Kamon auf meine Seite. »Was Sappho tut, geschieht in allen Ehren und in ihren Liedern kann ich nichts erkennen, was auch vor den strengsten Sittenwächtern Anstoß erregen würde. Hier zu Lande sehen wir unsere Frauen nicht als Sklavinnen an, die sich in allem dem Mann unterwerfen. Den Freiraum der Dichtung solltest du ihr schon lassen.«

Von da an äußerte sich mein Gemahl über meine musische Tätigkeit nur noch in kurzen, spöttischen Worten, die mich jedoch kaum berührten. Spott kann nur verletzen, wenn er von verehrten oder geliebten Menschen kommt.

Obwohl ich mich bemühte, sie ihm nicht zu zeigen, muss Kerkylas meine Abneigung gespürt haben. Es kam mir nicht zu, ihn von Bett und Tisch zu verweisen und meine sonstigen Pflichten als Herrin unseres Hauses erfüllte ich übergenau, aber meine Kälte ließ sogar seine papierene Seele erschauern – ich glaubte sie förmlich rascheln zu hören. Einmal sagte er geradeheraus: »Ich weiß, du magst mich nicht, und ich kann dir nur versichern, dass es auf Gegenseitigkeit beruht. Wie habe ich mich bemüht, dir alles recht zu machen, aber in deinen Augen war wohl alles falsch. Jede billige Hetäre hat mehr Gefühl im kleinen Finger für das, was ein Mann braucht, als du es dir überhaupt vorstellen kannst. Bringe endlich einen Sohn zur Welt, dann behellige ich dich nicht mehr und du kannst dich in deine Schriftrollen verkriechen.«

Zwar kamen die gewünschten Söhne, aber sie steckten ihre kleinen Köpfe zu früh in die Welt, um lebensfähig zu sein. Meine Mutter stand mir in allen Nöten getreulich zur Seite, doch es war ihr keine Kritik an Kerkylas zu entlocken.

»Damit musst du selbst fertig werden, mein Kleines. Ich weiß, dass es schwierige Männer gibt, aber du bist eine kluge Frau und wirst eine Lösung finden.«

Ich habe mir lange überlegt, meine geliebte Kleis, ob ich das hier von deinem Vater gezeichnete Bild so stehen lassen soll. Nun tue ich es dennoch, denn die Wahrheit hat oft unschöne

Seiten, du aber bist inzwischen eine erwachsene Frau und wirst es – wirst mich verstehen.

Eine wahre Freude bedeutete mir damals mein meist nur schriftlicher Verkehr mit Alkaios. Anfangs stand er meiner Dichtung reserviert gegenüber, aber – und das entsprach seiner kämpferischen Natur – als ich seinen ständigen Hymnen auf Waffenruhm und Schlachtenlärm mit einem Lied widersprach, da ließ er mich wissen – ja, so stelle er sich einen dichterischen Wettkampf vor: Von gleich zu gleich. Er könne mir versichern, dass er zwar den Inhalt nicht billige, die Form sei jedoch überaus geglückt und er werde nicht säumen, es bei nächster Gelegenheit vorzutragen.

Ich aber setzte meinen Kopf durch, ging mit meiner Mutter ins Odeion und wir verfolgten von der Frauentribüne den Auftritt des Alkaios.

Er war gewiss nicht das, was man gemeinhin als einen schönen Mann bezeichnet. Vierschrötig, schwarzbärtig, aber mit vor Begeisterung leuchtenden Augen polterte er herein, um die ein wenig niedrige Stirn das goldene Band des Rhapsoden nachlässig geschlungen. Nicht ohne Anmut hob er seine Lyra, stimmte sie mit geneigtem Kopf und sagte, er werde nun eine Stelle aus dem achten Gesang der Odysseia vortragen, um darzutun, dass auch Männer gefühlvoll und empfindsam sein können, was nicht wenige Frauen – er blickte zu unserer Tribüne empor – glattweg verneinten. Es gehe dabei um den Sänger Demodokos, der – als Odysseus bei Nausikaa zu Gast war – eine Szene aus dem Fall Troias vortrug und den Seefahrer zu Tränen rührte.

Solches sang der berühmte Sänger.
Odysseus verströmte Tränengüsse; sie netzten ihm unter den
Lidern die Wangen. Wie ein Weib seinen Mann in Tränen
umschlingt, den geliebten, wenn für die Stadt er fällt in
vorderster Reihe der Männer, schützend vor jenem
herzlosen Tage Kinder und Heimat; sterben muss sie ihn sehn,
seine zuckenden Glieder; da schreit sie hellauf jammernd
und schmiegt sich an ihn, indessen von hinten Feinde mit
Speeren sie schlagen auf Rücken und Schultern; sie führen

fort sie als Sklavin; Mühe und Jammer wird nun ihr Leben:
Leid zum höchsten Erbarmen lässt ihre Wangen verblühen:
Gradso erbärmlich quoll es Odysseus
unter den Brauen.
Allen andern entging, dass er Tränen vergoss ...

Darauf folgten einige seiner eigenen Lieder – wie immer kraftvoll, knapp, einprägsam und voll tiefer Empfindung. Zuletzt sagte er: »Und nun eine Entgegnung unserer holden Sappho, Frau des ehrenwerten Kerkylas, auf das Kampfgetöse in meinen und anderen Liedern.«

Reiterheere mögen die einen,
andre halten Fußvolk oder ein Heer von Schiffen
für der Erde köstlichstes Ding, –
ich aber das, was man lieb hat.

Leicht begreiflich lässt sich das jedem machen,
hat doch Helena, die an Schönheit alle weithin übertraf,
ihren Mann verlassen, den allerbesten:
Fort ging sie und segelte hin nach Troja,
weder an ihr Kind noch die lieben Eltern dachte sie zurück,
denn ihr Herz verführte Kypris in Liebe.

Einige der Männer zischten abfällig, doch der Beifall der Frauen war groß. Natürlich erfuhr mein Gemahl davon und bemerkte – wie immer dabei hämisch grinsend –, mein nächstes Werk würden wohl Wiegen- und Ammenlieder sein.

Ich entgegnete: »Warum nicht? Ohne Wiege, ohne Amme, ohne uns Frauen gäbe es euch Helden nicht. Vielleicht würde es dann friedlicher zugehen auf der Welt.«

Wie so oft, fiel ihm darauf keine Antwort ein, er winkte nur verächtlich ab und stapfte hinaus.

Ich sage es nochmals: Es tut mir Leid, liebe Kleis, dass ich mich über deinen Vater so abfällig äußern muss. Aber soll ich dich und mich belügen? Soll ich ihn loben, wo es nichts zu loben gibt? Dass er ein erfolgreicher und tüchtiger Kaufmann war, habe ich mehrmals erwähnt, aber ich kann dir versichern, dass du nichts von seiner Wesensart geerbt hast – nur etwas von seinem Äußeren und das ist gewiss kein Nachteil. Dein Vater hat in meinem Werk keinen Platz gefunden – warum auch?

Von dir aber sage ich:

Hab' ein schönes Kind,
goldnen Blumen wohl vergleichbar
ist sein feiner Wuchs.
Kleis heißt sie, mein Alles,
Und ich nähme nicht
Lydiens Reichtum
noch das schöne Lesbos,
müsst' als Preis
ich sie geben.

Zurück zu jener Zeit, da ich meine dritte Schwangerschaft fühlte und die politische Lage sich so zuspitzte, dass Kamon meine Mutter und mich im Frühsommer nach Eresos schickte und dazu bemerkte, wir müssten gewärtig sein, dort für eine Weile zu bleiben. Er werde uns laufend über die Entwicklung unterrichten.

Kerkylas stimmte – zu meinem Erstaunen – eifrig zu, doch bald erwies es sich, dass meine Abwesenheit seinen eigenen Plänen entgegenkam. Kurz und mit seinen Worten gesagt, er hatte vor, sich zu verdrücken. An dem Tag, da der Anschlag auf Myrsilos misslang, bestieg er ein im Handelshafen liegendes Schiff und verschwand in Richtung Andros. Seine Geschäftsanteile hatte er vorher stillschweigend verkauft, und zwar so günstig, dass die Nutznießer auf sein Geheiß darüber eisern schwiegen. Ich habe ihn niemals wieder gesehen, wenn auch später in gewissen Zusammenhängen sein Name noch mehrmals fallen wird. Zuletzt will ich ihn noch loben, denn ein Gutes hat er mir doch hinterlassen: dich, meine goldlockige und liebliche Tochter Kleis.

12

Wer heute in Frieden und Wohlstand auf Lesbos lebt, weiß – es wird schon in der Schule gelehrt –, dass dies vor allem der Klugheit und Vernunft des Pittakos zu verdanken ist, dessen bekanntester Wahlspruch lautete: Erkenne den rechten Zeitpunkt.

Doch damals, als du, meine Kleis, noch klein warst, hatte sein Name den bösen Beiklang eines Lügners und Verräters und das kam nicht von ungefähr. Erinnern wir uns.

Seit der Machtergreifung des Myrsilos gab es im Grunde drei Parteien. Der einen gehörten die meisten Adelsfamilien an und die wollten seinen Sturz und ihre Wiedereinsetzung in die alten oligarchischen Rechte. Dann gab es eine ziemlich große Anzahl von Neutralen, die sich vorwiegend aus freien Händlern und Handwerkern zusammensetzte, die fürs Abwarten plädierten. Auf die dritte Gruppe von Freunden, Anhängern und Nutznießern konnte Myrsilos sich stützen, zudem hatte er ein kleines, aber sehr schlagkräftiges Söldnerheer in seine Dienste genommen. Seine Gegner fühlten sich schon deshalb stark, weil Pittakos sie anführte und die glänzendsten Häupter der Adelsfamilien ihnen angehörten. Zudem dachte man, was bei Melanchros so leicht gegangen war, muss auch bei diesem Tyrannen leicht zu machen sein.

Doch sie hatten Myrsilos unterschätzt, denn dieser verfolgte durch Spitzel schon über längere Zeit die Verschwörung und hatte einige Vertraute eingeschleust. Nach Art der Adelsherren hielten Männer wie Kamon, Alkaios und dessen Bruder Antimenidas mit ihren Absichten nicht hinter dem Berg, in der falschen Meinung, dass gut zwei Drittel der Insel auf ihrer Seite seien.

Der Anschlag war für einen Tag geplant, an dem Myrsilos eine Schiffsreise nach Methymna unternehmen wollte, um dort an einem wichtigen Tempelfest teilzunehmen. Auf halbem Weg sollten ihm zwei Schiffe in einer unbewohnten Bucht auflauern, sein Fahrzeug entern und ihn töten. Doch der Tyrann wusste längst davon, bemannte drei Frachter mit schwer bewaffneten Söldnern, die dann die beiden Schiffe fast ohne Gegenwehr stürmten und die Verschwörer festnahmen. Unter ihnen befand sich keiner der Adelsführer, denn Kamon, Alkaios und ihre Verbündeten hatten die Dreckarbeit ihren bewaffneten Knechten überlassen. Die büßten dafür mit dem Leben, während ihre Herren eilig die Flucht nach Pyrrha antraten, der einzigen Stadt, die sich geschlossen gegen den Tyrannen gestellt hatte. Sie konnte es sich leisten, denn die schmale Einfahrt in den Golf von Pyrrha war leicht abzuriegeln.

Da die Stadt von sumpfigen Feldern umgeben war, konnten sie Truppen auf dem Landweg kaum erreichen. Dort fanden sich nun auf dem Seeweg die betroffenen Adelsfamilien ein, doch das reiche Pyrrha wollte kein Risiko eingehen und setzte es durch, dass die Priester des unweit gelegenen *heraions* – dem panlesbischen Heiligtum – auf ihrem ausgedehnten Gelände eine Zeltstadt errichteten, wo man uns Asyl und Unterschlupf gewährte.

Meine Mutter und mich hatten Boten von den Ereignissen unterrichtet und so fanden wir uns dort alle zusammen – ausgenommen Kerkylas, der sich rechtzeitig davongemacht hatte, nachdem er den gesamten, auch mir gehörenden Hausrat an einen ausländischen Reeder verkauft hatte. Da hausten wir nun in drangvoller Enge mehr auf- als nebeneinander und die Verschwörer berieten die nächsten Schritte.

Mein Liebling Larichos genoss dieses Abenteuer sehr und spielte sich als Beschützer von uns drei Frauen auf, wobei ich die kleine Kleis schon mitzähle.

Charaxos war auch gekommen, hatte es jedoch nicht gern getan. Eumenos, sein früherer Mentor und jetziger Teilhaber, war wie fast alle Händler neutral geblieben und Charaxos teilte seine Auffassung. Wie sollten Handel und Wandel gedeihen, wenn die großen Herren sich ständig in den Haaren lagen? Aber er vergaß dann doch nicht, dass er Sohn und Neffe dieser »großen Herren« war und im Notfall zu seiner Familie halten musste. So trieb er sich ruhelos in unserem Lager herum, bahnte da und dort kleinere Geschäfte an, doch damit war es bald vorbei. Myrsilos hatte nämlich einen Teil seiner Söldner rund um das *heraion* lagern lassen. Wenn es auch keiner wagte, nur einen Schritt auf den heiligen Boden zu setzen, so waren wir nun vollends gefangen und unsere Stimmung sank beträchtlich. Kein Mitglied dieser reichen Familien hatte es jemals nötig gehabt, unter so entwürdigenden Zuständen dahinzuvegetieren.

Das wusste Myrsilos und er wusste auch, dass eine Entweihung des *heraion* seinen Sturz bedeutet hätte, und ließ sich auf Verhandlungen ein. Damals glaubten wir noch fest daran, dass nur Pittakos uns aus dieser fatalen Lage retten könnte, und niemand fand etwas dabei, wenn der berühmte Held mit Myrsilos unter vier Augen stundenlange Geheimgespräche führte. Aber getreu seinem Wahlspruch – Erkenne den rechten Zeitpunkt! – war er schon dabei, sich mit Myrsilos die Macht zu teilen, um sie nach dessen Tod umso leichter ganz an sich reißen zu können.

Zunächst waren wir arglos und priesen Pittakos in höchsten Tönen, als er bekannt gab, dass er bei dem Tyrannen die Erlaubnis zu unserer Rückkehr erreicht hatte. Hätten wir unter bequemeren Umständen gelebt, wären vielleicht viele misstrauisch geworden, doch es stand der Winter vor der Tür und eisige Regenstürme rüttelten an unseren Zelten, ließen uns vor Frost und zunehmender Verzweiflung erschauern.

Meine Mutter kostete der Lageraufenthalt das Leben. Zuletzt hustete sie Tag und Nacht, ihre Stirn glühte vor Fieber, und als wir sie endlich auf das Schiff trugen, um die Rückfahrt anzutreten, erkannte sie keinen mehr von uns. Wir brachten sie noch lebend an Land, doch am nächsten Morgen, kurz vor Sonnenaufgang, tat sie ihren letzten Atemzug.

In unseren Augen war nur Myrsilos an all dem Unglück schuld, und kaum waren die Adelsfamilien in ihre Häuser zurückgekehrt, verschworen sie sich von neuem gegen den Tyrannen, doch zu ihrem Entsetzen schloss sich einer davon aus – Pittakos. Zuerst glaubten alle, dieses Gerücht sei von Myrsilos böswillig ausgestreut worden, um uns zu verunsichern, als Pittakos jedoch selbst im *prytaneion* von Mytilene vor die Adelsversammlung trat, um seinen Verrat zu begründen, wurde er von den bitter Enttäuschten niedergebrüllt. Er nahm es mit

Gleichmut, zuckte die Schultern und zog sich zurück. Viele Jahre später, als diese Ereignisse mit Vernunft abgewogen wurden, hatte man erkannt, dass Pittakos damit den denkbar besten Weg gewählt hatte.

»Hätte ich mich damals zu den Verschwörern geschlagen, wäre Myrsilos gezwungen gewesen, seine Schutztruppen zu verstärken, um die Adelsmacht mit allen Mitteln zu brechen. Mit mir aber gewann er einen wichtigen Verbündeten aus dem feindlichen Lager, das damit – wie er hoffte – seiner Führung beraubt war und bald auseinander brechen würde. Ich war dadurch in der Lage, das Handeln des Tyrannen zu überwachen, und redete ihm nach und nach so viele Bedenken ein, dass er bis zu seinem Tod die Tyrannis mit Bedacht und Zugeständnissen ausübte.«

Das war nur schwer zu widerlegen, denn während der etwa dreijährigen Doppelherrschaft gab es weder Verfolgung noch einschneidende Strafmaßnahmen.

Charaxos nahm sofort seine Geschäfte wieder auf, Larichos kehrte zu seinem Mentor zurück, doch Kamon sowie Alkaios und andere konnten sich mit dem »Verrat« ihres einstigen Helden nicht abfinden.

Alkaios tat das ihm nahe Liegende, dichtete Schmäh- und Spottverse auf Pittakos, die er freilich nicht im Odeion vortragen durfte, sie aber dafür in zahlreichen Abschriften verbreitete. Um den Verhassten nicht benennen zu müssen, benützte er nur den Vatersnamen.

Den Sohn des Hyrras aber erreiche bald
der Rachegeist der Toten, wie wir's dereinst
gelobten am Altar beim Opfer:
nie zu verlassen die Gefährten,
zu sterben lieber und ins Grab zu sinken
oder zu erschlagen die Tyrannenbrut.

Doch es blieb beim hilflosen Aufbegehren und mit der Zeit gab es mehr und mehr Überläufer. Was allerdings nicht heißen soll, dass diese Leute Pittakos oder Myrsilos die Hand zur Versöhnung reichten – o nein, dazu war der Adel zu stolz. Man nahm ihre Herrschaft einfach hin, als von den Göttern bestimmt, und hoffte auf bessere Tage.

Was mich betraf, so hatte mein Onkel Kamon verbreiten lassen, dass Kerkylas auf einer Handelsfahrt umgekommen sei, und so konnte ich meine kurze Ehe vergessen und mich an dem erfreuen, was geblieben war – Kleis, mein Sonnenkind, das heranwuchs wie eine schöne, zarte Blume. Doch ich war noch immer vermögend, denn mir fiel als Erbe ein Drittel des Landguts in Eresos zu; auch hatte Kerkylas in seiner Hast vergessen – oder es des Aufsehens wegen unterlassen –, eine Reihe von Forderungen einzutreiben. Charaxos übernahm diese Aufgabe mit großem Vergnügen und zeigte damit wieder einmal, dass er der geborene Kaufmann war.

In Kreisen des Adels sprach es sich schnell herum, dass eine junge, vermögende Witwe angeblich der Freier harrte. Als ich jeden dieser Anträge energisch zurückwies, sah mein Onkel es als seine Aufgabe an, mit mir darüber ein ernstes Wort zu reden.

»Seit dem Tod deines Vaters bist du mir ans Herz gewachsen wie eine Tochter, und da deine Mutter nun nicht mehr lebt, trage ich mit Charaxos für dich die Verantwortung. Nun, du kennst deinen Bruder – ihm gehen die Geschäfte über alles und er begnügt sich damit, von Zeit zu Zeit von mir zu hören, dass es dir gut geht. Ich bin ein alter Mann, Sappho, und möchte, dass du versorgt bist, wenn ich den Acheron überschreite. Es wäre schon das Beste, wenn du dich zu einer zweiten Ehe entschließen könntest. Wähle in aller Ruhe, wähle mit Bedacht – lass dir Zeit, aber zögere es nicht zu lange hinaus.«

»Lieber Onkel, nicht Atropos, sondern du hast mich der Schicklichkeit wegen zur Witwe werden lassen. Wir müssen jedoch annehmen, dass Kerkylas wohlbehalten in Andros angekommen ist, um mit seinem hier errafften Vermögen neue Geschäfte aufzubauen. Ich muss damit rechnen, dass er zurückkehrt, sobald auf Lesbos der innere Frieden eingekehrt ist. Findet er dann an meiner Seite einen neuen Gatten, wird er vor Gericht gehen.«

Kamon winkte verächtlich ab. »Dazu ist er zu feige! Er hat sich hier widerrechtlich einen Teil deines Vermögens angeeignet und seinen Abgang muss man eine Flucht nennen. Nein, der Kerl wird sich hüten, hier jemals wieder aufzutauchen.«

»Solange ich annehmen muss, dass er am Leben ist, darf eine neue Bindung für mich nicht in Betracht kommen.«

»Es kostet mich ein Wort und unsere Gerichte sprechen die Trennung aus – wegen böswilligen Verlassens.«

»Lass mir Zeit, Kamon. Ich fühle mich in deinem Haus recht wohl und seit Mutters Tod lässt du es mich als *despoina* führen. Das füllt mich aus – dazu ziehe ich ein Kind groß, eigentlich zwei, denn Larichos ist mir wie ein Sohn.«

Wider Willen musste Kamon lachen. »Und dazwischen bedeckst du Papyrosrollen mit deiner zierlichen Schrift und bringst den guten Alkaios dazu, deine Verse vorzutragen. Da hat ein Ehemann freilich keinen Platz ...«

Ich küsste ihn auf beide Wangen. »Wenn du es nur einsiehst, lieber Onkel.«

Damit war diese Gefahr zunächst gebannt, aber vielleicht hätte ich später doch nachgeben müssen, wäre nicht neues Unglück über unsere Familie gekommen, als Myrsilos, nachdem er mit Pittakos dreieinhalb Jahre gemeinsam regiert hatte, in seiner Burg auf der Akropolis starb. Die genauen Umstände seines Todes kamen niemals ans Licht, aber das Gerücht, Pittakos habe ihn ermorden lassen, halte ich für falsch und böswillig.

Zunächst ging ein großes Aufatmen durch Teile der Oligarchie. Die allerdings vom Tyrannen profitiert hatten, warben Söldner an und verschanzten sich auf ihren Landsitzen. Doch gerade sie hätten nichts befürchten müssen, denn Pittakos hatte seine Machtstellung inzwischen so gefestigt, dass er sich unangefochten auf den Stuhl des Tyrannen setzte.

Wenig später berief er eine große panlesbische Adelsversammlung ein und ließ darüber abstimmen, wer sich für oder gegen seine Oberherrschaft erklärte, wobei man das Wort Tyrannis sorgsam vermied. Etwa zwei Drittel der Versammlung erklärten sich für ihn; den anderen gab er eine Frist von zwei Dekaden, ihre Entscheidung zu überdenken.

Da gab es in unserem Haus lautstarke Diskussionen, von denen mir Larichos jedes Mal getreulich berichtete.

»Charaxos ist einer der wenigen, die nichts gegen die Herrschaft des Pittakos haben. Der sei ein ganz vernünftiger Mann, dem niemand nachsagen könne, er habe sich bisher persönlich bereichert. Kaum einer hört darauf, während der sprachmächtige Alkaios sie alle in seinen Bann zieht. Es wird wohl darauf hinauslaufen, dass wir wieder ins Exil müssen, aber diesmal nicht nur nach Pyrrha, sondern weg von Lesbos – weit weg.«

So kam es, dass sich Kamon, Alkaios mit seinem Bruder und etwa noch zwei Dutzend Familien gegen Pittakos und für das Exil erklärten.

Mein Onkel blühte trotz seines Alters geradezu auf vor hektischer Betriebsamkeit. Er setzte sich mit Verwandten auf der Insel Sikulia in Verbindung, die sich vor drei Generationen in der Stadt Syrakusa niedergelassen und es zu großem Wohlstand gebracht hatten. Dort gab es die von Kamon und seinen Freunden bevorzugte Adelsherrschaft von grundbesitzenden Familien – *gamoroi* genannt. Außer dem Exil hatte Pittakos über seine Gegner noch den Vermögenseinzug verhängt, doch das handhabte er quasi mit geschlossenen Augen. Wer seinen Besitz auf irgendeine Weise beiseite brachte, wurde nicht behelligt, solange es nicht in aller Öffentlichkeit geschah.

Kamon nutzte dies, verkaufte oder verpachtete seinen Haus- und Landbesitz an zuverlässige Freunde, die sich zwar dem Pittakos ergeben hatten, aber wie er der Meinung waren, seine Herrschaft würde nicht ewig dauern. Erleichtert wurde dies durch den Umstand, dass König Alyattes von Lydien – der unentwegt Kriege führte – zur Bezahlung seiner Söldner gemünztes Geld ausgab. Dazu wurden Stücke aus Elektron in Gewichten von einer *statera* – und Teile davon – in olivenförmige Stücke gegossen und mit der Prägung eines Löwenhauptes versehen. Den Empfängern war damit Gewicht und Reinheit des Metalls garantiert und die Händler tauschten diese Münzen gerne in Waren aller Art um. Jedem Vernünftigen leuchtete ein, dass diese Form der Bezahlung die zuvor geübte Entlohnung in Getreide, Wein, Leder, Stoffen und Ähnlichem an

Einfachheit und schneller Abwicklung bei weitem übertraf. Charaxos hatte diese Möglichkeit sofort erkannt und sich auch seine Geschäftsanteile in lydischen Münzen auszahlen lassen. Ein schlaues Lächeln huschte über sein dickliches Gesicht, als er den etwa kinderkopfgroßen Lederbeutel auf den Tisch legte.

»Da – seht euch das an! Der Erfindungsgabe des lydischen Königs ist es zu verdanken, dass ich mein gesamtes Vermögen mit einer Hand tragen kann.«

Er schnürte den Beutel auf, griff hinein und warf ein paar dieser *nomismata* auf den Tisch. Das blassgelbe Elektron sah aus wie kleine Stücke der fahlen Winterbutter. Er rieb sich freudig die Hände.

»Da hat Pittakos das Nachsehen! Wenn er unsere Liegenschaften einziehen will, dann gehören sie längst anderen – seinen so genannten Freunden.«

»Und du glaubst, das weiß er nicht?«, fragte Kamon mit hochgezogenen Brauen.

»Wie sollte er?«

»Unterschätze diesen erzklugen Menschen nicht! Aus guter Quelle weiß ich, dass er unsere Verbannung als notwendiges Übel ansieht und sie nach Stabilisierung der politischen Lage aufheben wird.«

»Andere sind nicht so leichtgläubig wie du.«

»Ich weiß, was ich weiß ...«

Die Vorbereitungen zogen sich bis in den Herbst hinein und es war schon um die Zeit, da einige vorsichtige Seeleute sich nicht mehr hinauswagen, als wir vom Nordhafen aus in See stachen.

Völker wie Aioler, Ionier und Dorier haben zur Seefahrt immer ein gutes Verhältnis gehabt und die Odysseia handelt im Grund von nichts anderem, weil Homeros, der in ionischer Sprache schrieb, diese Freude, auf schwankenden Schiffsplanken zu stehen, teilte und wie kein anderer fähig war, ihr dichterischen Ausdruck zu verleihen. »Rosse des Meeres« nannte er die Schiffe, »die eilig uns tragen – sie dringen in weite Gewässer.«

Diese den Hellenen eigene Lust an der Seefahrt ließ sie aber keineswegs die Vorsicht vergessen und ein erfahrener *nauarchos* wird alles tun, um Gefahren zu meiden oder zu mindern. Das ist auch der Grund, warum Schiffsführer und Steuerleute die Fahrt entlang der Küste allen anderen vorziehen. Bei Sturmfluten steuern sie sofort die nächste sandige Bucht an, ziehen ihr Schiff an Land und warten in Ruhe ab, bis Poseidon sich ausgetobt hat.

Warum diese lange Vorrede, warum Eulen nach Athen tragen, um Selbstverständliches zu erläutern? Weil meiner Familie und mir eine Seefahrt besonderer Art bevorstand, auf offenem Meer, fern von schützenden Buchten, preisgegeben den Launen Poseidons und seiner Gefährten.

Charaxos, der als Einziger unserer Familie die offene See befahren hatte, versuchte abzuwiegeln. »Das hört sich schlimmer an, als es ist. Der Seemann muss nur Sorge tragen, seine Pflichten Göttern, Menschen und den Schiffen gegenüber genau zu erfüllen. Vielleicht sollte ich das näher erläutern: Was die Götter betrifft – aber das wisst ihr ja –, so wird vor jeder Ausfahrt dem Poseidon und am besten auch seiner Gemahlin Amphitrite reichlich geopfert. Die Pflichten den Menschen gegenüber bestehen darin, dass der Schiffsführer kein Gesindel an Bord nimmt, sich nicht von niedrigen Lohnforderungen blenden lässt, um es dann in der Gefahr zu büßen, wenn aus diesen so genannten Seeleuten zitternde Angsthasen werden, unfähig, sich selbst oder anderen zu helfen. Kein verantwortungsvoller *nauarchos* wird sich vom süßen Gerede eines solchen Gauners blenden lassen, dem irgendwo der Boden zu heiß wird, der nichts zahlen kann und sich deshalb als Seemann verdingt.

Nun zur Pflicht den Schiffen gegenüber. Vor jeder neuen Ausfahrt wird der Schiffsführer ein Boot von Bug bis Heck auf Schäden untersuchen. Halten die Brassen und Schoten noch aus? Sind Planken und Ruderblöcke, Masten und Spanten noch für eine weitere schwere Belastung geeignet? Kein verantwortungsbewusster Seefahrer wird nämlich erwarten, dass die Reise so harm- und gefahrlos wie die Überquerung eines Teiches wird. Er muss mit den schwersten Gefahren rechnen und wird selbst – ist das Schiff an Land gezogen, jeden *daktylos* Holz auf Schäden untersuchen und sein Diener wird ihm einen Topf mit heißem Pech hinterhertragen, damit er die Planken nachdichtet.«

»Und dies alles ist mit unserem Schiff geschehen?«

»Dafür habe ich gesorgt, liebe Schwester, du kannst dich auf mich verlassen. Ich bin zwei Mal in Aigyptos gewesen und weiß, dass eine offene Seefahrt mit dem Küstensegeln kaum zu vergleichen ist.«

Dich, Kleis – erst ein halbes Jahr alt –, habe ich von Anfang an selbst gestillt, obwohl alle Welt den Kopf darüber schüttelte. Warum nimmt die zarte und zierliche Sappho nicht eine dralle Amme, um ihr Kind richtig zu ernähren? Ich tat es nicht, weil ich mir sicher war, dass mein Kind auch an meiner Brust satt wurde – ich tat es nicht, weil ich Kleis mit niemandem teilen wollte.

Nun pferchte man uns also in das für Passagiere umgebaute Frachtschiff, wo wir zwischen Truhen, Kisten, Amphoren, Säcken und Möbelstücken eingeklemmt waren wie Einsiedlerkrebse in ihren engen Gehäusen. Unsere Dienerschaft hatten wir bis auf ganz wenige altvertraute Frauen und Männer zurückgelassen, denn auf dem Schiff musste jeder zusätzliche Obolos an Gewicht bedacht und überlegt sein.

»Du hast doch richtig gehandelt«, lobte mich Kamon, »denn hier noch eine Amme unterzubringen wäre schier unmöglich gewesen.« Für den Seeweg nach Sikulia gebe es – so Charaxos – zwei Möglichkeiten. Man könne nach Art der Küstensegler das Meer bis zur Landschaft Messenia von Insel zu Insel befahren. Dort wäre der letzte Hafen Methone, dann gehe es nach Westen ins offene Meer hinaus, bis der Hafen von Syrakusa erreicht sei. Die zweite Möglichkeit – das hänge von den Windverhältnissen ab – sei, die Westküste von Kreta anzusteuern, um von dort übers offene Meer Sikulia zu erreichen. Diese Fahrt habe er auf dem Weg nach Aigyptos schon zwei Mal zurückgelegt – ohne die geringsten Schwierigkeiten.

Charaxos aber verschwieg, dass er solche Reisen jeweils in der besten Jahreszeit, nämlich im Frühsommer unternommen hatte. Jetzt hatte schon der *pyanepsion* begonnen und dem *nauarchos* war die Besorgnis vom Gesicht abzulesen, doch er äußerte sie nicht. Die Fahrt musste unternommen werden, denn seit einigen Tagen wichen uns die von Pittakos zu unserer Überwachung bestellten Söldner nicht mehr von der Seite.

13

Kamon bestand darauf, dass jeder von uns an der Poseidon-Kapelle im Nordhafen ein persönliches Opfer bringe. Er gebot mit strenger Miene: »Nicht nur so nebenher ein paar Früchte hinlegen oder einige Weihrauchkörner streuen! Es muss ein Opfer sein – im Sinne des Wortes!«

So löste ich ein Glied aus der mir von Abanthis zum Abschied geschenkten Halskette. Charaxos opferte drei der lydischen Münzen mit einer Miene, als habe er den Mund voll Salz. Larichos gab den Speer, mit dessen Wurf er bei einem Wettkampf gesiegt hatte, und Kamon opferte seinen schweren silbernen Weinbecher – ein Geschenk seines Vaters –, der ihn fast sein Leben lang begleitet hatte. Ehe ich das Schiff bestieg, wandte ich meinen Blick nach Süden, wo in einer Nekropolis nahe dem Meer die Urne meiner Mutter ruhte. Es entspricht nicht meiner Art, zu resignieren oder aus Furcht vor dem Misslingen einen Plan aufzugeben, aber jetzt ging es mir durch den Kopf: Vielleicht hast du doch den besseren Teil erwählt, liebe Mutter, du ruhst in Frieden – dir kann nichts mehr geschehen.

Es ist ja schon so: Wer sich hinaus aufs offene Meer begibt, der setzt sich dem Wohlwollen der Götter aus, denn – abgesehen von der bescheidenen Kunst, ein Schiff zu steuern – er ist dort Ereignissen ausgesetzt, die er weder abstellen noch beeinflussen kann. Wenn Zeus seine Blitze schleudert, Aiolos den Sturm entfacht, Poseidon mit seinem Dreizack das Meer aufwühlt und Felsklippen spaltet, dann ist der Mensch zu einem Ball geworden, mit dem die launischen Götter Fangen spielen.

Ein Schiff besteigen heißt also, die Möglichkeit einer gesunden Wiederkehr auf ein minderes Maß zu reduzieren. Man kann das nicht ansehen wie einen Gang auf den Markt, wo es höchst unwahrscheinlich ist, dass man zu Tode kommt. Reisen zu Land sind weit weniger gefährlich und so ist ihr Widerhall in unserer Seele ein anderer. Steige ich auf ein Maultier und reite weg, so wird mich stunden-, ja tagelang ein zwar immer dünner werdendes, doch sehr festes Band mit dem Zuhause verbinden. In dem Augenblick jedoch, da mein Schiff den Heimathafen verlässt, wird dieses Band jäh durchschnitten und Trauer überfällt uns. Wer dem entfliehen will, der schaue nicht zurück, sondern richte seinen Blick nach vorn, auf das Ziel – mag es noch so ferne sein.

Unsere Fahrt begann trotz der späten Jahreszeit unter den besten Bedingungen. Ein steifer und stetiger Nordwind füllte die Segel des Schiffes und trieb uns auf manchmal schon etwas rauen Wogen nach Süden. Der *nauarchos* hatte beschlossen, die längere Fahrt über Kreta zu meiden, und so führte uns der Weg zwischen Skyros und Psara nach Süden. Von Skyros war rechterhand ein Schatten, von dem winzigen Psara nichts zu erkennen. Am Morgen des vierten Tages – oder war es schon der fünfte? – durchquerten wir die etwa sechzig Stadien breite Meerenge zwischen Euboia und Andros. Wir genossen – auf Taurollen sitzend – die frische Morgenluft und Kamon wies auf die zu unserer Linken auftauchende Insel.

»Sollen wir in Andros ankern und von Kerkylas dein Vermögen zurückfordern?«

Am Ton seiner Stimme und an seiner verschmitzten Miene erkannte ich, wie wenig ernst dies gemeint war.

»Ist dir dieser Gauner eine Verzögerung wert?«

»Immerhin ist er der Vater deines Kindes.«

Ich drückte die schlummernde Kleis an mich. »Das er niemals gesehen hat. Als er hörte, dass es ein Mädchen war, ergriff er die Flucht.«

Kamon ließ ein kurzes, raues Lachen hören. »Gewiss nicht nur deshalb. Unsere Familie war ihm anrüchig geworden, als wir uns gegen Pittakos entschieden. Wir sollten zwar unser Vermögen mit ihm teilen, aber keineswegs unser Schicksal.

Obwohl – so ganz ungeschoren sollte er nicht davonkommen …«

Wenig später umrundeten wir das *akroterion* von Sounion mit dem gewaltigen vielsäuligen Poseidon-Tempel, der wie ein himmlischer Hort in der Luft zu schweben schien.

Da kam mir der dritte Gesang der Odysseia in den Sinn:

… Wir kamen zum Tempel von Sounion,
hochauf überragt er Athen.

Da hieß es nun, dem Gott für die bisher glückliche Fahrt Dankbarkeit zu erweisen. Der *nauarchos* ließ einige der mitgeführten Amphoren öffnen und goss die Hälfte des Weines in die tiefblauen Fluten. Als Larichos eine große Zwiebel hinterherwarf, wurde er gescholten. Er tat erstaunt.

»Was ist an diesem Opfer auszusetzen? Frisches Gemüse, wurde mir gesagt, sei auf einer langen Seefahrt für die Gesundheit von großer Wichtigkeit und daher unerlässlich. Also habe ich etwas Kostbares geopfert …«

Da mussten wir alle lachen und Kamon nickte zustimmend.

»Unser *ephebos* hat Recht, die Sache von dieser Seite zu betrachten. Was an Land unschicklich ist, gewinnt auf hoher See ein anderes Gewicht.«

Einige Tage später ragte die Südspitze des Parnon-Gebirges aus dem Meer und wir umrundeten die vorgelagerte Insel Kythera – ein Name, dessen Klang aufhorchen lässt, denn Aphrodite trägt auch den Beinamen Kythereia. Ob die Göttin nun hier oder auf Kypros dem Meerschaum entstiegen ist, halte ich für wenig bedeutsam. Hohe Verehrung genießt sie hier wie dort und für ein göttliches Wesen ist es schon denkbar, gleichzeitig an zwei Orten ins Licht der Welt zu treten.

In Methone, einem Hafenort an der Südwestspitze von Messenia, legte der *nauarchos* an, um vor der großen Fahrt ins offene Meer die Trinkwasservorräte zu ergänzen und – für den Fall einer Flaute – einen Sondervorrat an Trockenfrüchten anzulegen.

»Eine Flaute«, so erklärte er uns, »kann manchmal schlimmer sein als Sturm und raue See. Wir sind kein Ruderschiff und daher auf unsere Segel angewiesen. Bei längerer Windstille dümpelt das Schiff auf der Stelle, und da unsere Vorräte auf eine gewisse Zahl von Reisetagen angelegt sind, können Wasser und Nahrung schnell zu Ende gehen.«

Kamon lobte die Vorsicht und Fürsorge des Schiffsführers, was uns dann am übernächsten Tag allerdings zu schaffen machte, war das Gegenteil einer Flaute. Da setzte noch vor Sonnenaufgang überraschend der *eurakylon* ein, der von den Seeleuten so gefürchtete Nordoststurm. Üblicherweise, so erfuhren wir später, tritt dieser Wind nicht vor Anfang des Monats *maimakterion* auf, sodass wir fast zwei Dekaden früher in seine erbarmungslosen Klauen gerieten. Der Sturm packte das Schiff wie ein ruppiger Junge ein ungeliebtes Spielzeug und schüttelte es derart durch, dass ich mich danach noch lange wunderte, wie viel eine solch hölzerne Nussschale aushalten kann, und das gilt auch für die in ihr eingeschlossenen Menschen.

Zuerst erstarb jedes Geräusch. In der grauen Morgendämmerung lag das Meer da wie eine schwärzliche Platte aus Blei und ich – mit Kleis an der Brust – dachte, jetzt erleben wir die Flaute, von der kürzlich die Rede war. Als ich an Deck ging, um mit Kleis etwas frische Morgenluft zu schnuppern, rannten die Seeleute wie gehetzt herum und machten besorgte Gesichter. Sie legten zusätzliche Stricke um jedes bewegliche Gut und zurrten es fest. Mir kam die Szene in den Sinn, als Odysseus sich auf den Rat der Kirke am Mast festbinden lässt, um nicht dem lockenden Gesang der Sirenen zu erliegen.

So müsst ihr denn schmerzhaft mich binden,
denn ich muss ja fest an Ort und Stelle verbleiben,
aufrecht stehend am Halter des Mastbaums …

Uns erging es zwar besser, wir wurden nicht gebunden, sondern vom *nauarchos* unwirsch unter Deck gescheucht.

»Das ist keine Flaute – leider! Es ist die Vorstufe zu einem Sturm, der – so walte Poseidon – unser Schiff hoffentlich nicht zum Kentern und euch nicht an die Ufer des Acheron bringt.

Ich werde ein Sonderopfer befehlen und ihr zeigt euch erst wieder an Deck, wenn ich es gestatte.«

An Land hätte ein solch herrischer Befehlston Kamons höchsten Unwillen erregt, auf dem Schiff aber führte der *nauarchos* die Herrschaft und ihm musste sich alles unterordnen – alles, nur nicht Poseidon, der über Sturm und Meereswogen gebot.

Ich war bisher nicht seekrank geworden, doch jetzt drängte mein Magen ungestüm nach oben, wie ein Gefangener, der ans Licht will. Zuletzt spie ich nur noch gelblichen Schleim aus und mir war gleichgültig, ob auf den Boden, auf meine Kleidung oder auf den kleinen Körper meiner Tochter, die zum Schreien nicht mehr die Kraft hatte und nur noch leise vor sich hin wimmerte.

Ist dir daran eine Erinnerung geblieben, liebe Kleis? Natürlich nicht, du warst zu klein, doch seltsam ist es schon, dass unser Gedächtnis erst im Alter von drei oder vier Jahren einige Erlebnisse aufbewahrt, während wir vorher in seliger Erinnerungslosigkeit dahinleben.

Larichos, der schon bald achtzehn und damit zum *ephebos* wurde, verwandelte sich wieder in einen kleinen, ängstlichen Jungen, der abwechselnd seine Mutter, mich und sämtliche Götter um Hilfe anflehte. Nun, unsere Mutter war tot und die Götter thronten unnahbar im Olymp – da blieb nur noch ich, an die er sich klammern konnte. Ich war jedoch nicht fähig, ihn zu trösten, versank selbst in einem Sumpf von Übelkeit und Verzweiflung.

Manchmal ließ der Sturm kurz nach, aber es war nur, als wolle er Atem holen, um sich danach mit neuer Kraft auszutoben. Damit unser Schiff weniger Angriffsfläche bot, ließ der *nauarchos* die Segel abschlagen, den Mast kappen und das Steuerruder aushängen, um damit die Gefahr des Kenterns zu vermindern.

Wer mich heute fragen würde, wie lange dieser schreckliche Zustand anhielt, dem kann ich nur sagen, dass es mir wie acht oder zehn Tage erschien, doch tatsächlich werden es etwa fünfzig Stunden gewesen sein.

Als wir wieder an Deck durften, schien uns der *nauarchos* um ein Jahrzehnt gealtert. Sein Haar stand wirr um den Kopf, seine Augen waren entzündet und halb geschlossen, umgeben von bläulichen Ringen.

»Es ist überstanden«, sagte er matt, »und der Preis war nicht allzu hoch. Ein Mann ist über Bord gegangen, drei Amphoren sind zerbrochen – zwei mit Wein, eine mit Öl. Die Nahrungsvorräte sind weitgehend verdorben, doch zur Not wird es hinreichen, bis wir anlanden. Ich werde jetzt schlafen …«

Wir erholten uns schnell, der Sturm war zum steifen Wind geworden und hatte auf Ost gedreht, sodass wir gute Fahrt machten und einige Tage später die bläulichen Hügel Sikulias aus dem Meer aufsteigen sahen.

Dann aber wirst du zur Insel Thrinakia gelangen.
Dort weiden zahlreiche Kühe des Helios
neben kräftigem Kleinvieh …

Homeros nannte die Insel Thrinakia und dachte sie als Weideplatz der Rinder des Sonnengottes. Gesehen hat der Dichter diese Insel wohl nicht und so machte er sie zum Besitz eines Gottes. Das ist nicht verwunderlich, denn er schuf sein Werk, noch ehe Hellenen aus Städten und Inselstaaten auf Sikulia die ersten Kolonien gründeten. Im Fall von Syrakusa seien es Korinther gewesen, wurde mir gesagt, angeführt von einem Adeligen namens Archias, der die dem Land vorgelagerte Insel besetzte und sie ihrer Gestalt wegen Ortygia – die Wachtelförmige – nannte. Die dort ansässigen Sikuler, die Ureinwohner, konnte er mit seinen überlegenen Waffen vertreiben, und wer blieb, wurde versklavt.

Das klingt nicht sehr schön, aber ich gebe nur die geschichtlichen Ereignisse wieder und will nichts beschönigen. Da die ersten Kolonisten fast ausschließlich Männer waren, haben sie sich mit einheimischen Frauen verbunden, sodass es heute kaum noch eine Familie gibt, die nur von Hellenen abstammt, und das ist gut so. Trotzdem ist eine als *kyllyrioi* bezeichnete Schicht von Menschen geblieben – unfreie Knechte rein sikulischer Herkunft. Eines allerdings unterscheidet sie von den Sklaven im Mutterland: Sie sind an die Scholle gebunden, können also weder verkauft noch verschenkt werden, das heißt, ihr Familien- und Gemeindeleben blieb intakt.

Die heutigen Herren des Landes haben meist das enge, dicht besiedelte Ortygia verlassen und sich in Akragas, dem nordwestlichen Hinterland, angesiedelt. Hier dehnen sich die fruchtbaren Felder, Wein- und Obstgärten der reichen Gutsbesitzer, die ihre Ländereien von versklavten Sikulern bestellen lassen.

Das Anwesen unserer Verwandten lag im Gebiet zwischen den im Süden von Syrakusa gelegenen Flüssen Anapos und Kyane, die sich kurz vor der Küste vereinigen und gemeinsam ins Meer fließen.

Hier habe ich lange innegehalten und mich mit der Überlegung beschäftigt oder besser abgequält, ob ich meine Jahre auf Sikulia mit ein paar Worten abtun oder ihnen den Platz einräumen soll, den sie – mein persönliches Leben betreffend – verdienen. Wer meine Lieder kennt, wird wissen, dass ich manchmal vor intimen Bekenntnissen nicht zurückscheue, wie es übrigens auch Alkaios tut. Vielleicht sind wir die ersten hellenischen Dichter, die ihre innersten Gedanken und Gefühle frei äußern. Wer die Lieder der vor uns Lebenden kennt, wird in ihren Werken kaum jemals das Wort »ich« finden, denn in ihren Hymnen und Chorliedern ist dafür kein Platz. Über den so genannten »Weiber-Jambos« des Semonides von Amorgos schweige ich lieber. Wer seinen Bekenntnisdrang dazu nutzt, um das weibliche Geschlecht in seiner Gesamtheit zu verunglimpfen, der verdient keinen Platz im Gedächtnis der Menschen. Mögen seine Lieder bei weinseligen *symposia* auch Anklang und Beifall finden, so weiß ich von Alkaios, dass es ihm missfiel, wenn ein Dichter sein Talent in sinnloser Boshaftigkeit vergeudete. Einen Tyrannen dürfe und müsse man mit allen Mitteln angreifen, eine einzelne Frau ob ihrer Schwatzhaftigkeit oder Faulheit verspotten, aber die ganze Frauenwelt mit Tieren vergleichen und an ihnen nichts Gutes lassen, das lehne er entschieden ab.

Liebe Kleis, kennst du die Verse dieses bösen Spötters? Nein? So setze ich einen hierher, damit du dir ein Bild machen kannst.

Die Gottheit schuf von Anfang an die Sinnesart
der Frau auf ganz verschiedne Weise: Eine nach
dem Borstenschwein. Der liegt zu Hause alles mistig
und ohne Ordnung, treibt herum sich auf dem Boden.
Sie wäscht sich selbst nicht, auch ihre Kleider nie,
und sitzt auf ihrem Haufen Dreck und mästet sich.

Freilich, Semonides hat auch noch anderes geschaffen, aber leider ist es der »Weiber-Jambos«, der seinen Namen bis heute lebendig hält. Genau genommen ist diese Dichtung auch eine *blasphemia*, denn er unterstellt der Gottheit, dass sie die Frauen nach dem Vorbild von Schwein, Fuchs, Hund, Esel, Wiesel, Pferd und Affe geschaffen hat, und damit geht er – so meine ich – zu weit.

Warum werde ich jetzt so geschwätzig, anstatt mich zu entscheiden, ob die Zeit auf Sikulia ...

Ich habe meine Niederschrift für einige Tage unterbrochen und nun die Entscheidung getroffen, die Jahre auf Sikulia so ausführlich wie möglich darzustellen und so ehrlich ich es kann, auch wenn manche Erinnerung sehr schmerzlich ist und auf mich kein gutes Licht wirft.

14

Eines erscheint mir schon seltsam: Es gibt Abschnitte im Leben, die will man um jeden Preis vergessen oder sie zumindest in einer dunklen Kammer des Gedächtnisses einschließen und vor die Tür noch Steine häufen.

Und dennoch, sie bleiben sehr lebendig und die verrammelte Tür ist für sie kein Hindernis. Die Gestalten jener Tage in Syrakusa sind jederzeit abrufbar, als warteten sie nur darauf, schnell wieder ins Licht des Gedächtnisses zu treten. Würde man mich hingegen auffordern, die Namen nur der Hälfte meiner Schülerinnen aufzulisten, so käme ich gerade auf einige Dutzend jener, die mir etwas bedeutet haben, die meinem Herzen näher oder ganz nahe gekommen sind.

Dass die Familie unserer Verwandten in Syrakusa zu den reichsten der Stadt gehörte, sahen wir gleich bei unserer Ankunft. Das Eintreffen unseres Schiffes war zwar schon Monate vorher angekündigt worden, aber einen Zeitraum von zwei oder drei Dekaden musste man dafür schon ansetzen. Trotzdem sandte Jason – von ihm wird gleich die Rede sein – tagtäglich Sänften, Maultiere und einige Diener zum Hafen, um ja die Zeit unserer Ankunft nicht zu versäumen. Diese Leute stürzten gleich auf uns zu, als wir bleich, aber wohlbehalten mit schwankenden Schritten nach langer Seefahrt an Land gingen.

Das Gebiet zwischen den Flüssen Anapos und Kyane verläuft in einer Ebene von etwa dreißig Stadien nach Westen, dann steigen die Hügel zu beiden Seiten der Flüsse an und türmen sich in der Ferne zu einem bergigen Hinterland.

Für das Landgut war hier immer genügend Platz zur Erweiterung gewesen und der Vater des jetzigen Besitzers hatte dies für seine sechs Söhne – neben drei Töchtern – so genutzt, dass er für jeden ein Haus errichten konnte, als sie ihre Familien gründeten. Aber Tyche lässt nicht mit sich scherzen, und wenn einer gar zu wohlgemut auf eine sichere Zukunft baut, dann wendet sie ihm trotzig den Rücken zu. So kam es, dass von den sechs Söhnen nur noch drei am Leben waren, von denen zwei auf dem väterlichen Grund verblieben. Damit will ich auch sagen, dass für unsere Familie Platz im Überfluss vorhanden war.

Jason, der älteste Bruder, führte das Gut, während Myron, der Jüngste, als Priester des nahe gelegenen Zeus-Tempels amtierte und nach dem Kindbetttod seiner Frau unverheiratet geblieben war. Später erfuhr ich, dass das Priesteramt in Jasons Familie erblich war und auf Lebzeiten an eines der männlichen Mitglieder vergeben wurde. Es war jedoch nicht so, dass diese Stellung besonders begehrt war, und es soll – laut Jason – schon vorgekommen sein, dass man sie hatte zwangsweise verlosen müssen.

Die Herrin des Hauses hieß Thetis, kam aus altadeliger Familie und konnte – sie unterließ nicht, dies häufig zu erwähnen – ihren Stammbaum bis auf die aus Korinth kommenden Kolonisten zurückführen. Doch es fehlte ihr nicht an Humor und oft neckte sie ihren fassdicken und völlig kahlen Gemahl wegen seines Aussehens. Jason ließ sich das gutmütig gefallen. Den beiden hatten die Götter nur Mädchen geschenkt, die allesamt gut verheiratet wurden und – bis auf eine – in der näheren Umgebung lebten.

Bei unserer Begrüßung ließ ich mich zu der vorlauten Bemerkung hinreißen: »Dein Vater muss dic Argonautensage sehr geschätzt haben, als er dich ...«

Ein dröhnendes Lachen schnitt mir die Rede ab. »Da merkt man gleich, dass unsere Dichterin Bescheid weiß! Dein Ruhm ist vor kurzem hierher gedrungen, als ein wandernder Rhapsode drei deiner Lieder vortrug. Man spürte, dass es dem Burschen nicht um deine Verse ging, sondern nur darum, dass eine Frau sie verfasst hat. Ist ja auch ungewöhnlich ...«

»Warum?«, fragte Larichos frech und straffte sich, als gelte es, einem Angriff zu begegnen.

Wieder lachte Jason. »Ah – der *ephebos* stellt sich ritterlich vor seine Schwester – gewiss lobenswert. Da du ja Schreiben und Lesen gelernt hast, mein Larichos, wird es dir nicht entgangen sein, dass es bisher unter den hellenischen Dichtern keine Frau gab.«

Mein Bruder hatte sich schnell beruhigt und sagte versöhnlich: »Das stimmt schon, aber vielleicht hat es welche gegeben, doch kein Rhapsode wagte es, ihre Werke vorzutragen.«

Jason wiegte bedächtig seinen kahlen Schädel. »Freilich, so kann es sein, denn letztlich will sich keiner der Rhapsoden schlechten Geschmack nachsagen lassen und bringt von allem nur das Beste zu Gehör. Das heißt, dass Sappho zu den Besten gehört, und darauf sind wir alle sehr stolz.«

Mein Onkel Kamon lächelte dazu und nickte bestätigend. »Auch wir sind sehr stolz auf sie ...«

Ich errötete und senkte verlegen den Kopf. Nicht dass ich über den Wert meiner Dichtung – damals jedenfalls – im Zweifel war, doch ich war noch jung genug, um bei einem Lob zu erröten.

Du wirst dich jetzt vielleicht fragen, meine Kleis, wie wir

aiolischen Hellenen aus Lesbos mit den Nachkommen der dorischen Korinther uns verständigt haben, und zum anderen, wie diese Verwandtschaft aus Aiolern und Doriern entstanden ist. Letzteres ist einfach zu beantworten.

Ein Zweig unserer Familie wanderte aus heute unbekannten Gründen vor etwa achtzig Jahren nach Sikulia aus und hat sich in Syrakusa mit Doriern vermischt. Nun zu den Sprachen. Für dich stellte dies später kein Hindernis dar, denn durch mich war dir die Muttersprache vertraut, während du von den anderen zugleich das Dorische aufnahmst. Du bist also zweisprachig aufgewachsen, doch eine wirkliche Schranke stellten auch für uns die anderen ohnehin sehr ähnlichen Sprachformen nicht dar – nicht zuletzt dank Homeros, der sein Werk in aiolisch gefärbtem Ionisch verfasst hatte und der auch hier jedem Gebildeten vertraut war.

Larichos war es, der anfangs die meisten Schwierigkeiten mit der hier gebrauchten Sprache hatte, sie aber auch am schnellsten überwand. Er wurde Mitglied verschiedener Jugendgruppen in Syrakusa und am Ende war er es dann, der von uns allen das reinste Dorisch sprach.

Meinem Bruder Charaxos fiel die Umstellung schon deshalb leicht, weil er auf seinen Handelsfahrten den verschiedensten Sprachen begegnet war, und wenn es darauf ankam, konnte er sich sogar mit Phoinikern verständigen. Dieses Volk hatte übrigens – gleichzeitig mit den Hellenen – im Nordwesten von Sikulia Städte gegründet und es galt im Handel als überaus geschickt und erfolgreich, sodass es an den Küsten unserer Meere von Ost nach West wie auch im Süden kaum ein Land gab, wo die Phoiniker nicht einige Handelsniederlassungen gegründet hätten.

Werde ich schon wieder geschwätzig? Rede ich von Dingen, die mich nichts angehen, von denen ich nichts verstehe?

Dazu wäre zu sagen, dass die Gesellschaftsordnung in den hellenischen Pflanzstädten auf Sikulia – was die Trennung der Geschlechter betraf – eine ganz andere war. Was ich vorhin berichtete, habe ich dem Gespräch von und mit Männern entnommen – mit anderen Worten: Hier im Haus gab es zwar auch die *gynaikonitis,* also die Frauengemächer, und den *andron* als Fest- und Versammlungssaal der Männer, doch da waren keine unsichtbaren Mauern aufgebaut. Zu vielerlei Gelegenheiten waren Männer im Frauenteil und Frauen im *andron* anzutreffen, ganz abgesehen von der gemeinsamen täglichen Hauptmahlzeit, die eine Stunde vor Sonnenuntergang im *hestiatopion,* dem großen, das Haupthaus beherrschenden Speisesaal, stattfand.

Hier saß Jason als Herr des Hauses an der Stirnseite des Tisches und neben ihm Thetis, die es sich nicht nehmen ließ, ihren Gemahl persönlich zu bedienen. Die beiden schäkerten miteinander, als seien sie nicht schon ein Leben lang verheiratet gewesen, sondern benahmen sich wie ein junges Liebespaar im Honigmond. Wir, als Verwandte, saßen mit an der Herrschaftstafel, doch auch das gesamte Hausgesinde nahm an gesonderten Tischen an dieser Mahlzeit teil bis hinab zur Wäscherin und dem Gärtnerjungen.

Noch etwas unterschied die hiesigen Tischsitten von denen im Mutterland: Alle, auch die älteren Menschen, nehmen die gemeinsame Mahlzeit im Sitzen ein. Die *kline,* so sagte Jason, sei allein den *symposia* vorbehalten, beim Essen aber sei es bequemer und gesünder, aufrecht zu sitzen. Freilich, sein Sessel war prunkvoll geschnitzt und mit Luchsfellen gepolstert, während der Gärtnerjunge auf einem schmalen Hocker saß, doch das entsprach nur dem Rang des Betreffenden.

Ja, ich gebe es zu, dass ich gezögert habe, mich mit Jasons Bruder Myron, dem Zeus-Priester, näher zu befassen. Gezögert auch deshalb, weil sich dieser Mensch auf seltsame Art einer Beschreibung entzieht. Fast jeder weiß, was ein Chamäleon ist, denn diese Tiere leben auf Chios und Samos, in geringerer Zahl auch auf Lesbos. Im Äußeren ähneln sie Eidechsen und Salamandern, doch mit ihrer Haut geht je nach ihrem Aufenthaltsort Wundersames vor, sie wechseln nämlich die Farbe, passen sich ihrer Umgebung an. Bei Myron war es das genaue Gegenteil. Er versuchte so stark wie möglich von seiner Umwelt abzustechen. Bei unserer Ankunft war Myron etwa dreißig Jahre alt und mir fiel sofort auf, dass er den bei erwachsenen Hellenen üblichen Bart nicht trug. Zwar gab es um Wangen und Kinn etwas Ähnliches, doch das war so kurz gehalten – etwa von der Länge eines Fingergliedes –, dass es den Namen Bart nicht verdiente. Diese Eigenheit betraf auch sein Haar, das er so kurz hielt wie ein junger Athlet beim Wettkampf. Sein Gesicht wäre mit der geraden Nase, dem festen Kinn und dem anmutig geschwungenen Mund recht anziehend zu nennen gewesen, hätten nicht die dunkel verschatteten Augen seinem Antlitz einen Zug von Melancholie aufgeprägt. Seine Augenlider waren meist halb geschlossen, nur wenn etwas seine Aufmerksamkeit erregte, öffnete er sie weit und dann war es wie ein dunkler Lichtstrahl, den sein Blick aussandte. Dunkler Lichtstrahl? Ein Widerspruch? Im allgemeinen Sprachgebrauch vielleicht schon, aber ich habe ja erwähnt, dass sich Myron einer genauen Beschreibung entzieht. Früher war von dem unschönen Gang der Männer die Rede gewesen – ein Thema, das Abanthis mit ihren Schülerinnen durchnahm und uns Gänschen tagelang die Väter und Brüder beobachten hatte lassen. Mein dadurch geschultes Auge erkannte bei Myron sofort, dass er nicht die bei Männern üblichen Stampfschritte tat – also die Oberschenkel vorwarf und das übrige Bein nachschleuderte. Nein, er gebrauchte die von Abanthis anempfohlene gleichzeitige Vorwärtsbewegung von Knie und Unterschenkel. Das verlieh seinem Gang etwas anmutig Gleitendes, fast Weibliches. Ich weiß, dass ein solcher Vergleich für jeden »echten Mann« beleidigend sein muss, aber ich muss wiederholen: Myrons Art entzieht sich genauer Beschreibung und man muss lange nachdenken, um dabei halbwegs treffende Formulierungen zu finden.

Ich könnte es mir einfacher machen und sagen, Myron sei in seiner ganzen Art androgyn angelegt gewesen, doch auch das wäre nur die halbe Wahrheit, denn es gab bei ihm Bereiche, die an robuster Männlichkeit wohl die meisten seiner Geschlechtsgenossen übertrafen. Mag er manchen beim ersten Anblick wie Hermaphroditos – der göttliche Zwitter – erschienen sein, so wurden vor allem Frauen darüber bald eines Besseren belehrt.

Dieser unzureichenden äußeren Beschreibung möchte ich – nicht weniger unzureichend – etwas zu Myrons geistiger Beschaffenheit hinzufügen. Eines gleich vorweg: Er zeigte sich von umfassender Bildung. Sowohl sein Privatraum im Tempelbereich als auch die Zimmer, die er auf dem Gut bewohnte, quollen über vor Schriftrollen jeder Größe und jeden Alters. Ob er alle vierundzwanzig Gesänge der Odysseia aus dem Kopf rezitieren konnte, weiß ich nicht – jedenfalls versuchte er, diesen Eindruck zu erwecken. Die Ilias lehnte er ab, und zwar mit der Begründung, dass es von einem derart begnadeten Sänger wie Homeros ein Unding gewesen sei, Kraft und Talent an ein Thema zu verschwenden, das einzig von Krieg und Vernichtung handle. Diese unübliche und unmännliche Ansicht vertrat er lauthals und redete dabei jeden mit oft weit hergeholten, aber durchaus scharfsinnigen Bemerkungen und Zitaten in Grund und Boden. Wer Myron kannte, hielt sich zurück, nicht zuletzt deshalb, weil seine ererbte lebenslange Priesterwürde Respekt und Rücksicht erforderte.

Es ging die Rede von einem Streit, den ein angetrunkener Teilnehmer eines *symposion* entfacht hatte. Myron hatte wieder einmal seine Ansicht über den Unwert der Ilias dargetan, als ihn der Betreffende einen *kakos* nannte, eine feige Memme, nicht fähig, den Sinn von Kühnheit und Kriegerehre zu erfassen. Er empfehle ihm, sich in den Frauengemächern ans Spinnrad zu setzen, die Haare lang wachsen und sich kastrieren zu lassen, dann gleiche bald auch seine Stimme der einer Frau.

Myron lachte, als habe der andere nur gutmütig gescherzt, und meinte: »Herakles ist im Dienst der lydischen Königin Omphale so sehr verweichlicht, dass er Frauenkleidung anlegte und sich ans Spinnrad setzte. Doch das dauerte nur ein Jahr und danach fand er zu seiner wahren Natur zurück.«

Noch während er sprach, hatte Myron sich erhoben, trat auf den Spötter zu und versetzte dem Überraschten zwei so gewaltige Ohrfeigen, dass dieser für kurze Zeit das Bewusstsein verlor. Die Freunde des Geschlagenen waren so klug, ihm seinen Dolch wegzunehmen, den er ziehen wollte, als er wieder zu sich kam. Es hätte üble Folgen gehabt, sich an einem Priester zu vergreifen. Dabei stellt sich nun die Frage, ob Myron fest damit rechnete, dass man es nicht wagte, gegen seine sakrosankte

Person die Waffe zu erheben. Was immer ich von diesem seltsamen Menschen berichte, stets bleiben einige Fragen offen.

Nun zu Myron in seiner Eigenschaft als Priester des olympischen Zeus. Er war dafür bekannt, dass er die oft sehr langen rituellen Texte fehlerlos hersagen konnte. Wo immer man die olympischen Götter verehrt, ist es heiliger Brauch, die Zeremonie von neuem zu beginnen, wenn der Priester sich verspricht, etwas auslässt oder auch hinzufügt. Da war auf Myron unbedingter Verlass, auch was die Opferverteilung betraf oder die Behandlung seiner *neokoroi* – der Hilfspriester, denen er nichts durchgehen ließ, aber auch zu ihnen stand, wenn sie in Schwierigkeiten gerieten.

Da mag es nun so erscheinen, als sei Myron wenigstens in seinem Priesteramt honorig und durchschaubar gewesen. Nein, so war es nicht, jeder, der in oder an einem Tempel arbeitete, wird die einfachsten Verbote kennen, die einem Heiligtum auferlegt sind. Niemand darf innerhalb eines Tempelbezirks gebären, sterben oder geschlechtlich verkehren. Es gibt noch eine Reihe anderer Vorschriften, die genannten sind jedoch wohl die wichtigsten. Myron hingegen legte manches anders aus und entweihte schamlos das Haus der Gottheit.

Ein Letztes noch: Myron war früh verwitwet und jeder andere gesunde junge Mann hätte sofort nach einer neuen Frau Ausschau gehalten. Warum tat er es nicht? Brauchte er keine Frauen, wollte er keine, zog es ihn eher zum eigenen Geschlecht? Nichts davon! In den griechischen Städten auf Sikulia hat sich der Brauch mit den Mentoren und ihren Schützlingen nie so richtig durchgesetzt, aber Myron hätte gewiss einen Weg gefunden, wäre es ihm danach gewesen. Nein, ihn gelüstete es nach Frauen jeden Alters und jeden Standes und seinem regen Geist stand ein noch regerer Phallos gegenüber – mehr wäre da vorerst nicht zu sagen.

Dass die hier niedergelegten Erkenntnisse mir nicht schon in den ersten Tagen zuteil wurden, versteht sich, ich wollte jedoch vorweg einiges Aufhellende zu Myron sagen, wobei schon jetzt Dinge zur Sprache kamen, die mir erst viel später klar wurden.

Der hier vorgestellte Kreis von Menschen wäre unvollständig, würde ich nicht Pera erwähnen, meine sikulische Dienerin. Sie wurde mir von Thetis – Jasons Frau – quasi zugeteilt und die *despoina* hatte dabei einen sehr guten Griff getan.

Pera war die Tochter eines mit vielen Kindern gesegneten sikulischen Pachtbauern, der hörbar aufgeatmet haben mag, als er eine seiner Töchter im Herrenhaus unterbrachte. So stellte es sich mir zu Anfang dar, bis Pera mir später die Wahrheit erzählte. Eigentlich sollte sie als die Kinderfrau von Kleis Dienst tun, doch den tat ich meist selbst mit dem größten Vergnügen und so wurde sie mir zur vertrauten Dienerin – und ist es bis heute geblieben, denn sie hing mehr an Kleis und mir als an ihrer sikulischen Heimat.

Als Pera ins Haus kam, wird sie im Alter zwischen zwölf und vierzehn gewesen sein. Nicht nur die sikulischen Bauern werden geboren, arbeiten und sterben, ohne dies schriftlich und in Zahlen festzulegen. Pera war etwa so groß wie ich, doch alles andere als von zierlicher Gestalt. Sie war ein kräftig-derbes Bauernmädchen und konnte über etliche Stadien zwei große Amphoren mit Wasser tragen, von denen ich nicht eine auch nur hätte hochheben können. Mit der Zeit wurde sie mir unentbehrlich und ich setzte so viel Vertrauen in sie, dass ich ihr – und nur ihr! – dich, meine Kleis, für Stunden, manchmal sogar für Tage anvertraute.

Für meine Brüder war es viel leichter, sich in den Rhythmus des neuen Lebens zu finden. Menschen aus der alten Heimat genossen hier einiges Ansehen und wurden sehr zuvorkommend aufgenommen, schon um herauszufinden, ob die neuen Städte des Megale Hellas den Vergleich mit den alten aushielten. Dazu nur ein Wort: Stelle ich Mytilene und Syrakusa nebeneinander, so wird deutlich, dass die sikulische Stadt in drei Generationen etwa die gleiche Größe und Bedeutung erlangt hat wie Mytilene in einer viel längeren Zeit.

Zurück zu meinen Brüdern, die ähnliche, aber in manchem hier viel freiere Zustände antrafen als zu Hause. Larichos fand im *gymnasion* so viel Anschluss und Bestätigung, trat verschiedenen Jugendgruppen bei und kam am Abend oft so müde heim, dass er schon beim *dorpon* halb einschlief. Natürlich erzählte er mir alles über seinen Tageslauf und da war mit Begeisterung die Rede vom Laufen und Springen, Speer- und Diskoswurf, Wagenlenken und Bogenschießen.

Auch Charaxos war ständig unterwegs, doch er schwieg sich mir gegenüber aus, und zwar nicht aus Trotz oder Bosheit, sondern mit der Begründung, damit wolle er eine Frau nicht langweilen. Erfahren habe ich es trotzdem, denn der Nachrichtenaustausch zwischen den Frauen des Hauses lief reibungslos und gründete sich auf gegenseitiges Vertrauen.

Charaxos hatte sich – nicht anders war es zu erwarten gewesen – in Syrakusa schnell über Handel und Wandel kundig gemacht und versuchte, tätig daran teilzuhaben. Mit seinen lydischen Münzen gab es anfangs einige Schwierigkeiten, denn hier herrschte noch ausschließlich der Austausch von Waren, wenn man auch bei größeren Geschäften mit Metallbarren zahlte. Die aber mussten gewogen und auf ihre Reinheit geprüft werden, was längere Zeit in Anspruch nahm. Als Charaxos darauf hinwies, dass der lydische König durch den Löwenstempel für Gewicht und Reinheit bürge, lachte man ihn aus: Alyattes, dieser ewige Streithansel, der seinen gesamten Kronschatz in Kriegen verschleudere – dem solle man trauen? Charaxos blieb geduldig und ließ auf seine Kosten die lydischen Münzen untersuchen – und siehe da, Reinheit und Gewicht stimmten – bis auf winzige Mengen – bei allen überein.

Der Haupthandel in Sikulia bezog sich auf die hier noch kaum gefertigten Töpferwaren, die man vorwiegend aus Korinth und auch zunehmend aus Rhodos, Athen und anderen hellenischen Erzeugerstätten einführte; ein kleiner Teil kam sogar aus Etruria. Was aber führte man von Sikulia aus, womit wurden die Töpferwaren bezahlt? Soweit ich mich erinnern kann, waren dies vor allem Weizen und auch Oliven, Obst, Nüsse, Hölzer, Häute und Felle, denn hier gab es jagdbares Wild im Überfluss.

Das war nun die Welt der Männer, wir Frauen beschäftigten uns mit dem, was auch in der alten Heimat unsere Aufgaben gewesen waren: Haus und Hof, Küche und Keller, Kinder und Gesinde. Doch es gab Unterschiede. Wenn auf Lesbos der weibliche Anteil an Götterverehrung und Tempeldienst – die Priesterinnen ausgenommen – darin bestand, dass man gelegentlich opferte oder seine Töchter in Gesang und Tanz ausbilden ließ, so gab es hier Frauenvereine, die einen bestimmten Tempel förderten, für ihn sammelten oder Handarbeiten fertigten. In Syrakusa geschah dies für die beiden im Herzen der Altstadt erbauten Heiligtümer von Apollon und Athena, außerdem für den Tempel des olympischen Zeus, unweit des Flusses Kyane gelegen und von unserem Gut aus schnell zu erreichen. Natürlich wurde dort auch Hera verehrt, für die eine eigene Priesterin zuständig war.

Sehr lebendig war hier auch der Kult um den Gott Dionysos. Anders als an manchen Orten in Hellas nahmen beide Geschlechter an den Dionysien teil, aber die Frauen hatten den Vorrang und sie waren es, die den Gott als besessene Mainaden nach altem Herkommen feierten. Es gab das große Fest der Dionysia am Tag der Wintersonnenwende und kleinere im Jahreslauf. Dionysos kennt weder Priester noch Tempel. Da und dort findet man kleinere Andachtstätten oder Opferaltäre in den Tempeln des Zeus, der den Gott mit der thebanischen Königstochter Semele gezeugt hat.

Diese Geschichte hatte mich damals sehr erschüttert, als ich – etwa acht oder neun Jahre alt – am Unterricht meiner älteren Brüder teilnahm. Der Lehrer – ohnehin gegen den Unterricht von Mädchen – fand, dass diese Geschichte für meine Ohren nichts tauge, und wollte mich hinausschicken, aber Charaxos, der schon als Junge recht siebengescheit daherreden konnte, sagte, das Göttliche müsse für jeden Menschen zugänglich sein, ob jung oder alt, weiblich oder männlich. Der Lehrer, ein hoch gebildeter Sklave, gab nach und so spitzte ich die Ohren.

Zeus warb also um die Königstochter Semele und Hera – bei Seitensprüngen ihres Gemahls immer hellhörig – wollte den beiden die Suppe versalzen. Zeus hatte der Semele zwar schon beigelegen, doch immer bei stockfinsterer Nacht. Als Semele sich schwanger fühlte, drang sie in ihren Liebhaber und sagte, sie möchte nur ein einziges Mal den Vater ihres Kindes in seiner wahren Gestalt sehen. Zeus schlug ihr die Bitte ab und sie verweigerte ihm ihr Lager. Das entflammte in Zeus göttlichen Zorn und er zeigte sich ihr in seiner wahren Gestalt – von Donner umtost und von Blitzen umflammt. Die Arme verbrannte dabei zu Asche, doch Zeus rettete die sechsmonatige Leibesfrucht und nähte sie in seine Hüfte, wo sie voll ausreifen konnte. Das Kind wurde von Nymphen im Nysa-Tal großgezogen, worauf man seinen Namen zurückführt. Dionysos soll den Hellenen den Weinbau beigebracht haben und so wird er unter anderem auch als Gott des Weines und der göttlichen Trunkenheit verehrt. Hauptsächlich huldigt man ihm als Herrn der Vegetation und des Gedeihens von Bäumen und Sträuchern; er fördert auch die üppige Fruchtbarkeit von Wiesen und Äckern.

Wenn auch den Männern als Helfer und Zuschauer eine Teilnahme an den Dionysien gestattet ist, so wird das eigentliche Fest von Frauen aller Stände zelebriert und getragen. Jede darf teilnehmen, ob frei oder unfrei, Herrin oder Sklavin, Ehe- oder Jungfrau. Die einzige Bedingung besteht darin, dass sie kein Kind mehr ist und schon die monatliche Reinigung erfahren hat. Es liegt freilich an den Eltern, ob sie ihre vierzehnjährige jungfräuliche Tochter dem wilden Treiben der Dionysosfeiern aussetzen wollen – die meisten tun es wohl nicht.

Auf Lesbos hatte es diese Feiern zwar auch gegeben, aber für die Adelsfamilien waren sie etwas anrüchig, fast unschicklich. In unserer Familie wurde kaum darüber geredet und selbstverständlich nahm keines unserer weiblichen Mitglieder daran teil.

In Athen und wohl auch in Korinth ist es jedoch nahezu Pflicht, auch für Frauen aus den höchsten Kreisen, Dionysos als Mainade zu ehren und diese Auffassung wurde auch hier in Syrakusa vertreten. Als die Zeit der Dionysia herankam, war ich überrascht, dass Myron – der sonst kaum das Wort an mich richtete – mir lebhaft zuriet, an der Feier teilzunehmen.

»Wer weiß, wie bald ihr schon wieder in eure Heimat zurückkehrt. Dort ist man ja in Bezug auf Dionysos etwas zimperlich …«

Da fuhr ihm mein Onkel Kamon gleich ins Wort. »Zimperlich? Das ist wohl kaum der richtige Ausdruck dafür, dass unsere Frauen in dieser Beziehung mehr Zurückhaltung üben. Hier ist der barbarische Einfluss nicht zu übersehen, den die Sikuler auf euch ausgeübt haben.«

Da fühlte Jason sich getroffen und hob warnend seine buschigen Brauen – ein seltsamer Kontrast zu seinem spiegelglatten Schädel. »Du siehst das falsch, mein lieber Vetter. Wir haben über Generationen alles getan, um den Sikulern unsere Kultur zu vermitteln, und die Ergebnisse sind beachtlich. Den Brauch der orgiastisch gefeierten Dionysien haben wir aus unserer Heimat übernommen. Die Sikuler verehrten ursprünglich eigene Götter und ein Dionysos war hier unbekannt.«

Myron hob besänftigend seine schlanke, mit mehreren Ringen geschmückte Hand. »Kein Grund zum Streiten, meine Lieben. Es geht ja nur darum, dass unserer Sappho eine Erfahrung vermittelt wird, die ihr bisher fehlte. Wenn sie glaubt, dies nicht zu mögen oder zu brauchen, können wir das Thema fallen lassen.«

Meine Antwort – so sehe ich es heute – kam wohl eher aus dem Bauch als aus dem Kopf.

»Gerne, sehr gerne würde ich diese Erfahrung machen!«, platzte ich heraus, doch als ich Kamons abweisende Miene sah, fügte ich hinzu: »Gerade als Gast fühle ich mich verpflichtet, Landesbrauch und -sitte zu ehren, natürlich nur, wenn Kamon einverstanden ist.« Auch Jason muss die Ablehnung in Kamons Miene erkannt haben und sagte schnell: »Eine edle Einstellung, Sappho, aber von dir habe ich sie erwartet. Nun, Kamon, da wirst du ja nicht zurückstehen wollen. Übrigens können auch Männer quasi als Zaungäste teilnehmen ...«

Was blieb dem guten Kamon schon übrig, als – etwas unwillig zwar – seine Zustimmung zu geben? Dann stellte er die Frage:

»Sind die Frauen dabei wenigstens schicklich gekleidet? Man hört da so mancherlei ...«

Da hob Myron seine Lider und seine dunklen Augen blickten spöttisch. »Gerade von ihnen wird verlangt, dass sie sich von Kopf bis Fuß verhüllen. Die Satyrn hingegen ...« Er schwieg bedeutungsvoll. Jason versuchte es zu erklären: »Das sind junge

Männer, die das Gefolge spielen, mit dem Dionysos auftritt. Der Mythos will es, dass sie dabei nackt sind.«

Kamon runzelte die Stirn. »Ganz nackt?«

»Mehr oder minder«, ertönte Myrons weiche, helle Stimme.

Da fragte mein Onkel nicht weiter. Schließlich war ich Witwe, hatte ein Kind geboren und sollte also über Dinge Bescheid wissen, von denen man sonst nicht sprach.

Ob auch sie Lust habe, als Mainade den Gott zu feiern, fragte ich Pera. Ihre Augen wurden vor Erstaunen groß und rund.

»Nein, *kyria*, das ist nichts für mich. Ich weiß zwar, dass es dieses Fest gibt, dass dort Frauen – also ...« Sie schwieg, schüttelte ihren Kopf und murmelte: »Für unsereins gehört sich das nicht, außerdem muss ich Kleis hüten, wenn du fort bist.«

Ich drang nicht weiter in sie, hatte schon damit gerechnet, dass sie ablehnen würde.

Wie immer bei religiösen Festen gab es gewisse Regeln und sogar die scheinbar orgiastisch ungezügelten Dionysien mussten einer bestimmten Ordnung gehorchen. Wenn dieser Gottheit auch keine amtlich bestellten Priester dienten, so gab es doch so etwas wie kundige Zeremonienmeister, die den Neulingen – wozu ich jetzt gehörte – den Ablauf des Festes schilderten und welche Rollen die Frauen dabei zu spielen hatten.

Wir hatten uns in der Vorhalle des Zeus-Tempels zusammengefunden und lauschten den Ausführungen des alten, sehr würdevoll auftretenden Zeremonienmeisters.

»Ihr also stellt den *thiasos* dar, nämlich das Gefolge des Gottes Dionysos, das aus Satyrn und Mainaden besteht. Mit Ersteren habt ihr nichts zu tun – sie werden von jungen Männern dargestellt, deren Aufgabe darin besteht, euch neckend zu verfolgen, zu umtanzen, an euren Kleidern zu zerren und – hm – eine angriffslustige Geilheit vorzutäuschen, der ihr euch stets zu entziehen habt. Haltet euch immer eines vor Augen: Die Rolle der Männer ist auf das Zuschauen beschränkt und eigens dafür bestellte Gehilfen werden streng darauf achten, dass keiner dieser Kerle zu weit geht.

Ich fasse jetzt den Ablauf zusammen: Ihr findet euch kurz nach Sonnenuntergang hier am Zeus-Tempel ein, in angemessener Kleidung und efeubekränzt. Das Wort ›angemessen‹ bedarf noch einer Erläuterung, doch eines vorweg: Vor Dionysos seid ihr alle gleich, nämlich Mainaden, die den Gott feiern. Doch in der Kleidung gibt es Unterschiede. Verheiratete Frauen und Witwen treten auf wie sonst, in *peplos* und *apotygma* mit halblangen oder langen Ärmeln. Unfreie und Sklavinnen kleiden sich etwas einfacher. Unverheiratete Mädchen tragen über dem Gewand ein Tierfell – am besten Wolf oder Luchs, um damit ihre jungfräuliche Unversehrtheit zu zeigen und ihre Unangreifbarkeit besonders hervorzuheben. Sie halten einen efeubekränzten Thyrsosstab, mit dem sie zudringlichen Satyrn notfalls auf die Schw-, will sagen auf die Schenkel schlagen – nicht zu derb, aber deutlich. Hetären, denn auch sie sind zugelassen, werden sich als Zeichen ihres Berufs etwas lockerer kleiden, im knielangen *chiton* und mit nackten Armen, aber auch für sie gilt, was für alle gilt: Dionysos will, dass sie ihm dienen, ihn feiern und so müssen auch ihnen gegenüber alle männlichen Wesen Zurückhaltung üben.

Also: Ihr trefft euch hier am Zeus-Tempel, gekleidet wie vorhin gesagt, und wer ein Instrument spielen kann, möge es mit sich führen, gleich ob es sich um Flöte, Lyra, Handpauke oder *kithara* handelt. Auch wenn es euch zuwider ist: Dionysos verlangt keine einstudierte und wohlklingende Musik – er will Lärm, Tosen, Chaos, Unordnung. Dem angemessen geht ihr nicht in ordentlicher Prozession hinaus in die Bergwälder, sondern ihr lauft, rennt, hastet in Unordnung und voll Ungeduld, begleitet von fackeltragenden Satyrn bis in jene Region, wo man ringsum Feuer entzündet hat, während in der Mitte ein mannshoher Baumstamm mit prunkvollem *chiton* bekleidet und einer Maske zu sehen ist, der Gott Dionysos darstellt. Zuerst wird getrunken und getanzt, musiziert und gesungen – dabei wird der Weinbecher kreisen und ihr sollt euch in allem keine Zurückhaltung auferlegen. Außerhalb des Lichtkreises ist verschiedenes Wild an die Bäume gebunden – Rehe, Ziegen, Bergschafe, Wildgeflügel – zum abschließenden Opfermahl, über das ich jetzt kein Wort verlieren möchte, denn der Gott selbst wird euch den Weg weisen.«

So weit die alles in allem recht harmlos klingenden Erklärungen des Zeremonienmeisters. Doch habe ich im Laufe meines Lebens erfahren, dass sich manche Zustände oder Vorgänge einer schlüssigen Erklärung entziehen. Sie können erlebt, durchgestanden oder auch erlitten werden und damit meine ich Begriffe wie Liebe, Trauer, Gottesdienst. Viele mögen dies ähnlich, viele auch ganz anders empfinden. Es gibt Menschen, die unempfindlich sind für tiefe Trauer, religiöse Ekstase, leidenschaftliche Liebe. Andere wieder öffnen sich diesen Empfindungen auf eine Weise, die sie für Stunden oder Tage ihrem gewöhnlichen Dasein entfremdet, entzieht und das scheint mir der tiefere Sinn der Dionysien zu sein. Man soll und muss »außer sich« geraten, die Seele wird sich vom Ich lösen und für gewisse Zeit in der Gottheit aufgehen, sich mit ihr verbinden. Für Liebe und Trauer gilt dies ebenso, doch davon soll jetzt nicht die Rede sein.

15

Am Tag vor der Wintersonnenwende sagte Myron während unserer gemeinsamen Abendmahlzeit: »Morgen, liebe Sappho, wirst du fasten müssen. Der Gott will keine satten Menschen, sondern solche, die nach ihm hungern, die sich im Kultmahl mit ihm vereinigen wollen.«

Natürlich wusste ich das bereits, aber es drängte mich zu einer schroffen Erwiderung. »Du tust gerade so, als hättest du schon an den Dionysia teilgenommen. Für dich bleibt ja noch immer die Möglichkeit, als nackter Satyr um die Mainaden zu werben, aber das wird ein vergebliches Bemühen sein.«

Kamon legte sein Messer weg. »Was bezweckst du mit diesem ärgerlichen Geschwätz?«

Myron hob besänftigend seine beringte Hand. »Lieber Vetter, in diesem Haus hält man auf freie Rede und das gilt auch für Frauen. Wenn du mir, liebe Sappho, auch keine Fragen gestellt hast, so werde ich dir dennoch antworten. Ich bin ein neugieriger Mensch und hätte längst eine Gelegenheit gefunden, mit den Mainaden in die Wälder zu ziehen, doch mein Priesteramt untersagt es mir. Zwar ist Dionysos ein Sohn des Zeus, aber doch unter Umständen gezeugt und geboren – nun, die nicht gerade geeignet sind, sie seiner Gemahlin Hera angenehm zu machen. Ich hoffe, du wirst mir später Bericht erstatten, um mir mit den Worten der Dichterin ein farbiges Bild von den Ereignissen zu zeichnen.«

Ein widerlicher Mensch! Es war gut zu verstehen, dass niemand ihn so richtig mochte.

»Vielleicht – vielleicht auch nicht ...«

Plötzlich schlug sich Thetis auf meine Seite. »Ich glaube, bei Myron einen gewissen Neid herauszuhören. Auch ich habe in jungen Jahren mehrmals den Gott als Mainade gefeiert und kann Sappho versichern, dass es ein unvergessliches Erlebnis ist. Für Myron ist eine Gottheit verdächtig, der man keine Tempel errichtet, die keine Priester braucht, die fast nur von Frauen verehrt wird.«

Ich nickte ihr lächelnd zu. »Da gibt es weder Säulen noch Opferaltäre, weder ein steinernes Götterbild noch einen dunklen *adyton,* wo man geheimnisvolle Riten vollzieht und zu dem nur der Priester Zutritt hat. Der Tempel des Dionysos ist der Wald, seine Säulen sind die Bäume, sein Opferaltar ist die freie Natur, seine Priester sind die Frauen – alle Frauen!«

Jason erhob sich. »Schluss jetzt! Euch wird der Spott und vielleicht auch der Zorn der Himmlischen treffen, wenn ihr sie weiterhin so respektlos durch eure Mäuler zieht. Ich für meinen Teil gebe auch Dionysos die Ehre und opfere ihm von dem edlen Stoff, den er mich gelehrt hat zuzubereiten.«

Er hob den Weinkrug und schüttete etwas davon auf den Boden. Alle außer Myron taten es ihm nach und ich genoss ein Gefühl der Befriedigung, als hätte ich den seltsamen Priester in einer Art Zweikampf besiegt. Wie schlecht kannte ich ihn damals – wie schlecht auch mich.

Am Tag vor den Dionysia hatte es geregnet, gegen Nachmittag blies jedoch ein warmer Südwind über das Land und sog die Nässe durstig auf. Die Winter auf Sikulia ähneln denen auf

Lesbos, nur ist hier das Wetter launischer, und – so wurde mir gesagt – es habe schon Jahre gegeben, da sei der Schnee fußhoch gelegen und erst nach mehreren Tagen weggeschmolzen.

Ursprünglich wollte mich Jason bis zu dem Versammlungsplatz geleiten, aber Myron ließ es nicht zu.

»Diese Ehre, lieber Bruder, gebührt diesmal mir, denn schließlich ist der Tempel mein zweites Zuhause und es geht nichts über den Schutz eines Priesters.«

»Also gut, deine Gründe sind schwer zu widerlegen.«

Myron zeigte sich besorgt und liebenswürdig, als wolle er den Spott von gestern wieder gutmachen. Ich musste sein Maultier besteigen, das er so sorgsam führte, als trage es einen Schatz. Nach langem Überlegen hatte ich mein kostbares *barbiton* zu Hause gelassen und nur den kleinen *aulos* eingesteckt. Die Lyra zu beherrschen war bei Abanthis Pflicht, wir konnten bei ihr allerdings auch das einfache Blasen der Flöte erlernen.

»Ich reite nicht gern, bin es gewohnt, zu Fuß zu gehen. Du aber bist heute so etwas wie eine Priesterin und so gebührt dir alle Ehre.« Dies sagte er in vollem Ernst, und als er die Lider hob und sein dunkel leuchtender Blick mich traf, durchrieselte mich ein seltsames Gefühl, das ich auch jetzt nur ungefähr benennen kann. Mir war, als schaue ich mit leiser Furcht, aber auch mit Neugier in ein großes dunkles Gefäß, bemüht, seinen Inhalt zu erkennen, und zugleich in banger Sorge, es könnte etwas Schreckliches sein. Das ist nur der Versuch einer Erklärung, die auch anders lauten könnte.

An der langen Tempelmauer drängte sich eine in der winterlichen Abendfrische fröstelnde Frauenschar zusammen. Myron half mir aus dem Sattel. Er deutete zum Tempel hinunter.

»Vielleicht warte ich dort, bis ihr zurück seid, wenn nicht, werden Diener hier sein, um dich nach Hause zu begleiten.«

Eine mir von Besuchen bekannte junge Frau aus einem benachbarten Gut winkte mir zu. Froh, jemanden zu kennen, drängte ich mich zu ihr durch. Kaum hatten wir einige Worte gewechselt, umringten uns die Zeremonienmeister mit ihren Fackelträgern, begleitet von Gehilfen, die auf Stangen schwere Amphoren trugen. Im Nu umschwärmten uns Diener, verteilten mit dem Bildnis des Dionysos bemalte Tonbecher und füllten sie mit Wein. Dann hörten wir eine laute Stimme: »Trinkt, Mainaden, trinkt den Wein, denn ihm allein sei heute die Ehre, dem Herrn der Rebe, dem Gott des heiligen Rausches, der euch auffordert, in dieser Nacht an ihm selbst trunken zu werden.«

Wohl keine von uns war gewöhnt, den Wein unvermischt und aus so großen Bechern zu trinken, aber alle taten es mit Eifer und Begeisterung.

Ich muss diesen Bericht zum größten Teil in der Form des »Wir« bringen, denn im Laufe der Nacht ging bei uns allen das »Ich« verloren und wir verschmolzen zu einer Schar von Gotttrunkenen. Geleitet von Zeremonienmeistern und zahlreichen Fackelträgern, zogen wir etwa eine Stunde nach Norden, bis wir das Hügelland erreichten und in den dichten Wald aus Steineichen, Kiefern und Platanen eintauchten. Dornige Sträucher zerrten an unseren Kleidern, zerkratzten Arme und Beine, aber wir spürten es nicht, denn der Rausch hatte uns ergriffen. Fast jede von uns spielte ein Musikinstrument, sodass eine Kakophonie aus Flöten, Trommeln, Handpauken und Zupfinstrumenten entstand, die – wie man uns versichert hatte – von den Ohren des Gottes als Wohlklang empfunden wurde. Die Satyrn umtanzten uns in einem aufreizenden, immer dichter werdenden Reigen – nackt und mit vorgebundenem erigierten Phallos. Sie zupften und zerrten an unseren Kleidern, brüllten schlüpfrige Worte, machten obszöne Gesten. Es stieß mich – und wohl auch die meisten anderen – umso mehr ab, je unverschämter diese geilen und lästigen Waldgötter wurden, und brachte uns dem Gott näher und näher. Einige der Satyrn wurden so zudringlich, dass die Mainaden sich recht derb dagegen zur Wehr setzten. Ich höre noch heute das Wehgeheul eines Betroffenen, dem die Mainade den an der Spitze ihres Thyrsosstabs befestigten Pinienzapfen mit aller Kraft zwischen die Schenkel stieß.

Dann erreichten wir die Lichtung, in deren Mitte ein mannshoher Baumstamm aufragte, der Kleidung und Maske des Dionysos trug. Das flackernde Licht der Fackeln verlieh ihm Leben, ließ sein Gesicht beweglich werden und seine Augen göttlich leuchten.

In großen Kesseln dampfte der heiße Würzwein, mit anregenden Kräutern versetzt, wie ich annehme. Die meisten warfen ihre Instrumente weg, fassten sich an den Händen und umtanzten den Baumgott, den Herrn der Wälder, den Pfleger der Reben, den Gott des Rausches, des Außersichseins.

Dann war es Zeit für das Kultmahl – schrecklich nur für jene, die draußen oder daneben standen. Die am Rande der Lichtung angebundenen Opfertiere – Rehe, Lämmer, Hasen, Wildgeflügel – waren zuvor der Gottheit geweiht worden und wurden so ein Teil von ihr. Wir rasenden Mainaden rannten auf die Tiere zu, gefällige Satyrn schnitten ihre Fesseln durch und der Gott verlieh uns derart überirdische Kräfte, dass wir sie mit bloßen Händen erwürgten, zerrissen, uns in ihre blutigen Leiber wühlten und gierig unsere Münder voll stopften.

Ich habe keine Erinnerung daran, welches Tier ich tötete und ob überhaupt, weiß nicht mehr, ob ich aß und wie es schmeckte. Freilich, da ist schon so etwas wie ein fernes Erinnern an den süßen Geschmack des Blutes, aber vielleicht scheint es mir auch nur so.

Dann tanzten wir wieder und tranken. Eine der Mainaden packte mich an der Hand und zog mich tanzend und einen Hymnus kreischend weg vom Standbild des Dionysos, weg von den anderen. Ich hatte mich längst meines Ichs entäußert, war willenlos und gotterfüllt. So ließ ich es geschehen. Die Mainade führte mich mit erhobener Fackel ins Unterholz und ich fragte nicht danach, wozu und was sie wollte. Sollte es eine Frau wie Abanthis sein – so schoss es mir durch den Kopf –, so würde ich gern mit ihr der Liebe pflegen, auch dies dem Gott zuliebe.

Meine Begleiterin steckte die Fackel in einen Ameisenhügel und warf ihr langes Gewand ab, das sie von Kopf bis Fuß verschleiert hatte. Da stand sie da, efeubekränzt, angetan mit einer purpurnen *apotygma,* gesäumt mit breiten Goldbändern, offen getragen über einem silbern schimmernden *peplos.*

Das war keine Frau. Am Kinn hing ein langer pechschwarzer Bart und aus den langen Ärmeln des Prunkgewandes ragten sehnige Männerarme. Nur wenige Augenblicke war mir dieser Anblick vergönnt, dann packte er die Fackel und rammte sie mit der Flammenseite in den Ameisenhaufen. Gleich darauf umfassten mich kräftige Hände und an meinem Ohr flüsterte es nah und heiß: »Ich bin der Gott – bin Dionysos. Wie du weißt, erwähle ich mir am Ende des Festes eine Mainade und tue mit ihr, was den Satyrn verboten war.«

»Ich gehöre dir – gehöre dir ...«, stammelte ich.

»So ist es gut! Deine Seele habe ich ja schon, jetzt nehme ich den Körper dazu.«

Mit göttlicher Zartheit hob er mich hoch und legte mich ins raschelnde Laub. Noch ehe er mich berührte, hatte mein Schoß sich für ihn geöffnet und mein Leib wölbte sich ihm entgegen. Ich hörte sein leises raues Lachen.

»Du heißt mich willkommen – so ist es recht und richtig.«

Mit ihrem Phallos durchdrang mich die Gottheit und es war wie damals bei Abanthis: Die Wogen unendlicher Lust trugen mich empor – hoch und höher. War es mein eigener Schrei, den ich hörte, oder der einer anderen Mainade oder eines sterbenden Tieres? Danach weiß ich nichts mehr. Als ich zu mir kam, lag ich am Rande der Lichtung. Die meisten Fackeln waren erloschen, das Feuer um den Baumgott zur rötlichen Glut erstorben.

Ich stand auf und lief anderen Schattengestalten nach, die müde und erschöpft aus dem Wald und hügelabwärts wankten. Manche stürzten dabei, erhoben sich wieder und taumelten weiter.

Die Tempelmauer schimmerte grau im nahenden Tageslicht. Blickte man gen Osten, so war von hier aus ein Teil der weit geschwungenen Bucht zu erkennen und dahinter das verwaschene Weiß der Häuserreihen auf der Insel Ortygia.

Myron ging schnell auf mich zu.

»Nun habe ich doch auf dich gewartet. Ich habe Diener vorausgesandt mit der Nachricht, dass du dich im Gästehaus des Tempels etwas ausruhst. Ist es dir recht?«

»Mir ist alles recht ...«

Für Pilger, die an den Festtagen des Zeus – es gab eine ganze

Reihe davon – von weiterher gekommen waren, hatte man im Tempelbereich ein Gästehaus errichtet. Dort fiel ich auf ein Bett und schlief augenblicklich ein.

Als ich gegen Mittag erwachte, kam Pera herein und lächelte mich freundlich an.

»Wo bin ich? Schon zu Hause?«

»Nein, Herrin, noch beim Tempel. Ich will dir ein Bad bereiten, denn ...«

Sie schwieg und deutete auf mein mit Blut und Schlamm verschmiertes Gewand. Der *peplos* war eingerissen, die *apotygma* hatte ich verloren. Ich schüttelte den Kopf.

»Und mein Gesicht?«

»Muss gewaschen werden«, sagte sie schlicht.

Pera hatte den Vormittag über einen ganzen Zuber mit Wasser erhitzt und das goss sie jetzt in eine Steinwanne im Badekeller und fügte kaltes Wasser hinzu. Wieder musste ich die Kraft dieses Mädchens bewundern, das mit dem schweren Schaff hantierte, als sei es ein Trinkbecher.

Als ich nackt in die Wanne stieg, bemerkte ich am Schoß und an den Schenkeln die silbrigen Spuren von eingetrocknetem Samen. Jede Ehefrau kennt den Vorgang: Wenn der Erguss des Gemahls besonders heftig ist und man danach aufsteht, läuft ein Teil des Samens wieder heraus, benetzt Schenkel und Schoß.

Dann war es doch kein Traum gewesen ...

Im Wasser begann ich die Spuren schnell zu entfernen. Seltsame Gedanken gingen mir durch den Kopf. Ich befand mich damals in der Zeit der größten Empfängnisbereitschaft, und wenn der Samen des Gottes in mir aufgegangen war, dann ... dann ... Ich musste mich zwingen, den Vorgang zu Ende zu denken. Dann ging ich mit einem Halbgott schwanger. Zeus hatte mit Menschenfrauen fast zwanzig Kinder gezeugt, sein Bruder Poseidon ebenso, doch über Dionysos war nichts dergleichen bekannt. Seine Gattin Ariadne hatte ihm vier Söhne geboren, aber dass er wie Zeus oder Poseidon am Himmel wie auf Erden ständig auf der Jagd nach Liebesabenteuern war, wird nicht vermeldet, ausgenommen seine voreheliche Verbindung mit Aphrodite, der Priapos entsprang – der lüsterne Waldgott. Das wusste jeder Gebildete, das lernte man in der Schule. Aber diese Ereignisse lagen weit zurück, versanken im Dämmer einer mythischen Vorzeit. Wäre heutzutage jemand mit der Behauptung aufgetreten, sein Vater sei Zeus, der sich dessen Mutter zur Gefährtin auserkoren hatte, so würde man den Betreffenden wegen *blasphemia* vor Gericht zerren.

Sappho, du übernimmst dich! So schalt ich mich selbst, aber die Verwirrung blieb und im Hintergrund auch der Verdacht, ein Mann habe sich die Rolle des Gottes angemaßt, um sich bei den Dionysia mit Mainaden zu vergnügen.

Myron hatte sich nicht blicken lassen und so ritt ich zum Gut zurück. Inzwischen war es später Nachmittag geworden und die Götter schienen sich damit zu unterhalten, die wollig-weißen Wolkenschafe am Himmel herumzuscheuchen. Es wehte ein kräftiger Wind und mich fiel plötzlich ein Hunger an, als hätte ich tagelang nichts gegessen.

Pera, die zügig neben meinem Maultier herlief, versuchte, mich ungeschickt über meine Erlebnisse bei den Dionysia auszuhorchen. Mich aber beschäftigte noch immer mein nächtliches Erlebnis und so antwortete ich zerstreut und nichts sagend.

»Du darfst wohl nicht darüber reden?«

»Unter Frauen schon, doch nicht jedes Erlebnis lässt sich so ohne weiteres in Worte fassen. Am besten, du nimmst im nächsten Jahr selbst daran teil.«

Myron fehlte an der Abendtafel, aber es schien ihn niemand zu vermissen. Auf seine gewohnt direkte Art fragte Kamon: »Wie hat dir die Rolle einer Mainade gefallen?«

Als ich zögerte, kam mir Thetis zuvor.

»Mit Männern redet man darüber nicht, das solltest du eigentlich wissen.«

»Auf Lesbos sind die Dionysia in guten Familien kein Thema«, sagte Kamon steif und schnitt sich scheinbar ruhig ein Stück von der Lammkeule ab, doch ich sah, wie seine Hand dabei zitterte. Thetis reckte sich und zwinkerte Jason kurz zu.

»Hier ist das sehr wohl ein Thema, aber – ich muss mich wiederholen – nur unter Frauen.«

Damit hatte sie mir, ohne es zu wissen, einen Rettungsanker zugeworfen. Nur sie war es, mit der ich über mein Erlebnis sprechen konnte – und musste! In jüngeren Jahren war sie selbst Mainade gewesen, sogar mehrmals, wie sie sagte. Zuerst hatte ich mir vorgenommen, mich erst zu offenbaren, wenn meine nächste Regel ausblieb, doch nun wollte ich nicht mehr abwarten. So bat ich Thetis gleich am nächsten Tag um ein Gespräch und wenig später ließ sie mich in die *gynaikonitis* rufen. Sie lächelte mir auf ihre verschmitzt-mütterliche Art entgegen.

»Willst du dir nur den Nachmittag mit einer alten Frau verkürzen oder ist es etwas Ernstes?«

»Du bist weder alt, noch würde ich es wagen, dich als Zeitvertreib anzusehen. Ich habe einige Fragen an dich, will vielleicht einen Rat.«

Sie richtete sich auf und klopfte auf ihre *kline.* »Setz' dich hierher und wir fassen uns bei der Hand – so redet es sich leichter.«

Ich erwähnte ihre damalige Bemerkung, sie sei als junge Frau mehrmals Mainade gewesen und fragte: »Ging auch damals die Rede, dass der Gott selbst sich zu später Stunde unter die Mainaden mischt und sich eine davon auserwählt?«

»Wer hat dir das gesagt?«

Ich druckste ein wenig herum, gab dann mein seltsames Erlebnis preis und schloss mit der Frage: »Was ist, wenn ich nun schwanger werde? Wenn ich sage, dies sei ein Kind des Gottes, wird man mich für verrückt erklären.«

Thetis hatte ruhig zugehört und schien kaum überrascht.

»Dionyos war es nicht, das kann ich dir versichern. Dieser blasphemische Unfug passt hier nur zu einem einzigen Mann, nämlich zu Myron. Ich weiß nicht, ob man es dir schon angedeutet hat, dass der Bruder meines Gemahls sich seit jeher aufführt, als sei sein Vater Priapos selbst gewesen. Es gibt kaum eine Frau in der näheren oder weiteren Umgebung, die dieser geile Bock nicht versucht hat herumzukriegen. Verzeih meine derbe Redeweise, liebe Sappho, aber die drängt sich mir stets auf, wenn von Myron die Rede ist. Ich bin wohl eine der ganz wenigen Frauen, bei der er sich zurückhalten musste, denn seinem eigenen Bruder Hörner aufzusetzen hat er nun doch nicht gewagt.«

Ich lachte bitter. »Jetzt müsste ich eigentlich zufrieden sein, dass es mir nicht auferlegt ist, einen Halbgott großzuziehen. Von Myron schwanger zu sein ist jedoch auch nicht sehr erfreulich.«

Thetis schmunzelte. »Selbst wenn es so wäre, würden wir dafür schon eine Lösung finden, aber wenn er in dieser Maskerade steckte – und davon bin ich überzeugt –, dann brauchst du dir keine Sorgen zu machen. Wenn er auch seit Jahren seinen Samen herumstreut wie ein Sämann das Korn, so hat es sich doch erwiesen, dass er unfruchtbar ist. Er ließ die Lüge verbreiten, dass seine junge Frau im Kindbett gestorben ist, um als zeugender Vater besser dazustehen. Sie hat sich auf dem Markt eine von Seeleuten eingeschleppte Krankheit zugezogen, die damals monatelang in Syrakusa wütete. Auch einige Verwandte von Jason sind dieser Seuche erlegen. Seine mit stets wacher Geilheit verknüpfte *akarpia* macht ihn zum gesuchten Partner einsamer Frauen – ob sie nun verwitwet, mit alten Männern oder mit lange abwesenden Seeleuten verheiratet sind. Unerwünschte Schwangerschaften gibt es bei ihm nicht, und das hat sich in gewissen Kreisen schnell herumgesprochen. Außerdem ist er sehr geschickt darin, seine zahlreichen Liebschaften zu verbergen. Wenn ein Verdacht aufkommt, so wagt es niemand, den angesehenen Zeus-Priester aus der Familie des reichen Jason zu verklagen. Damit war er jahrelang erfolgreich, doch seine besten Zeiten sind vorbei. Mag er ein noch so guter Liebhaber sein – der Umgang mit ihm als Mensch ist enttäuschend und endet bitter. Nun weißt du Bescheid, Sappho, behalte dein Erlebnis für dich und gehe Myron künftig aus dem Weg.«

Hätte ich es nur getan! Wie immer, wenn eine Frau einen Mann begehrt, wird sie mit einem Mal blind für seine Fehler oder münzt sie in harmlose oder gar liebenswerte Eigenheiten um.

So weit war ich damals noch nicht – ganz im Gegenteil. Ich

mied jede Begegnung mit Myron, und wenn er bei Tisch ein Gespräch anknüpfen wollte, gab ich mich einsilbig und abweisend. Dies gelang mir allerdings nicht, als er eines Tages vorschlug, ich möge für eine Weile die schwer erkrankte *choregis* ersetzen und mit dem Mädchenchor eine Hymne auf Hermes einüben.

»Ich weiß nicht, wie es bei euch auf Lesbos ist, aber wir schätzen diesen Sohn des Zeus und der Nymphe Maia sehr hoch. Die Hirten verehren ihn als Hermes Nomios, den Gott der Fluren, der die Viehherden vermehrt und beschützt.«

Er hob seine Lider und lachte. »Ich sehe es dir an, dass du mich belehren willst, denn dies ist ja nicht alles – gut, aber das weiß ich natürlich. Er hat die Lyra erfunden, wirkt als Götterbote, ist Schutzherr der Reisenden, geleitet die Seelen zum *tartaros* – habe ich etwas vergessen?«

»Ja, das hast du. Wäre Charaxos zugegen, er würde es dir sofort sagen. So aber hörst du es von mir: Hermes ist außerdem der Gott von Kaufleuten und Dieben.«

Da musste Larichos hell auflachen. »Mir scheint, dies ist oft ein und dasselbe.«

»Sei nicht so vorwitzig«, sagte Kamon, »und von dir, Sappho, erwarte ich, dass du Myron unterstützen wirst. Wenn es um die Götter geht, ist tätige Hilfsbereitschaft immer angebracht, denn die Unsterblichen haben ein langes Gedächtnis und vergessen keine Kränkung. Dann kann es sein, dass sie dir – solltest du in Not geraten – die helfende Hand verweigern.«

Das war so recht mein Onkel Kamon in seiner altväterlichen, belehrenden Art. Mir kam seine Aufforderung gerade recht, denn schon lange hatte ich überlegt, wie sich das gespannte Verhältnis zwischen mir und Myron beenden ließe.

An ihm lag es nicht, das wusste ich, während ich nicht vergessen konnte, auf welch üble Art er mich getäuscht hatte. Stolz und Eigensinn ließen mich blind werden für die andere Seite dieser List. Freilich, eine Täuschung war es schon, einer fast besinnungslosen Mainade den Gott vorzugaukeln. Doch endete es mit Tränen, Schmerzen, Leid? Nein, am Ende stand die Lust, nicht weniger süß, als sie mir Abanthis einst bereitet hatte. So nahm ich sein Angebot an und versuchte, dabei weder Ablehnung noch Begeisterung zu zeigen. Dass mir dieser Auftrag schmeichelte, gestehe ich gerne. Mit Stolz erinnerte ich mich dabei an die Worte meiner Lehrerin Abanthis, als ich mich nach meiner Verlobung von ihr verabschiedete.

»Du bist jetzt so weit, liebes Mädchen, dass du selbst die Jüngeren unterrichten könntest. Weniger im Tanz – nein, das ist nicht deine Stärke, aber in Sprache und Gesang. Es wäre schade, wenn sich keine Gelegenheit fände, dies eines Tages an heranwachsende Mädchen weiterzugeben. Doch nun, da dir der Ehestand beschieden ist ...«

Die Schicklichkeit verbot es mir, darauf zu erwidern, dass ein Ehestand nicht ewig dauern würde, besonders bei einem so großen Altersunterschied.

»Abanthis«, flüsterte ich feierlich vor mich hin, »ich bin dabei, dein Vermächtnis zu erfüllen.«

Nicht anders als auf Lesbos, Samos oder Korinth sahen auch hier die Familien der *gamoroi* eine ehrenvolle Verpflichtung, ihre heranwachsenden Töchter an einer Tempelschule in Musik, Tanz und Gesang ausbilden zu lassen. Mir fiel sofort auf, dass dies hier mit weit größerem Nachdruck betrieben wurde als zu Hause auf Lesbos.

Dass in Syrakusa eine Dichterin zu Gast war, hatte sich mittlerweile herumgesprochen. Die Kunde war sogar nach Kamarina im Norden von Sikulia gedrungen, wo sich der berühmte, aus Italia stammende Dichter Stesichoros niedergelassen hatte. Er hieß eigentlich Teisias, doch da er vorwiegend Chorlieder schuf, nannte alle Welt ihn Stesichoros – Chormeister. Man sagte mir, er sei schon im fortgeschrittenen Alter und habe ein großes episches Werk geschaffen, dessen Themen fast ausschließlich aus Geschichte und Mythos stammten. Jahr um Jahr ziehe er als Rhapsode durch Sikulia und wolle auch dieses Jahr im Frühsommer in Syrakusa auftreten. Da würde es ihm eine große Ehre sein, auch mich kennen zu lernen.

Myron übermittelte mir diese Botschaft, denn er saß auch im Rat der Stadt und kam so als Erster mit wenigen anderen an die neuesten Nachrichten.

Als die Mädchenschar im Vorhof des Zeus-Tempels versammelt war, herrschte gespannte Stille und in vielen großen Kinderaugen stand die Neugier.

Ich hatte mich allmählich an die hier gesprochene dorische Form der hellenischen Sprache gewöhnt, doch aus jedem Menschen klingt der unverwechselbare Ton seiner Muttersprache und so muss meine Rede den Ohren dieser Mädchen doch etwas fremdartig erschienen sein.

Myron hatte den Hermes-Hymnos des Homeros für den Festtag ausgewählt, bestimmte Teile davon, denn der Hymnos war lang und überforderte die kleinen Sängerinnen.

Ehe wir unsere Übungen begannen, ermunterte ich die Mädchen, mir Fragen zu stellen: »Unserem Geschlecht wird ja nachgesagt, dass unstillbare Neugierde es kennzeichnet, doch was ist unrecht daran? Ich komme von der fernen Insel Lesbos und ihr seid wohl ohne Ausnahme auf Sikulia geboren. Zwar sind wir alle Hellenen, aber im Laufe der vielen Jahre haben sich dennoch Unterschiede herausgebildet. So beginnen wir jetzt mit einer Fragestunde und danach soll uns nichts mehr von der Arbeit ablenken.«

Keines der verschüchterten Gänschen wagte es, Sappho mit Fragen zu behelligen, und so entschloss ich mich, selbst etwas über meine Heimat und mich zu erzählen. Ich schilderte Lesbos als *pentapolis,* nannte die benachbarten Inseln, sprach von Mytilene und seinen Tempeln, erwähnte das *heraion.* In großen Zügen umriss ich meine Herkunft, zählte die Mitglieder meiner Familie auf, log meinem verschwundenen Gemahl einen Seefahrertod an, streifte die politischen Ereignisse, nannte die Gründe unseres Exils.

»Seid ihr auf ewig verbannt?«, fragte ein älteres Mädchen.

»Nein – auf zwei, drei, vielleicht auch fünf Jahre. Derzeit weiß das niemand so genau.«

»Gefällt es dir bei uns?« Das hatten zwei helle Stimmen fast gleichzeitig gefragt.

»Ja, es gefällt mir sehr. Vielleicht weil es meiner Heimat ähnelt. Hier wie dort gibt es Berge, fruchtbare Täler, das blaue Meer, und – ihr könnt euch meine Überraschung vorstellen –

wie Syrakusa liegt auch meine Heimatstadt Mytilene auf einer Insel, und wenn hier ein Wall die Stadt mit dem Festland verbindet, so sind es bei uns zwei Brücken. So habe ich mich bei euch schnell zu Hause gefühlt und Jason behandelt uns so liebevoll, als seien wir enge Familienmitglieder, obgleich sich unsere Verwandtschaft im Laufe der vielen Jahre mehr und mehr entfernt hat.«

Jetzt, da der Damm gebrochen war, hagelte es Fragen, die sich immer weiter von meiner Person entfernten und ins Allgemeine gingen. Als etwa eine Stunde um war, hob ich energisch beide Hände, wie es auch Abanthis immer gemacht hatte.

»Wir müssen ein Ende finden, meine Lieben! Mich freut es sehr, dass ihr auf mich und meine Herkunft so wissbegierig seid. Doch Hermes, der Sohn des Zeus und der Maia, will in einigen Tagen seine Hymne vernehmen und der Unsterbliche will sie in makellosem Wohlklang hören. Wir werden dazu unser Bestes tun!«

Die meisten der hier anwesenden Mädchen konnten nicht lesen und so mussten zuerst die Verse des Homeios auf trockene Art in ihre Köpfe hinein, bis sie dann hymnisch gesungen aus ihren Kehlen wieder ans Licht kamen.

Maia gebar ihr Kind. Gewitzt war der Junge,
ein Schmeichler, Räuber und Rinderdieb,
Schutzherr der Träume, ein Späher zur Nachtzeit,
einer, der Türen bewacht, der flink den unsterblichen
Göttern ruhmeswürdige Neuigkeiten vorweisen sollte:
Morgens geboren, spielte er mittags schon munter die Harfe,
stahl am Abend die Rinder des sicheren Schützen Apollon,
alles am vierten Tage des Monats, seinem Geburtstag.
Als er herausgeschlüpft war aus dem göttlichen
Leibe der Mutter, blieb er nicht lange sitzen in seiner
heiligen Wiege, sondern huschte davon und suchte
die Rinder Apollons, durch die Öffnung der ragenden
Höhle hinaus. Da gewann er durch die Entdeckung der
Schildkröte tausendfältigen Segen: Hermes als Erster
verfertigte aus dem Tiere die Leier …

Junge Köpfe sind wie trockene Schwämme und saugen schnell auf, was man ihnen vorsetzt. Dazu kam noch die Beflissenheit, es der neuen Lehrerin recht zu machen – einer Frau, der man zudem nachsagte, sie wetteifere mit Männern in der Kunst der Dichtung. Das spornte auch mich an und unser gemeinsamer Eifer ließ die schnell verrinnende Zeit gewichtlos werden, bis ein lautes Lachen vom Eingang her uns unterbrach.

»Sappho, Sappho, dein Lehrtalent bringt unsere weibliche Jugend dazu, Heim und Herd zu vergessen. Draußen warten schon längst die Diener mit Maultieren und Sänften.«

Während Myron dies sagte, kam er nach vorn und verneigte sich in übertriebenem Respekt. »Auch deine treue Pera ist schon in Sorge«, sagte er leise und lächelte dabei den Mädchen zu, die sich kichernd und flüsternd auf den Heimweg machten.

War es schon an diesem Tag oder erst später, dass ich mir wünschte oder genauer gesagt, ein Teil von mir wünschte sich, Myron würde mich unter irgendeinem Vorwand zum Bleiben auffordern? Soll ich gleich offen sagen, es gelüstete mich nach einer weiteren dionysischen Umarmung?

Nein, ganz so war es nicht. Am Ende weiter gehender Überlegungen stand der dunkle Wunsch, Myron möge sich noch einmal auf diese Weise um mich bemühen, aber wie gesagt, es war kein deutliches Verlangen, sondern ein eher verschämtes Sehnen nach Wiederholung des damals Erlebten. Hätte er mich nach dieser ersten Probe ins Gesicht hinein gefragt, ob ich nicht geneigt sei, mit ihm zu speisen, um dann die Stunden der Mittagsruhe mit ihm zu teilen, so hätte ich empört abgelehnt. Myron wusste das, da bin ich mir sicher. Er war ein Mensch, der bei anderen die feinsten Gefühlsschwankungen wahrnahm und sie in seine Überlegungen mit einbezog.

Eine Frage, die sich mir erst später stellte, will ich vorwegnehmen.

Er, der Mann mit vielen Möglichkeiten, dem nur wenige Frauen auf Dauer widerstanden – warum wandte er sich mir zu, verfolgte beharrlich das Ziel, mich zu seiner Geliebten zu machen? Fand er mich hübsch? Ich, zierlich, klein, mit dunkler Haut und dunklen Haaren, wäre wohl von den wenigsten Männern als begehrenswert oder gar als schön bezeichnet worden. Ein paar Dutzend weitaus ansehnlicherer Frauen wartete nur darauf, von ihm begehrt und verführt zu werden. Ich vermutete das, aber vielleicht waren es nicht mehr so viele, denn er hatte sich im Laufe der Jahre einen schlechten Ruf erworben. Warum gerade ich? Ich hätte wohl darauf keine Antwort gefunden, doch Myron, auch als Rhetor hoch begabt, gab sie mir später selbst.

»Du wirst dich wohl fragen, was mich treibt, dich zu begehren, dich zu meiner Gefährtin zu machen? Es wird dich als kluge Frau kaum beleidigen, wenn ich dir sage, dass du an äußerer Schönheit leicht zu übertreffen bist. Aber da ich nun einmal nicht den Geschmack von Hafenarbeitern und Schankwirten teile, denen ein runder Hintern und heftig wippende Brüste genug sind, dringt mein Blick in dein Inneres und da sehe ich ein Leuchten, einen goldenen Kern, der durch deine dunkle Haut schimmert. Du bist ein kostbares Wesen, Sappho, und ich bin stolz darauf, dies erkannt und dich gewonnen zu haben.«

Ja, Myron gelang es tatsächlich, mich in umschreibenden Worten hässlich zu nennen und gleichzeitig meine innere Schönheit derart herauszustellen, dass ich seine Worte aufsog wie eine durstige Pflanze das Wasser, dabei aufblühte und Anmut ausstrahlte. So sehe ich es jetzt im Abstand vieler Jahre, aber wer weiß, ob meine Sicht die richtige ist.

Myron ließ sich Zeit. Er fühlte wohl, dass in mir etwas heranreifte, was seinen Wünschen entgegenkam.

Mit dem Hermes-Hymnos machten wir schnelle Fortschritte, die Begeisterung ließ mich und die Mädchen so manche Hürden überwinden. Nach der letzten Probe vor dem Festtag bat mich Myron zu sich in seine Priesterwohnung. Da gingen Diener und Gehilfen ein und aus; der Zeus-Tempel glich an solchen Tagen einem Bienenstock, aber Myron und die anderen Priester – es gab noch vier weitere – ließen sich davon weder verwirren noch beirren. Myrons Wohnung lag am Rande des Tempels und blickte nach Nordosten mit Sicht auf die weite Bucht von Syrakusa, gesäumt von den dichten Häuserzeilen der Insel Ortygia. Er kam dann gleich zur Sache.

»Die von dir gelehrte Art des Gesanges unterscheidet sich ein wenig von der hier gewohnten und ich will dir sagen, wodurch. Bei uns geht der Klang der *melodia* bisweilen ins Kakophonische, wohl um Hingebung und Begeisterung auszudrücken. Du weißt, was ich meine? Da ein seltsamer Kiekser, dort eine unangemessene dumpfe Dehnung. Das mag sich in profanen Ohren recht gut ausnehmen, mich aber irritiert der fehlende Ernst, die gestörte Ordnung. Ja – vielleicht mag es übertrieben klingen, ich setze das jedoch gleich mit einem falsch gelesenen Text, einem verkehrten Wort, einer ungehörigen Auslassung oder Hinzufügung beim Vortrag aus den Büchern des heiligen Rituals. Bei dir kommt dergleichen nicht vor und wenn du darauf stößt, dann tilgst du es aus. So wie du es machst, ist es richtig.«

Wie immer bei Myron war hinter seinen Worten ein Hauch von Doppeldeutigkeit. Redete er so, um mir zu schmeicheln, oder entsprach dies seiner ehrlichen Überzeugung?

Das Fest zu Ehren des Gottes Hermes verlief würdig – ohne Fehler, ohne Störung. Der Gott konnte zufrieden sein, die Teilnehmer und Myron waren es auch. Natürlich fiel einigen der neue, strenge Klang beim Vortrag der Mädchen auf, aber – so vermute ich – Myron sorgte schon dafür, dass diese Art richtig verstanden wurde. Entscheidend war auch, dass der berühmte Dichter und Rhapsode Stesichoros als Ehrengast geladen und vom Gesang der Mädchen sehr beeindruckt war.

Es dauerte noch etliche Tage, bis ich ihn besuchen durfte, und – ich sah es gleich – er war das genaue Gegenteil von Myron. Er gehörte, soweit dies überhaupt möglich ist, zu den durchschaubaren Menschen. Alles an ihm war geradlinig und unverstellt.

Wieder bin ich an einem Punkt meiner Erinnerungen angelangt, da ich etwas zurückstellen möchte, oder besser gesagt: Ich bin nicht in der Stimmung, jetzt über die Entwicklung zu berichten, die meine Beziehung zu Myron nahm. Es ist mir lieber, von Stesichoros zu erzählen, der in seiner betonten Männlichkeit Alkaios glich, aber – abgesehen von seiner großen dichterischen Kraft – aus Fehlern und Schwächen zusammengesetzt schien, die, je länger man ihn kannte, immer weniger störten.

16

Teisias oder – wie ihn jetzt alle Welt nannte – Stesichoros kam schon als Kind mit seinen Eltern nach Himera, einer von politischen Flüchtlingen gegründeten Stadt, die aus Syrakusa stammten. Es lag nahe, dass sich diese Menschen nicht der Gefahr aussetzen wollten, für ihre Feinde schnell greifbar zu sein, und so wählten sie den am weitesten entfernten Platz an der Nordküste der Insel.

Als ich Stesichoros in Syrakusa traf, war er ein Mann mittleren Alters, wohl den Vierzigern schon näher als den Dreißigern. Übrigens soll er sich auch jetzt noch als vielleicht Siebzigjähriger der besten Gesundheit erfreuen und nach wie vor großes Ansehen genießen. Mit einem halben Dutzend der wichtigsten Familien von Syrakusa verband den Dichter eine lockere Freundschaft und sie alle rechneten es sich zur Ehre an, wenn er für einige Zeit als Gast in ihrem Haus weilte.

Jason, der Dichtung nicht besonders zugetan, mühte sich schon um meinetwegen, den Berühmten für einige Tage unter sein Dach zu bringen. Stesichoros – so hat er es mir gegenüber dargestellt – war voll Neugierde auf das weibliche Mitglied seiner Zunft und zog, noch vor seinen Auftritten im Odeion, für etwa eine Dekade in unser Haus. Myron blieb auch da sich selbst treu. Er zeigte dem berühmten *poietes* nur Spott und Verachtung, aber auf so füchsisch höfliche Art, dass der im Grunde gutmütige Stesichoros es nicht weiter ernst nahm.

Zu den Eigenheiten des Dichters gehörte es, dass er die Seefahrt – auch über kleinste Strecken – verabscheute. Da fühle er sich eingesperrt wie ein Rudersklave, zudem packe ihn schon nach kurzer Zeit die *nautia* und er spucke sich die Seele aus dem Leib. Er lachte. »Was aber wären wir ohne sie, die unsterbliche Seele? Doch nur dummes Vieh, das sich ausnutzen lässt, das man hier- und dorthin scheucht, um es am Ende zu schlachten.«

Myron hob erstaunt seine halb geschlossenen Lider. »Ist es nicht tatsächlich so? Ich kann bei nur ganz wenigen Menschen so etwas wie eine Seele entdecken ...«

»Aber geschlachtet werden sie nicht!«

Myron schüttelte den Kopf. »Nein, es ist kein Metzger am Werk, sie tun es selbst, metzeln einander mit Schwertern, Pfeilen, Speeren, Keulen und anderen Instrumenten gegenseitig und mit großer Hingabe. Wir brauchen dazu nur unseren Homeros zu lesen. In seinen beiden epischen Werken fließt das Blut scheffelweise, Glieder und Köpfe werden zu Dutzenden abgehackt – um das Vaterland, um Haus und Herd, Frau und Kind zu schützen? O nein! Es geschieht der schönen Helena wegen, die sich aus Lüsternheit von Paris nach Ilion entführen ließ und damit den Trojanischen Krieg entfachte. Ein Beispiel nur von vielen, wo Menschen sich gegenseitig so grausam und erbarmungslos abschlachten, wie es ein seelenloses Tier nicht könnte. Da wird nur getötet, um zu fressen, und neben einem satten Löwen darf ein Gazelle ungefährdet grasen. Aus bodenloser Dummheit ahmen wir die Zwiste der Götter nach, ohne zu bedenken, dass wir sterblich sind.«

Stesichoros war anzusehen, dass ihm diese Betrachtungsweise nicht gefiel und zutiefst fremd war.

Ich bin den Ereignissen vorausgeeilt. Als Stesichoros unser Haus betrat, empfingen wir ihn schon in der *aule* – auch wir Frauen, die Jason sofort benachrichtigt hatte. Während die Diener das Pferd und die Maultiere beiseite führten, trat Jason vor und umarmte den Berühmten.

Stesichoros war über den Durchschnitt groß und von massiger Gestalt. Ich gebrauche dieses Wort als Gegensatz zu Jason, der einfach fassdick war und ächzend seine Fettmassen durchs Haus schleppte. Stesichoros dagegen bewegte seinen massigen Körper mit einer gewissen Anmut, aber das war schon das einzig Vorteilhafte an seiner äußeren Erscheinung. Sein dunkelblonder Bart stand verfilzt von Kinn und Wangen ab, das Haupthaar war lange nicht gestutzt worden und wallte speckig auf Schultern und Rücken. Sein Antlitz wäre von männlicher Anmut gewesen, hätte nicht maßloser Genuss von Wein und Weib deutliche Spuren hinterlassen. Die trüben Augen ruhten auf dunklen Tränensäcken, von der kräftigen Nase liefen tiefe Furchen zum Mund, dessen aufgedunsene purpurfarbene Lippen das Gegenteil von Gesundheit verrieten. Seine Kleidung ist kaum zu schildern, nur so viel, dass sie fleckig und teilweise eingerissen war und seine Sandalen mehr Löcher als Leder aufwiesen.

Mein erster Gedanke war, dass dies Spuren seiner anstrengenden Reise seien und er sich nach einem Bad in frischer Kleidung und in ordentlicher Haartracht präsentieren würde. So war es jedoch nicht. Zwar hingen ihm seine Haarzotteln noch feucht herunter, aus dem Bart tropfte das Wasser und er hatte die Kleidung gewechselt, aber sie sah nicht viel besser aus. Er trug jetzt zwar einen sauberen knielangen *chiton,* das lässig darüber geschlagene *himation* muss wohl von östlicher Herkunft gewesen sein, denn es war mit goldenen Fransen gesäumt, von denen ein Teil fehlte. Das gute Stück war vom langen Tragen derart ausgebleicht, dass es blau oder grün, vielleicht auch braun gewesen sein könnte. Die löchrigen Reisesandalen hatte er durch leichtere ersetzt, deren Riemen – es war deutlich zu sehen – vielfach und sehr ungeschickt geflickt waren.

Thetis stellte später die Vermutung auf, dass Stesichoros deshalb so viel Erfolg bei Frauen hatte, weil jede darauf bedacht war, ihn vorteilhaft zu verändern.

Sein Benehmen weiblichen Wesen jeden Alters gegenüber war höflich und zurückhaltend, ritterlich und einfühlsam. Sie fühlten sich von ihm verstanden und anerkannt. Frauen gegenüber vermied er jedes schroffe Wort und zeigte tiefes Verständnis für ihre Probleme. Da blühten bei den Damen mütterliche Gefühle auf und sie sahen in ihm den schmutzigen kleinen Buben, den man säubern und seine Kleider richten musste. Dabei konnte er geherzt und geknuddelt werden und dann zum Trost ins Bett mit ihm. Da allerdings sollte er wieder zum Mann werden und die Damen mit starken Lenden beglücken.

So stellte Thetis es dar und blickte mich dabei neugierig an.

»Es kann gut so sein, vielleicht weiß er es sogar und nutzt es für seine Zwecke aus.«

Bei Myron war es anders. Ihn fürchteten die Frauen und es gab damals wohl keine mehr, die ihm quasi in den Schoß fiel. Er musste sich mit Lügen und Listen, mit Verstellung und Schönrednerei um sie bemühen und meist war er es dann, der sie zynisch und ohne innere Teilnahme fallen ließ, um sich das nächste Opfer vorzunehmen. Tue ich ihm Unrecht, wenn ich Opfer sage? Tat er nicht alles, um sie zu umgarnen und betören, war er nicht ein kunstvoller Verführer, der sich mühte, den Liebesakt so zu gestalten, dass die von ihren Gatten vernachlässigten Frauen oder die nach Liebe hungernden Witwen bei ihm volle Erfüllung fanden?

Hatte schon Thetis mich gewarnt und mir sein Wesen aufgezeigt, so fehlte es auch später nicht an mehr oder weniger versteckten Hinweisen. Die waren freilich nicht immer von Sorge oder weiblicher Verbundenheit getragen. Damals war ich noch nicht geneigt, mir die Augen öffnen zu lassen, und hielt es für Neid oder Missgunst.

Wieder ist mir der Faden entglitten und ich schreibe hin, was ich erst später erzählen wollte.

Nach und nach erkannte ich, dass die geradezu abstoßende äußere Erscheinung des Stesichoros reichlich von seinen inneren Werten aufgewogen wurde. Dass die Jünger der Musen häufig aufeinander neidisch und eifersüchtig sind, brauche ich nicht eigens zu erwähnen. Jeder betreibt sein einsames Geschäft für sich, sieht sich selbst als einen der Besten und erbleicht, wenn andere – die er für Mittelmaß hält – in einem Beifall schwelgen, den er sich selbst wünscht und den er – die Götter mögen es bezeugen! – reichlicher und redlicher verdient hat als diese elenden Stümper.

Bei Stesichoros kam noch hinzu, dass hier ein Weib in Erscheinung trat und sich so kühn wie anmaßend in einen Bereich der Männer drängte. Ich habe oft zu hören bekommen, dass noch kein Mann den Ehrgeiz besessen hätte, sich in weibliche Belange zu mischen. Hat je einer es versucht, Kleinkinder aufzuziehen, zu spinnen, zu kochen oder ein zerrissenes Kleidungsstück zu flicken?

Nein, gewiss nicht, doch die Herren sollten sich daran gewöhnen, dass es Eigenschaften und Tätigkeiten gibt, die allen gemeinsam sind. So wie beide Geschlechter auf die gleiche Weise essen und trinken, schlafen, wachen und sich Gedanken machen, so haben auch beide das Recht, sich dichterisch auszudrücken.

Die Behauptung der Männer, eine Frau könne das eben nicht, es sei gegen ihre Natur, habe ich widerlegt und ich weiß, dass auch einige meiner Schülerinnen dabei sind, sich von der Muse Erato leiten zu lassen.

Bei Stesichoros wollte ich damit sagen, dass er die vorhin genannten Fehler nicht besaß, dass er weder Neid noch Missgunst kannte und auch Frauen für durchaus fähig hielt, Gedichte und Lieder zu verfassen. Ohne dass ich die geringste Andeutung machte, kam er von sich aus auf mich zu, als wir morgens nach dem *ariston* in den Garten hinaustraten.

»Verehrte Sappho, ich habe die feste Absicht, einige deiner Lieder vorzutragen, und es gehört sich, dass ich dich dazu um Erlaubnis frage.«

Während er redete, sah ich, dass ein getrocknetes Stück Eidotter an seinem Bart klebte und mit der Bewegung seines Mundes auf- und abhüpfte wie ein winziger gelber Ball. Ich riss mich von dem Anblick los.

»Das würde mich schon freuen ...«

Er nickte und entwickelte voll Eifer sein Vortragsprogramm. »Beim ersten Auftritt erwartet man von mir, dass ich meine neuesten Werke vortrage. Ich werde das tun und zuletzt ankündigen, dass ich – unserem geehrten Gast zuliebe – beim nächsten Mal der schönen Insel Lesbos meine Lyra reichen und sie bitten werde, die Stimme ihrer Dichter und Dichterinnen – nämlich Sappho und Alkaios – erklingen zu lassen.«

Er hielt inne, strich so heftig seinen Bart, dass ein Teil des Eigelbes herausbröckelte. Erstaunt betrachtete er den Rest. »Hat sich da eine Laus eingenistet?« Er zupfte es ab und lachte dröhnend. »Eigelb! Wenn's weiter nichts ...«

Seit Stesichoros hier war, konnte ich beobachten, dass immer ein Weinkrug in seiner Nähe stand, doch niemals erlebte ich ihn betrunken, etwa lallend oder torkelnd. Stets umgab ihn ein strenger Geruch nach Wein und Schweiß. Am Abend kam noch Zwiebeldunst dazu, denn er verzehrte die scharfe Knolle in großen Mengen, ob sie zu den übrigen Speisen passte oder nicht.

»Die Zwiebel«, sagte er, mit vollen Backen kauend, »ist ein

kostbares Geschenk der Götter, Quell der Gesundheit, der Kraft – ein wahres Lebenselixier. Im Grund sind es nur drei Dinge, die ich brauche: meine Arbeit, Frauen und den Beifall meiner Zuhörer. Solange ich diese drei nicht entbehren muss …«

Da unterbrach ihn Myron. »Du hast den Wein vergessen, Verehrter.«

Stesichoros blickte den Störer unwillig an. »Essen und Trinken gehören so unabdinglich zu unserem Leben, dass ich sie nicht eigens erwähnen muss.«

Myron hob erstaunt die Lider. »Man kann auch Wasser trinken.«

Der Dichter schlug sich auf den Bauch und lachte dröhnend. »Wasser, mein Lieber, dient mancherlei Zwecken, aber als Getränk lasse ich es nur zu, um den Wein untertags zu verdünnen. Es erfrischt den Körper beim Bad, es erfreut die Seele, wenn es schilfumsäumt dahinströmt wie der Fluss Kyane oder aus geheimnisvollen Tiefen ans Licht tritt wie die Aretusa-Quelle.«

Stesichoros hielt sein Wort. Mit kraftvoller, wohltönender Stimme trug er seine eigenen Lieder vor, mit Themen aus Oresteia und aus den Mythen von Herakles, Daphnis und dem Kampf um Ilion. Beifall gab es reichlich, und als er bei Anbruch der Nacht aufhörte, geschah dies nicht des Publikums wegen, sondern weil ihm die Stimme versagte.

Ganz wie versprochen kam dann Lesbos zum Klingen. Alkaios, der sein Exil im ägyptischen Naukratis verbrachte, hätte seine Freude daran gehabt. Stesichoros stellte immer eines von Alkaios' Liedern einem von mir gegenüber, und zwar so, dass die Kontraste ins Auge fielen und es manchmal klang wie ein Streitgespräch. So etwa sein Lied von den bereitstehenden Waffen:

… weithin glänzende Helme; weiß
leuchtend nicken die Rosshaarschweife dort herab,
Männerhäuptern zu stolzer Pracht.
Ehern funkeln, an Pflöcken sicher aufgehängt,
feste Beinschienen …

Darauf antwortete er mit meinem Lied – ich habe es früher schon erwähnt – von dem, was man lieb hat.

Einem von Alkaios' berühmten Saufliedern:

Lasst uns trinken! Wozu noch erwarten das Licht?
Nur ein Fingerbreit währt der Tag!
Reich die mächtigen Becher, die bunten …

stellte er mein nachdenkliches Lied von einer stillen, mondbeschienen Nacht gegenüber:

Sterne rings im Kreis des schönen Mondes,
stets verbergen sie ihr strahlendes Antlitz,
wenn es voll gerundet, am hellsten funkelt
über die dunkle Erde …

Auf Bitten meines Onkels Kamon hatte Stesichoros keines von den politischen Liedern des Alkaios vorgetragen, in denen er Pittakos nach allen Regeln der Kunst schmähte. Es hätte unser Exil verlängern können und Stesichoros verstand das.

Nach einem Aufenthalt von etwa zwei Dutzend Tagen trieb es den wandernden Dichter weiter.

»Deinetwegen, verehrte Sappho, habe ich hier länger verweilt als an anderen Orten. Doch mein Publikum ist das ganze Sikulia und du wirst verstehen, dass ich fortmuss.«

Er küsste mich ungestüm auf beide Wangen und fast genoss ich die Aura von Wein, Schweiß und Zwiebeln, die ihn umgab. Ich sage es noch einmal: Aussehen, Kleidung und Benehmen dieses Menschen stießen wohl jeden ab, der ihn nicht näher kannte. Aber er stahl sich mit seiner unbefangenen Fröhlichkeit in unsere Herzen und ließ mich seine Fehler vergessen.

Nur Myron war wieder einmal völlig anderer Meinung. Kaum war Stesichoros abgereist, machte er ihn zum Thema unserer nächsten Abendmahlzeiten.

»Solange dieser Mensch Gast in unsrem Hause war, musste ich mich zurückhalten – und das habe ich auch getan. Aber der eigenen Familie gegenüber darf ich wohl einiges anmerken?«

Jason hob die Augenbrauen. »Dies ist dein Haus so gut wie meines …«

Myron nickte, senkte die Lider und es war, als spräche er zu sich selbst. »Ich frage mich, was diesem Menschen die Überzeugung verleiht, dass sein wohl nur mittelmäßiges Talent ein Freibrief ist für sein Auftreten, sein Benehmen …«

Er schien nach Worten zu suchen und das war für ihn sehr ungewöhnlich. Seinem Bruder entging das nicht und es schien ihm Vergnügen zu machen.

»Bis dir die geeigneten Worte einfallen, können wir ja weiter essen.« Myron öffnete weit seine verschatteten Augen und sein dunkel leuchtender Blick traf Jason, der sofort das Messer sinken ließ. »Die Worte sind da, sei dessen gewiss, aber ich habe mir erlaubt, sie auf ihre Eignung zu prüfen. Lass es mich so sagen: Stesichoros tut alles, um den Blick der anderen auf sein abstoßendes Äußeres zu lenken, und das stimmt die meisten – vor allem unsere Frauen – nachsichtiger in der Beurteilung seines Werkes. Da überhört man dann so manche schwache oder schwülstige Stelle und vergisst nur zu gerne, dass dieser Musenjünger sich verzweifelt abmüht, seinem verehrten Vorbild, nämlich Homeros, nahe zu kommen. Doch das wird ihm niemals gelingen, und wenn er sich sogar untersteht, den Kampf um Troja episch neu zu gestalten, gibt er sich selbst der Lächerlichkeit preis.«

Nun richteten sich alle Blicke auf mich, die Dichterin, und man erwartete ihre sozusagen fachbezogene Äußerung.

»Jeder Dichter ist frei, den Inhalt seiner Worte selbst zu bestimmen. Wenn Stesichoros nun der Meinung ist, auch er habe zum trojanischen Krieg dichterisch etwas beizutragen, dann soll und darf er es tun. Er tut es auf andere Art als unser großer Homeros, aber dafür fehlt Myron wohl das richtige Gespür.«

Mit diesen Worten hoffte ich, Myron aufzubringen, ihn endlich einmal zornig zu sehen. Doch vergebens.

»Deine Worte entspringen der gebotenen Verbundenheit mit dem Zunftgenossen und das ist gewiss sehr ehrenwert. Aber prüfe doch einmal dein eigenes Werk! Deine Lieder schildern die Welt aus weiblicher Sicht und alles daran ist neu, ungewöhnlich und zeugt von hoher dichterischer Begabung. Du, verehrte Sappho, hast dir den Beifall verdient, Stesichoros hat ihn sich erschlichen.«

Was darauf antworten? Heute weiß ich, dass sein Lob – so ehrlich es klang – nur einem Ziel diente, nämlich mich auf seine Seite zu ziehen. Ich konnte mir damals schon zutrauen, über ein poetisches Werk zu urteilen, und so nahm ich von meinem Beifall für Stesichoros nichts zurück. Seine Art, dichterisch zu erzählen, war lebendig, geschickt und glitt niemals in langatmige Wiederholungen ab. Er war ein Dichter und Sänger von hohen Gnaden, das änderte allerdings nichts daran, dass ich Myrons Lob genoss, denn ihm – das wusste alle Welt – war keine hellenische Dichtung fremd und so wog sein Urteil umso schwerer – was mich betraf. Bei Stesichoros war es falsch und parteiisch.

17

Ich habe vorhin davon gesprochen, dass nicht nur Thetis mich vor Myrons falschem Charakter warnte. Durch meine Tätigkeit als Chorführerin – meine Vorgängerin war inzwischen gestorben – war mein Exildasein sehr abwechslungsreich geworden, denn ich wurde zu meinen Schülerinnen geladen und sie kamen mit ihren Eltern in unser Haus.

Die meisten Frauen besitzen die wohl angeborene Eigenschaft, Tatsachen auf direkte Art anzusprechen, ohne dass sich jemand angegriffen oder beleidigt fühlen muss. Einige Male wurde mir die unverblümte Frage gestellt, ob Myron schon versucht habe, sich mir zu nähern, und wenn ich es – damals noch guten Gewissens – verneinte, kam die ernste Warnung, er habe in den vergangenen Jahren mehr als eine Frau unglücklich gemacht. Er werde seine Eroberungen schnell satt und es scheine ihm nicht um die einzelne Person zu gehen, sondern um die schiere Zahl. Sein Ruf sei inzwischen so schlecht, dass es ihm schwerer und schwerer falle, diese Zahl zu vergrößern, und er sich wohl demnächst mit Hetären begnügen müsse.

Ich nahm diese Warnungen und Ratschläge zur Kenntnis und sagte mir, einmal sei genug. Sollte Myron, in welcher Verkleidung auch immer, es weiterhin versuchen, so würde ich ihn schroff und mit Nachdruck abweisen. Das war mein fester Entschluss, den ich voraussichtlich nicht einmal verwirklichen musste. Da gab es Schönere, Gefälligere und zudem würde er kaum einen Gast seines Hauses belästigen. Nein, da brauchte ich mir keine Sorgen zu machen …

Wenn ich mich recht zurückerinnere, so waren es nicht Sorgen, die mich bewegten, sondern – nein, es ist schwer zu erklären, ich mag jetzt nicht darüber reden.

Der Auftritt des Stesichoros hatte mich und meine Lieder noch weiter bekannt gemacht und so erhielt ich von der Oberpriesterin des Athena-Tempels im Herzen der Altstadt die Einladung, am Hauptfest der Göttin mit meinen besten Schülerinnen im Chor mitzuwirken. Wenn auch diese Göttin weithin als Stadtherrin von Athen gilt und dort ihren größten Tempel besitzt, so wird sie doch in ganz Hellas verehrt, und zwar nicht nur als die Gewappnete und Kriegerische, sondern in ihrer Gestalt als Friedensbringerin, die uns Menschen den Gebrauch von Haus- und Ackergeräten lehrt. Dichtern, Rhetoren und Philosophen gilt sie als Göttin der Weisheit. Nicht zuletzt wurde sie in Syrakusa als Schutzherrin von Handel und Handwerk gesehen, sodass mein sonst eher sparsam angelegter Bruder Charaxos, nachdem er hier seine ersten Gewinne gemacht hatte, der Göttin eine großzügige Opfergabe darbrachte. Aus Verbundenheit zur alten Heimat feierte man auch hier das Hauptfest der Göttin im Hochsommermonat *metageitnion.*

Die Oberpriesterin ließ ihre Einladung von Myron überbringen, der aber – anstatt sie zu Hause an mich weiterzuleiten – bat mich nach einer Chorprobe im Zeus-Tempel zu sich, nicht ohne es schlüssig zu begründen.

»Ich wollte damit nicht bis zum Abend warten, auch weil es etwas eilt und du eine gewisse Zeit brauchst, die geeigneten Mädchen auszuwählen.«

Ich bedankte mich und wandte mich zum Gehen.

»Bleibe noch ein wenig, Sappho. Denkst du manchmal noch zurück an die Nacht der Dionysia? Für eine Frau muss es ein gewaltiges Erlebnis sein, als rasende Mainade hinaus in die Natur zu ziehen, eins werden mit dem Gott ...«

Sollte dies eine Anspielung sein? Ich ging zu meinem Stuhl zurück, blieb jedoch stehen.

»Was willst du hören? Du bist ein Mann und wirst niemals nachempfinden können, was dabei in einer Frau vorgeht.«

Er hob die Lider, sein dunkel leuchtender Blick hielt mich fest und ich setzte mich wieder.

»Wer weiß ... Ist dir die Legende bekannt, dass der Gott – wenn ihm danach zumute ist – sich beim Ausklang des Festes eine Gefährtin unter den Mainaden erwählt?«

»Ich habe davon gehört ...«

Es war die Stunde des Pan. Durch das nach Norden gelegene Fenster hörte ich das schläfrig ersterbende Lied der Vögel aus dem Uferdickicht des Kyane-Flusses. Die warme Luft trug Schwaden von fauligen Wasserpflanzen herein, ein seltsam erregender Geruch, der mir lähmend in die Glieder drang.

»Höchste Zeit für die Mittagsruhe ...«, sagte ich leise.

Myron lächelte. »Ich habe Pera fortgeschickt und gesagt, du probst gegen Abend weiter ...«

»Fortgeschickt ...?« Ich fand nicht die Kraft zu protestieren, blieb nur wie gebannt sitzen und starrte Myron an, als sei ich die Maus und er die Schlange.

»Hast du gewusst, dass ich es war, der in die Maske des Dionysos schlüpfte? Das Purpurkleid unter dem Mantel ...«

Etwas drängte mich zur Verstellung. »Nein – nein, das hättest du nicht gewagt.«

Er hob die Schultern. »Hast du sie wenigstens genossen, die Vereinigung mit dem Gott?«

»Was geht dich das an?«

Sein leises, melodisches Lachen klang durch den Raum. Andere Männer lachten dröhnend, scheppernd, wiehernd – er hingegen ... »Du hast Recht, warum solltest du eine so ungehörige Frage beantworten. Weißt du, dass uns etwas verbindet?«

Da ich schwieg, sprach er schnell weiter.

»Wir beide haben eine Lebensaufgabe, die uns ausfüllt. Mein Priesteramt beschäftigt mich auf eine Weise übers Jahr, dass nicht viel Zeit für anderes bleibt. Du bist dabei, ein poetisches Werk zu schaffen, das dich emporheben wird in die Reihe der großen hellenischen Dichter. Dein Name wird auch in tausend Jahren nicht vergessen sein, man wird dich die zehnte Muse nennen.«

»Du übertreibst ...«

»Das glaube ich nicht, andere werden übertrieben haben, als sie dich vor mir warnten. Freilich, es ist schon wahr, ich bin ein wenig ungestüm gewesen, wenn es darum ging, Frauen zu – zu gewinnen, aber, verzeih, wenn ich es sage – sie unterschieden sich in ihrer Art nicht allzu sehr. Frauen eben ... jüngere, ältere, schwarz- und braunhaarige, dazu einige blonde ... Du, Sappho, bist etwas Besonderes ...«

Ich hob matt eine Hand, um zu widersprechen, doch er fuhr fort: »Sage jetzt nichts, ich bleibe dabei, dass du etwas Besonderes bist. Die anderen waren das nicht – Frauen im Dutzend ... Wir beide haben also eine Aufgabe, die unsere Tage füllt, aber ist das genug, bleibt da nicht eine Lücke? Ja, verehrte Sappho, ich spreche nun davon, was allen Menschen gemeinsam ist und worauf sie – gewiss gottgewollt! – einen Anspruch haben, und damit meine ich, die Lust, die wir einander bereiten können, ganz gleich, ob Mann und Frau, Mann und Knabe, Frau und Mädchen. Wenn beide es wollen und beide dabei Erfüllung finden, dann geben die Götter ihren Segen dazu. Wie steht es mit dir? Du bist Witwe, bist scheinbar ausgefüllt mit deiner Aufgabe als Mutter und *poietria,* doch verlangt dich nicht wieder danach, was Dionysos dir in jener Winternacht gegeben hat? Lust, die den ganzen Körper durchdringt, süß und berauschend, die dich wolkenhoch emporhebt, dich für Augenblicke gottgleich macht. Auch darauf hast du einen Anspruch, denn nur essen und trinken, schlafen und wachen, lehren und dichten – nein, das ist nicht genug! Seit ich dich kenne, holde

Sappho, sind mir alle anderen Frauen nicht nur gleichgültig, sie sind mir leid geworden. Lüge ich? Nein, das schwöre ich hier im Angesicht von Zeus und Hera, den höchsten Göttern. Ihnen danke ich, dass sie dich hierher und in mein Haus geführt haben. Das kann nicht von ungefähr gewesen sein, ich spüre deutlich den Willen der seligen Götter und ich will, dass du ihn auch spürst – ich hoffe und wünsche es.«

Seine Worte waren in mich eingedrungen wie gut gezielte Pfeile, die nicht verletzen, sondern lähmen und willenlos machen. Er hat Recht, ging es mir durch den Kopf, natürlich hat er Recht. Das Zusammenleben mit einem Ehepartner ist nicht geeignet zu erfüllen, worauf jeder – ob Mann oder Frau, ob Freier oder Sklave – einen gottgewollten Anspruch hat. Das waren freilich nicht meine eigenen Gedanken, es war nur der Widerhall dessen, was Myron mir mit leiser, beschwörender Stimme vorgesagt hatte.

Dann saßen wir plötzlich in der kleinen, an sein Arbeitszimmer grenzenden Schlafkammer auf dem Bett und er hatte seine Arme um mich gelegt. Die Vorhänge aus dünnem Leinenstoff waren zugezogen und bewegten sich leicht in der hitzetrunkenen Luft. Hatte Myron mich aufgefordert, ihm hierher zu folgen? Hatte ich es aus eigenem Willen getan oder war ich von ihm getragen worden? Ich weiß es nicht. Meine Erinnerung setzt erst wieder ein, als wir auf seinem Lager saßen. War ich da schon nackt? Auch das weiß ich nicht mehr, aber es wird wohl so gewesen sein, denn er begann sanft und gründlich meinen Körper zu erkunden – streichelte, küsste, leckte meine Brustwarzen, bis sie hart wurden und sog daran wie ein Säugling, doch immer auf eine Art, die mir wohl tat. Fühlte er bei mir ein Zaudern, ein Zurückweichen, hielt er sofort inne und streichelte beruhigend meinen Rücken. Im Gegensatz zu den meisten anderen Männern war Myron am Körper völlig unbehaart – nicht von Natur aus, wie er mir später sagte, sondern durch das Schabmesser, das er regelmäßig gebrauchte.

Was ich jetzt sage, ist die Wahrheit, das schwöre ich bei Aphrodite, der seligen Göttin. Nach einiger Zeit wandelte Myron sich in Abanthis und versetzte mich zurück zu jenem Tag, da sie mich gelehrt hatte, dass Frauen keinen Mann brauchen, um sich – allein oder zu zweit – Lust zu bereiten.

War es Myrons liebevolle Zärtlichkeit, waren es seine glatte Haut oder das süß pochende Blut in meinem Schoß, das mich fühlen ließ, ich läge in den Armen von Abanthis? Ich sage »fühlen ließ« und nicht »glauben ließ«, denn – seltsam genug – ich wusste genau, dass ich in Myrons Schlafkammer lag, dass seine Hände es waren, die mich streichelten, dass sein Mund mich küsste, seine Zunge mich liebkoste.

Ich höre schon deine Frage, liebe Kleis, wie dies möglich sein konnte, da ein noch so zärtlicher, noch so glatthäutiger Mann ja schließlich einen Phallos hat, der sich in einer solchen Situation streckt und vergrößert, wobei er zwar – es herrschte Dämmerlicht – übersehen werden kann, aber doch fühlbar vorhanden ist. Ich kann nur sagen, dass es Myrons Geheimnis war, mich seine Männlichkeit so lange nicht fühlen zu lassen, bis mein Schoß sich öffnete und meine Hüften sich ihm wie von selbst entgegendrängten. Da war es dann nur ein sanftes, gewaltloses Ineinandergleiten, als wenn zwei Wolken am Himmel sich lautlos vereinigen. Auch vermied er es dabei, wie ein Bock zu rammeln, dass die Bettplanken ächzen – Kerkylas hielt das für sehr männlich –, sondern steigerte seine und meine Lust durch ein fast bewegungsloses Verharren. Da stand schier die Zeit still, in meinen Ohren rauschten Meereswogen, vor meinen Augen tanzten feurige Kreise einen bacchantischen Tanz.

Wann die Vorstellung, ich läge in Abanthis' Armen, wieder der Wirklichkeit Platz machte, kann ich nicht sagen, doch im Grunde wusste ich es ja. Als aber Myron aufstand und den Vorhang einen Spalt öffnete, löste sich das Trugbild vollends auf. Da hatte er schon einen knappen Lendenschutz angelegt, auch das gehörte zu seinen Eigenheiten. Ich habe niemals sein Geschlecht gesehen, doch das wird kaum eine Art Scham gewesen sein, sondern sein Bestreben – bewusst oder unbewusst –, auf geheimnisvolle Art androgyn zu erscheinen. Die wirkliche Lust, so sagte er, blühe nur auf im Dämmerlicht oder im Schutz der Dunkelheit. Frauen, die ihn als »schamlosen Wüstling« brandmarkten, plapperten nur nach, was sie von anderen ebenso Unwissenden gehört hatten. Myron war weder schamlos noch das, was man gemeinhin unter einem Wüstling versteht. Seine Art zu verletzen lernte ich erst später kennen. Sie war wie ein fein geschliffenes Messer, das tiefe Wunden schnitt, die sich lange nicht schließen.

Noch heute kann ich verstehen, dass viele Frauen seinen subtilen Verführungskünsten erlagen, und ich stehe – auch nach all dem Erlebten und Erlittenen – unbeirrt zu der Meinung, dass man lange, lange suchen muss, um einen Mann zu finden, der den weiblichen Körper so genau kennt, der so zart und einfühlsam damit umgehen kann und – das hat er mir selbst gesagt – nur Lust empfindet, wenn er welche gegeben hat.

Ich sehe dich deine glatte Stirn runzeln, meine liebe Kleis, und empört ausrufen: Nun singt sie auch noch Myrons Lob! So ist es aber nicht. Du wirst wissen, dass ich in meinen Liedern immer ohne Scheu ausgesprochen habe, was ich empfand – Freud oder Leid, Lust oder Schmerz und nicht anders soll es hier in diesem Lebensbericht sein.

Nochmals: Myron hat meinen Körper entflammt, meine Seele jedoch vor Bitterkeit erkalten lassen. Das ist wie mit den Münzen, die man heute prägt. Sie zeigen nicht nur – wie ihre ersten Vorgängerinnen – eine bebilderte Hälfte, sondern deren zwei. Da gibt es welche mit einer schönen und einer hässlichen Seite und die Götter hatten Myron so geformt.

So wurden wir ein Paar, doch nur eines verband uns: die Sprache der Körper. Unser Fleisch verschmolz zu einer lustvollen Einheit, doch niemals flossen unsere Seelen ineinander. Fast allem, was Myron sagte, begegnete ich mit Ablehnung, manches erregte meinen Widerwillen – etwa sein blasphemisches Beflecken der heiligen Stätte, denn im Tempelbereich durfte weder Mensch noch Tier sich paaren, durfte nicht geboren und nicht gestorben werden. Das hielt ich Myron vor und bestand darauf, er möge dafür sorgen, dass unsere Liebesstunden außerhalb des Tempels stattfänden. Ich erwartete seinen Spott, erhielt aber stattdessen eine gründliche Belehrung.

»Das wird leider noch immer missverstanden und ich kann

dir versichern, dass wir kein Sakrileg begehen. In Wirklichkeit lautet nämlich die Vorschrift: Im heiligen Tempelbereich darf weder gezeugt oder geboren noch gestorben werden. Könnte ich zeugen, so liefen in Syrakusa inzwischen Dutzende von meinen Sprösslingen herum. Doch hat es sich erwiesen, dass die Götter mich mit einem tauben Samen gesegnet haben. So bin ich fähig, den Frauen die reine Lust zu schenken und nichts als die Lust.«

Obwohl wir beide zu keiner seelischen Übereinstimmung fanden, betrachtete ich Myron bald mit den Augen einer nachsichtigen Geliebten. Selbst nicht vollkommen – nur unsterblich –, haben uns die Götter nach ihrem Bild als fehlbare Wesen geschaffen. Hatte Myron nicht auch gute Seiten? Er amtierte als gewissenhafter Priester, war als Liebhaber geduldig, einfühlsam und von behutsamer Zärtlichkeit. Wenn auch fast alle seine Ansichten über Leben und Welt sich von denen anderer Männer grundsätzlich unterschieden, so vertrat er sie doch mit rhetorischem Schwung und schwer widerlegbaren Gründen.

Mein Bild von ihm als gewissenhaftem Priester erhielt einige hässliche Flecken, als Myron mir bei einem unserer Treffen einen seltsamen Vorschlag machte.

»Hast du Lust, Zeus in eigener Person zu sehen?«

Ich hielt es für einen seiner ironisch-düsteren Scherze und gab zurück: »Nein, weil ich fürchte, dann in Flammen aufzugehen wie die arme Semele.«

»Dir wird nichts geschehen, das kann ich versprechen.« Er nahm mich bei der Hand und führte mich hinaus auf den Tempelhof. »Heute ist niemand da, das sollten wir nutzen ...«

Er ließ meine Hand nicht los, zog mich Widerstrebende die Stufen zum *peristylos* hinauf, aber als er den *pronaos* betreten wollte, versteifte ich mich.

»Da ist mir der Zutritt nicht gestattet – lass mich los, ich möchte zurück.«

Er lachte leise. »Mit einem Priester ist alles erlaubt. Du kannst ja danach ein Sühneopfer bringen, aber jetzt sei nicht feige und nutze die Gelegenheit.«

Warum ihn verärgern, dachte ich. Wenn ihm so viel daran

liegt … Schließlich ist es auch ein Zeichen des Vertrauens und der Verbundenheit, wenn er mich ins Allerheiligste führt. So folgte ich ihm in den *naos* und weiter in das fensterlose *adyton*, das nur den Priestern zugängliche Allerheiligste. Myron hatte eine kleine Fackel entzündet und sie beleuchtete eine etwa eineinhalb Fuß hohe Holzfigur, die schwärzlich glänzte, vom Alter zerfressen und kaum noch zu erkennen war. Er kicherte böse.

»Da – schau ihn an! Das ist der große Zeus, vor dem alle zittern. Er ist so morsch, dass man ihn kaum noch anzufassen wagt. Aber er ist heilig – heilig – heilig, o ja!«

»Aber – aber …«, stammelte ich, »was hat diese Statuette mit dem da oben, mit dem gewaltigen Olympier zu tun?«

Wir gingen hinaus, Myron löschte die Fackel und verschloss die mit Bronze beschlagene schwere Zedernholztür.

»Eine kluge Frage, die ich von dir erwartet habe. Dieses Stück Holz stammt von einer Eiche, in die Zeus vor vielen Jahren einen seiner Blitze geschleudert und sie zerspalten hat. Ein frommer Mann nahm von dem nun heiligen Baum ein Stück Holz und schnitzte diese urtümliche Figur. Das macht den Göttervater nicht kleiner, zeigt allerdings deutlich das Ungeschick der Menschen, Himmlisches zur irdischen Verehrung umzusetzen. Vermutlich werden die Tempel auf Lesbos in ihrem Allerheiligsten ähnliche Holzklötze aufbewahren. Aber es drängt die Menschen dazu, ihre Verehrung auf etwas Greifbares zu richten, anstatt nach oben zu blicken, wo nur Blitz, Donner und Sturm das Walten der Unsterblichen vor Augen führen, oder auf das Werden und Vergehen in der Natur.«

Er strich mir leicht über das Haar. »Dass ich mich auf dein Schweigen verlassen kann, das weiß ich. Es ist spät geworden, deine Dienerin wird dich draußen längst erwarten.«

Nicht dass ich dich in jener Zeit vernachlässigt hätte, meine goldlockige Kleis, doch ich war oft aus dem Haus und du hattest in Pera eine gewissenhafte Hüterin, die dich – auf meinen Wunsch – in sikulischer Sprache aufzog, was dir später kaum von Nutzen war, jedoch dein Verständnis für fremde Völker erweiterte.

Bis in den Herbst hinein hielt Myron an dem von ihm geschaffenen Bild fest: Ich sei die Frau seines Herzens, seine erste wahre Geliebte, eine Frau, die ihn körperlich und seelisch erfülle. In geistreicher, geschliffener Sprache sagte er noch mehr in dieser Art und festigte in mir den Glauben, wir seien das ideale Paar und Gründe für eine Trennung gebe es nicht.

Die ersten Zweifel an diesem schönen Bild kamen mir, als Pera mich in ihrem fehlerhaften, aber doch klar verständlichen Dorisch um eine Unterredung bat.

Ihr derbes, rundes, nicht unschönes Gesicht ließ noch an ein Kind denken, die ernsten Augen, die muskulösen Arme und ihr entschlossener, fest mit der Erde verbundener Gang nahmen jedoch schon die Frau vorweg, in die sie sich zu wandeln begann.

Ich deutete auf den Hocker, doch sie blieb stehen.

»Das gehört sich nicht!« Sie sagte es ernst und ein wenig belehrend und ich musste mir ein Lächeln verkneifen.

Einmal pro Dekade hatte ich ihr erlaubt, ihre im nördlichen Bergland lebende Familie zu besuchen. Ein Teil von ihr war als Landarbeiter, Handwerker und Hofgesinde in den Familien der *gamoroi* beschäftigt und da flossen natürlich allerlei Nachrichten zusammen. Ich wage sogar die Behauptung, dass diese Menschen besser über die Verhältnisse der verschiedenen Herrschaften unterrichtet waren als die Betroffenen selbst. Was erfährt man schon vom Nachbarn, wenn diese Menschen eisern schweigen und bei Besuchen so tun, als sei alles in bester Ordnung. Den Dienstleuten aber entgeht nichts, denn sie sind – so ist es hier der Brauch – ein Teil der Familie, mit zugegen, wenn geboren und gestorben wird, pflegen Kranke und sind in vieles eingeweiht. Natürlich verstehen diese Leute in der Regel zu schweigen, innerhalb der eigenen Familie werden jedoch Erfahrungen ausgetauscht, und wenn etwas davon nach außen drang, so wie jetzt, dann nur, weil Pera sich aus Treue mir gegenüber dazu verpflichtet sah. Sie sprach es deutlich aus. »Glaube nur ja nicht, *kyria*, dass ich geschwätzig bin und nicht eisern den Mund halten kann, doch da ich keinen Grund habe, dir böse zu sein, muss ich dir einiges verraten.«

Ich schwieg und nickte ihr nur ermunternd zu.

»Namen möchte ich nicht nennen, wenn du es erlaubst, aber einer meiner Vettern ist der Leibdiener eines Gutsherrn und der wiederum ist ein Mensch, der kein Blatt vor den Mund nimmt. Er hat sich beklagt, dass Myron neuerdings unter allerlei dummen Vorwänden bei ihm erscheint und der Frau des Hauses – sie ist noch ziemlich jung – derart um den Bart geht ...«

Ich musste laut lachen. »Die Dame hat also einen Bart?«

Pera verstand in solchen Dingen keinen Spaß. »So sagt man eben. Ich kann auch sagen, dass er ihr unter die Röcke will. Ständig lädt er sie zu seinen Festproben, wo doch jeder weiß, dass da in nächster Zeit gar nichts ansteht. Verzeih, was ich jetzt sagen muss. Dabei wurde auch erwähnt, Myron habe dich jetzt satt und halte nach neuen Opfern Ausschau.«

Ich musste leichenblass geworden sein und klammerte mich an der Lehne meines Stuhles fest. Auf seltsame Weise war es düster im Zimmer geworden und mich fröstelte. Mir blieb die Luft weg und ich musste drei Mal ansetzen, um zu stammeln: »Aber – aber – wer – wer weiß davon?«

Peras Augen weiteten sich vor Erstaunen und nun sah sie eher wie ein Kind aus. »Alle wissen es! Von mir nicht, X möge mich strafen!«

Das X schreibe ich für den mir nicht erinnerlichen Namen einer sikulischen Gottheit. Fast entschuldigend hob sie ihre kräftigen Hände und wiederholte: »Alle wissen es, weil es einfach nicht mehr zu übersehen ist. Ein Diener muss dich zum Tempel begleiten, muss warten, während du probst, muss warten, während du Dinge mit Myron besprichst – allein, in seiner eigenen Wohnung. Bei Tisch ist ihm zwar nichts anzusehen, doch deine schmachtenden Blicke werden bemerkt.«

»Und warum sagt niemand etwas? Jason, Thetis, warum stellen sie mich nicht zur Rede?«

»Weil es in der Familie bleiben soll, vielleicht auch, weil sie froh sind, dass Myron nicht wieder auf fremdem Grund wildert.«

»Und diese Frau, diese Gutsherrin – wer ist sie, lebt sie in der Nachbarschaft?«

»Mein Vetter hat keinen Namen genannt. Doch auch wenn ich ihn wüsste, müsste ich ihn dir verschweigen. Die meisten *gamoroi* strafen sehr hart; da genügt oft schon ein Verdacht.«

Ich gebe Peras Worte in einer Sprache wieder, die sie nicht beherrscht hätte, aber was sie sagte, war klar und unverstellt. Ich küsste sie auf die Stirn.

»Du hast richtig gehandelt, Pera. Ob es nur ein Gerücht ist oder der Wahrheit entspricht – ich werde der Sache auf den Grund gehen.«

Das tat ich dann doch nicht, weil ich fürchtete, Myron zu erzürnen. Ich schluckte mein Wissen hinunter und entwarf ein Gedicht, das die Qualen der Eifersucht zeigt. Er muss wohl gespürt haben, dass ich etwas verschwieg. Gewiss war für ihn diese Erfahrung nicht neu, doch es entsprach nicht seiner Art, mich geradehin zu fragen.

»Ich kann mir schon denken, um was es geht. Giftige Schlangen haben dir Gerüchte ins Ohr gezischelt, haben dich vor mir gewarnt, haben gesagt, ich sei wieder hinter anderen Frauen her. Ist es nicht so?«

Da konnte ich nur nicken. Er hob die Lider, sein dunkler Blick leuchtete vor Wärme und Zuneigung.

»Glaube ihnen nicht, Sappho – es ist nur der Neid. Sie wollen dich mir abspenstig machen, aus welchen Gründen auch immer. Gut, vielleicht sind es Frauen, denen ich früher Unrecht getan habe – mag sein. Doch ich versichere dir bei Aphrodite, der Herrin des Liebesverlangens, dass es keine Frau gibt noch geben wird, die dich auch nur im Geringsten ersetzen könnte.«

Und wieder bewies er es mir durch Geduld, Zartheit und einer Leidenschaft, die mich emportrug zu Liebeswonnen, wie ich sie früher nur einmal erlebt hatte – mit Abanthis. Von ihr muss jetzt die Rede sein, denn ihre Rolle war eine andere geworden. Hatte ich mich anfangs kaum gegen den Eindruck wehren können, sie sei es, die meinem Körper solche Freuden bereitete, so trat sie später mehr und mehr zurück, aber eines blieb doch. Wenn ich Myrons Umarmung erwiderte und seine glatte, samtige Haut fühlte, dann wehte mich der Hauch des Erinnerns an und entschwand in dem Augenblick, da Myrons

Phallos in seiner schmeichlerischen, fast verschämten Art in meinen Schoß glitt, wie eine Schlange, die in einer Höhle Geborgenheit sucht.

Dann kam der Winter und es gab – von den Dionysia abgesehen – keine Feste und deshalb auch keine Gründe, uns häufiger zu sehen. Myron flüsterte mir zwar bei jeder Gelegenheit zu, er freue sich schon auf den Frühling; sein Herz sei zu Stein erstarrt und nur ich könne es wieder beleben. Das hörte sich zwar gut und verheißungsvoll an, ich musste jedoch immer daran denken, was Pera mir erzählt hatte.

Ich begann mich wieder mehr mit meiner Dichtung zu befassen und holte dich, Kleis, so oft zu mir, dass Pera fast eifersüchtig wurde.

Mein Gedicht hatte ich vollendet und ich steckte es Myron zu, in der Absicht, ihn zumindest nachdenklich zu machen.

Scheinen will mir, er komme den Göttern gleich,
jener Mann, der neben dir sitzt – so nahe –
und dem süßen Klang deiner Stimme lauscht.
Du lachst ihm voll Liebreiz entgegen
und das lässt mein Herz vor Schreck erstarren.
Blicke ich dich flüchtig nur an,
so erstirbt mir die Stimme
und wie gelähmt liegt die Zunge,
fiebrig erschauert mir die Haut,
die Augen erblinden, ein Dröhnen braust in den Ohren,
der Schweiß bricht mir aus und
meine Glieder erzittern, fahler als trockene Gräser
bin ich, gleiche schon bald einer Toten …

Beim nächsten Treffen sprach ich davon, dass offenbar das ganze Haus über unsere Beziehung Bescheid wisse und es wohl besser sei, sie abzubrechen. Es kostete mich viel Kraft, dieses Wort auszusprechen, aber es war auch als Probe gedacht und ich beobachtete genau sein Verhalten.

»Natürlich weiß ich es, und da du es angesprochen hast, will ich ganz ehrlich sein. Jason hat mich zur Rede gestellt und mich davor gewarnt, dich, unseren verehrten Gast, derart zu missbrauchen. Von Missbrauch, so hielt ich ihm entgegen, könne hier nicht die Rede sein, wenn zwei erwachsene Menschen sich aus tiefer Neigung gefunden und zusammengetan hätten. Ich bot ihm an, mich mit dir dem Familienrat zu stellen, aber er und Thetis lehnten es ab. Es solle daraus kein Aufsehen gemacht werden ...«

»Es wird an dem Tag enden, da wir zur Heimkehr aufbrechen. Was hast du vor? Willst du mich heiraten und mit mir nach Lesbos gehen? Oder soll ich hier bleiben und du kannst mit Gattin und Tochter endlich eine Familie gründen? Wie hast du es dir gedacht?«

»Ich lebe nicht in der Zukunft, von der nur die Götter wissen, was sie bringt – ich lebe heute und jetzt.« Er schwieg, lächelte und wies auf das Regal mit den Schriftrollen. »Dein Gedicht hat dort einen Ehrenplatz erhalten. Es hat mich sehr angerührt, doch Grund zur Eifersucht gibt es keinen, glaube mir! Nenne mir den Namen jener Frau, die mir, wie du sagst, voll Liebreiz entgegenlacht? Nenne ihn mir, dann werden wir Hand in Hand vor sie treten und du wirst die Wahrheit erfahren.«

Ich sagte, es sei nur ein Gerücht, und was die Namen betreffe, so werde nur seiner genannt.

»Ein Gerücht also hat dein Herz beschwert, dich bitter gemacht? Sappho, ich hätte dich für klüger gehalten.«

Als ob Klugheit auf das Verhältnis von Liebenden auch nur den geringsten Einfluss besäße! Klug ist man immer erst hinterher ... Dieses Gerede ist bezeichnend für die meisten Männer, die glauben, man kann das Herz mit dem Kopf betrügen.

Was ich damals bereits ahnte, wurde mir bald zur Gewissheit: Myron folgte seiner Begierde, doch Liebe kannte er nicht. Er war von Priapos besessen und er sah sein anmaßendes Ziel darin, alle ihm erreichbaren Frauen zu beglücken. Für ihn bedeutete das, ihnen Lust zu bereiten, und er wusste sehr wohl, dass er diese Kunst beherrschte wie kaum ein anderer Mann.

Nicht nur einmal war ich nahe daran, ihm von Abanthis zu erzählen, ihm den Wahn auszutreiben, es bedürfe eines Phallos, um Frauen in Liebesekstase zu versetzen. Ja, ich hätte es tun sollen, aber jedes gelebte Leben besteht auch darin, vermeintlich oder tatsächlich Notwendiges nicht getan oder gesagt zu haben.

Der Frühling zog auf Blütenschwingen ins Land, Helios verweilte mit seinen schnellfüßigen, feuerschnaubenden Flügelrossen jeden Tag etwas länger am Himmel und ihr heißer Atem verscheuchte die Wolken.

18

Fast mit jedem Schiff kamen Nachrichten aus der Heimat und schließlich auch diese: Pittakos habe sich durch eine Volksabstimmung auf zehn Jahre zum *tyrannos* wählen lassen. Ein Händler, den Charaxos flüchtig kannte, überbrachte uns die Neuigkeit. Der Mann fuchtelte vor Begeisterung mit den Händen.

»Ich war bei der Abstimmung zugegen und ich kann euch nur sagen, sie war so gut wie einstimmig und derart von Jubel erfüllt, dass sich Pittakos verschämt zurückzog. Ich verstehe eure Zweifel, weiß, dass ihr allen Grund habt, verbittert zu sein. Pittakos hat euch und andere um des lieben Friedens willen verbannt, doch gleich nach seiner Wahl öffentlich verkündet, er bereite eine Amnestie vor. Hätte er es nicht vor aller Welt gesagt, so würde auch ich Bedenken anmelden. Aber so könnt ihr mit Sicherheit darauf hoffen, dass mit dem nächsten oder übernächsten Schiff die Bestätigung eintrifft.«

Diese Nachricht wurde von uns Exilanten unterschiedlich aufgenommen.

Kamon atmete auf. Er hatte schon mehrmals davon gesprochen, für ihn sei es das Schlimmste, in der Fremde sterben zu müssen, und bei seinem fortgeschrittenen Alter konnte ich das gut verstehen.

Auch Charaxos freute sich. Hier könne er auf die Dauer keine wirklich guten Geschäfte machen, denn der Weg von Sikulia nach Aigyptos sei fast doppelt so weit wie von zu Hause. In der hellenischen Stadt Naukratis aber ließen sich – mit Billigung des Pharaos – Geschäfte machen wie nirgends sonst.

Larichos maulte. Nun habe er sich gerade eingelebt und Freunde gewonnen und dann werde er aus all dem weggerissen wie ein Kind von der Mutterbrust.

Charaxos grinste. »Ich weiß natürlich, was dein etwas ungeschickter Vergleich aussagen soll. In Wahrheit meint er die schönen Brüste der Hetären, die im Haus hinter dem *gymnasion* auf feurige junge Männer warten. Aber so etwas gibt es in Lesbos auch, sei dessen versichert.«

Larichos errötete. »Wie genau mein Bruder Bescheid weiß! Ein Glück, dass wir uns dort nicht begegnet sind.«

Und wie verhielt ich mich? Seltsam, so will es mir heute erscheinen.

Ich lief in die *gynaikonitis,* riss der erschreckten Pera meine Tochter Kleis aus den Armen und küsste sie wie wild ab.

»Du wirst bald deine Heimat kennen lernen, mein Goldlöckchen! Es wird dir dort gefallen!«

Ich stammelte noch mehr solch unsinniger Worte, denn dir, Kleis, konnte die ferne Heimat nichts bedeuten. Nicht, wo man geboren wird, ist wichtig – das Entscheidende ist, wo man aufwächst. Du warst damals gerade drei geworden und hast mich gleich mit Fragen überfallen. Was das bedeute – Heimat, ob du auf einem Schiff fahren dürftest und ob Pera mitkäme?

Die hatte unterdessen zu schluchzen begonnen und mir fiel plötzlich ein, dass dies auch eine Trennung von Myron bedeuten würde, und so heulte ich gleich mit. Dann versuchte ich, Pera zu beruhigen.

»Das heißt schließlich nicht, dass wir morgen schon abreisen werden oder im nächsten Monat. Wir müssen zuerst noch die *adeia* abwarten, dann erst dürfen wir an eine Heimreise denken.«

Pera hob den Saum ihres *chiton* und schnäuzte sich gründlich. »Was ist das – eine *adeia?*«

»Da wird jemandem die Strafe erlassen, und wenn er wie wir verbannt worden ist, dann darf er zurückkehren.«

»Gut, mag der Tag auch noch fern sein, aber er wird kommen – und – und Kleis braucht mich – und – und ich brauche Kleis ...«

»Auch ich würde dich sehr vermissen, Pera, bist mir fast etwas wie eine zweite Tochter geworden ...«

Da zog sie eine grimmig-entschlossene Miene und stieß hervor: »Dann nimm mich doch mit!«

In jenen Tagen zog ich den Gedanken, wegen Myron hier zu bleiben, noch ernsthaft in Erwägung und so sagte ich leichthin: »Wer weiß? Ich glaube nicht, dass wir uns trennen müssen. Sollte ich jedoch nach Lesbos zurückkehren, dann kann und will ich nicht verlangen, dass du dich von deiner Familie trennst.«

»Was habe ich davon, dass ich hier bleibe? Man wird mir eine andere Arbeit zuweisen, vermutlich eine schwere, weil ich kräftig bin. Dann kann ich mir draußen auf den Feldern die Seele aus dem Leib schuften, und wenn es einem der Herren gefällt, so zwingt er mich in sein Bett und wirft mich beizeiten wieder raus – ganz wie es ihm gefällt. Keine verlockenden Aussichten, *kyria.*«

»So werde ich dich eben freikaufen! Du kannst dann wieder als *trophos* arbeiten, kriegst einen Lohn, wirst dir eine Mitgift zusammensparen ...

»Kinder wechselt man nicht wie Kleider«, sagte sie altklug, »und für Kleis ist es nicht gut, plötzlich ein fremdes Gesicht ertragen zu müssen. Wie es auch kommt, *kyria,* ich bitte dich von Herzen, dafür zu sorgen, dass es bleibt, wie es ist.«

»Ach, Pera, dass ein Zustand anhält, wünscht man sich nur, wenn er angenehm ist. Wer auf irgendeine Weise leidet, sei es durch Krankheit oder den Verlust geliebter Menschen, der sehnt sich nach Gesundung, nach Vergessen. So oder so – die Dinge sind in einem stetigen Wandel begriffen, auch der Mensch. Wir werden älter, aus dir wird bald eine Frau, eine Gattin, eine Mutter. Kleis wird heranwachsen und ich wünsche mir nur, sie so lange wie möglich dabei begleiten zu dürfen. Aber die Moiren spinnen unseren Lebensfaden nach ihrem Ermessen, und wenn Atropos ihn jäh abschneidet, müssen wir uns fügen.«

Pera schaute mich verwirrt an. »Das verstehe ich nicht ganz ... Hast du vom Tod gesprochen?«

»Ja, Pera. Sterben ist etwas Schlimmes, das haben die Götter so entschieden. Denn müssten sie selbst sterben, wäre es gewiss etwas Schönes.«

Pera seufzte schwer. »Daran müssen wir jetzt nicht denken, doch ich flehe dich an: Lass uns drei beieinander bleiben!«

Ich nickte nur, küsste Kleis und ging hinab in den Garten, um mein aufgerührtes Gemüt zu beruhigen.

Es war die Zeit der wilden Rosen, die Thetis in einem besonderen Beet zog, um zu den jeweiligen Götterfesten mit Blumenspenden beizutragen. Ihre Farben wechselten von Zartrosa bis zum kräftigen Rot. Einige davon waren so dunkel geraten, dass ihre Farbe geronnenem Blut glich.

Da hörte ich Stimmen und sah Myron mit dem Gärtner sprechen, wobei es offenbar um etwas Heiteres ging, denn beide lachten: Myron auf seine gepflegte, kurze und wohlklingende Art, während der Gärtner kollerte wie ein Truthahn.

Ich ging in einen Bogen zum Haus zurück, Myron sah mich jedoch. Er rief mich an, ich blieb stehen und wandte mich um.

»Verzeih, dass ich dich störe, aber ich habe dir etwas mitzuteilen, das nicht für alle Ohren gedacht ist.«

Ich erschrak. Wenn Myron etwas sagte, geschah mir das häufig, weil ich fürchtete, seine Worte könnten mich verletzen, aber er war kein Mensch, der mit geschwungenem Beil angriff. Er bevorzugte die feinen Nadelstiche – so fein oft, dass ich erst nachher erkannte, wie viel Spott oder Beleidigung sich dahinter verbargen.

Der späte, hitzetrunkene Nachmittag ging schon in den Abend über, von den Bergen kam ein leiser, kühler Wind und so setzten wir uns auf eine nach Norden gerichtete Gartenbank im Schatten einer alten, verkrüppelten Steineiche.

»Es geht um deine Tätigkeit als *choregis*, die man gar nicht genug loben kann. Da stimme ich übrigens mit den anderen Priestern völlig überein, was sonst nicht immer der Fall ist.«

Er lachte leise in sich hinein und strich nachdenklich über seinen kurz geschnittenen Bart, sodass ein kratzendes Geräusch zu hören war. Dann hob er die Lider und sein dunkel leuchtender Blick hielt mich fest.

»Es ist nur so, dass das Amt einer Chorführerin nach altem Brauch von einer Frau aus unseren Kreisen ausgeübt werden muss. Als deine Vorgängerin starb, konnte ich das Priesterkollegium überreden, dieses Amt dir zu übertragen, allerdings nur unter der Bedingung der Vorläufigkeit. Das habe ich dir doch damals gesagt?«

»Ja – nein, ich weiß nicht mehr ...«

»Wie dem auch sei, jetzt bewirbt sich eine frisch gebackene, von Langeweile gequälte Witwe aus den besten Kreisen darum und meine Kollegen haben mich an die damals gestellte Bedingung erinnert. Da du ja ohnehin in nächster Zeit nach Lesbos zurückkehren wirst, verliert dieser Wechsel für dich an Bedeutung – nehme ich an?«

Mir war, als kämen seine Worte wie eiskaltes Wasser über mich, und frierend zog ich meinen *peplos* enger. Doch sein letzter Satz hatte immerhin fragend geklungen.

»Du sprichst, als könntest du es kaum noch erwarten, dass ich dein Haus verlasse. Hast du nicht immer davon gesprochen, dass uns geistige wie körperliche Fesseln so fest aneinander bänden und es keine Frau gebe, die mich auch nur im Geringsten ersetzen könnte?«

Seine Lider sanken, sein Gesicht verriet keine Regung.

»Habe ich das gesagt? Man redet viel, die Stimmungen wechseln ... Wenn ich es gesagt habe, dann war es in jener Stunde auch so gemeint. Doch die Zeit fließt dahin und wir ändern unser Ansehen, unsere Lebensgewohnheiten, unsere Ansichten ...«

Ich suchte nach einer Antwort, aber von drinnen hörten wir den weithin hallenden Gongschlag unseres *tamias,* der in Abständen noch zwei Mal wiederholt wurde. Wer dann nicht am Tisch saß, musste auf die Abendmahlzeit verzichten, falls er dem Gesinde angehörte. Für die Herrschaften galt dies freilich nicht.

Myron ließ mir den Vortritt, wohl auch um zu vermeiden, dass ich ihm Fragen zuflüsterte. Nach der Mahlzeit gab er der Familie bekannt, dass ich – auch im Hinblick auf unsere Rückkehr – gebeten habe, mich vom Amt der *choregis* zu entbinden, das – wie er gleich hinzufügte – ohnehin nur zeitlich befristet gedacht war.

Larichos, der wohl als Einziger ahnte, was mir diese Aufgabe bedeutet hatte, und der auch ein loses Mundwerk besaß, platzte heraus: »Solange Sappho hier ist, hättet ihr sie schon in diesem Amt lassen können. Dein Einfluss aufs Priesterkollegium ist wohl doch nicht so groß, wie du es vorgibst.«

Er war aufgestanden, und wären seine wütenden Blicke Messer gewesen, so hätte Myron diesen Tisch nicht lebend verlassen. Er blieb jedoch gelassen und hob nur leicht die Schultern. Kamon schüttelte mahnend den Kopf.

»Larichos, du vergisst wieder einmal, dass wir hier Gäste sind! Myron hat gewiss sein Bestes getan, um deiner Schwester zu helfen, doch es gibt nun einmal Situationen, die wir nicht ändern können; im Übrigen kann es mit unserer Rückkehr sehr schnell gehen und dann hätte Sappho kaum noch Zeit, ihre Nachfolgerin einzuarbeiten.«

Ich schaute Myron an. »Wird das gewünscht?«

Er hob den Kopf, schaute mich dabei jedoch nicht an. »Ich kenne die Dame nicht näher – ich glaube, sie heißt Antiope. Werde aber fragen, ob sie Hilfe braucht.«

Ich hätte gleich ablehnen sollen, hegte aber wohl im Geheimen die Hoffnung, auf diese Weise Myron wieder treffen zu können. Anstatt meinen Verstand zu gebrauchen und mir nüchtern einzugestehen, dass unser Liebesband – das ohnehin nur einseitig gewesen war – durchschnitten und nicht mehr neu zu knüpfen sei, zögerte ich die leidige Geschichte noch über Gebühr hinaus. Wäre man nicht nur hinterher, sondern zur rechten Zeit so klug, alles im Leben richtig zu machen, dann würde es in der Welt der langweiligen Richtigmacher sehr eintönig zugehen. Das sage ich nicht nur zu meinem Trost – daran glaube ich.

Myron ließ sich Zeit, und erst als ich ihn unter vier Augen ansprach, bequemte er sich zu dem Eingeständnis, es habe sich noch keine Gelegenheit gefunden, mit Antiope zu sprechen. In der heißen Jahreszeit wolle man den Mädchen die Proben nicht zumuten, das müsse ich doch wissen.

Sofort stand mir das Bild unserer ersten Begegnung in seiner Priesterwohnung vor Augen. Das war im Hochsommermonat *metageitnion*, als Myron mich nach der Chorprobe unter einem Vorwand zu sich lud. Vom Fluss her kam der faulige Geruch von verwesenden Wasserpflanzen und um die Stunde des Pan erstarrte die Luft in lähmender Hitze …

»Das habe ich anders in Erinnerung. Wird nicht in zwei Dekaden das Fest der Athena gefeiert? Haben wir unseren Liebesbund nicht in einer Zeit geknüpft, da das feurige Schnauben der Rösser des Helios am stärksten zu spüren ist? Du kannst das doch nicht alles vergessen haben!«

Myron erhob sich von der Gartenbank und dehnte seufzend seine Glieder.

Vielleicht habe ich mich getäuscht, doch ich glaubte in seinem sonst immer beherrschten Gesicht etwas wie Überdruss, vielleicht sogar Ekel zu erkennen.

Er gähnte. »Ja, kann schon sein. Jedenfalls werde ich mit Antiope reden, dann wird sich vielleicht ein Treffen ergeben.«

Myron war mehr und mehr zu einem glitschigen Fisch geworden, der einem entgleitet, sobald man ihn fassen will.

Von da an beschloss ich, zu schweigen und alles ihm zu überlassen. Das war nun auch die Zeit, da ich mich zu lösen begann – von Myron, von Syrakusa, von unserer Gastfamilie –, und ich redete mir ein, dass es nun nichts mehr gab, das mich noch festhalten könnte. Bei Jason klopfte ich behutsam wegen Peras Freilassung an, doch es bedurfte nicht vieler Worte.

»Da ersparst du mir die Mühe, über ein Abschiedsgeschenk nachgrübeln zu müssen. Freilich ist es hier zu Lande üblich, den Verkauf eines Sklaven von seinem Einverständnis abhängig zu machen, und ich finde das richtig.«

»Pera will mit mir und Kleis nach Lesbos gehen. Sie hat mich mehrmals flehend darum gebeten, dies möglich zu machen. Ich glaube nicht, dass sie ihre Meinung inzwischen geändert hat.«

Die Schenkung ließ Jason im *prytaneion* von Syrakusa amtlich machen, zugleich mit Peras Entlassung in die Freiheit durch mich und mit Einverständnis meines Onkels Kamon, dem Oberhaupt unserer Familie.

Dann kam die große Überraschung. Einige Tage nach dem letzten Gespräch mit Myron meldete Pera, eine Dame namens Antiope bitte, mir einen Besuch machen zu dürfen. Ihre Familie, flüsterte mir Pera zu, sei weithin bekannt und sehr einflussreich. Als eine der wenigen *gamoroi* seien sie in ihrem alten Haus im Herzen von Syrakusa geblieben. Sie schloss mit den Worten: »Diese Menschen sind bei den Dienstleuten nicht beliebt, gelten als streng, geizig und hochnäsig. Nur damit du Bescheid weißt ...«

Aufs Erste machte Antiope keinen solchen Eindruck. Sie mochte etwas älter sein als ich und schon ihrer sehr hellen, mit kostbaren Ölen gepflegten Haut war die vornehme Herkunft anzusehen. Ihr Gesicht war hübsch, aber nicht schön zu nennen. Alles war ein wenig zu regelmäßig – die Nase weder lang noch kurz, die Augen weder groß noch klein, die Haare weder hell noch dunkel, der Mund allerdings wirkte verkniffen und war etwas schmal geraten. Ihre Augen blickten seltsam leblos, als wären sie unfähig, eine Regung zu zeigen.

Sie begrüßte mich mit einer emphatischen Umarmung, wobei ich ein teures Duftwasser roch, das sie etwas zu reichlich verwendet hatte. Sie nannte mich »liebe Schwester« und ich war schon nahe daran, sie nach dem Grad unserer Verwandtschaft zu fragen, unterließ es dann doch.

»Es tut mir ja so Leid, dass ich dir das Amt der *choregis* wegnehmen musste, doch du kommst ja selbst aus einer Adelsfamilie, kennst also die bei uns herrschenden strengen Bräuche und Sitten. Myron meint, dass dir diese Entwicklung sogar willkommen sei, denn deine Familie bereite sich zur Rückkehr nach Lesbos vor, und schließlich hast du ein dichterisches Werk zu schaffen. Ach, wie beneide ich dich!«

Sie verdrehte dabei ihre kalten, blicklosen Augen, was etwas befremdlich wirkte. Ich musste gleich an die Opferszenen im Tempel denken, wenn der *mageiros* dem gottgeweihten Tier die Kehle durchschnitt. Besonders die Schafe verdrehten dann auf ähnliche Weise ihre Augen ...

Heute finde ich einen solchen Vergleich ungehörig, doch nicht immer lässt der Gedankenstrom sich in eine bestimmte

Bahn lenken, sondern schert manchmal in eine ungewollte Richtung aus.

»Du brauchst mich nicht zu beneiden, verehrte Antiope. Versuche einfach, selbst deine Erfahrungen und Erlebnisse in dichterische Form zu bringen. Wer weiß, vielleicht steckt der künftige weibliche Homeros in dir.«

Entweder sie überhörte meinen Spott oder sie erkannte ihn nicht. Ernst schüttelte sie ihren mit einem kostbaren, fast durchscheinenden Tuch bedeckten Kopf.

»Nein, nein, meine Liebe. Mag es hier in den hellenischen *apoikiai* in manchem etwas lockerer zugehen, so haben wir doch über das, was für Frauen schicklich ist, unsere festen Begriffe. Lieder und Gedichte zu verfassen gehört nun einmal in die Welt der Männer.«

»Stesichoros war da anderer Meinung ...«

Wieder verdrehte sie ihre Augen. »Ach – Stesichoros ... Das ist schon ein ganz Besonderer.«

»Der viel für Frauen übrig hat – meinst du das?«

»Ja, das auch. Doch jetzt zum Naheliegenden. Myron hat bei mir angefragt, ob ich dich zur Einarbeitung in meine neue Aufgabe brauche. Das ist schwer zu beantworten ... Ich bin als junges Mädchen – wie die meisten von uns – gründlich in Gesang, Tanz und an Musikinstrumenten ausgebildet worden, aber ob es hinreicht, diese Kenntnisse an die Jugend weiterzugeben? Vielleicht brauche ich dich doch ...«

Mein Misstrauen war damals noch nicht so weit fortgeschritten, dass ich annehmen musste, aus ihr spräche Myrons Stimme.

»Das hast allein du zu entscheiden.«

Sie tat, als müsse sie nachdenken. »Einmal solltest du schon dabei sein. Mir liegt so viel an deinem Urteil, liebe Schwester.«

Es dauerte nicht lange, dann wurde ich etwa zur vierten Tagesstunde in den Tempel gebeten. Von einem Diener begleitet, ritt ich auf meinem Maultier am Ufer des Kyane entlang, doch meistens war der träge dahinströmende Fluss nicht zu sehen, da ich wegen des morastigen Bodens Abstand halten musste und ein dichter Schilfgürtel die Sicht versperrte. Der zuerst klare Himmel hatte sich nach Sonnenaufgang mit schweren, dunklen Wolken bedeckt, die dort oben standen wie schwarze Stiere auf einer Weide und sich kaum bewegten. Aus der Hitze war eine drückende Schwüle geworden, die uns umfing wie ein schwer lastendes Gewand.

»Das sieht nach Gewitter aus«, bemerkte mein Begleiter, »zum Glück sind wir gleich da.«

Ich blickte nach vorn und sah über dem Grün der Bäume den bunt bemalten Tempelgiebel schweben, als hätte er sich von der Erde gelöst. Das Heiligtum war von einem *kyparitton* umgeben, dessen dunkel flammende Bäume es umstanden wie martialische Wächter. War der Chor vollzählig zu einer Generalprobe versammelt, so fand diese im Vorhof des Tempels statt, ging es nur um Übung und Unterricht, dann traf man sich in der Halle des großen Gästehauses, wie auch diesmal.

Antiope schritt mir gemessen entgegen. Ihr Gang war tadellos, nicht einmal Abanthis hätte daran etwas auszusetzen gehabt. Mich störte nur eine kaum spürbare Steifheit – etwas Gewolltes und Gezwungenes. Aber vielleicht täuschte ich mich auch und ich sah diesen Fehler hinein, weil ich es wollte und diese Frau nicht mochte.

Schüchterne Zurufe begrüßten mich und eine ganz Vorlaute schwang sich zu der Frage auf, ob ich nun wieder unterrichten werde. Ich zögerte, schaute Antiope an, bemerkte, wie in ihre blicklosen Augen etwas Leben kam. Sie nahm mir die Antwort ab.

»Nein, meine Lieben, denn Sappho wird sich heute von euch verabschieden. Sie kehrt bald in ihre Heimat zurück und da bedarf es noch vieler Vorbereitungen. Heute wird sie dem Unterricht beiwohnen – macht mir also keine Schande.«

Es hätte meiner Gegenwart nicht bedurft, denn Antiope hatte längst das Ruder an sich gerissen, doch sie vermied es, mir die Art ihres Lehrens vorzuführen. Sie ließ der Reihe nach von den besten der Schülerinnen Lieder allein oder in kleiner Chorgemeinschaft vortragen, auch ein Wechselgesang wurde geboten. Daran war gewiss nichts auszusetzen und so blieb mir nur, mich zu verabschieden. Dass dabei einige der Mädchen in Tränen ausbrachen, übersah Antiope geflissentlich. Danach entließ sie ihre Schülerinnen, und als die letzte draußen war, sah ich Myrons Gestalt an der Tür auftauchen. Er begrüßte uns höflich, sagte, es werde wohl gleich zu regnen beginnen und wenn ich mich beeile, würde ich noch einigermaßen trocken nach Hause kommen. Er hob die Lider, lächelte und es erschien mir wie ein grausames Zähneblecken.

»Du als ihre Vorgängerin wirst verstehen, dass ich mit Antiope viel zu besprechen habe. Jedenfalls danke ich dir von Herzen für deine wertvolle Mitwirkung an der Ausbildung unserer Mädchen. Antiope wird dir nach Kräften nacheifern, nicht wahr?«

Sie nickte und sagte steif: »Nicht in allem, doch in vielem.«

Dann gingen sie nebeneinander hinaus und ich stand da wie eine mit heiligem Wasser übergossene Ziege, von der man erwartet, dass sie ein Zittern überkommt. Ja, auch ich zitterte – vor Zorn, Wehmut, Trauer, Enttäuschung. Eifersucht empfand ich keine, denn Antiope – so sagte ich mir – war für Myron ein gewaltiger Abstieg in den Bereich der Gewöhnlichen und Gemeinen. Vielleicht habe ich Antiope damit Unrecht getan – wer kann das wissen? Damals empfand ich es so und ich sehe keinen Grund, jetzt diese Meinung zu wechseln.

Von da an vermied ich es, an Myron das Wort zu richten, ihm auch nur einen Blick zu schenken. Dann blieb er für einige Tage weg und ich war froh, bei den Abendmahlzeiten nicht mehr an ihm vorbeischauen zu müssen. Mein Verhalten ist sicher bemerkt worden, doch niemand – nicht einmal Larichos – äußerte sich dazu. Dann kam Myron zurück, und als abends der Tisch abgeräumt und die Becher leer getrunken waren, erhob er sich.

»Da nun abzusehen ist, dass die verehrte Sappho uns bald ihrer Gegenwart beraubt, möchte ich nicht versäumen, eines ihrer Gedichte vorzutragen. Zwar ist es mir gewidmet, doch große Dichtung hat einen Anspruch darauf, jedermann bekannt zu werden. Ich käme mir fast vor wie ein Dieb, würde ich es nur für mich behalten und wegschließen wie einen Schatz. Eine Kostbarkeit ist es allemal, aber ich brächte es nicht übers Herz, es meiner Familie vorzuenthalten.«

Dann suchte er meinen Blick, den ich zornig erwiderte.

»Deine Einstellung ist erbärmlich, deine Worte sind falsch und hinterhältig. Doch du musst wohl deiner Natur gehorchen, so wie ein Hund nur hündisch sein kann und eine Ratte nur gefräßig und widerlich.«

Kamon wollte gerade den Mund öffnen, doch Myron kam ihm zuvor.

»Wenn man im Familienkreis nicht sagen dürfte, was man denkt – wo denn sonst? Du hast es nun gesagt und ich werde mein Versprechen einlösen.«

Er zitierte die Verse aus dem Kopf, ausdrucksvoll und mit guter Betonung. Es kam kein Beifall und Thetis hob die Tafel schnell auf. Etwa einen Monat später legte ein Schiff an, das die ersehnte Nachricht brachte. Nach über drei Jahren war unserer Familie die Strafe erlassen worden und Pittakos ließ ausrichten, er freue sich über unsere Rückkehr.

Mein Onkel Kamon nahm sofort Verbindung mit Schiffseignern auf und die Überfahrt wurde auf den Beginn des Monats *pyanepsion* gelegt, vorausgesetzt, der *notos* – ein im Frühjahr und Herbst wehender Südwind – sei dann schon kräftig genug. Da wir nach Osten fuhren, war der *nauarchos* zum Kreuzen gezwungen, das heißt, er musste die zeitraubende Mäanderlinie einhalten, sonst hätte uns der Südwind nach Norden getrieben.

19

Wie ich die Zeit bis zu unserer Abreise hinbrachte, ist mir entfallen. Ich weiß nur noch, dass ich alles bisher Geschriebene auf Wert und Eignung prüfte, wobei so mancher Papyros ins Feuer wanderte.

Larichos, der immer als Erster – und meist als Einziger – ahnte, wie mir zumute war, bemühte sich, mich aufzuheitern, etwa wenn er versuchte, mir das Kottabos-Spiel beizubringen. Es wäre kaum einer Erwähnung wert gewesen, hätte es nicht während der Zeit unseres Exils das Meer überquert, um das alte

Hellas in wenigen Monaten für sich zu erobern. Da nur Männer imstande sind, etwas so Einfältiges zu ersinnen, war dieses Spiel den *symposia* vorbehalten und meist dann, wenn die Herrenrunde schon angeheitert war. Es steht aber außer Frage, dass es hier auf Sikulia entstanden ist. Dieses Spiel erforderte eine gewisse Geschicklichkeit und bestand darin, die Neige aus einer Weinschale durch schnelle Drehung herauszuschleudern, um damit ein bestimmtes Ziel zu treffen. Das konnte entweder eine Metallscheibe sein, die lose auf einem Ständer lag – fiel sie dabei herab, war es ein besonderer Erfolg –, oder auch in einer großen Schale schwimmende winzige »Schiffchen«, die es zu versenken galt. Wir versuchten es sogleich, wobei Larichos fast immer der Sieger blieb, weil er geübt war und dafür auch den gebührenden Ernst aufbrachte.

Sehr gefreut hat mich der Besuch einiger meiner früheren Schülerinnen, die sich mit der schonungslosen Offenheit der Zwölf- bis Vierzehnjährigen – sie kennt keine Zwischentöne, etwas ist nur gut oder böse – über die Lehrweise der Antiope beklagten. Sie sei zu barsch, zu ungeduldig und habe sogar schon Ohrfeigen ausgeteilt. Dazu möchte ich sagen, dass Abanthis zwar stets ein Stöckchen in der Hand hielt, um damit die Körper- und Beinhaltung der Tänzerinnen zu korrigieren. Mag sie dabei manchmal recht derb auf Rücken oder Hüften geklopft haben, so artete dies niemals in strafweises Prügeln aus und jemandem ins Gesicht zu schlagen hätte sie empört abgelehnt. Wenn Jungen im schwierigen Alter zwischen zehn und vierzehn manchmal – wie Kamon spöttisch bemerkte – eine Tracht Prügel geradezu herbeisehnen, so halte ich das bei der Mädchenerziehung für falsch. Es gibt eine Reihe feinerer Methoden, um zu strafen, ohne dabei die Scham der jungen Mädchen zu verletzen, aber dennoch das pädagogische Ziel zu erreichen. Antiope wählte den einfacheren Weg und schlug zu, womit sie gerade das Gegenteil erreichte. Da werden die Mädchen störrisch und verweigern sich, was ja letztlich doch wieder auf die Lehrerin zurückfällt.

Der *notos* setzte dann bei Herbstanfang pünktlich ein, sodass unserer Abreise nichts mehr im Wege stand.

Charaxos hatte es durchgesetzt, dass unser Schiff – je nach Wind und Strömung – entweder auf Kreta oder Kypros eine Zwischenlandung einlegte, denn er wollte von dort, unter Einsparung des halben Weges, gleich nach Aigyptos weiterreisen. Der Geschäfte wegen, wie er sagte, und vielleicht auch, um Alkaios zu treffen, der dort sein Exil verbrachte und nicht gesonnen schien zurückzukehren, solange der ihm verhasste Pittakos die Tyrannis innehatte. Mein Bruder sagte jedoch nur die halbe Wahrheit. Die ganze kam erst später ans Licht und hat unsere Familie lange und schmerzlich beschäftigt.

Es kam alles so, wie vorhergesehen: Der *nauarchos* kreuzte und wendete nach Westen, während der steife Südwind bestrebt war, uns nach Norden zu treiben. Das aber durfte er erst nach Rhodos, wenn Lesbos genau in nördlicher Richtung lag. Nicht erwartet hatten wir eine starke Flaute, die uns in der Höhe von Kreta zum Stillstand verdammte.

Dies ist nun der Augenblick, über meine Dienerin Pera zu reden, die während der ganzen Überfahrt unablässig mir unbekannte Gottheiten anrief. Während dieser Flaute erzählte sie mir vom zweiten Beweggrund, der sie zum Entschluss dieser Reise brachte. Der erste – darauf bestand sie – waren Kleis und ich, doch da gab es noch etwas. Es ist nämlich außergewöhnlich selten, dass Sikuler sich von ihrer Heimat trennten. Man wird in Hafenstädten unseres Meeres so gut wie keine Händler, Arbeiter oder Sklaven aus Sikulia finden. Ich werde diese Tatsache kurz erläutern.

Als unsere hellenischen Kolonisten sich im Laufe etwa eines halben Jahrhunderts auf Sikulia niederließen und dort einige Dutzend Städte gründeten, geschah dies meist kampflos. Das ist sehr ungewöhnlich, denn kein Volk ergibt sich freiwillig fremden Eroberern. Städte wie Syrakusa, Naxos, Katane, Akragas, Panormos und andere wurden jedoch ausnahmslos als Hafenstädte unmittelbar am Meer gegründet, und zwar an Stellen, die nicht oder fast nicht besiedelt waren. Dazu ist zu sagen, dass die Sikuler das Meer nicht lieben. Sie haben niemals Seefahrt betrieben und fast alle ihre Siedlungen in gewissem Abstand zur Küste errichtet. War es für Fischer oder ärmere Leute doch einmal nötig, sich in Meeresnähe anzusiedeln, dann erbauten sie die Häuser so, dass Fenster und Türen landeinwärts schauten. Zur See hin gab es nur feste Mauern ohne jede Öffnung. Diese Abneigung ging so weit, dass für die Sikuler Meeresfisch als Armenspeise galt und sie an Jasons Tafel lieber auf zähen Innereien herumkauten, als den köstlichsten Fisch auch nur anzurühren. Wir Hellenen hingegen schauen gerne aufs Meer und haben es häufig und immer guten Mutes nach allen Richtungen hin befahren und erkundet. So ist die *megale hellas* entstanden, die heute weite Teile der östlichen und westlichen Küsten umfasst.

Aus dem Gesagten wird verständlich, dass nicht allein die Zuneigung zu Kleis und mir Pera bewogen haben kann, ihre Heimat zu verlassen.

Sie entstammte einer Familie halbfreier Bauern, denen zwar die Häuser gehörten, die sie bewohnten, jedoch nicht das Land. So mussten sie die Hälfte ihrer Erträge an den jeweiligen Grundbesitzer abliefern, wobei es in schlechten Erntejahren immer wieder zu Streitigkeiten kam. Dann konnte es geschehen, dass der Gutsherr sich dadurch schadlos hielt, dass er jüngere Familienmitglieder mit Gewalt entführen und versklaven ließ. Der Kaufpreis wurde dann mit der anstehenden Pacht verrechnet, und um diesem Betrug den Anstrich eines ehrenhaften Handels zu geben, durfte die betroffene Familie manchmal noch einen »Überschuss« in Form eines Schafes oder einiger Hühner entgegennehmen.

In Peras Familie hatte es bis zu ihrer Geburt nur Jungen gegeben, sodass sie mit vier älteren Brüdern aufwuchs. Die Mutter war von der Art jener Frauen, die ihr Leben wie geduldige Arbeitstiere verbringen, und da sie bisher keine Tochter zur Hilfe hatte, mühte sie sich für ihren Mann und die heranwachsenden Söhne ab wie eine Magd. Lange vor Tagesbeginn musste sie aufstehen, den Ofen heizen, das Frühstück bereiten, das Vieh füttern und, wenn die Erntezeit kam, auch noch auf den Feldern mitarbeiten. Bis Pera für sie eine ernst zu nehmende Hilfe wurde, vergingen fünf Jahre, dann wurde sie nach und nach in die weiblichen Tätigkeiten mit eingespannt, und wie sie mir sagte, habe sie keinerlei Erinnerung an ein Leben ohne Arbeit.

Zwei ihrer Brüder starben noch im Kindesalter, die übrigen wuchsen heran und der ältere versuchte mit zwölf Jahren, seine neunjährige Schwester zu vergewaltigen. Pera flüchtete laut schreiend zur Mutter und so erfuhr es auch der Vater. Er band seinen Sohn nackt an einen Baum und peitschte ihn so lange mit Weidenruten, bis der Junge blutüberströmt zusammensank. Von da an hatte sie Ruhe, doch als sie zwölf war, starb die Mutter; und ihr verzweifelter Vater begann zu trinken. Da er zudem einen Weinberg bewirtschaftete, war immer genügend von dem Seelentröster im Haus, aber mit dem Trinken begann sich sein Wesen zu verändern. Er wurde zänkisch, arbeitsscheu und verfolgte seine Tochter mit Augen, in denen Gier und Geilheit funkelten. Dem Bruder blieb dies nicht verborgen und so meinte er hämisch, was Pera ihm damals verweigert habe, werde sich wohl nun der Alte holen.

»Wenn du endlich entjungfert bist, lässt du mich vielleicht auch ran – oder? Die Prügel von damals sind nicht vergessen und so habe ich noch etwas gut bei dir.«

Zum Ersatz für die Arbeitskraft der verstorbenen Mutter hatte der Gutsherr einen älteren Knecht gesandt, dem nicht entging, wie Pera von Vater und Bruder belauert, begrapscht und im Haus herumgejagt wurde. Es dauerte nicht lange, dann kam er mit einem Vorschlag.

»Hör zu, Pera, ich kann bald nicht mehr mit ansehen, wie sie dich hier behandeln. Wir tun uns zusammen, und wenn du bei mir im Bett liegst, wagt sich keiner dieser geilen Böcke an dich ran. Ich bin kräftiger als beide zusammen und kann sie, wenn es sein muss, gehörig verprügeln.«

Als Pera mir das erzählte, verzog sie vor Ekel ihr Gesicht.

»Im Grunde ein vernünftiger Vorschlag, doch der, der ihn machte, hätte jeder Frau nur Grauen eingeflößt. Er sah aus wie der ägyptische Gott Bes – klein, mit krummen Beinen, vor Unsauberheit stinkend, behaart von Kopf bis Fuß und mit Armen, die – wie bei einem Affen – fast bis zum Boden hingen.«

Um dies zu demonstrieren, zeigte sie auf das goldene Bes-Figürchen, das sie um den Hals trug. Sie lachte.

»Du kommst auch gleich in meinem Bericht vor.«

Zur Erinnerung: Als sie mir dies erzählte, dümpelte unser Schiff bei einer völligen Flaute auf der Stelle und die schlaffen Segel hingen so traurig herab wie die Gewänder eines zaundürren Menschen.

Peras Lage war hoffnungslos und es gab weder Aussichten noch Möglichkeiten, sie zu bessern. Dazu kam die unmenschliche Arbeit, für vier Männer zu kochen, zu waschen und zu putzen.

»Sie krümmten nicht einen Finger, wenn es um weibliche Arbeiten ging, und wären wohl lieber verdurstet, als nur einen Krug Wasser vom Brunnen zu holen. Der Knecht wartete mit Ungeduld auf meinen Bescheid, Vater betrank sich und betätschelte mich dann, mein älterer Bruder griff mir im Vorbeigehen von hinten zwischen die Beine, während der jüngere sich verängstigt aus allem heraushielt. Ich hatte es mir angewöhnt, jede Nacht woanders zu schlafen, aber sehr viele Möglichkeiten gab es da nicht. Einmal vergrub ich mich im Heu auf der Tenne, ein anderes Mal legte ich mich in den Schweinekoben oder zwischen unsere beiden Kühe, die mich erstaunt beschnupperten und ableckten.

Eines Nachts stolperte mein Vater über meinen Körper, als er über den Hof torkelte, um Wasser zu lassen. Er knetete grob meine Brust und versuchte mit Gewalt meine Schenkel zu spreizen. Da spürte ich mit einem Mal, dass die Zeit des Duldens vorbei war. Mit einem Griff packte ich sein Geschlecht und drückte so fest, als gälte es, eine Zitrone auszupressen. Er heulte auf wie ein geschlagener Hund und versuchte aufzustehen, was ihm jedoch nicht gelang, weil ich ihm eine zufällig dastehende Schaufel auf den Kopf haute. Dann lief ich weg – lief und lief, bis der Morgen graute und ich von ferne das Gutshaus unseres Grundherrn sah.

Es war dein Verwandter, *kyria,* nämlich Jason, aber nicht ihm erzählte ich meine traurige Geschichte, sondern Thetis, seiner Gemahlin. Natürlich könne ich auf dem Hof bleiben, Arbeit gäbe es genug, doch mein Vater habe das Recht, mich wieder von hier fortzuholen. Ich fragte, ob und wie sich das ändern ließe. Thetis dachte nach. Es gebe nur einen Weg, ich müsse mich selbst an Jason als Sklavin verkaufen.

Jason zeigte sich einverstanden, vorausgesetzt, ich habe mein vierzehntes Jahr schon vollendet. Das wusste ich nicht, weil man in unseren Kreisen eher die Oliven vom Baum herunterzählt als die Jahre eines Menschen, aber ich versicherte ihm, dass ich sogar schon etwas älter sei. Eine kräftige Sklavin von vierzehn sei schon ihr Geld wert, sagte er dann und gab mir diesen goldenen Bes. Das sei ein ägyptischer Gott, der Glück bringe, und wenn ich einmal ans Heiraten denke, dann könne ich ihn als Mitgift einbringen.

Ein halbes Jahr später kamst du, *kyria,* und du wirst jetzt verstehen, dass mir an meiner Familie nichts liegt. Wenn ich sagte, ich gehe in meiner freien Zeit dorthin, so war es nicht einmal eine Lüge, denn ich besuchte dann eine Schwester meiner Mutter, die mich schätzte wie die eigene Tochter. Sie ist vor kurzem gestorben und so gab es für mich keinen Grund mehr, auf dem Gut zu bleiben. Du und deine Tochter, ihr seid jetzt meine Familie.«

Das war nun Peras Geschichte, und als sie später auf Lesbos heiratete, tat sie es nach freier Wahl, hat aber ihren Bes nicht geopfert. Sie trägt ihn noch heute um den Hals.

Am Abend des dritten Tages kam innerhalb kurzer Zeit ein starker Südwestwind auf, der unser Schiff schnell und mühelos nach Rhodos trieb. Wir legten im Hafen von Kameiros an, wo uns Charaxos verließ. Der Rest der Reise verlief ereignislos, und da wir zwischen Rhodos und Lesbos immer in Sichtweite von Inseln oder der lydischen Küste fuhren, stellte Pera ihre Gebete ein und schien sich recht wohl zu fühlen. Sie, die niemals zur See gefahren war, blieb frei von der Körper und Seele demütigenden *nautia,* während ich wieder darunter litt, wenn auch nicht so schlimm wie bei der Hinreise.

Mein Onkel Kamon erkrankte während der Reise schwer, aber es war nicht die *nautia,* sondern ein inneres Leiden, gegen das jede ärztliche Kunst machtlos war. Zwölf Tage nach unserer

Ankunft in Mytilene ist er gestorben und der Tyrann Pittakos ließ es sich nicht nehmen, seinen früheren Feind auf dem letzten Weg zu begleiten.

Dass Abanthis inzwischen auch den Styx überquert hatte, erfuhr ich gleich nach unserer Ankunft. Die Stadt hatte ihr ein Ehrengrab errichtet und ich ließ dort zum Wohle ihrer Seele eine Ziege und einen Hahn opfern. Wenn ein Mensch es verdient hat, in wunschlosem Glück durch die elysischen Felder zu wandeln, dann war sie es und ich hoffe darauf, sie dort wieder zu treffen.

Wurden wir auch in allen Ehren wieder in der Heimat aufgenommen, so hatten sich doch unsere Besitzverhältnisse inzwischen verändert. Nachdem Pittakos sich für zehn Jahre zum Tyrannen hatte wählen lassen, kam er nicht umhin, seinen treuesten Anhängern gewisse Zugeständnisse zu machen. Die zur Verbannung Verurteilten galten in der Heimat als rechtlos und so dauerte es nicht lange, bis Kamons Haus in Mytilene und das von meinen Brüdern und mir ererbte Landgut in Eresos in fremde Hände gelangten. Halt – ich muss mich korrigieren. Genau betrachtet traf dies nur für Mytilene zu. In Eresos war unsere Familie zu angesehen, als dass ein völlig Fremder es gewagt hätte, unser Gut zu übernehmen, umso mehr, als jeder wusste, dass die Zeit des Exils begrenzt war. So fand sich ein entfernter Verwandter bereit, es bis zu unserer Rückkehr gewissenhaft zu verwalten. Vor aller Welt aber war es ein Geschenk des Pittakos für treue Dienste.

So lebten wir anfangs eine Weile in Eresos, dem Ort meiner Kindheit, und als ich alles wieder so vorfand wie früher, war es mir, als hätte ich die Stätte meiner Jugend niemals verlassen.

Du, meine Kleis, warst inzwischen fünf Jahre alt geworden und so ging ich mit dir die Wege, auf denen ich damals meine Mutter begleitet hatte.

Noch immer lag der felsige *skorpios* im Wasser und richtete seinen Giftstachel so drohend wie vergeblich auf die über ihm thronende Stadt. Das mit Wasservögeln wie mit dunklen Flecken übersäte »Inselchen« hielt zu Füßen der Akropolis Wacht, und als ich einmal nach Einbruch der Dämmerung am Hafen stand und hinüberschaute, glaubte ich, den leisen Gesang der

Nereiden zu vernehmen. Diese Meeresnymphen gelten als immer freundliche und hilfsbereite Begleiter der Seeleute und nicht wenige beteuern, sie bei Gesang und Tanz im Wasser beobachtet zu haben.

Für Larichos und mich war nach Kamons Tod Charaxos das unbestrittene Familienoberhaupt, und ehe er nicht aus Aigyptos zurückkehrte, wollten wir nichts unternehmen.

Larichos maulte wieder einmal, denn er hatte Eresos – auch wenn er hier geboren war – niemals bewusst erlebt und er sehnte sich danach, in Mytilene sein in Syrakusa begonnenes Leben als *ephebos* wieder aufzunehmen, und ich konnte ihn gut verstehen.

»Hier bin ich nichts, hier kennt mich keiner, hier ist unsere Familie schon fast vergessen. Du wirst vielleicht wieder heiraten, Charaxos ist ewig auf Reisen – es wird Zeit, dass ich mein eigenes Leben beginne.«

»Was willst du tun?«

»Ich habe schon in Syrakusa entdeckt, dass ich am liebsten draußen bin und mich bewege. Besonders beim Wettlauf und im Ringen bin ich jetzt so gut, dass ich leicht Jüngere darin unterrichten kann. Im *gymnasion* herrscht immer Bedarf an guten Athleten und ich scheue mich nicht, Pittakos daran zu erinnern, dass er einiges an unserer Familie gutzumachen hat.«

Wie mein lieber Larichos, so nährte wohl auch Charaxos die Hoffnung, dass ich mich wieder verheiraten würde, doch ich hatte inzwischen den festen Entschluss gefasst, meinen alten Traum zu verwirklichen, nämlich jungen Mädchen aus weiblicher Sicht das zu vermitteln, was den jungen Männern seit jeher reichlich geboten wurde. Meine Absichten gingen jedoch weit über das hinaus, was meine Lehrerin Abanthis gewollt und bewirkt hatte. Auch bei mir sollten die jungen Mädchen Tanz, Musik und Gesang erlernen, aber nicht nur das. Ich wollte sie auf ein Leben als erwachsene Frauen vorbereiten, sie sollten nicht unwissend und ahnungslos als halbe Kinder aus der Obhut des Elternhauses entlassen werden und sich anderntags als Haus- und Ehefrauen bewähren müssen.

Meine Vorstellungen darüber gewannen von Tag zu Tag an

Genauigkeit und ich scheute mich nicht, sie Larichos, meinem einzigen Vertrauten, zu unterbreiten. Zuerst erregte es bei ihm nur Staunen und Kopfschütteln, als ich ins Einzelne ging und er die Zusammenhänge sah, küsste er mich heftig auf beide Wangen.

»Das ist ja großartig! Da muss sich bald kein junger Ehemann mehr mit unwissenden Gänschen abmühen – nein, die bei dir gebildeten Mädchen werden diesen Herren auch die Hetären ersetzen!«

Ich lachte. »Ganz so wird es nicht sein, doch du hast schon Recht. Die jungen Frauen sollen wissen, was eine Hetäre innerhalb und außerhalb des Bettes kann. Dabei sind sie immer noch im Nachteil – sie werden nicht dafür bezahlt und müssen Kinder zur Welt bringen.«

Larichos grinste auf seine nette, bubenhafte Art. »Einige Unterschiede muss es ja noch geben, weil sonst ein ganzer Berufsstand arbeitslos wird.«

Als Charaxos zurückkam, zeigte er sich zerstreut und abwesend, als habe er mit schweren Entschlüssen zu ringen. Es war jedoch nichts aus ihm herauszubekommen, dafür gab er uns einen begeisterten Bericht von der Entwicklung der hellenischen Handelsstadt Naukratis, die im ägyptischen Delta so heftig floriere wie nie zuvor.

»Während ich mich dort aufhielt, ist Pharao Psammetichos gestorben und sein Sohn Apries – die Ägypter nennen ihn Wahibre – auf den Thron gelangt. Er hat nicht nur alle Vorrechte bestätigt, er hat die Einfuhrzölle vermindert, Warenart und -menge ausgedehnt – kurzum, für uns ist Naukratis zum denkbar besten Handelsplatz geworden.«

All dies traf zu, aber wieder hatte Charaxos etwas Wesentliches so lange verschwiegen, bis »gute Freunde« Gerüchte ausstreuten und er nicht mehr umhin konnte, Larichos und mir die Wahrheit zu gestehen. Heute liegt alles offen zutage, doch es schadet nicht, wenn ich hier einen zusammenfassenden Bericht gebe. Du, liebe Kleis, wirst dann deinen Onkel Charaxos besser verstehen lernen und nicht mehr darauf hören, was böse Zungen manchmal noch immer ausstreuen.

Buch II

Gebet an Aphrodite

*Aphrodite, Göttin auf buntem Throne,
dich, des Zeus listsinnende Tochter, beschwöre ich:
lähme das Herz mir nicht in Gram und Verzweiflung,
mächtige Herrin,*

*sondern komme hierher, wie auch früher du
meinen Ruf von ferne hörtest
und deines Vaters goldenes Haus verlassend
zu mir herabkamst.*

*Von munteren Sperlingen eilig gezogen,
flink die Flügel regend, aus Himmelshöhen
quer durch die Lüfte*

*rasch ans Ziel, und du, Selige, fragtest,
lächelnd auf ewigem Antlitz, was mir
zugestoßen, warum schon wieder
flehend ich riefe.*

*Was ich sehnlich mir wünsche
aus heißem Herzen: Wen soll Peitho in Liebe wieder
jäh entbrennen lassen – wer,
meine Sappho, hat dich verletzt?*

*Flieht sie jetzt, so wird sie bald dich verfolgen,
schlägt sie Gaben aus, wird sie selbst bald schenken,
liebt sie jetzt nicht, so wird sie es doch bald tun –
auch wider Willen!*

*So komme auch heute zu mir und erlöse mich
aus schwerer Sorge, und was ich
erflehe, das erfülle sich – stehe du selbst mir
im Kampf zur Seite!*

1

Wo Doricha zur Welt kam, hat sie nie erwähnt oder wohl selbst nicht gewusst. Sie sei eine Thrakerin, sagte man ihr, als sie dann später berühmt wurde, nannte man einige hellenische Pflanzstädte als Geburtsorte, etwa Abdera, Maroneia oder die Insel Thasos.

Die Thraker sind bis heute ein armes Volk geblieben, das raue, gebirgige Landesinnere kann die Menschen nicht oder nur karg ernähren, sodass die nachgeborenen Söhne sich in der Regel als Söldner in aller Welt verdingen. Den überzähligen Töchtern erging es schlechter, denn sie hatten weder Bogen noch Schwert zu bieten, sondern nur sich selbst – den eigenen Körper. Waren sie unansehnlich oder gar hässlich, dann erwartete sie ein Sklavendasein mit lebenslanger harter Arbeit, waren sie schön, bevölkerten sie die Freudenhäuser der Hafenstädte. Konnte aber ein schönes Mädchen die hohe Kunst der Hetären erlernen, so hatte es die Möglichkeit, sich später freizukaufen oder freikaufen zu lassen.

Doricha war schön, klug, überaus lerneifrig und im Alter von etwa zwanzig Jahren durchaus fähig, ein *symposion* wohlhabender, auch gebildeter Männer geistvoll mit Musik, Gesang und geschliffener Rede zu unterhalten. Zuerst sah es nicht so aus, als biete das Schicksal ihr etwas Besonderes. Arme Eltern verkauften sie schon als Kind in die Sklaverei nach Samos an den reichen Händler Jadmon, der viel versprechende junge Sklaven sammelte wie andere Edelsteine oder bemalte Trinkgefäße. Hatte er sie ausgebildet, so verkaufte er sie wieder mit drei- bis vierfachem Gewinn. Der Fabeldichter Aisopos ging ebenso aus seinem Hause hervor wie Doricha, die sich im Laufe der Jahre zu einer betörenden Schönheit entwickelte und von Jadmon in allen hohen Künsten einer Hetäre ausgebildet worden war.

Als sie sechzehn geworden war, kam der reiche Kaufmann Xanthes, prüfte Doricha sehr gründlich und erwarb sie für eine sehr hohe Summe. Er konnte das, denn der ägyptische Pharao Psammetichos war dabei, sich einen »bunten Harim« zuzulegen mit Mädchen aus aller Herren Länder. Eine Thrakerin fehlte ihm noch und Xanthes besorgte sie ihm.

So gelangte Doricha nach Naukratis, wo der Pharao – ein großer Freund der Hellenen – sich manchmal aufhielt, sie dort sah und sofort zugriff. Der König residierte in der etwas östlich gelegenen Stadt Sais, wo die Stadtgöttin Neith einen großen Tempel besaß, in den die Zolleinnahmen aus Naukratis flossen.

Die Einrichtung eines so genannten Harim ist in Hellas unbekannt. Wenn die Stellung eines ägyptischen Pharao überhaupt Vergleiche mit einem hellenischen Herrscher zulässt, dann vielleicht mit König Alyattes in Lydien. Er hatte im Laufe seiner Herrschaft – zumeist aus politischen Gründen – Frauen aus Ionien und Karien geheiratet und mit ihnen Kinder gezeugt. Das ist im hellenischen Bereich allerdings schon eine Ausnahme. Auch der reichste Tyrann verbindet sich in der Regel zeitlebens nur mit einer Frau und hält sich vielleicht dazu einige Konkubinen.

Von einem ägyptischen König aber wird erwartet, dass er nicht nur beim Thronwechsel den Harim seines Vaters übernimmt, sondern auch einen eigenen gründet, in dem sich Mädchen aus befreundeten und mit Aigyptos verbündeten Ländern tummeln. Die Königin an seiner Seite tritt als seine anerkannte und einzige Hauptgemahlin auf, ihre Kinder sind die Thronerben.

So war Dorichas neue Stellung nicht als Nebenfrau des Pharao zu verstehen, sondern ihre Schönheit zierte seinen vielköpfigen Harim, und wenn er ihr mehr als zwei oder drei Nächte beilag, dann war das eine hohe Auszeichnung. Eines ist freilich wahr: In den Harim eines Pharao zu gelangen ist etwas ganz Besonderes, und wenn es einer Konkubine gelingt, von dort wieder in Ehren entlassen zu werden, dann hat sie für ihr Leben ausgesorgt. Selbst wenn sie alt und hässlich wird, lassen es sich manche Männer ein Vermögen kosten, im Bett einer Frau zu liegen, die der Gottkönig selbst mit seiner Gunst ausgezeichnet hat.

Dorichas Stellung als Harimsdame währte drei oder vier Jahre, dann starb Psammetichos und sein Nachfolger – nicht gesonnen, den gesamten Harim seines Vaters zu übernehmen – schenkte ihr die Freiheit und dazu ein kleines Haus in Naukratis. Hier lebte sie als hoch begehrte Luxushetäre und sie konnte es sich leisten, unter den reichen Männern nach ihrem Geschmack auszuwählen. Aus kluger Überlegung verschwieg sie ihren freien Stand und lockte mit der tränenreichen Begründung, sie müsse sich aus dem Besitz des Pharaos freikaufen, so manchem Dummkopf das Doppelte aus der Tasche.

So weit mein Bericht. Als Charaxos in Dorichas Hände fiel – anders kann und will ich es nicht ausdrücken –, betrieb sie ihr Gewerbe etwa seit einem Jahr und mein Bruder verliebte sich in Rhodopis – so wurde sie wegen ihrer roten Wangen genannt – so abgrundtief, dass er sich anbot, sie freizukaufen. Doricha wiederum war davon so angerührt, dass sie dies mit der ehrsamen Begründung ablehnte, mit einer derart hohen Summe könne er sich und seine ganze Familie an den Bettelstab bringen.

Dieses Geständnis legte Charaxos vor Larichos und mir ab und in ihrer Weigerung erkannte er ihren »bescheidenen und sittsamen Charakter«, wie mein verliebter Bruder ganz ernsthaft meinte.

Ich spürte seine Entschlossenheit, nicht von Doricha zu lassen, und hielt es vorerst für klug, ihm keine endgültige Entscheidung abzuverlangen, auch weil wir zu diesem Zeitpunkt vor der abschließenden Klärung unserer Besitzverhältnisse standen.

Der Scheinverkauf unseres Gutes in Eresos war inzwischen rückgängig gemacht worden, und da es niemand von uns übernehmen wollte, sollte es aufgeteilt werden. Ich als Frau hätte dabei nichts zu reden gehabt, aber durch meinen inzwischen weithin bekannten Rang als Dichterin hielt Pittakos es für angebracht, mich einzubeziehen und selbst als eine Art Treuhänder aufzutreten. In dieser Zeit war er schon ein Mann von weit über vierzig, hatte sich aber ein jugendliches Aussehen bewahrt und konnte es sich leisten, im *gymnasion* nackt wie ein *ephebos* an Wettkämpfen teilzunehmen. Seine vom Volk erwählte und getragene Tyrannis hatte für Lesbos bis jetzt nur Vorteile gebracht. Er änderte die Gesetze zugunsten von Handel und Handwerk, senkte die Einfuhrzölle und erhob eine Luxussteuer, über die von den Betroffenen zwar gemurrt, die jedoch – wer möchte schon auf Liebgewonnenes verzichten? – von allen bezahlt wurde.

So machte Pittakos uns den Vorschlag, das Gut in Eresos zu verkaufen und den Erlös aufzuteilen. Bei dieser Gelegenheit sprach ich mit ihm sehr ausführlich über meinen Plan, in Mytilene eine Schule für Mädchen zu errichten. Zuerst verstand er mich falsch.

»Ah, du willst also in die Spuren unserer Abanthis treten? Wer könnte dafür geeigneter sein als du?«

»Nicht ganz, verehrter Pittakos, Abanthis hat mit besonderem Geschick junge Mädchen in Musik, Gesang und Tanz ausgebildet. Ich möchte die Mädchen fürs Leben rüsten. Neben dem, was Abanthis lehrte, will ich ihnen das geben, was die Jungen von ihren Mentoren erhalten – eine Vorbereitung auf das Leben als erwachsene Menschen und dazu gehört auch das Eheleben.«

Pittakos ließ sich seine Verwirrung kaum anmerken, ich sah aber doch, dass er nicht recht wusste, wie es gemeint war. Ich lachte versöhnlich.

»Das ist freilich neu und alles Neue verunsichert uns. Sieh mich an! Als mich meine Eltern mit Kerkylas verheirateten, legte ich am Morgen meine Puppe weg und mich selbst am nächsten Abend zu meinem Gemahl ins Bett. Einem Jungen kann das nicht geschehen. Wenn er die Verantwortung eines Ehemannes und Familienvaters übernimmt, hat man ihn längst über Jahre hinweg darauf vorbereitet. Ein Mädchen aber soll sich quasi über Nacht vom behüteten Kind zur verantwortlichen Ehefrau wandeln. Das geht nur unter Tränen, Schmerzen, Zweifeln, führt manchmal sogar zur Verzweiflung. Dies alles könnte man den jungen Mädchen leicht ersparen und nicht nur sie hätten den Vorteil davon – auch ihre künftigen Ehemänner.«

War Pittakos von meinen Folgerungen nicht unbedingt überzeugt, so hatten sie ihn doch sehr beeindruckt. Dass seine Zustimmung auch davon beeinflusst wurde, dass es die schon weithin bekannte Dichterin Sappho war, die solche kühnen Vorschläge machte, will ich nicht in Abrede stellen. Für mich war wichtig, dass der Tyrann mir wohl wollte und es auch bewies. Das Haus der verstorbenen Abanthis stand leer, Pittakos kaufte es den Erben günstig ab und vermachte es mir als »Ehrengeschenk des Vaterlandes für seine große Dichterin«.

Während ich das Haus für meine Zwecke um- und ausbauen ließ, übernahm Larichos eine Stelle als *didaskalos* am *gymnasion* in Mytilene. Pittakos hatte es sich nicht nehmen lassen, ihn selbst auf seine Eignung zu prüfen. Mein »kleiner Bruder« war inzwischen fünfundzwanzig geworden und ich fand es höchste Zeit, dass er für sich allein sorgte.

Blieb also nur Charaxos mit seinen Sorgen, die auch zu den meinen wurden. Als Erstes appellierte ich an seine Vernunft als Händler und *nauklepos* – als erfolgreicher Kauffahrer.

»Erinnere dich, warum du in deinem Beruf immer so erfolgreich gewesen bist. Das kam nicht von ungefähr, sondern du hast es deinem richtigen Verhalten zu verdanken. Du warst so vorsichtig wie umsichtig, hast verschiedene Nachrichten gesammelt, um aus deren Summe auf die Marktlage der nächsten Jahre schließen zu können. Willst du noch mehr wissen oder ist dir das alles längst bekannt?«

Er war es nicht gewohnt, so examiniert zu werden – er, das Familienoberhaupt, von mir, der jüngeren Schwester! Sein Gesicht verhärtete sich, sein Blick wurde starr und ging an mir vorbei, als er sagte: »Was weißt du schon davon? Ich habe bisher nicht geheiratet, weil es mir unsinnig erschien, als seefahrender Kaufmann ständig eine Frau allein an Land zu wissen, aber auch deshalb, weil ich ein wenig heikel bin und keine Familie fand, deren Tochter in mir ein solches Verlangen erregte. Doricha ist die Frau, die ich mir wünsche! Eine Hetäre, eine Sklavin? Gewiss, aber man soll den Menschen nicht an seinem Herkommen messen, sondern daran, was er aus seinem Leben gemacht hat. Sie war eine Kebse des Pharao – weißt du überhaupt, was das in Aigyptos bedeutet? Der König dort wird als göttlich angesehen und steht weit über den Menschen. Er trägt die Titel Vollkommener Gott, Sohn der Sonne, Herr Beider Länder. Wenn ich Doricha freikaufe und mich mit ihr verbinde, genieße ich in Naukratis das höchste Ansehen, und ...«

»In Naukratis – ja, gewiss, aber schließlich willst du dort nicht bleiben. Du bist ein Hellene aus Lesbos und ich fände es schrecklich, wenn du in die Fußstapfen unseres unseligen Bruders treten würdest.«

Wütend warf er die Arme hoch. »Was hat das mit Erigyos zu tun, diesem hirnlosen Säbelrassler? Der ist aus der Art geschlagen, so etwas kommt leider vor. Was dir offensichtlich keine Ruhe lässt, ist die Tatsache, dass Doricha von unten kommt und wir von oben. Als Händler lernt man jedoch anders zu denken. Warum soll ich stolz darauf sein, aus einer Adelsfamilie zu stammen? Es hat mir Vorteile gebracht – gewiss, aber stolz kann man nur auf selbst Geleistetes sein. Du auf deine Dichtung, ich auf meinen Erfolg als *nauklepos,* den ich allerdings auch der Gunst gnädiger Götter zu verdanken habe. Es nützen dir die schönsten Schiffe mit begehrter Ware nichts, wenn sie auf hoher See zugrunde gehen oder an Klippen zerschellen. Ich will damit nur dartun, wie wenig im Grunde eine so genannte hohe Geburt bedeutet. Doricha ist wie ich – sie hat aus einer kleinen Sklavin eine weithin berühmte Hetäre gemacht, wie ich aus einem unnützen Adelsspross zu einem erfolgreichen Handelsmann geworden bin. Wieder muss ich auf dich verweisen. Warum hast du nicht den leichteren Weg gewählt und bist nach Kerkylas' Abgang in eine zweite Ehe geflüchtet? Weil es dich nicht danach verlangt hat, nur Herrin über Kinder und Haus zu sein! Du hast die Mauer der von Männern beherrschten Dichtung durchbrochen, bewegst dich in einer Reihe mit Alkaios und Stesichoros! Nun willst du auch Mädchen das bieten, was bei den Jungen längst selbstverständlich ist – nämlich eine gründliche Ausbildung, die alle Lebensbereiche umfasst. Damit wirst du dir nicht nur Freunde machen! Wir sind uns ähnlicher als du glaubst, liebe Schwester!«

Damit mochte er schon Recht haben, doch dass er dabei war, sein Vermögen an die Freilassung einer Hure zu verschleudern, das konnte und wollte ich nicht hinnehmen. Wenn ich dieses harte Wort gebrauche, dann nur, um meine damalige Stimmung auszudrücken. Dass Doricha nicht zu den *pezai hetairai*, den Straßenhuren, gehörte, wusste ich sehr wohl und mir war auch bekannt, dass die *hetairai musikai* überall in Hellas das höchste Ansehen genossen und nicht selten ehrbare Ehefrauen von verliebten Witwern wurden. Gewiss, all dies war mir durchaus vertraut, nur wenn es die eigene Familie betrifft, denkt man plötzlich anders.

Unser erregtes Gespräch fand schon während der Tage des Aufbruchs aus Eresos statt. Mein Haus in Mytilene war fast fertig, Charaxos hatte eine Wohnung am Handelshafen bezogen und Larichos sollte bis zu seiner Verheiratung bei mir leben.

Ich wusste allerdings nicht, dass inzwischen das Gerücht, mein Bruder wolle Doricha freikaufen, sie vielleicht sogar heiraten, in Mytilene längst die Runde gemacht hatte. Er versicherte mir auf Ehr und Gewissen, niemandem davon erzählt zu haben, aber in Naukratis wusste es die ganze Stadt und andere Händler hatten die Kunde davon in Lesbos verbreitet.

Ich wandte mich Hilfe suchend an Pittakos, der hielt sich jedoch klug heraus. »Ich werde mir nicht den Ruf erwerben, mich nach schlechter Tyrannenart in das Privatleben anderer Bürger zu mischen. Ich bin da, um Gesetz und Ordnung zu hüten, um Handel und Wandel zu fördern, um Lesbos den gebührenden Platz in Hellas zu verschaffen. Es ist nicht gegen das Gesetz, eine Hetäre freizukaufen oder sie zu heiraten. Wenn Charaxos – was ich noch nicht glaube – wirklich so weit geht, muss er die Reaktion der anderen Adelsfamilien in Betracht ziehen und damit fertig werden. Helfen kann ihm dabei niemand.«

Ehe Charaxos sich erneut auf den Weg machte, mied er mein Haus und die brüderliche Mahnung von Larichos schlug er in den Wind.

Lange hatte ich mich nicht mehr so hilflos gefühlt und in solcher Lage wendet der Mensch sich an die Götter. Ich schrieb ein Gebet an Aphrodite auf kostbaren Papyros, schuf eine Abschrift und ging hinauf zum Tempel. Dort streute ich eine Hand voll des besten Weihrauchs in die glimmende Opferschale, legte mein Gebet darauf und zitierte es leise, während der Papyros sich in Rauch auflöste.

Kypris, zu dir, selige Göttin bete ich:
Gute Seefahrt schenke meinem fernen Bruder
und vergib ihm, wenn er gefehlt hat.
Mögen Wind und Meereswogen
ihm eine glückliche Heimfahrt gewähren!

Aber Doricha zeige dich als strafende Göttin!
Sie soll sich nicht rühmen, dass er von neuem
in seiner Liebe zu ihr entflamme.

Nichts scheint mir geeigneter, eine aufgewühlte Seele zu beruhigen, als ein inniges Gebet zu einer Gottheit, der wir vertrauen. Ob es dann gnädig erhört wird, steht im Belieben der Unsterblichen. Es ist an uns, die Entscheidung hinzunehmen, mag sie günstig ausfallen oder nicht.

2

Es ist schon seltsam: Als ich vor der Tür meines Hauses stand und die Ausfahrt des Schiffes beobachtete, auf dem Charaxos sich langsam nach Süden entfernte, beschlich mich ein Gefühl, für das ich mich fast schämte. Mir war, als schwänden mit dem Schiff auch meine Sorgen dahin, und als die Segel hinter dem Horizont verschwanden, erfüllte mich plötzlich die Gewissheit, Aphrodite habe mein Gebet erhört.

Ich atmete auf, wandte mich um und ging ins Haus meiner einstigen Lehrerin, das sich in mein eigenes verwandelt hatte, wobei ich mehr an- als umbaute. Damit will ich sagen, dass ich die private Wohnung der Abanthis unverändert ließ, sie jedoch um einige Räume für Kleis, Pera und die vorgesehenen Lehrkräfte erweiterte. Die nach Norden gelegene Schlafkammer, wo sie mich die Wonnen des weiblichen Körpers gelehrt hatte, machte auch ich zu meinem *domation* – sogar die Lage des Bettes blieb unverändert. Auch die Begrenzungsmauer zur steil abfallenden Küste ließ ich in der von Abanthis gewünschten Höhe mit freiem Blick auf das Meer. Ich hatte ihre Worte nicht vergessen: »Wer den Körper tanzend und singend bewegt, wird durch den Anblick von Mauern und Türmen, ja sogar von Bäumen und Büschen in seiner freien Entfaltung gehemmt. Das beengt die Brust, verwirrt das Auge …«

Was nun die Anbauten betraf, so enthielten sie zwei gleich große Schulräume mit Bänken und Tischen für alles, was man im Sitzen erlernen kann, also Schreiben, Lesen, Rechnen, dazu eine gründliche Einführung in Religion, Geschichte und Geografie. Der eine Raum war für die Altersgruppe bis zu zehn Jahren gedacht, der andere für die Elf- bis Sechzehnjährigen, wobei ich freilich damit rechnen musste, dass die Eltern ihre Töchter schon mit vierzehn aus der Schule nahmen, um sie bald darauf zu verheiraten. Was nicht im Sitzen zu lehren war, also Tanz, Musik und der mit Rhythmik verbundene Gesang fand in dem zum Meer offenen Hof statt, wie es auch Abanthis gehalten hatte.

Mein Grundstück war zum Glück groß genug, um die Errichtung der Wohngebäude für meine künftigen Schülerinnen zu erlauben, ohne dass dadurch eine ungute, dem Schulbetrieb nicht förderliche Enge entstand. Gemeinsame Schlafsäle mit fünf Betten gab es für die Sechs- bis Zehnjährigen, die Elf- bis Vierzehnjährigen sollten je nach Bedarf und Freundschaft zu dritt, zu zweit oder auch allein wohnen. Daraus wird ersichtlich, dass ich nicht nur mit Schülerinnen aus Mytilene rechnete, sondern solche aus der ganzen *pentapolis* erwartete.

So war mein Lehrbetrieb auf einen Umfang angelegt, den ich allein nicht bewältigen konnte, und deshalb plante ich, mindestens zwei fest angestellte Lehrerinnen zu beschäftigen – eine für Schreiben, Lesen und die drei vorhin genannten Fächer, eine zweite für Tanz und rhythmischen Gesang. Den Musikunterricht wollte ich selbst übernehmen und dazu eine Einführung in die hellenische Dichtung vermitteln. Am wichtigsten aber war mir, die Zwölf- bis Vierzehnjährigen auf ihre Zukunft als Haus- und Ehefrauen vorzubereiten. Etwas in dieser Art hatte es vorher nicht gegeben und ich wollte die Gestaltung dieses Unterrichts vom Verhalten der Mädchen abhängig machen. Damit will ich sagen, dass ich nicht – wie man es mir später nachgesagt hat – einen festen Plan entwarf, wie ich dabei verfahren wollte.

Natürlich bewegten mich in dieser Zeit gewisse Erwartungen und ich will nicht verhehlen, dass sie auch von Ängsten und Unsicherheit begleitet waren.

Dass du mir dabei eine große Hilfe warst, liebe Kleis, wirst du kaum glauben. Wie soll denn eine Sechsjährige ihrer erwachsenen Mutter bei Dingen helfen können, die sie kaum versteht? Du wusstest zu der Zeit schon, dass bei uns eine Schule eröffnet und dass Mädchen jeden Alters unser Haus bevölkern und beleben würden. Allein die Aussicht darauf versetzte dich, meine Kleis, in Hochstimmung und du hast mich immer wieder voll Ungeduld gefragt, wann endlich die ersten Mädchen einträfen. Vielleicht wirst du dir heute die Frage stellen, warum sie überhaupt kamen und warum von so weit her? Ich hatte nämlich damit gerechnet, dass die Mädchen ausnahmslos aus der *pentapolis* stammten und nicht auch aus fernen hellenischen Inseln und Städten – ja sogar aus Lydia, Karia und Phrygia anreisen würden. Es war, als hätte ich einen Herold in jene Länder gesandt, um zu verkünden, Sappho habe auf Lesbos eine Schule für junge Mädchen eröffnet.

So war es freilich nicht, einen Herold gab es allerdings schon, denn diese Rolle übernahmen meine Lieder. Sie wurden inzwischen in der ganzen hellenischen Welt vorgetragen. Dies geschah ohne mein Zutun und war dem Eifer der wandernden Rhapsoden zu verdanken, die bestrebt sind, ein verwöhntes Publikum stets mit neuen Werken zu überraschen. Meine Lieder waren aber nicht nur neu, sondern sie stammten auch von einer Frau. Während in Mytilene meine Schule erbaut wurde, sprach es sich schnell herum, welchem Zweck sie dienen sollte, und auch das trugen die Rhapsoden in alle Welt. Da dies natürlich einige Zeit brauchte, kamen anfangs – wie von mir erwartet – nur Mädchen aus der *pentapolis.*

Zuerst waren es solche aus Mytilene, die aus mit uns verwandten oder befreundeten Familien stammten. Wenig später kamen Mädchen aus Methymna, Antissa und Pyrrha dazu – aus meiner Geburtsstadt Eresos jedoch erst, als meine Schule schon weithin bekannt war. Bei den zu erwartenden Altersgruppen hatte ich mich gründlich getäuscht. Kaum eine Familie war gesonnen, ihre Töchter schon mit sechs oder sieben Jahren das Schreiben zu lehren, und so gab ich diesen Plan auf.

Wenn ich es aus heutiger Sicht überschaue, so waren es – mit wenigen Ausnahmen – Mädchen zwischen zehn und fünfzehn Jahren, die den Unterricht besuchten und, ohne mich brüsten zu wollen, glaube ich, dass auch träge, begriffsstutzige oder widerborstige Gören etwas von meiner Schule mit ins Leben nahmen, das ihnen auf irgendeine Weise zugute kam.

Ehe ich über diese Zeit zu berichten beginne, möchte ich kurz schildern, wie Alkaios aus seinem ägyptischen Exil zurückkehrte. Er kam als einer der Letzten und zeigte sich – trotz guten Zuredens von Familie und Freunden – Pittakos gegenüber zunächst unversöhnlich. Sogar mein sonst so sorgloser Brüder Larichos meldete Bedenken an.

»Wenn Alkaios sich nicht besser zurückhält, fürchte ich, dass Pittakos mit ihm die Geduld verliert. Der Streit muss auf irgendeine Weise beigelegt werden oder Alkaios wandert für immer ins Exil.« Von da an schwieg unser Dichter, vermied jeden öffentlichen Auftritt, doch es war ein feindseliges Schweigen. Pittakos aber – bestrebt, den Zwist beizulegen – ließ sich etwas einfallen. Als ein angesehener Rhapsode nach Mytilene kam, veranstaltete der Tyrann auf eigene Kosten dessen Auftritt, und zwar ausschließlich mit Werken des Alkaios und wiederum nur mit solchen, die vor Schmähungen und Vorwürfen gegen Pittakos strotzten.

Alkaios wusste nichts davon, denn ihm wurde eingeflüstert,

der Rhapsode sei von seinen unsterblichen Werken so angetan, dass er seinen Auftritt nur mit diesen bestreiten wolle. Das schmeichelte ihm natürlich, und als er erfahren hatte, dass Pittakos nicht zugegen war, setzte er sich auf den Ehrenplatz und musste sich nun zwei Stunden lang anhören, wie er all die Jahre über in seinen Liedern Pittakos geschmäht hatte und ihm nachsagte, er sei ein Säufer, ein Eidbrüchiger, ein Verräter – ein ehrloser Bösewicht.

Seitdem er sich des Staates bemächtigt hat,
versagte er sich niemals des Rausches Lust;
Er trieb es Nacht um Nacht, und Beifall
dröhnte der Boden des leeren Fasses.

Das Publikum aber – so war es stillschweigend abgesprochen – enthielt sich sowohl des Beifalls als auch des Protestes und lauschte stumm dem erzürnten Dichterwort.

Du hast das Erbteil derer, die früher sich
bemüht, verraten, wolltest die Wahrheit nicht
erkennen und dein Widerstreben
schlägt mit doppelter Wucht dich nieder!

Ich lasse es bei diesen beiden Zitaten bewenden, doch glaube ich, dass nur wenige Tyrannen solche Schmähungen und Verleumdungen straflos hingenommen hätten.

Pittakos war natürlich zugegen, stand hinter einer Säule und trat auf die Bühne, als der Rhapsode geendet hatte. Alkaios erhob sich und jeder sah, dass seine Miene zwischen Zorn und Versöhnungsbereitschaft schwankte. Pittakos hob eine Hand.

»Sage jetzt nichts, Alkaios. Wir haben alle gehört und wohl auch verstanden, was und wie du die letzten Jahre empfunden hast. Doch diese Zeit ist vorbei, vor dir steht ein Mann, den das Volk zum Tyrannen erhoben und der sich seither bemüht hat, alles zum Wohle unseres Vaterlandes zu tun. Einige Familien traf das Los der Verbannung und das war damals notwendig. Jetzt aber brauche ich euch alle, um Lesbos im Bereich der

Hellenen den ihm zustehenden Platz zu sichern. So richte ich an dich, Alkaios, vor aller Augen die Bitte, deinen Zorn gegen mich zu begraben und mir mit Rat und Tat, nicht zuletzt auch mit der Macht deiner unsterblichen Dichtung beizustehen.«

Alkaios schwankte, das sah man ihm an, doch schien es ihm jetzt wohl unsinnig, weiterhin und völlig allein den Widerpart zu spielen. Er trat auf Pittakos zu und reichte ihm die Hand, drückte sie fest, sagte jedoch kein Wort.

Alkaios ist im letzten Jahr gestorben, er hat sich zeitlebens an diesen versöhnlichen Händedruck gehalten, wie Pittakos an sein Versprechen, nach zehn Jahren zurückzutreten. Er tat es auf den Tag genau, obwohl das Volk ihm zu Füßen lag und ihm eine Tyrannis auf Lebenszeit anbot. Die Oligarchen aber zeigten sich erleichtert, denn jetzt war es wieder an ihnen, gemeinsam die Herrschaft zu übernehmen.

Was Pittakos an Aufschwung für Lesbos bewirkt hatte, konnten sie zum Glück nicht ungeschehen machen, denn am Ende hätte sie ein wirtschaftlicher Rückzug selbst am härtesten getroffen.

3

Der Ausbau meines Hauses fiel in die Winterzeit, aber mittlerweile hatte es sich auf ganz Lesbos herumgesprochen, dass hier eine Mädchenschule eröffnet werden sollte, und so trafen schon im *anthesterion* die ersten Schülerinnen ein. Natürlich hatte es zuvor mit den Eltern klärende Gespräche gegeben, wobei ich feststellen musste, dass deren Erwartungen sehr unterschiedlich ausfielen.

Mein Gedächtnis hat den Namen einer meiner ersten Schülerinnen bewahrt. Sie hieß Arignota und kam aus Pyrrha – jener Stadt, die damals uns politisch Verfolgten Asyl gewährt hatte.

Arignotas Vater ging von der Voraussetzung aus, dass wir in unserer Familie Pittakos gegenüber noch immer eine Feindschaft hegten, und sagte geradeheraus, er wolle seine Tochter nicht Leuten anvertrauen, die diesem Tyrannen die Füße küssten. Dies sei bei uns gewiss nicht der Fall, gab ich zurück, wir seien jedoch mit Pittakos längst ausgesöhnt, und da er sich offensichtlich zu seinem Vorteil verändert habe, so sei auch unsere Ansicht über ihn eine andere geworden. Arignota durfte dann trotzdem hier bleiben, aber sonst kann ich mich nicht an sie erinnern.

Während des Frühlings kamen aus der *pentapolis* weitere Schülerinnen, und wenn ich sie auch alle persönlich empfing und bei mir einführte, so trat ich doch nur mit den älteren Mädchen in nähere Verbindung.

Für die unter Zwölfjährigen hatte ich eine Lehrerin eingestellt, die den fast ausschließlich Schriftunkundigen das Schreiben und Lesen beibrachte und sie in die Anfangsgründe allgemeinen Wissens einführte.

Einem Teil der Eltern genügte das und sie nahmen ihre Töchter schon nach zwei Jahren wieder aus der Schule. Als ich einem Vater ruhig zu erklären versuchte, dass es besser wäre, noch zwei oder drei Jahre anzuhängen, wurde er zornig.

»Ich bin nicht gesonnen, aus meiner Tochter eine *hetaira musika* machen zu lassen. Wenn sie schreiben, lesen, die Götter aufzählen und ein bisschen auf der Lyra klimpern kann, so genügt mir das – und ihrem künftigen Gatten wohl auch!«

Mir genügte es nicht und das sagte ich ihm auch. Es scheint sich dann bald herumgesprochen zu haben, dass es nicht Ziel meiner Schule war, die Mädchen mit der dünnen Tünche einer Halbbildung zu versehen, sondern sie die Jahre über gründlich auf das Leben einer Erwachsenen vorzubereiten. Das versuchte ich den Eltern immer wieder klarzumachen und versäumte es nicht, darauf hinzuweisen, dass ich dies als eine Parallele zur Knabenerziehung verstehe. Nicht selten löste das Verblüffung und Unverständnis aus. Da wurde etwa eingewandt, ein Mädchen müsse schließlich nicht hinaus ins Leben und brauche deshalb auch keine Kenntnisse, die über ein häusliches Dasein hinausgingen. Darauf sagte ich zu einem der Väter: »Warum soll deine Tochter nichts über das Leben draußen wissen? Nichts über Handel und Wandel, Handwerk und Landwirtschaft, nichts über Geografie und Geschichte? Soll ihr künftiger Gemahl sein Geld an Hetären verschwenden müssen, weil er bei seiner eigenen Frau nur auf Unverständnis stößt und sie nicht im Stande ist, Probleme, die ihn und seinen Beruf betreffen, mit ihm durchzusprechen?«

Es war oft ein sehr mühsames Geschäft, die Mauer des Unverständnisses zu durchbrechen, wobei ich einem Mann – der nach eigenem Bekunden seine Tochter über alles liebte – die Frage stellte, warum er ihr nicht zugestehen wolle, was bei seinen Söhnen selbstverständlich sei. »Oder hat ein Mensch, nur weil er weiblich ist, einen geringeren Wert?«

Heute, im Abstand von Jahrzehnten, kann ich sagen, es ging voran. Nicht zuletzt auch deshalb, weil die Männer immer häufiger ihre Frauen vorschickten, um mit mir über die Ausbildung ihrer Tochter zu verhandeln. Wenn ich auch da nicht selten auf Unverständnis traf, so war dies nur das Ergebnis einer falschen, allein von männlichen Maßstäben geprägten Erziehung.

Dir, liebe Kleis, muss ich etwas gestehen. Wenn ich vorhin sagte, ich wollte andere, vor allem die Eltern meiner Schülerinnen darauf hinweisen, dass ich keine zweite Abanthis sei und weit über das Ziel ihres Unterrichts hinausgehen werde, so fühlte ich mich doch selbst in die Rolle meiner früheren Lehrerin hineinwachsen. In den ersten Monaten meines Unterrichts ging dies so weit, dass es mir manchmal auf der Zunge lag, Schülerinnen darauf hinzuweisen, dass mein Name Abanthis sei und nicht Sappho ... Diese Verwirrung verlor sich mit der Zeit, du wirst im Folgenden allerdings bemerken, dass ich manchmal doch in ihre Haut schlüpfte.

Dich, Kleis, sehe ich noch, wie du – von mir zum Stillschweigen verdammt – an den Unterrichtsstunden teilnahmst, ganz nach Lust und Laune. So konntest du an einem einzigen Tag da eine halbe Stunde am Chorgesang, dort eine Weile am Schreib- oder Musikunterricht teilhaben. Wie ich damals beim Unterricht meiner Brüder, so lerntest auch du spielerisch im Kreis älterer Mädchen mit Sprache und Schrift, mit Lyra und Flöte umzugehen und wurdest darüber aufgeklärt, dass Athena nicht nur eine Göttin, sondern die größte Stadt des alten Hellas sei. Meine Schülerinnen ersetzten dir die fehlenden Geschwister, und da sie dir allesamt an Jahren voraus waren, durftest du so etwas wie ein Nesthäkchen spielen – verwöhnt, verhätschelt, zugleich aber mit fröhlichem Respekt behandelt, denn du warst ja die Tochter der Lehrerin.

Sagte ich vorhin, dass du an allen Arten des Unterrichts nach Belieben teilnehmen konntest? So ganz stimmt es nicht ... Die Tür zum Zimmer der Zwölf- bis Vierzehnjährigen blieb dir verschlossen, wenn ich versuchte, diese Mädchen auf den Umgang mit ihrem künftigen Gatten vorzubereiten. Nicht etwa, weil ich mich geschämt hätte, diese Dinge in deiner Anwesenheit – du warst damals acht oder neun – abzuhandeln, sondern nur deshalb, weil die Vorgänge im Brautbett damals dein Verständnis überstiegen hätten. Außerdem hättest du die Schülerinnen – werdende Frauen! – nur gestört und verwirrt.

Du selbst – auch das mag seltsam klingen – hattest auch später keinen Aufklärungsunterricht nötig, weil nicht alle deiner älteren »Freundinnen« so verschwiegen waren, wie ich es mir im Stillen wünschte. Als ich dich dann als Zwölfjährige – oder warst du schon dreizehn? – in den Unterricht mit einbeziehen wollte, lachtest du mich aus und sagtest, du wüsstest darüber längst Bescheid. Aber doch nicht über alles, wollte ich wissen und da wurdest du verlegen. Ich fragte dann nicht weiter, fand aber bald heraus, dass eines der Mädchen dir besonders nahe stand, und so war es nicht schwer, mir den Rest zu denken. Trotzdem sehe ich mich – schon der Vollständigkeit halber – veranlasst, eine solche Unterrichtsstunde nachzuholen, und öffne somit weit die dir damals verschlossenen Türen ...

Ehe ich mit meinen älteren Schülerinnen über intime Einzelheiten sprach – immer unter vier Augen –, fasste ich sie in Gruppen von drei bis höchstens fünf zusammen und versuchte, das Thema zu umreißen.

»Beginnen wir gleich mit dem Wichtigsten. Ihr alle habt vermutlich erlebt, dass eure Mütter, älteren Schwestern oder Dienerinnen schwanger wurden und Kinder zur Welt brachten. Dazu eines vorweg: Dies ist keine Frage-, sondern eine Lehrstunde und so möchte ich euch bitten, mich nicht zu unterbrechen. Wer von euch schon Bescheid weiß, behält es vorerst für sich. Gut. Irgendwie werdet ihr ja alle gewusst haben, wie das Kind herauskommt, denn die meisten von euch sind auf Landgütern aufgewachsen und haben Hunde, Rinder, Schafe oder Ziegen gebären sehen. Einige von euch werden auch wissen, wie ein Kind im Mutterleib entsteht. Um Leben zu zeugen, braucht es immer ein Paar und so befördern Stier, Hengst, Hund oder Ziegenbock ihren Samen in den weiblichen Körper, nicht anders, als es die Männer bei Frauen tun. Wie? Davon wird später die Rede sein.

Tiere kennen keine Scham. Wenn sie erregt sind, so folgen sie dem Ruf der Natur und tun sich zusammen, wo immer sie sich gerade aufhalten – im Stall, auf der Weide, auf den Straßen.

Ich nenne das die Liebe ohne Kopf, denn die Tiere gehorchen nur dem Befehl des Körpers. Bei uns Menschen ist es anders – oder sollte es zumindest sein. Auch wir folgen dem uns von den Göttern verliehenen Wunsch zur körperlichen Vereinigung, doch die Seele schwingt mit, der Geist ist wesentlich daran beteiligt. Einem Rüden etwa ist es gleichgültig, ob die Hündin nur ein Auge hat, ob Schwanz oder Ohren fehlen, ob sie räudig ist oder hinkt. Der Geruch ihrer Bereitschaft erregt ihn und steuert sein Verlangen. Bei uns Menschen aber sind alle Sinne daran beteiligt. Unser Blick umfasst den Partner, unser Ohr hört seine Stimme, unsere Hände berühren seine Haut und da mag uns einiges abstoßen oder anziehen.

Jetzt schauen wir uns einmal den Unterschied der Geschlechter an. Die meisten von euch haben Brüder, es gibt da Väter und männliche Bedienstete. In eurem Alter setze ich voraus, dass ihr in etwa die Ungleichheiten kennt, denn nicht nur Bart, fehlende Brüste und tiefere Stimme unterscheiden den Mann von der Frau. Da gibt es den Phallos, der – wenn uns die Brüste knospen – bei den Jungen etwa vom zwölften Lebensjahr an zu wachsen beginnt und beim Sechzehn- bis Siebzehnjährigen seine endgültige Größe erreicht. Doch nicht nur die Existenz dieses Organes unterscheidet uns vom Mann, sondern dass es offen zutage liegt. Bei einem nackten Jüngling ist seine Männlichkeit von außen sichtbar, deutlich und ohne Geheimnis. Bei uns aber liegt das, was uns zu Frauen macht, im Schoß verborgen – geheimnisvoll und vielen Männern rätselhaft oder gar bedrohlich. Als ich in eurem Alter war, habe ich ungewollt ein Gespräch zwischen meinen Brüdern und ihren Freunden belauscht. Da war die Rede von einem Mann, der sich allmählich vor dem Schoß seiner Frau zu fürchten begann, weil er nicht wusste, wie es da im Inneren aussah und ob nicht dort etwas verborgen sei, das nach seinem Phallos schnappen oder ihn gewaltsam festhalten könne.«

Da brach ein befreiendes Gelächter aus, das mir noch jetzt in den Ohren klingt. Ich hob die Hand und wartete, bis das letzte Kichern verebbt war.

»Was ihr jetzt so lustig findet, hat der arme Mann nicht zum Spaß gesagt, sondern es hat ihn ernsthaft beschäftigt. Wie aber kann es zu solchen Missverständnissen kommen? Weil wir zu wenig voneinander wissen! Dieser Mann ist als Junge von seinem Mentor nicht darüber aufgeklärt worden, dass sein Phallos ungefährdet vom Schoß seiner Gemahlin aufgenommen wird und dass dieser Akt ihm und ihr Lust bereiten soll. Wo jedoch Angst und Ablehnung im Spiel sind, wird der Beischlaf zu einem lieblosen Akt der Zeugung herabgewürdigt und weder Mann noch Frau werden daran Freude haben. Dieser betreffende Herr war damals Mentor von einem der Jungen, deren Gespräch ich belauschte, und hat sich schließlich in Betreff der körperlichen Liebe ganz seinem Schützling zugewandt.

Jetzt komme ich wieder zu der Feststellung, dass beim Menschen Geist und Seele wesentlich an der körperlichen Vereinigung beteiligt sind, und sie kann auch am eigenen Geschlecht mit Lust vollzogen werden. Bei Tieren ist das unmöglich. Kein Rüde, kein Hase, kein Hengst und kein Stier wird sich dem eigenen Geschlecht zuwenden – es sei denn im manchmal sogar tödlichen Kampf um Vorrang bei den weiblichen Tieren.

Zum Schluss möchte ich euch vor Bemerkungen warnen, die ihr vielleicht von Müttern, Ammen oder Dienerinnen gehört habt und die etwa so klingen: Was hat eine Frau schon vom

Beischlaf? Die Männer dringen gewaltsam in uns ein, dann folgen mühevolle Schwangerschaft und schmerzhafte Geburt. Mehr oder weniger trifft nur das Letzte zu. Eine Zeugung kann durchaus lustvoll sein – auch für uns Frauen! Und eine Schwangerschaft ist trotz mancher Beschwerden eine selige Zeit der Erwartung.

Was aber können wir aus unserer Sicht tun, um uns das Ehebett nicht verleiden zu lassen? Das möchte ich mit jeder von euch im Einzelgespräch klären. Ihr könnt nun eure Fragen stellen.«

Den hier wiedergegebenen Vortrag habe ich in dieser oder ähnlicher Form viele Male gehalten, doch meine Aufforderung zu fragen hatte den unterschiedlichsten Widerhall. Es kam vor, dass verlegenes Schweigen herrschte und ich nur auf gesenkte Köpfe schaute. Meistens war es dann so, dass zumindest eine Schülerin den Mut zu Fragen aufbrachte, manchmal waren es zwei oder drei. Auf diese Fragen – sie waren unterschiedlichster Art – möchte ich jetzt nicht eingehen, nur so viel: Ich machte mir Notizen über die Reaktionen der einzelnen Mädchen und stellte mich beim später folgenden Einzelgespräch darauf ein.

Wie immer lese ich das hier Geschriebene von Zeit zu Zeit wieder durch und bin bei meinem aufklärenden Vortrag stutzig geworden. Trügt mich mein Gedächtnis oder habe ich tatsächlich so harte, so direkte Worte gebraucht?

Du, Kleis, wirst dich vielleicht fragen, warum eine weithin bekannte Dichterin überhaupt fähig ist, sich in so nüchterner Sprache auszudrücken, wo ihr doch sonst die Muse den Schreibstift führt?

Freilich, ich könnte über die schlichte Tatsache, dass einem Mann beim Anblick oder bei der Berührung seiner Geliebten der Phallos steif wird, sagen: Als sein verlangender Blick die Geliebte umfasste, fühlte er, wie ihm das Blut in die Lenden schoss und seine Männlichkeit mächtig aufblühte. Junge Menschen aber schätzen so hochpoetische Bilder nicht – sie nennen das ein verschwommenes Gelaber und wollen Tatsachen klar und deutlich dargestellt wissen.

Das Entscheidende war dann sowieso unser vertrauliches

Gespräch, ohne Zeugen, ohne Störung, wobei ich mich bemühte, von Frau zu Frau und nicht von Lehrerin zu Schülerin zu sprechen.

Da lernt man dann zu verstehen, wie unterschiedlich wir Menschen angelegt sind. Äußerlich ähnelten sich viele dieser gleichaltrigen Mädchen zum Verwechseln, aber wenn ich sie nach Jahren des Unterrichts und nach vertraulichen Gesprächen näher kennen gelernt habe, dann tat sich eine Vielfalt auf, die meine Hochachtung vor Zeus, dem Schöpfer der Menschen, noch vergrößerte.

Und seltsam genug. Abanthis, die mich bisher in Erinnerung und Vorstellung so lange begleitet hatte, die sogar für kurze Zeit in die Haut meines wunderlichen Geliebten Myron geschlüpft war – Abanthis begann zu verblassen. Jetzt, da ich ihr am nächsten war, in Alter und Beruf, jetzt, da ich ihrer aufklärenden Liebesstunde dankbar gedachte und sie bei meinen Schülerinnen anwandte, jetzt hatte ich zu meinem Ich gefunden und wusste, dass es gut war, was ich tat.

Dass nicht alle dieser Meinung waren, sollte ich bald zu spüren bekommen, doch das konnte mich nicht wankend machen, auch nicht bewegen, die Art meiner Mädchenerziehung zu ändern oder gar meinen Beruf aufzugeben.

4

Wie sehr doch die Herkunft eines Menschen mit dem Schicksal seiner Heimat verbunden ist, wurde mir bei Iranna aus Chios deutlich. Jeder gebildete Hellene wird den Namen dieser Insel mit Homeros verbinden, der dort zwar nicht zur Welt kam, auf Chios jedoch den größten Teil seines Werkes geschaffen hat. Es ist freilich nicht gerecht, einen Menschen höher oder als etwas Besonderes einzuschätzen, nur weil er etwa aus der Troas stammt, wo der berühmte Krieg stattfand, oder aus der glanzvollen Stadt Athena – oder eben aus Chios, der Wirkungsstätte des Homeros.

Iranna war aber auch sonst bemerkenswert. Sie wird etwa zwölf gewesen sein, als sie hierher kam – ein schlanker, schwarzäugiger Kobold, ein bezaubernder Wirbelwind, vom Wesen her etwas chaotisch angelegt. Ihre bisherige Erziehung war ihrer Schilderung nach nicht die beste gewesen. Die Eltern kümmerten sich wenig um sie, denn da gab es vier Brüder. Als eine der reichsten Familien auf Chios allerdings den Wunsch äußerte, den einzigen Sohn mit Iranna zu verbinden, rückte sie plötzlich in das Zentrum der Aufmerksamkeit. Nun wollte Irannas Vater schnell nachholen, was versäumt worden war, und schickte sie zu mir, um den Kobold binnen weniger Jahre in eine gebildete und tüchtige Frau zu verwandeln.

Im Grunde ihres Herzens war sie ein scheuer, liebenswerter Mensch, tat aber alles, um diese Scheu zu verbergen, um zu zeigen, dass man mit ihr Pferde stehlen konnte. Am schwersten fielen ihr das Stillhalten und das Schweigen. Sie war von dem Drang beseelt, sich tänzerisch zu bewegen und allen mitzuteilen, was sie dachte, fühlte, konnte, wollte und erträumte.

Ich hatte freie Plauderstunden eingeführt, um den Unterricht weniger anstrengend und eintönig zu gestalten, und da war Iranna imstande, ein Dutzend Mädchen mit schwungvoller, bunt schillernder Rede in Bann zu halten. Ich hielt es für besser, die Mädchen dabei unter sich zu lassen, erlag aber gelegentlich meiner Neugier und belauschte sie aus einem Nebenraum. Dabei musste ich keineswegs mein Ohr an die Tür pressen, denn Irannas helle Stimme war weithin zu vernehmen.

»Also, wenn ich euch erzähle, was heute Nacht mit mir geschehen ist – nein, ihr werdet es nicht glauben.« Kunstpause.

»Es ist wohl besser, ich erzähle es euch nicht ...«

Laute Proteste.

»Also gut, nur, es ist so seltsam, dass es mir selbst wie ein Traum erscheint. Ihr wisst ja, dass ich zur Zeit allein im Zimmer bin, aber ich werde Sappho bitten, das zweite Bett – oder auch nicht? Na, wir werden sehen. Ehe ich mich gestern Abend schlafen legte, zog ich den Vorhang zu, weil das dicke, unverschämte Gesicht der Selene direkt in mein Zimmer guckte. Die alte zauberische Hexe bläht sich auf und schrumpft, wie es ihr gerade gefällt. Ihr Licht war so stark, dass ich mich zur Wand drehte. Ich war gerade am Einschlafen, da spürte ich etwas wie einen Luftzug, dachte, da legst du doch besser die Läden vor, drehte mich zum Fenster – und dann – und dann ...« Es war, als könne sie vor Schrecken nicht weitersprechen.

»Ja, was war dann? Erzähl schon! Los!« Die Stimmen der anderen gingen durcheinander.

»Also gut, schließlich habe ich es versprochen. Ich sah, wie der Vorhang sich bewegte, sich zuerst wie unter einem Windstoß bauschte, dann aber öffnete, als ziehe ihn von draußen eine Hand zurück. So vernünftig war ich noch, dass ich dachte, mein Zimmer liegt im ersten Stock, da müsste jemand eine Leiter – nein, dann plötzlich war der Vorhang offen und ich hätte wieder den Mond sehen müssen, aber ein Körper verdeckte ihn – genauer gesagt, ein halber Körper, denn das Fenster wäre zu klein, um einen ganzen Menschen zu zeigen. Ich erstarrte vor Schreck, sah im Gegenlicht nur einen schwarzen Schatten, von dem ein Flüstern kam, das sehr leise schien und doch so deutlich zu hören war wie eine ganz laute Stimme. Ich zog die Decke fester an mich und rückte zur Wand, als ich hörte: Hab keine Angst – ich bin's, Adonis, Sohn des Kinyras und der Myrrha. In wenigen Tagen beginnt der Monat *pyanepsion* und ich muss in den *tartaros* zurück, wie Aphrodite es mit Persephone abgesprochen hat. Und davor graut mir! Glaube mir, es ist besser, auf Erden ein Sklave oder ein Schweinehirt zu sein als im Schattenreich ein Fürst. Ihr Mädchen habt mir in den letzten Tagen so schöne Adonisgärtlein gerichtet, habt meine Altäre mit Blumen geschmückt und mir Klagelieder gesungen. Das versüßt mir ein wenig den Abschied von der sonnenbeschienenen Erde und von Aphrodite, meiner himmlischen Geliebten, aber einmal noch – nur noch einmal möchte ich einen lebendigen Körper umarmen, möchte die Wärme eines Frauenleibes spüren ... Während er dies flüsterte, war er durchs Fenster gestiegen – nein, geschwebt, und hatte sich mit lautlosen Schritten meinem Bett genähert. Obwohl der Mond nur seinen Rücken beschien, umstrahlte ihn jetzt eine göttliche Aura, ich erblickte Adonis in seiner Nacktheit und kann euch nur sagen, der Mann war so überirdisch schön – schöner als der schönste *ephebos* im *gymnasion* ... Seine Muskeln spielten auf der glatten Haut, Schenkel wie Säulen aus parischem Marmor – und – und ...«

Ein Schnaufen und Geraune war zu vernehmen, dazwischen eine helle, vor Erregung heisere Stimme: »Wie ging es weiter? Rede schon, Iranna!«

»Ich weiß nicht, ob ich es sagen darf, denn Adonis ist ja immerhin so etwas wie ein Halbgott ...«

Wieder kamen ermunternde Rufe, dann Irannas schön klingende Stimme.

»Gut, ich erzähle es euch. Kaum waren seine letzten Worte verklungen, legte er sich zu mir ins Bett, umschlang mich mit seinen Armen, presste seinen göttlichen Leib an den meinen – und da wurde ich vor heiligem Schrecken ohnmächtig. Als ich später erwachte, waren die Vorhänge noch immer weit offen ...«

Zuerst ein kurzes Schweigen, dann durcheinander schwirrende Stimmen: »Hat er dir – was ist geschehen – bist du – aber dann musst du ...«

Natürlich machten solche Geschichten die Runde, und wenn sie auch nicht von allen geglaubt wurden, so konnte sich Iranna einer Bewunderung erfreuen, die sie über die anderen erhob.

In der Regel war es so, dass ich in solchen Fällen die Wogen zu glätten versuchte, denn in einer Gemeinschaft von Lernenden sollte eine gewisse Gleichheit herrschen, sollte nur einer über den Schülern stehen – der Lehrer. In unserem Fall waren es wir drei Lehrerinnen und es dauerte nicht lange, dann kamen die Klagen. Iranna, so wurde mir gesagt, könne zwar leidlich lesen, sei allerdings kaum imstande, den *alphabetos* herzusagen, geschweige denn ein Wort richtig hinzuschreiben. Zwar könne sie weite Teile der homerischen Hymnen auswendig deklamieren, bringe dabei jedoch leicht etwas durcheinander. So habe sie kürzlich den Hymnos auf Aphrodite mit dem auf Demeter vermengt und dazu noch dreist behauptet, ihre Version sei die richtige. Als die Lehrerin ihr nachwies, dass sie Unrecht habe, sei sie weinend aus dem Zimmer gelaufen.

Ich hörte mir diese Klagen geduldig an und muss gestehen, dass sie mich kaum bewegten, denn zu dieser Zeit war ich schon geneigt, Iranna Eigenschaften wie Trotz, Faulheit, launisches Verhalten und dreiste Lügen zu verzeihen. Es ist nun einmal ihre Art, entschuldigte ich sie vor mir selbst, und schließlich hat sie auch eine ganze Anzahl guter Seiten. Ich bemühte mich dann, diese aufzuzählen. Sie ist im Grunde gutmütig, immer hilfsbereit, nicht nachtragend, auch einsichtig und reuevoll und es ist ein stetes Bemühen um Besserung zu erkennen. Aber ich durfte niemals vergessen, dass ich den Mädchen gegenüber verpflichtet war, sie alle gleich zu behandeln, keine zu bevorzugen oder ihnen Sonderrechte einzuräumen. Darum bemühte ich mich nach Kräften und habe es niemals versäumt, Iranna zu ermahnen, wenn es nötig war. Am Ende bleibt jedoch die Entscheidung der Notwendigkeit einer Rüge oder Ermahnung im Belieben der Lehrerin. Ich fürchte, dass ich Iranna zu viel Nachsicht angedeihen ließ, vor allem als wir uns näher – sehr nahe – gekommen waren.

Als dies geschah, war meine Schule bereits gut eingeführt und hatte sich weit über Lesbos hinaus den Ruf erworben, es gebe für junge Mädchen aus gutem Hause keine bessere und umfassendere Ausbildung. Heute bemühen sich auch andere Schulen – und nicht nur auf Lesbos – zu bieten, was damals mein Programm war, doch in jener Zeit war dieses, soweit mir bekannt ist, in ganz Hellas ohne Beispiel.

Neben Schreiben, Lesen, Rechnen und einer gründlichen Allgemeinbildung wurden die jungen Mädchen auch mit Chorgesang, Wechselgesang, Einzelgesang, Reigen- und Einzeltanz vertraut gemacht und die am besten dazu Geeigneten traten regelmäßig bei Tempelfesten auf. Daneben gab es eine Schulung des Sprechens, des Auftretens, des Kleidens, der Körper- und Gesichtspflege. Ich versuchte stets, den ganzen Menschen zu erfassen, Körper und Geist in Einklang zu bringen. Mein Erfolg gab mir Recht und Neider waren zu erwarten, denn Neid ist immer der Wegbegleiter des gedeihlichen Gelingens, des Erfolges.

Damit hätte ich leben können, wäre nicht ein entfernt verwandter Zweig unserer Familie gewesen, der sich gewiss nicht um mich und Larichos gekümmert hätte, wenn wir im Exil geblieben oder verarmt und verkümmert wären. So aber tauchte plötzlich ein Mann auf, der mir langatmig unsere Verwandtschaft auseinander setzte, dann darauf hinwies, dass Charaxos wohl in Aigyptos bleiben und sich kaum noch um mich und Larichos kümmern werde. Nach altem Herkommen müsse es in jeder Familie einen *patriarchos* geben, der bereit und geeignet sei, Verantwortung zu tragen. Und durch Alter, Herkommen und Verwandtschaft sei er, Promachos, dazu bestimmt.

Er saß mir in meinem Arbeitszimmer gegenüber, ließ dann und wann seinen Blick über die Schriftrollen, die gestapelten Papyrosblätter und das hier aufbewahrte Schreibzeug gleiten. Er mochte so an die fünfzig sein, hielt sich straff, war in Bewegung und Rede sparsam. Sein tiefschwarzer Bart schien mir gefärbt, sein Haupthaar war dünn, aber sorgfältig gelegt.

Seine Ruhe konnte mich nicht täuschen, denn seine rechte Hand zupfte ständig am *peplos* und seine fahle Zunge zuckte immer wieder hervor und glitt über die schmalen Lippen. Ich hatte niemals von ihm und seiner Familie gehört und er gab so gut wie nichts darüber preis, trotz aller Versuche, unsere Verwandtschaft zu erläutern. Ich weiß nur noch, dass es Vorfahren meiner Mutter waren, die sich irgendwann abgezweigt und einen eigenen Stamm begründet hatten. So gesehen waren nahezu alle alteingesessenen Familien auf Lesbos irgendwie verwandt oder verschwägert und es erschien mir lächerlich, davon gewisse Rechte abzuleiten.

Was Promachos eigentlich wollte, fasste er gegen Ende der Unterredung in zwei Sätzen zusammen. »Ich bin verwitwet und habe mir gedacht, hierher zu ziehen und die Verwaltung der Schule zu übernehmen. Das Lehrprogramm kannst du beibehalten, aber ich möchte über alles informiert werden.«

Ich war menschenkundig genug, um diesen offenbar sehr entschlossenen Menschen nicht gleich gegen mich aufzubringen.

»Das wäre gewiss zu bedenken, doch Charaxos wird zurückkehren, da bin ich mir sicher. Sein Geschäft ist hier und von hier aus treibt er Handel mit Aigyptos. Nichts deutet darauf hin, dass er dort bleiben will.«

Promachos lächelte schlau. »So? Und was ist mit dieser Doricha, auch als die schöne Rhodopis bekannt? Er wird nicht von ihr lassen und sie wird niemals hierher kommen. So liegt der Schluss nahe, dass Charaxos in Naukratis bleibt.«

Ich versuchte ein unbefangenes Lächeln. »Selbst wenn er es tut, so gibt es immer noch meinen Bruder Larichos, der meine Interessen wahrnimmt.«

Promachos blies verächtlich die Luft aus. »Larichos? Der ist ja noch ein *ephebos* und in keinem Fall geeignet, die Last eines *patriarchos* zu tragen.«

»Der *ephebos* ist längst ein erwachsener Mann und wirkt als Lehrer am *gymnasion.*«

»Solange er keine Familie gegründet hat ...«

Da fiel ich ihm gleich ins Wort. »Das wird er demnächst tun.«

Das war nicht gelogen, denn er hatte in letzter Zeit immer wieder davon gesprochen, sich zu verheiraten, wollte nur die Rückkehr von Charaxos abwarten.

»Davon weiß ich nichts.«

Ich erhob mich. »Es geht dich auch nichts an.«

»Das werden wir ja sehen!«

Am Abend erzählte ich Larichos von dem Besuch.

»Ah – da will sich einer an deinen Erfolg anhängen, will teilhaben am Gewinn, ohne etwas dafür zu tun. Die Verwaltung übernehmen – dass ich nicht lache! Da will sich ein *parasitos* bei uns einschleichen und das werde ich zu verhindern wissen.«

Er versprach, sich nach Promachos zu erkundigen, was ihm nicht schwer fiel, denn er war mit einem der Pittakos-Söhne befreundet. Larichos, das muss ich hier sagen, war überhaupt ein Mensch ohne Feinde. Seine offene und verbindliche Art, seine Herzlichkeit, wenn er den Widerhall seiner Freundschaft spürte, und sein unbestechlicher Gerechtigkeitssinn ließen ihn schnell beliebt werden, und wer ihm Feind war, hielt dies meist nicht lange durch, weil Larichos ihm die Sinnlosigkeit einer Gegnerschaft in ruhigen Worten auseinander setzte.

Er fand dann schnell heraus, dass Promachos mit einigen seiner Verwandten vor kurzem aus Antissa zugezogen war, von wo seine verstorbene Frau stammte. Dort hatte er sich in trübe Geschäfte verstrickt, Schulden gemacht und musste schließlich die Stadt verlassen.

»Sollte dieser Mensch noch einmal bei dir auftauchen, dann schicke ihn ins *prytaneion* und dort wird man ihm den Kopf zurechtrücken.«

Zum Glück brauchte ich den Rat meines Bruders nicht zu befolgen, denn Promachos verschwand wenig später sang- und klanglos aus der Stadt.

Nun ertappe ich mich zum wiederholten Mal dabei, den Fortgang meines Berichts zu unterbrechen, um auf unwichtige Nebenpfade auszuweichen. Ohne mich rechtfertigen zu wollen – Promachos und sein Versuch, sich bei mir einzuschleichen, mag nur eine unbedeutende Episode gewesen sein, doch im Laufe der Jahre traten andere mit ähnlichen Ansprüchen auf. Auch fehlte es nicht an Bemühungen, meine Schule in ein schlechtes Licht zu rücken, meine Lehrmethoden zu verunglimpfen. Das ging bis zu dem Vorwurf, ich betreibe insgeheim eine Schule für Hetären. Anstatt die Mädchen auf Ehe- und Hausstand vorzubereiten, mache ich sie dafür untauglich. Ein Vorwurf kann noch so frech aus der Luft gegriffen, so widersinnig wie fantastisch sein – immer werden sich welche finden, die daran glauben oder voll Häme solche Gerüchte verbreiten.

Nach dieser nötigen Abschweifung zurück zu Iranna. Ja, ich gebe es zu, ich konnte diesem Mädchen nicht ernsthaft böse sein, war immer geneigt, für ihr Tun eine Entschuldigung zu finden. Sie spürte natürlich meine Zuneigung, meine Nachsicht, manchmal auch meine Hilflosigkeit ihr gegenüber. Nützte sie es aus? Darüber habe ich lange nachgedacht – damals wie jetzt, ich glaube jedoch nicht, dass man es ihr vorwerfen kann. Sie stand zu dem, was sie tat, versuchte nicht, etwas zu verkleinern oder schönzureden. Dann und wann überreichte sie mir – fast verschämt – winzige Geschenke, jedoch niemals im Zusammenhang mit einem zuvor erfolgten Tadel. Sie achtete genau darauf, nur zu schenken, wenn es nicht nach einer

Gegenleistung aussah. Freilich war sie nicht die einzige meiner Schülerinnen, die mich mit kleinen Gaben bedachte, doch bei den anderen war leicht zu erkennen, was sie damit sagen wollten. Ich habe dich gekränkt und entschuldige mich mit einem Geschenk.

Ihr so farbig geschildertes »Erlebnis« mit Adonis machte in der Schule schnell die Runde und so konnte ich nicht umhin, Iranna – nein, nicht zu rügen oder der Lüge zu zeihen – mit gespielter Neugier zu befragen.

Ich hatte sie in mein Arbeitszimmer gebeten und forderte sie zunächst bewusst nicht auf, Platz zu nehmen. Lange Erfahrung hatte mich nämlich gelehrt, bei einem ernsten oder zumindest ernst gemeinten Gespräch die Schülerin anfangs stehen zu lassen und ihr erst einen Sitz anzubieten, wenn sich eine Klärung des Falles andeutete.

»Iranna, wie stehst du jetzt, nach einigen Tagen, zu deinem nächtlichen Erlebnis? War es ein Traum oder bist du dir sicher, dass dich Adonis in eigener Person besuchte?«

Ich habe schon erwähnt, dass sie kein Mensch war, der länger stillhalten konnte, und so begann sie auch jetzt, auf eine fast anmutig-tänzerische Art von einem Fuß auf den anderen zu treten.

Während dieser warmen Spätsommertage ließ ich die Mädchen barfuß laufen und sie durften sich innerhalb des Hauses mit einem kurzen *chiton* begnügen, doch ich bestand darauf, dass sie dieses leichte Kleidungsstück zumindest knielang tragen.

So stand sie also vor mir, dieser schwarzäugige Kobold, und ich konnte feststellen, dass ihre Weiblichkeit in den letzten Monaten sichtbare Fortschritte gemacht hatte. Die kleinenn festen Brüste begannen sich deutlich abzuzeichnen, ihre Hüften hatten sich gerundet und von den früher eher schmalen Schenkeln war auch unter dem *chiton* zu ahnen, dass sie festere Formen angenommen hatten.

Iranna gehörte nicht zu jenen, deren Blick bei unbehaglichen Gesprächen auswich oder die ihn zu Boden senkten. Nein, sie schaute mir ernst in die Augen und hob die Schultern.

»Ich weiß nicht so recht ... Mein Erlebnis war so deutlich, so klar – andererseits ...«

»Andererseits hast du nichts an dir festgestellt, was auf die Anwesenheit eines Mannes in deinem Bett hinweisen könnte?«

»Was hätte ich da feststellen können?«, fragte sie unschuldig und ich wusste nun, dass es an der Zeit für ein klärendes Gespräch war. Ich lachte.

»Da gibt es schon einiges, das dir sagen kann, ob du mit einem Mann geschlafen hast oder nicht. Wir werden bald darüber in aller Ruhe reden – einverstanden?«

Sie nickte so heftig, dass die dunklen Haare über ihre Schultern flogen.

Danach fragte ich mich, ob Iranna nicht längst zu diesem Gespräch reif gewesen wäre, denn sie würde bald ihr vierzehntes Jahr vollenden und dann nach Chios zurückgehen. Vielleicht wollte ich ihren Weggang verzögern, vielleicht gönnte ich sie ihrem *nymphios* nicht ...

Ich muss betonen, dass jenes aufklärende Gespräch mit Iranna nicht das erste an meiner Schule war, denn mein Unterricht ging bereits ins dritte Jahr und es waren schon einige Dutzend gewesen, denen ich die Geheimnisse des weiblichen Körpers zu enträtseln versuchte. Um die Szene lebendiger zu gestalten, führte ich diese Gespräche nach Sonnenuntergang, denn es sollte ja nachgespielt werden, wie Braut und Bräutigam die gemeinsame Schlafkammer betraten.

So stand ich am Fenster und erwartete Iranna mit einer seltsamen Mischung der Gefühle. Zum einen wünschte ich, Helios würde endlich seine Nachtreise antreten, zum anderen hätte ich am liebsten seinen Sonnenwagen zum Stehen gebracht. Kurz gesagt, ich fürchtete Irannas Kommen und wünschte es zugleich herbei.

Langsam breitete die Nacht ihre schwarzen Flügel über die Stadt.

Ich wandte mich um, trank einige Schlucke des gemischten Weines und lauschte auf nahende Schritte. Jede wie auch immer geartete Schulung fand in den dafür vorgesehenen Räumen oder im Freien statt, mit Ausnahme dieser intimen Gespräche, die ja auch so etwas wie ein Schlussstein waren an dem von mir errichteten Lehrgebäude.

Plötzlich stand sie dann im Zimmer und die Dienerin zog leise die Türe zu.

»Setze dich zu mir, Iranna.«

Wir nahmen auf Stühlen gegenüber Platz, dazwischen stand der niedrige Tisch mit Wein- und Wasserkrug, dazu die beiden Trinkschalen. Ich füllte die ihre zur Hälfte, goss etwas Wasser darauf und reichte sie über den Tisch.

»Damit beginnt unser Spiel, das den Abend der *gamika,* der Hochzeitsfeier, nachahmen oder, richtiger gesagt, vorwegnehmen soll.«

Iranna schwieg und das war bei ihr sehr ungewöhnlich. Ich hatte nur zwei Öllämpchen entzünden lassen – das eine stand auf dem Tisch, das andere flackerte am Fenster im leisen Abendwind. Über Irannas schmales Gesicht tanzte das Licht und täuschte die unterschiedlichsten Stimmungen vor. Es war, als lache sie, schaue grimmig, grinse boshaft oder verziehe das Gesicht vor Schmerz. Iranna schien bei mir Ähnliches zu entdecken.

»Du siehst heute so anders aus, Sappho – so fremd ...«

»Das liegt am Flackerlicht ...« Ich riss mich zusammen. »Wir haben heute ein Thema zu behandeln, das – das dir den Sinn öffnen soll über die Möglichkeiten deines eigenen Körpers und außerdem ...«

»Reden wir doch über den Körper des Mannes! Meinen eigenen kenne ich schließlich und bei der Brautnacht geht es ja darum, dass ...«

Ich seufzte. »Anscheinend ist es uns während deiner ganzen Schulzeit nicht gelungen, dir abzugewöhnen, jemandem ins Wort zu fallen. Vielleicht hat dein künftiger Mann mehr Glück ...«

Unruhig zappelte sie auf dem Stuhl herum und ich spürte, dass sie am liebsten aufgestanden und herumgelaufen wäre. Doch ich blieb hart.

»Habe ich nicht genug über den männlichen Körper erzählt?

Du kennst die Unterschiede, weißt, was der Bräutigam von dir will, weißt, wie Kinder empfangen und geboren werden.«

»Ist das alles?«

»Nein, darum bist du ja hier. Bei den Tieren, habe ich euch erklärt, ist an der geschlechtlichen Vereinigung nur der Körper beteiligt, bei den Menschen auch das Herz. Das ist nun der Grund, warum Mann und Frau nicht einfach ins Bett steigen und sich paaren, sondern am Tag der Hochzeit dieses Ereignis mit einer festlichen Zeremonie umgeben. Im Kreise der Freunde und Verwandten wird dann mit Musik, Gesang, Tanz sowie erlesenen Speisen und Getränken gefeiert.«

Iranna griff nach ihrer Weinschale. Ich nickte.

»Trinke nur, trinke, wie du es an diesem Tag ausgiebiger tun wirst als je zuvor.«

Ich goss ihr und mir aus dem Weinkrug nach und wir tranken.

»Von Mädchen, die durch meine Schule gingen und danach heirateten, weiß ich, dass unser Spiel manchmal der Wahrheit nahe kommt, manchmal auch nicht, aber eine Hilfe ist es immer, denn keiner von euch soll das Brautbett wie einem ahnungslosen Lämmchen zur Schlachtbank werden.«

Wir tranken ein letztes Mal, ich erhob mich, ergriff ihre Hand und sie stand auf. Wir gingen in die dämmrig erleuchtete Schlafkammer und setzten uns aufs Bett.

»Zeige deinem Mann, dass du ihn, dass du seinen Körper herbeisehnst und entkleide dich vor seinen Augen. Tue es aber nicht nach Hetärenart mit lüsternen Gesten, die ihn erregen sollen, sondern verschämt und ungeschickt, wie es einer *parthenos* ansteht.« Ich nickte ihr aufmunternd zu.

»Schließlich bin ich ja eine Jungfrau, werde es gar nicht anders können ...«

Ich lächelte. »Wer weiß ...«

Sie schlüpfte hastig aus ihren Kleidern und ich fasste ihren Arm.

»Du machst es zu schnell. Es sieht dann so aus, als könntest du es kaum noch erwarten, in seinen Armen zu liegen, und das wird ihn stutzig machen. Denke daran, er ist dir nahe und zum ersten Mal in deinem Leben legst du in Anwesenheit eines Mannes deine Kleider ab. Sieh jetzt in mir nicht die vertraute Lehrerin, sondern deinen *nymphios*.«

Sie seufzte. »Das ist nicht einfach ...«

Aber sie machte es dann recht geschickt, etwas zögerlich und mit gesenktem Blick. Ihre zarte, fast noch kindliche Gestalt war dennoch der Körper einer jungen Frau mit kleinen, straffen Brüsten, schmalen, doch schön gerundeten Schenkeln, dazwischen der kleine, fast rührende Haarbusch des Schoßes.

Was mir bei den anderen Mädchen niemals geschehen war, ergriff jetzt von mir Besitz – ein Gefühl der Andacht, der Anbetung, auch der Unterlegenheit. Was immer sie jetzt verlangt hätte, ich wäre ihr widerspruchslos zu Diensten gewesen. Ich spürte, wie mir die Zügel entglitten, wie aus der Verführerin in der Maske des Bräutigams die hilflos Verführte wurde. Das durfte nicht sein. Zart küsste ich ihre kühlen Lippen, den Hals, die Brüste und liebkoste mit der Hand die festen, glatthäutigen Schenkel.

»Was ich jetzt tue, Iranna, wird ein erfahrener, verständiger Mann in ähnlicher Weise tun und er wird warten, bis dein Schoß sich unter seiner Liebkosung öffnet. Du kannst jedoch auch an einen Rüpel geraten, für den du zum Besitz geworden bist und dem du in allem zu Willen sein musst – ob es dir passt oder nicht. Er wird mit Gewalt deine Knie auseinander zwängen und seine haarigen Beine dazwischenschieben. Sein aufrecht stehender Phallos zielt auf deinen Schoß, der sich vor Angst und Entsetzen verkrampft hat, und nun versucht er, mit Gewalt dort einzudringen.«

Iranna hatte sich aufgerichtet und schaute mich mit ihren großen, dunklen Augen erschreckt an. Sanft drückte ich ihren Oberkörper zurück.

»Doch das muss nicht sein und ich will dich lehren, wie du es verhindern kannst.«

Ich streichelte sie am ganzen Körper, bis die Anspannung wich.

»Jetzt öffne deine Schenkel ein wenig ...«

Ich führte ihre Hand behutsam an ihr Geschlecht, berührte

zuvor selbst das Zentrum unserer Weiblichkeit und führte ihre Finger dorthin.

»Streichle die kleine Knospe so zart, als sei sie eine ungeöffnete Blüte, bis sie zu schwellen beginnt, bis du in deinem Schoß ein warmes, wohliges Pochen verspürst, und dann erst gib dich seiner Umarmung hin, dann wird sein Liebespfeil nur noch einen kleinen Widerstand finden, das Hymen, das wie ein schwaches Türchen den Weg versperrt. Es ist leicht aufzustoßen, schmerzt vielleicht ein wenig, aber du vergisst es schnell.«

Hatte sie mir noch zugehört? Sie lag mit geschlossenen Augen und weit gespreizten Schenkeln da und zeigte sich als gelehrige Schülerin. Ihr leises Stöhnen wurde lauter und lauter, endete in einem erlösenden Schrei, der wie das hohe Jaulen eines jungen Hundes klang. Ihr schneller Atem beruhigte sich, sie öffnete die Augen und umarmte mich heftig. Heiser flüsterte sie mir ins Ohr: »Aber wozu brauchen wir da einen Mann? Es geht auch so – es ist – es ist herrlich ...«

Ich machte mich los und lachte leise.

»Weil es unter uns Menschen keine *parthenogenesis* gibt – weil du dir nicht selbst ein Kind machen kannst.«

»Ja, ja, das verstehe ich schon. Nur wenn der Mann ein Rüpel ist und zur Lust nicht taugt – dann ...«

»Ja, Liebe, dann machen wir es selbst – allein oder mit einer Freundin. Die Männer tun das schließlich auch. Auch ein Knabe kann sich selbst Freuden bereiten, da braucht er keinen weiblichen Schoß. Und wenn er bei seinem Mentor im Bett liegt, tun sie auf etwas andere Weise nichts anderes als jetzt wir.«

»Aber schöner ist es doch zu zweit?«

Ich dachte sofort an Myron.

»Das musst du selbst herausfinden, aber wenn dein künftiger Mann – was ich dir von Herzen wünsche – ein geschickter *erastes* ist, dann wirst du in seinen Armen Erfüllung finden.«

»Und wenn nicht?«

Ich hätte jetzt aufstehen und die »Lehrstunde« beenden müssen – so, wie ich es bei allen anderen getan hatte. Doch etwas zwang mich dazu, Irannas schlanken Leib heftig an mich zu pressen, sie ungestüm zu küssen, und wieder führte ich ihre

Hand, aber nicht zu ihrem Schoß, sondern zu meinem. Sie war geschickt, hatte schnell gelernt und es war schon weit nach Mitternacht, als ich sie in ihr Zimmer brachte.

Zum Abschied flüsterte sie mir ins Ohr: »Niemals – niemals wird mir ein Mann geben können, was du mir heute Nacht gabst, mag er ein noch so geschickter Liebhaber sein. Und es ist nicht nur das ... Der Mensch, wie du sagst, liebt nicht nur mit dem Körper, auch das Herz ist dabei. Ich liebe dich, Sappho, mein Herz ...«

Ich erwiderte nichts, legte meine Hand auf ihren Mund, küsste sie aufs Ohr und schloss schnell die Tür.

Der Volksmund hat den Spruch geformt: Aus den Augen, aus dem Sinn, und jeder von uns kennt Menschen, die er sonst durchaus schätzt, die er jedoch sofort vergisst, wenn sie ihm den Rücken kehren. Bei Iranna erging es mir jedoch so, dass auch in ihrer Abwesenheit ihr Bild mir so deutlich vor Augen trat, als stehe sie leibhaftig vor mir.

Ich habe mich damals gefragt und ich frage mich heute: Hat meine Liebe zu Iranna den Unterricht gestört, war ich eine schlechte, zerstreute Lehrerin oder gar parteiisch geworden? Gab ich Lob, wo Tadel angebracht gewesen wäre, nahm ich Irannas periodische Phasen der Trägheit und der damit verbundenen Lernunwilligkeit nachsichtig hin?

Ich war mir durchaus bewusst, dass diese Gefahren bestanden, und bin ihnen damit begegnet, dass ich mir selbst streng auf die Finger sah und jede meiner Entscheidungen genau prüfte. Ja, ich glaube sogar, dass ich Iranna während der Zeit unserer Liebschaft strenger und kritischer behandelte als je zuvor. Warum ich es tat – tun musste, wollte ich Iranna erklären.

»Du hast mich mit deiner Liebe beschenkt und ich kann dir nicht sagen, wie sehr mich das beglückt und mein Leben bereichert. Es ist nur so, dass wir nicht auf und davon gehen können, um irgendwo in seliger Zweisamkeit zu leben. Beide haben wir Pflichten, Aufgaben, dürfen über den Freuden der Gegenwart nicht die Zukunft aus den Augen lassen. Du wirst als Braut in deine Heimat zurückkehren, ich muss meine Schule gewissenhaft weiterführen, darf über unserer Liebe die anderen Mädchen nicht vergessen. Klingt dir das zu pflichteifrig, zu hausbacken, glaubst du gar, ich stelle dies alles voran und du kommst an zweiter, vielleicht sogar an letzter Stelle?«

Irannas Augen waren feucht geworden. Ich hob die Hand.

»Sage jetzt nichts, höre mich weiter an. Ich schwöre bei der seligen Aphrodite und bei den grausamen Strafen der Erinyes, dass du mir der liebste Mensch auf Erden bist, dass ich täglich darum bete, die beglückende Vereinigung unserer Seelen und Körper möge in alle Ewigkeit andauern. Glaubst du mir das?«

Junge Menschen denken, handeln und reden in der Weise, von ja und nein, Schwarz und Weiß, was heißen soll, dass sie Halbheiten und Mittelwege für feige halten und verabscheuen.

Sie legte ihren Kopf schief und schaute mich zweifelnd an.

»Dein liebster Mensch – ja, das möchte ich schon sein, nur was ist mit Kleis, mit Larichos?«

Da musste ich lachen. »Ich hätte wohl sagen sollen, du bist mir der liebste Mensch unter meinen Nichtverwandten? Aber Iranna, verstehe doch – die Liebe zu meiner Tochter unterscheidet sich wesentlich von der unsrigen. Sie ist Fleisch von meinem Fleisch, unsere Küsse sind keusch, unsere Berührungen mütterlich und kindlich. Du und ich, wir versinken ineinander, unsere zuvor fremden Körper verschmelzen in Lust und Liebe. Empfindest du es anders? Sage es mir!«

Sie sprang auf, setzte sich auf meinen Schoß, umarmte und küsste mich.

»Anders? Ja, vielleicht ... Ich kann nur sagen, ich liebe dich, meine Sappho, und die Vorstellung, mich bald einem Mann ergeben zu müssen, flößt mir Grauen ein.«

»Denke nicht daran! Wir leben in der Gegenwart und jedes Ding hat seine Zeit.«

Ich sagte das wider besseres Wissen, denn – genau betrachtet – leben wir stets in der Vergangenheit. Diese Zeile schreibe ich jetzt hin, lege den Stift weg und schon ist das vorhin Geschriebene zur Geschichte geworden, ist morgen gestern geschehen und in drei Monaten vor längerer Zeit. Aber mit solchen Spitzfindigkeiten wollte ich unsere junge Liebe nicht belasten.

5

Ich sagte vorhin, meine Liebesbeziehung zu Iranna habe aus mir eine noch pflichtbewusstere Lehrerin gemacht, und das mag auch stimmen. Junge Menschen allerdings haben ein feines Gespür für Veränderungen und einigen meiner Schülerinnen – vor allem den älteren – muss aufgefallen sein, dass ich mich anders verhielt als bisher. Damals hatte ich eine ältere Schülerin, die aus sehr gutem Hause mit hoher Bildung stammte. Sie war ihrer Eltern einziges Kind und der Vater hatte ihr alles an Wissen zukommen lassen, wie es sonst nur bei Söhnen geschieht. Als sie hier ankam, konnte sie fast wie ein Schriftgelehrter schreiben, lesen und aus den Dichtern zitieren, sodass ich spaßhaft fragte, was eigentlich sie hier lernen wolle.

»Bei mir – so meinte mein Vater – sei alles Wissen ein wenig ungeordnet in den Kopf geraten, auch mit erheblichen Lücken. Die sollst du aufdecken und Ordnung in meinen Kopf bringen.«

Wider Willen musste ich laut lachen. »Ob ich diese Aufgabe bewältigen werde?«

»Du wirst«, sagte sie zuversichtlich.

Dieses Mädchen nun – ihr Name tut nichts zur Sache – muss vielleicht nicht als Erste gespürt haben, dass in mir eine Änderung vorging, doch sie war es, die den Mut fand, mich deswegen anzusprechen.

»Stört es dich, wenn ich offen über etwas spreche, das hauptsächlich dich, letztlich aber uns alle angeht?«

Natürlich ahnte ich schon, um was es ging, doch ich stellte mich unwissend, um sie zu ermuntern.

»Ich bin für euch alle da und in meinem Haus gibt es kein Ding, das nicht besprochen oder erörtert werden könnte.«

»Ich wusste das, nur die Höflichkeit hat es verlangt, dich zu fragen. Eines gleich vorweg: Ich spreche nur für mich, was aber nicht heißen soll, dass nicht auch andere an dir eine Änderung bemerkt haben, und darum geht es nämlich.«

»Eine Änderung? Bin ich in euren – nein, in deinen Augen schlechter geworden, will sagen, genügt der Unterricht nicht mehr deinen Ansprüchen oder habe ich dir oder anderen Unrecht getan – sage es frei heraus!«

Sie lächelte geduldig. »Nein, Sappho. Fast ist es das Gegenteil: Dein Unterricht ist – wie soll ich es sagen – ernster, härter und damit freudloser geworden. Gerade von dir waren wir es gewöhnt, dass du uns stets mit Lust und Liebe, auch lächelnden Mundes deine Kenntnisse vermittelt hast. Da wurde bei allem sonstigen Ernst gelacht und gescherzt, da gab es harmlosen Spott und liebevolle Hänseleien und du warst dir nicht zu schade, uns immer wieder Erfahrungen aus deinem eigenen Leben mitzuteilen, hast dich sogar noch der schlechten mit Witz erinnert. Ich will damit nicht sagen, dass dies alles nun fehlt – nein, gewiss nicht, aber du hast es auf eine Weise zurückgenommen und vermindert, dass es uns – nein, mir aufgefallen ist und, da es weiterhin anhält, auch weiterhin auffällt.«

Was sollte ich darauf antworten? Ich nahm Zuflucht zu einer Ausrede, die allerdings genau betrachtet keine war.

»Ich danke dir für deine Offenheit und werde versuchen, sie zu erwidern. Stets habe ich es vermieden, euch mit persönlichen Problemen zu belasten, aber nun muss ich es in deinem Fall wohl tun. Hat es sich bei euch herumgesprochen, dass mein älterer Bruder Charaxos dabei ist, seine eigene und die Ehre unserer Familie zu verwirken?«

Erstaunt blickte sie auf. »Ich habe Gerüchte gehört, weiß jedoch nichts Genaueres ...«

»Er ist aus beruflichen Gründen nach Naukratis gereist, vor aller Augen zwar als Handelsmann, der schon mehrmals in Aigyptos war, insgeheim jedoch, um die Hetäre Doricha freizukaufen. Und nicht nur das – er hat die feste Absicht, sich mit ihr ehelich zu verbinden. Er hat es mir gesagt, andere scheinen auch davon zu wissen und das lockt die Habgier derer, die sich nun gerne zum *patriarchos* über unsere Familie aufschwingen und am Erfolg meiner Schule teilhaben möchten. Das, meine Liebe, macht mir sehr zu schaffen, hat mich ernster werden lassen und auch genötigt, den Unterricht übergenau zu gestalten. Dennoch werde ich deine Einwände bedenken und, so gut es geht, Abhilfe schaffen.«

Hat sie es mir geglaubt? Ihr kluges, nachdenkliches Gesicht verriet nichts von dem, was sie dachte. Ich atmete schon deshalb auf, weil sie Irannas Namen nicht genannt und auch nicht angesprochen hatte, dass ich anscheinend eine gewisse Schülerin bevorzuge. Zugleich wurde mir bewusst, dass ich bei unserem nächsten Gespräch Iranna warnen und auf mögliches Gerede vorbereiten wollte, es dann allerdings nicht tat, weil eine Liebeserklärung daraus wurde. Ich hatte mir lange überlegt, auf welche Weise unsere Treffen harmlos und schulisch gerechtfertigt erscheinen würden. So ließ ich verbreiten, Iranna werde bald in ihre Heimat reisen und um bisher Versäumtes nachzuholen, müsse ich ihr zusätzlichen Unterricht erteilen. Vorsorglich hatte ich das zweite Bett in ihrem Zimmer nicht mehr belegt, sodass sie unbeobachtet aus- und eingehen konnte. Die Treffen fanden in meinen Privaträumen statt, denn hier war es der Brauch, dass die Mädchen ihre Zimmer nicht verschließen durften. Wenn wir – was auch vorkam – gesehen wurden, dann musste Iranna nachher so tun, als sei sie der Last des zusätzlichen Unterrichts längst überdrüssig, halte es aber ihren Eltern zuliebe noch eine Weile aus.

Bist du enttäuscht, meine Kleis? Hast du deiner Mutter ein solches zum Teil auf Lügen aufgebautes Doppelleben zugetraut? Oder hast du es damals schon selbst bemerkt? Gesagt hast du nie etwas, auch später nicht. Meiner guten Pera ist freilich nicht entgangen, was sich zwischen mir und Iranna abspielte. Sie hat es wortlos hingenommen, weil es sich aus ihrer Sicht nicht schickte, die *kyria* zur Rede zu stellen, und sie hat sich redlich bemüht, dich, meine Kleis, aus dieser Sache herauszuhalten. Es scheint ihr gelungen zu sein und so erfährst du jetzt, was sich damals wirklich abspielte. Du bist eine Frau und wirst es verstehen.

Ich nahm mir die Warnungen meiner klugen Schülerin durchaus zu Herzen und bemühte mich, zum alten Ton zurückzufinden. Das gelang mir am ehesten noch, wenn Iranna nicht unter den Schülerinnen saß. War sie zugegen, fiel es mir sehr schwer, unbefangen zu bleiben. Um meine Liebe zu verdecken, packte ich Iranna hart an, sparte nicht mit Tadel, Spott und

Strafaufgaben. Sie muss wohl geahnt haben, warum ich sie so behandelte, doch brach sie eines Tages in Tränen aus, weil ich anmerkte, ich höre unsere großen Dichter Homeros und Hesiodos, wie sie sich zornig im Grabe umdrehten, weil eine gewisse Schülerin ihre Werke ständig verwechsle. Ich muss das wohl auf sehr verletzende Art gesagt haben, denn auf so manchem der Gesichter zeichnete sich Empörung ab. Diesen Ton waren sie von mir nicht gewöhnt und ich nahm mit fest vor, Iranna beim nächsten Treffen meine Gründe zu erläutern. Ich hatte es ja schon einmal versucht, doch da war es zu einem Gespräch unter Verliebten geworden.

Die von mir vorhin erwähnte kluge und sehr gebildete Schülerin hatte während meines Tadels mitleidige Blicke auf Iranna geworfen. Die beiden waren meines Wissens weder Freundinnen noch mochten sie sich besonders, aber die Kluge hatte einen eigenen Begriff von Gerechtigkeit und sagte nun – wie es stets ihre Art war – furchtlos und nachdrücklich ihre Meinung.

»Du behandelst Iranna nicht gerecht, verzeih, wenn ich das sage. Wir wissen alle, dass sie sich in manchen Dingen beim Lernen schwer tut, und da wäre es wohl besser, ihr beizustehen, als sie mit Spott herabzuwürdigen.«

Da verschlug es mir schier die Sprache. Wie darauf antworten, ohne das Gesicht zu verlieren?

Ich hob in einer entschuldigenden Geste beide Hände.

»Auch eine Lehrerin ist nur ein Mensch und Iranna weiß sicher, wie es gemeint war.«

Es sah zwar nicht danach aus, denn meine Geliebte hatte trotzig ihr schönes Köpfchen gesenkt, ließ sich von meinen Worten offenbar nicht besänftigen.

Noch einmal meldete sich die Kluge. Sollte ich ihr das Wort verbieten? Nein! Ich nickte ihr zu.

»Darf ich noch etwas zu dem Thema des Verwechselns sagen, verehrte Sappho?«

»Wenn es dem Unterricht dienlich ist ...«

Sie nickte. »Gewiss, das ist es. Wenn unsere kleine Iranna wegen dieses harmlosen Irrtums schon getadelt wird, wie muss dann ein Tadel ausfallen, der unseren größten Dichter betrifft?«

Mir blieb fast das Herz stehen, denn im Verständnis der Hellenen kommt Homeros gleich nach den Göttern.

»Du willst – du willst tatsächlich ...«

»Ich maße mir nicht an, sein Werk zu tadeln, ich möchte nur auf einen Irrtum hinweisen.«

»Also gut ...«

Offenbar hatte sie sich Notizen gemacht, weil sie einige Blätter auf den Tisch legte. Sie lächelte streng.

»Ich werde zum Beweis zwei Stellen aus der Ilias vorlesen, die erste stammt aus dem fünften Gesang:

Dort erlegten sie jetzt Pylaimenes,
welcher dem Ares glich;
er führte zum Streit Paphlagonen,
mit Schilden gewappnet.
Diesen stach der Atride,
der Lanzenheld Menelaos ...«

Sie hob den Kopf. »Hier ist eindeutig davon die Rede, dass Menelaos den König der Paphlagoner in der Schlacht tötet. Oder muss es anders verstanden werden?«

Mir schwante, worauf sie hinauswollte, doch die anderen sollten nur sehen, was man bei genauem Studium manchmal herausfinden kann.

»Nein«, sagte ich, »das ist schon richtig.«

Wieder begann sie in ihren Notizen zu blättern.

»Gut, dann zitiere ich jetzt eine andere Stelle aus dem dreizehnten Gesang, in dem es um dieselbe Schlacht geht. Hier wird geschildert, wie Harpalion, der Sohn des Königs Pylaimenes, von einem Pfeil getötet wird. Ein paar Zeilen weiter lesen wir dann:

Hoben ihn hoch in den Wagen
und fuhren zum heiligen Troja –
traurigen Herzens;
es folgte der Vater mit weinenden Augen ...

Seltsam nicht wahr, dass Pylaimenes plötzlich wieder aufersteht und mit seinem toten Sohn ein Schlachtfeld verlässt, das im zweiten Gesang sein Ende bedeutet hat. Das mindert meine Hochachtung vor unserem größten Dichter nicht im Geringsten, macht ihn mir nur noch liebenswerter, weil es ihn zugleich als irrenden Menschen zeigt. Und unserer kleinen Iranna sollten wir deshalb auch das Recht auf einen Irrtum zugestehen.«

Warum nannte sie meine Freundin immer die »kleine Iranna«? Ich schluckte den aufsteigenden Ärger hinunter, wohl bedenkend, dass ich hier nicht meine Geliebte zu verteidigen, sondern den Unterricht zu leiten hatte.

»Was du sagst, ist richtig – hier hat sich Homeros geirrt und jeder, der sich länger mit seinem Werk befasst, wird auf diesen großen und eine Reihe von kleineren Fehlern stoßen. Es ehrt dich und zeigt deinen Fleiß, dass du diesen Widerspruch aufgedeckt hast. Im Übrigen teile ich deine Meinung: Auch ein großer Dichter hat das Recht, sich zu irren.« Ich lächelte. »Und erst recht natürlich unsere Iranna ...« Bei diesen Worten hob sie ihren Kopf, doch ihre dunklen Augen blickten abweisend und vorwurfsvoll. Dieser Blick traf mein Herz, blieb schmerzvoll stecken wie ein Pfeil und mahnte mich zu einer baldigen Aussprache. Auch Iranna wollte ihr Herz entlasten und sprudelte gleich los.

»Du behandelst mich in letzter Zeit wie eine dumme Achtjährige, die Fehler über Fehler macht und dafür ständig gestraft und getadelt werden muss. Vergisst du ganz, wer ich bin? Oder bin ich es nicht mehr – deine Geliebte nämlich? Hast dich wohl in eine andere Göre verguckt, sag schon, wer es ist! Dann kratze ich ihr nämlich die Augen aus!«

Ich blickte besorgt zur Tür. »Wenn du noch lauter schreist, wird niemand mehr glauben, dass hier ein Unterricht stattfindet. Einige haben ohnehin schon Verdacht geschöpft und genau darum geht es. Keinen Augenblick habe ich vergessen, dass ich dich liebe, und mein Verhalten gibt Zeugnis davon – auch wenn du es missverstanden hast. Ich muss so auftreten, wenn du nicht willst, dass wir ins Gerede kommen. Wenn dich ein härterer Tadel trifft als die anderen, wenn mein Spott beißender ist, dann soll dies nur vortäuschen, dass ich dich in keiner Weise bevorzuge, dass ich mit aller Härte bestrebt bin, gegen deine Faulheit anzukämpfen. Aus Liebe zu dir muss ich andere in die Irre führen, verstehst du das?«

Junge Menschen sind gegenüber den mahnenden Worten von Erwachsenen äußerst misstrauisch und wähnen stets, dass man sie bevormunden oder hintergehen will. Es ist sehr schwierig, da den richtigen Ton zu finden. Bei Iranna hatte ich ihn diesmal wohl getroffen, denn sie flüchtete weinend in meine Arme, wohl um dort Schutz zu suchen vor den Angriffen einer für uns Liebende feindlichen Umwelt. Ich aber wurde mir selbst fremd und prüfte meine Bereitschaft, weiterhin vor den anderen ein Lügengebäude aufzubauen – aus Liebe zu Iranna. Ja, sagte ich mir, ich werde auch künftig alles tun, um unsere Liebe nicht zu gefährden, und zwar schon deshalb, weil wir nicht mehr viel Zeit für uns hatten. Ich zerbrach mir den Kopf, wie ich ihre Eltern überzeugen konnte, die Tochter noch länger in meiner Schule zu belassen.

In meiner Verzweiflung offenbarte ich Pera meine Not, ohne in deutlichen Worten von meiner Liebe zu sprechen.

»Ich muss das Mädchen unbedingt ein weiteres Jahr hier behalten, weil ihr Bildungsstand noch nicht so weit gediehen ist, dass – verstehst du überhaupt, was ich meine?«

Ein schlaues Lächeln flog über ihr breites Gesicht, das gutmütig zu strahlen begann wie die voll erblühte Selene in klarer Nacht.

»Ich verstehe dich schon, *kyria.* Wir sikulischen Bauern hatten da ein einfaches Mittel, um verminderte Abgaben zu rechtfertigen. Wir schoben alles aufs Wetter. Iranna muss mit dem Schiff in ihre Heimat zurück, also werden die Herbststürme etwas eher einsetzen.«

Ich fragte sie verblüfft: »Was weißt du von Iranna?«

»Ich lebe als Dienerin in deinem Haus, dir und Kleis nahe, und ich bin weder taub noch blind.«

Da küsste ich sie schnell auf beide Wangen.

»Jetzt aber raus, ehe ich dir wegen anmaßender Frechheit deinen Hintern versohle!«

Ein wenig schwierig war es schon, da der Weg von Lesbos zur Nachbarinsel Chios keine siebzehnhundert *stadien* beträgt und bei gutem Wind in einer Tagesreise zurückgelegt werden kann. Man hat die lydische Festlandsküste dabei immer im Auge, sodass jeder *nauarchos* in Lachen ausbricht, wenn man hier von Gefahren faselt. Pera kannte diese Zusammenhänge natürlich nicht, für sie bedeutete Chios eine Seefahrt und ich habe ja schon davon gesprochen, wie abweisend die Sikuler das Meer betrachten.

Das von Irannas Vater an mich gerichtete Schreiben ließ mir allerdings noch einen Spielraum, denn darin war nur davon die Rede, er wolle seine Tochter auf allen Gebieten so gründlich ausgebildet wissen, dass ein kluger und verständiger Mann in ihr die passende Ehegefährtin finde. Nun war eine meiner Lehrerinnen länger krank gewesen und darauf redete ich mich hinaus. Ich sprach von einer dadurch entstandenen Verzögerung in Irannas Ausbildung und schlug vor, sie im nächsten Sommer nach Chios zurückkehren zu lassen. Da wir uns am Anfang des *boedromion* befanden, hätte ich damit fast ein Jahr gewonnen.

Ein Jahr für meine liebreizende, hingebungsvolle und anbetungswürdige Iranna! Weit davon entfernt, mit dem Begriff anbetungswürdig eine *blasphemia* begehen zu wollen, habe ich nur die innige Hinneigung gemeint, die mich mit Aphrodite verband und die ich für Iranna fühlte.

Ja, sie war etwas launisch, sprunghaft, ungeduldig – leicht zu entflammen und leicht zu betrüben, doch auf ihre Art war sie beständig. Wie sehr sie es war, konnte ich Jahre später erst richtig beurteilen, als ich andere Erfahrungen hatte machen müssen – sehr bittere.

Natürlich nahm ich mir Irannas Klagen zu Herzen und versuchte, sie von nun an weder besser noch schlechter zu behandeln als ihre Mitschülerinnen. Doch fiel es mir sehr schwer, das Mittelmaß zu finden. Insgeheim verglich ich meine Mädchenschar mit einem Körbchen schöner, bunter, aber etwas kantiger Steine, deren Ecken und Risse ich glatt schleifen musste. Inmitten dieser Steine lag ein funkelnder *sappheiros,* nicht weniger kantig. In ihn hatte ich mich verliebt und immer wieder fiel mein Blick auf den dunkel leuchtenden Edelstein, dessen Ecken infolge seiner Härte weitaus schwieriger abzuschleifen waren. Deshalb und wegen seiner Schönheit galt vor allem ihm meine Sorge, meine Aufmerksamkeit, meine Hingabe.

Ein schlechter Vergleich? Mag sein, doch damals empfand ich es so und letztlich war nicht zu vermeiden, dass die feinfühligeren meiner Schülerinnen allmählich zu ahnen begannen, wie es um uns stand. Wie hätte Abanthis sich in einer solchen Lage verhalten? Ich konnte mich nicht erinnern, dass sie die ganzen Jahre meiner Schulzeit ein Mädchen bevorzugt oder anders behandelt hätte. Als sie mich die Freuden des Körpers lehrte, war das quasi ein Abschiedsgeschenk an eine ehemalige Schülerin. Dieses entscheidende Wort traf auf Iranna nicht zu, umso mehr, als sie nun fast ein weiteres Jahr an meinem Unterricht teilnahm. Irannas Eltern waren auf meinen Vorschlag eingegangen und mir fiel eine schwere Last von der Seele.

Rümpfe jetzt nicht dein Näschen, meine Kleis, denn du darfst mir glauben, dass ich es mir nicht leicht gemacht habe. Es ist jedoch ein schwieriges Unterfangen, die Sprache des eigenen Herzens zu übertönen, das wider aller Vernunft und Schicklichkeit auf seiner Meinung beharrt. Und so tönt seine leise Stimme lauter als Donnergrollen oder das Tosen der an die Steilküste prallenden Meereswogen. Jede liebende Frau, die zugleich Mutter ist, wird dies sorglich auseinander halten. Kindesliebe und Liebe zum Partner – ob Mann oder Frau – haben ganz unterschiedliche Wurzeln und werden unterschiedlich empfunden.

Hättest du, meine Kleis, Iranna nicht gemocht oder gar gehasst, so glaube ich, dass dies meine Liebe zu ihr kaum beeinflusst hätte, es wäre alles nur ein wenig schwieriger geworden. Nun war es aber zum Glück so, dass Iranna an dir einen Narren gefressen hatte. Du warst damals etwa zehn Jahre alt und meine Freundin sah in dir den Spiegel ihrer eigenen Kindheit, erkannte sich darin selbst und empfand dabei – sie hat es mir gestanden – eine Mischung aus Wehmut und Erleichterung. Du aber spürtest ihre innige Zuneigung und sie – der Kindheit noch nahe – fand den richtigen Ton im Umgang mit dir. Wie oft habe ich euch mit zusammengesteckten Köpfen kichern und tuscheln hören, doch wäre es mir niemals eingefallen, eure kleinen Geheimnisse auszuforschen. Als Iranna fortzog – so glaube ich –, hast du, wenn auch auf andere Art, nicht weniger um sie getrauert als ich.

Doch noch war es nicht so weit und bei Herbstbeginn setzte ich durch, dass Iranna als Sängerin an den Adonis-Feiern teilnehmen durfte. Bei ihr war es leider so, dass sie in keinem Fach perfekt war, immer gab es irgendwelche schmerzlichen Lücken. Leider oder zum Glück – wie man es nimmt – fehlte Iranna jeglicher Ehrgeiz. Sie wollte weder die Erste sein noch auf irgendeinem Gebiet besonders hervorstechen. Da half kein Anstacheln oder Aufrütteln, kein Versprechen von Belohnung oder Androhung von Strafe. Sie begegnete diesen Versuchen mit der einfachen Feststellung, ihr sei einfach wohler, wenn sie kein Ziel im Auge habe. Bei den Adonis-Feiern bestand ich jedoch darauf.

»Du hast deinen entzückten Mitschülerinnen etwas von dem Besuch des Adonis vorgeflunkert und nun meine ich schon, dass du ihm eine Art Sühneopfer bringen solltest, und zwar in Form einer Hymne, bei der du als Sängerin mitwirkst. Du hast eine schöne Stimme, wirst ihm und uns keine Schande machen.«

Tagelang übte ich mit ihr den Hymnos ein, was aber meist dazu führte, dass wir uns liebten, um das geschenkte Jahr auch redlich zu nutzen. Dennoch gelang es Iranna, den Hymnos am Ende fast fehlerfrei aufzusagen, und beim Fest war ihre schöne helle Stimme deutlich herauszuhören – wenigstens glaubte ich das.

Vielleicht wirst du dich fragen, meine Kleis, ob das dichterische Werk deiner Mutter in jener Zeit der Liebe zum Opfer fiel, und ich kann dir versichern, dass dies nicht zutraf. Liebe mag vieles zur Nebensache herabmindern, in manchem ist sie jedoch geradezu ein Antrieb, wenn auch – so entschied ich es – die meisten der damals entstandenen Lieder nicht für die Öffentlichkeit bestimmt waren. Alkaios, der unsere Schule nicht nur regelmäßig besuchte, sondern auch gerne hier auftrat, gelangte dadurch zu der falschen Meinung, die aufreibende Schularbeit hemme meine Schaffenskraft. Warum sollte ich einen guten alten Freund belügen?

»Nein, mein Lieber, ich kann dir versichern, dass es nicht so ist, doch die in der letzten Zeit entstandenen Lieder habe ich für mich und nur für mich geschrieben. Vielleicht werde ich sie im Angesicht des Todes verbrennen, vielleicht aber zu dem Entschluss gelangen, sie sprechen zu lassen, wenn ich nicht mehr bin. Vorläufig stecken sie versperrt in meiner Truhe und auch du wirst sie nicht herauslocken.«

Er lachte auf seine fröhlich-laute Art. »Wir hätten doch heiraten sollen, da wir beide den Musen dienen und uns gegenseitig befruchten könnten – natürlich nicht nur dichterisch, sondern auch …«

Nun war ich es, die ihn lachend unterbrach. »Sosehr ich die Männer in manchem schätze, im Bett will ich keinen mehr haben.«

»Warum? Du bist noch immer eine ansehnliche Frau und ich könnte mir schon vorstellen …«

»Denke dir, was du willst, aber lasse deine dichterische Fantasie nicht zu weit ausgreifen.«

Er seufzte übertrieben laut. »Dann hast du gar nichts für mich – nichts, keine Zeile?«

»Doch, Alkaios, ein kleines Lied über die Einsamkeit. Willst du es haben?«

Er hob begeistert die Hände. »Natürlich, ich nehme alles von dir, wo du doch unsere zehnte Muse bist.«

»Kränke die seligen Götter nicht mit lästerlichen Übertreibungen.«

»Neidisch will ich sie nur machen …«

»Achte auf deine Worte, wenn du vom Göttlichen sprichst!«

Ich reichte ihm den Papyros und er begann sofort laut zu lesen.

Dedyke men a selanna
kai Pleiades mesai de
nyktes, para d'erchet' hora
ego de mona kateudo.

Er hob den Kopf, schaute mich an und nickte. »Vier Zeilen, aber darin eine Welt.«

»Du bist ein Schmeichler ...«

Er lächelte und wiederholte aus dem Gedächtnis:

Nun ist der Mond schon versunken
und auch die Plejaden; Mitternacht
ist es, die Stunden verrinnen
und ich schlafe allein.

Das in dem Lied angesprochene Gefühl kennt wohl jeder erwachsene Mensch.«

»Vielleicht, doch nur wenige können es auf diese Weise ausdrücken.«

»Nur ich drücke mich so aus – du würdest dafür andere Worte finden.«

»Keine besseren.«

»Schmeichler. Mit deinen honigsüßen Worten hast du dir wohl schon viele Frauen ins Bett gelockt?«

Er lachte dröhnend. »Eher mit meinen Liedern ... Dein Bruder bleibt diesmal lange aus.«

»Ja – etwas scheint ihn dort festzuhalten – in Naukratis. War es nicht auch dein Exil?«

»Ja.«

»Dann wirst du Doricha kennen?«

»Wer kennt sie nicht?«

»Ist sie tatsächlich so schön, wie es die ganze Männerwelt zwischen Hellas und Aigyptos posaunt?«

»Schön? Ja, schon, aber vermutlich nicht nach jedermanns Geschmack.«

»Kannst du das näher erläutern? Vielleicht gelingt es mir dann, meinen Bruder besser zu verstehen.«

Er schwieg eine Weile und zupfte in seinem Bart, als suche er ihn nach Ungeziefer ab. Eine Geste der Verlegenheit? Bei Alkaios kaum. Vermutlich dachte er nur über die richtigen Worte nach.

»Wenn ich in meinem Vergleich hoch greifen darf, dann ist

sie eine Mischung aus Pallas Athena und Aphrodite. Mag es auch lächerlich klingen, aber Doricha hat etwas Jungfräuliches an sich … Ihr rotwangiges Gesicht ist von holdem Ebenmaß, in ihren graugrünen Augen liegt der Reiz Aphrodites, sie bewegt sich wie eine Königin, die sie ja beinahe einmal war.«

Ich lächelte spöttisch. »Du zeichnest da ein schönes Bild. Ich glaube gern, dass Doricha etwas Besonderes an sich hat, sonst würde sie nicht alle Männerherzen entflammen – vom Pharao bis hinab zum Lastträger. Verstehe mich nicht falsch, Alkaios: Dass Charaxos ihr verfallen ist, kann ich nicht ändern, und dass er sie freikaufen will, ist für unsere Familie bitter, doch wir werden es überstehen. Nicht hinnehmen werden wir allerdings, dass er sie zur Frau nimmt. Eine alteingesessene Adelsfamilie aus Lesbos duldet keine Hure in ihren Reihen – selbst wenn sie die Konkubine von Königen gewesen ist. Charaxos ist zwar das Oberhaupt unserer Familie, aber auch er muss seine Grenzen kennen.«

Alkaios schaute mich nachdenklich an. »Ich denke wie du, es wird allerdings schwer sein, ihn zu überzeugen. Pittakos ist zwar ein Mann – gerade ich schätze das –, der sich ungern in private Angelegenheiten mischt, jedoch in diesem Fall sollte er mit Charaxos reden. Genau genommen geht es uns alle an, wenn einer der Unsrigen sich eine Hetäre ins Haus holt – nicht um mit ihr ein *symposion* zu schmücken, sondern um ihr Haus und Herd anzuvertrauen. Jeder muss einsehen, dass es so nicht geht, und ich schwöre dir bei Ares und allen neun Musen, dass meine Freunde und ich auf ihn einwirken werden. Sollte er sie schon in Naukratis zur Frau genommen haben, dann werde ich dafür sorgen, dass es hier nicht anerkannt wird.«

Ich küsste ihn leicht auf seine bärtige Wange. »Du bist ein wahrer Freund, Alkaios – nur gut, dass wir keine Eheleute sind. Mit einem Freund spricht es sich leichter …«

Wieder hallte sein dröhnendes Lachen durch den Raum. »Ich pflichte dir bei. Eine Ehe mit dir wäre nicht gut gegangen – die Götter haben es so zum Besten gefügt.«

6

Unser letztes gemeinsames Jahr – die letzten Monate und Tage: Wie nutzten wir diese Zeit? Ich kann mich kaum noch an Einzelheiten erinnern, es war, als flössen die Tage schneller und schneller dahin. Wenn Träume auch meist Schäume sind, wie uns Homeros lehrt, so zeigen sie doch manchmal unsere Leiden und Sehnsüchte, unser Tun und unsere Wünsche wie in einem Zerrspiegel. Träume geben nicht die Wirklichkeit wieder, sondern mischen Erlebtes und Erwünschtes, raffen oder dehnen die Zeit nach Belieben.

So fand ich mich in einem Traum als Schafhirtin, die in großer Sorge war, ihre Herde im Pferch zusammenzuhalten. Ringsum schützten Dornbüsche vor dem Eindringen von Wölfen und Dieben, den Zugang verschloss ein festes Gatter, das zwei Hunde bewachten. Dann musste ich mir ansehen, wie die wolligen Tiere – eines nach dem anderen – durch eine Lücke, die ich wohl übersehen hatte, entschwanden. Die Hunde bemerkten es nicht, sie bewachten weiterhin den Eingang, während ich hilflos da- und dorthin rannte, um die Lämmer von der Flucht abzuhalten. Wenn es mir gelang, eines am Schwanz oder am Fell zu erwischen, dann riss es sich los und nur etwas Wolle blieb in meiner Hand zurück. Ich brauchte keinen *oneiropantis,* um diesen Traum deuten zu können; zu offenkundig war seine Sprache.

Wie bei den Schafen, so musste ich jetzt hilflos zusehen, wie mir die Tage entschwanden. Iranna äußerte sich nicht darüber, in ihr muss wenige Monate vor der Abreise ein seltsamer Zwiespalt entstanden sein. Plötzlich sprach sie davon, wie sehr sie sich auf das Wiedersehen mit ihren Eltern und Brüdern freue, redete von ihrer Ehe, als sei sie schon vollzogen, nannte die Zahl der von ihr erwünschten Kinder. Dann sprach sie von den Schrecken, die sie in dieser Ehe erwarteten, wünschte, älter zu sein, äußerte die Absicht, unverheiratet zu bleiben und als Lehrerin an meiner Schule zu wirken.

»Weißt du, dann könnten wir beisammenbleiben, ein Leben lang. Das wünschst du dir doch auch?« Sie fragte es mich fast flehend.

»Das tue ich, bei allen Göttern, weiß jedoch zugleich auch, dass es nicht möglich sein wird. Dein Vater bestimmt über dein Leben und danach der Ehemann. Gegen den väterlichen Willen ist schwer anzukommen, aber eine kluge Frau kann sich durchaus gegen ihren Gatten behaupten. Bist du gleich schon zu Anfang wie Wachs in seinen Händen und lässt dich von ihm nach Belieben formen, dann wird es mit der Zeit immer schwieriger, etwas daran zu ändern. Gleich vom Beginn einer Ehe an musst du ...«

Iranna hielt sich die Ohren zu. »Das hast du mir alles schon hundert Mal erklärt und ich werde mich bemühen, deinen Ratschlägen zu folgen.«

Glaube nun ja nicht, meine Kleis, dass ich in dieser Zeit die Schule oder andere Pflichten vernachlässigt hätte!

Mit Larichos führte ich lange Gespräche, wie wir den Absichten unseres Bruders Charaxos entgegenwirken könnten. Als dann im Frühling die Nachricht von ihm eintraf, wichtige Geschäfte hielten ihn noch bis zum Herbst in Naukratis fest, kamen wir zu dem Entschluss, dass Larichos dorthin reisen sollte.

»Sage ihm in deutlichen Worten, dass der gesamte Adelsrat gegen die Verbindung mit einer thrakischen Hetäre ist und dass er eine andere Lösung finden muss. Schaue dir diese Doricha genau an und fühle ihr auf den Zahn. Auch bei ihr muss es eine Achillesferse geben und wir werden versuchen, sie zu treffen. Am liebsten würde ich selbst dorthin reisen ...«

Larichos blickte mich verlegen an. »Du weißt, dass es nicht geht ...«

»Ja, das weiß ich! So tue du dein Bestes, um unseren Bruder zur Vernunft zu bringen. Sei gleichzeitig klug und verlange nichts Unmögliches von ihm. Meinetwegen soll er sich das Weib als Hetäre halten, zur Frau nehmen kann er sie nicht.«

Larichos schüttelte ungläubig den Kopf. »Gerade bei Charaxos hätte ich eine solche Unvernunft nicht erwartet. Als Händler kann ihm keiner das Wasser reichen und kaum einer kann sich rühmen, ihn jemals übers Ohr gehauen zu haben. Bei dieser Doricha aber stellt er sich an wie ein grüner Junge, dem gerade der Bartflaum sprießt und der sonst noch wenig Ahnung von den Dingen des Lebens hat. Mir hätte das nicht zustoßen können.«

Ich packte seine Haare und schopfte ihn ein wenig.

»Natürlich nicht! Unter meinen Brüdern bist du immer der handsamste gewesen, was ich übrigens für die Frucht meiner Erziehung halte.«

Er riss die Augen auf. »Was? Warum deiner Erziehung? Schließlich hat mich unsere Mutter ...«

»Ah – du erinnerst dich wohl nicht, wie ich dir den Hintern abgewischt habe, wie ich dich nicht ohne Mühe dazu brachte, dich als Mensch zu benehmen? Ich war dir eine zweite Mutter, das hast du wohl vergessen?«

Ich verkniff mir das Lachen, als ich ihn, den erwachsenen Mann, erröten sah.

»Manches schon, schließlich war ich noch sehr klein ...«

»Wie dem auch sei – wir können Charaxos nicht blinden Auges in sein Verderben rennen lassen. Du wirst dich im *gymnasion* mit unaufschiebbaren Familienpflichten entschuldigen, nach Naukratis reisen und schauen, was noch zu retten ist.«

So leidig diese Probleme auch waren, sie lenkten mich doch etwas ab von dem schmerzlichen Empfinden der schnell – allzu schnell – verrinnenden Zeit. Dadurch wurde mir erst richtig bewusst, wie wenig verlässlich unsere Zeitbegriffe sind und dass wir manchmal Stunden oder Tage ungleich lang oder kurz empfinden. Wie langsam rinnt die Zeit, wenn wir am Ufer stehen, um die Ankunft eines Schiffes mit geliebten Menschen zu erwarten! Da dehnen sich die Stunden zu halben Tagen, da sind die Tropfen in der Wasseruhr wie zäher Honig und jeder scheint unentschlossen, ob er fallen will oder nicht.

Seltsam war es auch, dass Iranna und ich – je näher die Zeit der Abreise rückte – uns immer seltener körperlichen Freuden hingaben, sondern mehr das Gespräch suchten. Müsste ich heute vom Inhalt dieser Gespräche berichten, so käme ich in ziemliche Verlegenheit. Wir sprangen von Thema zu Thema, stimmten da überein, stritten uns auch ein wenig, genossen aber diese Plaudereien sehr.

Der *skirophorion* war für Irannas Rückreise bestimmt und mein Freund Alkaios übernahm die Aufgabe, das richtige Schiff zu finden, denn Larichos war schon am Anfang des *thargelion* nach Naukratis abgereist.

In den heißen Sommermonaten hatte ich üblicherweise den Unterricht auf das Notwendigste beschränkt. Für die Mädchen sollte es eine Zeit der Erholung und Besinnung sein, und wenn eine es wünschte, diese Zeit bei den Eltern zu verbringen, dann hatte ich nichts dagegen. Die meisten meiner aus Lesbos stammenden Schülerinnen machten davon Gebrauch und aus meinem manchmal lärmdurchtosten Haus war eine stille Stätte geworden.

Die Tage vor Irannas Abreise war ich oft mit ihr beisammen und wir taten nichts als leise über Nichtigkeiten zu plaudern. Fast schien es, als wollten wir schon jetzt unsere Körper voneinander lösen, als gelte es, eine Nabelschnur zu durchschneiden, um meine Geliebte für ihr neues Leben freizumachen. Am Tag der Abreise begleitete ich sie nicht zum Schiff, küsste sie nur sanft auf beide Wangen und überreichte ihr eine Schriftrolle.

»Dieses Lied habe ich für dich geschrieben – lies es erst, wenn du auf dem Schiff bist. Du hast mir eine wunderschöne Zeit beschert, Iranna, hast mein Leben bereichert. Wenn auch für dich jetzt ein neuer Lebensabschnitt beginnt, so streiche mich nicht ganz aus deinem Gedächtnis.«

Sie begann zu schluchzen. »Nein, nein, wie könnte ich das? Versprich mir, mich bald auf Chios zu besuchen! Es ist ja nur eine Tagesreise ...«

Ich habe es ihr versprochen, strich kurz über ihr Haar und ging hinaus, wo die Diener mit dem Gepäck warteten.

Hier ist das meiner Geliebten gewidmete Lied.

Tot sein – ehrlich, ich wünsch' es mir!
Sie verließ mich und bitterlich
schluchzend stieß sie hervor:
Ach, wie Schlimmes erleiden wir,
Sappho, ich verlasse dich wider Willen.

Ich gab ihr tröstend zur Antwort:
Geh mit Freuden und denke an mich,
du weißt doch, wie sehr ich dich liebte.

Veilchen flochtest und Rosen du
oft zu Kränzen und legtest für mich
sie als Schmuck dir an.

Mit wohlriechendem Brenthosöl
salbtest du oft den lieblichen Leib
und strecktest dich dann auf ein weiches Bett
hernieder und stilltest den Drang,
der dich hinzog zu deiner Gefährtin …

Nach Irannas Weggang verfiel ich in eine Lähmung, eine Art Herzensstarre. Ich erfüllte meine Pflichten wie eine seelenlose Maschine, ohne innere Anteilnahme, und wenn ich mich in meine Gemächer zurückzog, dann konnte es sein, dass etwas in mir sich öffnete und in einem Tränenstrom löste.

Auch die Seereise meines Bruders hatte damit zu tun. Ich sah Larichos in schrecklichen Wachträumen mit den Trümmern seines von einem Sturm zerstörten Schiffes versinken, hörte ihn meinen Namen verfluchen, denn ich hatte ihn ja zu dieser Reise veranlasst – nein, gezwungen!

Früher war ich mir selbst ein fester Halt gewesen, hatte mich mit Vernunftgründen über so manche seelische Flaute hinweggetröstet. Dieser innere Halt fehlte mir nun und mir war, als hätte Iranna ihn mir weggenommen. Den Trost, mich mit meinem liebsten Bruder auszusprechen, hatte ich mir selbst genommen. Doch was hätte ich tun sollen? Mit seiner Verbindung zu Doricha hatte Charaxos sich des Rechtes beraubt, unsere Familie als *patriarchos* zu führen. Üblicherweise wäre dieses »Amt« nun an Larichos übergegangen, der war in meinen Augen jedoch noch immer ein Junge, den ich mit großgezogen hatte. So fiel die Verantwortung auf mich, die nicht dazu bereit war, die unter schwerem Trennungsschmerz litt. Es war eine schwere Zeit, die ich zwar überstanden, aber niemals vergessen habe.

Die Reise nach Aigyptos hätte ich von Herzen gerne selbst unternommen, dem stand allerdings entgegen, dass ich eine Frau war und Pflichten hatte, denen ich mich nicht entziehen konnte. So trat mein Bruder Larichos für mich diese Fahrt an und ich habe die Poseidon-Kapelle am Hafen tagelang reichlich mit Opfergaben versorgt – begleitet von heißen Gebeten um seine sichere Rückkehr.

Was er gehört, gesehen und erlebt hat, werde ich nun durch die Gespräche, die ich später mit ihm und Charaxos führte, ergänzen und die Ereignisse darzustellen versuchen, als sei ich selbst dabei gewesen. Ich nahm mir an Homeros ein Beispiel, denn auch er hat nicht selbst Erlebtes – ja, schon seit Jahrhunderten Vergangenes – so lebendig gemacht, als hätte er an all diesen Ereignissen teilgenommen.

7

Während sich im Osten Helios zu einer neuen Tagesfahrt rüstete und seine ersten Strahlen wie goldene Boten auf das sanft erstrahlende Meer hinaussandte, legte das Schiff ab und ging in einem weiten Bogen auf südlichen Kurs.

Sappho war vors Haus gegangen, wartete, bis die bunten Segel hinter dem Akropolis-Hügel hervorkamen, und winkte ihnen zu. Larichos blickte in die Richtung ihres Hauses, aber die Entfernung war schon zu groß. Er wandte sich um und nahm auf einer Taurolle Platz. An Land und im Bannkreis seiner Schwester hatte er sich zu der Einsicht durchgerungen, dass diese Reise unumgänglich sei, aber jetzt, da hinter ihm die Insel im Morgendunst versank, kamen ihm die ersten Zweifel.

Hätte nicht Charaxos erkennen müssen, dass er zu weit gegangen war? Wie konnte er, der jüngere Bruder, auf den Älteren einwirken, ohne den Respekt vor dem *patriarchos* der Familie zu verlieren? Freilich, neugierig war er auf diese Doricha schon, aber es hätte nicht hingereicht, um deshalb eine so weite Seereise zu wagen. Larichos nämlich war kein Mann, den es irgendwelcher Gewinne wegen in die Ferne zog. Er blieb gerne im Land seiner Geburt, liebte seinen fest umrissenen Aufgabenkreis und wollte nichts anderes – da glich er seiner Schwester Sappho. Wie ihr, so machte es auch ihm Freude, seine Kenntnisse an junge Menschen weiterzugeben, und wie ihr bei den Mädchen, so ging ihm bei seinen Jungen das Herz auf, wenn er ihre noch täppischen Übungen beobachtete, wenn er sah, wie sie stolz mit ihren noch spärlichen Muskeln spielten und ihn, den verehrten Lehrer, in allem nachzuahmen versuchten. Was wollte er mehr, was brauchte er mehr? Frauen? Die gab es auf den *symposia* mit seinen Freunden, wo man sich die Kosten für zwei oder drei der besten Hetären teilte und abwechselnd deren nächtliche Gunst genoss. Es war an der Zeit, eine Familie zu gründen, das hatte er längst eingesehen, es lag jedoch auch an Charaxos, dass es nicht dazu kam. Er als der Ältere hätte darin vorangehen müssen, wurde auch von Sappho und seinen Freunden dazu gedrängt, aber dann kam Doricha dazwischen und Charaxos hatte anderes zu tun, als sich um den jungen Bruder zu kümmern. Unter Sapphos Schülerinnen gab es einige, die aus guten Familien der *pentapolis* stammten, und sie hatte bei den Eltern wegen einer möglichen Heirat mit Larichos vorgefühlt. Sie war dort nicht auf Ablehnung gestoßen, aber auf den Einwand, dass es nicht ihre Aufgabe sei, den Bruder zu verheiraten, ohne die Zustimmung von Charaxos.

Larichos seufzte und rückte vor der sengenden Sonne in den Schatten der geblähten Segel. Letztlich hatte es doch keine andere Möglichkeit für ihn gegeben als diese Reise und die Aussprache mit Charaxos.

Als das Schiff nach einer Zwischenlandung in Rhodos auf das weite offene Meer hinausfuhr, überkam ihn ein Gefühl des Ausgeliefertseins, der Hilflosigkeit. Bisher hatten sie immer die Küsten von Lydia oder nahe gelegener Inseln begleitet, aber seit das im Westen gelegene Karpathos im dunstigen Blau des Meeres verschwunden war, gab es für den suchenden Blick keinen Ruhepunkt mehr, waren sie den Launen des Meeresbeherrschers Poseidon preisgegeben. Da war kein Verlass auf ein ehrsam gelebtes Leben, auf gute Taten und reichliche Opfer.

Larichos hatte beim Studium der Odysseia niemals den Satz vergessen: *Die Gottheit gibt Glück und Leid – heute diesem, morgen jenem, da alles sie kann.*

Wir sind ihnen ausgeliefert, den Unsterblichen, dachte Larichos, sie folgen heiteren Gemüts ihren Einfällen und Launen und schnuppern dabei genüsslich den Rauch der zahllosen Opferfeuer. Bei diesem Bild schrak er zusammen und schalt sich selbst. Kein schmählicher Gedanke über die seligen Götter! Sie hören nicht nur unsere Stimmen, sie lesen auch unsere Gedanken.

Doch Aiolos schenkte stetigen, wenn auch etwas schwachen Nordwind und das Schiff bog, ohne Schaden genommen zu haben, in den nach Naukratis führenden Arm des Neilos ein, wo es wenige Stunden später anlegte. Sein Gepäck wurde an Land geschafft, gleich rannten Träger herbei und griffen danach. Larichos wählte den kräftigsten, der sofort einen bestimmten Weg einschlug. Wohin er gehe, fragte Larichos.

»Zum Hellenion – wohin sonst?«

Das war der gemeinsame Treffpunkt aller hier tätigen oder ansässigen Kaufleute aus Hellas. Larichos hatte schon auf dem Schiff davon gehört.

Abgesehen von der flachen, im Hitzedunst flirrenden Deltalandschaft war hier nichts Fremdartiges zu entdecken. Naukratis war eine von Hellenen – mit Zustimmung des Pharao – gegründete Stadt, besaß Tempel der Gottheiten Zeus, Aphrodite und Pallas Athena. Die ägyptische Präsenz beschränkte sich auf das große Zollhaus, wo die Beamten des Königs ihre Einnahmen sammelten, um sie von Zeit zu Zeit an den Tempel der Göttin Neith in Sais weiterzuleiten, als deren Priester sie zugleich amtierten.

Der Träger setzte seine Last ab und deutete darauf.

»Das ägyptische *telonion*«, sagte er in stockendem Hellenisch, »da sitzen mächtige Leute drin.« Er streckte demonstrativ eine Hand aus. »Leute, die nehmen und nehmen ...«

Inzwischen war es später Nachmittag geworden, die Hitze stand in der Luft wie eine glühende Esse und die quadratisch angelegten Straßen waren leer.

Larichos hatte am Hafen einige *oboloi* Silber in verschieden große Kupferdeben umgewechselt, die – zu einer schweren Kette gefügt – an seinem Hals hingen. Der Träger deutete auf einen mittelgroßen und Larichos entlohnte ihn. Er weckte den im Schatten eines Vordaches dösenden *pyloros,* der sich gähnend erhob und ihn über den Innenhof des Hellenions zu einer Tür führte.

»Hier ist man für die Inseln vor Lydia zuständig«, sagte er mürrisch und schlurfte zurück.

Larichos klopfte mehrmals, und als sich nichts rührte, ging er hinein. Langsam erhob sich ein jüngerer Mann von seiner *kline,* streckte sich und gähnte geräuschvoll.

»Ah, hat wieder ein Schiff angelegt ... Woher kommst du?«

»Aus Mytilene auf Lesbos.«

»Und was willst du hier? Handel treiben, dich niederlassen, dich nur umsehen, weiterreisen ...?«

»Nein, ich suche meinen Bruder Charaxos.«

Der Mann wusste offenbar sofort, wer gemeint war. »Charaxos aus Lesbos – ja, den kennt fast jeder. Er wohnt in Dorichas Haus. Ruhe dich hier ein wenig aus, trinke etwas und warte den Abend ab. Für einen Besuch ist es jetzt viel zu heiß.«

Larichos tat wie geheißen, aber dass Charaxos hier bekannt war wie ein bunter Hund, berührte ihn doch seltsam. Offenbar bekannt durch seine Verbindung zu Doricha?

»Ich muss etwas tun«, murmelte er im Halbschlaf vor sich hin und Helios rüstete sich schon zu seiner Nachtfahrt, als er erfrischt und munter erwachte.

Ein ortskundiger Träger begleitete ihn zu Dorichas Haus, das in einem stillen Bezirk am Rande der Stadt lag, beschattet von Tamarisken, Sykomoren und jungen Palmen, die im Abendwind anmutig ihre Fächer bewegten.

Der Pförtner war dunkelhäutig und stammte – wie Larichos später erfuhr – aus Aithiopia, dem südlichsten Teil des ägyptischen Reiches. Er schien des Hellenischen kaum mächtig, stellte sich mit einer langen Lanze vor die Tür und runzelte drohend seine Stirn. »Kein Besuch! *Kyria* will nicht! Wieder gehen! Hopp hopp – weggehen!«

In einfachen Worten versuchte Larichos zu erklären, dass er der Bruder des Charaxos sei. Der Schwarze wehrte ihn weiterhin ab und der Disput wurde so laut, dass er ins Innere des Hauses drang. Charaxos steckte den Kopf aus der Tür, schaute grimmig und wollte sich die Störung verbitten, da erkannte er Larichos. Sein Mienenspiel wandelte sich zu freudigem Erstaunen, dann zu einem herzlichen Lachen. Er öffnete die Tür ganz, trat einige Schritte vor und breitete seine Arme aus.

»Larichos! Sehe ich recht? Bist du unter die Händler gegangen und versuchst in Naukratis dein Glück?«

Sie umarmten sich heftig unter den missbilligenden Blicken des schwarzen Türstehers. Larichos stellte erstaunt fest, dass sein sonst eher beleibter Bruder schlank wie eine Pappel geworden war und einen gehetzten Eindruck machte.

»Habe ich dich gestört, du wirkst so – so erschrocken ...«

Charaxos wehrte mit einem gezwungenen Lachen ab. »Nein, nein, da täuschst du dich, ich bin nur etwas eingenickt, und wenn man so plötzlich geweckt wird, dann – na ja, du weißt schon.«

Sie gingen ins Haus. Charaxos lachte.

»Seit Doricha keine Gäste mehr empfängt, ist hier Platz genug. Du kannst ein Zimmer nach Norden haben, da ist es um diese Jahreszeit etwas kühler.«

Ein Diener versorgte das Gepäck, ein anderer brachte Wasser und Wein.

»Du wirst erschöpft sein – die lange Seefahrt ... Wenn du dich vorher ausruhen willst? Doricha wird erst zum Nachtmahl erscheinen, sie braucht, wie sie sagt, täglich ihren Schönheitsschlaf.«

»Nein, nein, ich habe den halben Nachmittag im Hellenion verschlafen, bin jetzt ganz munter.«

Charaxos nickte. »Wie geht's zu Hause?«

»Recht gut. Sapphos Schule ist schon fast überbesetzt und für jedes Mädchen, das abgeht, gibt es zwei neue Anmeldungen. Unter Pittakos gedeiht die *pentapolis* wie nie zuvor – umso weniger verstehe ich, was du hier noch suchst.«

»Glaube ja nicht, dass sich in Naukratis keine Geschäfte machen lassen! Seit hier vor einigen Jahren Töpfereien gegründet wurden, reißt sich halb Aigyptos um unsere Vasen und Salbfläschchen. Vor einem halben Jahr habe ich einen Händler nach Syrien geschickt, der ist im letzten Monat mit einem satten Gewinn zurückgekehrt.«

Larichos straffte sich. Er beschloss, den schuldigen Respekt vor dem älteren Bruder beiseite zu lassen.

»Mag sein, doch wir alle meinen, dass deine Zukunft nicht hier sein kann. Obskure Verwandte rennen inzwischen unserer Schwester das Haus ein und sehen sich als das künftige Familienoberhaupt. Charaxos, so sagen sie, wird ohnehin nicht mehr zurückkehren. Er ist dabei, sich mit dieser Hetäre zu ruinieren, weiß, dass er sich dann hier nicht mehr sehen lassen kann. Stünde nicht Pittakos – zumindest bis jetzt – auf unserer Seite, so würde Sapphos Lage allmählich schwierig werden. Ihr Ruhm erstrahlt in ganz Hellas und Pittakos, der – offenbar im Gegensatz zu dir – sein Vaterland wirklich liebt, ist sehr stolz darauf, dass Alkaios und Sappho auf Lesbos leben und wirken.«

Charaxos hatte den Blick abgewandt und es schien, als habe er nur mit halbem Ohr zugehört. Mit einer entschlossenen Geste wandte er sich dem Bruder zu.

»Manches von dem, was du sagtest, wusste ich nicht. Im Übrigen ist keine Rede davon, dass ich hier bleiben werde, doch wird es noch etwas dauern, ehe ich zurückkehren kann.«

»Drücke dich deutlicher aus! Sappho, Pittakos und deine Freunde erwarten von mir einen erschöpfenden Bericht und ich glaube, sie haben einen Anspruch darauf.«

Charaxos lächelte bitter. »So – haben sie den? Sie müssten es hinnehmen, wenn ich in Naukratis bleibe, meine Geschäfte von hier betreibe und Doricha heirate. Ich würde dann meine Rechte und Pflichten als *patriarchos* an dich abtreten. Hast du übrigens schon geheiratet?«

»Nein, nicht weil mir Lust und Wille dazu fehlen, sondern weil ich deine Zustimmung brauche. Deine Aufgabe wäre es, aus den Adelsfamilien ein Mädchen zu wählen, mit den Eltern zu sprechen …«

»Mit anderen Worten, ganz Mytilene wartet auf mich! Wenn ich hier sterbe oder auf hoher See umkomme – was dann? Geht die Welt deshalb unter? Auch ohne mich wirst du eine Familie gründen, Sappho wird ihre Schule weiter führen, meine Freunde werden mir eine Träne nachweinen und mich bald vergessen. *Auch der Müßige stirbt gleich dem, der vieles bewirkt hat,* lesen wir in der Ilias und in der Odysseia sagt der Dichter: *Ist es doch schlimmer als schlimm, in ewiger Trauer zu leben.* Das sind unumstößliche Wahrheiten, mein Kleiner, und mir fehlt der Hochmut, mich für etwas Besonderes zu halten.«

»Deine Bescheidenheit ehrt dich, doch deine Pläne für die Zukunft kenne ich noch immer nicht.«

»Du sollst sie hören«, sagte Charaxos, als sein Diener ihn unterbrach.

»Kyrios, soll ich das *dorpon* richten?«

»Ist die *kyria* bereit?«

»Ihre Dienerin lässt dir sagen, dass sie in Kürze erscheinen wird.«

Charaxos senkte die Stimme. »Ich kann jetzt nicht weitersprechen, denn was ich vorhabe, bedarf einer ausführlichen Erläuterung. Mehr davon, wenn Doricha sich später zurückzieht.«

Im Haus waren jetzt geschäftige Geräusche zu hören. Diener liefen hin und her, aus der Küche kam gedämpft ein geschäftiges Klappern und Klirren.

»Du sagtest vorhin, Doricha empfinge keine Gäste mehr – wie ist das zu verstehen?«

Charaxos beugte sich vor und schüttelte leicht den Kopf. »Nicht so, dass keine Besucher mehr hier erscheinen. Aber es werden keine *symposia* mehr abgehalten. Doricha ist nur noch für mich da, und wenn mich Freunde besuchen, zieht sie sich zurück. So sieht es jetzt aus!«

Es lag etwas wie Triumph in seiner Stimme. Er lehnte sich zufrieden zurück und blickte zur Treppe, wo Doricha an der Seite ihrer blutjungen Dienerin erschien. Das könnte ihre Tochter sein, dachte Larichos und erhob sich. Da hörte er ihre dunkle, wohlklingende Stimme leise sagen:

»Behalte doch Platz, Larichos. Ich bin keine Fürstin und du bist mir aus den Erzählungen deines Bruders längst vertraut.«

Schneller als Larichos es von Lesbos gewöhnt war, hatte sich draußen die Nacht wie ein dunkles Tuch über das ebene Land gebreitet. Die Diener stellten auf Simse, Fensterbänke und den Tisch kleine Lampen, deren Duftöl den Raum mit Wohlgeruch erfüllte.

Doricha trug einen bodenlangen *chiton* in gedämpftem Rot mit blauen Mustern verschiedener ägyptischer Symbole, darüber eine hüftlange violette *apotygma,* verziert mit roten Mäander- und Zickzackmustern. Ihr dunkles Haar war zu einer Art Krone hochgesteckt und durch ein breites goldenes Diadem zusammengehalten. Lächelnd wandte sie Larichos ihr Gesicht zu und mit einem Mal verstand er, was den weithin reichenden Ruhm ihrer Schönheit ausmachte. Das waren nicht nur die sanft geröteten Wangen, die ihr den Beinamen Rhodopis eingetragen hatten. Ihre Gestalt war weder zierlich noch zu groß, weder zu schlank noch zu kräftig und strahlte eine vollkommene weibliche Anmut aus, als hätte ein Künstler ihren Körper nach idealen Abmessungen entworfen. Ihr Gang war ein geschmeidiges Dahingleiten, ihre kleinen nackten Füße setzte sie fest und zugleich anmutig auf den mit farbigen Schilfmatten bedeckten Boden. Das ovale Antlitz mit einer hohen, glatten Stirn, etwas schrägen Augen, einer schmalen, schön geformten Nase und dem lockenden, leicht geöffneten Mund wäre nichts weiter als schön gewesen, hätten nicht ihre leuchtend graugrünen Augen eine verwirrende Ungleichheit gezeigt.

Larichos wagte es nicht, ihr so lange ins Gesicht zu starren, doch während des Nachtmahls tat er es verstohlen immer wieder, bis er feststellte, dass ihr linkes Auge geradeaus blickte, ihr rechtes jedoch ein wenig zur Nase gekehrt war. Es Schielen zu nennen wäre eine Beleidigung gewesen, denn es war nur eine winzige Abweichung, aber sie verlieh ihrem Antlitz etwas Zauberisches, die Sinne Verwirrendes.

Charaxos war es nicht entgangen, welchen Eindruck seine Geliebte auf den Bruder gemacht hatte, und er lächelte still in sich hinein.

Larichos lauschte hingerissen ihrer schönen, dunklen Stimme, ihrem klangvollen, ionisch gefärbten Hellenisch. Sie fügte in ihre Rede Zitate aus Homeros, Hesiodos, aber auch von lebenden Dichtern ein und schien mit Sapphos Werk vertrauter zu sein als Larichos, der sich nur wenig mit Dichtung befasste.

Doricha griff nach ihrer am Stuhl lehnenden Lyra.

Schönster Schmuck der Jugend sei
das mit Purpurbändern zu Zöpfen
geflochtene Haar der Mädchen.
Wunderfein ist solcher Schmuck.
Hat ein Kind aber blonde Locken,
heller noch als das nächtliche Leuchten der Fackeln,
dann sind Kränze, bunt wie Blütenflor
für sie die passende Krone …

Doricha stellte die Lyra behutsam beiseite und nahm aus dem Silberbecher einen winzigen Schluck.

»Wie beneide ich euch um diese Schwester! Der Ruhm ihres Namens strahlt weithin über Hellas, blendet mit Neid so manchen *poietes,* der von sich glaubt, nur weil er ein Mann ist, müsse er auch der bessere Dichter sein.«

»Auch dein Name, Doricha, strahlt weit. Deine bezaubernde Schönheit ist es, die alle entzückt, und wenn wir …«

Sie machte eine zierliche Geste des Unterbrechens.

»Aber, aber, Larichos, da verwechselst du doch einiges. Schönheit schwindet schnell, und wenn mich einmal die Erde deckt, vergeht mit dem Körper auch mein Name. Dichtung bleibt, wird weitergegeben von Geschlecht zu Geschlecht und selbst nach tausend Jahren wird Sapphos Name so hell strahlen wie die funkelnden Elektronspitzen der *obeliskoi* vor dem Tempel der Neith zu Sais.«

Als das Gespräch am angeregtesten war, stand Doricha plötzlich auf. »Wenn der Abend am schönsten ist, soll man ihn abbrechen, denn dann bleibt auch in Erinnerung nur das Schöne. Ihr werdet noch viel zu besprechen haben …«

Sie neigte sich anmutig und schritt davon. Stumm blickte Larichos ihr nach und suchte nach passenden Worten.

»Sie ist – sie ist schon – sie ist schon eine ganz besondere Frau.«

Charaxos wartete, doch es kam nichts mehr.

»Da hast du wohl Recht und ihre Besonderheiten schließen vieles mit ein. Sie ist wunderschön, hoch gebildet, von erlesener Musikalität und weiß auch in bester Gesellschaft würdig aufzutreten. Verstehst du jetzt, dass ich sie behalten, sie heiraten will? Glaubst du vielleicht, ich finde in Lesbos unter den Gänschen aus Adelsfamilien eine solche Frau?«

Larichos zwang sich zu sagen: »Du kannst sie nicht heiraten, auch weil auf ihr der Makel der Unfreiheit lastet. Charaxos, wird man sagen, hat sein Vermögen an eine Sklavin vergeudet und nun will er sie auch noch heiraten.«

Larichos, der einen Zornesausbruch erwartet hatte, sah seinen Bruder nun lächeln.

»Du weißt es einfach nicht besser. Ich werde dir jetzt etwas sagen, von dem nur Doricha, ich und einige Freunde wissen. Der jetzige Pharao Apries hat ihr nach seiner Thronbesteigung die Freiheit geschenkt und dieses Haus hier dazu.«

»Was? Das glaube ich nicht! Warum spricht dann alle Welt davon, dass du sie freikaufen willst ...«

»Weil niemand die Wahrheit kennt. Es verhielt sich so: Als Doricha von Sais hierher in dieses Haus zog, ließ sie das Gerücht verbreiten, der neue Pharao – in steter Geldnot wie alle Fürsten – werde sie gegen Bezahlung freilassen und gebe ihr die Möglichkeit, den geforderten Betrag als Hetäre zu verdienen. Diese Geschichte zusammen mit ihrer Schönheit und Herkunft aus dem königlichen Harim machten es für sie möglich, ihren Liebeslohn besonders hoch anzusetzen. Jetzt aber kommen wir der Tatsache näher, dass sie trotzdem gezwungen ist, sich freizukaufen. Wie bei allem, was hier in Naukratis verdient wird, haben die ägyptischen Zöllner ihre Hand dazwischen. Ihnen ist es nicht entgangen, welche Gelder in diesem Haus eingehen, und danach haben sie ihre Gebühren veranschlagt. Da diese Leute zugleich als Priester der Staatsgöttin Neith amtieren, haben sie freie Hand. Niemand würde es wagen, ihre Forderungen zu mindern oder gar abzuweisen.«

»Aber bei uns ...«

»Ich werde dir den Unterschied erklären«, sagte Charaxos geduldig. »In Hellas ist das Priesteramt eine so hohe Ehre, dass sich genügend Frauen und Männer finden, es ehrenamtlich – oft sogar unter erheblichen eigenen Kosten – auszuüben. Hier aber treten sowohl die Götter wie ihre Priester anders auf. Bei Amun und Ptah, bei Isis und Osiris, bei Ra und Neith gibt es weder einen Olymp noch Launen oder Willkür, noch Lügen oder Ehebruch. Diese Götter haben zweieinhalb Jahrtausende Zeit gehabt, sich in den Herzen der Menschen einzunisten, werden sehr, sehr ernst genommen und das färbt auf ihre Priester ab. Diese Männer üben hoch angesehene und hoch bezahlte Ämter aus, die sich oft schon seit Jahrhunderten von Familie zu Familie weitervererben. So lassen sich auch unsere Tempel nicht mit den ägyptischen vergleichen. Hier sind sie zugleich ein gigantischer Gutsbetrieb mit großem Landbesitz, gewaltigem Viehbestand und unzähligen Sklaven. Damit hast du auch die Erklärung dafür, dass die hier tätigen Zöllner-Priester eher gewillt sind, mehr als weniger zu nehmen. Ihrer Auffassung nach hat sich Doricha sogar hoch verschuldet – so hoch, dass sie nicht gesonnen ist, diese unsinnige Forderung zu erfüllen. Das geht schon so weit, dass sie nicht mehr die Stadt verlassen kann, ehe sie ihre angebliche Schuld getilgt hat. Ich habe ihr angeboten, diese Forderung gemeinsam zu begleichen, aber – an ihr ist nämlich ein rechter Kaufmann verloren gegangen – das lehnt sie ab. Der Pharao hat vollendet, was sein Vater nicht mehr ganz ausführen konnte: nämlich das gesamte ägyptische Reich wieder unter einer Krone zu vereinigen. Zuletzt hat er die Usurpatoren im Süden unterworfen. Von dort wird der König in nächster Zeit zurückerwartet und an ihn will Doricha appellieren. Das kann sie, denn sie hat einflussreiche Freunde am Hof und der Pharao wird sich gewiss ihres Namens erinnern, da er selbst sie freigelassen und mit diesem Haus beschenkt hat. Doricha wird in den nächsten Tagen ein Gesuch an den obersten Zollbeamten hier richten, um zum

Zwecke einer Audienz beim König von hier nach Sais reisen zu dürfen. Sie wird dabei einige Namen von Freunden am Hof nennen, die im Rang weit über diesem Zöllner stehen, und wie ich die Verhältnisse hier kenne, wird es keine Schwierigkeiten geben.«

Larichos schwirrte der Kopf.

»Eine verwickelte Geschichte ...«

Charaxos nickte. »Wie fast alles hier. Ich werde dir nachher als Bettlektüre einen Aufsatz mitgeben, den unser verehrter Stadtchronist Herophilos über die ägyptischen Verhältnisse verfasst hat. Die *archontes* haben verfügt, dass jeder Hellene, der sich hier aufhält, davon Kenntnis nehmen muss. Die Schrift ist sehr lehrreich und wird dein Wissen über Aigyptos erweitern.«

Larichos befiel die Ahnung, sein Bruder wolle ihn vom Eigentlichen ablenken.

»Gut, ich werde es lesen. Wenn nun Dorichas Schulden gemindert oder gestrichen werden – was dann?«

»Dann reisen wir gemeinsam nach Lesbos und ich werde sie Sappho und meinen Freunden vorstellen. Wer Doricha persönlich kennt, wird sie ehren und schätzen.«

Charaxos stand auf und ging ein paar Schritte auf und ab. Eifrig und gestenreich setzte er seine Rede fort. »Sie ist mir auch als Partnerin wertvoll! Für einen Kaufmann ist sie die ideale Gattin! Doricha beherrscht die demotische Schrift, als eine verkürzte Form der Hieroglyphen. Diese stark vereinfachte Schrift verwenden Händler, Beamte und Gutsverwalter für ihre Listen, Korrespondenzen und Warenverzeichnisse. Hieroglyphen werden nur noch für religiöse Zwecke benutzt, für Inschriften an Tempeln und auf Grabmälern.«

»Davon verstehe ich nichts ... Ich will nur wissen, was ich zu Hause über deine Pläne berichten soll.«

Charaxos hatte sich wieder hingesetzt, doch nun wurde er ungeduldig. »Habe ich dir nicht alles haarklein erklärt? Nach Dorichas Freikauf – nennen wir es einmal so – werde ich sie mit nach Lesbos nehmen und dort werden wir heiraten.«

»Was ist mit Kindern? Kann sie noch welche bekommen?«

Charaxos war die Verlegenheit anzumerken. »Gewiss – warum nicht? Jung genug ist sie dazu! Jetzt schau nicht so erschreckt drein! Man kann die Zukunft der nächsten Jahre nicht jetzt schon in einem Aufwasch erledigen. Schritt um Schritt – anders geht es nicht. Bleibe doch hier, bis der König zurückkehrt, und komme mit uns nach Sais, ein Ritt von wenigen Stunden.

Nun bin ich müde geworden, kleiner Bruder, und du wahrscheinlich auch.«

Er stand auf, streckte sich und holte vom Wandbord eine schmale Schriftrolle. »Das Lesen hast du doch nicht verlernt – oder? Gehe den Aufsatz von Herophilos durch, vielleicht siehst du dann Aigyptos in einem anderen Licht.«

Larichos nahm die Rolle und nickte. »Ja, ich werde es lesen – morgen vielleicht ...«

»Wann auch immer, es wird dich gewiss interessieren.«

In seinem Zimmer ließ Larichos sich aufs Bett fallen, gähnte, schlüpfte aus den Kleidern und schlief sofort ein.

Noch vor Sonnenaufgang erwachte er. Nun machte sich der im Hellenion verschlafene Nachmittag bemerkbar. Zu ausgeruht, um wieder einschlafen zu können, griff er nach der Schriftrolle und setzte sich ans Fenster, wo das Licht schon ausreichte. Für seinen Beruf genügte es, ein wenig lesen zu können, aber dieser lange Text! Es dauerte einige Zeit, bis er sich in die ungewohnte Tätigkeit hineinfand.

Wie der Himmel bei den Ägyptern anders ist als in anderen Ländern, der Neilos sich anders verhält als die anderen Flüsse, so stehen auch die Sitten und Bräuche der Ägypter großenteils im Widerspruch zu anderen Völkern ...

Er legte den Papyros hin. Was ging ihn das an? Bald würde er abreisen und es schien ihm ausgeschlossen, jemals wieder hierher zurückzukehren. Gut, bei den Ägyptern war alles anders – und wenn schon! Aber da machte sich der ihm anerzogene Respekt vor älteren Geschwistern bemerkbar. Wenn Charaxos ihn nach Einzelheiten fragte, musste er wenigstens ungefähr

Bescheid wissen. Schwer seufzend las er weiter, erfuhr, dass die Ägypter in großer Gottesfurcht lebten, dass ihre Priester alle Körperhaare entfernten und nur Leinenkleidung trugen, dass Stiere und Katzen heilig sind, Stiere von makelloser Beschaffenheit dennoch geopfert werden, Kühe hingegen nicht, weil diese der Göttin Isis heilig seien. Er gähnte ausgiebig, rieb sich die Augen und las unwillig weiter.

Das Schwein halten die Ägypter für ein unreines Tier und die Schweinehirten dürfen, auch wenn sie hier geboren sind, kein einziges Heiligtum betreten.

Dann begann Larichos die Zeilen zu überspringen, erfuhr von der Stadt Bubastis mit ihrem gewaltigen, der Katzengöttin Bastet geweihten Tempel, der bei großen Festen Hunderttausende von Menschen anlockte. Als er vom Brauch des Mumifizierens las, wurde ihm übel.

Zuerst ziehen sie mit metallenen Haken das Gehirn durch die Nasenlöcher heraus, dann schneiden sie den Leib auf und entnehmen sämtliche Eingeweide …

Larichos warf den Papyros angeekelt auf den Boden. Gut, dachte er, die Menschen hier bewegen sich im Bereich einer uralten Kultur, dennoch ziehe ich unsere junge vor. Wir übergeben unsere Toten dem reinigenden Feuer und halten weder Kühe noch Katzen für heilig. Zum Glück gelten diese Bräuche in Naukratis nicht …

Beim Frühstück erwies Charaxos sich als sehr wortkarg, tat, als sei er in großer Eile. »Ich werde heute ins Hellenion gehen, um dort Dorichas Gesuch ins Demotische übertragen zu lassen. Dann sehen wir weiter …«

»Und was soll ich tun?«

»Schau dir die Stadt an, besuche eine Töpferwerkstatt oder komme später ins Hellenion, ich werde dich meinen Freunden vorstellen. Lass dir nur Zeit …«

8

Doricha ließ sich Zeit. Larichos hatte ausgiebig gefrühstückt, wurde von der Dienerin gefragt, ob etwas fehlte, ob er bestimmte Wünsche habe. Nein, er brauche nichts, lasse jedoch anfragen, wann die *kyria* Doricha erscheinen werde. Er möge sich noch ein wenig gedulden ...

Als nach zwei Stunden seine Geduld erschöpft war, bat er, ihm ein Maultier zu satteln. Der Diener nickte, verschwand, doch anstatt des Reittieres kam Doricha.

»Verzeih, Larichos! Heute habe ich mich ein wenig verspätet und das ist umso ungehöriger, da du unser geehrter Gast bist. Leistest du mir ein wenig Gesellschaft?«

Sie setzten sich auf die schattige Nordterrasse und Doricha begann ohne Umschweife zu sprechen.

»Ich kann mir schon denken, was du gestern Nacht mit Charaxos beredet hast – es ging um unsere Zukunft. Er ist nach wie vor fest entschlossen, mich zu heiraten, aber du, Sappho und die Oligarchie auf Lesbos, ihr alle seid dagegen und ich verstehe das recht gut. Ich bin in Hellas geboren, wurde auf Samos als Sklavin zur Hetäre ausgebildet, dabei halfen mir Talent, gutes Aussehen und natürlich die seligen Götter. Weißt du, ich habe mich nie besonders anstrengen müssen – mir flogen die Kenntnisse nur so zu. Mein Musiklehrer brauchte nur auf der *kithara* einiges vorzuspielen, dann klimperte ich es nach. Bei der Dichtung erging es mir ebenso, denn ich musste die vom Lehrer angemerkten Stellen nicht mühsam auswendig lernen – ich las sie zwei Mal durch und schon behielt ich sie im Kopf. Damit will ich nur sagen, dass es nicht nur Fleiß, sondern auch eine glückliche Veranlagung war. Das mag vielleicht der Grund gewesen sein, warum der neue Pharao mich nicht weiter im Harim dulden wollte – ich war ihm zu gescheit. Die Damen dort sind fast ohne Ausnahme dumme Kühe, mit einer gewissen Fertigkeit, sich gefällig zu schminken und vor ihrem Herrn und Gebieter verlockend mit den Hüften zu wackeln, aber das ist schon alles. Psammetichos war nicht mehr jung, als er mich erwarb, doch er war ein kluger Mann und schätzte geistreiche

Unterhaltung. Sein Sohn, der jetzige König, ist auf seine Art gewiss tüchtig, aber das Kriegerische in ihm hat den Vorrang und die von ihm geschätzten Zerstreuungen sind demgemäß. Nichts Schlechtes über Seine Majestät, den lebenden Horos, das ist hier Landessitte, aber ich glaube, du hast mich verstanden.«

»Gewiss, gewiss ...«

Larichos konnte den Blick nicht von ihr lassen, und wenn sie ihn mit ihren ungleichen Augen ansah, dann spürte er ein Pochen in den Lenden. Dann erinnerte er sich daran, dass Sapphos strenger Blick ihn aus der Ferne an seine Pflichten gemahnte. Er straffte sich.

»Verzeih, du bist vom Thema abgewichen. Zwar hast du davon gesprochen, dass Charaxos dich heiraten will, jedoch nichts über deine eigene Meinung dazu gesagt. Willst auch du es?«

»Ja, noch immer. Du musst verstehen, Larichos, wie viel es mir bedeutet hat, dass ein adeliger Kaufherr um mich warb. Was ich bisher an Männern gekannt hatte, das waren meist ehrenwerte Leute, die sich gleichermaßen an meinen Fähigkeiten wie an meinem Körper erfreuten und es sich sehr viel kosten ließen. Manche von ihnen sind meine Freunde geworden, die mich auch als Mensch schätzen, und dazu gehören glücklicherweise einige einflussreiche Hofbeamte. Ja, ich sehe es dir an, du willst eine genaue Auskunft haben. Ich habe mir überlegt, was mich auf Lesbos an der Seite deines Bruders erwartet. Zwar bin ich in Thrakia geboren, aber in Samos groß geworden. Auch dort herrschte ein Adelsverband, auch dort waren Stand und Herkunft von überragender Bedeutung. Hier, in Aigyptos, an der Seite von Charaxos als Ehefrau zu leben kann ich mir gut vorstellen.

Hast du den Aufsatz unseres Herophilos gelesen? Ja? Dann hast du einen Begriff davon, dass hier vieles anders ist. Sitzt der König einmal sicher auf seinem Thron, genießt er göttliche Ehren, wird als Sohn der Sonne und Vollkommener Gott angesprochen. Freilich gibt es auch hier eine Art Aristokratie wohlhabender und einflussreicher Familien, aber ein Wort des Pharao kann sie stürzen und bisher Namenlose erheben. In der

Geschichte der ägyptischen Könige – das erzählt man sich heute noch – gab es immer wieder Fälle, da der Pharao aus Liebe eine einfache Frau zur Großen Königlichen Gemahlin erhob, und keiner hätte es gewagt, dies offen zu missbilligen.

Bei den hellenischen Oligarchien üben einige Dutzend adeliger Familien die Herrschaft aus und ihnen geht es einzig darum, ihren Stand und die damit verbundene Macht zu bewahren. Ich weiß natürlich, dass diese Familien mich als Ehefrau einer der ihren nicht gerade willkommen heißen werden. Doch ich bin nicht eine der vielen namenlosen Hetären, die in Hellas und anderen Ländern ein mehr oder weniger glanzvolles Leben führen – ich bin Doricha, genannt Rhodopis! Ehemalige Konkubine eines der mächtigsten Könige auf dieser Welt, in Ehren als freier Mensch entlassen und reich beschenkt. Wenn sie in Mytilene die Wahrheit erfahren, nämlich dass Charaxos mich nicht loskaufen musste, weil ein Pharao mir die Freiheit gab, wenn die Höhe der von mir eingebrachten Mitgift bekannt wird, dann verwette ich die mir so lieb gewordene Freiheit darauf, dass man Charaxos gewähren lassen wird.«

Larichos schüttelte den Kopf. »Es ist schon möglich, dass es so kommt, wetten würde ich darauf jedoch nicht. Warum bleibst du nicht in Aigyptos, heiratest einen deiner Freunde am Hof – da wird sich gewiss ein Witwer finden – und führst das angenehme Leben einer reichen, hoch angesehenen Frau ...«

Doricha lächelte. »Freilich, das ginge schon. Ich müsste dazu nur noch das Gerücht in die Welt setzen, ich sei die heimliche Lieblingskonkubine des verstorbenen Pharaos gewesen.

Nein ... Larichos, ich möchte in die Heimat zurück, will nicht in der Fremde sterben und womöglich als ausgestopfte Mumie in einer Grabhöhle enden.«

»Dann gehe doch nach Samos zurück und suche dir dort einen wohlhabenden Mann aus guter Familie«, schlug Larichos vor.

Ihre graugrünen Augen blitzten empört, doch die dunkle Stimme blieb beherrscht. »Nach Samos? Niemals! Dort bin ich unfrei gewesen und daran wird man sich erinnern. Freilich, es könnte ein Triumph sein, den Boden als freier Mensch zu betreten, der mich als Sklavin gesehen hat, doch ich ziehe es trotzdem vor, nach Lesbos zu gehen, um dort die Frau deines Bruders zu werden. Ich bin noch jung, möchte Kinder haben und ich schwöre dir bei Hestia, der Hüterin des Herdes, es wird mir nichts ausmachen, mich mit der Rolle einer *kyria,* als Herrin des Hauses, zu begnügen. Hetäre bin ich lange genug gewesen ...«

Larichos sagte nichts darauf, doch fiel es ihm schwer, ihrem Schwur zu glauben. Eine Frage brannte ihm schon länger auf der Seele und er hielt es jetzt an der Zeit, sie zu stellen.

»Sage mir ehrlich, Doricha, liebst du Charaxos?«

Sie schien überrascht und zögerte. »Liebe? Was ist schon Liebe? Von den Männern, die mir bisher begegnet sind, schätze ich ihn am höchsten. Du musst verstehen, Larichos, dass man es mir schon frühzeitig ausgetrieben hat, in einem Mann etwas wie Liebe zu suchen. Es wurde mir eingebläut, den Herren zu gefallen, mich ihnen mit allen meinen Kräften und Kenntnissen angenehm zu machen. Es war kein schlechtes Leben, glaube nur das nicht. Nicht selten taten sie mir Leid, die armen Kerle, wenn sie liebesdurstig angehechelt kamen, sich gegenseitig mit kostbaren Geschenken auszustechen versuchten, nur um sagen zu können, Doricha habe ihnen eine Nacht gewährt. Auf diese Weise war es für mich schwer, wenn nicht unmöglich, einen Freund zu finden. Freundinnen – ja! Es gibt hier in Naukratis einige Frauen, denen ich sehr verbunden bin, mit denen ich Dinge besprechen kann, die wir vor Männern nicht erörtern.

So ist das nun, mein Larichos, du weißt nun wesentlich mehr von mir als ich von dir.«

»Was könnte ich dir erzählen? Du wirst alles schon von meinem Bruder wissen ... Die einzige Unterbrechung in meinem Leben war das Exil auf Sikulia, und da mich in meinem damaligen Alter Politik kaum berührte, habe ich es sehr genossen. Ich gehe gerne mit jungen Menschen um, versuche im *gymnasion* weiterzugeben, was ich selbst erlernt habe.«

»Möchtest du mit mir schlafen, Larichos?«

Er glaubte, nicht recht gehört zu haben. »Was? Du meinst, ob ...«

»Ja, ob du mit mir schlafen willst. Dein Bruder kommt erst am Abend zurück, es würde uns niemand dabei stören.«

»Das kann doch nicht dein Ernst sein ...«

»Zwar habe ich mein Leben als Hetäre aufgegeben, aber warum nicht eine Ausnahme machen? Du bist ein ansehnlicher Mann ... Wer weiß, vielleicht haben die Hetären auf Lesbos dich Dinge gelehrt, die ich nicht kenne?«

Warum nicht? Eine Liebesstunde mit Doricha muss etwas ganz Besonderes sein – du solltest die Gelegenheit nutzen ... War es ein *kobalos*, der ihm dies ins Ohr flüsterte?

Larichos stand auf, während Doricha ihn mit ihren Rätselaugen neugierig betrachtete. Als er einen Schritt auf sie zu trat, erhob sie sich katzenhaft schnell, ging zur Treppe und er hörte ihr dunkles, anmutiges Lachen.

»Ich werde deinem Bruder erzählen, dass du mir widerstanden hast. Es wird ihm gefallen ...«

Schnell lief sie die Treppe zur *gynaikonitis* hinauf, wandte sich um und warf ihm eine Kusshand zu.

»Wir werden auch auf Lesbos befreundet bleiben, das weiß ich schon jetzt. Und noch eines: Ich möchte, dass du Zeuge der kommenden Ereignisse bist. Du sollst dabei sein, wenn ich am Hof zu Sais die Hindernisse beseitigen werde, die mich hier festhalten. Du wirst bezeugen können, dass meine Freiheit deinen Bruder keinen Kupferdeben gekostet hat, wirst bezeugen, dass ich eine Freigelassene Seiner Majestät, des Königs von Aigyptos, bin.« Die ungleichen Augen fixierten ihn lächelnd.

»Ja, denn es ist keine Schande, die Wahrheit zu verkünden.«

»Gut gesprochen, Larichos, du hättest doch mit mir schlafen sollen ...«

Sie wandte sich um und er hörte ihr fröhliches dunkles Lachen. Schwer atmend ließ er sich in einen Stuhl fallen. Sie ist eine Hexe, dachte er, kein Mann wird ihr je gewachsen sein. Ich hätte widersprechen, hätte Einwände vorbringen sollen, aber ich bin vor ihr gestanden wie ein braver Schüler und habe mir alles geduldig angehört. Er war wütend auf sich selbst und wusste zugleich, dass er alles tun würde, was sie verlangte.

Als Charaxos am frühen Abend zurückkam, verschwieg Larichos sein Gespräch mit Doricha. Sollte sie es erwähnen – gut, das war dann ihre Sache. Charaxos schwenkte triumphierend zwei Papyrosrollen.

»Die Abschriften unserer Eingabe! Ich habe sie noch heute Vormittag ins Zollhaus geschickt mit der geforderten Frist einer Antwort innerhalb von zwei Tagen. Die Herren wissen natürlich, dass Doricha am Hof gute Freunde hat, wissen auch, dass der Pharao ihr wohlgesonnen ist. Wir werden nicht lange zu warten haben ... Für dich, Larichos, habe ich noch eine besondere Überraschung. Im Hellenion ist eine Nachricht aus Theben eingetroffen. Das ist die von den Ägyptern Waset genannte Hauptstadt des Südlandes. Du wirst nicht erraten, von wem die Botschaft kommt.«

Einer Eingebung folgend, platzte Larichos heraus: »Von Erigyos vielleicht ...?«

Charaxos schüttelte verwundert den Kopf. »Hast du etwa davon gewusst?«

»Nein, so wenig wie du.«

»Es ist schon seltsam. Während ich noch in Lesbos war, muss Erigyos irgendwann erfahren haben, dass ich in Naukratis als Händler eingetragen bin. Er nahm an den Feldzügen des Königs teil, hat es zum Hauptmann gebracht und wurde dann als Kommandant einer Truppe von Bogenschützen an die nubische Grenze versetzt. Auf seine Art hat er es weit gebracht, aber Söldner bleibt Söldner ...«

»Hat er dir das alles geschrieben?«

»Ja, in knapper Form, wie es immer seine Art war.«

»Ich sehne mich nicht danach, ihn wieder zu sehen.«

Charaxos schüttelte missbilligend den Kopf. »Er ist unser Bruder – trotz allem! Vielleicht wird er auf diesem Posten zur Ruhe kommen, eine Frau finden ...«

»Bei dem hält es keine aus! Erigyos wird sich zeitlebens mit Huren begnügen müssen.«

Charaxos verzog sein Gesicht. »Sei doch nicht so nachtragend! Was hat er dir denn getan? Ich war es ja, der häufig Streit mit ihm hatte, während du dich hinter Mutter oder Sappho verstecken konntest.«

»Wer will das noch wissen? Dieser Mensch ist ein morscher Ast am Stamm unserer Familie und wird uns hoffentlich nie mehr unter die Augen kommen.«

Charaxos schlug seinem Bruder auf die Schulter. »So kenne ich dich ja gar nicht ...«

»Verzeih, die Hitze hierzulande macht mich zappelig und gereizt. Länger könnte ich es nicht hier aushalten.«

»Ich will dich nicht mit Gewalt festhalten. Reise zurück und berichte von meinen Plänen.«

»Noch kann ich es nicht ...«, sagte Larichos verlegen.

»Du kannst nicht? Warum?«

»Ich habe Doricha versprochen, als euer Zeuge zugegen zu sein, wenn es – du weißt ja selbst, worum es geht. Ich werde euch nach Sais begleiten, an den Hof ...«

Charaxos lachte laut und herzlich. »Sie hat dich also herumgekriegt? Ja, das kann sie gut. Ich kenne keinen Mann, der ihr einen Gefallen abschlüge. Mir ist das ganz recht, es macht sich immer gut, wenn ein Bruder mit dabei ist. Die Händlerversammlung im Hellenion hat mich und zwei andere zu Sprechern ernannt, wenn der Pharao – wie schon die Jahre zuvor – ein *symposion* für die Kaufleute aus Naukratis veranstaltet.«

Charaxos beugte sich vor und senkte die Stimme.

»Was ich dir jetzt sage, weiß hier ohnehin fast schon ein jeder. Der vom Vater des Pharao geplante Rachefeldzug gegen die Babylonier fand nicht statt, weil er vorher starb. Apries will ihn jetzt nachholen und dafür braucht er Verbündete. Die wird er mit Sicherheit bei den Phoinikern im Norden von Aigyptos finden, denn dieses Volk ist Babylon tributpflichtig und fühlt sich unterdrückt. Um Babylon aber in die Zange zu nehmen, wären ihm die hellenischen Staaten als Verbündete hoch willkommen. Daher hofft er vor allem auf Lydia, Pamphylia und Kilikia. Ich allerdings glaube nicht, dass diese Länder sich mit dem mächtigen Babylon anlegen werden.«

»Diese Kriegspläne werden kaum unsere Heimat betreffen, ich selbst habe dazu keine Meinung. Dass ich auf den Königshof in Sais neugierig bin, gebe ich gerne zu und werde euch schon deshalb begleiten.«

Die nächsten Tage verbrachte Larichos meist in Dorichas Haus. Die Hitze machte ihn träge und unlustig; im Übrigen suchte sie es zu vermeiden, ihn allein zu treffen. Flüchtig hatte ihn der Gedanke gestreift, im *gymnasion* von Naukratis an Leibesübungen teilzunehmen, aber dann zog er es doch vor, im Haus zu bleiben und sich von Zeit zu Zeit durch ein Bad zu erfrischen.

Eines Mittags schreckte ihn die Nachricht auf, Seine Majestät sei als siegreicher Triumphator in Sais eingezogen. Charaxos schlug sich begeistert auf die Schenkel, Doricha strahlte.

»Habt ihr denn schon die Erlaubnis bekommen, die Stadt zu verlassen? Die Zöllner haben doch verlangt ...«

Charaxos winkte lässig ab. »Das ist längst erledigt! Die Herren hier wissen recht gut, dass sie uns nicht mit Gewalt festhalten können. Sie haben natürlich ihre Sprecher am Tempel von Sais und werden nun um ihre Forderung feilschen. Doricha wird zwar zahlen müssen, aber gewiss nicht die jetzt geforderte Summe. Übermorgen geht's los! Du freust dich doch?«

Charaxos hatte es fast flehend gefragt und so nickte Larichos und sagte etwas lustlos: »Ich freue mich schon, ja, warum auch nicht ...«

Doricha hielt seinen Blick fest und ihm war, als schauten ihm ihre magischen Augen direkt ins Herz.

»Sehr freudig klingt das nicht.«

»Ich muss mich erst an den Gedanken gewöhnen ...«

Sie brachen schon lange vor Tagesbeginn auf, um die Kühle der Nacht für die kurze Reise zu nutzen. Doricha thronte aufrecht und anmutig auf einem perlweißen Maultier, Charaxos und Larichos hatten Pferde vorgezogen. Ein Dutzend Diener und Reitknechte zog auf Eseln oder zu Fuß mit und nach anfänglichem Schweigen herrschte bald ein fröhliches Geschnatter.

Von weitem schon waren die hoch aufragenden Obelisken zu erkennen, deren mit Elektron verkleidete Spitzen – das Pyramidion – im feurigen Kuss des gerade emporfahrenden Helios aufflammten wie Fackeln. Der Tempel der Staatsgöttin Neith war von einem künstlichen See umgeben und reichte weit über das bewohnte Gebiet hinaus. Den königlichen Palast verband ein überdachter Säulengang mit dem Heiligtum, das auch als Grabstätte der Pharaonen diente, die seit etwa einem halben Jahrhundert hier residierten.

Ein kleines Hellenion gab es auch in Sais, eine Art Gästehaus, das den in Geschäften oder zu Königsaudienzen in der Stadt weilenden Hellenen als Unterkunft diente. Dort zog sich Doricha sogleich zurück, während die Brüder den ebenerdigen, nach Norden gelegenen Baderaum aufsuchten.

Charaxos stieg behaglich schnaubend aus dem brusthohen Becken und schüttelte das Wasser von sich ab. »Du darfst dich hier niemals trocknen«, belehrte er seinen Bruder, »dann hält dich das am Körper verdunstende Wasser länger frisch.«

»Leider nicht lange genug!«

Ein Badeknecht streckte seinen Kopf herein. »Wenn die Herren gestatten, so möchte ein weiterer Gast ...«

Charaxos wickelte sich ein Tuch um die Hüften und rief: »Nur herein mit ihm!«

Ein älterer Mann mit Gelehrtenbart und einem fast kahlen Kopf schritt auf Charaxos zu.

»Kennen wir uns nicht?« Charaxos umfasste seine Schultern. »Herophilos? Du? Hast du deinen Freund Charaxos vergessen?«

»Meine Augen werden immer schlechter, zudem ist es hier so dämmrig – natürlich, Charaxos! Und das ist dein Bruder, nehme ich an?«

»Ja, Larichos ist aus der Heimat angereist und hat mich besucht.«

Larichos verneigte sich. »Ohne deine kenntnisreiche Schrift wüsste ich so gut wie nichts über Aigyptos.«

Der Chronist winkte bescheiden ab. »Ich habe es für meine Landsleute getan, nicht für die Ägypter. Dein Bruder scheint vergessen zu haben, dass die Händlerversammlung auch mich zu einem der Sprecher gewählt hat.«

Charaxos schlug sich vor den Kopf, dass es klatschte. »Natürlich! Aber ich war in letzter Zeit mit so vielen Dingen befasst ...«

Herophilos schälte sich aus seinen Kleidern und gleich lief ein Badeknecht herbei und übergoss ihn langsam mit heißem Wasser, das den kleinen Raum in einen grauen Nebel hüllte. Nachdem er sich danach abgekühlt hatte, setzte er sich auf die Holzbank und knetete seine Waden.

»Ich bin während der letzten Tage so viel herumgelaufen ... Kennt ihr den Ablauf der künftigen Ereignisse? Nein? Gut – hier das Wichtigste: Der öffentliche Einzug Seiner Majestät hat bereits stattgefunden, denn der König hat einmal gesagt, das Volk zahle die meisten Steuern und so habe es den ersten Anspruch auf ihn. Übermorgen wird das festliche *symposion* zu seiner Rückkehr stattfinden und dazu sind nur die hohen Hofbeamten, die Priester, die ausländischen Gesandten und die Vertreter der Kaufleute aus Naukratis geladen. Zwei Tage später gibt es – wie schon die Jahre zuvor – einen kleinen Empfang für uns Hellenen, die Seine Majestät über alles schätzt, umso mehr, als er ...«

»... sie als Bündnispartner gegen Babylon gewinnen will«, ergänzte Charaxos lachend.

»Das hat sich also schon herumgesprochen? Nun – es ist nicht unsere Sache, darüber zu befinden.«

Am nächsten Tag schlenderte Larichos durch Sais, das als Residenzstadt in wenigen Jahrzehnten mächtig aufgeblüht war und wo es viel zu sehen, zu hören und zu riechen gab. Überall dampfte und brutzelte es aus den Garküchen, die Märkte quollen über vor quirliger Betriebsamkeit und die heiseren Rufe der Straßenhändler zerschnitten die staub- und rauchgeschwängerte Luft. Charaxos hatte mit Doricha die ihm bekannten Hofbeamten aufgesucht, um damit dem Gesuch um Verminderung der Zollforderung Gewicht zu verleihen.

Als am nächsten Tag der Sonnengott Ra die Elektronspitzen der beiden Obelisken hell auflodern ließ, strömten die geladenen Gäste in den großen Audienzsaal des königlichen Palastes. Eine Stunde später wurden die Portale geschlossen und nach einer weiteren Stunde tönten durch den weiten Raum die dumpfen Klänge der Trommeln und der helle Ton der Fanfaren. Der goldpurpurne Vorhang schwang langsam zurück und enthüllte den goldenen Thron des Pharao. Während ein Herold rief: »Huldigt Seiner Majestät Wahibre Ha-ibre, dem Lebendigen Horos, dem Sohn der Sonne, dem Vollkommenen Gott, dem Herrn Beider Länder, dem Starken Stier und dem Schrecken seiner Feinde, der den Neilos zum Fließen und das Land zum Blühen bringt!«

Bei diesen Worten fielen die Gäste auf die Knie und beugten den Rücken so tief, dass ihr Kopf den Boden berührte. Nach einer Weile befahl der Herold: »Erhebt und erfreut euch am Anblick des Lebendigen Horos!«

Da saß nun der Pharao auf dem goldenen Thron, auf seinem Haupt ragte die hohe Doppelkrone auf, in den Händen hielt er Zepter und Peitsche, die sich auf seiner Brust über dem juwelenfunkelnden Schulterkragen kreuzten. Sein Gesicht war maskenhaft geschminkt, am Kinn hing der golddurchflochtene Zeremonialbart, an den Füßen trug er die Königssandalen mit den gebogenen Spitzen.

Larichos stand neben seinem Bruder, betäubt und überwältigt von dem Prunk und den uralten Zeremonien. Doch es mischte sich eine leise, ihm anerzogene Abneigung vor Königtum und Tyrannenherrschaft hinein. Er hatte es bei Herophilos gelesen und andere hatten es bestätigt: Vor diesem göttlichen Herrscher schrumpften die Großen des Reiches zu einem Nichts. Sie alle waren abhängig vom Willen des Königs, dessen Wort sie in den Abgrund stürzen, aber auch hoch über alle anderen erheben konnte.

Als der Vorhang sich nach einer kurzen Ansprache des Wesirs – der Pharao ergriff bei solchen Prunkempfängen niemals das Wort – wieder schloss, schien es, als gehe ein Aufatmen der Erleichterung durch den Saal.

Auf dem Rückweg in ihr Quartier meinte Larichos: »Eigentlich sollte dieser heutige Auftritt des Pharao allen Hellenen eine Warnung sein. Auch unsere Staaten wurden früher von Königen regiert, aber wir haben sie aus guten Gründen davongejagt, um nicht den Launen und der Willkür eines Einzelnen ausgesetzt zu sein. Auch hierzulande wird man eines Tages ...«

»Larichos, ich muss dich unterbrechen. Unsere Stadt- und Inselstaaten kannst du nicht mit dem großen Aigyptos vergleichen. Es hat hier in den letzten Jahrhunderten viel Wirrnis gegeben. Libysche, nubische und assyrische Usurpatoren haben sich des Thrones bemächtigt und erst dem Pharao Psammetichos ist es gelungen, das Reich von der Fremdherrschaft zu befreien. Davon zehrt sein Urenkel – der jetzige König – bis heute und kein Ägypter in Nord oder Süd würde sich die alten schrecklichen Zustände der Fremdherrschaft wieder herbeiwünschen. Eine Adelsherrschaft ließe sich hier nicht durchführen – das Land ist zu groß dafür.«

Er klopfte seinem Bruder auf die Schultern. »Lass ihnen ihren König, Larichos, lass ihnen den Glauben, dass ohne den Sohn der Sonne der Neilos nicht fließt, die Saat nicht gedeiht, das Land im Chaos versinkt. Der Pharao – so glauben sie – ist das notwendige Bindeglied zwischen den Göttern und den Menschen. Wir glauben etwas anderes und jedes Volk hält an seinem Brauchtum fest.«

Doricha wartete schon auf ihren Bericht, aber Charaxos meinte: »Was gibt es da schon zu sagen? Seine Majestät verharrte wortlos auf dem goldenen Horosthron und wir huldigten ihm. Übermorgen wird es ganz anders aussehen.«

Diesmal fand der Empfang im kleinen Audienzsaal statt und Larichos sah sich vergeblich nach einem Thron um. Der König trat unter seine meist hellenischen Gäste, als sei er einer der ihren. Er trug weder Krone noch Zeremonialbart, war einfach gekleidet, begrüßte Freunde und Bekannte mit Hand- oder Schulterschlag. Als er Doricha sah, ging er schnell auf sie zu.

»Die schöne Rhodopis – welch eine Ehre für mein Haus! Bei deinem Anblick beginne ich zu bereuen, dass ich dich ziehen ließ.«

Doricha verneigte sich. »Welche Frau hört solche Worte nicht gern? Das hier ist Charaxos aus Lesbos, mein künftiger Mann, begleitet von seinem Bruder Larichos.«

Der Pharao musterte ihn lächelnd. »Willst du dich in Naukratis niederlassen oder Handel treiben?«

»Nein, Majestät, ich kam hierher, um meinen Bruder zu besuchen und um dein schönes Land kennen zu lernen.«

»Dazu müsstest du auch in den Süden fahren ...«

»Vielleicht werde ich es tun«, sagte Larichos höflich.

»Ihr werdet also heiraten ... Wollt ihr in Naukratis bleiben?«

»Nein, Majestät, ich will in meine Heimat zurück, doch deine Zöllner halten mich fest.«

Doricha hatte es lächelnd und leichthin gesagt, sodass der König keinen Vorwurf heraushörte. Er runzelte die Stirn.

»Wie können sie es wagen, einer freien Frau das Reisen zu verbieten?«

Charaxos erklärte in kurzen Worten den Fall und erwähnte sein Gesuch an den Schatzmeister. Der König schüttelte den Kopf.

»So geht das nicht! Doricha soll zahlen, was sie für richtig hält – ich will es so!«

Ein kniender Schreiber nahm die Worte des Königs auf, Doricha verneigte sich tief und küsste die Hand des Sonnensohnes.

So konnten sie nach ihrer Rückreise einen »Schönen Befehl« Seiner Majestät vorweisen, den der Oberpriester und Vorsteher der Zollbehörde in Naukratis mit einer tiefen Verbeugung entgegennahm. Er küsste die Siegel des Königs und seines Schatzmeisters, las mit steinernem Gesicht und verneigte sich leicht vor Doricha und Charaxos.

»Der Wille Seiner Majestät ist Gesetz! Es soll in allen Punkten so geschehen.«

Charaxos, als Händler schlau und viel erfahren, übergab dem Vorsteher im Namen von Doricha fünf Deben Gold und zehn Deben Silber mit den Worten: »Deinem klugen Ermessen überlasse ich es, wie du diese Summe verteilst, doch ich weiß, dass die Göttin Maat dein Tun leitet und bestimmt.«

Larichos lächelte, als er davon hörte. »Es ist doch überall das

Gleiche – man muss die richtigen Leute kennen und die richtigen Hände salben, dann erreicht man alles im Leben.«

»Nicht alles, aber viel«, sagte Charaxos bescheiden.

Ein paar Tage später reiste Larichos in die Heimat zurück, sein Bruder wollte nach Abschluss einiger laufender Geschäfte mit Doricha nachkommen.

9

Larichos kam etwa in der Mitte des Monats *boedromion* zurück und erstattete mir sogleich Bericht. Mir erschien er enttäuscht und verbittert, vielleicht spiegelte er mir diese Stimmung allerdings nur vor, um mich nicht zu erzürnen. Als ob ich meinem kleinen Bruder jemals böse gewesen wäre ...

Zuerst allerdings platzte er mit der Neuigkeit heraus, Erigyos habe im Hellenion von Naukratis eine Nachricht hinterlassen, die er mir wortgetreu schilderte, und er gab auch zu erkennen, dass ihn das Schicksal dieses Bruders nicht weiter kümmerte.

»Da ergeht es mir nicht anders. Erigyos hat sich selbst zu dem Fremden gemacht, als der er uns jetzt erscheint. Vielleicht ist es sein letztes Lebenszeichen ...«

»Ich wünsche mir nur, dass er nie mehr hierher zurückkehrt.«

»Als Kommandant in ägyptischen Diensten wird er es kaum tun. Soll er dort auf seine Weise glücklich werden. Doch jetzt zum Eigentlichen: Wie steht es mit unserem Charaxos?«

»Er ist fest entschlossen, Doricha zu heiraten, will aber, dass ich hier über ihren so genannten Freikauf die Wahrheit verbreite. Eines steht allerdings fest: Der König hat ihr nach seiner Thronbesteigung die Freiheit und dazu ein schönes Haus geschenkt. Als Charaxos sie kennen lernte, war sie keine Sklavin mehr und die von ihr vorgetäuschte Unfreiheit sollte nur ihren Geschäften als Hetäre dienlich sein.«

»Das macht es auch nicht besser! Doricha ist als Sklavin aufgewachsen und hat als Hetäre ihren Unterhalt verdient!«

»Sie war aber auch Konkubine eines Königs ...«

Jetzt wurde ich wirklich zornig. »Macht sie das um so viel begehrenswerter? Entzündet diese Tatsache die Lenden der Männer und lässt sie noch tiefer in die Tasche greifen? Erkläre es mir, denn du bist ja ein Mann.«

Ich sah ihm die Verlegenheit an, er wand sich wie ein Wiesel, das man mit Gewalt festhalten will.

»Du kennst sie nicht ... Etwas ganz Besonderes geht von ihr aus, etwas Zauberisches ...«

Sie lachte spöttisch. »Sie hat es darauf angelegt, euch Männern den Kopf zu verdrehen, und das ist ihr offensichtlich auch bei dir gelungen. Was hätte ich schon anderes erwarten können? Die meisten von euch denken in solchen Fällen mit dem Phallos, da bleibt der Kopf hübsch beiseite. Warum solltest gerade du eine Ausnahme machen?«

Ich sah, wie sehr ihn meine harten Worte trafen, und schon empfand ich Bedauern. In ihm regte sich der Zorn.

»Entschuldige schon, dass ich ein Mann bin und Doricha mit den Augen eines Mannes betrachte! Hätte ich dich belügen sollen?«

»Nein, Larichos, das hast du niemals getan und dabei soll es bleiben. Lass mich anders fragen: Was ist an ihr so Besonderes, so Außergewöhnliches? Der Ruf ihrer Schönheit hallt inzwischen durch die ganze hellenische Welt.«

Er grinste mich frech an. »Deiner doch auch! Was ist an dir – besser gesagt, an deinem Werk so Besonderes?«

Ich versetzte ihm eine leichte Ohrfeige, das musste jetzt sein. »Dir ist es nicht gegeben, schlechte, mittelmäßige und gute Dichtung voneinander zu unterscheiden. Lasse besser die Finger davon und beantworte endlich meine Frage.«

Er nickte und rieb sich vorwurfsvoll die Wange. »Also gut. Im Grunde unterscheidet sie nicht viel von anderen Frauen. Es ist die Gesamtheit ihrer Erscheinung, ihr Auftreten, ihr Sprechen ... Das ist alles von einer solch mühelosen Anmut – verstehst du, was ich meine? Wenn sie lacht, dann ist es weder zu laut noch zu leise, ihre Gesten sind weder sparsam noch übertrieben, aber eines ist doch außergewöhnlich: ihre Augen. Es ist nicht nur das strahlende Graugrün, es ist der fast magische Blick. Sie sieht dich an und dabei ein klein weniges an dir vorbei, weil eines ihrer Augen nicht ganz gerade steht.«

Ich musste hellauf lachen. »Also, sie schielt! Ist es das? Beim schönen Narkissos, das hätte ich eher wissen müssen! Ich werde meinen Schülerinnen den Rat geben, die Männer ein wenig anzuschielen, um diese Einfaltspinsel rettungslos verliebt zu machen. Manchmal glaube ich, meine ganzen Bemühungen, dich zu einem vernünftigen, erwachsenen Mann zu erziehen, sind vergeblich gewesen!«

Damit wollte ich ihn ärgern, erreichte aber gerade das Gegenteil. Er lachte fröhlich.

»Wie sollst du das auch verstehen – du, eine Frau! Da können wir noch viele Stunden hin- und herreden, ohne dass es dir begreiflich wird, was den unverwechselbaren Zauber dieser Frau ausmacht.«

Hätte ich ihm sagen sollen, dass auch eine verständige, längst erwachsene Frau dem Zauber eines Mädchens erliegen kann? Larichos hätte mich nicht oder nur falsch verstanden, im Übrigen war das ein Bereich, der ihn nichts anging. Ich beendete unser Gespräch.

»Jetzt hör gut zu! Du kannst dich dem Wunsch deines älteren Bruders nicht widersetzen, also verbreite in unseren Kreisen, dass er Doricha nicht freikaufen musste, weil dies der Pharao schon geregelt hatte. Bei einer ungeliebten Wahrheit kommt es sehr darauf an, wie man sie erzählt. Füge also ruhig hinzu, dass sie ihren freien Stand verschwiegen hat, um als Hetäre bessere Geschäfte zu machen. Da werden sich die Leute schon ein richtiges Urteil bilden. Ich werde unterdessen bei Pittakos anregen, eine im Ausland geschlossene Ehe auf Lesbos für ungültig zu erklären. Sie muss hier neu und nach unseren Regeln geschlossen werden. Das war bisher schon ein ungeschriebenes Gesetz, wenn es jedoch verbindlich aufgeschrieben und niedergelegt ist, dann wird Charaxos großen Schwierigkeiten begegnen – immer vorausgesetzt, er hat sie schon in Aigyptos geheiratet.«

»Naukratis gilt als hellenischer Boden«, wandte Larichos ein. Ich winkte ab.

»Auch Athena, Korinth, Samos oder Arkadia befinden sich auf hellenischem Boden, leben aber nach den unterschiedlichsten Gesetzen, sind genau betrachtet Ausland.«

Wir saßen hier am längeren Hebel und Charaxos würde mit seinem Vorhaben scheitern. Er musste es sogar, denn sein Beispiel würde ähnlichen Vorhaben Tür und Tor öffnen und bald könnten wir unserer Staatsform den Todeshymnos singen.

Heute denke ich nicht mehr ganz so, aber ich möchte nur die damaligen Zustände und Denkweisen schildern. Wenn ich ganz ehrlich bin, dann hat mich das Verhalten meines Bruders Charaxos weniger berührt oder empört, als ich es Larichos gegenüber zeigte. Es ist nun einmal so: Wer liebt, der ist leichter gesonnen, anderen Liebenden zu verzeihen, auch wenn sie gegen Brauch und Gesetz verstoßen.

Du, meine Kleis, wirst vielleicht ahnen, was mich damals beschäftigte, denn du warst schon ein Mädchen von zwölf Jahren – oder waren es noch elf? –, als Gongyla aus Kolophon in mein Leben trat. Nein, das war ein wenig später – zunächst einmal kam sie in meine Schule und das muss etwa um die Zeit gewesen sein, da Irannas Abreise kurz bevorstand. Sie fiel mir schon deshalb nicht besonders auf, weil das einfache Schreiben, Lesen und Rechnen zur Aufgabe der anderen Lehrerinnen gehörte und an Gongyla tatsächlich nichts war, das auffällig oder bemerkenswert gewesen wäre.

Zum ersten Mal kam mir ihr Name bewusst zu Ohren, als eine Lehrerin bei unserer mehrmals im Monat stattfindenden Besprechung sie ihre faulste Schülerin nannte.

»Sie träumt ständig vor sich hin, guckt aus dem Fenster, während ich den *alphabetos* erkläre, kann mit Zahlen überhaupt nichts anfangen und hat mich kürzlich gefragt, woher man so sicher wisse, dass drei und drei sechs ergebe. Dann deutete sie nach oben und sagte, wenn es dem allmächtigen Zeus einfalle, daraus fünf oder sieben zu machen, dann hätten wir Menschen es hinzunehmen.«

Ich presste mir die Hand auf den Mund, mein Kichern war dennoch zu hören.

»Ja, du lachst«, sagte die Lehrerin vorwurfsvoll, »aber wenn du dich mit einem solchen Gör abzuplagen hättest, verginge es dir bald.«

Ich versuchte, die Aufgebrachte zu beruhigen, und ließ Gongyla am nächsten Tag in mein Arbeitszimmer kommen.

Für ihr Alter war sie groß gewachsen; ihre stämmige, ein wenig bäurische Gestalt zeigte schon alle Formen einer erwachsenen Frau. Doch in diesem Körper schien noch ein kindlicher Geist zu wohnen. Mit ihren mittelblonden Haaren und den grauen Augen entsprach sie dem ionischen Typos, der in ihrer Heimat vorherrscht. Sie wirkte so verschreckt und verschüchtert, dass ich – eine oft erprobte Methode – zuerst von etwas anderem zu reden begann.

»Stammt aus deiner Heimatstadt nicht der berühmte Dichter Mimnermos? Ich glaube, er ist vor kurzem gestorben?«

»Davon – davon weiß ich nichts ... Da müsstest du meinen Vater fragen ...«

Ich lächelte. »Das ist ein wenig schwierig, denn nach Kolophon ist man mindestens drei Tage unterwegs.«

Ich stand auf, ging zum Schriftenregal, nahm einen Papyros heraus und rollte ihn auf.

»Hör zu, Gongyla, was Mimnermos über Alter und Jugend sagt:

Gleich einem flüchtigen Traum währt kurz nur
die kostbare Zeit kraftvoller Jugend.
Ständig schwebt das hässliche Alter
drohend über unserem sterblichen Haupt,
macht den welkenden Körper verächtlich und
widerwärtig, schwächt Augen wie Geist, wenn es
sein Opfer packt.

Das klingt nicht sehr erbaulich, was meinst du?«

»Ja – nein, ich weiß nicht ...«

»Dichtung ist der Wahrheit verpflichtet! Wir können etwas

schönreden oder schlechtreden – ich etwa könnte die Vorzüge des Alters darstellen. Man gewinnt an Weisheit und Erfahrung, wird nachsichtiger, weiß Wichtiges von weniger Wichtigem zu unterscheiden. Wenn Mimnermos das verschwiegen hat, so wollen wir ihn deshalb nicht tadeln oder geringer schätzen. Es ist sein gutes Recht, uns an die weniger schönen Seiten des Alters zu erinnern.«

Gongyla hatte sich entspannt, das war ihr anzusehen. Sie lächelte ein wenig und ich bat sie, auf dem Hocker Platz zu nehmen.

»So spricht es sich leichter. Deine Lehrerin meint, dass es dir schwer fällt, in die Geheimnisse unserer Schrift einzudringen. Was macht dir dabei Schwierigkeiten?«

»Es – es sind nicht die Buchstaben ... Ich kann den *alphabetos* aufsagen und auch schreiben ...«

»Das wollen wir gleich prüfen ...«

Mit sichtlichem Eifer kam sie mir zuvor und sprudelte heraus: *»Alpha, beta, gamma, delta, epsilon, zeta, eta, theta, iota, kappa ...«*

»Halt, halt, ich glaube es dir!«

Ich schob ihr das *deltion* hin, dazu den Stift. »Machen wir doch eine kleine Probe.«

Sie blickte mich erwartungsvoll an.

»Also, jetzt schreibe einmal nacheinander die folgenden Buchstaben hin: *gamma, omikron, ny, gamma, ypsilon, lambda, alpha.*«

Es ging langsam, es machte ihr Mühe, aber es ging. Stolz wies sie mir ihr Werk vor.

»Das hast du gut gemacht. Lies mir jetzt vor, was du geschrieben hast.«

»Gamma, omikron, ny ...«

»Ja, meine Liebe, das sind die einzelnen Buchstaben, wenn sie jedoch nebeneinander stehen, gewinnen sie eine neue Bedeutung. Das *gamma* ist dann nur noch ein ›g‹. Das *omikron* bedeutet ein ›o‹, das ›ny‹ nur noch ein ›n‹ – und so fort. Du hast eben deinen eigenen Namen geschrieben: Gongyla.«

Sie blickte mich unsicher an und schaute auf die Schrift.

»Tatsächlich ... Und so geht es mit allem? Ich brauche nur die Buchstaben nebeneinander zu setzen und ...«

»Es ist ganz einfach. Machen wir noch einen Versuch?«

Sie nickte beflissen und voll Tatendrang.

»Also gut – dann schreibe hin: *lambda, eta, sigma, beta, omikron, sigma.*«

Es ging wieder langsam, doch jede Letter stand etwas ungefüge, aber deutlich da.

»Jetzt versuche einmal nur den ersten Buchstaben zu lesen – also ›l‹ anstatt *lambda,* ›e‹ anstatt *eta* – und so fort.«

Sie beugte ihren kräftigen Nacken.

»L-e-s-b-o–s ...« Verblüfft blickte sie auf. »Aber das ist – das ist doch die Insel, auf der wir ...«

»So ist es – wir befinden uns auf Lesbos, dessen Hauptort Mytilene ist, wo du jetzt lebst und lernst.«

Gongyla war von ihren eigenen Fähigkeiten so angetan, dass wir den Versuch noch mehrmals wiederholten, bis ich Einhalt gebot.

»Von dir wurde mir erzählt, dass du das Ergebnis einer Rechnung angezweifelt hast. Drei und drei müsse nicht unbedingt sechs ergeben, wenn der allmächtige Zeus es anders bestimme. Dann könne auch fünf oder sieben daraus werden. Ich will das nicht tadeln, denn es beweist, dass du nachgedacht hast. Doch es gibt Dinge, die auch ein Gott nicht ändern kann, und diese Rechnung gehört dazu. Zwei und zwei ergibt vier und zwei dazu macht sechs. An dieser Tatsache kann auch Zeus nicht rütteln, aber er kann eines tun, nämlich unseren Sinn verwirren und etwa dir oder mir den Gedanken eingeben, aus drei und drei werde fünf. Die Folge wäre freilich, dass man uns beide auslacht und für verrückt erklärt. Verstehst du, was ich meine?«

»Ja – schon ...«

»Dann ist es für heute genug, Gongyla. Du hast die Zusammenhänge erkannt und auf diesem Weg wird es weitergehen.«

Es war nicht zum ersten Mal, dass ich auf diese Weise Nachhilfe erteilte. Wenn die Schülerin gegangen war, so schwand sie aus meinem Denken, weil mich dann wieder Dringenderes beschäftigte.

Diesmal war es anders, denn Gongylas Bild setzte sich in meinem Gedächtnis fest. Weder waren es Anmut oder Schönheit noch heiteres Wesen oder besondere Tüchtigkeit, die mich an sie erinnerten – es war etwas anderes, schwer zu Beschreibendes. Nüchtern betrachtet war sie ein träges, wortkarges Wesen von gestörtem Begriffsvermögen, aber ihr dankbarer Blick, als sie das Wort Lesbos lesen konnte und ich ihr unbedingtes, anrührendes Vertrauen spürte – oder zu spüren glaubte –, da packte mich eine Betroffenheit, die mich anfangs fast befremdete. Ich redete mir ein, dass dies für eine gute und verantwortungsbewusste Lehrerin eine ganz natürliche, ja notwendige Regung sei. Da fühlte ich mich aufgerufen, die Entwicklung dieses trägen Geistes zu verfolgen, und das tat ich zunächst durch Nachfragen bei ihrer Lehrerin. Es gehe langsam, wurde mir gesagt, aber es werde besser. Warum sollte ich sie dabei nicht ermuntern? War es nicht meine Pflicht, dies zu tun? Außerdem kam sie jetzt in ein Alter, da ich sie und andere in Gesang, Dichtung und Lebensführung zu unterrichten hatte. Wenn sie beim Schreiben und Lesen noch nicht so weit war wie ihre Mitschülerinnen, so fiel das nicht sehr ins Gewicht.

Gongyla schien mir für jene Nachhilfestunde noch immer dankbar zu sein, denn sie strahlte mich an, als blicke sie zur Statue einer Göttin auf. Dies blieb freilich nicht unbemerkt und so hatte ich wieder einen Grund, sie zu mir zu bitten.

»Gongyla, es versteht sich von selbst, dass ich mich um jede meiner Schülerinnen kümmere, wenn ich – wenn wir eine Schwäche entdecken. Das ist nichts Besonderes und darf dich nicht verleiten, in mir ein höheres Wesen zu sehen. Ich bin eine Frau wie du, und wenn uns etwas unterscheidet, dann ist es mein Alter und die größere Erfahrung.«

Sie schwieg, schaute so abwesend drein, dass ich fragte: »Hast du gehört, was ich sagte? Gongyla!«

Sie fuhr auf und sah mich erschreckt an. »Ja, doch, aber ...«

Sie senkte den Kopf und spielte mit ihren schulterlangen Haarflechten, als gäbe es nichts Wichtigeres. Plötzlich kam die geflüsterte Frage: »Gibst du mir einen Kuss?«

Ohne zu überlegen, stand ich auf, umarmte und küsste sie auf beide Wangen. Ihre Haut war samtweich, kam meinen Lippen entgegen, schien sie festhalten zu wollen. Ich spürte ihre vollen, für ihr Alter schon sehr kräftig ausgebildeten Brüste, roch den herb-süßen Duft ihres jungen, unverbrauchten Körpers.

Das war der Augenblick, da ich mich in dieses träge, schüchterne Wesen verliebte, doch es war anders als bei Iranna. In ihr hatte ich immer die gleichrangige Partnerin gesehen – ja, mich ihr manchmal sogar unterlegen gefühlt. Bei Gongyla war meine Zuneigung von einer Rührung begleitet, wie sie jeden empfindsamen Menschen überkommt, wenn er junge Tiere sieht: Lämmer, Hundewelpen, Fohlen. In diesen Wesen ist so viel an vertrauensvoller Hilflosigkeit, an ungelenker Verspieltheit, dass man sie ständig streicheln und küssen, necken und stupsen möchte. Natürlich will ich solche Empfindungen nicht in gleicher Weise mit Gongyla verknüpfen, aber sie kamen doch aus der gleichen Quelle.

Ist eine Liebe solcher Art weniger tief, weniger glaubhaft, weniger ernst zu nehmen? Ich habe während meines langen Lebens erfahren, dass es mit der Liebe wie mit der unbekannten und namenlosen Gottheit ist, die von manchen als die höchste Macht angesehen wird. Sie ist so mächtig und unerreichbar wie die reine, absolute Liebe, die sich selbst genug ist. Um dies für uns sterbliche Menschen fassbar zu machen, hat die höchste Macht sich in Göttinnen und Götter aufgeteilt, die in ihrer Art uns Menschen verwandt und damit ansprechbar sind und begreifbar werden.

Die Liebe unter den Menschen lässt sich damit vergleichen. Es gibt sie in vielen, oft sehr unterschiedlichen Spielarten: laut und leise, heftig und zart, besitzergreifend und duldend, mit allen in diesen Begriffen enthaltenen Spielarten. Habe ich mit meinem Vergleich danebengegriffen? Mir jedenfalls erscheinen absolute, übergeordnete Mächte, wie reine, überirdische Liebe oder eine einzige höchste Gottheit, den Menschen nur fassbar, wenn sie unserem Wesen näher rücken, also vielgestaltig und sogar mit Fehlern behaftet auftreten.

Sei nicht beleidigt, meine Kleis, wenn ich dir jetzt sage, dass mich mit Gongyla etwas der Mutterliebe sehr Ähnliches verband. Man herzt, küsst, streichelt und neckt sein Kind, wobei freilich eine körperliche Grenze gesetzt ist, die ich naturgemäß bei Gongyla überschritt. Sie war so leicht verführbar, meine träge Schöne, und ständig verlockte sie mich zu Neckereien und spöttischen Worten, die sie belächelte und mir niemals verübelte.

Du, meine Kleis, fandest zu ihr keinen Weg der Freundschaft, denn ihr wart zu verschieden. Mit Iranna konntest du, wie man so sagt, Pferde stehlen, Gongyla aber scheute eine nähere Verbindung zu den meisten Menschen, wohl weil sie ahnte, von ihnen missverstanden zu werden. Wer sie jedoch näher oder – wie in meinem Fall – sehr nahe kannte, fand hinter dem Zaun, den sie um sich zog, einen hilfsbereiten, wahrheitsliebenden und zu tiefen Empfindungen fähigen Menschen. Von Gongyla weiß ich mit Sicherheit, dass sie sich in der Gefahr ohne zu zögern vor mich gestellt und in Stücke hätte hacken lassen.

Was damals allerdings auf mich zukam, überstieg Gongylas Möglichkeit, mich davor beschützen zu können. Aus Liebe zu mir – ich bin so unbescheiden, dies zu glauben – überwand sie einen Teil ihrer angeborenen Trägheit, und als sie uns verließ, hatten ihr Wissen und ihre Kenntnisse ein gutes Mittelmaß erreicht.

So stellte ich es auch ihrem Bruder dar, der sie im Spätsommer abholte. Ungewöhnlich war, dass ihr künftiger Ehemann ebenfalls die weite Reise auf sich genommen hatte, allerdings – wie sich bald erwies – nicht aus Ungeduld, um seine Braut zu sehen. Er überbrachte mir eine Botschaft seines Vaters, auf die ich gleich zu sprechen komme.

Die jungen Herren benahmen sich außerordentlich höflich und behandelten mich, als sei zu mir eine der Musen vom Olymp herabgestiegen. Ob Gongyla ihre schulischen Ziele erreicht habe, fragte ihr Bruder und ich sagte ihm, dass ein Mensch genau betrachtet zeitlebens ein Lernender sei – mich nicht ausgenommen. Doch es gebe Ziele, die ich mir – von

Schülerin zu Schülerin verschieden – gesteckt habe, und da könne ich ihm versichern, dass Gongyla ihnen so nahe wie möglich gekommen sei. Er stutzte.

»So nahe wie möglich? Sie hat das Ziel also nicht erreicht?«

»Es ist viel für einen Menschen, dem Ziel so nahe wie möglich zu kommen. Wer kann von sich sagen, er habe es erreicht? Die jungen Männer im *gymnasion* – mein Bruder unterrichtet dort – mögen sich beim Bogenschießen das Ziel setzen, die Scheibe zehn Mal hintereinander zu treffen. Wenn es einem von ihnen sieben oder acht Mal gelingt, dann ist er so etwas wie ein König der Schützen, der Lehrer lobt und die anderen beneiden ihn. Das gilt nun auch für Gongyla, die sich redlich bemüht hat und von mir, ihrer Lehrerin, Lob verdient.«

Bei einem Gespräch mit dem Bräutigam erfuhr ich, dass er mit Gongyla entfernt verwandt war, sie sich von Kindheit an kannten und von ihren Familien einander versprochen waren.

»Das ist schön! Oft kennen die jungen Brautleute sich vorher nicht und manchmal wird die Ehe dann zum verlorenen Kottabos-Spiel – gerade herausgesagt, es ist danebengegangen …«

Er schaute mich verblüfft an. »Du – du sprichst wie ein Mann …«

Ich lachte. »Kein Wunder, da ich doch mit drei Brüdern aufgewachsen und verheiratet gewesen bin.«

»Aber bei Frauen – ich meine …« Er hielt verlegen inne.

»Gehört es sich nicht – meinst du das? Vielleicht wirst du auch an Gongyla einiges bemerken, das sich nach alter Auffassung nicht gehört. Jungfräulich ist sie hierher gekommen – als Jungfrau kehrt sie in die Heimat zurück, aber sie ist nicht mehr die Gleiche. Damit meine ich nicht den Zuwachs an Jahren und Wissen, sondern hier wurden ihr Erfahrungen vermittelt, die dich erstaunen werden.«

Es war nicht zu übersehen – er schwitzte vor Verlegenheit und schien fassungslos.

»Was – was willst du da – damit sagen?«

Jetzt begann er auch noch zu stottern und er tat mir Leid. Ich legte ihm eine Hand auf den Arm und versuchte, seinen Aufruhr zu beruhigen.

»Kein Grund zur Sorge! Lass es mich dir erklären. Du hast doch sicher einen älteren *erastes*, einen Mentor, gehabt?«

»Natürlich – wie es bei uns üblich ist. Hier auf Lesbos wird es doch auch ...«

»Ja, das ist Brauch in ganz Hellas. Dieser Mentor hat dir nun alles für einen jungen Mann Notwendige beigebracht. Wie man sich anständig kleidet, wie man gesittet speist, spricht und auftritt, hat deine Leistungen im *gymnasion* verfolgt, hat dich mit wichtigen Leuten bekannt gemacht, hat – kurz gesagt – alles getan, um aus dem Jüngling einen Mann zu machen. Habe ich etwas dabei vergessen?«

»Vergessen – nein, ich glaube, du hast alles Wichtige aufgezählt.«

»So – wirklich? Dann war er ein schlechter Lehrer. Er hätte dich über die körperlichen Beziehungen zwischen Mann und Frau aufklären, hätte dir sagen müssen, was dabei vorgeht.«

Dass er noch rot werden konnte, hielt ich für ein gutes Zeichen.

»Ja, das auch, doch darüber spricht man mit Frauen nicht.«

Ich spielte die hoch Erstaunte. »Ist das nicht seltsam? Da dreht es sich darum, wie der junge Mann mit seiner Frau umzugehen hat, und wir Frauen dürfen davon nichts wissen.«

Er seufzte. »Vielleicht ist es auf Lesbos anders, in Lydia jedenfalls hält man sich an das Bewährte und Überlieferte ...«

»Hat es sich bewährt? Denn darauf kommt es an und ich kann dir aus eigener Erfahrung sagen, dass dies nicht der Fall ist. Junge Mädchen – Kinder noch – werden unwissend gehalten, um dann mit vierzehn oder fünfzehn einem Mann ins Brautbett gelegt zu werden, der von seinem Mentor aufgeklärt worden ist. Da in diesem Fall ein älterer Mann einem jüngeren erläuterte, wie Frauen zu nehmen und zu behandeln seien, sehe ich hier eine Fehlerquelle, die sich von Geschlecht zu Geschlecht fortpflanzt. Eure Mentoren – das kann ich dir versichern – wissen mehr über Hunde, Pferde und Waffen als über das andere Geschlecht. Dies auszugleichen bin ich angehalten.

Du wirst in eurer Brautnacht auf eine Verständige treffen, die genau weiß, dass Freude haben auch Freude geben bedeutet. Wundere dich also nicht, wenn unsere Gongyla dich in die Geheimnisse des weiblichen Körpers einführt, denn dein Mentor hat es gewiss nicht getan.«

»Bisher hat es doch genügt, dass ...«

»Bisher!«, fuhr ich ihm ins Wort, »bisher wurde einiges falsch gemacht, und nicht nur auf diesem Gebiet. Früher gab es im alten Hellas Könige, jetzt gibt es keinen einzigen mehr. Die Dinge sind in stetigem Wandel begriffen, und was gestern noch Gültigkeit hatte, wird heute bezweifelt und morgen belacht. Wie kann sich heute ein vernünftiger Mensch dem Versuch widersetzen, junge Mädchen genauso lebenstüchtig zu erziehen wie junge Männer?«

»Ich tue es ja nicht, wollte nur Bescheid wissen.«

Gongylas Bruder hatte mir inzwischen die Botschaft seines Vaters überreicht und ich gebe kurz wieder, was auf einer umfänglichen Papyrosrolle in fast epischer Form ausgebreitet war. Zwischen den Zeilen konnte ich lesen, dass dieser Mann der *patriarchos* einer der reichsten Familien in Kolophon war und vor kurzem seiner Heimatstadt ein Odeion geschenkt hatte. Zu dessen Eröffnung lud er mich nun ein, um »mit deiner Person und deiner überragenden Dichtung die neue Musikhalle einzuweihen«.

Gongyla bat mich flehentlich, diese Einladung anzunehmen, doch nach dem Gespräch mit ihrem Bräutigam hatte ich mich schon innerlich von meiner Geliebten gelöst und wollte weder ihr noch mir durch ein weiteres Zusammensein Kummer bereiten. So sagte ich in höflichen Worten ab und die Ereignisse der nächsten Zeit taten alles, um mich Gongyla schnell vergessen zu lassen – nein, vergessen ist das falsche Wort –, um sie für einige Zeit aus meinem Gedächtnis zu verdrängen, denn vergessen habe ich keine einzige meiner Geliebten.

10

Die erste Beschwerde kam von einer Familie aus Antissa, einer bedeutenden Stadt der *pentapolis,* im Nordwesten der Insel gelegen. Es war die kurze, trockene Botschaft, ich habe das betreffende Mädchen in einigen Fächern zwar hinreichend ausgebildet, es andererseits jedoch Dinge gelehrt, die ein Mensch von Anstand und Sitte nicht auszusprechen wagt.

Ich muss gestehen, dass ich mich an diese Schülerin kaum erinnern konnte, und als ich die Listen nachprüfte, stellte sich heraus, dass sie nur eineinhalb Jahre hier gewesen war. Man kann es nicht allen recht machen, dachte ich, vielleicht hat die Kleine einen Tadel zu viel erhalten, hat es aufgebauscht und über uns Lügen oder Halbwahrheiten verbreitet. Ich entwarf im Kopf eine Antwort, entschloss mich dann jedoch zum Schweigen. Was ich dabei nicht bedachte: Schweigen kann sehr beredt sein und wird unterschiedlich ausgelegt.

Diese Familie deutete es natürlich als Schuldbekenntnis und verbreitete das Gerücht, in Sapphos Schule würden Mädchen eher zu Hetären denn zu sittsamen Frauen erzogen. Das hätte nun sogar ein Kompliment sein können, denn in guten Hetärenschulen genießen die Mädchen eine vorzügliche Ausbildung, mit dem Unterschied, dass sie nicht auf ein Leben als Haus- und Ehefrauen vorbereitet werden, sondern auf eines von Huren, angehalten, den Männern so gründlich wie möglich die Börsen zu leeren.

In meinem Fall war der Vergleich freilich nicht als Lob oder Anerkennung gedacht und sollte andere davon abhalten, ihre wohl behüteten Töchter meinem verderblichen Einfluss auszusetzen. Zu Anfang hatte ich insgeheim schon mit den Bedenken und Protesten mancher Familien gerechnet. Doch in den ersten Jahren gab es nur Lob und Zuspruch, die Anmeldungen mehrten sich, sodass meine Befürchtungen dahinschwanden wie trübes Wasser in der Hitze eines sonnigen Tages. Je heller aber Helios leuchten mag, desto dunkler erscheinen die Schatten.

Bald darauf erreichte mich die nächste Klage, die sich weniger auf meine Unterrichtsmethoden als auf ein bestimmtes Ergebnis bezog. Dabei handelte es sich um eine Schülerin, wie es sie zum Glück nicht oft gibt. Sie war das verzogene Kind einer Familie mit mehreren Söhnen – ein Spätling, von allen verhätschelt und verwöhnt. Ihr war im Guten nicht beizukommen, und als meine Lehrerinnen und ich es mit immer härteren Strafen versuchten, lief sie heulend in den Schoß ihrer Familie zurück. Ihr Vater kam in eigener Person und stimmte ein Klagelied an, das damit schloss, er sei im Grunde froh, dass er seine Tochter nicht weiter meinem inzwischen von vielen als schädlich erkannten Einfluss habe aussetzen müssen. Unmittelbar darauf wandten sich zwei Familien gleich an den *tyrannos* selbst, der dann durch einen Boten seinen Besuch ankündigte. Wer unsere damaligen Verhältnisse kannte, wird diese Ehre sehr hoch einschätzen, denn Pittakos hielt es fast ohne Ausnahme so, dass man sich zu ihm auf die Akropolis bemühen musste. Doch er vergab sich nichts, denn die Botschaft lautete, er halte es jetzt für an der Zeit, meiner hochberühmten Schule einen persönlichen Besuch abzustatten. Diese Ankündigung verursachte eine große Aufregung, denn der *tyrannos* war weithin bekannt und in der ganzen *pentapolis* fast ausnahmslos beliebt. Ich schrieb ein kleines Empfangs- und Huldigungslied, das unsere besten Sängerinnen vortrugen.

In dieser Zeit muss Pittakos schon nahe der sechzig gewesen sein, doch es war, als hätten die Götter ihm eine anhaltende Jugendlichkeit beschert. Wenn in Haar und Bart auch schon da und dort ein silbernes Grau aufschimmerte, so schritt er doch so schlank und aufrecht dahin, als sei er im besten Mannesalter.

Er war mit nur zwei Leibwachen gekommen, die weniger zu seinem Schutz als mehr dazu dienten, ihm allzu Neugierige vom Leib zu halten. Er schaute sich gründlich um, stellte auch einigen Mädchen wohl überlegte Fragen, nickte, lächelte und entsprach ganz dem Bild, das sich die meisten von ihnen gemacht hatten. Nach einer leichten Mahlzeit gingen wir in mein Arbeitszimmer. Erst als ich mich gesetzt hatte, nahm er selbst Platz und richtete seine klugen, grüblerischen Augen auf mich.

»Ich möchte dir nicht verhehlen, dass mich in letzter Zeit Klagen erreicht haben, deine Schule und die Art deines Lehrens betreffend. Es lief darauf hinaus, dass du offenbar mit den älteren Mädchen vor ihrem Weggang über Dinge gesprochen hast, die man üblicherweise für sich behält oder sie einer gewollten und erlaubten Zweisamkeit überlässt. Du weißt, was ich meine?«

Ich brachte ein sorgloses Lächeln zustande. »Du hast dich nicht allzu deutlich und dennoch sehr verständlich ausgedrückt. Ehe ich meine Schule eröffnete, habe ich dir und einigen Herren des Adelsrates unmissverständlich meine Ziele dargelegt. Ich möchte sie jetzt noch einmal in einen Satz fassen: Ich will die Mädchen ebenso gründlich auf das Erwachsenendasein vorbereiten, wie dies mit den Jungen geschieht. Da geht es auch darum, die bisher meist ahnungslosen Mädchen über die Ereignisse der Brautnacht aufzuklären. Was ist daran verwerflich?«

Er zögerte etwas. »Nicht verwerflich, aber seltsam schon. Du hast etwas Neues gebracht, hast es gewagt, auf ungewohntes Gebiet vorzustoßen, und da macht man sich nicht nur Freunde.«

Ich hatte mich auf diese oder ähnliche Fragen gut vorbereitet und holte jetzt etwas aus.

»Daran ist nichts Neues. In Sparta etwa werden die Mädchen seit jeher den Jungen gleich, zum Teil sogar mit ihnen gemeinsam erzogen. Wie diese nehmen sie nackt an Wettkämpfen teil, werden sogar an Waffen ausgebildet. Schulen meiner Art gibt es dort längst und die körperliche Verbindung der Meisterin zu älteren Schülerinnen wird genauso erwartet wie die des Knaben zu seinem Mentor.«

Mein Bericht hatte den Weisen und Vielerfahrenen nun doch etwas verblüfft. »Woher weißt du das?«

»In meinen Kreisen wird davon gesprochen ...«

»Deinen Kreisen? Stammen wir nicht beide aus Adelsfamilien – kommen also aus demselben Lebensbereich?«

»Allgemein gesprochen trifft es zu. Doch dabei haben Frauen und Männer unterschiedlichste Themata und so hast du nur von etwas erfahren, über was sonst nur im weiblichen Kreis gesprochen wird.« Dabei lächelte ich ihn so arglos und freundlich an, dass er mein Lächeln erwiderte.

»Ich mache dir einen Vorschlag. Wie du weißt, veranstalte ich von Zeit zu Zeit auf Staatskosten den Auftritt bewährter Rhapsoden im Odeion. Dein Freund und mein früherer Widersacher Alkaios hat schon länger diesbezügliche Wünsche geäußert und er wird aus deinem und seinem Werk Neues – ich hoffe, du hast davon etwas? – vortragen und als besondere Überraschung wirst du zum Abschluss eine Rede halten.«

Ich erschrak ein wenig. »Ich – eine Rede? Es ist nicht üblich, dass eine Frau in der Öffentlichkeit ...«

»Dann machen wir eben eine Ausnahme, die du ja selbst bist durch deine überragende Bedeutung als Dichterin, durch deine gottgegebene Begabung. Zu diesem Ereignis werde ich all jene laden, die dich und deine Schule in unterschiedlicher Weise bezichtigen. Du kennst die Vorwürfe und ich gebe dir Gelegenheit, ihnen angemessen zu begegnen. Solltest du aber – und ich kann das verstehen – einen öffentlichen Auftritt scheuen, dann legst du es schriftlich nieder und Larichos wird es vortragen.«

Ich lachte. »Der Gute tut sich beim Lesen so schwer ...«

»Dann soll es Alkaios tun und ich bin sicher, dass es dem alten Hitzkopf großen Spaß macht.«

»Gut, ich mache es – so oder so. Als Lehrerin bin ich es gewohnt, raumfüllend zu sprechen, und so wird es mir auch im Odeion nicht schwer fallen.«

Pittakos nickte erfreut. »Nichts anderes habe ich von dir erwartet.«

Als er gegangen war, erschien mir sein Vorschlag plötzlich so abwegig, dass ich beschloss, ihm sofort einen Boten nachzusenden, um alles rückgängig zu machen. Dann aber zögerte ich, tat es doch nicht und redete mir gut zu. Gibt es eine bessere Gelegenheit, deinen Standpunkt darzustellen, als in einer öffentlichen Rede? Alle, auf die es ankommt, werden zugegen sein und du hast die Möglichkeit, Missverständnisse auszuräumen. Was ist schon zu verlieren? Vielleicht werden dich einige Schülerinnen verlassen und etliche Familien den schon gefassten Entschluss, dir ihre Töchter anzuvertrauen, rückgängig machen. Das wird mir eher nützen, denn dann werden die Fronten sich klären ...

Vielleicht hast du, meine Kleis, auch schon die Erfahrung gemacht, dass der eigene Zuspruch oft mehr bewirkt als der von Freunden. Vor unserem Auftritt traf ich mich mit Alkaios im Umkleideraum hinter der Bühne des Odeion. Er grinste auf seine gutmütig-anzügliche Art. »Aufgeregt?«

»Nein, warum? Der heutige Rhapsode bist ja du.«

»Aber einen Auftritt hast du auch ...«

»Der wird sehr bescheiden ausfallen, denn ich möchte nur einiges klarstellen.«

»Dazu wünsche ich dir Glück!«

Er trug dann nach seiner gewohnten Art Neues mit Altem vermischt vor, denn – so sagte er mir – er habe festgestellt, dass die Leute das Alte und Bewährte immer wieder gerne hören, und sie schmunzeln zufrieden, wenn sie es wieder erkennen. So war auch wieder sein »Lob des Hebros« zu hören, eines Flusses von gerühmter Schönheit.

Hebros, schönster aller Ströme, brausest
durch die thrakischen Fluren und ergießt dich
in des Meeres wallende, düstere Fluten.
Viele Mädchen suchen dich auf und benetzen
zarthändig die munteren Schenkel
mit deinem herrlichen Wasser,
holdem Zauber vertrauend.

Am Ende trug er einige meiner Lieder vor und schloss – auf meinen besonderen Wunsch – mit der Mahnung:

Schwillt in der Brust die Erbitterung,
so hüte die kläffende Zunge!

Als der Beifall verklungen war, stand Pittakos von seinem Ehrenplatz auf und hob die Hand.

»Freunde, das ist noch nicht der Schluss, denn nun wird unsere ruhmesreiche Sappho – auf meinen persönlichen Wunsch – einen kleinen Vortrag halten.«

Da gab es einiges an Geraune und Gemurre, auch kurzes

Gelächter brandete auf. Ich trat vor und verneigte mich leicht.

»Ich möchte unserem verehrten Pittakos für die Erlaubnis danken, hier auftreten und dabei einiges richtig stellen zu dürfen. Dies ist allerdings keine Rechtfertigung, denn dazu besteht kein Anlass. In letzter Zeit ist meine Schule ins Gerede gekommen und einige haben mich beschuldigt, der Sittenlosigkeit Vorschub zu leisten. Viele von euch wissen es, aber ich sage es noch einmal und mit gebotener Kürze: Wer seine Tochter mir und meiner Schule anvertraut, soll sich darüber im Klaren sein, dass unser Lehrplan alles umfasst, was eine werdende Frau können und wissen muss. Ehe ein Mädchen aufgenommen wird, spreche ich gegenüber den Eltern oder den Erziehungsberechtigten deutlich und unmissverständlich aus, was hier gefordert, erwartet und geboten ist. Ich kann mir nicht denken, dass jemand mich missverstanden hat, kann mir aber vorstellen, dass ein Vater, ein Bruder, ein Onkel nur mit halbem Ohr zugehört hat, wie manche Herren es Frauen gegenüber tun.«

Ja, das brachte die Leute zum Lachen, später wurde mir jedoch gesagt, dass fast alle Frauen, aber nur ganz wenige Männer mir lachend Beifall gezollt hatten.

»Ich sehe keinen Grund, die Art meines Unterrichts zu ändern, möchte allerdings künftige Bewerber ersuchen, meinen Erläuterungen genau zu folgen und mich um nähere Erklärung zu bitten, wenn ich mich etwa nicht klar genug ausgedrückt habe. Ich nehme es keiner Familie übel, wenn sie jetzt ihren Entschluss ändert und die Betreffende besser nicht meiner Schule anvertraut oder – sollte sie schon dort sein – sie wieder wegnimmt.

Dazu noch eines: Ich schätze es nicht, wenn jemand ein Mädchen für ein Jahr oder sogar nur für wenige Monate meiner Schule überlässt, es dann unter einem Vorwand zurückholt und die Betreffende als ›Schülerin Sapphos‹ anpreist. So mag und kann sich ein Mädchen nennen, das zumindest zwei Jahre oder länger in meiner Obhut war.

Habt Dank für eure Geduld – die gnädigen Götter mögen euch geleiten.«

Soweit ich mich erinnere, gab es viel Beifall, aber vielleicht schien es mir nur so.

Pittakos stand auf und sprang auf die Bühne, gewandt und mühelos wie ein Jüngling. Sofort trat respektvolle Stille ein.

»Meine Freunde, der Vortrag unserer Sappho bedarf keiner weiteren Erläuterung, und was sie gesagt hat, heiße ich gut. Dazu eine allgemeine Bemerkung: Jeder liebt sein Vaterland, jeder schätzt die Erde, die ihn geboren und genährt hat, unabhängig davon, ob auch berühmte und ruhmreiche Menschen ihr entsprungen sind. Ist dies jedoch der Fall, dann darf man stolz sein darauf und so lasst mich unser Lesbos preisen, weil es die Heimat von Sappho und Alkaios ist.«

»Und die deine, Pittakos – auch die deine!« Diese begeisterten Zurufe aus dem Publikum ließen Pittakos innehalten und sich lächelnd verbeugen. Dann hob er die Hand.

»Dazu noch eines: Vielleicht wissen es manche von euch noch nicht, aber was Sappho auf Lesbos tut, ist in Hellas nicht ganz neu. In Sparta etwa gibt es Mädchenschulen ähnlicher Art, zudem werden dort Jungen und Mädchen für eine gewisse Zeit gemeinsam erzogen. Wenn die Mädchen dabei auch so männliche Übungen wie Speerwerfen, Bogenschießen und Diskusschleudern erlernen, dann nicht, um Krieg führen oder in Olympia auftreten zu können. Doch sie gewinnen auf diese Weise ein tieferes Verständnis für männliche Tätigkeiten und stehen später nicht da wie dumme Schafe, wenn ihr Gatte über dergleichen spricht. Ich sage das nicht, um eine Nachahmung der spartanischen Sitten zu empfehlen, halte es jedoch für durchaus bedenkenswert. Zurück zu Sappho und Alkaios. Wenn es nach meinem Wunsch ginge, so würde ich diesen Ruhmreichen am Hafen Standbilder errichten lassen, damit jeder aus der Fremde Kommende sieht, welche Großen unsere Heimat hervorgebracht hat. Sowohl Sappho als auch Alkaios haben dies abgelehnt und so muss ich diese Ehrung späteren Geschlechtern überlassen.

Was nun Sapphos Mädchenschule betrifft, so kann ich nur mein Bedauern darüber ausdrücken, dass meine Töchter zu alt dafür sind und meine Söhne schon verheiratet waren, noch ehe sie gegründet wurde. Ich wäre nämlich stolz darauf, wenn meine Schwiegertöchter Sapphos Schule besucht hätten. Meinen Enkeln aber rate ich: Bevorzugt Mädchen, die aus dieser Schule hervorgegangen sind, und sorgt dafür, dass eure Töchter sie besuchen dürfen. Ich danke euch!«

Auch ich fühlte mich zum Dank verpflichtet und den sprach ich Pittakos gegenüber aus. Er winkte ab.

»Ich habe es gerne getan und nichts gesagt, das meiner Überzeugung widerspricht. Nur eines noch: Für dich wäre manches leichter, wenn Charaxos zurückkäme und mit der Autorität eines *patriarchos* eure Familie leiten und beschützen könnte. Ich weiß, du kannst dich auch allein behaupten, aber so ist es der Brauch und wir wollen nicht alles Überkommene schlechtheißen.«

»Nein, gewiss nicht, doch auf Charaxos habe ich wenig Einfluss – er ist der ältere Bruder.«

Er lächelte kurz. »Bei Larichos ist das anders ...«

»Ja, den habe ich zusammen mit meiner Mutter erzogen. Übrigens hast du mir deinen Wunsch in Bezug auf die Standbilder niemals mitgeteilt. Ich höre davon zum ersten Mal und so habe ich die Ehrung auch nicht ablehnen können.«

»Ja, das stimmt, aber das musst du meinem rhetorischen Fluss zugute halten. Du hättest doch abgelehnt?«

So leicht wollte ich es ihm nicht machen. »Wer weiß? Dass eine Frau auf solche Art geehrt wird, ist gewiss neu und bekanntlich bin ich für alles Neue aufgeschlossen.«

»Gut, dann werde ich bei der nächsten Ratssitzung für dich ein Ehrenamt beantragen.«

»Nein, tue es lieber nicht. Du hast es ja selbst gesagt – überlassen wir es künftigen Geschlechtern. Übrigens freut es mich, dass du Sparta erwähnt hast. Vielleicht gibt es in der viele Länder umfassenden hellenischen Welt noch weitere Beispiele, von denen wir hier nichts wissen.«

»Kann sein, doch das soll uns nicht kümmern. Wenn sich hier etwas Neues entwickelt, dann soll es von allen gewollt und nicht von anderen aufgedrängt sein.«

Ich lächelte spöttisch. »Denkst du dabei an das Kottabos-Spiel? Das kam nämlich von Sikulia hierher und musste unseren Männern gewiss nicht aufgezwungen werden.«

»Wenn du es sagst ... Wärst du ein Mann, so möchte ich dich nicht zum politischen Gegner haben.«

Eines jedenfalls hatte mein Auftritt und nicht zuletzt Pittakos' Stellungnahme bewirkt. Es erreichten mich keine Klagen mehr und keine einzige Familie sah sich veranlasst, die Tochter aus meiner Schule zu nehmen.

Meine Hoffnung, dass Charaxos noch in diesem Jahr in seine Heimat zurückfinden würde, erfüllte sich nicht, aber es blieb auch die schlimme Nachricht aus, er wolle für immer in Naukratis bleiben.

Im Herbst traf eine neue Schülerin, Euneika, ein, die eine sehr weite Reise hinter sich hatte, denn sie stammte aus der Stadt Salamis. Jeder denkt dabei zuerst an die gleichnamige und weitaus bekanntere Insel im saronischen Golf – seit Jahren schon im Besitz der Stadt Athena, die kaum eine Tagesreise davon entfernt ist. Die Stadt Salamis aber liegt an der Nordostküste von Kypros und zählt zu den wichtigsten Orten auf der durch Aphrodites Geburt geheiligten Insel.

Euneika hielt ihren ersten Auftritt wohl für sehr beeindruckend. Zwei Dienerinnen begleiteten sie, ihr hellblondes Haar fiel in schimmernden Kaskaden auf Rücken und Schultern, Wangen und Lippen leuchteten so rot, dass sie starke Schminke verrieten. Die Kleidung schien erlesen, lag aber etwas schlampig am Körper, der mir aufs Erste ein wenig weichlich, auch zu üppig erschien. Zudem schritt sie dahin wie ein Mann, warf lässig die Schenkel vor und schleuderte die Beine nach. Nach Lehrerinnenart zählte ich in Gedanken schon auf, was an diesem Mädchen zu ändern sei, nämlich das Haar etwas schlichter zu tragen, die Schminke wegzulassen, die Kleidung zu ordnen und regelmäßige athletische Übungen, um ihrem Körper die Schlaffheit zu nehmen.

Zunächst aber stellte ich klar, dass keine meiner Schülerinnen einen Anspruch auf Diener hatte, und bat sie, ihre beiden

Begleiterinnen mit dem nächsten Schiff wieder nach Hause zu schicken.

Ihre bernsteinfarbenen Augen weiteten sich erschreckt.

»Das geht nicht! Mein Vater würde die beiden wegen Pflichtvergessenheit bestrafen – ach, was soll ich nur tun?«

Schmachtend sah sie mich an. Ihre Einwände beeindruckten mich nicht im Geringsten, sondern ließen mich erkennen, dass es auch sprachlich viel zu korrigieren gab. Ihre Rede klang fremdartig und sie benutzte Worte, die offenbar aus östlichen Ländern kamen, denn Kypros liegt der phoinikischen Küste weit näher als der lydischen.

»Gut, Euneika, es gibt nur zwei Möglichkeiten: Entweder deine Dienerinnen reisen – begleitet von meinem erklärenden Schreiben – sofort wieder zurück oder, wenn du auf sie nicht verzichten willst, du schließt dich ihnen an.«

Sie lächelte aufreizend. »Bist du immer so streng, verehrte Sappho? Natürlich füge ich mich gern den Regeln deines Hauses.«

Dann wandte sie sich schnell um und versetzte jeder der hinter ihr stehenden Dienerinnen eine schallende Ohrfeige.

»Das gebe ich euch mit auf den Weg, damit ihr mich nicht so schnell vergesst!«

Was mir sehr selten geschieht – ich war so verblüfft, dass ich Mühe hatte, die geeigneten Worte zu finden.

»Wenn du hier bleiben willst, wirst du dich sehr ändern müssen, Euneika.«

Strahlend blickte sie mich an. »Natürlich, verehrte Sappho, nicht zuletzt deshalb bin ich zu dir gekommen.«

Ich bezweifelte das, sagte aber nichts.

Was Euneika dann am schnellsten lernte, war, sich korrekt unserer aiolischen, dorisch gefärbten Sprechweise zu bedienen. Nach längerem Studium der Werke des Homeros gelang ihr sogar eine Beimischung ionischer Sprachformen, denn um jeden Preis wollte sie für eine Athenerin gehalten werden. So widersprach sie auch niemals der Annahme, sie stamme von der attischen Insel Salamis, und erreichte es, dass Mitschülerinnen stolz darauf waren, eine echte Athenerin unter sich zu wissen.

Ich wusste es freilich besser, widersprach jedoch nicht, weil ich mich ungern in Angelegenheiten mischte, die weder meine Schule noch den Unterricht betrafen.

Heute frage ich mich, ob dies der einzige Grund meiner Nichteinmischung war. Spielte da noch etwas anderes mit? Wir werden sehen ...

Euneika gehörte zu den Schülerinnen, die kein Lehrer vergisst, weil sie einem im Guten wie im Schlechten zu schaffen machen. Es erwies sich als schwierig, die von mir gleich zu Anfang entdeckten Fehler auszutilgen.

Am leichtesten war es beim Schminken. Sie beugte sich schnell unserem Brauch, nur körperliche Mängel auf behutsame Art zu verdecken – also etwa eine auffällige Blässe durch ein Farböl etwas zu mildern oder mattes, unschönes Haar durch geeignete Behandlung etwas glänzender erscheinen zu lassen. Letzteres betreffend musste ich scheitern. Bald stellte sich heraus, dass die hellblonde Färbung ihres Haares keineswegs naturgegeben war, aber ich fand nicht einmal heraus, welche Mittel sie anwandte. Sie umgab das mit strenger Geheimhaltung und wurde von anderen dafür bewundert – und nachgeahmt. Jeder Lehrer weiß das und ich will um die Tatsache nicht herumreden, dass schlechtes Beispiel schnell Schule macht, gutes dagegen kaum. Dem gilt es entgegenzuwirken, doch in Euneikas Fall war ich wohl zu zögerlich.

Nur wenigen gelang es, mit den hier erreichbaren Mitteln das Haar aufzuhellen – ja, es kam auch zu leichten Unfällen. Es gab Missfärbungen, in einem Fall sogar leichten Haarausfall, und zum Glück stellten sie diese Versuche bald ein. Euneika hingegen präsentierte uns weiterhin ihre blonde Haarpracht und wurde nach wie vor dafür bewundert.

Bei ihrem Eintritt wird sie etwa zwölf Jahre gewesen sein, aber unter ihren schlampigen Kleidern verbarg sich ein frühreifer Körper, was wohl an einer östlichen Blutbeimischung lag. Auf Kypros, so teilte sie mir mit, erleben schon zehn- oder elfjährige Mädchen ihre erste Reinigung und wurden manchmal schon in sehr frühem Alter verheiratet.

»Damit liebäugelte auch meine Mutter, die meine zwei Brüder bei weitem vorzog und der Meinung war, es sei ein Unglück, als Frau geboren zu werden. Wie denkst du darüber, verehrte Sappho?«

In ihrem ersten Schuljahr wich sie nicht davon ab, meinem Namen das Wort »verehrte« vorzusetzen, später ließ sie es weg, nannte mich »Meisterin«, »Herrin« oder nur schlicht beim Namen.

»Leider denken viele Frauen so, weil ihnen – gerade auch von weiblicher Seite – eingeredet wurde, sie seien als Menschen minderen Wertes zur Welt gekommen. Darauf kann ich nur antworten, die Götter haben nicht ohne Grund gleichwertige Menschen mit zweierlei Geschlecht geschaffen – wohlweislich nach ihrem eigenen Bild. Es würde niemandem einfallen, Göttinnen wie Aphrodite, Hera oder Artemis als minderwertig zu betrachten. Sie werden von den Menschen nicht weniger verehrt und ihre Tempel sind nicht kleiner oder bescheidener als die der männlichen Götter.«

Ihre Bernsteinaugen blickten mich neugierig an. »Es muss doch einen Grund haben, dass bei uns Menschen eine so ungleiche Bewertung herrscht, ja, dass manche Frauen sogar selbst ihr eigenes Geschlecht geringer einschätzen.«

»Alles hat einen Grund, Euneika. Für den wichtigsten halte ich die Tatsache, dass die Männer von jeher nach außen wirken und dadurch den Eindruck erwecken, die Beweger der Welt zu sein. Es werden die Namen der Könige und Feldherren, der Dichter und Sänger genannt, denn sie alle haben draußen ihre Werke verrichtet – Schlachten geschlagen, auf Thronen gesessen, als Rhapsoden gesungen. Frauen wirken nach innen und so kennt niemand ihre Namen, aber ihre Wirkung kann dennoch groß sein. Als bekanntes, wenn auch schlechtes Beispiel wäre Helena zu nennen, deren Verhalten zu einem der längsten Kriege in unserer Vergangenheit geführt hat. Ungenannt bleibt der gute Einfluss, den viele Frauen auf ihre Männer haben. Es gibt also keinen Grund, uns selbst für geringer einzuschätzen. Unser Wirken, unsere Aufgaben sind nur anders geartet, aber nicht weniger wichtig als die lauten, öffentlichen Auftritte der Männer.«

Euneikas Augen leuchteten. »Das müssten mein Vater und meine Brüder hören! Verehrte Sappho, du selbst stellst doch eine Ausnahme dar, denn auch du wirkst nach außen. Werden deine Lieder nicht in ganz Hellas gesungen, ja sogar in Aigyptos, wie ich erfuhr?«

Ich lächelte. »Von mir geschaffen, aber von Männern vorgetragen. Keine Frau ist jemals als Rhapsode aufgetreten.«

»Das wird vielleicht noch kommen ...«

»Nichts spricht dagegen, von unseren schwächeren Stimmen abgesehen.«

»Dafür sind sie schöner, unsere Stimmen ...« Euneika musste immer das letzte Wort haben, anders ertrug sie es nicht.

Der Schulunterricht – so dachte sie – müsse ihren Launen gehorchen und so fuhr sie ständig den Lehrerinnen ins Wort. Ich ordnete an, sie für jedes dieser Vergehen hundert Mal schreiben zu lassen: »Ich darf meine Lehrerin nicht unterbrechen«, da dies jedoch weiterhin so oft geschah, summierte sich die Strafarbeit so sehr, dass sie keine Zeit mehr gehabt hätte, am Unterricht teilzunehmen. So versuchte ich es mit Essensentzug, ersetzte die Abendmahlzeit durch ein Glas Wasser und schickte sie nüchtern ins Bett. Sie nahm das mit spöttischem Lächeln hin und schien nicht darunter zu leiden.

Bald kam ich dahinter, dass ergebene Freundinnen etwas von ihrer Mahlzeit abgezweigt und ihr zugesteckt hatten. Immer wieder werden es Lehrer erleben müssen, dass begabte, aber aufsässige und in vielen Beziehungen schwierige Schüler sich keine Freunde suchen müssen – sie strömen ihnen zu. Euneika wurde von fast allen ihren Mitschülerinnen bewundert, auch beneidet. Die Bewunderung galt ihrem Mut, sich mit allen Lehrern anzulegen, ohne Furcht vor Tadel und Strafen. Beneidet wurde sie wegen ihrer Art, sich zu geben, ganz unbekümmert, nur den eigenen Launen und Wünschen gehorchend. Ohne die Anlage zu einer raschen Auffassung, einem vortrefflichen Gedächtnis und der Fähigkeit eines schnellen und intensiven Lernens wäre ihr die Bewunderung wohl versagt geblieben. Ihr gelang es – ob bewusst oder unbewusst –, den Eindruck zu erwecken, als kümmere sie der Unterricht wenig und als lerne sie kaum. Wenn sie dann bei den jeweiligen Prüfungen meist glänzend abschnitt, war das Staunen groß und da schließe ich mich und die anderen Lehrerinnen nicht aus.

Da ich weiß, dass nur du, meine Kleis, diesen Bericht lesen wirst, möchte ich jetzt etwas eingestehen, das ich damals keinem Menschen – auch Larichos nicht – offenbart hätte: Im zweiten Jahr von Euneikas Aufenthalt wechselte ich insgeheim ins Lager ihrer Freundinnen über. Ich begann, sie zu beneiden und zu bewundern, und ich glaube, sie spürte es. Dabei hätte ich mit dem von mir erzielten Ergebnis durchaus zufrieden sein können, denn Euneika schminkte sich – wenn überhaupt – jetzt sehr zurückhaltend, achtete auf ihre Kleidung, hatte sich einen anmutigen Gang angewöhnt und man sah es ihr nach, wenn sie manchmal noch einem Lehrer ins Wort fuhr, da sie es früher viel öfter getan hatte.

Erst spät kam ich dahinter, dass es ihr großes Vergnügen bereitete, ihre Freundinnen gegeneinander auszuspielen. Wahrscheinlich hätte ich nie davon erfahren, wären nicht einige von ihr tief Enttäuschte mit ihren Klagen zu mir gekommen. Mädchen, die zeitweilig als ihre engsten Freundinnen galten, machte sie bei anderen schlecht, redete von Mitleid und Erbarmen, das sie bewogen habe, sich der hässlichen und unbeliebten Dinger anzunehmen. Diesen keineswegs »hässlichen Dingern« wurde es dann von Eifersüchtigen hinterbracht, was Euneika über sie gesagt hatte. Wurde sie dann zur Rede gestellt, stritt sie alles ab. Für einen Lehrer ist es sehr schwer, in solche nicht eigentlich die Schule betreffenden Zwiste einzugreifen. Als Euneika dann dabei war, mit ihrer ränkesüchtigen Verlogenheit die halbe Schule in Verwirrung zu stürzen, nahm ich sie mir vor.

Sie kam in mein Arbeitszimmer, unbekümmert, heiter lächelnd und begrüßte mich – bei anderen hätte ich es mir verbeten – mit einem herzhaften Kuss auf beide Wangen. Noch ehe ich etwas sagen konnte, zitierte sie mit feierlicher Stimme die erste Strophe meines inzwischen weithin bekannten Gedichts:

Reiterheere mögen die einen, andere
Fußvolk oder ein Heer von Schiffen
für der Erde köstlichstes Ding halten –
ich aber das, was man lieb hat.

»Damit wollte ich ausdrücken, was ich bisher schamvoll verschwiegen hatte – ich liebe dich, meine Sappho! Magst du mich noch so oft bestrafen und zurechtweisen, so wird es nichts daran ändern. Wenn du mir jetzt zürnst, so ziehe ich mich zurück und werde versuchen, meine innige Zuneigung zu vergessen, aber ich bin mir nicht sicher, ob mein Wille das für dich glühende Herz dazu bewegen kann ...«

Wie schwülstig und zurechtgelegt diese Worte klangen, habe ich damals nicht erkannt, denn aus meiner Bewunderung für das seltsame Mädchen war längst Liebe geworden. So kam es, dass ich sie heftig umarmte, anstatt ihr die verdienten Vorwürfe zu machen. Freilich war sie klug genug, von nun an ihre Ränkespiele so weit einzuschränken, dass ihr heftig zerstrittener Freundeskreis wieder halbwegs zur Ruhe fand.

Für Euneika war jetzt schon die Zeit des Einzelunterrichts mit der Vorbereitung auf das Eheleben gekommen und auch diesmal gelang es ihr, mich zu überraschen. Bisher hatten alle meine Schülerinnen nichts oder sehr wenig über die Möglichkeiten des eigenen Körpers gewusst, Euneika jedoch legte mir lächelnd eine Hand auf den Mund.

»Darüber weiß ich mehr als du, zumindest aber ebenso viel.«

Das bewies sie mir dann gleich, als sie schnell und ohne Scheu aus ihren Kleidern schlüpfte und mich in die Schlafkammer zog. Geschickt und mit leidenschaftlicher Hingebung spielte sie auf meinem Körper wie ein erfahrener *auletes* auf seinem Instrument und diesmal war es nicht so, dass ich mich der Geliebten über- oder unterlegen fühlte – es war ein lustvolles Spiel von gleich zu gleich. Meist gelang es uns sogar, gemeinsam von den Wogen der Lust emporgetragen zu werden, und eng umschlungen genossen wir das lange, wohlige Niedergleiten. Ob es eine Wiederholung gab, bestimmte Euneika, aber sie tat es auf eine für sie ungewöhnlich behutsame Art, etwa wenn sie vorschützte, heute noch dringend etwas lernen zu müssen, oder mir die von den Wonnen so sehr Gesättigte vorspielte, dass, wie sie mit einem reizenden Aufschlag ihrer Bernsteinaugen bemerkte, ihr Hunger für heute gestillt sei.

Mir drängte sich die Frage auf, wo Euneika ihre Erfahrungen gesammelt hatte. Sofort dachte ich an die beiden anderen Lehrerinnen, doch beide waren gesittete ältere Damen und es verbot sich geradezu, sie mit solchen Dingen in Verbindung zu bringen. Noch ehe ich sie fragen konnte, kam Euneika von sich aus darauf zu sprechen.

»Dass an den Gestaden meiner Heimat die holde Aphrodite aus dem Schaum des Meeres geboren wurde, hat vielleicht unsere Insel geprägt. Das von Kypris entfachte Liebesverlangen ergreift die Menschen dort bereits sehr früh und es war mein eigenes Kindermädchen, das mich schon als Zehnjährige darauf hinwies. Sie tat es so nach und nach und ganz spielerisch und so wusste ich bald, dass es keines Mannes bedarf, um den Körper in höchste Wonnen zu versetzen. Die hier bei Gleichaltrigen herrschende Unwissenheit hat mich zuerst sehr erstaunt und – dir sage ich es offen – ich habe einiges unternommen, um ihr zu begegnen.«

»Meinst du damit, du hast anderen dein Wissen mitgeteilt?«

Ihre Bernsteinaugen leuchteten wie von innen heraus. »Ja, meine Sappho! Und ich habe es nicht nur mit Worten getan.«

Sofort begann sich in mir die Eifersucht zu regen, doch um nicht stärker leiden zu müssen, unterdrückte ich meine Fragen, wollte lieber nichts darüber wissen. So hätte es bis zu ihrer Abreise weitergehen können, doch die durch mich erreichte Besserung von Euneikas Aussehen und Sitten hatte ihr Inneres unverändert gelassen. Ich nehme nun vorweg, was ich erst später erfuhr, und ich tue es widerstrebend und mit einer gewissen Scham.

In Euneikas großem Freundes- und Bewundererkreis gab es zwei oder drei Mädchen, die sich für ihre engen Vertrauten hielten und es in einem gewissen Sinn auch waren. Zu den nicht wenigen Schwächen meiner Geliebten zählte die Unfähigkeit, einen genossenen Triumph, ein erreichtes Ziel allein auszukosten. Da mussten unbedingt andere daran teilhaben, denn immer wollte sie beneidet und bewundert werden; vielleicht war ihr das sogar wichtiger als die erzielten Erfolge.

So erfuhren auch andere von unserem Verhältnis und Atthis, eine dieser Vertrauten, die – was ich damals nicht wusste – ihrerseits zu mir eine Neigung gefasst hatte, verging fast vor Gram und Eifersucht. Sie war ein stilles, unauffälliges Mädchen, kam aus der reichen Stadt Pyrrha und gehörte zu den wenigen in der Schule, die nicht aus einer Adelsfamilie stammten. Ihr Vater war zwar frei geboren und als Gutsbetreiber sehr wohlhabend, doch ließ er sich aus Gegnerschaft zu Pittakos nicht in die Bürgerliste aufnehmen. Er werde es erst tun – so erzählte mir Atthis –, wenn der *tyrannos* abgetreten sei und er sich dann wirklich als freier Bürger fühlen könne. In Pyrrha wurde das eher mit Wohlwollen betrachtet, denn dort war man seit jeher gegen die Tyrannis eingestellt gewesen.

Schließlich fasste Atthis den Mut, sich mir anzuvertrauen. Sie tat es wohl mit dem arglosen Hintersinn, sich damit meine Dankbarkeit, vielleicht sogar meine Zuneigung zu erwerben – oder zu erkaufen. So saß sie verschreckt und vor Aufregung zitternd in meinem Arbeitszimmer und suchte nach den richtigen Worten. Ich wollte sie ermuntern, es ihr leichter machen.

»Was immer du mir sagen willst, Atthis, ich halte es – wenn du willst – in meinem Herzen verborgen, es soll ein Geheimnis bleiben zwischen dir und mir.«

Wie ein heftiger Donnerschlag die Schleusen des Himmels schnell öffnen kann, so sprudelte es mit einem Mal aus Atthis heraus – atemlos, sich überstürzend, dabei unstet von einem Thema zum anderen springend.

»Was zwischen dir und Euneika vorgeht, hat sie mir erzählt, in allen Einzelheiten ... Sie fühlt sich ja so stark, so überlegen ... Glaubt noch immer, dass alle ihr die Lüge vom athenischen Salamis abnehmen ... Sie hätte es nicht tun sollen ... Ich berichte es nur dir, doch wenn die beiden anderen es weitererzählen? Euneika kümmert das nicht – wie nichts sie kümmert, was anderen Schmerz oder Enttäuschung bereiten kann.«

Da erfuhr ich so manches, wusste nun auch, wer die ältere Schülerin verraten hatte, die sich nachts an der Mauer mit einem Jungen traf, wer schamlose Lügen über unsere braven Lehrerinnen verbreitet hatte und manches mehr, das Grund für Unruhe und Unfrieden gewesen war. Dass Atthis mich nicht belog, spürte ich, und zugleich waren diese Geständnisse wie Peitschenhiebe, die mich unsagbar schmerzten. Mit tränenfeuchten Augen blickte sie mich flehentlich an.

»Verzeih mir, Sappho, diese Kühnheit, aber ich habe lange mit mir gerungen, bis ich wusste, dass ich es – was ich ja wollte – dir auch aus Liebe nicht verschweigen kann. Es schmerzt mich nicht weniger, aber dich macht dieses Wissen vielleicht stärker, wie es einen Herrscher stärker macht, der genau weiß, wer Freund oder Feind ist. Ich bin deine Freundin, ich liebe und verehre dich …«

Bemüht, ihr ein gutes Wort mit auf den Weg zu geben, ihr meine freilich nicht so empfundene Dankbarkeit zu zeigen, sagte ich: »Es soll uns allen ein Trost sein, dass Euneika in wenigen Monaten die Schule verlässt. Da wird manches sich klären, da werden wir mehr Zeit füreinander finden.«

Es war, als träfe ein Sonnenstrahl das Gesicht der unglücklichen Atthis. Ihre Augen begannen zu leuchten, ihre blassen Lippen öffneten sich zu einem befreiten Lachen.

Hätte ich nur dieses »Zeit füreinander finden« unterdrückt! Diese Worte legten in Atthis den Keim der Hoffnung, der schnell wuchs und heftig aufblühte, nachdem Euneika abgereist war.

11

Du, meine Kleis, wirst dich inzwischen gefragt haben, warum in meinem Bericht so wenig von dir die Rede ist. Die Antwort ist einfach: Ich will nicht wiederkäuen, was du ohnehin schon weißt. Du sollst hier vor allem Begebenheiten erfahren, die du nicht selbst erlebt hast oder dir aus der Kindheit nicht erinnerlich sind. So wird jetzt auch nicht die Rede davon sein, dass du dich mit sechzehn verheiratet und mehrere Kinder geboren hast – dass ich deinen Mann schätze und meine Enkel liebe. Das weißt du auch so und manches noch besser, als ich es aus meiner Sicht kenne.

Damit also genug und zurück zu der Zeit mit Euneika. Ich habe mich danach gefragt, was alles geschehen muss, um eine Liebe zum Erlöschen zu bringen, sie vielleicht sogar in Hass umzuwandeln. Jeder Fall ist anders gelagert, ein Gemeinsames lässt sich dennoch feststellen. Die dem oder der Geliebten anhaftenden Fehler, Eigenheiten und Besonderheiten nimmt man ohne weiteres hin und findet für alles eine Erklärung, eine Entschuldigung. Zu dick oder zu dünn, wortkarg, verlogen, ungehobelt, schlampig, launisch und wenig verlässlich – diese Eigenschaften lassen sich zwar nicht ins Gegenteil verkehren, bei gutem Willen kann man sie jedoch in einem freundlicheren Licht sehen. Auf meinen Fall bezogen war es so, dass mich das von Atthis gemachte Geständnis schmerzlich ins Herz traf wie ein vergifteter Pfeil, aber nichts an meiner Liebe zu Euneika änderte. Ich tröstete mich mit dem Gedanken, dass die Götter ihr Wesen so und nicht anders geschaffen hatten – warum also sich ihrem Willen widersetzen? Was die Götter geben, das soll der Mensch nicht verachten, lehrt uns Homeros und dieser Rat lässt sich dahingehend erweitern: ... ob es nun gut ist oder schlecht. Ich kam ins Grübeln, bohrende Gedanken kürzten meinen Schlaf, lagen untertags lauernd im Hintergrund, um dann ganz unerwartet hervorzubrechen.

Ich stellte mir selbst erbarmungslose Fragen. Wie weit musste Euneika gehen, bis meine Liebe zu ihr erstickt war? Etwa wenn sie Larichos verführte? Seltsamerweise hätte mich das wenig gestört – ich hütete mich davor, nach Gründen zu suchen. Wenn sie sich von mir abgewandt hätte, etwa mit grob verletzenden Worten wie: Diese dürre alte Ziege ist mir längst zum Ekel geworden! Dass ich es so lange mit ihr ausgehalten habe, verstehe ich selbst nicht. Wie man sieht, machte mein Grübeln vor nichts Halt, unterschob der Geliebten sogar Worte, die sie – so gut kannte ich sie doch – niemals in den Mund genommen hätte. Hätte sie meinem Liebsten auf dieser Welt etwas angetan, nämlich dir, meine Kleis, so wäre meine Liebe gewiss ins Wanken geraten, doch nichts wies in diese Richtung. Euneika war damals mit dir fast gleichaltrig und ihr beide verstandet euch prächtig. Kurz und gut – ich weiß bis heute nicht, was Euneika hätte anstellen müssen, um meine Liebe zu beenden oder gar in Hass zu verkehren.

Anfangs wollte ich es nicht tun, aber dann raffte ich mich auf und stellte sie zur Rede, ohne dabei Atthis' Namen zu nennen. Mein Herz hämmerte dabei so stark, dass ich befürchtete, sie könne es hören.

»Es wurde mir berichtet, dass du andere Mädchen in alle Einzelheiten unserer Beziehung eingeweiht hast – so als ginge es dabei um den harmlosen Austausch von kleinen Geschenken. Du hast unser Intimstes preisgegeben, hast es herumgetratscht und breitgetreten und damit verächtlich gemacht. So benehmen sich Hafenhuren in einer billigen Kneipe.«

Enttäuschung und Empörung ließen mich vielleicht zu derbe Worte gebrauchen, aber sie kamen einfach so heraus und ich hielt sie für angebracht. Dazu stehe ich noch heute.

Zuerst schien sie erschrocken, fasste sich dann schnell und ihre Bernsteinaugen funkelten mich spöttisch an.

»Was ist schon dabei, wenn man mit guten Freunden Geheimnisse teilt? Dazu sind sie doch da!«

Ich schüttelte verstört meinen Kopf. »Warum? Warum nur?«

»Kannst du es dir nicht denken? Aus Stolz, Sappho, aus Stolz, dich zur Geliebten zu haben! Kannst du das nicht verstehen? Ja, vielleicht wollte ich meine Freundinnen auch ein wenig neidisch machen ...«

»Nein, ich verstehe es nicht, Euneika. Es gibt gewisse Dinge, auf die man stolz sein kann und sie deshalb weitererzählt, aber unsere Liebe, so dachte ich, gehört nur dir und mir.«

Sie hob die Schultern. »Die einen halten es so, andere wieder anders. Wie sehr die Menschen sich in vielem unterscheiden, dürfte dir als Lehrerin ja nicht verborgen geblieben sein.«

»Deine Frechheiten kannst du dir sparen – ich bin tief verletzt und schwer enttäuscht.«

»Von mir? Das wollte ich nicht, glaube es mir. Warum auch musste diese Schnattergans es herumtratschen?«

Ich schluckte gerade noch den Namen hinunter. »Sie hat es aus Pflichtbewusstsein getan, weil sie fürchtete, dass es bald die Runde macht und mir schaden könnte.«

Ein böses Lächeln huschte über Euneikas schönes Gesicht.

»Ich hätte es mir denken können! Das kann nur Atthis gewesen sein, die dich ja schon lange anhimmelt, als seist du Kypris in eigener Person.«

»Ich werde den Namen nicht nennen ...«

»Den weiß ich auch so. Ja, ich gebe es zu, ich wollte der dummen Göre klarmachen, dass ich deine Geliebte bin und sie nicht die geringsten Aussichten hat, es jemals zu werden. Dass sie dann gleich angelaufen kommt und ...«

»Ich möchte nichts mehr hören! Geh meinetwegen in der ganzen Schule herum und posaune hinaus, dass Sappho dein Liebchen ist – ziehe ruhig in den Dreck, was mir bisher heilig war.«

»Dass ich immer alles falsch machen muss! Kannst du mir noch einmal verzeihen? Wir haben nicht mehr viel Zeit füreinander, die dürfen wir uns nicht verderben.«

Das war ganz meine Euneika in ihrer unverwechselbaren Art. Sie sprach davon, wir dürften »uns« die verbliebene Zeit nicht verderben, als ob ich die Ursache für ihre launischen Einfälle gewesen sei. Schwer war es, bei ihr Lüge von Wahrheit zu trennen, denn sie hatte sich in ein Gespinst aus Wunschträumen, Halbwahrheiten und Tatsächlichem so rettungslos verfangen wie ein Schmetterling im Spinnennetz. Darum will ich auch nicht auf die Goldwaage legen, was mir Atthis – die mich gewiss nicht belog – über ihr Abschiedsgespräch mit Euneika berichtet hat. Es sei schon gut, habe sie noch deutlich angemerkt, in einer solchen Schule mit der Lehrerin eng befreundet zu sein – auch wenn sie alt und gewiss keine Schönheit sei. Da fühle man sich stark und genieße einige beachtliche Vorteile.

Mit vor Empörung gerötetem Gesicht stieß Atthis diese Sätze heraus, dabei unentwegt ihren schmalen Kopf schüttelnd.

»Da hast du deine Gunst an eine launische, verlogene und

hinterhältige Person vergeudet. Du hast ihr Liebe gegeben, und wie hat sie es dir vergolten?«

»Schlecht, das wolltest du doch hören? Nun, du hörst es und ich empfinde es nicht so.«

»Sappho, jede Liebe muss doch ersticken, wenn sie so missbraucht wird wie die deine. Ich könnte dich weder belügen noch betrügen, weder beleidigen noch verärgern. Glaubst du mir das?«

»Ja, Atthis, das glaube ich dir.«

Weiter sagte ich nichts, doch heute meine ich, es wäre besser gewesen, gleich bei diesem Gespräch die Lage zu klären. Noch häufiger im Leben beklagt man hinterher nicht, was man getan, sondern was man unterlassen hat.

Ich fand nicht lange Zeit, Euneika nachzutrauern, denn zwei ganz unterschiedliche Ereignisse nahmen mich in Beschlag – ein familiäres und ein berufliches. Ersteres ist schnell erzählt. In Bezug auf meine beiden Brüder hatte ich mir immer ausgemalt, dass bei Larichos letztlich mir die Aufgabe zufiele, Brauteltern zu suchen und alles Erforderliche in die Wege zu leiten, während Charaxos, als der Ältere, dies sehr gut allein tun konnte – immer im Hinblick darauf, dass er sich von Doricha lösen würde. Wie nicht selten im menschlichen Leben kam es genau umgekehrt. Zunächst zu Larichos, der mich bald nach Euneikas Heimreise mit einer Mischung aus Trotz und Ängstlichkeit über seine bevorstehende Ehe unterrichtete.

»Verlobt haben wir uns schon, denn ich bin es allmählich leid, ständig auf das Meer hinauszuschielen, ob mein älterer Bruder nicht endlich geruht, wieder zu uns zurückzukehren. Ich gehe auf die dreißig zu und sollte längst eine Familie haben.«

»Mich hättest du schon fragen können.«

»Ich weiß, aber es ist mir nicht entgangen, dass du selbst in schwierige Umstände verstrickt warst, und da dachte ich ...«

»Ich wäre dir für eine Ablenkung dankbar gewesen – das ist dir nicht in deinen törichten Kopf gekommen?«

»Man tut nicht immer das Richtige ...«

Ich seufzte. »Das weiß ich selbst nur zu gut – doch jetzt erzähle.«

»Sie heißt Niobe und ist die ältere Schwester eines meiner besten Schüler. Vor einiger Zeit haben mich die Eltern zum Nachtmahl geladen und das sind zum Glück Leute, die ihre Frauen und Mädchen nicht wegsperren, sondern an wichtigen Ereignissen teilnehmen lassen. So lernte ich Niobe kennen und ich glaube, wir haben einander von Anfang an gefallen.«

»Wie steht es mit dieser Familie – freie Bürger?«

»Natürlich, wie käme sonst der Sohn in meine Schule? Sie sind nicht sehr wohlhabend, ihre Stimme gilt wenig im Adelsrat, aber darauf kommt es mir nicht an. Ich werde von meinem Erbteil ein Haus bauen, nicht hier in der engen und überfüllten Altstadt, sondern jenseits des Euripos, da ist noch viel Platz, da lässt es sich frei atmen.«

Was sollte ich da schon einwenden? »Und wenn Charaxos nicht einverstanden ist?«

»Der Kerl hat seinen Anspruch auf die Stimme eines *patriarchos* verspielt! Nur eines könnte mich an der Ehe mit Niobe hindern – dein entschiedenes Nein. Doch du wirst das Mädchen mögen, meine Sappho, so gut kenne ich dich.«

»Wann kann ich sie treffen?«

»Wann immer du willst! Ich sage den Eltern Bescheid und du lädst sie hierher ein.«

»Nein, Larichos, das stört nur den Schulbetrieb. Wenn sie nichts dagegen haben, möchte ich ihnen einen Besuch abstatten.«

Er lachte fröhlich und befreit. »Wer könnte etwas gegen den Besuch der berühmten Sappho haben?«

Die Familie wohnte jenseits des Euripos in einem älteren Siedlungsgebiet und ich sah, dass Larichos schon Recht hatte. Hier gab es noch weite grüne Flächen zwischen den Häusern, es war gewiss ein schönes, wenn auch nicht ganz so vornehmes Wohnen. Hier begegnete mir wieder, was ich schon aus den letzten Jahren kannte: Einfachere Menschen haben eine große, mit Ehrfurcht und Bewunderung gemischte Scheu vor Dichtern. Sie können sich in alle möglichen Berufe und Tätigkeiten hineindenken, aber wie ein Mensch vor einem leeren Papyros sitzen und ihn mit Versen voll schreiben kann, das übersteigt ihre Vorstellungskraft. So blickten mich alle im Raum an und es war an mir, zu reden, zu fragen, Interesse für die mir bisher fremden Menschen zu zeigen.

Niobe war von eher zierlicher Gestalt – etwas größer als ich, hatte ein hübsches, keckes Gesicht, doch mein Anblick schien ihr die Sprache zu verschlagen. Ich hätte jedoch keine erfahrene Lehrerin sein müssen, um nicht bald ihre Scheu zu durchbrechen, bis sie sich dann überraschend gesprächig und aufgeschlossen zeigte. Mir war, als hätte Larichos auch mit meinen Augen gewählt, und das machte mich ein wenig stolz. Ich ließ mich dann sogar zu der Bemerkung hinreißen: »Nachdem ich dich kennen gelernt habe, kleine Niobe, kann ich meinem Bruder nur zu seiner Wahl Glück wünschen. Auch Charaxos, unser älterer Bruder, wird gewiss nichts dagegen haben, dafür kann ich mich verbürgen.«

Soweit ich es heute sehen kann, passten die beiden auch in der Ehe gut zusammen und abschließend darf ich sagen – Larichos war immer derjenige in unserer Familie, der mir am meisten Freude und kaum Sorgen bereitet hat.

Wir überstanden einen diesmal recht milden, wenn auch oft sehr stürmischen Winter, und als der Frühling auf grünen und blumengeschmückten Wegen seine willkommene Herrschaft antrat, wurde mir ein Gerücht zugetragen. Dazu muss ich sagen, dass ich über alle wichtigen Ereignisse auf Lesbos durch meine über die ganze *pentapolis* verstreuten und jetzt meist verheirateten früheren Schülerinnen genau Bescheid wusste. Es gab Besuche, Briefe oder Verwandte, die in Mytilene zu tun hatten und mir Nachricht von den Ehemaligen brachten.

So erfuhr ich denn auch, dass eine gewisse Andromeda aus Methymna die Absicht hege, dort eine Mädchenschule im Geist der verstorbenen Abanthis zu errichten. Bald fand ich heraus, dass die Betreffende eine der letzten Schülerinnen von Abanthis gewesen war, und zwar in der Zeit meiner jahrelangen Abwesenheit im Exil auf Sikulia. Angeblich war Andromeda eine ihrer Lieblingsschülerinnen gewesen und sei kurz vor Abanthis' Tod von ihr gebeten worden, eine Schule in ihrem

Sinn weiterzuführen. In Mytilene konnte sie dies freilich nicht tun, denn da lehrte ich in dem früheren Haus der Abanthis, doch nicht in ihrem Geist – so wurde mir Andromedas Ansicht hinterbracht.

Nicht in ihrem Geist? Wie war das zu verstehen? Als Vorwurf? Als Kritik? Davon fühlte ich mich nicht getroffen. Abanthis hatte die besten ihrer Sängerinnen und Tänzerinnen zu einem *thiasos* zusammengeschlossen, dem sie als Chorleiterin und später als Priesterin vorstand. Einen solchen Kultverein im Dienste der Aphrodite gab es bei mir auch und ich bin unzählige Male mit meinen Mädchen zur Akropolis hinaufgezogen, um dort im Tempel zu Ehren der seligen Kypris zu singen und zu tanzen. Ich führte also die Tradition der verehrten Abanthis unverändert fort, aber nur als Teil meines weit umfassenden Schulbetriebes. Das musste Andromeda doch wissen! Jedenfalls tat sie so, als sei ihr das unbekannt, denn sie ließ immer wieder durchblicken, dass es meiner Schule an Frömmigkeit mangle, dass der Dienst an den Göttern hier vernachlässigt werde.

Vor dir muss ich mich hier nicht verteidigen, meine Kleis, aber vielleicht ist es dir damals nicht so aufgefallen, welches große Gewicht ich in meiner Schule der Religion beilegte. Es begann schon damit, dass ich bei jedem neu aufgenommenen Mädchen den religiösen Hintergrund herausfragte und dabei die Feststellung machte, dass sich in jeder von ihnen der Geist ihrer Familie widerspiegelte. Das reichte von einer weitgehenden Ignoranz, die sich darauf beschränkte, einige Male im Jahr an öffentlichen Opfern teilzunehmen, bis zu einer innigen Verbundenheit mit dem Göttlichen in all seinen Erscheinungsformen. Die »Theogonia« des großen Hesiodos war bei mir Pflichtlektüre und wurde je nach religiösem Bildungsstand kürzer oder ausführlicher behandelt. Keines der Mädchen hat jemals meine Schule ohne gründliches religiöses Wissen verlassen. Wenn einige es später von sich warfen wie ein lästiges Gewand oder sich aus innerem Bedürfnis stärker darin vertieften, so steht das außerhalb meiner Verantwortung.

Ich hielt es nicht für notwendig, diesen Gerüchten zu begegnen oder mich gar vor Andromeda zu rechtfertigen. Soweit ich unterrichtet war, zeigte sie sich bei der Aufnahme ihrer Schülerinnen nicht sehr wählerisch, soll sogar, wenn sie aus sehr angesehenen, aber verarmten Familien kamen, erhebliche Zugeständnisse bei der Bezahlung gemacht haben. Ich wollte Näheres erfahren und es gelang mir, eine frühere Schülerin – der es großen Spaß machte – einzuschleusen, die sich über meine Lehrmethoden beklagte und vorgab, sich bei Andromeda im Einzeltanz ausbilden zu lassen. Heute schäme ich mich dieser Tat, ich gebe es zu, damals ließ es mir einfach keine Ruhe – ich wollte Gewissheit haben. Einige Zeit später erstattete mir meine »Spionin« Bericht. Sie hatte zwar von ihren Eltern die Erlaubnis erhalten, ihre Ausbildung bei der frommen Andromeda abzuschließen, aber nach Mytilene konnte sie nicht kommen. So erhielt ich ihren schriftlichen Bericht in geschliffener, wenn auch mit Ironie verbrämter Sprache. Hier einige Ausschnitte: »Andromeda hat etwas Steifes und Altbackenes an sich, als sei sie eine ehrwürdige Matrone und nicht eine Frau um die dreißig. Das mag wohl daran liegen, dass sie ohne Nachwuchs geblieben und nicht mit heranwachsenden Kindern wieder jung geworden ist. Sie wurde an einen sehr viel älteren Mann verheiratet, der vielleicht nicht mehr fähig war, welche zu zeugen. Nun ist sie also Witwe und gibt weiter, was sie selbst bei Abanthis erlernt hat, aber ihre Lehrmethode ist knöchern, leblos, ohne Schwung und Begeisterung. Auf Ausbildung in Sprache und Schrift legt sie keinen großen Wert, sagt nur immer wieder, die Götter blicken in unser Herz und wägen nicht ab, ob unsere Verehrung und Opferbereitschaft mit Wissen und Bildung einhergeht. Sie ist überhaupt sehr findig darin, ihre eigenen Mängel zu vertuschen – ja, sie sogar als Tugenden hinzustellen. Dabei hat sie eine solche Fertigkeit erlangt, dass sie nicht nur von ihren Schülerinnen als eine hoch gebildete Frau angesehen wird. Kurz gesagt, liebe und verehrte Sappho, Andromeda ist eine Blenderin. Es ist, als sei sie mit unzähligen Spiegeln behängt, von denen die meisten blind sind, doch sie dreht und wendet sich so geschickt, dass das Licht auf die unversehrten Spiegel fällt und auch kluge und erwachsene Leute blendet.«

Der Bericht war viel ausführlicher, doch dies halte ich für ein wesentliches Zitat, das freilich von einer meiner Lieblingsschülerinnen stammt, die möglicherweise aus Verehrung und Respekt ihr Bild von Andromeda dunkler gemalt hat, als sie es verdiente.

Es muss nun wieder von Atthis die Rede sein. Ihr Wesen war so angelegt, dass sie es weder verstehen noch akzeptieren konnte, die durch Euneikas Abreise entstandene Lücke nicht ausfüllen zu dürfen.

Was hätte ich tun sollen? Das Herz lässt sich keine Befehle erteilen und verhärtet sich, sobald man es zwingen will. Heute weiß ich, dass ich Atthis gegenüber nachsichtiger und verständnisvoller hätte sein müssen, doch meine Fähigkeit zu lieben hatte sich an Euneika vorerst erschöpft, und als sie langsam wieder zurückkehrte, verkroch sie sich zunächst wie eine Schnecke in ihr Haus und Atthis war nicht die Geeignete, sie hervorzulocken. Atthis machte mir in immer kürzeren Abständen zuerst kleine, dann größere und große Geschenke. Ich weiß nicht, woher sie die Mittel nahm, mir zuletzt einen ägyptischen, sehr kunstvoll gearbeiteten Spiegel aus Silber zu schenken. Der Griff war als nacktes Mädchen mit einer Lotosblüte auf dem Kopf gestaltet und durch die Geschäfte meines Bruders Charaxos wusste ich, wie teuer solche begehrten Luxuswaren gehandelt wurden. Ich gab ihr den Spiegel zurück und sagte, dass eine solche Kostbarkeit den Rahmen dessen sprenge, was eine Lehrerin von ihren Schülerinnen anzunehmen berechtigt sei.

Meine Absage ist ihr wohl zu kalt und förmlich gewesen, denn sie lief weinend aus dem Zimmer, wobei sie den Spiegel – ich hatte ihn ihr in die Hand gedrückt – zu Boden fallen ließ. Von da an sprach sie mit mir kein persönliches Wort mehr und verließ wenig später meine Schule unter einem nichtigen Vorwand. Bald darauf erfuhr ich, sie sei zu Andromeda übergewechselt und verbreite dort die absonderlichsten Reden über mich und meine Lehrmethoden. Stets verhielte ich mich parteiisch, begünstige schamlos einige Lieblingsschülerinnen, strafe und tadle nach Lust und Laune, verbringe mit gewissen, von mir erkorenen Mädchen viele Stunden allein in verschlossenen Privaträumen.

Lügen, Halbwahrheiten, Unterstellungen, erfundene Behauptungen. Was sollte ich dagegen tun? Ich entschloss mich dazu, es einfach zu überhören, verteidigte mich nicht, antwortete nicht mit Gegenklagen – tat, als sei nichts geschehen. Das erwies sich bald als der richtige Weg, denn die Gerüchte verstummten und ich bin Atthis niemals wieder begegnet.

Im Frühsommer erhielt ich eine Nachricht aus Naukratis, in der Charaxos mir mitteilte, er werde um die Zeit des Herbstbeginns nach Lesbos zurückkehren. Kein Wort von Doricha, nichts über seine weiteren Pläne.

12

Warum von dir, meine Kleis, zuletzt kaum die Rede war, habe ich dir erklärt. Ein wenig trifft dies auch auf unsere Pera zu, die uns beiden so nahe verbunden war, dass ich dir nur hätte mitteilen können, was du längst weißt. Nach gründlicher Überlegung schien es mir, dass du zumindest in einem Fall jedoch nur das Ergebnis, nicht aber seine Ursachen kennst. Es geht um Peras Heirat, die wir gemeinsam und recht festlich in unserem Haus begangen haben, woran du dich gewiss erinnern wirst. Doch wie kam es dazu?

Pera hatte sich so schnell an das Leben in der Fremde gewöhnt, dass es mich überraschte, denn die Sikuler gelten allgemein als sehr heimatliebend und nur ganz wenige von ihnen verlassen ihre Insel. Auf diesbezügliche Fragen hatte sie immer nur eine Antwort: »Du und Kleis – ihr seid meine wahre Heimat, bei euch bin ich zu Hause.« Wenn ich an ihre harte Kindheit und ihr späteres Dasein als Sklavin denke, finde ich es durchaus verständlich und ich hätte mich nach ihren bitteren und schmerzlichen Erfahrungen mit Vater und Brüdern nicht gewundert, wenn sie zeitlebens den Männern Feind gewesen wäre. Das war aber keineswegs der Fall, denn ich konnte immer wieder beobachten, dass sie, wenn Männer in meinem Haus auftauchten, den Umgang mit ihnen suchte.

Ich sehe dich lächeln, liebe Kleis, und höre deine Frage, wann je es in unserer Weiberwirtschaft zu Begegnungen mit Männern hätte kommen sollen. Das mag dir zwar so erschienen sein, doch da war der alte Gärtner mit seinem Gehilfen, da kamen Handwerker, um dieses oder jenes instand zu setzen, da gingen Boten ein und aus und Pera war als meine persönliche Dienerin stets zugegen, erledigte auch so manches nach eigenem Ermessen. Es spricht für sie, dass sie aus ihren schlimmen Familienerlebnissen nicht die falschen Schlüsse gezogen hat.

Da sie stets davon sprach, bald heiraten zu wollen, stellte ich ihr öfter die Frage, ob nicht endlich der Geeignete gefunden sei, doch sie meinte – ohne jede Verlegenheit –, um den Richtigen zu finden, bedürfe es einer gründlichen Prüfung und sie sei gerade dabei, dies zu tun. Ja, sie knüpfte allerlei Liebschaften an, ohne mich je auf irgendeine Art in Verlegenheit zu bringen. Ihr Status kam ihr dabei sehr zugute, denn ein Mädchen oder eine Frau aus Adelskreisen hat es – ähnlich den Sklaven – weit schwerer, in die Öffentlichkeit zu gehen, als eine unverheiratete Freigelassene, die niemand Rechenschaft schuldig ist. Natürlich bat Pera mich jedes Mal um Erlaubnis, wenn sie »draußen« etwas zu erledigen hatte, und ich bin mir sicher, sie hätte mir auch den Grund genannt, aber ich vertraute ihr so sehr, dass ich niemals danach fragte, und von sich aus gab sie nichts preis.

Ihre eingehende Prüfung der Männerwelt erstreckte sich über zwei oder drei Jahre, dann überraschte sie mich mit der Bitte, unseren jungen Gärtner heiraten zu dürfen. Der ehemalige Gehilfe war nach dem Tod unseres alten Gärtners sein Nachfolger geworden, bewohnte das kleine Haus unten am Hang und war mit weit mehr als nur der Gartenpflege befasst. Wenn der Sturm einige Dachziegel vom Haus fegte, der Zufluss von der Quelle zum Haus verstopft war oder die alte Mauer zu zerbröseln begann, so war er zur Stelle und behob den Schaden. Diesen fröhlichen, doch schweigsamen Burschen hatte Pera sich zum Mann erkoren und ich darf sagen, dass es mich sehr erleichterte. Es hätte mich schwer getroffen, wenn sie ihrer Heirat wegen aus dem Haus gegangen wäre. Sie ließ mich kurz vor ihrer Hochzeit wissen, dass sie ähnlich empfand.

»Weißt du, *kyria*, es hätte auch einen gegeben, der mir gefiel, aber so weit weg wohnte, dass ich meinen Dienst bei dir hätte aufgeben müssen. So können alle zufrieden sein – du, ich und mein *nymphios*.« Da mochte ich ihr nicht widersprechen.

Die Nachricht von der Heimreise meines Bruders Charaxos schien mir zunehmend eine Ausflucht zu sein. Er wollte sicherlich einen Aufschub gewinnen, um mich und Larichos nicht noch mehr zu verärgern, und dachte nicht daran, tatsächlich zurückzukehren.

Diesmal hatte ich ihn falsch eingeschätzt. Auf einem der letzten Schiffe, die nach Herbstbeginn eintrafen, kam auch Charaxos mit Doricha an seiner Seite. Er muss sich gesagt haben, dass diese Frau hier nicht unbedingt willkommen war, und so suchte er mich zunächst allein auf.

»Jetzt bist du doch noch gekommen«, begrüßte ich ihn fassungslos und fügte hinzu: »Eigentlich habe ich nicht mehr daran geglaubt.«

Da wurde er gleich zornig, erinnerte an das Larichos gegebene Versprechen und an seine Aufgabe als *patriarchos* unserer Familie, die er von nun an wahrzunehmen gedächte. Wider Willen musste ich lachen.

»Für eines ist es jedenfalls zu spät. Larichos hat inzwischen geheiratet, freilich mit meiner ausdrücklichen Zustimmung. Ich habe Niobe kennen gelernt. Sie stammt aus einer guten Bürgerfamilie. Er wollte deine unsichere Rückkehr nicht abwarten, weil er es für dringend geboten hielt, endlich eine Familie zu gründen, was du als der Ältere bisher nicht getan hast.«

»Es hat sich nun einmal nicht ergeben!«, sagte er ungehalten, »aber jetzt werde ich es mit Doricha nachholen. Ich habe sie in meiner Wohnung am Hafen untergebracht, doch das kann nicht von Dauer sein. Von dir erwarte ich, dass du sie vorerst hier aufnimmst, bis ich eine geeignete Heimstatt gefunden habe.«

Ich glaubte, nicht recht zu hören. »Ich soll deine – deine Kebse hier unterbringen, wo einige Dutzend halbwüchsiger Mädchen leben, die dann vor lauter Neugier kaum noch fähig zum Unterricht sein würden? Jeder hier weiß, wer Doricha ist, und wenn sich auch Larichos bemüht hat, deine Behauptungen zu verbreiten, so ist ihm das nicht gelungen. Alle Welt glaubt, du hast sie mit einer hohen Summe freigekauft und bist dabei, dein ganzes Vermögen an eine Hetäre zu vergeuden.«

Sein Gesicht verhärtete sich. »So, glauben sie das? Nun, jetzt bin ich zurück und werde jedem die Wahrheit ins Gesicht sagen. Doricha hat mich keinen *obolos* gekostet, mein Vermögen ist unversehrt und in Naukratis beträchtlich gewachsen. Auch sie ist sehr wohlhabend und gemeinsam werden wir eine Familie gründen.«

Warum sollte ich ihn weiter erzürnen?

»Da gibt es noch einige Hindernisse zu überwinden ... Larichos lebt jetzt in seinem eigenen Haus und so könnte Doricha seine frühere Wohnung hier beziehen, aber nur unter einer Bedingung!«

Er runzelte die Stirn. »Und die wäre?«

»Ihr Name darf hier nicht fallen. Sie steht in keinem guten Ruf und deine Standesgenossen platzen vor Neugier, ob du so dreist bist, sie tatsächlich mit hierher zu nehmen.«

Er lachte etwas unsicher. »Am Hafen wird es sich schon herumgesprochen haben ...«

»Dann leugne es! Du bringst sie in der zweiten Nachtstunde hierher und ich werde verbreiten, es sei eine entfernte Verwandte aus Sikulia, die hier auf die Ankunft ihres Mannes wartet, der noch in Geschäften unterwegs ist. Du kannst inzwischen vorfühlen, wie man über deine Heiratspläne denkt. Ohne die Zustimmung des Adelsrates würde ich nichts unternehmen.«

»Das werden wir schon sehen! Ich denke nicht daran, mir vorschreiben zu lassen, wen ich zur Frau nehme.«

»Niemand schreibt dir etwas vor, mein Lieber. Doch wir stehen nicht allein auf der Welt, sind in manchen Dingen von anderen abhängig. Nimmst du Doricha zur Frau, so musst du damit rechnen, dass es für dich schwierig sein wird, hier weiter Geschäfte zu betreiben. Achte auf solche, die dir zuraten, denn sie wollen dich hinterrücks in den Abgrund treiben und damit einen lästigen Konkurrenten loswerden. Gebrauche deinen doch immer so vorzüglichen Händlerverstand und versuche ihre Beweggründe aufzudecken.«

»Da Doricha nun einmal hier ist ...«

»Wir wollen Schritt um Schritt tun, Charaxos, und nicht das Pferd von hinten aufzäumen.«

Das leuchtete ihm schließlich ein, und als sich die schwarzen Schwingen der Nacht über die Stadt senkten, betraten Charaxos und Doricha in aller Stille mein Haus. Es war die Stunde, da meine Mädchen sich zur Ruhe gelegt hatten und Selene über Haus und Garten ihr silbernes Netz warf.

Als Doricha mich umarmen wollte, wich ich zurück.

»Ihr werdet müde sein ... Legt euch gleich zur Ruhe – morgen gibt es genügend Zeit zu einer Aussprache.«

Ich sah Doricha nur undeutlich, denn ich hatte, um kein Aufsehen zu erregen, nur wenige Lampen angesteckt. Sie schien nicht verärgert, nickte und sagte gelassen: »Das halte ich für sehr vernünftig, Morpheus möge dir schöne Träume bereiten.«

Ich presste heraus: »Auch dir, Doricha ...«

Sorgen und drängende Gedanken lassen sich zwar einschläfern, aber sie werden mit uns wach und beginnen sich gleich zu regen. Am Morgen hatte ich Pera über alles unterrichtet und bat sie, Charaxos und Doricha mein Kommen etwa in einer Stunde anzukündigen. Sie setzte gleich ein grimmiges Gesicht auf und zog los. Kopfschüttelnd kam sie zurück.

»Dein Bruder hat offenbar das Haus schon verlassen und die – die Dame erwartet dich.«

Pera gelang es, das Wort Dame so auszusprechen, als zwinge man sie, etwas Ekliges in den Mund zu nehmen. Ich machte mich sorgfältig zurecht und schalt mich dabei eine dumme Gans, die sich auftakelte, als ginge es zum Geliebten.

Doricha hatte offenbar nichts dergleichen getan. Sie trug einen knöchellangen, schmucklosen *chiton* mit kurzen Ärmeln, hatte ihr tiefbraunes Haar flüchtig aufgesteckt und im Gesicht keinerlei Schminke verwendet. Ruhig und gefasst schaute sie mir entgegen.

»Zuerst einmal möchte ich mich bei dir entschuldigen, Sappho. Ich weiß natürlich, dass dir mein Besuch nicht willkommen ist und ich werde deine Gastfreundschaft nur so kurz wie möglich in Anspruch nehmen.«

Ich nickte. »Reden wir nicht lange herum – bist auch du fest entschlossen, dich mit Charaxos zu verheiraten?«

Sie brachte ein schüchternes Lächeln zustande und erst jetzt fiel mir auf, dass ihre strahlenden graugrünen Augen nicht ganz gerade standen. Eine leichte Ungleichheit ließ sie geheimnisvoll und rätselhaft erscheinen und auch ich konnte mich ihrer Wirkung nur schwer entziehen. Sie hob ihre linke Hand zu einer unbestimmten Geste und es sah aus, als beginne ein Vogel zu flattern.

»Fest entschlossen – was heißt das schon? Ich werde jedenfalls nichts tun, was ihm oder eurer Familie schadet.«

Da wir beide noch immer standen, wies Doricha auf einen Stuhl und ich setzte mich. Sie nahm auf Larichos' früherem Bett Platz und ich konnte mir nicht verhehlen, dass sie sich mit vollendeter Anmut bewegte. Eigentlich sollte ich sie als Musterbeispiel meinen Schülerinnen vorführen, ging es mir flüchtig durch den Kopf.

»Wie darf ich das verstehen?«

»So, wie es gesagt ist. Sollten sich unsere Heiratspläne für Charaxos als nachteilig erweisen, dann ziehe ich mich zurück.«

Ich glaubte ihr kein Wort, gab es jedoch nicht zu erkennen.

»Wenn du das ernst meinst und notfalls auch dazu stehst, kannst du auf meine Hilfe rechnen.«

»Dafür danke ich dir.«

Sie lächelte mich vertrauensvoll an und ihr leuchtender Rätselblick brachte mich wider Willen zum Erschauern. Dass ich dabei feucht wurde, erboste mich, doch dann überkam mich eine wohlige Schlaffheit, mein Unmut verflog und ich schwieg.

Wie konnte ich mich von einer Hetäre in eine derartige Stimmung versetzen lassen? Diese Frage stelle ich mir jetzt, denn damals hatte mich eine ungewohnte Willensschwäche befallen, die keinen Protest aufkommen ließ. Später bin ich zu der Einsicht gelangt, dass Dorichas Aussehen, ihre Art, zu sprechen und sich zu bewegen, und nicht zuletzt ihr verwirrender Blick Männer wie Frauen gefangen nahmen. Es gibt keinen Grund, sich dessen zu schämen oder sich Vorwürfe zu machen. Doricha war eine begnadete Verführerin – sie wusste das und nutzte es. Hätte sie mich damals aufs Bett gezogen, mich ausgekleidet und verführt, so wäre ich dagegen machtlos gewesen. Aber sie tat es nicht. Langsam fasste ich mich wieder und ging wortlos hinaus.

Zweierlei hatte dieser Besuch bewirkt: Ich ärgerte mich über meine Willensschwäche, konnte jedoch Charaxos besser verstehen. Bald stellte ich fest, dass mein Bruder alles tat, um seine Sache voranzutreiben. Er hatte für Doricha ein kleines Haus in der Unterstadt gemietet, ihr eine Dienerin besorgt und sie angewiesen, nicht auszugehen, bis er sicher sei, sein Ziel erreicht zu haben. Er bemühte sich redlich darum, doch überall legte man ihm Steine in den Weg. Auch im Adelsrat warb er um Verständnis, wies auf Dorichas beträchtliches Vermögen hin, zieh seine Standesgenossen der Fremdenfeindlichkeit, die sie nun plötzlich in seinem Fall an den Tag legten. Er wurde mit der Erklärung zurechtgewiesen, dass auf Lesbos so viele Ehen mit Fremden zustande gekommen seien wie kaum anderswo, dabei habe es sich allerdings immer um Leute aus angesehenen Familien gehandelt und niemals um ehemalige Sklaven. Eine einzige Ausnahme würde diesem Missbrauch Tür und Tor öffnen und bald die bewährten Gesellschaftsformen auf Lesbos zerrütten und zerstören. Das halte er für weit übertrieben, wandte Charaxos ein, denn eine Gesellschaft, die sich durch eine nicht ganz standesgemäße Heirat zerstören lasse, sei es nicht wert, weiter zu bestehen.

Jeder Vernünftige hätte ihm Recht geben müssen, aber die Standpunkte hatten sich von Mal zu Mal verhärtet und mit solchen Bemerkungen erreichte Charaxos nur das Gegenteil, stieß mehr und mehr auf Erbitterung und Ablehnung. Zusehends machte sich das auch bei seinen Geschäften bemerkbar und er wäre ein schlechter Kaufmann gewesen, um sich da nicht Sorgen zu machen.

So rief er einen Familienrat zusammen, der sich in meinem Haus traf. Larichos erschien mit finsterer Miene, denn er hatte für die Pläne seines Bruders kein Verständnis und er sah nicht danach aus, dass er sie unterstützen würde. Charaxos hatte Doricha hinzuziehen wollen, doch Larichos meinte, dass sie vorerst bei einem Familienrat nichts zu suchen habe, und ich pflichtete ihm bei.

Zum ersten Mal seit ich mich erinnern konnte, sah ich meinen älteren Bruder ratlos, doch schien er mir nach wie vor entschlossen, seinen Willen durchzusetzen. Wir diskutierten lange hin und her, aber es fand sich kein vernünftiger Ausweg und so schlug ich vor, Pittakos um Rat zu bitten, ihn notfalls sogar als Schiedsrichter anzurufen.

Auf seine kluge und zurückhaltende Art hatte er sich bisher aus dem Zwist herausgehalten, nun musste er sich dazu äußern. Er bat Charaxos zu sich und machte ihm folgenden Vorschlag: Als Erstes würde er eine Adelsversammlung einberufen, um über diesen Fall abstimmen zu lassen. Wenn Charaxos dabei unterlag, empfahl ihm Pittakos, nach Lydien überzusiedeln, dort Doricha zu heiraten und einen neuen Anfang zu wagen. Das Gebiet um die Troas wurde von Lesbos aus verwaltet, galt als unsere Kolonie und war gewiss kein schlechter Boden für Handel und Wandel. Charaxos willigte ein und der Adelsrat tagte. Obgleich er dort viele Freunde besaß, wurde sein Vorschlag mit einigen Stimmenthaltungen abgelehnt.

Mit einer solchen Gegnerschaft hatte Charaxos nicht gerechnet. Er verschwand für einige Tage, hatte sich wohl bei seiner Doricha verkrochen – um aufzugeben? Um neue Pläne zu schmieden? Um uns allen zu trotzen?

Bisher hatte ich meinen älteren Bruder für einen geradlinigen Charakter gehalten, für berechenbar wie eine aufgelistete Schiffsladung, wenn er sich auch dann und wann an unsichere kaufmännische Unternehmen wagte. Da ist es dann so, dass man den Verlierer einen verantwortungslosen Glücksjäger nennt, während der Gewinner als mutig und vorausblickend gelobt wird. Da Charaxos meist zu Letzteren gehörte, umgab ihn der Ruf, Hermes habe ein besonderes Auge auf ihn und halte seine mächtige Hand über das Haupt seines Lieblings. Ich fragte mich nun, ob der Gott dies auch weiterhin tat, denn für

Liebeswahn war er nicht zuständig und so musste ihn das Verhalten seines Schützlings befremden und enttäuschen.

Charaxos schien das nicht zu kümmern. Als er wieder an die Öffentlichkeit ging, verkündete er lauthals seine Absicht, in die Troas überzusiedeln, und brüstete sich noch damit, dass er dies für seine vaterländische Pflicht halte, um dort der Heimat als erfahrener Kaufmann zu nützen.

»Warum sollen athenische, korinthische – ja sogar phoinikische Händler dort die ganzen Gewinne einstreichen? Ein geschickter Kaufmann kann da mehr bewirken als zehn Siedler aus Lesbos – meist nur Glücksjäger ohne vaterländische Verantwortung. Ich kann nur hoffen, dass andere es mir nachtun werden!«

Von Doricha kein Wort, aber im Kreis der Familie nannte er Ross und Reiter.

»Was ich öffentlich bekannt gebe, ist natürlich geschönt und verschweigt einiges. Ich hoffe, ihr habt mich keinen Augenblick für so töricht gehalten, dass ich hier nun alle meine Zelte abbrechen und sie dort drüben neu errichten werde. Was ich tun werde, ist Folgendes: Ich setze aufs Festland über und schaue mir die zu Lesbos gehörenden Städte zwischen Assos und Ilion genau an. Das kostet mich fünfzehn bis zwanzig Tage, und wenn ich tatsächlich den Eindruck gewinne, dort die gleichen oder sogar bessere Handelsbedingungen vorzufinden, dann hole ich Doricha nach, wir heiraten und siedeln uns in einer der Hafenstädte an. Dass unser Vater von dort gekommen ist, sollten wir dabei nicht vergessen – möglicherweise leben noch einige unserer Vettern und Basen in der Umgebung von Ilion.«

Larichos fragte unwillig: »Schön und gut, nur was ist, wenn es dir dort nicht gefällt? Dann kehrst du wieder hierher zurück – und wie geht's weiter? Willst du Doricha dann noch immer heiraten?«

Charaxos hatte eine steinerne Miene aufgesetzt, sein Gesicht war verschlossen wie ein Kerker. »Darüber möchte ich jetzt nicht reden, doch an dich, meine Sappho, habe ich eine Bitte. Mir wäre wohler, wenn Doricha während meiner Abwesenheit hier wohnen könnte. Wenn sich herumspricht, wer sie tatsächlich ist, dann fürchte ich, sie könnte beleidigt werden.«

Seltsamerweise fiel es mir überhaupt nicht schwer, seiner Bitte nachzukommen – ja, ich hatte sogar gehofft, er würde sie aussprechen. Warum? Das kann ich auch heute noch nicht genau sagen. Ich weiß nur eines: Seit ich sie persönlich kannte, empfand ich ihr gegenüber weder Hass noch Abneigung. Mein Bruder war das Problem, nicht sie. Um keinen falschen Eindruck zu erwecken, setzte ich eine abweisende Miene auf.

»Du bist unser *patriarchos,* ich kann dir den Wunsch nicht abschlagen, doch da gibt es einiges, das Doricha beachten muss. Sie muss im Haus bleiben, darf auch keinerlei Kontakt zu meinen Schülerinnen aufnehmen. Sollte sie etwas benötigen, werden meine Diener es ihr bringen – kurzum, der Name Doricha darf nicht fallen, ihre Person nicht in Erscheinung treten.«

Seine starre Miene hellte sich etwas auf. »Ja, das ist ganz meine Schwester Sappho – streng, umsichtig, bestimmend. Im Übrigen kommst du dabei meinen und Dorichas Wünschen entgegen. Diese etwas seltsame Lage wird sich bald klären – so oder so.«

Auch Larichos sah ein, dass es wenig Zweck hatte, jetzt weiter in Charaxos zu dringen, ihm Entschlüsse abzufordern, die er derzeit nicht fassen konnte und wollte.

Inzwischen war der Herbst ins Land gezogen, die Bauern begannen Trauben, Feigen und Nüsse zu ernten, auch stellten sich häufiger windige, manchmal stürmische Tage ein. Die Meereswogen schlugen höher und in zunehmender Ungeduld an die Felsküsten, ein Zeichen für alte Seefahrer, nun genauer auf Wind und Wetter zu achten. Die Überfahrt nach Assos aber – an klaren Tagen war die Festlandsküste zu erkennen – barg kaum Gefahren und wurde bis in den Winter hinein fortgesetzt.

So kehrte Doricha in mein Haus zurück und ich gebe zu, dass sie mich sofort wieder gefangen nahm. Das lässt sich auch wörtlich verstehen – zwar verbarg ich sie wie eine Gefangene in

Larichos' früherer Wohnung, doch am Ende war ich es, die von ihr gefesselt war. Wieder so ein unschönes Wort, das ja eigentlich zu den Themen Verbrechen, Gericht, Strafe passt, aber es gibt auch unsichtbare Fesseln, die man sich gerne oder zumindest ohne Widerstand anlegen lässt.

Erfahrungsgemäß sind Gespräche unter Frauen oft weitaus ergiebiger als das streitsüchtige Gepoltere der Männer, bei dem es selten um das eigentliche Thema geht, sondern nur um gockelhaftes Auftrumpfen. Im Laufe meines Lebens gewann ich den Eindruck, dass ein Mann in einem anderen – wenn er nicht Freund oder Bruder ist – zunächst immer den Gegner oder Nebenbuhler, kurz gesagt, den Feind vermutet. Frauen hingegen sehen in der anderen – falls nicht schon vorher begründete Feindschaft oder Abneigung bestehen – zunächst die Schwester und es bedarf nicht vieler Worte, sich einander zu öffnen.

Dass zwischen Doricha und mir keine Feindschaft bestand, habe ich bereits erwähnt, was allerdings nichts an meiner unbedingten Ablehnung einer Heirat mit Charaxos änderte. Seit ich Doricha kannte, hielt ich den Starrsinn meines Bruders für das eigentliche Hindernis und ein langes, klärendes Gespräch mit ihr gab mir darin Recht.

Ich hatte dazu einen ruhigen Herbstmorgen gewählt, ohne dringende Schulpflichten und zu einer Stunde, da wir beide uns ausgeschlafen und in guter Verfassung begegnen konnten.

Doricha brauchte das Licht des Tages wahrhaftig nicht zu scheuen. In ihr vereinigten sich Elemente des unbekümmerten Mädchenhaften mit den verlockenden Reizen einer erfahrenen Frau und es entsprach ihrem Wesen, keines davon übermäßig zu betonen. Das hätte unecht und aufgesetzt gewirkt; so strahlte sie Frische und Natürlichkeit aus mit der Beimengung von ein wenig fröhlicher Keckheit, die weder anmaßend noch verletzend wirkte.

Nun ließe sich sagen, dies sei mein ganz persönliches Bild von Doricha und andere hätten es wohl anders empfunden – dass dies aber nicht zutraf, habe ich später oft erlebt. Könnte es nicht doch Berechnung gewesen sein, wenn lange Erfahrung sie lehrte, dass die Mischung jener Eigenschaften günstig und vorteilhaft auf ihre Umwelt wirkte? Warum auch nicht? Kluge Menschen nutzen die ihnen von den Göttern verliehenen Gaben zu ihrem Vorteil und zur Freude der anderen. Das klingt vielleicht so, als hätte ich eine Herzensfreundin gegen ungerechte Vorwürfe verteidigen wollen, doch habe ich dabei auch künftige Erfahrungen mit eingebracht.

Als wir uns nun an diesem sonnigen Herbstmorgen gegenübersaßen, gab es zwar keine Feindschaften, aber schwerwiegende Vorbehalte und dringende Fragen. Ich reichte Doricha die Hand, lobte ihr gutes Aussehen und sagte, ich verstünde es wohl, dass Charaxos sie liebe und verehre.

»Da wir nun von meinem Bruder sprechen, möchte ich dich fragen, ob du weiterreden kannst, wo mein Charaxos innehielt, als wir ihn fragten, was er zu tun gedenke, wenn seine Troas-Reise ohne Ergebnis geblieben sei. Ob er dann hier bleiben und dich zur Frau nehmen wolle? Er blieb uns die Antwort schuldig.«

Doricha blickte zum Fenster, wo sich auf einem Baumast zwei Spatzen flügelschlagend und laut piepsend um irgendetwas stritten. Sie lächelte.

»Die haben's leicht. Da wird heftig geflattert und laut gelärmt, aber wenig später ist der Streit ausgestanden und jeder geht weiter seinen Geschäften nach. Kann man bei Spatzen von Geschäften reden?

Glaube nun ja nicht, meine Sappho, dass ich einer Antwort ausweichen will, doch ich frage mich, wie weit du mir glauben wirst. Also: Falls Charaxos – was ich hoffe – nach Lesbos zurückkehrt, werde ich eine eheliche Verbindung mit guten Gründen ablehnen. Sollte er mich dann treulos und wetterwendisch nennen, werde ich ihm sagen, dass ich meinen Entschluss lange und gründlich überlegt habe. Ich möchte es weder ihm noch mir zumuten, hier einer Ächtung zu verfallen. Das würde unsere Gemeinschaft schnell trüben und am Ende würden wir einander mit Vorwürfen überhäufen. Dennoch möchte ich hier bleiben und einen neuen Lebensabschnitt beginnen. Meine Zeit als Hetäre ist vorbei. Ich weiß, dass ich mich noch einige Jahre mit gutem Erfolg behaupten könnte, dann käme unweigerlich der Abstieg. Nein, Sappho, ich möchte in deine Fußstapfen treten.«

Verdutzt blickte ich sie an. »Wie soll ich das verstehen? Du hast doch nicht vor, eine Mädchenschule zu eröffnen?«

»Doch, nur eine ganz andere. Es gibt hier keine gründliche Hetärenausbildung, aber offenbar einen großen Bedarf. Hübsche und kluge unfreie Mädchen könnten diesen Beruf ergreifen und sich dann schneller freikaufen, als es bei anderen Tätigkeiten möglich ist. Mein Vermögen ist groß genug, diesen Plan schnell in die Tat umzusetzen.«

»Das – das ist ja eine – eine große Überraschung ...«

Mit einer anmutigen Geste hob sie ihre rechte Hand, als wolle sie mir etwas darbieten. »Sie ist wohlerwogen, das darfst du mir glauben.«

»Was, wenn Charaxos mit der Nachricht zurückkehrt, er habe vor, sich in der Troas anzusiedeln, zusammen mit dir?«

»Ich bliebe dennoch hier. Mein Name ist im Osten nicht weniger bekannt als im Süden. Drüben in den Kolonialstädten träfe Charaxos derselbe Vorwurf: Er habe eine unfreie Hetäre losgekauft und das wird in seinen Kreisen nicht verziehen. Nein, Sappho, auf gewisse Weise möchte ich auch weiterhin den Männern gefällig sein, und zwar damit, dass ich gute Hetären heranbilde, ohne die ja ihre *symposioi* so farblos wären. Seit frühester Jugend bin ich mit Männern umgegangen und ich kann dir nur sagen, Sappho, die meisten von ihnen sind zu bedauern. Unsere Gesellschaft zwingt sie, so viel von sich herzumachen, und wenn nicht in allem der Beste, so es zumindest auf einigen Gebieten zu sein. Bei Kypris, da könnte ich dir einiges erzählen! Wenn einer zu gar nichts taugt, in Geschäften, im *gymnasion* und als Redner ein Versager ist, so brüstet er sich damit, den Geschlechtsakt binnen einer Nacht vier oder fünf Mal vollziehen zu können, und damit man ihm glaubt, besticht er eine Hure, die es herumerzählen muss. So bleibt ihm wenigstens der Ruf eines tüchtigen *orthagoras,* in dem er sich sonnen kann.«

Da musste ich laut lachen. Dieses Wort kenne ich seit vielen Jahren und endlich bekäme ich es erklärt.

Doricha lächelte wissend. »Ja, die Männer haben da ihr ganz eigenes Vokabular und in meinem Beruf lernt man die betreffenden Ausdrücke schnell. Glaube nur ja nicht, dass ich meine Zukunftspläne mit Rücksicht auf dich und deine Familie gefasst habe! Wer sein Leben auf Wenn und Aber, auf Nachgeben und Rücksichtnahme baut, wird es niemals zu etwas bringen. In unserem Fall finde ich, dass es für alle besser ist, wenn ich von dieser Heirat Abstand nehme – gerade auch für Charaxos. Er wird es zunächst nicht einsehen wollen, aber ich finde, wir sind alle nicht mehr jung genug, um uns gegen die Gemeinschaft zu stellen.

Hat Charaxos dir von Erigyos berichtet? Ja? Nun, in seinem Fall war es etwas anderes; er hat sich schon als *ephebos* entschlossen, einen anderen Weg als den üblichen zu gehen, und hat es deshalb in seinem Beruf zu etwas gebracht. Je länger man auf dem Pfad seines Standes und seiner Abstammung wandelt, desto schwieriger ist es, davon abzuweichen. So wird Charaxos auch weiterhin der erfolgreiche Kaufmann aus adeliger Familie bleiben und ich werde weiterhin tun, was ich so gründlich erlernt und so erfolgreich betrieben habe, nur mit dem Unterschied, dass ich es an andere weitergebe. Wir bleiben, was wir sind, liebe Sappho, das ist für uns alle das Beste.«

Ihre ungleichen graugrünen Augen strahlten Freundschaft, Wohlwollen und Vertrauen aus, nur war da nicht noch etwas? Lag nicht eine zärtliche Lockung in ihrem Blick, als wolle sie mir sagen: Da nun unsere Pläne abgesprochen sind und die Zukunft geklärt ist, können wir uns erfreulicheren Dingen zuwenden – wenn du willst …

»Darf ich dir ein Geheimnis verraten?«

Etwas in mir mahnte zur Vorsicht. »Geheimnisse sollte man besser für sich behalten, sonst sind sie keine mehr.«

»Ich habe mich unklar ausgedrückt – Geheimnis nur, was die Männer betrifft. Einer Frau kann ich es sagen, habe auch mit anderen schon darüber gesprochen. In meinem Leben gab es nur ganz wenige Männer, die mich Liebesfreuden kosten ließen, wie jede erfahrene Frau sie sich wünscht. Von Gestalt und Aussehen waren diese Herren eher unscheinbar, meist nicht mehr ganz jung, manche dicklich, manche kahl und vom Äußeren her nicht sehr gepflegt. Ein strahlender Jüngling mit schwellenden Muskeln, flachem Bauch und Löwenmähne war jedenfalls nicht darunter. Doch gerade sie verstanden es, kenntnisreich und mit Geschick meine Vorlieben zu erkunden und sie beim Liebesspiel klug zu nutzen.« Ich dachte sofort an Myron und unterdrückte gerade noch ein eifriges Nicken. Doricha aber muss es bemerkt haben.

»Ich sehe es dir an, meine Sappho, dass auch dir solche Erfahrungen nicht fremd sind, du jedoch nicht darüber reden willst. Das muss auch nicht sein, denn ich wollte damit nur sagen, dass diesen wenigen Männern viele Frauen gegenüberstehen, die es ebenso gut, wenn nicht besser verstanden, sich und mir Liebeswonnen zu bereiten, ohne körperlich abstoßend zu wirken. Kurz gesagt – fast alle diese Männer habe ich danach mit Erleichterung weggehen sehen, während ich mit meinen Herzensfreundinnen halbe Tage bei angeregtem Geplauder verbrachte. Was ist mit einem Mann schon zu reden? Nur ganz wenige sind im Stande, sich in Natur und Wesen einer Frau hineinzudenken. Am liebsten sind mir noch solche, die einfach den Mund halten und nicht ständig herablassende Bemerkungen und faule Witze über uns und unsere Eigenarten zum Besten geben. Freilich, über sich und ihre ach so wichtigen Dinge können sie halbe Tage reden und es gibt welche, die dir leuchtenden Auges davon erzählen, wie sorgsam ein Frachtschiff beladen werden muss, damit es keine Schlagseite bekommt und wie sehr sie einen Athleten verehren, der einmal in seinem Leben in Olympia geglänzt hat. Da muss man sich schon sehr zusammennehmen und gute Miene zum bösen Spiel machen, doch das gehört nun einmal auch zum Beruf einer Hetäre.«

Wieder drängte es mich, von Myron zu erzählen, um zu bestätigen, dass ich Ähnliches wie sie mit einem Mann, aber auch mit Frauen und Mädchen erlebt hatte. Doch etwas in mir sträubte sich dagegen, einer Hetäre einzugestehen, dass der Spross einer Adelsfamilie und eine ehemalige Sklavin Gleiches an Erlebnissen und Erfahrungen gemacht haben können.

Sie muss es wohl gespürt haben. »Kein Thema für dich? Das kann ich verstehen, muss überhaupt immer geredet werden?«

Lächelnd schlüpfte sie aus ihrem schmucklosen *peplos,* stand auf und strich über den gegürteten, nur knapp die Schenkel bedeckenden *chiton.* »Gefalle ich dir?«

Ich nickte nur und ärgerte mich wieder, dass mein Schoß feucht und schwer wurde, dass mein Wille zu erlahmen begann.

»Ich mache es dir auch ganz umsonst ...«

Zuerst glaubte ich, sie falsch verstanden zu haben, doch sie hatte es weder leise noch undeutlich gesagt. Als ich dies erkannte, war es, als falle ein schwarzer Vorhang, als türme sich eine Mauer auf zwischen ihr und mir.

Ihre immer wache Menschenkenntnis ließ sie sofort spüren, dass sie sich vertan, dass sie etwas Falsches und Ungehöriges gesagt hatte. Aber einmal Gesagtes lässt sich nicht ungeschehen machen, das ist ja die Last mit der Vergangenheit. Die Zukunft ist ungewiss, eine messbare Gegenwart gibt es nicht – unser einziger fester Besitz ist die Vergangenheit, auch wenn wir uns ihrer manchmal schämen müssen.

Doricha strich mir zart über den Arm. »Verzeih, Sappho, verzeih! Da hat mir mein alter Beruf wieder einmal einen schlimmen Streich gespielt. Was ich bisweilen einem meiner dankbaren Stammkunden anbot, hat dich verstört und gekränkt. Mit Recht, das sehe ich ein. Lass es uns vergessen, ich flehe dich an!«

Der schwarze Vorhang blieb und ich kehrte zur gewohnten Beherrschtheit von Geist und Körper zurück.

»Gerne verzeihe ich dir, Doricha. Wir sind eben Opfer unseres Berufs und so mag meine Rede gelegentlich etwas lehrerinnenhaft klingen, wie die deine hetärenhaft. Das muss doch jeder einsehen, nicht wahr?«

»Ja – schon ...«

Sie war zutiefst verunsichert, das sah ich ihr an und ich genoss es. Warum? Weil es schwer ist, sich einer erfahrenen Hetäre nicht unterlegen zu fühlen, das gestehe ich ein, denn eines haben sie uns »ehrsamen« Frauen voraus: Sie kennen die

Welt der Männer oft besser, als diese selbst dazu imstande sind.

Schnell hatte Doricha ihre Schwäche überwunden und in meinen Augen tat sie das einzig Richtige. Sie kleidete sich wieder an und sagte mit fester Stimme: »Jedenfalls bleibe ich bei dem vorhin Gesagten und ich bitte dich um deine Unterstützung.«

Konnte ich ihr noch glauben? Während ich mich in Sicherheit wiegte, würde sie vielleicht versuchen, Charaxos mit allen Kräften für sich zu gewinnen.

»Wenn du zu deinen Plänen stehst, wirst du mich immer an deiner Seite finden. Du musst allerdings auch bedenken, dass ich die Ehre unserer Familie mit allen Kräften verteidigen werde – notfalls auch gegen den Willen meines Bruders.«

»Das vergesse ich nicht.«

Sie streckte mir ihre Hand hin, doch ich konnte mich nicht überwinden, sie zu ergreifen. Das mag falsch gewesen sein, aber ein Leben ohne Irrtümer und Fehlentscheidungen gibt es nicht.

Noch am selben Tag machte ich mir Vorwürfe, weil ich ihre unbedachten Worte auf die Goldwaage gelegt hatte. Gerade mir sollte doch Menschliches nicht fremd sein – gerade ich hatte doch oft genug erfahren, dass der Mensch nicht immer Herr seiner Rede ist, dass er seine Zunge nicht so im Zaum hat wie Helios seine Rösser. Zudem war Doricha durch die harte Schule eines Lebens gegangen, das mir, der Freigeborenen, erspart geblieben war. Dafür sollte ich den Göttern dankbar sein und nicht den Worten einer früheren Hetäre mehr Gewicht beilegen, als sie es verdienten.

Zu solcher Einsicht gelangt, bemühte ich mich um behutsame Annäherung, wollte sie wissen lassen, dass ihre unbedachte Rede leicht wog vor dem Verzicht, als Gemahlin meines Bruders zu leben. Freilich, es war ein Verzicht aus Vernunft – ja, ich möchte sagen, aus Berechnung. Aber warum sollte Doricha als kluge und viel erfahrene Frau nicht der Vernunft gehorchen, warum sich nicht kluger Berechnung bedienen? Wenn auch Charaxos zuerst gesonnen war, einen Teil seines Vermögens ihrer Freilassung zu opfern, so musste er es am Ende nicht tun, denn sie war in Ehren und reich beschenkt aus den Diensten des Pharaos entlassen worden.

Auch musste ich mir mein Bedauern eingestehen, dass ich, als der schwarze Vorhang fiel, ihn nicht entschlossen beiseite geschoben hatte. Hätte ich ihre unbedachten Worte als ironischen Verweis auf ihren früheren Beruf gedeutet und entgegnet: »Ach, Doricha, vergiss doch die alten Zeiten!« – so wäre wohl alles ins Lot gekommen und wir hätten vollenden können, was so verheißungsvoll begonnen hatte. Hätte – wäre – könnte – müsste, warum nur trauern wir versäumten Gelegenheiten so lange nach? Gerade ich hätte es besser wissen müssen, da ich doch meine Schülerinnen lehrte, unsere Vergangenheit sei ein fester Besitz, auch wenn wir Teile davon als Last empfinden.

Jetzt werde ich wieder geschwätzig – höchste Zeit, einen Schlusspunkt zu setzen. Doricha – ich glaube, das spricht für sie – hielt künftig auf Distanz, doch unsere Freundschaft festigte sich auf eine Weise, die ich nicht erwartet hätte. Ich lernte zu verstehen, dass eine adelige Herkunft nur bedeutet, dass man es leichter hat im Leben, aber keineswegs der Grund für Stolz oder Anmaßung sein darf. Ich lernte zu verstehen, dass Doricha hingegen allen Grund zum Stolz darauf hatte, dass sie – als Sklavin geboren – es im Leben zur freien unabhängigen und wohlhabenden Frau gebracht hatte. Dabei stellte sie es niemals nur als ihren eigenen Verdienst hin, sondern gab den Göttern einen beträchtlichen Anteil an ihrem Geschick. Wie ich, so hatte auch Doricha sich Aphrodite, die Schaumgeborene, zur Patronin erwählt und niemals versäumte sie es, zu den Hauptfesten der seligen Göttin ein gewaltiges Opfer zu spenden.

13

In diesem Winter schien es, als habe Poseidon, der Meeraufwühler und Erderschütterer, die Gestade von Lesbos vergessen. Es gab kaum Stürme, dafür war es an manchen Tagen sehr kalt geworden, sodass ich in meiner Schule Feuerbecken aufstellen ließ, damit die Mädchen von Zeit zu Zeit ihre klammen Finger erwärmen konnten.

Soweit ich mich erinnere, war der Monat *gamelion* angebrochen, als Charaxos zurückkam. Ich rechne es ihm hoch an, dass er mich als Erste aufsuchte, und zwar zu einer Zeit, da er sicher sein konnte, Doricha würde ihren Schönheitsschlaf halten. Er redete nicht lange herum.

»Die derzeitige Lage in der Troas ist höchst unsicher. Fast scheint es, als sei vergessen, was noch vor kurzem Athena und Lesbos entzweite, weil seit einigen Jahren Horden von Persern in Lydien einfallen. Zwar sind sie bis zur Küste noch nicht vorgedrungen, doch der Handel ist verunsichert und umsichtige Kaufleute ziehen sich bereits zurück. Ein schlechtes Zeichen! Jedenfalls wäre es sehr unbedacht, sich gerade jetzt als Händler dort niederzulassen. Du weißt, dass ich zur rechten Zeit auch wagemutig sein kann, in diesem Fall scheint es mir allerdings ungehörig, die Götter zu versuchen, denn keiner der Seligen wird gesonnen sein, menschliche Unvernunft auch noch zu belohnen. Also werde ich mich – wie früher – hier einrichten und wieder mit den Erzeugnissen unseres Landes Handel treiben.«

»Das freut mich, Charaxos, denn du bist das Haupt unserer Familie. Was soll aus Doricha werden?«

Er zuckte zusammen, als hätte ich ihm einen Schlag versetzt. Sein Gesicht verschloss sich.

»Da bleibt es bei den alten Plänen. Sie wird meine Frau, und wenn ich damit gegen das Gesetz verstoße, so wird sie auch ohne staatliche Billigung an meiner Seite leben.«

»Eine rechte Familie kann daraus nicht werden«, wandte ich ein.

»Deine Kinder sind dann zwar frei geboren, werden aber niemals in die Bürgerliste aufgenommen. Hast du das bedacht?«

»Ich hatte während der Überfahrt Zeit genug, um alles zu bedenken!«, gab er schroff zurück.

Ich ging zum Fenster und blickte hinaus.

»Es dämmert schon, Doricha erwartet dich.«

Die Aussprache der beiden wurde dann zeitweise so laut, dass ihre erregten Stimmen bis in meine Räume drangen.

Ich saß noch beim Morgenmahl, als Charaxos unangemeldet in mein Zimmer stürmte, wobei er Pera grob beiseite schob.

»Es ist dir also gelungen, Doricha gegen mich aufzubringen, sie geradezu auf deine Seite zu ziehen! Wie hast du das erreicht? Lässt man euch Weiber eine Zeit lang unbeaufsichtigt, dann werden gleich Pläne gegen die Männer geschmiedet! Da habt ihr euch wohl prächtig verstanden, wie?«

Er war sehr laut geworden und lief erregt auf und ab. Ich ließ mich nicht dazu verleiten, meine Stimme zu erheben.

»Weder wurden irgendwelche Pläne geschmiedet noch habe ich Doricha gegen dich aufgebracht. Sie hat ganz aus eigenem Ermessen über ihre Zukunft verfügt. Ich gebe zu, dass ihre Pläne meinen Hoffnungen entgegenkamen, und so sah ich keinen Grund, ihr abzuraten.«

Charaxos ließ sich auf einen Stuhl fallen und atmete schwer. Sein sonst so beherrschtes Gesicht drückte Kummer und Resignation aus. So laut er vorhin geworden war, so leise und kaum verständlich sprach er jetzt.

»Da rackert man sich ein Leben lang ab, um für die Familie ein sicheres Vermögen zu schaffen, verzichtet aus Zeitmangel auf den eigenen Herd, und wenn dann endlich die Frau kommt, mit der man häuslich und sesshaft werden will, dann – fast sehe ich sie höhnisch lächeln – erscheint Tyche und macht dir einen Strich durch die so schön geplante Lebensordnung. Am liebsten ginge ich zurück nach Naukratis, um künftig von dort aus meine Geschäfte zu betreiben. Da könnte ich mir einen Harim zulegen und es mit den Kindern so halten wie die Ägypter. Der am besten geratene Sohn wird zum Erben erklärt. Irgendwie lebt man dort leichter, unbeschwerter, muss kaum auf Standesrücksichten achten. Auch die Götter dort sind eher als Vorbilder geeignet als unsere listenreichen Ehebrecher, Lügner und Menschenverderber.«

»Charaxos – mäßige dich! Was du da von dir gibst, ist *blasphemia* und wird den Zorn der Seligen auf dich lenken. Wer den Geboten der Götter gehorcht, den erhören sie gern –

so lehrt uns Homeros und der Volksmund sagt: Was dem Zeus erlaubt ist, ziemt sich noch lange nicht für einen Ochsen.«

»Ich bin kein Ochse, Sappho, ich bin ein Mensch – jetzt schwach und verletzlich geworden. Problemen, die sich einem Kaufmann stellen, bin ich immer gewachsen gewesen und ich kann mich an keinen noch so schwierigen Fall erinnern, den ich nicht auf diese oder jene Weise gelöst hätte. Und jetzt ... Als *patriarchos* dürfte ich gerade dir als Frau meine Schwäche nicht zeigen, aber mit wem soll ich denn reden? Larichos verliert jeden Respekt, wenn er seinen älteren Bruder so ratlos sieht, und mit Geschäftsfreunden beredet man so etwas nicht.«

»Charaxos, das bedarf doch keiner Rechtfertigung! Da du dich jetzt ratlos siehst, werde ich dir raten – wenn du es wünschst.«

Er nickte nur und schaute mich an wie ein kleiner Junge, der sich von seiner Mutter Hilfe erhofft.

»Warum immer nur schwarz oder weiß, gut oder böse, dafür oder dagegen? Gibt es nicht auch gangbare Mittelwege? Gerade du als Kaufmann wirst wissen, dass Preisgebot und Preisforderung anfangs immer sehr weit auseinander klaffen, bis man sich nach geduldigem Verhandeln zu beider Zufriedenheit in der Mitte trifft. Gilt das nicht auch für dich und Doricha? Sie ist fest entschlossen, ihre Hetärenschule zu eröffnen, doch damit ist sie nicht aus der Welt. Du kannst sie von Zeit zu Zeit besuchen, ihr in wirtschaftlichen Fragen mit Rat und Tat beistehen. Sie wird sich in jeder Beziehung dankbar erweisen ...«

Er dachte eine Weile nach. »Das ließe sich machen, nur, ob sie es will? Ach, hätte ich mich nur aufgerafft und sie gleich in Naukratis geheiratet ...«

Ich streichelte seinen gebeugten Rücken.

»Ich war nicht lange genug im Ehestand, um dir dafür Ratschläge erteilen zu können, aber aus den Berichten von jetzt verheirateten Schülerinnen habe ich doch einige Erfahrungen gewonnen. Bedenke, dass es einen großen Unterschied ausmacht, eine schöne und junge Frau zur Geliebten zu haben oder sie zu ehelichen und mit ihr Kinder zu zeugen. Da wird die immer bereite, immer frohgemute und stets lächelnde Geliebte zur Haus- und Ehefrau mit ganz anderen Aufgaben und Verantwortungen. Du wirst sie sorgenvoll erleben, launisch und missgestimmt während ihrer Schwangerschaften; abgezehrt, hinfällig und vielleicht hässlich geworden durch eine Krankheit. Kannst du dir Doricha in einer solchen Rolle denken?«

»Nein – eigentlich nicht ...«

»Lass dir Zeit, Charaxos. Denke dies alles in Ruhe durch und versuche dabei, deine Gefühle beiseite zu lassen – geleitet nur von Vernunft und Verstand. Ich weiß, dass dies schwer – sehr schwer ist.«

»Aber – aber ich wollte doch jetzt unbedingt eine Familie gründen! Dass Larichos mir dabei zuvorgekommen ist, gehört sich nicht. Da es nun einmal so ist, fühle ich mich verpflichtet, es ihm nachzutun.«

»Wenn du mit Doricha im Reinen bist, was soll dich dann noch hindern?«

»Ich weiß nicht ... Mir fehlt einfach die Bereitschaft ...«

»Soll ich dir dabei behilflich sein? Ich will mich jedoch nicht aufdrängen – du musst es wollen.«

Er hob die Schultern. »Was ich will, ist vorläufig noch etwas ganz anderes, aber ich werde – ja, ich muss wohl der Vernunft gehorchen. Du könntest für mich eine Vorauswahl treffen, verschwiegen und unverbindlich ...«

Da musste ich lächeln. »Deutlicher kannst du nicht dartun, dass dir tatsächlich die Bereitschaft fehlt. Eine Brautschau kann ich nicht im Unverbindlichen lassen, denn das hieße der betreffenden Familie gegenüber nicht ehrlich handeln. Aber lass mich nur machen – ich finde schon einen Weg.«

Da überfiel es mich wie eine Vision und vor meinem inneren Auge erschien das Bild seiner künftigen Braut.

Ich sehe dich die Stirn runzeln, meine Kleis, und mit heftigem Kopfschütteln flüstern: Das sind doch Fantastereien, liebe Mutter! Dass du in deinem Alter ...

Ja, ja, schon gut, ich werde es dir erklären. Ich sagte ja nicht, es sei eine Vision gewesen, sondern es erschien mir wie eine. Im Leben gibt es Situationen von so komplizierter Art, dass sie nur durch langes Nachdenken und Abwägen aller Möglichkeiten zu bewältigen sind. Im Falle von Charaxos hätte ich mir eine Liste der in Frage kommenden Familien anlegen müssen, um dann – mithilfe von Nachforschungen – ihre Zahl so weit einzugrenzen, bis nur zwei oder drei übrig geblieben wären. Das hätte ich gewiss auch getan, doch das Bild seiner künftigen Braut entsprang keiner Wunschvorstellung, sondern bezog sich auf ein bestimmtes Mädchen, das seit über einem Jahr an meiner Schule war.

Telesippa bildete insofern eine Ausnahme, da sie mit neunzehn schon ein Alter erreicht hatte, um – wie fast alle meine früheren Schülerinnen – bereits als Ehefrau ihre ersten Kinder aufzuziehen. Ihr Schicksal aber verband sie auf besondere Art mit unserer Familie. Die ihre hatte damals zu den Gegnern des Pittakos gezählt und musste, wie die unsere, den Weg ins Exil antreten. Obwohl auch sie in Syrakusa Zuflucht fand, nahmen wir aus mir unbekannten Gründen keine Verbindung auf. Telesippas Familie kehrte nach der Amnestie noch vor uns nach Lesbos zurück, erlebte jedoch das Missgeschick, durch einen verheerenden Sturm weit nach Süden abgetrieben und von einem phoinikischen Piratenschiff aufgebracht zu werden. Telesippa musste mit ansehen, wie einer ihrer Brüder getötet und ihre Mutter vergewaltigt wurde. Noch ehe es zu einer Lösegeldforderung kam, wurden sie von einem athenischen Kriegsschiff befreit. Die besiegten Piraten wurden gefesselt an der Bordkante aufgestellt und dienten den johlenden Athenern als Ziel für ihre Pfeile, die selten sofort tödlich trafen.

Diese schrecklichen Erlebnisse hatten die damals etwa zwölfjährige Telesippa stumm werden lassen und diese Stummheit hielt an, bis ihre jüngere Schwester – seit einem Jahr verheiratet – ihr erstes Kind gebar. Als sie einmal den schreienden Säugling im Arm hielt, versuchte sie ihn mit Trostlauten zu beruhigen und fand von da an wieder zur Sprache zurück. Da war sie aber schon achtzehn und sollte nun schnell nachholen, was sie in der Zeit ihrer Stummheit versäumt hatte.

Begleitet von Vater und Bruder brachte man Telesippa in meine Schule und dabei erfuhr ich vom Exilantenschicksal ihrer

Familie, das dem unseren so ähnlich war. Als ich mit ihrem Vater allein war, öffnete er mir sein Herz.

»Du bist eine berühmte und viel erfahrene Frau, verehrte Sappho. Deine Dichtung hört man in ganz Hellas und der Ruf deiner Schule hat einen hellen Klang. Wie schnell glaubst du, wird Telesippa den Bildungsstand erreichen, mit dem sonst Vierzehnjährige deine Schule verlassen? Ist da überhaupt noch Hoffnung? Bis dahin wird sie mindestens zwanzig sein und ich sehe dann fast keine Möglichkeit mehr, sie noch zu verheiraten – es sei denn an einen älteren Witwer.«

Ich lächelte ihn beruhigend an. »Ganz so schlimm wird und muss es nicht werden. Ich werde mich bemühen, deiner Tochter binnen zwei Jahren das Wichtigste beizubringen; im Übrigen gibt es auch junge und noch sehr ansehnliche Witwer.«

Da schaute er mich nachdenklich an. »Ich habe bei Telesippa den Eindruck gewonnen, dass sie vor jungen Männern – auch Verwandten – zurückschreckt. Das mag mit ihrem schlimmen Erlebnis zusammenhängen, als die Piraten meine Frau ...« Er stockte und schüttelte den Kopf. »Sie scheint es überwunden zu haben und ich mag nicht darüber reden. Es wäre übrigens schön, wenn unsere Familien sich verbinden könnten, aber bei Charaxos ist wohl wenig Hoffnung? Sein Verhältnis zu Doricha ist in aller Munde, und wenn er sie hierher bringt ...«

Damals war tatsächlich noch alles offen, doch nun, ein Jahr später, hatte die Lage sich völlig verändert. Da Telesippa mir als meine Schülerin näher stand als ihre sonstige Familie, hielt ich mich nicht an den geheiligten Brauch, zuerst mit ihrem Vater Verbindung aufzunehmen, sondern ich wandte mich gleich an sie.

Telesippa war eines dieser Mädchen, das bei längerer Betrachtung gewinnt. Häufiger ist es umgekehrt, denn manche dieser jungen und hübschen Geschöpfe verlieren zusehends an Reiz, hat man sie länger um sich.

Sie war sehr schlank, bewegte sich noch immer etwas gehemmt, war auch unbeholfen im Ausdruck – bei ihrer langen Stummheit kein Wunder. Ihr stets ernstes und schon sehr frauliches Gesicht konnte ganz weich werden, wenn es im

Unterricht um tragisches Menschenschicksal ging, handelte es sich hingegen um Krieg, Blut und Gewalt, dann verschloss sich ihre Miene und es war ihr kaum noch ein Wort zu entlocken. Meine beiden Lehrerinnen und ich trugen dem Rechnung, aber die Erfolge stellten sich nur sehr langsam ein. Nun also stand sie mir gegenüber und ich forderte sie zum Sitzen auf.

»Hast du dir schon Gedanken darüber gemacht, dass dein Vater dich nach dem Schulabschluss verheiraten wird?«

Ihr Gesicht erstarrte. »Ja – nein – doch …«

»Es gibt keinen Grund, davor zu erschrecken. Alle Mädchen heiraten früher oder später und bei dir wird es – schicksalsbedingt – ein wenig später werden.«

Sie schwieg.

»Telesippa, sieh mich an! Dir gegenüber sitzt eine Frau, deine Lehrerin und, wenn du willst, deine Vertraute. Dein schlimmes Erlebnis auf der Heimreise kann ich weder rückgängig machen noch es dir abnehmen – kann es auch nicht mit dir teilen.«

In ihrem blass gewordenen Gesicht stand der Ekel.

»Wie diese haarigen und schmutzigen Kerle zuerst meinen Bruder abschlachteten, dann über meine Mutter herfielen …«

»Das ist schlimm – sehr schlimm. Ich habe euch gelehrt, die Vergangenheit als den einzigen festen Besitz anzusehen, der am Ende bleibt, und dass Besitz auch eine Last sein kann.«

Beharrlich schüttelte sie den Kopf. »Ich kann es mir weder vorstellen und schon gar nicht wünschen, dass ein Mann mich berührt, in mich – wie du sagst – eindringt, meine Brüste umfasst, sich meines Leibes bemächtigt …«

»Denkst du dabei nur an junge Männer?«

»Ja – ja, doch. Der Bräutigam ist doch in der Regel jung …«

»Nicht immer. In dir hat sich das Bild festgesetzt, dass junge, haarige, schmutzige und brutale Kerle euch Gewalt antaten. Was hieltest du von einem Mann, der genau das Gegenteil darstellt, der älter und gesetzter ist, gepflegt und mit Anstand auftritt – ein Mann aus deinen Kreisen …«

Sie senkte den Kopf und flüsterte. »Ich weiß nicht …«

»Telesippa, ich spreche von einem Bestimmten und ich nenne ihn dir, noch ehe ich mit deinem Vater verhandeln werde. Es ist mein Bruder Charaxos, nahe der vierzig, ein erfolgreicher Kaufmann und jetzt endlich bereit, eine Familie zu gründen.«

»Aber – aber alle Welt weiß doch, dass Charaxos – dass er gebunden ist …«

»So mag es noch vor kurzem gewesen sein, doch jetzt ist die Lage anders. Er und Doricha haben sich einvernehmlich getrennt und mich hat er gebeten vorzufühlen, wer sich für ihn eignen könnte.«

»Wie ist er so, dieser Charaxos?« Etwas wie Neugierde zeichnete sich auf ihrem Gesicht ab.

»Auch meinem Bruder kann ich nicht in die Seele schauen, doch eines darf ich dir versichern: Doricha hat ihn gelehrt, wie man Frauen behandelt – richtig behandelt. Ich kann freilich nicht für ihn einstehen, aber er hat in nichts Ähnlichkeit mit den schmutzigen Gewalttätern auf dem Schiff, die nach langer Seefahrt ausgehungert waren nach Frauen und sich bei gebotener Gelegenheit schlimmer aufführten als Tiere, die ihre Nebenbuhler besiegen und dann über die Weibchen herfallen. Wenn du willst, kannst du Charaxos kennen lernen, noch ehe ich mit deinem Vater spreche.«

»Ja, das wäre schön, nur wie sollen wir …?«

Schon früher hatte ich gelegentlich Kauffahrer, Handwerksmeister oder Staatsbeamte zu Vorträgen eingeladen. Jetzt bat ich Charaxos, über die hellenische Pflanzstadt Naukratis im Delta des Neilos zu berichten. Ich sagte ihm genau Bescheid und er zierte sich nicht lange.

»Warum nicht? So können wir uns von Angesicht zu Angesicht betrachten und einen ersten Eindruck gewinnen, wenn es auch gegen alles Herkommen ist.«

»Zeiten und Sitten ändern sich, mein Charaxos. In fünfhundert Jahren würden wir vermutlich unsere Welt nicht mehr wieder erkennen.«

»Mag sein, doch das kümmert mich nicht.«

Es kam nicht häufig vor, dass Männer unsere Schule betraten, und so wurde viel gekichert, getuschelt und gegickst, doch Charaxos ließ sich nicht stören und begann in Ruhe seinen Vortrag. Danach durften Fragen gestellt werden und zu meinem großen Erstaunen meldete sich Telesippa als eine der Ersten.

»Wie – wie ist das mit den ägyptischen Frauen? Werden da die Ehen auch von den Eltern ausgehandelt oder dürfen die jungen Leute – ich meine ...« Sie errötete und schwieg.

»Es ist nicht anders als hier, wobei anzumerken wäre, dass in Naukratis weitgehend hellenische Sitten herrschen. Ich hatte auch Gelegenheit, mich in der Residenzstadt Sais umzusehen, und da fiel mir auf, dass Ägypterinnen weit häufiger in der Öffentlichkeit zu finden sind als unsere Frauen. Sie dürfen Vermögen erben, besitzen, verwalten, können als Witwen die Geschäfte ihres Mannes weiterführen und manche haben es dabei zu großem Ansehen gebracht. Auch die Frauen der Pharaonen treten häufig an die Öffentlichkeit, ganz anders als bei unseren Königen oder Tyrannen. Die Große Königsgemahlin sitzt neben dem Pharao auf dem Thron, trägt die Geierkrone und übt eine Reihe von religiösen und anderen Funktionen aus, über die ich nur wenig weiß.«

Gleich am nächsten Tag bat Telesippa, mich sprechen zu dürfen. Zuerst plauderten wir Belangloses, dann sagte sie plötzlich: »Bei Charaxos hatte ich den Eindruck, als spreche ein Vater zu seinen Kindern. Ich kann mir nur schwer vorstellen, ihn – ich meine, als meinen Gemahl ...«

»Du lehnst ihn also nicht ab?«

»Das kommt mir nicht zu, und was würde ich dadurch schon erreichen? Dass ich mit einem ganz Fremden Tisch und Bett teilen muss, vielleicht sogar einem, den ich zuvor nie gesehen habe. Wenn ich das sagen darf ...« Sie sprach nicht weiter.

»Ich weiß zwar nicht, was es ist, aber mir darfst du alles sagen, dafür bin ich schließlich da.«

Sie errötete leicht. »Es ist wichtig – sehr wichtig für mich, dass Charaxos dein Bruder ist. Da kann er mir nicht gar so fremd sein ... Ich weiß nicht, wie ich es ausdrücken soll: Wenn einer meiner Brüder einen guten Freund mit ins Haus bringt, dann ist das nicht irgendwer – verstehst du? Es ist zwar ein Fremder, doch durch die Freundschaft mit meinem Bruder verliert er etwas von dieser Fremdheit. Bei dir ist dieses Gefühl noch stärker. Du bist seit über einem Jahr meine verehrte Lehrerin, hast alles getan, um mich, die lange stumm gewesen ist, wieder an ein normales Leben zu gewöhnen, und damit will ich sagen, dass mir dein Bruder – den ich schon aus deinen Berichten kenne – bereits etwas vertraut war, noch ehe er in die Schule kam.«

»Du kannst dir also vorstellen, seine Frau zu werden?«

»Vorstellen nicht, aber mit ihm wähle ich das kleinere Übel ...« Zutiefst erschrocken schlug sie sich auf den Mund. »Oh – das wollte ich nicht! Lass mich es anders sagen ...«

Ich lächelte versöhnlich. »Das brauchst du nicht – ich weiß, wie es gemeint war. Ich darf also mit deinem Vater reden?«

Sie nickte mehrmals heftig, ohne ein Wort zu sagen.

Das Gespräch war kurz, denn mein Wunsch traf sich mit seiner Hoffnung. Was die Einzelheiten des Hochzeitsvertrages betraf, verwies ich ihn auf Charaxos, der sich schnell mit Telesippas Familie einigte.

So siehst du, meine Kleis, dass der unwägbare Wille der Götter meine ursprünglichen Absichten ins Gegenteil verkehrte: Larichos – mein kleiner Bruder, mein Ziehsohn – hat seine Ehe ohne mein Zutun in die Wege geleitet, während Charaxos, unser *patriarchos,* mir bei der Brautsuche freie Hand ließ.

Auf Wunsch beider Familien wurde es eine stille Hochzeit, zu der nur die engsten Freunde und Verwandten geladen waren. Als wir das Brautpaar zur Schlafkammer geleiteten, beschlich mich das seltsame Gefühl, versagt zu haben. Das muss ich dir jetzt erklären.

Telesippas schreckliches Erlebnis löste in mir einige Vorbehalte aus, als es darum ging, sie in die Geheimnisse der Brautnacht einzuführen. Als die Piraten ihrer Mutter Gewalt antaten, geschah im Grunde nur das, was sie selbst in der Brautnacht erwartete, mit dem Unterschied, als speise man gesittet an der Tafel eines Königs oder schlage den Hirten tot, raube ein Schaf und würge sein Fleisch roh hinunter. Beides dient dem Zweck, Hunger zu stillen, aber zwischen der Art, es zu tun, klafft ein Abgrund. Wieder einmal kein guter Vergleich? Vielleicht, er trifft jedoch den Kern der Sache.

Im Gefühl, versagt zu haben, beschuldigte ich mich, Telesippa sei von mir nicht genügend auf die Hochzeitsnacht vorbereitet worden. Doch wie hätte ich es tun sollen? Zwar mühte ich mich ab, ihr zu erklären, dass wir Frauen uns selbst die besten Lustbereiter sind und wie einfach dies im Grunde ist. Telesippa allerdings auf den entscheidenden Punkt zu führen, erwies sich vorerst als undurchführbar. Ich bin kein Mensch, der schnell die Geduld verliert, doch bei ihr war ich nahe daran. Sie stellte sich an wie ein Tier, dem man Leckerbissen vors Maul legt, das aber aus irgendeinem Grund nicht wagt, sie anzurühren, und eher bereit ist, beim Anblick der Köstlichkeiten zu verhungern. Als ich ihr Hilfestellung leisten wollte, stieß sie meine Hand zurück, entschuldigte sich gleich darauf tränenreich und flehte mich an, es am nächsten Tag wieder zu versuchen. Dies taten wir auch, jedoch mit dem Ergebnis, dass ihr Körper sich hoffnungslos verkrampfte und sie nichts weiter empfand als Abscheu und Enttäuschung. Ich sah es als meine Pflicht an, Charaxos darüber zu unterrichten, der aber nahm es nach gewohnter Männerart auf die leichte Schulter.

»Das wird sich geben! Sobald Telesippa spürt, dass ich ihr wohl will und in keiner Weise den Kerlen ähnlich bin, deren Wüten sie hat erleben müssen, wird ihr Widerwille bald der Einsicht Platz machen, dass sie uns Männer nicht alle in einen Topf werfen darf.«

So kam es dann leider nicht und Charaxos suchte mich etwa zehn Tage nach der Hochzeitsfeier auf – ratlos, enttäuscht, etwas verbittert.

»Ich spüre ihren guten Willen, höre ihre geschluchzten Entschuldigungen, dies alles ändert jedoch leider nichts daran, dass allein die Berührung unserer Körper in ihr eine Art Lähmung auslöst. Sie liegt dann da, starr, kalt, mit großen, vor Angst und Ekel geweiteten Augen.«

Ich versuchte, ihn zu trösten. »Da sind Kopf und Körper nicht im Einklang. Was ihr Geist will, verweigert ihr Körper, denn das Gift der bösen Erinnerung ist nicht so leicht auszutreiben. Ich mache dir den Vorschlag, Telesippa noch einige Zeit in meiner Obhut zu lassen. Wir müssen Geduld mit ihr haben …«

Er zögerte. »Was würden die Leute sagen?«

Ich beruhigte ihn. »Du bist doch gerade dabei, ein Haus zu errichten. Was liegt da näher, als Telesippa, anstatt in deinen Geschäftsräumen am Hafen, inzwischen bei mir unterzubringen?«

Er sah es ein, doch wieder kam es anders. Dazu muss ich etwas abschweifen.

Als Charaxos und Doricha sich geeinigt hatten, ging es für sie um die Frage, wo in der *pentapolis* sie ihre Hetärenschule errichten sollte. Jedenfalls nicht in Mytilene, da war Pittakos aus mancherlei Gründen dagegen und ich auch. Am selben Ort, wo Sappho ihre berühmte Mädchenschule führte, durfte es keine zweite geben, auch nicht eine für Hetären. In Methymna würde Andromedas Familie ihren Einfluss gegen sie geltend machen, Antissa und Eresos waren zu klein und abgelegen. Da blieb nur noch das geschützt an seinem Golf liegende Pyrrha, dessen Stadtväter sich allein schon dadurch geneigt zeigten, dass der hier noch immer verhasste Pittakos die Schule nicht in Mytilene haben wollte. Diese meist sehr reichen Herren hofften wohl auch, durch Doricha eine Steigerung ihrer bekannt üppigen *symposioi* zu erfahren.

Hier muss ich anmerken, dass sie darauf bestand, ihren alten Namen nicht mit in das neue Leben zu nehmen. So streute sie geschickt das Gerücht aus, dass Doricha ihr alter Sklavenname gewesen sei, den sie als Freigelassene abgelegt und durch Gorgo ersetzt habe. Warum aber wählte sie ausgerechnet den Namen einer schlangenhaarigen Dämonin? Daran war ich nicht unschuldig. Nachdem ich gesehen hatte, dass sie, was Charaxos betraf, unbedingt zu ihrem Wort stand, näherten wir uns wieder an und es freute mich, sie in manchen Fragen beraten zu können. Gorgo, so erklärte ich ihr, sei zwar eine der Töchter der Meeresgottheiten Phorkys und Keto und werde sehr hässlich dargestellt, mit Raffzähnen, gebleckter Zunge und Schlangenhaaren, gelte hierzulande jedoch als Unheil abwehrend und das Volk sehe in ihr eine Göttin des kleinen Glücks. Die immer gut gelaunte Doricha brach in Lachen aus.

»Wer will denn mehr? Mir, Sappho, genügt schon das kleine Glück und mit Gorgos Hilfe hoffe ich es zu halten.«

So trug Dorichas Schule, als sie im nächsten Sommer eröffnet wurde, den Namen »Gorgos Hetärenschule«.

So weit die kurze Abschweifung, jetzt zurück zu Telesippa.

Als Charaxos sie zurückbrachte, berichtete ich der immer verschwiegenen Doricha von den Problemen mit ihr und meinem Bruder. Ihr Lächeln erstarb.

»Das ist sehr ernst zu nehmen und ich rate Charaxos dringend davon ab, seine Ansprüche mit Gewalt durchzusetzen. Sie könnte sich wieder in ihre Stummheit flüchten, vielleicht sogar endgültig.«

»So gescheit bin ich auch und Charaxos ist gewiss nicht der Mann, einer Frau Gewalt anzutun.« Ich sagte es etwas ungehalten, doch Doricha überhörte es.

»Nicht einer Frau – *seiner* Frau. Auch sanfte Männer lassen sich nicht gerne vertrösten, wenn ihnen verweigert wird, was sie für ihr gutes Recht halten. Ich mache dir einen Vorschlag. Du hast mir ja erlaubt, hier wohnen zu bleiben, bis mein Haus in Pyrrha fertiggestellt ist. Lass mich diese Zeit nutzen, um Telesippa über ihre Schwierigkeiten hinwegzuhelfen.«

Zuerst drängte es mich, diesen Vorschlag abzulehnen, doch da ich selbst keinen Ausweg sah, willigte ich ein.

»Das traust du dir zu?«

»Ich werde es jedenfalls versuchen. Da ich von mir behaupten darf, die Männer besser zu kennen als alle hier versammelten weiblichen Wesen, werde ich vielleicht einen Weg finden.«

Telesippa sperrte sich. Natürlich wusste sie, dass die berüchtigte Doricha unter meinem Dach lebte, es war jedoch noch nie zu einem Treffen gekommen, auch hatte ich kaum über sie gesprochen. Ich hielt es nun für an der Zeit, sie aufzuklären.

»Telesippa, ich verstehe es gut, dass du, die Tochter aus adliger Familie, es ablehnen musst, dich einer Frau wie Doricha anzuvertrauen. Würde ich sie nicht näher kennen, hätte ich es dir nicht zugemutet. Seit einiger Zeit verstehen wir uns recht gut und ich kann dir versichern, dass sie uns Frauen als ihre Schwestern ansieht und – nach ihren eigenen Worten – eher zehn Männer belügt und hintergeht, als dies einmal bei einer Frau zu tun. Bemühe dich, deine Voreingenommenheit zu überwinden, und erkläre dich mir zuliebe zu einem Treffen bereit. Falls ihr euch nicht versteht, wird es das letzte sein – das verspreche ich dir.«

Dorichas Zauber wirkte auch auf Telesippa und schnell überwand sie den ihr anerzogenen Standesdünkel.

Wie Doricha es schaffte, Telesippas Scheu vor männlicher Berührung zu überwinden, weiß ich nicht. Weder sie noch Doricha haben je darüber gesprochen und etwas hielt mich davon ab, sie danach zu fragen. Ich kann also nur eine Vermutung äußern, die zwar falsch sein mag, die jedoch nahe liegt. Doricha muss in ihr die nicht ganz so abwegige Überzeugung geweckt haben, dass die Männer in manchen Dingen des Lebens das schwächere Geschlecht sind. Sind auch ihre Körperkräfte den unseren überlegen, so zeigen wir mehr Ausdauer im Ertragen von Schmerzen, im Bemühen um Ausgleich, im Bestreben, Probleme gewaltlos zu lösen – durch Klugheit, Vernunft und Geduld. Später hat Doricha in einem anderen Zusammenhang von den Gräueltaten der Piraten – wie auch Telesippa sie erleben musste – gesprochen und gemeint, dies sei ein typisch männliches Verhalten, Angst und Schwäche durch rohe Gewalt zu übertönen. Etwas in dieser Art muss sie auch Telesippa erzählt haben – mir bleibt nur zu berichten, dass sie einige Monate später zu Charaxos zurückging und im Jahr darauf ihr erstes Kind gebar, aber damit, meine Kleis, erzähle ich dir nichts Neues.

14

Um die Zeit, da Charaxos eine Familie gründete und Doricha dabei war, ihre Hetärenschule in Pyrrha zu eröffnen, spürte ich in mir etwas wachsen, das sich nur schwer benennen lässt. Eine Art Überdruss, eine innere Leere, ein Verlangen nach – wie soll ich es ausdrücken? Zum ersten Mal seit langer Zeit dachte ich wieder an die auf Sikulia erlebten Dionysia, an das Außersichsein zu Ehren des Gottes, an die Vereinigung mit ihm durch die *omophagia,* das Verschlingen der ihm geheiligten Tiere – das Gottessen. Natürlich war diese Erinnerung auch mit Myron verbunden, dem lästerlichen Priester, der sich nicht scheute, in der Maske des Gottes aufzutreten, um auf diese Weise eine Frau zu gewinnen. Doch dieses Zurückdenken machte mich eher wehmütig, denn die entrückte Raserei einer Mainade – auch wenn man sie selbst erfahren hat – lässt sich in wachem Zustand nicht mehr nacherleben und es bleibt nur ein schwacher Abglanz.

Derzeit gab es keine meiner Schülerinnen, die mir besonders nahe stand, und der Schulunterricht war mir die langen Jahre über so zur Gewohnheit geworden, dass ich mich mit dem Vorwurf quälte, den Mädchen nicht mehr gerecht zu werden, ihnen nicht das zu geben, worauf sie Anspruch hatten. Ich redete mit den anderen Lehrerinnen ganz offen darüber, sie versicherten mir jedoch, dass ich mich irren müsse, dass alles unverändert im Guten und beim Alten sei. Ich glaubte ihnen nicht; aus Treue zu mir durften sie nicht anders reden.

Damals blickte ich auf die Vergangenheit zurück, erinnerte mich der Zeiten mit Iranna und Gongyla, mit Euneika und der unglücklichen Atthis. Schnell wurde mir bewusst, dass ich vor allem an eine von ihnen mit Gram und Sehnsucht dachte – an Iranna aus Chios, den schwarzäugigen Kobold, meine fantasiebegabte Geliebte. Können von sehnsüchtigem Erinnern getragene Gedanken eine Brücke schlagen, auf der sie über Land und Meer dahingleiten – stürmen – fliegen – wie auch immer? Vielleicht. Vielleicht war es auch nur ein Zufall, dass mich um diese Zeit eine Nachricht Irannas erreichte. Unter anderem schrieb sie: »Die Ehe scheint mir recht gut zu bekommen, vor einem Monat habe ich mein zweites Kind geboren – einen Sohn- und seitdem blickt mein Gatte wie mit Hundeaugen zu mir auf. Meine Tochter habe ich, deine Erlaubnis voraussetzend, nach dir benannt.

Nun zu etwas anderem: Hier auf Chios leben noch einige Nachfahren unseres großen Homeros, denn eine seiner beiden

Töchter hatte einen Bürger unserer Hauptstadt geheiratet. Mag Homeros auch in Smyrna geboren und auf Ios gestorben sein, so hat er doch seine wichtigsten Lebens- und Schaffensjahre hier verbracht und nur hier leben noch seine Nachkommen. Da sein Geburtsjahr nicht mit Sicherheit bekannt ist, hat man sich auf einen bestimmten Zeitraum geeinigt und es in die Mitte gesetzt. Zum nächsten Jahr begehen wir es zum zweihundertsten Mal und über Frühjahr, Sommer und Herbst sind unterschiedliche Gedenkfeiern angesetzt. Die Stadtväter von Chios werden zu diesem Anlass die damals von ihm geführte Schule – etwas nördlich der Hauptstadt gelegen – wieder instand setzen, um aus ihr eine Gedenk- und Weihestätte zu machen. Mein Vorschlag wäre nun, dass du mit einigen deiner älteren Schülerinnen – soweit ihre Familien einverstanden sind – hierher kommst und durch deine Anwesenheit diese Gedenkstätte ehrst.« An diesem Satz blieb ich hängen – er machte mich geradezu betroffen. Durch meine Gegenwart sollte ein Ort geehrt werden, an dem Homeros die meisten seiner unsterblichen Werke geschaffen hatte? In meinem Innern hörte ich eine höhnische, eifernde Stimme flüstern: Was bist du gegen ihn? Iranna, dir noch immer ergeben, hätte sagen müssen, dass es dich ehrt, wenn du an dieser heiligen Stätte stehen darfst. Manchmal glaube ich, unser schlimmster Kritiker verbirgt sich in uns selbst und er meldet sich zu Wort, sobald er eine Hybris wittert oder wenn wir bei geistigen Höhenflügen den Boden unter den Füßen verlieren.

Wer kennt sich schon selbst so genau? Ich jedenfalls war zu der Ansicht gelangt, dass ich zwar Großes geschaffen hatte, jedoch nicht das Recht besaß, mich mit Homeros zu vergleichen. Mein Werk war anders geartet – anders auch als das von Alkaios; ein ernsthafter Vergleich zeigt die Unterschiede.

Schon beim Lesen von Irannas Brief reifte in mir der Entschluss, diese Einladung anzunehmen, nach Chios zu reisen, ob mit oder ohne meine Schülerinnen. Aber ich wollte nichts überstürzen und nahm mir vor, die nächsten Unterrichtsstunden – an das Gedenkjahr anknüpfend – dem Leben und Werk des Homeros zu widmen. Da würde sich dann zeigen, wie meine

Schülerinnen darauf ansprachen und ob diese Reise denn sinnvoll sei.

Schon bei den Vorbereitungen spürte ich, wie viel mir vom Werk des großen Dichters geläufig war und wie wenig ich über sein Leben wusste. Ich begann mich umzuhören, fragte Alkaios und vergrub mich in den verstaubten Schriftrollen unserer kleinen Tempelbibliothek auf der Akropolis.

Charaxos ging mir auf seine Art zur Hand und brachte mir eines Tages einen alten Kaufmann ins Haus, der aus Chios stammte, aber durch Heirat in Lesbos heimisch geworden war. Dieser Mann erinnerte sich, als etwa zehnjähriger Junge von seinem Großvater angehalten worden zu sein, sich mit Homeros zu befassen, und dabei erfuhr er einiges über sein Leben. All diese Nachrichten fasste ich in einem Aufsatz zusammen, als Leitfaden für den Unterricht. Unter meinen älteren Schülerinnen gab es welche, die konnten ganze Gesänge aus Ilias oder Odysseia auswendig hersagen, doch als ich die Frage nach seinem Leben stellte, wurde es still. Zögernd hob sich ein Arm.

»Auf Chios hat der Dichter gelebt, das steht fest ...«

»Aber doch nicht nur?«

»In Smyrna ist er geboren.«

»Und auf der kleinen Insel Ios ist er gestorben – mein Vater hat dort sein Grab besucht.«

Da nichts Weiteres kam, fasste ich meinen Aufsatz kurz zusammen. »Ja, Homeros wurde vor etwa zweihundert Jahren am Fluss Meles nahe Smyrna geboren. Seine Mutter hieß Kretheis, über seinen Vater ist nichts bekannt. Er genoss in seiner Heimatstadt eine gute Ausbildung, wählte den Beruf eines Lehrers und ging dann auf Wanderschaft durch Lydien, hielt sich kürzer oder länger in verschiedenen Städten auf. Nach Smyrna zurückgekehrt, soll er seine ersten Dichtungen verfasst haben, doch davon konnte er nicht leben und so versuchte er in der nahe gelegenen Stadt Kyme eine Anstellung als Sänger und Dichter zu finden, allerdings vergeblich. Ein Betrüger soll ihm dann seine Dichtungen entwendet und sie auf Chios als eigene Werke vorgetragen haben. Der Betrug wurde entdeckt, Homeros reiste ihm nach und errichtete auf Chios nahe der Hauptstadt eine Schule, heiratete, zeugte zwei Töchter und soll recht wohlhabend geworden sein. Dort schuf er seine beiden gewaltigen Epen und sein Ruhm begann weithin zu strahlen. So kam aus dem alten Hellas eine Einladung, in Euboia an einem Dichterwettstreit teilzunehmen, den er gegen Hesiodos verlor mit der Begründung, dieser habe den Landbau und damit friedliche Werke verherrlicht, während Homeros in seinen Liedern Schlacht und Kampf pries. Sein weiterer Lebensweg führte ihn nach Athena, Korinth, Argos und auf die Insel Delos, wo er beim Fest des Apollon einen Hymnos vortrug. Als schon sehr alter Mann ließ Homeros sich auf der Insel Ios nieder, wo er hochbetagt starb und wo noch heute sein Grab gezeigt wird.«

Vermutlich ist mein Vortrag ausführlicher gewesen, als ich ihn hier darstelle, und wie immer beobachtete ich meine Schäflein dabei sehr genau. Lange Erfahrung ließ mich drei Grundeinstellungen erkennen. Da waren einmal die Gelangweilten, die ihre Stimmung kaum verbargen. Sie schauten zum Fenster hin, rieben ihre Fingernägel am *chiton* und prüften den Glanz oder hielten den Kopf wie zum Schlummer gesenkt. Vermeintlich Schlauere gab es, die eine lebhafte Anteilnahme vortäuschten, dabei aber ihre Ohren verschlossen hielten. Wenn ich sie plötzlich fragte, wovon ich eben gesprochen hatte, wurden sie verlegen oder hatten sich nur den letzten Satz gemerkt und plapperten ihn nach. Die wirklich Interessierten waren an ihrem Mienenspiel zu erkennen. Ihre Augen glänzten, die Gesichter wirkten – je nach Wesensart – angespannt oder sie drückten die vom Inhalt des Vortrages angeregten Gefühle aus. Aus dieser letzteren Gruppe kamen dann auch die Fragen. Sie wollten dies oder jenes erläutert oder genauer dargestellt wissen.

Meine älteren Schülerinnen hatten ihr zwölftes Jahr schon vollendet, die meisten von ihnen waren dreizehn, vierzehn, wenige auch schon fünfzehn Jahre alt. Da beginnen junge Menschen – Mädchen wohl eher als Jungen – kritisch zu denken und nehmen Äußerungen von Erwachsenen nicht mehr ungefragt hin. Mit Nachdruck möchte ich betonen, dass es niemals Sinn und Zweck meines Unterrichts war, das andere Geschlecht bloßzustellen oder vor meinen Schülerinnen herabzuwürdigen.

Ich wollte nur Gemeinsamkeiten wie auch Unterschiede klarer herausstellen. Da kam es manchmal dazu, dass die Mädchen sich den Männern auf die eine oder andere Weise überlegen fühlten, und so war es nicht verwunderlich, dass sie vor allem in der Odysseia bestimmte Abschnitte besonders schätzten – und sichtlich genossen. Dazu zählte im zehnten Gesang jenes Ereignis, als Kirke – nein, lassen wir es den Dichter selbst erzählen:

Kirke doch führte sie ein und bot ihnen Sessel und Stühle,
rührte für sie ein Gemisch dann zusammen
aus Käse und Gerste, gelbem Honig
und Wein aus Pramne und tat in die Speise
schreckliche Gifte: sie sollten die Heimat völlig vergessen.
Kirke bot. Doch als jene geschlürft,
griff gleich sie zum Stecken, schlug auf sie ein
und schloss sie in Kofen für Schweine.
Sie wurden Schweine an Kopf, an Stimme und Haaren,
der ganzen Gestalt nach.
Freilich blieb der Verstand so klar, wie er früher gewesen.
Weinend lagen sie so im Pferch und verschiedene Eicheln,
Früchte des wilden Kirschbaums gab ihnen Kirke zu fressen,
tägliches Futter für Schweine, die gern auf der
Erde sich lagern.

Da gab es allerlei Gekicher und Getuschel, das ich mit der Aufforderung unterbrach, man solle diese sie offenbar so beeindruckende Stelle zur Diskussion nutzen. Immer gab es unter den Mädchen eine besonders Kluge, besonders Mundfertige und sie fragte recht keck: »Warum hat Kirke die Männer ausgerechnet in Schweine verwandelt? Warum nicht in edlere Tiere wie Pferde, Jagdhunde oder stolze Hirsche?«

Ehe ich antworten konnte, bemerkte eine andere: »Kirke wollte ja nur erreichen, dass die Gefährten des Odysseus ihm nicht zu Hilfe eilen konnten, und da hätte es auch genügt, sie in eine Meute Hunde zu verwandeln.«

Ich hob die Hand. »Es geschah gewiss nicht ohne Grund,

wenn es überhaupt der Wahrheit entspricht und nicht ein dichterischer Einfall war. Andererseits ist Kirke eine Tochter des Sonnengottes Helios, also göttlicher Natur und mit starken Zauberkräften begabt. Warum sollte es ihr nicht möglich gewesen sein, Menschen in Tiere zu verwandeln?«

»Nur, warum in Schweine? Das muss für die Männer doch entehrend gewesen sein!«

»Das war es und sollte es vielleicht auch sein, um zu zeigen, dass bei den Göttern alles möglich ist und wir Menschen nicht zu übermütig werden dürfen. Erinnert euch des Ausspruchs im sechzehnten Gesang: *Für die Götter ist es ein Leichtes, die Menschen hoch zu erheben und sie wieder tief zu erniedrigen.*«

Die Klassenklügste blickte mich zweifelnd an. »Ich sehe da noch einen Grund: Kirke ist eine Frau und wird wohl erlebt haben, dass Männer sich wie Schweine benehmen – oder besser gesagt, noch schlimmer als Tiere. Homeros erzählt uns ja in beiden Epen davon, wie sie einander die Gedärme aus dem Leib reißen, die Glieder abhacken, Frauen entführen und vergewaltigen – ja, sogar den getöteten Feind noch schänden, wie Achilleus es mit Hektor getan hat. Dass Männer zu derartigen Schandtaten fähig sind, weiß Kirke natürlich und vielleicht hat sie dieses Wissen bewogen, die Gefährten des Odysseus nicht in edle, sondern in verachtenswerte Tiere zu verwandeln.«

Ja, da verdiente die Kluge ein Lob. »Auch wenn dies nicht Kirkes Beweggrund war, so scheint er mir doch einleuchtend und zeigt, dass du, wie stets, gut nachgedacht hast.«

Es dauerte den Winter über, bis die Einwilligung der Eltern für acht meiner Schülerinnen eingetroffen war, und so sandte ich eine Botschaft an Iranna, dass sie uns im Laufe der Monate *munichion* oder *thargelion* erwarten könne. Während meiner zwei- bis dreimonatigen Abwesenheit sollten meine beiden erfahrenen Lehrerinnen die Schule übernehmen, während Charaxos mir versicherte, er werde von Zeit zu Zeit nach dem Rechten sehen.

Wenn ich zurückdachte, so hatte bei mir damals die weite und gefährliche Seefahrt ins sikulische Exil kaum Angst oder Bedenken ausgelöst, während mich jetzt Zweifel und Selbstvorwürfe plagten, ob ich meine Mädchen den Gefahren dieser Reise aussetzen dürfe. Zu diesem Zeitpunkt wäre es jedoch undenkbar gewesen, den Ausflug abzusagen oder auch nur aufzuschieben, denn die acht Teilnehmerinnen redeten schon seit Tagen von nichts anderem. Die meisten hätten sich die Reisedauer sogar länger gewünscht als nur einen Tag, aber als wir am Hafen von Chios anlegten, atmete ich doch auf. Auch berührte mich der leise Hauch einer fernen Erinnerung, als hätte ich diese Hafenbucht schon einmal gesehen, als sei ich – verwegener Gedanke – Begleiterin des Homeros gewesen, als er, von Phokaia kommend, hier anlandete. Dass mein Heimatort Mytilene diese Erinnerung verfälschte, kann nicht sein, denn mit seinen beiden Häfen und der dazwischen auf steiler Höhe gelegenen Akropolis besaß das auf fast flacher Landzunge gelegene Chios nicht die geringste Ähnlichkeit. Später fiel mir ein, dass sich mir das Bild dieses Hafens vielleicht auf der Rückreise von Sikulia eingeprägt hatte.

Ich hatte Iranna den genauen Zeitpunkt angekündigt, sodass ihre Diener mit Maultieren und Ochsenwagen schon bereitstanden. Iranna und ihr Ehemann Pelias hatten uns zu Gast geladen, das heißt, ich wohnte im Gästetrakt des Hauses; für meine Mädchen hatte der Hausherr im Garten vier geräumige Zelte errichten lassen, sodass je zwei dort bequem hausen konnten. Für Pelias bedeutete dies keine Schwierigkeit, denn er war Hauptmann der Bürgermiliz, zu deren Ausstattung auch einige Dutzend Zelte gehörten. Ich möchte nicht verschweigen, dass ein Teil meiner früheren Schülerinnen in der Ehe nicht glücklich geworden ist, zumindest nach ihrer eigenen Auffassung. Da gab es welche, die sich in eine frohgemute, lustbetonte Zweisamkeit hineinträumten und dann tief enttäuscht waren, wenn der *nymphios* nicht in dieses Bild passte. Auch muss ich mit jenen rechnen, die schamvoll oder aus Stolz ihr Unglück verschwiegen und mit einem Seufzer hervorstießen: »Ach, die Männer … Sie sind eben, wie sie sind …« Nicht wenige mögen mir auch vorgegaukelt haben, wie sehr sie Ehe und Hausstand genossen und dass sie die rechte Art gefunden hatten, den Gemahl nach Belieben um den Finger zu wickeln. Daher spreche ich von jenen, die mich Monate oder Jahre nach ihrem Schulabgang besuchten, und das war ein sehr kleiner Teil. Von ihnen erfuhr ich nur ihre eigene Wahrheit – das Schicksal der anderen blieb mir unbekannt. Seltsamerweise nutzten nur wenige die bei mir erlernte Schreibkunst, denn Briefe erhielt ich höchst selten.

Mit dieser Abschweifung wollte ich nur sagen, dass Iranna die erste – und vermutlich auch letzte – meiner ehemaligen Schülerinnen war, deren Ehe ich aus nächster Nähe miterleben konnte.

Da sehe ich dich die Stirn kraus ziehen, meine Kleis, und höre dich sagen: Nun, liebe Mutter, bis ins Schlafzimmer der beiden wirst du wohl nicht gekommen sein … Richtig, du Naseweis, aber dass dies gar nicht nötig war, wirst du aus dem Folgenden sehen.

Wie fast überall in unserem Hellas herrschte auch in Chios eine Oligarchie – ein Rat adliger Familien. Diese hatten im *prytaneion* von Chios für mich einen festlichen Empfang vorbereitet, doch Pelias – von Iranna instruiert – ließ sie wissen, dass ich unpässlich sei und erst in drei oder vier Tagen dort erscheinen würde.

Iranna lachte auf ihre unverwechselbare Art und mir war, als sei sie noch gestern in meinen Armen gelegen. Ich hörte ihre Stimme flüstern. »Niemals wird mir ein Mann das geben können, was du mir heute Nacht gabst …«

Nun sprach sie laut und es war die Freude herauszuhören: »Diese Zeit gehört nur uns! Du bist mir doch nicht böse?«

»Natürlich nicht, aber ich muss mich auch um meine Mädchen kümmern …«

»Dafür ist gesorgt. In Chios gibt es einen *thiasos* für Adelstöchter, betreut von Matronen, die verwitwet oder kinderlos hier eine Aufgabe gefunden haben. Dieser Töchterverein wird sich deiner Schülerinnen annehmen und mit ihnen Ausflüge machen, auch singen, tanzen und plaudern – wie es sich ergibt. Ein Trupp der Stadtmiliz wird sie zu ihrem Schutz begleiten und sie werden in jedem Fall vor Sonnenuntergang wieder hier sein.«

Mir war es recht so und gleich am nächsten Abend sollte

ich einen aufschlussreichen Einblick in Irannas Eheleben bekommen.

Wie überall in Hellas gab es auch in diesem Haus eine räumliche Trennung von *andron* und *gynaikonitis*, aber eben nur eine räumliche. Der *andron* war jederzeit auch für Frauen zugänglich mit Ausnahme der *symposioi*, die Pelias von Zeit zu Zeit für seine Krieger veranstaltete. Dementsprechend musste er sich nicht groß anmelden lassen, wenn er die *gynaikonitis* betrat. Er klopfte, sagte laut: »Ich bin's, Pelias«, und trat ein, wenn er keinen Protest hörte.

An diesem Abend also, nach Beendigung einer vorzüglichen vielgängigen Mahlzeit, ergriff der Hausherr das Wort. Pelias wirkte auf den ersten Blick eher unscheinbar, sah auch älter aus, als er es tatsächlich war. Dazu trugen seine fortgeschrittene Kahlheit und sein etwas gebeugter Gang bei, aber sein Blick war fest und klar, sein Gesicht verriet eine nachdenkliche Klugheit und erinnerte mich – ohne äußerliche Ähnlichkeit – an unseren Pittakos.

»Bei uns, hochverehrte Sappho, wird nicht immer so opulent gegessen. Diese Ausnahme geschieht zu deinen Ehren und soll heißen – soll sagen ...« Er stockte und blickte Hilfe heischend zu Iranna. Sie lächelte ihn beruhigend an.

»Mein Gemahl will nur sagen, dass deine Anwesenheit wie ein Fest ist und deshalb durch ein festliches Mahl gefeiert wird. Da so etwas nur ganz selten im Leben geschieht, hat es meinem Krieger die Stimme verschlagen.«

Dass sie ihren Gemahl häufig »Held« oder »Krieger« nannte, war ehelicher Umgangston und fern davon, spöttisch oder gar beleidigend gemeint zu sein. Zuerst begriff ich es nicht und wartete auf seinen Tadel oder ein Widerwort, doch er schien es für selbstverständlich zu nehmen. Zuvor hatte Iranna nur gesagt, ich würde mir gleich zu Anfang seine Sympathie erwerben, wenn ich ihn nach seinem geliebten Beruf befrage. Zuerst aber kam mir etwas anderes in den Sinn.

»Du erinnerst mich an unseren Pittakos, der nicht nur ein großer Krieger war, sondern von kluger, nachdenklicher Art, ein Grübler manchmal ...«

Pelias nickte heftig. »Ich wollte, wir hätten auch hier einen Pittakos! Nicht, dass ich damit der *tyrannis* das Wort rede, aber so wie es aussieht, werden uns die Perser keine Ruhe lassen und da bedarf es einer festen Führung.«

»Solange es Männer wie dich gibt, brauchen wir uns nicht zu sorgen.« Iranna sagte es mit fester und überzeugter Stimme.

Pelias blickte sie mit leuchtenden Augen an. »Ich tue mein Bestes ...«

»Pelias hat an den Rüstungen unserer Krieger einige bedeutende Verbesserungen ...«

Er ließ sie nicht zu Ende reden. »Sappho, du bist eine profunde Kennerin der Worte unseres großen Homeros. Bei den von ihm geschilderten Kämpfen wird dir aufgefallen sein, dass sein kluger Sinn dabei einer zahlenmäßigen Überlegenheit keine allzu große Bedeutung beimisst. Da muss ich ihm nicht nur Recht geben, sondern wage zu behaupten, dass ein Heer von tausend Mann eines von dreitausend allein durch die Art der Bewaffnung besiegen kann. Vertraut der Krieger fest auf Waffen und Rüstung, so ist sein Sinn auch ein anderer und macht ihn zu einem überlegenen Gegner.«

Pelias' zuerst etwas unsichere Stimme festigte sich von Satz zu Satz, seine Gestik war sparsam, aber sehr beredt.

»So beschäftige ich mich seit Jahren damit, unsere Rüstung sicherer, unsere Waffen wirkungsvoller zu machen. Ein Beispiel: Bisher benutzten wir Rüstungen, die mehrere Schwachpunkte hatten – zu allererst die Stelle zwischen dem unteren Helmrand und der oberen Rüstungskante ...«

Es war ein lehrreicher, in alle Einzelheiten gehender Vortrag, den weder Iranna noch ich unterbrachen, aber beide hüteten wir uns davor, Zwischenfragen zu stellen, um den guten Pelias nicht zu zeitraubenden Abschweifungen zu bewegen.

Er schloss mit der Bemerkung: »Im Grunde wäre es so einfach, diese Verbesserungen an der Ausrüstung unserer Männer in die Tat umzusetzen, doch im Adelsrat sitzen viele ältere und einige sehr alte Herren, denen jede Neuerung so zuwider ist, als begehe man eine *blasphemia.* Was sich über viele Jahre bewährt habe, müsse man nicht ändern, und was für uns gut genug gewesen sei, damit solle sich auch die Jugend begnügen. Da musste ich zu Mitteln greifen, die ich eigentlich verabscheue.« Dabei sah er Iranna fragend an.

»Wenn es dich dazu drängt, dann sprich davon, danach musst du uns allerdings entschuldigen, mein Held.«

»Du bist zwar eine Frau, Sappho, aber eine Dichterin von Rang und nichts Menschliches – so sagte Iranna – sei dir fremd. So wurde mir also gestattet, mit zwei zum Tode verurteilten Mördern meine Versuche unter Beweis zu stellen. Den einen stattete ich mit der von mir verbesserten Rüstung aus, der andere trug eine herkömmliche. Das waren zwei harte Burschen, die sich zu wehren wussten, als ihnen einer meiner Leute gegenübertrat. Um sich zu schützen, durften die Verbrecher nur hölzerne Schwerter benutzen. Dennoch gelang es unserem Kämpfer nicht, den mit meiner Rüstung Ausgestatteten tödlich zu treffen. Er ging zu Boden, als ein gewaltiger Schwerthieb seinen Helm eindellte – ihm wurde das Leben geschenkt. Für mich war das zugleich der Hinweis, die Oberseite unserer Helme zu verstärken. Der andere Mann kam schnell zu Tode, weil unser Kämpfer sich ganz auf die Schwachpunkte der alten Rüstungen konzentrierte.«

»Das muss den Rat doch dann überzeugt haben?«

»Jeder vernünftige Mensch wird es glauben, meine Sappho, aber alte Herren sind starrsinnig und wenig beweglich im Denken. Sie wollen demnächst darüber abstimmen.«

Dann waren wir erlöst und Iranna begleitete mich in mein Zimmer. Sie kicherte leise.

»Manchmal ist er schon anstrengend, mein guter Pelias …«

»Er nimmt seinen Beruf ernst und macht sich Sorgen um eure Sicherheit – ich kann das nur höchst ehrenwert finden. Nicht alle denken und handeln so.«

Sie lachte ihr mir so vertrautes Koboldlachen. »Da magst du schon Recht haben, nur morgen werde ich dir die Geschichte unserer Hochzeit erzählen. Du wirst ein Tuch brauchen, um dir die Tränen abzuwischen – die Lachtränen natürlich …«

Als sie gegangen war, befiel mich eine sonderbare Anwandlung. Wie musste ich jetzt auf Iranna wirken – war ich eine alte

Frau geworden? Dieser Frage hatte ich bisher keinen großen Raum gegeben, weil es natürlich und gottgewollt war, alt zu werden, mit allen Begleiterscheinungen – schönen und weniger schönen.

Ich steckte sämtliche im Raum vorhandenen Öllämpchen an, ergriff einen Spiegel – und legte ihn wieder weg. Ich war noch in dem Bewusstsein erzogen worden, dass die von einem jungen Mädchen geforderte und angestrebte *areté,* also die angenehme Gesamterscheinung von Gesicht, Körper, Gestik, Sprache und Kleidung, bestimmend sei für ihre Tauglichkeit als Braut. Danach tritt anderes in den Vordergrund. Eine Haus- und Ehefrau muss vor allem in ihrem eigenen Wirkungskreis tüchtig sein: Kindererziehung, Ordnung in Haus, Hof und Keller, Leitung des Gesindes und als Hüterin des Herdes. Ich aber lehrte meine Mädchen, gerade als Ehefrau die *areté* besonders zu pflegen, damit der Gemahl sieht, dass er eine begehrenswerte Frau und nicht nur eine gut funktionierende Gebärmaschine und Hausbesorgerin geheiratet hat.

Es versteht sich von selbst, dass die Lehrerin immer und vor allem Vorbild sein muss. Wer in schlampiger Kleidung, mit ungewaschenen Händen und verfilzten Haaren vor die Schülerinnen tritt, hat seinen Beruf verfehlt. Dabei steht freilich eines fest: Sosehr man sich pflegen, so gut man sich benehmen, so würdevoll man auftreten mag – das Alter kann man nicht aufhalten.

Ich nahm den Spiegel ein zweites Mal und blickte entschlossen hinein. War es das Gesicht einer Vierzigjährigen? Mit Schminke muss man behutsam umgehen. Wer sein Alter mit heftigem Auftrag von Farbsalben übertünchen will, der wird es eher betonen, wird den Eindruck erwecken, da versuche eine hässliche Alte ihre Runzeln zu überkleistern. Die Schatten unter den Augen, die sich vertiefende Falte von den Nasenflügeln zum Mund, die gefurchte Stirn, der schrumpelige Hals – all dies lässt sich durch adstringierende Salben und behutsame Tönung mindern, manchmal sogar verbergen. Dies meinen Mädchen nahe zu bringen hatte ich aufgegeben. Mit vierzehn gibt es andere Probleme als an die Falten mit vierzig zu denken.

Damit musste später eine jede selbst fertig werden – wie ich jetzt.

Mit den Jahren werden die meisten Frauen bemerken, dass Gesicht und Körper unterschiedlich altern. Stelle ich mich nackt vor den Spiegel und bedecke mein Haupt mit einem Schleier, dann kann ich ohne Selbstüberschätzung für eine Frau von dreißig gelten. Meine Brüste sind eher klein und haben wohl deshalb ihre Form behalten, mein leicht gerundeter Bauch, die straffen Schenkel, die geraden Schultern – ich könnte damit nackt im *gymnasion* auftreten, wie es angeblich die Spartanerinnen tun.

Nein, ich vergesse nicht, dass du diese Zeilen lesen wirst, meine liebe Kleis, und ich nehme dein Kopfschütteln in Kauf. Unsere Gedanken sind frei, und warum soll ich nicht auf meinen gepflegten Körper stolz sein, soll mir nicht vorstellen dürfen, ihn im *gymnasion* zur Schau zu stellen? Damit tue ich keinem weh, störe keine Ordnung, begehe kein Unrecht.

Am nächsten Morgen hatte Iranna eine üppige Frühstückstafel vorbereitet und dem Hausgesinde verboten, uns zu stören. Sie bediente mich mit liebevoller Aufmerksamkeit selbst und ich ließ es mir gerne gefallen. Wir aßen mit Genuss, plauderten Belangloses. Am Ende holte Iranna das Becken mit frischem, nach Minze duftendem Quellwasser und säuberte mir die Hände, kühlte behutsam mein Gesicht. Wir lehnten uns auf den *klinai* zurück und sie eröffnete das Gespräch mit neugierigen Fragen nach der Schule und ihren damaligen Freundinnen, deren Namen sie hersagen konnte, ohne zu zögern oder zu stocken. Ich antwortete kurz, denn ich brannte darauf, ihren Bericht zu hören.

»Ja, mein guter Pelias ... Zu Anfang war es mit ihm gar nicht so einfach. Unsere Ehe kam übrigens dadurch zustande, dass Pelias' Eltern mit ihm allmählich die Geduld verloren. Er war der einzige Sohn, mochte sich aber nicht von seinem Mentor lösen, obwohl er schon längst das Ephebengewand trug.«

»War die Verbindung der beiden so innig? Fühlte Pelias sich mehr zu Männern hingezogen?«

Sie lachte. »Nein, auch wenn es so scheinen mag. Alle Welt

nannte seinen Mentor den Spartaner, weil er sich – natürlich vergeblich – zeitlebens bemüht hatte, etwas vom strengen Geist dieses Volkes hierher zu verpflanzen. Er führte ein sehr einfaches Leben und sah seine Familienpflichten als erledigt an, als seine Frau ihm zwei Söhne und eine Tochter geboren hatte.

So machte er Pelias zu seinem Geschöpf – mein Gemahl hat es mir nach und nach erzählt. Der Spartaner erhob sich lange vor Tagesanbruch, dann gab es kalte Waschungen, einen Morgenlauf und anderen athletischen Schnickschnack, ehe sie ihr karges Frühstück verzehrten. Danach wechselten Waffenübungen mit olympischen Sportarten ab. Der einzige körperliche Kontakt zwischen Lehrer und Schüler bestand darin, dass sie sich als Ringer im Staub wälzten. Frauen, so lehrte der Spartaner, sind nur wichtig, um Knaben zu gebären und das Haus in Ordnung zu halten, darüber hinaus dürften sie im Dasein eines Mannes keine Rolle spielen.

Pelias gefiel das Leben mit dem Spartaner und er tat alles, um die von seinen Eltern angestrebte Heirat hinauszuzögern. Damals strahlte der Ruhm deiner Schule schon hell, und als sie mich als Braut in Erwägung zogen, stimmte Pelias zu, weil du ja erreicht hattest, dass ich ein Jahr länger bleiben durfte. Seine Eltern atmeten auf und er hatte eine Gnadenfrist gewonnen. Als es dann so weit war, gab der Spartaner ihm einen Ratschlag mit auf den Weg: Ehre deine Frau und behandle sie gut, denn ihr Geschlecht ist das schwächere. Erfreut euch aneinander, aber übe stets dein Herz in männlichen Tugenden und lass nicht zu, dass sie Herrschaft darüber gewinnt.

Was Pelias allerdings anstellen musste, damit wir uns aneinander erfreuen können, darüber hat ihn sein Spartaner im Unklaren gelassen. Als wir dann unser Brautbett bestiegen, wusste mein Held von den Frauen etwa so viel wie ein dreijähriger Junge, der den Unterschied der Geschlechter daran erkennt, dass Frauen keine Bärte tragen.«

Sie lachte still in sich hinein, griff nach einer Melonenschnitte und biss so heftig zu, dass der goldene Saft über ihr Kinn lief. Dann fragte sie plötzlich. »Hast du mich manchmal vermisst?«

»Mir schien mein Haus leer, als du fort warst – leer, obwohl es voller Mädchen steckte …«

»Aber dann – später? Da wirst du wohl einen Ersatz gefunden haben?«

»Kein Mensch ist je durch einen anderen zu ersetzen.«

»So bin ich also deine – deine einzige Geliebte gewesen?« Neugierig blickten mich ihre munteren schwarzen Augen an.

»Nicht die einzige, es gibt jedoch geliebte Menschen, deren Körper – auch wenn sie für immer entschwunden sind – eine Art Schatten hinterlässt, aber das ist vielleicht nicht der richtige Ausdruck. Lass es mich so sagen: Etwas von dir blieb zurück, unsichtbar, ungreifbar und dennoch vorhanden. Von anderen blieb nur eine schnell verblassende Erinnerung. Wie war es bei dir?«

Offenbar nicht willens, so tief zu schürfen, schüttelte sie leicht den Kopf. »Anders … Ich trug und trage dich in einer Kammer meines Herzens, die ich vor anderen nicht öffne – niemals! Doch jetzt höre weiter.

Als wir das Brautbett bestiegen, schwitzten wir beide, er vor Angst und ich vor Verlegenheit. Natürlich hatte ich inzwischen bemerkt, dass da von einem kleinen, unwissenden Jungen etwas verlangt wurde, von dem er keine Vorstellung hatte. In einer schwachen Stunde hat er mir später gestanden, dass er damals lieber allein und nackt gegen zehn gerüstete Männer angetreten wäre. Nackt war er damals auch, wie ich selbst, mit seinem Phallos als einziger, wenn auch untauglicher Waffe, denn der war nun wirklich nicht zum Kampf gerüstet. Andere mögen in einer solchen Lage vergessen haben, was du uns gelehrt hast, ich nicht!«

Ihre Augen blitzten mich munter an.

»So flüsterte ich tröstende Worte, sagte ihm, dass ich als Sapphos Schülerin bereit und imstande sei, uns in dieser Lage weiterzuhelfen. Ich halte es noch heute für das Entscheidende, dass ich uns sagte, und ihn auf diese Weise mit einbezog. Dass er ein begeisterter Kämpfer war, wusste ich und kein Krieger mag es, wenn man ihn gängeln will. So gelang es mir schließlich, seine Waffe scharf und mich bereitzumachen. Am nächsten Tag, bei der gemeinsamen Tafel, machte ich Andeutungen, die seine Eltern aufhorchen und Pelias erröten ließen. Auch das habe ich dir zu verdanken, nämlich die Fähigkeit, etwas deutlich auszusprechen, ohne sich etwas zu vergeben.«

»Übertreibe nicht, Iranna! So etwas lässt sich vermitteln, aber um es richtig anzuwenden, braucht es Einfühlungsgabe und Geschick.«

Sie hob ihre schmalen Schultern. »Vielleicht habe ich dieses Geschick, wer weiß? Damals stellte ich mich beschämt, wie alle es nach einer Hochzeitsnacht erwarten, und flüsterte etwas davon, dass einer Frau nichts Besseres zustoßen könne, als einen Krieger zum Mann zu haben, der sich in jeder Lage kraftvoll zu behaupten weiß.«

Ich nickte anerkennend. »Gut und treffend gesagt, mit der gebotenen Zurückhaltung.«

»Ja, damit habe ich das Herz meines Helden erobert, zumindest einen Teil davon. Pelias ist zu klug, auch zu nüchtern, um sich einzureden, es sei allein sein Verdienst, dass uns die Hochzeitsnacht nicht zu einem Misserfolg wurde. Das sah ich schon daran, dass er mich später manchmal fragte, ob nur die Schule der Sappho solche Kenntnisse vermittle, worauf ich ihm antwortete, dass du meines Wissens die Einzige seist ...«

Ich unterbrach sie. »Die Einzige war, müsste man jetzt sagen. Auf Lesbos und vermutlich auch anderswo hat man versucht, mich nachzuahmen. Dass diese Andromeda in Methymna sich redlich abmüht, auf den Spuren meiner Lehrerin Abanthis zu wandeln, ist inzwischen bekannt, doch ich weiß aus erster Hand, dass es ihr nicht gelingt, mag sie sich noch so abmühen.«

»Wer könnte dich schon ersetzen?«

»Vielleicht gibt es schon jemand, der das tut? Ich maße mir nicht an, die einzige gute Lehrerin in ganz Hellas zu sein.«

»Du bist zu bescheiden ...«

»Nein, nur nüchtern und vernünftig.«

Da ergriff mich wieder diese Anwandlung von gestern, ich wollte in einen Spiegel schauen und diesmal sollte Iranna ihn ersetzen.

»Sage mir ganz ehrlich, mit welchen Augen siehst du mich heute? Erscheine ich dir gealtert oder sogar als alte Frau?«

Mit einer solchen Frage hatte sie nicht gerechnet und ich sah, wie sie sich sammelte.

»Darüber habe ich nicht nachgedacht ... In meinen Augen hast du dich nicht verändert, und wenn ich dir die Jahre über körperlich fern gewesen bin, so warst du mir im Geist immer nah.«

Nun sprach ich laut aus, was mir bei unserem gestrigen Gespräch durch den Kopf gegangen war. »Erinnerst du dich, was du mir nach einer unserer Liebesstunden gesagt hast?«

Sie lachte verhalten. »Da wurde viel, manchmal auch wenig geredet ...«

»Dann möchte ich es wiederholen. Du hast gesagt, dass niemals dir ein Mann geben könne, was ich dir heute Nacht gab.«

»Ja, jetzt erinnere ich mich! Ich setzte jedoch hinzu: Mag er ein noch so geschickter Liebhaber sein.«

»Das weißt du noch?«

»Ich habe es so wenig vergessen wie du und genau betrachtet stimmt es bis heute. Pelias ist kein schlechter Mann und es ist mir gelungen, aus ihm einen halbwegs guten Liebhaber zu machen, aber bei diesen Dingen hinkt jeder Vergleich. Ja, dazu stehe ich! Was ich mit dir erlebte, lässt sich nicht wiederholen – nicht mit einer anderen Frau und erst recht nicht mit einem Mann.«

Hatte sie nun die Frage erwartet: Vielleicht ließe es sich jetzt wiederholen? Mir jedenfalls erschien es ungehörig, sie der Ehefrau und Mutter zu stellen.

An diesem Tag führte Iranna mir ihre Kinder vor. Meine kleine Namensschwester blickte mich an wie ein Gespenst, als sie erfuhr, dass sie nicht die Einzige war, die Sappho hieß.

»Dann – dann hast du mir meinen Namen gestohlen!«, sagte sie weinerlich.

Iranna lachte. »Es ist umgekehrt, mein Kleines, aber das wirst du erst später verstehen.«

Der kleine, jetzt etwa einjährige Junge trug – wie es auf Chios häufig war – einen der Namen aus den Epen des Homeros, nämlich Hektor. Das verwunderte mich ein wenig und ich fragte Pelias, warum er seinem erstgeborenen Sohn den Namen eines Besiegten gegeben habe. Das war nun sein Gebiet, da konnte ich ihm nichts vormachen. Ein überlegenes Lächeln erschien auf seinem sonst immer ernsten Gesicht.

»Den Namen eines Besiegten, sagst du? Gewiss, den eines ehrenvoll Besiegten! Außerdem ist Hektor an seinen Taten zu messen und das ist gewiss nicht wenig. Keiner konnte ihn an Mut, Entschlossenheit, Ausdauer und Klugheit übertreffen! Denke an seinen Zweikampf mit Aias, den Sieg über Patroklos, sein furchtloses Auftreten in vielen Schlachten! Wenn Achilleus ihn schließlich tötete, dann nicht ohne Mithilfe der Götter. Als Zeus ihm das Todeslos warf, verließ ihn sein Günstling Apollon und Athena, seine alte Feindin, täuschte ihn mit tückischer List. Einen ehrenvolleren Besiegten kann ich mir nicht denken und mein Sohn wird – wenn er zu Verstand kommt – auf seinen Namensgeber stolz sein.«

Was hätte ich da noch entgegnen können? »Dann danke ich dir dafür, dass du deiner Tochter meinen Namen gabst.«

Er winkte ab. »Das war Irannas Vorschlag, und da es sich um eine Tochter handelte ...«

»Die ja nicht so wichtig ist«, fiel Iranna spöttisch ein, »um sich auch noch einen Namen für sie auszudenken.«

Da wurde Pelias gleich verlegen und bestätigte damit meinen schon anfangs gemachten Eindruck, dass ihm in dieser Ehe die Rolle des Schwächeren zugefallen war. Später sagte Iranna: »Eines können und wollen die meisten Männer nicht verstehen, nämlich, dass die Mutterliebe keine Unterschiede macht. Ich liebe Sappho nicht weniger als Hektor und auch deine Liebe zu Kleis wäre bei einem Knaben nicht geringer gewesen.«

»Gewiss ...«

Es schien wieder ein sehr heißer Tag zu werden und wir setzten uns auf die schattige Nordterrasse. In zwei Tagen war der Empfang im *prytaneion* angesetzt – danach sollte ein Besuch der Gedenkstätte erfolgen.

Ich war so in Gedanken versunken, dass Iranna mich am Arm berührte.

»Hörst du mir eigentlich zu?«

»Nein – verzeih ...«

»Ich wollte dir noch etwas von Pelias erzählen, genau genommen geht es um unser Verhältnis zueinander. Nach der halbwegs geglückten Brautnacht gab es für ihn keinen Zweifel, dass er nun alles über Frauen wusste, und ich musste ihn von Zeit zu Zeit spüren lassen, dass dem nicht so sei. Der Einfluss seines Mentors hielt damals noch an und Pelios glaubte, seinen Pflichten Genüge zu tun, wenn er ein oder zwei Mal pro Woche bei mir seinen Samen ablud. Mit mir über seine Aufgaben zu sprechen hielt er für undenkbar und erstickte jeden Ansatz dazu.

Vor zwei Jahren kam es dann zu einer Entwicklung, die uns in Chios spüren ließ, dass wir – sollte Lydien von ihnen überrannt werden – das nächste Opfer der Perser sein würden. Pelias' Vater war damals gestorben und das stellte meinen Gemahl vor die Entscheidung, die Verwaltung des Gutes zu übernehmen – da hätte er seine volle Kraft einsetzen müssen – oder dies einem anderen zu überlassen. Pelias, zuvor eher so etwas wie ein Reservekrieger, wurde vom neu ernannten *strategos* der Bürgermiliz aufgefordert, die Stelle eines der drei Hauptleute zu übernehmen. Konnte es für meinen Helden ein verlockenderes Angebot geben? Endlich durfte er zum Hauptberuf machen, was bisher schon seine liebste Tätigkeit gewesen war. So wurde ein Verwalter eingestellt und Pelias ist seither tagaus, tagein von früh bis spät mit kriegerischen Dingen befasst. Hektors Geburt gab ihm neuen Auftrieb und er setzte mir wortreich auseinander, wie wichtig ein männlicher Nachwuchs sei – erstens für den Vater und zweitens für den Staat. Wer mache denn die Politik, wer unterhalte Handel und Wandel, wer verteidige das Vaterland – die Männer! Da habe er freilich Recht, gab ich zu, aber seine Schilderung bleibe an der Oberfläche. Wer tiefer schürfe, müsse auch den Satz bedenken: Männer machen die Politik, Frauen machen die Männer. Zuerst verstand Pelias mich nicht recht, doch dann fiel mir ein Gleichnis ein, das vor kurzem eine Freundin gebraucht hatte. Genau betrachtet, sagte ich frech, seien die meisten Männer überflüssig, nicht anders als bei den Bienen die Drohnen. Da runzelte Pelias heftig seine Stirn, doch noch ehe er etwas entgegnen konnte, fuhr ich fort: Er solle sich einmal den Fall denken, dass ein verheerendes Erdbeben ein kleines Volk auf eine unbewohnte Insel fliehen ließ. Die Götter hätten es so gefügt, dass nur ein Mann, aber hundert Frauen die Katastrophe überleben durften. Das sei nun ein junger, kräftiger Mann gewesen, durchaus fähig, jeden oder jeden zweiten Tag einer der Frauen beizuliegen. So sei es ihm möglich gewesen, binnen weniger Jahre an die hundert Kinder zu zeugen und dem Volk seinen Fortbestand zu sichern. Nun, sagte ich dann zu meinem Krieger, solle er sich einmal den umgekehrten Fall denken – also hundert Männer hätten überlebt, aber nur eine Frau. Bestenfalls hätte diese Frau in den nächsten zehn Jahren sechs bis acht Kinder gebären können, aber die Erfahrung lehre uns, dass es nicht einmal dazu gekommen wäre, denn bis dahin hätten sich die Männer – da jeder die Frau für sich wollte – gegenseitig umgebracht.«

»Das muss ich mir für meine Schülerinnen merken«, sagte ich lachend, »wenn es auch nur eine Fabel in der Art unseres Aisopos ist, so steckt doch viel Wahres darin. Was hat Pelias darauf geantwortet?«

»Eine künstlich erdachte Geschichte müsse nichts enthalten, was auch im wirklichen Leben vorkomme. Den von mir geschilderten Fall würde es niemals geben und so sei die darin enthaltene Wahrheit nur eine Scheinwahrheit. Dass ihm so gescheite Worte eingefallen waren, überraschte ihn selbst und er gab sich dann recht versöhnlich.«

»Iranna, ich freue mich, dass es nicht so gekommen ist, wie ich es dir damals als Möglichkeit schilderte. Ich sagte, du könntest auch an einen Rüpel geraten, der dich als seinen Besitz ansieht und dir Gewalt antut. Du solltest Aphrodite und Hera mehrmals jährlich ein Dankopfer darbringen.«

»Das habe ich bereits getan und werde es weiter tun. Nur eines steht für mich fest: Ohne deine geistige und körperliche Vorbereitung wäre meine Ehe anders verlaufen. Da hätten die Weisungen des Spartaners den Sieg davongetragen und ich wäre die Betrogene gewesen.«

»Es ist nicht so gekommen, den Göttern sei Dank.«

Unsere Gespräche waren weiterhin lebhaft, streiften viele Themen und wir waren in vielem einer Meinung. Doch ich spürte deutlich, dass die inzwischen verflossenen Jahre einen Abstand geschaffen hatten, keinen geistigen, aber einen körperlichen. Wenn überhaupt, dann küsste ich sie auf Stirn und Wangen und bald erstarb mein anfänglich noch leise vorhandenes Begehren. Aus der Liebschaft war eine Freundschaft geworden und ich konnte täglich sehen, wie sehr Iranna ihre Rolle als Gemahlin, Mutter und Herrin des Hauses genoss.

Pelias ließ es sich nicht nehmen, Iranna und mich ins *prytaneion* zu begleiten, wo würdige *archontes* mich – es handelte sich ja nur um eine Frau – mit zeremoniöser Zurückhaltung begrüßten.

Anders war es dann an der Gedenkstätte, die nördlich von Chios, zu Füßen des Berges Epos lag. Man hatte eine Zypressenallee dorthin gepflanzt, die noch recht dürftig aussah. Drunten ruhte das Meer in seinem Hochsommerdunst und sein zartes Graublau verschwamm am Horizont, sodass nicht zu erkennen war, wo jenes aufhörte und dieser begann.

Wie weit man sich beim Wiedererrichten der Schule an alte Vorbilder – so es welche gab – halten konnte, wusste ich nicht, aber mir gefiel die betonte Einfachheit des mehrteiligen Gebäudes. Da gab es eine kleine *stoa* mit geschnitzten und bemalten hölzernen Säulen, einen Raum für den Unterricht bei schlechtem Wetter, ein paar nach Norden und Osten gelegene Zimmer für den Dichter und seine Familie. Alles wirkte ein wenig künstlich und flößte mir doch Ehrfurcht ein, denn dass hier Homeros gelehrt und gewirkt hatte, war zweifelsfrei überliefert.

Mich empfing ein Kreis von lokalen Dichtern, Rhapsoden und von Menschen, denen es am Herzen lag, die Erinnerung an Homeros wach zu halten. Wieder wurde ich von einigen als die zehnte Muse gepriesen, was mich früher verlegen, jetzt eher ärgerlich machte. Ich kann bis heute diesen Vergleich nicht gutheißen, weil ich ihn sowohl als nicht zutreffend wie auch als *blasphemia* empfinde – mag er noch so gut gemeint sein. Das hat nichts mit falscher Bescheidenheit oder Selbstunterschätzung zu tun – ich weiß, was ich wert bin, und kenne meinen Platz.

Mit meinen Mädchen hatte ich schon auf Lesbos den homerischen Hymnos auf den Wald- und Weidegott Pan eingeübt. Dieser Sohn des Hermes und einer Nymphe gilt von alters her als Gott der Hirten und Jäger. Er wird vor allem vom einfachen Volk verehrt und ich wollte mit dem Hymnos ein Zeichen dafür setzen, dass Homeros nicht nur Krieger, Seefahrer, Waffentaten und natürlich die olympischen Götter verherrlichte.

Als ich den Hymnos mit kurzen Worten ankündigte, blickten einige der Anwesenden unwillig auf, andere senkten betreten die Köpfe. Damit hatte ich gerechnet und ich gebe zu, dass ich die Verwirrung sogar genoss. Alle hier Versammelten stammten – wie auch ich – aus Adelskreisen oder freien Bürgerfamilien und fühlten sich den Olympiern enger verbunden als kleinen Wald- und Feldgöttern, die in ihren Augen eher für Bauern, Jäger und Hirten zuständig waren. Ich aber mochte nicht einsehen, dass die Hymnen des Homeros auf Demeter, Hermes und Aphrodite wertvoller sein sollten als sein kleines Preislied auf Pan.

Eine ältere Frau und ihr im Ephebenalter stehender Sohn waren mir als die Nachkommen des Dichters vorgestellt worden. Einfache Leute, wie es schien, die sich unbehaglich fühlten, weil sie plötzlich im Mittelpunkt standen. Später erfuhr ich, dass man vergeblich versucht hatte, den jungen Mann zu einer knappen Rede über seinen berühmten Vorfahr zu bewegen. Er hatte vor kurzem den Öl- und Weinhandel seines verstorbenen Vaters übernehmen müssen und ich konnte gut verstehen, dass ihn andere Sorgen bewegten als ein vor zweihundert Jahren geborener Urahn.

Meine Mädchen stellten sich im Schatten der überdachten *stoa* auf, zusammen mit zwei Flötenspielerinnen, die man aus dem Athena-Tempel von Chios geholt hatte. Ich wünschte mir, der Schatten des Homeros könnte nun mithören, wie anmutige junge Mädchen sein kleines, fröhliches Preislied auf den Gott der Hirten und Jäger sangen.

Singe mir, Muse, das Lied vom teuren
Sprössling des Hermes!
Ziegenbeine besitzt er, zwei Hörner und liebt es zu lärmen,
baumreiche Auen besucht er im Kreise tanzender Nymphen;
diese erklettern schroffe Felsen und rufen, laut schallend,
Pan, den Beschützer der Herden im vollen,
struppigen Haarpelz,
ihn, den Gebieter sämtlicher schneereich
schimmernder Höhen,
ragender Gipfel im hohen Gebirge und steiniger Pfade.
Hierhin und dorthin schlüpft er durch
dichte Sträucher und Büsche,
lässt sich zuweilen verlocken durch
lieblich rieselnde Bäche …

Es gab viel Beifall, auch für die danach auftretenden Rhapsoden, die Werke einheimischer Dichter zum Besten gaben, zu denen ich mich nicht weiter äußern will.

Ich war zuvor gebeten worden, ein Gedenk- und Preislied auf Homeros zu schaffen, man hatte mich aber zugleich durch die Blume wissen lassen, dieses Feld den chiotischen Dichtern zu überlassen, die sich schon lange auf diese Möglichkeit gefreut hatten. Mir war das ganz recht so, denn einer der Festtage war meinem und dem Werk des Alkaios gewidmet – abwechselnd vorgetragen von Rhapsoden und meiner Mädchengruppe. Das sollte mir und den anderen genügen.

Die Tage verflogen so schnell, als würde ein Sturm sie auf das Meer hinausjagen. Je öfter ich Pelias sah, ihn sprechen hörte und sein Verhalten beobachten konnte, desto mehr freute ich mich für Iranna, der die Götter alles andere als einen Rüpel ins Ehebett gelegt hatten. Ich möchte jedoch nicht verschweigen, dass mich – vor allem in den Tagen vor der Rückreise – eine Wehmut überkam, die ich zuerst nicht zu deuten wusste. Seit langem gewohnt, solche Stimmungen nicht einfach hinzunehmen, sondern ihre Ursachen zu ergründen, fand ich heraus, dass ich einer Zeit nachtrauerte, die unwiederbringlich dahin war.

Willst du es genauer wissen, meine Kleis? Insgeheim hatte

ich vielleicht gehofft, etwas von der Stimmung wieder zu finden, die damals zwischen Iranna und mir geherrscht hatte. Dieses süße einander Schenken, dieses wortlose Verstehen, dieses verwegene und zuletzt eher sorglos gehandhabte Versteckspiel vor den anderen. Bei Licht betrachtet, war es eine Anmaßung, etwas von diesen Zeiten in Chios wieder finden zu wollen, aber solch heimliches Verlangen bleibt im Verborgenen und ist nicht mit der nüchternen Tageshelle zu messen.

Die zuvor genannte Wehmut vermischte sich zusehends mit einem starken Verlangen heimzukehren, Vertrautes wieder zu finden, im beruhigenden Alltag der Schule aufzugehen. Das hatte nichts mit der innigen Freundschaft zu tun, die mich unverändert mit Iranna verband. Bis zuletzt führten wir angeregte, manchmal sehr intime Gespräche, die oft in fast kindliche Fröhlichkeit ausarteten und mich wieder so jung fühlen ließen wie lange nicht mehr.

Einmal brachte das Kindermädchen die beiden Sprösslinge zum Gutenachtsagen in die *gynaikonitis*, aber die kleine Sappho plapperte so reizend und Hektor krabbelte mit Hingabe auf dem Boden herum, dass Iranna die *trophos* für eine Stunde wegschickte, um mit mir und den Kindern allein zu sein.

»Sind sie nicht Schätze, die beiden?«

Ich nickte und war bald in ein Frage- und Antwortspiel vertieft, das meine kleine Namensschwester so sehr liebte. Sie wusste, dass ich auch eine Tochter hatte, konnte allerdings nicht verstehen, warum ich nicht mehr mit dieser spielte und ihr Geschichten erzählte, da sie die Begriffe »Kind« und »Tochter« mit sich selbst verband.

»Kleis war einmal so klein wie du, jetzt ist sie so groß wie deine Mutter und hat selbst schon ein Kind. So wird es auch mit dir geschehen, aber das hat noch Zeit.«

Als Hektor in die Windel machte, rief Iranna nicht nach dem Kindermädchen, sondern wickelte den Kleinen aus den feuchten Tüchern. Sie trocknete ihn ab und ergriff mit spitzen Fingern den kleinen Phallos.

»Schaut euch dieses Würmchen an! Das macht ihn später zum Mann und er wird ungeheuer stolz darauf sein.«

Da mischte sich gleich die kleine Schwester ein. »Und wenn wir es ihm abschneiden, wird er dann eine Frau?«

Da mussten wir beide so lachen, dass uns die Augen tränten. Als Iranna zu Atem kam, schüttelte sie belustigt den Kopf.

»Möchtest wohl gerne eine Schwester haben? Aber so einfach ist das nicht. Schon als Hektor noch in meinem Bauch war, haben die Götter sein Geschlecht bestimmt – ihn also zum Buben gemacht. Wenn wir ihm das da abschneiden, wäre es später sehr schlimm für ihn. Zum Mann bestimmt, wird dann doch kein rechter aus ihm – das wirst du später verstehen.«

Ich sah der Kleinen an, dass es sie auch nicht weiter interessierte. Sie zog mich in eine Ecke und schon ging es mit den Fragen weiter. Iranna versorgte Hektor mit neuen Windeln und bald darauf steckte die *trophos* ihren Kopf herein.

Ich ließ es mir beim Abschied nicht anmerken, wie erleichtert ich war. Wir küssten uns und ich schlug Iranna einen Gegenbesuch vor.

»Überrede doch deinen Pelias, unserem Pittakos einen Besuch abzustatten – die beiden würden sich auf Anhieb gut verstehen. Du reist dann einfach mit, um deine alte Schule wieder zu sehen.«

Ihre schwarzen Augen leuchteten auf. »Kein schlechter Gedanke, da uns ja nur einige Stunden Seereise trennen. Schön, dass wir uns so nahe sind, meine Sappho. Obwohl es kindisch ist, aber ich habe dann das Gefühl, dass dich meine Gedanken schneller erreichen, als wenn du etwa auf Sikulia lebtest. Geht es dir nicht auch so?«

»Etwas Ähnliches habe ich mir auch schon gedacht. Man weiß zwar, dass Gedanken jede Entfernung überwinden, sodass es ohne Belang ist, ob ich jetzt an meine mir so nahe Tochter oder an meinen Bruder Erigyos, der im fernen Nubien Dienst tut, denke.«

Sie nickte eifrig. »Jedenfalls ist es angenehm zu wissen, dass man seinen Gedanken in wenigen Stunden hinterherreisen könnte.«

Sie streichelte meinen Arm und ich sagte gepresst: »Wir werden uns nicht aus den Augen verlieren, das verspreche ich dir.«

Dann hörte ich meine Mädchen draußen durcheinander reden und das mahnte mich zum Aufbruch. Sie wären allesamt gerne noch länger hier geblieben, das wusste ich aus versteckten Bemerkungen – die eine oder andere hatte es auch deutlicher gesagt.

Wir bestiegen unser Schiff, und als das Gepäck verladen wurde, war es mir, als schleppten die Männer das Bündel meiner Vergangenheit mit an Deck. Oder lass es mich besser eine Schatzkiste nennen, die sich mit der rinnenden Zeit zusehends füllte und in die ich ablegte, was sich in den Jahren an Gutem und Schlechtem angesammelt hatte. Warum ich sie dann Schatzkiste nenne? Weil ich die bösen Erinnerungen in einen Sack stecke und sie zuunterst lege, während das Schöne wie funkelndes Geschmeide obenauf liegt und ich mich immer daran erfreuen kann.

Findest du solche Vorstellungen ein wenig kindisch, meine Kleis? Dann lasse dir gesagt sein, dass man sich mit den Jahren nicht nur dem Alter, sondern auch wieder der Kindheit nähert. Ich will dir das nicht näher erläutern, du wirst es mit der Zeit selbst herausfinden.

15

Über meiner Reise hatte ich ganz vergessen, dass die Herrschaft des Pittakos sich ihrem von ihm selbst bestimmten Ende näherte. Es fehlte nicht an Stimmen, den weisen Alten in einer neuerlichen Wahl auf Lebenszeit zum Tyrannen über Lesbos zu ernennen, doch das lehnte er entschieden ab. Er nähere sich dem Alter von siebzig und es hieße die Götter versuchen, wenn er da noch Ehrgeiz zeige oder Pläne auf längere Sicht mache.

Ich selbst war Zeugin eines Gesprächs, das Charaxos während eines *symposion* mit ihm führte. Auf seinen Wunsch nahmen daran auch Frauen teil, darunter einige Oberpriesterinnen der verschiedenen Heiligtümer, die ältere der bei mir tätigen Lehrerinnen und ich.

»Anfang nächsten Jahres werde ich mein Amt niederlegen, und da ich viele Freunde in der *pentapolis* hatte und habe, soll mein Abschiednehmen nicht wie ein Paukenschlag über Lesbos ertönen, sondern es soll ein leises Trommeln sein, zu dem ich so nach und nach alle Menschen lade, die mich schätzen, denen ich vertraut und dankbar bin.«

Charaxos erhob sich. »Schön gesagt, Pittakos, da du es so willst, werden wir es hinnehmen. Könnte man das Göttergeschenk deines gesunden Alters jedoch nicht auch so verstehen, dass sie von dir noch etwas erwarten – könnte es nicht eine Aufforderung zum Weitermachen sein?«

Mit einer Geste der Höflichkeit setzte Pittakos sich auf. Ist es erwähnenswert, dass die anwesenden Männer auf *klinai* lagen, während wir Frauen Stühle bevorzugten? Vielleicht war es eine stillschweigende Übereinkunft zwischen uns Frauen, dass wir in Gegenwart von Männern nicht liegen mochten, um unzüchtige Gedanken gar nicht aufkommen zu lassen.

»Ja, Charaxos, das könnte es wohl sein, nur wer ahnt die Gedanken, wer kennt den Willen der Götter? In Delphi ist zwar Apollons Stimme durch die Pythia zu hören, doch seine Sprache ist niemals eindeutig und wieder ist es an uns Menschen, die dunklen Worte zu entschlüsseln. So muss ich mich darauf beschränken, was ich euch und mir vor nun fast zehn Jahren geschworen und die Götter zu Zeugen aufgerufen hatte. Daran muss und möchte ich mich halten, auch wenn es mich gelüsten sollte, weiterhin die Last der Macht zu tragen, doch das ist nicht der Fall. Künftig muss ich mich darum mühen, die Bürde des Alters zu tragen, die von Tag zu Tag schwerer wird.«

Das glaubte ihm natürlich keiner und es erschollen gut gemeinte Protestrufe wie: Er stelle leicht noch alle Jüngeren in den Schatten oder scherzhaft: Seine Eltern hätten sich wohl mit seiner Geburtszeit verrechnet. Aber wir alle spürten doch recht deutlich, wie ernst seine Ablehnung gemeint war.

Mit neuen Schülerinnen, die jetzt immer häufiger von weit her kamen, erreichten mich auch Nachrichten von Frauen, die es in der Dichtkunst versuchten und deren Werke gelegentlich in den Vorträgen der Rhapsoden auftauchten. Es ist bisher zu wenig, um werten zu können, was ich ohnehin nur in Gedanken tun würde. Doch allein die Tatsache, dass sich nun endlich auch Frauen mit ihrer Dichtkunst an die Öffentlichkeit wagten, hat mich erfreut und ein wenig überrascht. Freilich hatte ich es im Stillen erhofft, aber nicht erwartet, dass mein Beispiel noch zu meinen Lebzeiten Schule machen würde.

Alkaios, der alte Spötter, zeigte sich skeptisch. »Man wird sie alle an deinem Werk messen und da habe ich begründete Zweifel, ob in absehbarer Zeit eine dieser Dichterinnen den Vergleich bestehen wird.«

Keiner setzte sich so nachhaltig für mich ein wie Alkaios, den auch das Alter nicht weiser oder abgeklärter gemacht hatte. Er griff in seinen Liedern jeden an, der ihm aus irgendeinem Grund missfiel, doch Pittakos hatte er endlich verziehen. Seit der Tyrann auf den Tag genau nach zehn Jahren zurücktrat, sprach er nur noch mit Hochachtung von ihm.

»Das sollen sie ihm einmal nachmachen, unsere ewig zerstrittenen Oligarchen! Pittakos hat auf eine geschickte und sehr nachhaltige Weise Handel und Wandel auf Lesbos belebt, was sogar von seinen Neidern anerkannt wird. Ich kann nur hoffen, dass man sich weiterhin an seine Gesetze und Verfügungen hält – zu unser aller Bestem.«

Ehe Pittakos zurücktrat, wollte er noch für die künftige Entwicklung unserer Insel ein Zeichen setzen und regte an, auch hier *nomisma* prägen zu lassen. Das hatten inzwischen schon viele hellenische Städte und Inseln getan – ungewöhnlich war daran nur, dass er mich bei den Beratungen zuzog. Über sein ernstes, noch immer schönes Männergesicht flog ein Lächeln.

»Du erwartest eine Erklärung? Sie ist ganz einfach. Du, meine Sappho, bist Lesbos – mehr als wir alle. Die Namen im Adelsrat sind auswechselbar und nun, da die Tyrannis zu Ende ist, auch der meine. Spätere Zeiten werden nicht uns, sondern dich als Symbol für Lesbos sehen und so erschien es mir unumgänglich, dich in die Beratung mit einzubeziehen. In Lydien werden schon über ein halbes Jahrhundert Münzen geprägt, und wie wir sehen, ist man bei dem Löwen geblieben. Andere

Staaten haben dies nachgeahmt, wir, darüber sind wir uns einig, werden es nicht tun. Was schlägst du vor? Eine Gottheit vielleicht – etwa das Haupt von Aphrodite oder Demeter?«

»Nein, das wäre vielleicht zu hoch gegriffen. Ohne die Olympier in die Niederungen des Geldverkehrs zu ziehen, sollten wir doch etwas Unheil Abwehrendes dafür verwenden, und ich als Frau wünsche mir etwas Weibliches. Wie wäre es mit dem Antlitz der Gorgo? Die gebleckten Zähne, die heraushängende Zunge, das Schlangenhaar – das ist wohltätiger Zauber. Die Dämonin wird sich geehrt fühlen und uns gewiss ihren Schutz angedeihen lassen.«

Pittakos setzte meinen Vorschlag durch und so blickt das Haupt der Gorgo von unseren heimischen Münzen.

Um diese Zeit – der Frühsommer hatte begonnen – befiel mich plötzlich der Wunsch, es Pittakos nachzutun. Nicht, dass mich die Kraft verließ, meinen Aufgaben gerecht zu werden, oder mir die Lust an der Ausbildung der Mädchen verging. Ich fühlte mich gesund und durchaus fähig, meinen Unterricht noch auf Jahre hinaus fortzusetzen. Etwas anderes war es, das mich an den Ruhestand denken ließ.

Mein im Sinne des Wortes zerstreutes Werk bedurfte dringend einer Ordnung. Meine Lieder waren aus den unterschiedlichsten Anlässen entstanden. Das reichte vom *hymenaios*, den ich im Auftrag verfasste, bis zu einem kleinen Vierzeiler, der mir während des Unterrichts in den Sinn kam und den ich hastig auf einem Fetzen Papyros notierte. Das meiste sind Bekenntnisse und Beobachtungen aus meiner nächsten Umgebung und drückt nicht selten meine eigenen intimen Gefühle aus, wie sie meine Seele widerspiegelte. Ich suchte dabei meinen inneren Zustand und die mir nahe stehenden Menschen zu erfassen und ihm dichterischen Ausdruck zu verleihen. Da ich aber ein Mensch, von Menschen gezeugt, und keine Göttin oder Halbgöttin bin, habe ich Vorzügliches, Gutes, Mittelmäßiges und gewiss auch Schlechtes geschaffen. Mag man auch über den Geschmack selbst hoch gebildeter Menschen streiten können, so gibt es doch für uns alle einen Wertmaßstab, der uns ein simples Küchenlied von einem tief empfundenen, nach den Regeln der Dichtkunst verfassten *melos* unterscheiden lässt.

Langweile ich dich, meine Kleis? Ich bin schon zu Ende und möchte nur noch den von mir vorhin gebrauchten Begriff »zerstreut« in Bezug auf meine Arbeiten erläutern. Das kannst du ruhig wörtlich nehmen. Ich denke etwa an einen *hymenaios,* den ich weggab, ohne eine Abschrift zu machen, oder an ein Trauer- oder Klagelied, dessen ich mich später schämte und das ich irgendwo zuunterst legte und vergaß – freilich nicht das Lied, sondern den Ort seines Versteckes. Bei all diesen Liedern handelt es sich um eine Lebensernte und so wollte ich zweierlei tun: die tauben und geschmacklosen Früchte aussondern, das andere aber in Büchern ordnen und in eine Chronologie bringen.

Dies schien mir jetzt so wichtig, dass ich daran dachte, meine Lehrtätigkeit aufzugeben, was nicht hieß, meine Schule zu schließen und damit dieser Andromeda das Feld zu überlassen. Niemand soll glauben, dass ich diese Frau hasste, verachtete oder gar beneidete. Als Mensch war sie mir gleichgültig, mag man auch meinen an sie gerichteten Vierzeiler anders verstehen.

Wenn du tot bist, wird kein Mensch jemals deiner gedenken
noch später sich nach dir sehnen,
denn du hattest keinen Teil am Rosenduft der Musen
und im Reiche des Hades wirst ruhmlos du
unter düsteren Schatten wandeln – gefallen ins Nichts.

Diese Zeilen gelten nicht ihrer Person, sondern ihrem ruhm- und nutzlosen Dasein. Ist sie nicht jetzt schon vergessen? Lebt und lehrt sie überhaupt noch? Eines ist so gleichgültig und belanglos wie das andere ...

Wer mich kennt, muss wissen, dass ich unnützes Zaudern, unentschlossenes Hinauszögern ablehne – ja, hasse. So war es mir zuwider, meinen Entschluss auf die lange Bank zu schieben, andererseits wollte ich auch nicht von heute auf morgen meiner Schule den Rücken kehren. Dann kamen die Ereignisse jedoch so sehr meinen Plänen entgegen, dass ich glauben musste, ein göttlicher Wille habe die Leitung übernommen.

Eine meiner besten Schülerinnen, die ich bis dahin gehabt hatte, war Anagora aus Milet. Auch andere taten es, aber sie äußerte am nachhaltigsten und mit Leidenschaft den Wunsch, hier zu bleiben und an Jüngere weiterzugeben, was sie gelernt hatte. Ich selbst hatte nicht die geringsten Zweifel, dass keine dazu geeigneter wäre als Anagora. Ihre Familie war freilich anderer Meinung und es kam mir nicht zu, mich da hineinzumischen. Später hat sie mir gestanden, dass sie täglich zu Artemis, der Schützerin von Jugend und Jungfräulichkeit, betete, ihr die bevorstehende Heirat zu ersparen. Die Göttin hat ihr den Wunsch erfüllt, wenn auch mit einer längeren Verzögerung. Eine Heirat war ihr nicht erspart geblieben, doch der Ehemann verunglückte, noch ehe er ein Kind zeugen konnte, kurz darauf starben die Eltern. Ihr einziger Bruder, nicht gesonnen, die an sie zurückgefallene Mitgift an einen zweiten Gatten zu vergeben, schlug Anagora eine Aufteilung vor und erklärte sich bereit, sie – meine Einwilligung voraussetzend – nach Lesbos zu begleiten.

Anagora fragte nicht lange an, sie erschien einfach und machte es mir leicht, meine Absicht zu verwirklichen. Ich plante, noch ein Jahr – notfalls auch etwas länger – meine Schule zu führen, unterstützt von Anagora, der ich dabei nach und nach die Zügel überlassen wollte. Sie lehnte es allerdings ab, ihren Namen mit der Schule zu verbinden, sondern bestand darauf, sie weiterhin als die »Mädchenschule der Sappho« zu bezeichnen. Mir war das sehr recht, denn dann konnte ich mich langsam, auch weniger auffällig, zurückziehen und Anagora musste keine oder nur geringe Einbußen in Kauf nehmen.

Nun bin ich allerdings weit in die Zukunft vorausgeeilt – kehren wir zu den Tagen zurück, als Pittakos seinen Abschied nahm.

Es muss etwa zwei oder drei Dekaden nach meiner Rückkehr aus Chios gewesen sein, als Charaxos während der Mittagspause bei mir erschien und mich aus einem leichten Schlummer weckte. Pera hätte ihm wohl den Eintritt verwehrt, doch er muss sie schnell von der Dringlichkeit seiner Nachricht überzeugt haben. Beim eigenen Bruder nimmt man es nicht so genau und ich empfing ihn auf dem Bett sitzend, nur mit einem *chiton* bekleidet. Auf seinem Gesicht war noch die Verblüffung zu lesen, die er wohl gerade erlebt haben musste. »Meine und die Frau des Larichos haben dich ja schon mehrfach zur Tante gemacht – nun kommen noch ein Neffe und eine Nichte hinzu!« Er sah mich erwartungsvoll an.

»Sind beide gleichzeitig niedergekommen? Ich wusste gar nicht, dass sie schwanger waren …«

Er lachte laut und trocken. »Der Junge ist schon sechs und das Mädchen acht. Es sind die Kinder unseres verstorbenen Bruders Erigyos, dessen Witwe heute Mittag aus Aigyptos hier anlandete. Eine schöne Überraschung – wie?«

Ich blieb gelassen. »Warum sollte ich überrascht sein? Wir wussten aus Naukratis, dass er geheiratet hatte, wussten, dass er an der Grenze zu Nubien Dienst tat. Ist er gefallen?«

»Ja, sein Grenzposten wurde von einer Horde Wüstenräuber überfallen, die zurückgeschlagen werden konnten. Er war dabei schwer verletzt worden und starb etwa zehn Tage später. Seine Witwe heißt Merit-Amun, das Mädchen Berenike und der Junge Penthilos nach unserem Großvater. Ich, als *patriarchos,* fühle mich für sie verantwortlich. Durch ihre Ehe mit Erigyos gehören Merit und ihre Kinder jetzt zu unserer Familie.«

»Das musst du nicht so betonen – ich stimme dir zu. Wo werden sie in nächster Zeit wohnen?«

Charaxos wich meinem Blick aus. »In meinem neuen Haus ist wenig Platz … Zudem erwarten wir wieder Nachwuchs …«

»Du hast es zwar nicht ausgesprochen, ich sehe es dir jedoch an, dass du an Larichos' frühere Wohnung denkst.«

»Ja, eigentlich schon … Doricha hast du ja auch hier aufgenommen, du könntest doch …«

»Doricha und ihre Dienerin waren zwei – Merit und ihre Kinder sind drei.«

»Vier – sie bringt die Kinderfrau mit.«

»Es wird schon gehen.«

Dass ich auf Merit neugierig war, verschwieg ich Charaxos. Ich brannte darauf, die Frau kennen zu lernen, die das Herz meines finsteren Bruders gewonnen hatte.

Ich brauche dir Merit nicht zu schildern, meine Kleis, denn du kennst sie inzwischen ja gut genug, aber was ich bei ihrem ersten Anblick empfand, sollst du doch wissen.

Es war, als trete mir eine jüngere Schwester entgegen. Die Ähnlichkeit unserer äußeren Erscheinung war tatsächlich verblüffend. Wir waren gleich groß oder, besser gesagt, beide von kleinem Wuchs, schlank, zierlich und mit brauner Hauttönung. Wenn die meine von den pelasgischen Vorfahren kam, so stammte die ihre aus einer Beimischung nubischen Blutes. Unsere Gesichter waren sich weniger ähnlich, wenn wir auch beide schmale, ausgeprägte Nasen und volle Lippen besaßen. Ihre dunklen Augen standen näher beieinander, ihre Wangenknochen waren stärker betont.

»Ich habe mir dich größer vorgestellt«, waren ihre ersten Worte in einem harten, aber korrekten Hellenisch, das mich in seiner Ausformung und Betonung sofort an meinen verstorbenen Bruder erinnerte.

Aus Merits Bericht und aus den während seiner Krankheit gemachten Notizen habe ich einen Bericht gemacht, den ich ausdrücklich dem Andenken meines Bruders Erigyos widmen möchte.

Du wirst dich, meine Kleis, an meine Schilderung aus seiner Jugend erinnern und dass ihn nichts so sehr beschäftigte wie Waffen und Kampfhandlungen. Dass gerade er sich in den letzten Tagen seines Lebens mit schriftlichen Aufzeichnungen befasst hat, mag seltsam klingen, aus dem Folgenden wird es vielleicht jedoch verständlicher. Nachdem Erigyos achtzehn geworden war und sich das Recht erworben hatte, Waffen und Kleider eines erwachsenen Mannes zu tragen, trieb er sich einige Tage am Kriegshafen herum, bis er auf einen Werber des ägyptischen Pharaos stieß. König Nechos benötigte dringend Soldaten, um nach einer schweren Niederlage gegen Babylonien wenigstens seine Herrschaft über Aigyptos zu sichern. So fuhren seine Werber die hellenischen Häfen ab und boten jedem Kampfwilligen ein schönes Handgeld, versprachen hohen Sold.

Natürlich liefen ihnen auch Abenteurer, entflohene Sklaven

und entkommene Verbrecher zu und so erfanden sie eine Probe, um die Spreu vom Weizen zu sondern. Der Angeworbene musste sich gegen einen erfahrenen Haudegen behaupten und Erigyos schnitt nicht nur glänzend dabei ab, sondern verwundete den alten Krieger schwer. Doch der zähe Bursche genas und posaunte die Fähigkeiten seines jungen Gegners so laut hinaus, dass man Erigyos nach seiner Ankunft in Sais sogleich zum Unterführer ernannte. Danach wurde er nach Syene versetzt, einer Stadt an der nubischen Grenze, die der Pharao zur uneinnehmbaren Festung ausbauen wollte. Auch hier bewährte er sich so sehr, dass man ihn nach zwei Jahren zum *taxiarchos* erhob. Der *strategos* verkündete dem neuen Hauptmann seine Rangerhöhung und bat ihn zu einem kurzen Gespräch.

»Hauptmann Erigyos, für mich erübrigt es sich, deine Fähigkeiten zu loben, dein Talent als Krieger und Vorgesetzter herauszustellen. Deine Ernennung zum *taxiarchos* spricht dies deutlicher aus, als ich es könnte. Du stehst jetzt im sechsundzwanzigsten Lebensjahr, und wärest du – was Ares gnädig verhütete – Zivilist geblieben, so wäre es für dich an der Zeit, eine Familie zu gründen. Bei der ägyptischen Truppe ist es nicht üblich, den Männern – gleich welchen Ranges – in ihre Familienplanung hineinzureden, aber wir befinden uns hier in einer Ausnahmesituation, die du so gut kennst wie ich. Deshalb hat Seine Majestät, unser gnädiger König – er lebe, sei heil und gesund! – sich bewogen gefühlt, uns, das heißt die höheren Ränge, darauf hinzuweisen, dass in den nächsten Jahren das elende, abtrünnige Kusch in das ägyptische Reich zurückgeführt werden soll. Umso stärker muss Syene bevölkert und befestigt werden, umso mehr wünscht Seine Majestät – der allgemeinen Befriedung wegen – eine Verbindung seiner hier stationierten Truppen mit Frauen der einheimischen Bevölkerung. Wenn auch die Menschen hier nubischen Blutes sind, so haben sie sich doch immer als Ägypter verstanden und gerade die einflussreichen Familien haben das zum Glück kurze Zwischenspiel der kuschitischen Machtergreifung als aufgezwungene Fremdherrschaft empfunden. Ich selbst bin, wie du weißt, halb Ägypter, halb Grieche, stehe aber nicht an, die Schlagkraft rein ägyptischer Truppen als unzureichend anzusehen. In diesem Land war man über viele Jahrhunderte von der übrigen Welt abgeschnitten und lange hat es kein Volk aus dem Norden gewagt, auch nur ins Delta einzudringen, geschweige denn nach Süden vorzustoßen. Als es aber durch die Hyksos geschah, erwiesen die ägyptischen Truppen sich als unfähig, dem Feind zu widerstehen, und das Drama wiederholte sich vor hundert Jahren beim Einfall der Kuschiten. Die Vorfahren Seiner Göttlichen Majestät und er selbst haben daraus den Schluss gezogen, den weithin gerühmten Mut und den Kampfgeist der hellenischen Männer zu nutzen, und es hat sich bewährt.

Doch jetzt zum Wesentlichen, Hauptmann. Um dieser Verbindung Dauer zu verleihen, hat Seine Majestät den Wunsch geäußert, die Ansiedlung von Hellenen hier im Süden mit allen gebotenen Mitteln zu fördern, und eines dieser Mittel ist die eheliche Verbindung mit einheimischen Frauen. Der König – er lebe, sei heil und gesund! – hat zum einen Prämien für jeden ausgesetzt, der sich auf Lebenszeit zum Dienst in der ägyptischen Truppe an der Südgrenze verpflichtet, zum anderen für solche, die sich mit einheimischen Frauen ehelich verbinden. Falls du Ersteres willst, möchte ich dir auch Letzteres dringend empfehlen. Du bist wahrhaft ein rechter Mann von Saft und Kraft und solltest deinen Samen nicht weiterhin an Huren verschleudern. Wie stehst du dazu?«

Erigyos, stets auf der Hut, wenn ihm etwas aufgeschwatzt werden sollte, hatte für sich längst beschlossen, der ägyptischen Heeresmacht auf Lebenszeit zu dienen, und so fiel ihm auch der zweite Schritt nicht allzu schwer, aber das musste der *strategos* allerdings nicht wissen. Der Mann aus Lesbos kehrte nicht gerne sein Inneres nach außen. Er lächelte flüchtig.

»Es wäre unklug von mir, eine Armee zu verlassen, in der ich es zum Hauptmann gebracht habe – und das muss nicht mein letzter Rang sein. So habe ich mir diese erste Prämie seiner Majestät schon verdient. Auch wäre ich bereit, eine der Töchter des Südlandes zur Frau zu nehmen, aber ich möchte sie mir weder zuteilen noch aufzwingen lassen. Ich werde mich selbst darum kümmern und verpflichte mich, innerhalb der nächsten zehn Monate dem Wunsch des Königs nachzukommen.«

Der *strategos* versetzte ihm einen kräftigen Schulterschlag.

»*Euge,* Hauptmann! Ich habe dich richtig eingeschätzt und kann die Götter nur bitten, mehr Männer deiner Art hierher zu senden.«

In Aigyptos wurde ein Wunsch des Königs nicht nur als Befehl, sondern als augenblicklich in Kraft getretenes Gesetz erachtet. Zudem wollte der Pharao in spätestens zwei Jahren mit einem hellenisch-libyschen Söldnerheer nach Süden ziehen, sodass jeder *strategos* darauf bedacht war, Erfolge vorweisen zu können. Um diese Entwicklung voranzutreiben, wurden mehrmals im Monat einheimische Familien von den Kommandanten und Hauptleuten zu Treffen geladen, mit der ausdrücklichen Bitte, Ehefrauen und heiratsfähige Töchter mitzubringen. In den Ländern des Ostens – etwa in Persien – wäre dies undenkbar gewesen, die ägyptisch geprägten Menschen von Syene gestanden den Frauen jedoch weit mehr Freiheiten zu, als es etwa in Hellas der Fall war.

Das Frauenbild des Hauptmanns Erigyos war von Mutter und Schwester geprägt gewesen – danach hatte es nur noch die Huren im Tross oder in den Truppenlagern gegeben. Nicht, dass er grundsätzlich einer Ehe abgeneigt gewesen wäre, doch während seines Lebens in der Truppe gab es so gut wie keine Möglichkeit, mit guten Familien in Verbindung zu treten. Seit einigen Jahren aber führte Erigyos ein sesshaftes Leben und nun kam er durch den Wunsch des Königs in nähere Berührung mit der eingeborenen Bevölkerung, oder, genauer gesagt, mit den mächtigen und einflussreichen Familien von Syene und Umgebung.

Als er seine Auswahl getroffen hatte und der *strategos* die Verbindungen aufnahm, hatte Erigyos sich vom Bild seiner Schwester leiten lassen, ohne sich dessen bewusst zu werden. Merit-Amun war die Tochter einer altansässigen Familie, deren männliches Oberhaupt seit Generationen mit der Kronverwaltung des jeweiligen Königs betraut war. Das hatte auch bei den kuschitischen Pharaonen keine Unterbrechung erfahren, denn die neuen Herren waren so klug, sich der alten erfahrenen Beamten zu bedienen. Als Aigyptos wieder an einheimische Könige kam, brachte das der Familie keine Nachteile, denn auch sie sahen ein, dass – im Gegensatz zu einem Truppenführer – ein Verwaltungsbeamter keinem bestimmten Herrscher, sondern ganz allgemein dem Staat zu dienen hat.

Merit-Amuns Vater erkannte ganz richtig, dass sich ein zu häufiger Herrscherwechsel auf die Dauer nachteilig auswirken kann, und schloss sich mit Überzeugung dem Wunsch des Königs an, Syene zur unüberwindlichen Grenzfestung auszubauen. Dass dies ohne fremdländische Söldner nicht möglich war, lag auf der Hand und so erklärte er sich mit seinem künftigen Schwiegersohn sofort einverstanden.

Merit, wie das Mädchen von allen genannt wurde, war mit drei Brüdern aufgewachsen und das kam ihr jetzt zu Gute, denn männliche Eigenarten und Verhaltensweisen waren ihr durchaus vertraut. Sie erkannte das wahre Wesen des Erigyos und so wusste sie ihn auch richtig zu behandeln. Er vergalt es ihr mit einer gewissen Nachgiebigkeit, die sonst seinem Wesen fremd war. Merit wusste, dass eines vor allem anderen im Leben ihres Mannes Vorrang hatte: sein Dienst und seine Truppe. Anstatt – wie manche Frauen dies tun – sich dem zu verschließen, machte sie sein Anliegen – wenigstens schien es so – zu dem ihren. Sie stellte die richtigen Fragen, hörte geduldig zu, hatte zu manchem auch eine durchaus eigene Meinung. Erigyos verstand dies nicht als Kritik, sondern als Teilnahme und war stolz, aus Merit eine rechte Kriegerfrau gemacht zu haben. Sie wusste es besser, ließ ihm aber seinen Glauben …

Im ersten Jahr ihrer Ehe wurde Berenike geboren. Erigyos, der sich natürlich einen Jungen gewünscht hatte, zeigte sich dennoch erfreut und erwies dem kleinen Wesen eine etwas gehemmte Zärtlichkeit. Bald darauf traf der Pharao ein, an der Spitze eines Heeres von etwa zehntausend Mann – überwiegend Hellenen und Lydier. Wenig später überschritt der König die nubische Grenze, stieß auf nur schwachen Widerstand und eroberte nach kurzer Belagerung Napata, die Hauptstadt von Kusch. Erigyos war mit dabei und zeichnete sich von neuem durch Mut, Klugheit und kühnes Handeln aus. Der König selbst empfing ihn im Kriegslager, äußerte seine volle Zufriedenheit, auch über die Heirat des Hauptmanns mit einer Landestochter.

»Solange Krieger wie du unsere Grenzen bewachen, ist mir um Aigyptos' Zukunft nicht bang.«

Psammetichos aber hatte die Niederlage gegen Babylon vor acht Jahren nicht vergessen und bereitete sich auf einen Rachefeldzug vor. Erigyos wäre gerne mitgezogen, doch nun hatte er sich bereits für das ansässige Leben in einer Grenzfestung entschieden. Ehe der Pharao nach Norden zog, ließ er Erigyos die Ernennung zum *hypostrategos* überreichen, was ihn mit zwei anderen zum Herrn der Festung Syene machte. Er führte die Schwert- und Lanzenkämpfer, die beiden Mitkommandanten die Bogenschützen und die Streitwagentruppe.

Mit Merit zeugte Erigyos in den Jahren darauf ein weiteres Mädchen und einen Jungen, die beide vor dem ersten Lebensjahr starben. Dann kam Penthilos zur Welt, ein kräftiger Kerl von Anfang an, der gesund und lebhaft heranwuchs. Es hätte ein ruhiges Familienleben sein können, wären nicht die ständigen Einfälle der Wüstenräuber gewesen. Diese Horden setzten sich aus geflohenen nubischen Soldaten und aus Verbrechergesindel zusammen, das sich von überallher in die schwer zugänglichen Wüstenverstecke durchschlug und sich den Banden anschloss. Da bei der Bekämpfung dieser Plage die Streitwagen nicht zu gebrauchen waren, mussten Fußtruppen eingesetzt werden, wobei sich die Bogenschützen mit den Lanzen- und Schwertträgern abwechselten.

Erigyos hätte sich als *hypostrategos* nicht immer an die Spitze seiner Männer setzen müssen, er hielt das jedoch für seine Pflicht, und als sie eine der Räuberhorden zersprengen wollten, kam dieser eine andere überraschend zur Hilfe. Es entspann sich ein hitziger Kampf und wie stets versuchten die Freibeuter den Anführer zu töten – wohl wissend, dass nichts so sehr die Kampfkraft der Gegner schwächte. Erigyos wurde dabei von einem Pfeil in die Halsgrube getroffen, aber seine Kampfeswut hielt noch eine Weile an, bis er bewusstlos zusammenbrach. Seine Männer brachten ihn schleunigst nach Syene zurück, wo ein Wundarzt den Pfeil nach langen, schmerzhaften Versuchen entfernen konnte und den Verletzten Merits Pflege überließ.

»Der Pfeilschuss an sich wäre nicht lebensgefährlich, doch er drang tief in das Muskelgewebe ein. Wenn die Wunde sich schließt, ist die Gefahr vorüber ...«

Sie schloss sich nicht, sondern es entstand tief innen ein Eiterherd, der hohes Fieber verursachte, das stets um die Mittagszeit sank. Dann war Erigyos klaren Sinnes und kritzelte auf Papyrosfetzen herum und rief Merit zu sich.

»Ich versuche, hier aufzuschreiben, wie mein Leben bisher verlaufen ist – für meine Kinder ... Es sieht so aus, als sollte ich den verfluchten Pfeilschuss nicht überleben ...«

Es entsprach nicht Merits geradliniger Art, ihm diesen Gedanken auszureden, denn sie konnte selbst sehen, dass es mit ihm zu Ende ging.

»Wenn ich gestorben bin, so möchte ich, dass du nach Lesbos gehst ... Ich habe mich entschieden, mein Leben hier zu beschließen, dachte aber nicht, dass es so bald sein wird ... Penthilos und Berenike sollen in Hellas aufwachsen ... Mein Bruder Charaxos wird sie aufnehmen wie seine eigenen Kinder ... Auch Sappho ...«

Er sprach nicht weiter, versank von neuem in den heißen Wogen des Wundfiebers. Am Morgen des elften Tages war der Verletzte nicht mehr ansprechbar, rang nach Luft, röchelte laut mit weit offenem Mund und tat bei Sonnenaufgang seinen letzten Atemzug.

Merit hätte nicht gewagt, auch nur gegen eine seiner zuvor getroffenen Anordnungen zu handeln. Der für das Grenzgebiet zuständige *strategos* zahlte ihr den Sold des Verstorbenen für zwei Jahre aus und sie machte sich – ungeachtet der Einwände ihrer Familie – auf den Weg nach Norden.

16

Mein Bruder Charaxos zeigte sich über den Familienzuwachs sehr erfreut. »Was ist ein *patriarchos* schon wert, dessen Sippe aus drei oder vier Häuptern besteht? Mit Merit, ihren, meinen und den Kindern von Kleis und Larichos zählen wir jetzt fast schon zwei Dutzend! Den Göttern sei Dank, dass sie unseren Stamm am Ende so reich gesegnet haben.«

Dabei bezog er seine Geschäfte mit ein, denn Hermes hielt weiterhin sichtlich die Hand über seinen Schützling.

Charaxos hatte den richtigen Zeitpunkt abgewartet und dann dem verschuldeten Besitzer unser früheres Gut – das Haus meiner Kindheit – günstig abgekauft. Händereibend berichtete er mir von seinen weiteren Plänen.

»Mir wäre es lieb, unser Vaterhaus nicht an fremde Leute zu verpachten oder einen Verwalter hineinzusetzen. Das könnte eine Aufgabe für Merit sein, falls – ja, falls sie sich wieder verheiraten würde. Ihre Kinder hätten dann ein richtiges Heim, sind noch klein genug, um dort Wurzeln zu schlagen.«

Mein erstes Gefühl war Ablehnung, das sage ich ganz offen. Die Ägypterin als Hausherrin an der Stätte meiner Kindheit – nein, dagegen sträubte ich mich. Seit jeher gewohnt, solchen Anwandlungen auf den Grund zu gehen, sie mit kühler Vernunft zu betrachten, konnte ich nichts finden, was gegen Charaxos' Pläne sprach – immer vorausgesetzt, dass Merit bereit war, wieder zu heiraten. Dies herauszufinden überließ der gute Charaxos freilich mir und ich hoffte im Stillen, sie würde sich dagegenstellen. Doch da erlebte ich eine Überraschung.

»Warum nicht? Ich sage dir ganz offen, dass ich auf die Dauer nicht ohne einen Mann leben möchte. Übrigens hat auch Erigyos auf seinem Sterbelager davon gesprochen, dass ich mich – schon der Kinder wegen – wieder verheiraten soll. Penthilos kommt jetzt in ein Alter, da er dringend einen Vater braucht. Wenn es Not tut, bekommt er auch von mir eine Tracht Prügel, aber ich gewinne den Eindruck, dass er es immer weniger ernst nimmt. Mache dich also ruhig auf die Suche, meine Sappho, achte nur darauf, dass mein Künftiger nicht zu alt ist.«

Ihre dunklen Augen blitzten mich lachend an. Natürlich hatte sie dies alles in weitaus einfacheren Worten gesagt, aber ich bringe es nicht fertig, unser schönes Aiolisch zu entstellen.

Mein jüngerer Bruder Larichos hielt sich aus dieser Sache heraus. Er schob alle Verantwortung auf Charaxos und merkte nur spöttisch an: »Hoffentlich erben Merits Kinder nicht die Wesensart ihres Vaters.«

Du, meine Kleis, wirst dich erinnern, wie ich früher davon sprach, dass ein entfernt verwandter Zweig unserer Familie die lange Abwesenheit deines Onkels Charaxos zu nutzen versuchte, um uns einen der ihren als *patriarchos* aufzuzwingen. Der Zufall wollte es, dass ein Glied dieser Familie dabei war, nach Naukratis auszuwandern und dabei Rat suchend auf Charaxos stieß. Der Mann – er hieß Helikon – hatte sich bei einer Erbauseinandersetzung mit den seinen zerstritten und wollte mit dem, was ihm schließlich zugefallen war, in Naukratis eine neue Existenz gründen. Welche Erfahrungen er als Kaufmann habe, fragte ihn Charaxos. Keine, sagte Helikon lachend, er hoffe allerdings, welche zu machen. Was er bisher getrieben habe? Einen Weinberg bewirtschaftet, aber der Ertrag sei für ihn und seine Familie zu gering gewesen. Dann sei seine Frau im zweiten Kindbett gestorben und er habe die kleine Tochter seiner älteren Schwester anvertraut. Wenn er in Naukratis Fuß gefasst habe, wolle er eine reiche Ägypterin heiraten und dann ...

Charaxos lachte, als er es mir erzählte.

»Da habe ich ihn unterbrochen und gesagt, dazu müsse er nicht eine so weite Reise unternehmen, denn reiche Ägypterinnen gebe es auch hier.«

Es fiel uns nicht schwer, dem guten Helikon seine Pläne auszureden und ihm die unsrigen schmackhaft zu machen. Freilich konnten wir Merit nicht ungefragt verheiraten, als sei sie ein unmündiges Mädchen. Wir brachten die beiden also zusammen und sie einigten sich schnell. Merit meinte, da käme sie bequem und mühelos zu einer zweiten Tochter – ohne lästige Schwangerschaft, ohne die Schmerzen von Wehen und Geburt.

Wieder erwies es sich, dass Charaxos bei allem eine glückliche Hand besaß, gepaart mit abwägender Vernunft, die ihn am Ende auch auf Doricha hatte verzichten lassen. Sie führte »Gorgos Hetärenschule« schnell zum Erfolg und versäumte es nicht, mir regelmäßige Besuche abzustatten.

Seltsam genug, dass ich mit ihr die intimsten Dinge besprach und immer mit Verständnis und gutem Ratschlag rechnen konnte. In Pyrrha hatte es anfangs bei einigen Leuten Widerstand gegen ihre Schule gegeben, aber – klug wie Doricha war – hatte sie sogleich mit den Priestern des *heraion* Fühlung aufgenommen. Dieses zentrale Heiligtum für ganz Lesbos lag der Stadt Pyrrha am nächsten und so hatte sich eine besondere Beziehung ergeben. Doricha stiftete einen Teil ihres Einkommens dem *heraion* und war auch zur Stelle, wenn es bei einem Fest an Sängerinnen oder Tänzerinnen mangelte.

Die Nachricht, dass das Haus meiner Kindheit von neuem unserer Familie gehörte, hatte mich anfangs kaum berührt, denn längst war ich mit Mytilene verwachsen und hatte niemals mit dem Gedanken gespielt, auch nach meinem Rückzug aus der Schule wieder dorthin zurückzukehren. Da nun jedoch feststand, dass Merit und Helikon den Besitz verwalten würden, gab es triftige Gründe, dann und wann dort vorbeizuschauen. Ich konnte meine Bruderskinder besuchen und dabei im Stillen prüfen, wie sich die beiden bei der Verwaltung des Gutes anstellten. Gleich kam mir wieder der *skorpios* in den Sinn, der *daimon* meiner Kindheitsträume, der – so sah ich es später – Eresos nicht bedrohte, sondern bewachte.

Um diese Zeit erschien Hero aus Gyaros, einer winzigen Insel südwestlich von Andros – der Heimat meines verschollenen Gemahls. Ihr Vater war Herr der ganzen Insel, was nicht heißen soll, dass er sie als *tyrannos* regierte, denn dafür war sie zu klein. Ihm gehörte das Eiland als ererbter Grundbesitz und die dort lebenden Bauern und Fischer waren ihm als Pächter hörig. Keine Sklaven zwar, doch so weit vom Grundherrn abhängig, dass nichts ohne seine Einwilligung geschehen konnte. Hero schilderte ihren Vater als weitherzig und gutmütig.

»Wenn jemand heimlich die Insel verließ, so ging er der Sache nicht weiter nach, denn irgendwann erfuhr er doch den

Grund. Nur Faulheit mochte er nicht dulden, und wenn er einen Drückeberger erwischte, wurde der vor aller Augen gnadenlos ausgepeitscht. Er war eben der Ansicht, wer auf Gyaros blieb, erklärte sich mit den Verhältnissen einverstanden und habe dann sein Bestes zu tun. Wer es lieber woanders versuchte, den wollte er nicht aufhalten.«

Vor etwa zehn Jahren hatte ein Seemann eine Seuche dort eingeschleppt, die etwa einem Drittel der Einwohner das Leben kostete, und leider waren auch Heros Mutter und ihre beiden Brüder unter den Opfern – ein älterer und ein jüngerer. So war nur sie geblieben und ihr Vater bat mich in einem sehr höflichen Schreiben, seine Tochter gründlich auszubilden und auf Lesbos nach einem geeigneten Bräutigam Ausschau zu halten – er denke an einen zweit- oder drittgeborenen Sohn aus allerbester Familie. Das könne nicht schwierig sein, denn die Mitgift sei beträchtlich …

Da hatte er freilich Recht, denn welche Braut brachte schon eine ganze Insel mit in die Ehe?

Der Tod ihrer Brüder und der Mutter hatte in Heros Seele eine unauslöschbare Trauer hinterlassen. Überlegungen wie: Dieser Tod hat mir eine Insel in den Schoß geworfen, da kann ich mich glücklich schätzen, waren ihr fremd.

Sie war schon dreizehn, als sie hierher kam. Von schöner, eher großer Gestalt, ging sie leicht gebeugt wie unter einer Last. Mit ihrem ernsten, nachdenklichen Gesicht wirkte sie einige Jahre älter; anfangs lächelte oder lachte sie nie, später konnte es sein, dass der Hauch eines Lächelns über ihr Gesicht huschte. An ihrer äußeren Erscheinung wäre nichts zu tadeln gewesen, hätten nicht ihre gebeugte Gestalt und ihre tragische, wie erstarrte Miene das schöne Bild gestört. Beim Unterricht zeigte sie sich aufmerksam und arbeitete gut mit, doch fehlte ihr jedes Interesse an dem Gebotenen. Schreiben und Lesen hatte sie schon zu Hause gelernt, bei Fächern wie Geografie, Geschichte, Religion und Literaturkunde arbeitete sie still mit, doch niemals kam eine Frage, eine Anregung, ein Vorschlag. Was nun Musik, Tanz und Singen betraf, so zeigte sie eine zerstreute Aufnahmebereitschaft und eine natürliche Anmut, doch es fehlte ihr jeder Ehrgeiz, sich hervorzutun, besser zu sein als die anderen. Wir hätten annehmen müssen, Hero könne bei jeder Prüfung nur versagen, aber dem war nicht so. Ihr Kopf war wie ein Schwamm, der ganz von selbst alles aufsog und der, wenn man ein wenig presste, alles wieder in guter Ordnung von sich gab. Mancher Lehrer wäre damit durchaus zufrieden gewesen, mich aber stachelte es dazu an, Heros erstarrte Seele wieder zum Leben zu erwecken, in ihr Gefühle wie Neugier, Ehrgeiz und Lust auf etwas zu entfachen.

Ich weiß, das ist dir nicht präzise genug, liebe Kleis – Lust auf etwas. Was soll damit gemeint sein? Lust auf ein bestimmtes Fach, etwa auf Reigentanz, auf Vortrag von Liedern, auf Götter- und Heldensagen? Nein, so ist es nicht gemeint, ich dachte dabei eher an Lust am Dasein, Freude an ihrer Jugend, Neugier auf die Zukunft.

Ein verhaltenes Interesse an Geschichten aus alter Zeit gab es bei ihr zwar schon, allerdings nur dann, wenn das Ende tragisch war. So fand sie es ganz richtig, dass nicht nur Hektor mit göttlicher Beihilfe sterben musste, sondern auch Achilleus, der ihn besiegte.

»Und was ist mit Helena?«, fragte ich. »Sie war letztlich die Ursache zu dem zehnjährigen Kampf um Troia.«

Heros in Trauer verschattete Augen blickten mich an.

»Die Ursache vielleicht, aber trägt sie auch die Schuld daran – alle Schuld?«

»In der Ilias des Homeros wird mehrmals auf ihre alleinige Schuld hingewiesen, etwa im neunten Gesang:

Raubt' er das reizende Weib und behält es;
mag er in Wollust ihrer sich freun!
Was trieb zum Krieg nur gegen die Troer Argos' Volk?
Was führt' er hierher die versammelten Streiter,
Atreus' Sohn? War's nicht der lockigen Helena wegen?

Hero schüttelte kaum merklich ihren Kopf. »Das ist eine Frage, keine Feststellung. Fest jedoch steht – und auch Homeros schildert es so –, dass Helena ein Opfer gieriger und eifernder

Männer war. Theseus hat sie nach Attika entführt, ihre Brüder haben sie später befreit. Odysseus hat heftig um sie geworben und schließlich wird sie die Frau des Menelaos, der gegen Troia zieht, nachdem Paris sie dorthin entführt hat. Am Ende kehrt sie zu ihrem Gatten nach Sparta zurück und er verzeiht ihr. Nur, was gibt es zu verzeihen? Dass die Männer, von ihrer Schönheit berückt, sie da- und dorthin zerren, sie zum Spielball ihrer Gier machen, denn wer die schönste Frau erobert, gilt als besonderer Held. Schuld auf sich geladen haben hier vor allem die Männer und dafür wurden sie bestraft.«

»Machst du es dir da nicht zu einfach? Auch Frauen werden Opfer ihrer Gefühle. Hat nicht Elektra ihren Bruder Orestes zu grausamer Blutrache getrieben? Hat nicht Medaias Wüten vielen Männern das Leben gekostet?«

»Dafür gab es gewichtige Gründe!«

Dass Hero dies alles aus weiblicher Sicht sah und wertete, sich auf die Seite der Frauen stellte, war zu verstehen, aber dass sie leidvolle Geschichten mit tragischem Ausgang mehr genoss als andere, versöhnlichere, das hielt ich für bedenklich. Ich zerbrach mir den Kopf, wie dem Mädchen zu helfen sei, mit welchen Mitteln die dunkle Mauer, die es um sich aufgebaut hatte, zu durchbrechen sei. Kaum hatte ich das gedacht, da wusste ich schon, dass es falsch war. Ich durfte nicht nach Kriegerart den Wall mit Gewalt durchbrechen oder erstürmen. Es galt, die Mauer behutsam abzutragen, Stein um Stein, mit Geduld und Geschick. Aber wie es anpacken? Ich bemühte mich redlich, zeigte Mitgefühl und Verständnis, war mir jedoch nicht sicher, ob ich damit ihre dunkel verschattete Seele erreichte. Wenn ich ihr dabei vielleicht nicht näher kam, so wuchs sie mir mit der Zeit ans Herz. Mag an ihr nichts Besonderes gewesen sein, so rührte mich doch ihr Bemühen, dem Unterricht zu folgen, wie mich ihr nahezu unfehlbares Gedächtnis erstaunte.

Nach einem Jahr erhielt sie von mir den Einzelunterricht zur Vorbereitung auf ihr künftiges Dasein als Haus- und Ehefrau. Wie bei allem, was sie betraf, ging ich sehr behutsam vor, erwartete Widerstand und Ablehnung. Doch es kam anders, wie so oft im Leben. Die bisher so fest verschlossene Knospe öffnete sich langsam, begann aufzublühen und sich zu entfalten. Als sie erkannte, dass auch ihr Körper ein Musikinstrument war und sie lernen konnte, darauf zu spielen, huschte dann und wann ein Lächeln über ihr ernstes, verschattetes Gesicht und – wenn auch die Mauer nicht gänzlich fiel – so konnte ich doch sehen, dass eine Bresche geschlagen war – ein Weg, der zu ihrem Innern führte.

Bei ihr war es anders als mit Iranna – anders auch als mit Gongyla oder Euneika. Ich versuche, es in einem Satz zu fassen: Zu Hero war es ein langer Weg, aber am Ende war sie es, die mir entgegenkam. Es wäre falsch, unsere Beziehung als leidenschaftlich zu bezeichnen. Uns verbanden Wärme, Mitgefühl, Verständnis und etwas, was ich Dankbarkeit nennen möchte. Sie dankte mir mein Bemühen und die nie erlahmende Geduld und ich ihr, dass sie mir das letzte Stück unseres Weges so leicht gemacht hatte. Und seltsam genug: Wenn meine früheren Geliebten den künftigen Ehestand scheuten und ihren Aufenthalt verlängern wollten, so überraschte mich Hero mit dem Geständnis, sie freue sich auf ihre Rolle als Hausfrau und Mutter. Vielleicht hätte ich darüber enttäuscht sein sollen, doch ich war es nicht. Da uns keine Leidenschaft verband, sah ich in Hero das Ziel meines Lehrens erreicht und machte mich nun mit Eifer an die mir von ihrem Vater übertragene Aufgabe, einen *nymphios* zu finden.

Du, liebe Kleis, hast mich bei dieser Suche ein wenig beraten und unterstützt und, da du ihren Ausgang kennst, muss ich ihn hier nicht wiederholen. Nicht aber weißt du, welche Schwierigkeiten das letzte halbe Jahr von Heros Aufenthalt mir brachte, woran sie weder Anteil noch Schuld hatte.

Die Ursache hieß Megara, eine Zwölfjährige aus Antissa, die mir in den anderthalb Jahren ihres Hierseins nicht besonders aufgefallen war. Wenn ich ihr Äußeres schildern soll, so war sie in vielem Euneika sehr ähnlich. Im Großen und Ganzen recht hübsch, etwas schlampig, zu Zeiten intrigant und verlogen, dann wieder reumütig und einsichtig.

Sie warf sich mir an den Hals, ich kann es nicht anders sagen. Sollte ich das Verhalten der beiden in einen Satz bringen müssen, so würde er lauten: Hero gab – Megara forderte. Nun könnte man mir zu Recht vorwerfen, warum ich Megara nicht in ihre Grenzen wies. Eine schwierige Frage, die sich nicht so ohne weiteres beantworten lässt. Ich würde es mir zu einfach machen zu sagen, ich sei ihr verfallen gewesen, Leidenschaft macht blind und so fort. Nein, so war es nicht, aber ich glaube, es hing mit meinem Alter zusammen. Zwischen uns standen dreißig Jahre – ich hätte sogar Megaras Großmutter sein können, dessen war ich mir bewusst. Hätte sie mich ausgenutzt, hätte sie ihre Zuwendung mit Vorteilen erkaufen wollen oder mit Geschenken, so hätte ich unsere Verbindung sofort beendet, aber unter ihren nicht wenigen schlechten Eigenschaften fehlten diese Wesenszüge.

Wie Euneika verfolgte auch Megara den Unterricht ganz nach Lust und Laune. Was sie nicht fesselte, brachte sie zum Gähnen oder sie polierte dabei so hingebungsvoll ihre Nägel, dass die Lehrerinnen sie ständig tadeln, zurechtweisen, häufig auch bestrafen mussten. Das nahm sie gleichmütig hin, ohne sich bei mir zu beschweren oder mich um Hilfe zu bitten. Nicht anders stand es mit den Geschenken. Sie erwartete keine von mir und machte auch keine. So durfte ich mir einbilden, dieses seltsame Wesen liebt dich um deiner selbst willen, schaut nicht auf dein Alter, übersieht Falten und Fältchen, das immer grauer werdende Haar.

Gewohnt, den Dingen auf den Grund zu gehen, stellte ich ihr Fragen verschiedenster Art, bisweilen ganz ungeschminkte, manchmal listige oder solche, die wir als Fangfragen bezeichnen. Die Antworten darauf spiegelten deutlich ihre launische, sprunghafte Wesensart. Manchmal antwortete sie nicht oder mit Ausflüchten, mitunter klangen ihre Entgegnungen so unverstellt und freimütig, dass sie mich beschämte.

Aber da war auch noch Hero, von Megara mit eifersüchtigem Argwohn verfolgt. Wenn ich sage verfolgt, so ist das keine Übertreibung und durchaus wörtlich zu nehmen. Megara warf der anderen Steine in den Weg, wo sie nur konnte, schwärzte sie bei den Lehrerinnen an, was sie klugerweise bei mir unterließ, brachte sie bei den Mitschülerinnen in ein seltsames Licht, das die Schwermütige fast als Schwachsinnige hinstellte. Zum Glück behielt ich die Übersicht, sah gleich, dass Hero ein Opfer von Lüge und Verleumdung war. Ich fürchtete nur, dass sie dies in ihren alten Zustand der Erstarrung zurückfallen ließ, aber eher das Gegenteil trat ein. Hero ging aus sich heraus, stellte Megara zur Rede, hielt ihr in Gegenwart von anderen einen Spiegel vor. Das tat sie ganz unaufgeregt, ohne Überschwang und mit ruhigen Worten. Natürlich wusste sie, dass ich von Megara nicht loskam – es offenbar weder wollte noch versuchte. Hätten beide mich bestürmt, die jeweils andere davonzujagen, so wäre mir die Entscheidung sehr schwer gefallen – vermutlich hätte ich mich aus gewichtigen Gründen für Hero entschieden, die meinem Herzen doch näher stand, die ich aus ihrer dunklen Höhle hervorgeholt hatte, die – ohne Eitelkeit gesagt – mein Geschöpf war. Auch der Altersabstand hätte eine Rolle gespielt, denn Megara war auf die Dauer doch eine recht anstrengende Geliebte.

Nun habe ich mich in ein Dickicht von hätte, wäre und könnte verstrickt, das keineswegs der tatsächlichen Lage entsprach. Kurz gesagt – ich kam von beiden nicht los, die eine war mir so lieb wie die andere. Da eine Lösung nicht in Sicht war, tat ich etwas, das ich sonst meinen Schülerinnen als feige und verwerflich hinstellte – ich ergriff die Flucht. Man könnte es auch weniger dramatisch formulieren und sagen, ich zog mich für eine Weile zurück.

Du weißt nicht, wovon ich spreche, meine Kleis? Du wirst dich sicherlich erinnern können, dass ich nach Eresos reiste, einige Monate, nachdem Helikon und Merit dort die Verwaltung übernommen hatten. Ihr alle fandet es richtig, umso mehr, als ich damals Anagora schon zu meiner Nachfolgerin bestimmt und mir vorgenommen hatte, von Zeit zu Zeit die Zügel zu lockern. Nun weißt du, dass es auch noch diesen anderen Grund gab. Wenn du mich deshalb feige nennen willst, so magst du es tun.

Es ist schon seltsam: Da gewinnt man zu einem Menschen, einem Ort oder einem Ereignis mit der verrinnenden Zeit mehr und mehr innerlichen Abstand, kommt man aber diesen Dingen wieder ganz nahe, so löst sich dieser Abstand auf wie flüchtiger Rauch.

So erging es mir, als mein Schiff im Hafen von Eresos anlegte und die mich begleitende Pera zur Akropolis hinaufschaute.

»Ziemlich klein, das alles …«, hörte ich sie murmeln und schon regte sich in mir der Widerstand.

»Verglichen mit Mytilene mag es schon stimmen, doch mein Geburtsort gehört zur *pentapolis* und ist nicht ohne Bedeutung.«

Pera tätschelte meinen Arm. »Verzeih, ich wollte dich nicht kränken …«

Bei Merit und Helikon waren wir angekündigt worden, die Zimmer waren hergerichtet, ein Festmahl wurde vorbereitet. Ich sah bald, dass diese Ehe so reibungslos lief wie ein gut geschmiertes Wagenrad, und das war wohl dem Umstand zu verdanken, dass weder Merit noch Helikon sich in die Aufgaben des anderen einmischten. Mit dem großen Haus und den drei Kindern war sie völlig ausgelastet, während er dabei war, alle dafür geeigneten Felder auf Weinbau umzustellen.

»Diesen Rat hat mir Charaxos gegeben, denn für unsere Weine gibt es in Aigyptos einen nahezu unerschöpflichen Markt, vor allem seit der Pharao seine Residenzstadt Sais für den Großteil seiner Truppen zum Standort bestimmt hat. Das sind ohnehin meist Hellenen und denen scheint der Wein aus Lesbos vorzüglich zu munden.«

Penthilos war beim Tod seines Vaters schon über sechs Jahre alt, ihm sehr verbunden gewesen und so fiel es ihm jetzt schwer, Helikon als Stiefvater anzuerkennen. Die kleine Berenike hatte da weniger Probleme, sie wuchs bei der Mutter auf und kam mit Helikon nur sehr selten in Berührung. Mit ihrer Stiefschwester hatte sie sich sofort angefreundet und beide fanden es sehr lustig, nicht verwandt zu sein und doch innerhalb einer Familie zu leben.

Durch den mehrmaligen Besitzerwechsel hatte das Haus einige Umbauten erfahren, vor allem was seine frühere Abschottung zur Meerseite betraf. Vom oberen Stockwerk hatte man nun einen freien Blick auf den Akropolishügel mit seiner dichten Besiedlung, einen Teil der Agora und auf einen Ausschnitt des Meeres, das wie ein tiefblauer Farbstreifen Himmel und Land voneinander trennte. Der Hafen war vom flach zur Agora hin auslaufenden Burghügel verdeckt und vom *skorpios* nur so viel zu sehen, dass Teile von ihm wie harmlose Klippen aus dem Wasser ragten.

Mit Pera zusammen schritt ich die Wege meiner Kindheit ab, doch konnte ich es nicht mehr so unbehelligt tun wie damals. Die Nachricht von meiner Ankunft hatte sich schnell verbreitet und – ich sah es eher mit Rührung – ich konnte keinen Schritt tun, den nicht mindestens zehn Augenpaare beobachtet hätten. Ganz Mutige – natürlich schicklicherweise nur Frauen – liefen auf mich zu und luden mich auf ein Glas Wasser in ihr Haus. Einige erkannte ich noch, bei anderen setzte erst die Erinnerung ein, wenn sie mir Namen und Familie genannt hatten.

Einige Tage nach meiner Ankunft bat ein gewisser Phaon, mit seiner jüngeren Schwester von mir empfangen zu werden. Sein Name und der seines Vaters waren mir flüchtig bekannt; von anderen erfuhr ich die Geschichte seiner Familie.

Der Großvater kam aus einem anderen Teil von Hellas hierher, war bei einem der vielen Kleinkriege gefangen genommen und versklavt worden. Er tat hier, was er schon in seiner Heimat getan hatte, er arbeitete mit großem Geschick als Fischer, heiratete eine Magd, zeugte Kinder und konnte sich nach dem Tod seines Herrn freikaufen. Seine beiden Söhne taten es nicht weniger erfolgreich dem Vater nach und es entstand das Gerücht, dass der ältere eine der Nereiden, die sich draußen am Inselchen tummelten, zur Geliebten gewonnen hatte. Die fünfzig Töchter des Meeresgottes Nereus sind ja bekanntlich freundlich und zutraulich und nicht selten – vor allem bei einer Flaute – unterhalten sie die Seeleute mit Spiel und Tanz. Als Tochter eines Meeresgottes hatte sie eine gewisse Macht über die Fische und soll auf diese Weise für den Erfolg ihres Geliebten gesorgt haben. Jedenfalls wurde die Familie so reich, dass die zuvor genannten Söhne und Erben – als der ältere heiratete – bereits eine ganze Fischereiflotte unterhielten, aber auch andere

Handelsgeschäfte betrieben. Als Phaon geboren wurde, stand sein Vater schon längere Zeit in der Bürgerliste und wurde kurz darauf – hauptsächlich seines Reichtums wegen – in den Adelsrat aufgenommen. Der Schicksalsgöttin Tyche wurde dieses stete Glück offenbar zu viel und sie wendete das Blatt.

Phaons Onkel verschwand mit einem Handelsschiff auf hoher See, Vater und Mutter starben kurz darauf. Von den Kindern hatten nur zwei überlebt: Phaon und seine jüngere Schwester Helena.

Als nicht mit mir verwandtem Mann empfing ich ihn – mit Helikons Einverständnis – im *andron,* auch Pera und Merit waren zugegen.

Phaon erinnerte mich sofort an jene *kouroi* – anmutige Jünglingsgestalten, die man an den Gräbern verstorbener Bürger aufstellt. Dies unterstrichen die mandelförmigen, weit auseinander stehenden Augen, die schmale, edel geformte Nase, das feste Kinn und ein kleiner Mund mit vollen, stets lächelnden Lippen. Er betonte seine Jugendlichkeit durch lang herabwallende Haare und den fehlenden Bart.

Kurz zuvor hatte ich erfahren, dass Phaon keiner Tätigkeit mehr nachging, sondern als stiller Teilhaber einer Fischerei- und Handelsflotte ein mehr als üppiges Einkommen bezog.

Mit einer zarten, brüderlichen Geste schob er die kleine Helena, die sich schüchtern hinter ihm versteckt hatte, nach vorn.

»Das ist sie nun, meine Schwester Helena, gerade zehn Jahre alt geworden und bestrebt, an deiner hochgerühmten Schule in Benehmen, Wissen und musischen Fächern ausgebildet zu werden.«

Um meiner Nachfolgerin Anagora keine Schwierigkeiten zu bereiten, sprach ich vor anderen niemals davon, dass ich mich nach einem Jahr aus meiner Schule zurückziehen wollte.

»Dein Wunsch, verehrter Phaon, ehrt mich umso mehr, als ich ja ein Kind dieser Stadt bin und, wie du siehst, immer wieder gerne hierher zurückkehre. Wenn du einverstanden bist, werde ich Helena nach den Sommermonaten mit nach Mytilene nehmen.«

Wir plauderten noch eine Weile Belangloses, doch ich spürte

seine wachsende Befangenheit, die ich mir nicht erklären konnte. Schließlich platzte er heraus: »Jetzt muss ich es einfach sagen, hochverehrte Sappho – ich bin ein glühender Verehrer deiner Dichtung und jeden im Odeion auftretenden Rhapsoden lasse ich auffordern, etwas von dir vorzutragen. Auch wenn unsere Stadt einstmals in Trümmern liegen oder gar vom Erdboden verschwunden sein sollte, dann wird man sich hier an heiliger Stätte deiner Geburt erinnern.« Seine Augen leuchteten, sein Lächeln erstrahlte, sein ganzer Körper bebte vor Begeisterung.

»Tust du mir da nicht zu viel Ehre an? An den künftigen Geschlechtern liegt es, wie man meine Dichtung einschätzt, und niemand weiß, wen meine Lieder in vier- oder fünfhundert Jahren noch begeistern werden.«

Mit einer lässigen Geste wischte er den Einwand beiseite. »Sie werden es, glaube mir, sie werden es! Doch mich bewegt die Sorge, dass alles ein wenig ungeordnet ist, dass deinem Werk der innere Zusammenhalt fehlt. Du hast viel geschaffen und ich darf mich rühmen, zumindest alles Bekannte und Wichtige als einen kostbaren Schatz in meiner Bibliothek zu hüten, doch die meisten kleineren Werke fehlen, was nicht heißt, dass ich sie geringer schätze. Wenn ich dir den Vorschlag machen darf ...«

Ich unterbrach ihn. »Verzeih, dass ich dir ins Wort falle, aber was dich bewegt, ist seit einiger Zeit auch mein Anliegen. Du hast ausgesprochen, was längst mein Plan ist, nämlich mein Werk zu ordnen, es in Bücher zu gliedern ...«

»Ja, ja! Das ist es und wir könnten es gemeinsam tun – oh, verzeih, die Begeisterung hat meine Zunge gelöst. Ich bin nur ein Fischer und es wäre schon anmaßend von mir, einen solchen Wunsch nur zu denken, geschweige ihn zu äußern.«

Ja, Phaon war ein geschickter Redner und seine – auch bei späteren Gesprächen – immer gezeigte Bescheidenheit, seine fast demütige Unterordnung, gepaart mit einem genauen und gründlichen Wissen über mein Werk, sagten gerade das Gegenteil aus, nämlich dass er und nur er der Geeignete sei, meine Lieder zu ordnen. Davon soll jetzt jedoch noch nicht die Rede sein und so begegnete ich seinem Vorschlag mit freundlicher Zurückhaltung.

»Ich könnte mir durchaus denken, dass dein Wissen und deine Begeisterung dich geeignet machen, System in meine Arbeiten zu bringen. Vorerst aber möchte ich dich nur bitten, was du selbst hast, nach deinem Ermessen zu gliedern, und wenn ich – was geplant ist – den nächsten Sommer wieder hier verbringe, sehe ich es mir gerne an.« Hatte er mehr erwartet? Das Leuchten in seinen Augen erlosch, er senkte den Kopf.

»Ich könnte es jetzt schon tun, und wenn ich mit Helena vor deiner Abreise hier erscheine ...«

»Lass dir Zeit, Phaon, überstürze nichts! Wer Korn ernten will, muss den rechten Zeitpunkt erkennen und sich dann sputen. Dichtung aber muss lange reifen und braucht viel Geduld. Sei bedankt und auf ein Wiedersehen zur rechten Zeit.«

Ich sah ihm an, dass er einen Trost brauchte, ging in mein Zimmer und schrieb ein kurzes Gedicht.

Wie der süße Apfel sich rötet
hoch oben am Baume,
oben im höchsten Gezweig –
von den Pflückern vergessen?
Nein, nicht vergessen!
Sie konnten ihn bloß nicht erreichen.

Phaon erblasste, als ich ihm das Geschriebene überreichte. Mit zitternden Händen nahm er es entgegen.

»Wie – wie soll ich das jemals vergelten? Ein Werk von deiner eigenen Hand ...«

Ich lächelte freundlich. »Du hast es bereits vergolten mit deinem Beifall für mein Werk, deiner Hingabe. Damit bin ich die Beschenkte und so nimm diese kleine Gegengabe.«

Ich muss offen sagen, dass ich nicht mit Phaons anhaltender Begeisterung rechnete. Jugend ist wankelmütig und die Interessen wechseln schnell. Doch ich sollte mich nicht nur in ihm täuschen, ich sollte auch noch eine ganz andere Seite dieses seltsamen Fischers erleben.

17

Während meiner Abwesenheit hatte sich der Zwist zwischen Hero und Megara auf eine Weise ausgeweitet, die meine Besorgnis erregte. Als Megara spürte, dass ihre Methoden, die andere zu kränken und anzuschwärzen, nichts fruchteten – ja, dass Hero dies sogar gegen sie verwendete, versuchte sie es mit anderen Mitteln.

Anagora, meine Nachfolgerin, berichtete mir gleich nach meiner Rückkehr davon. »Inzwischen bin ich mit meinen Aufgaben hier so vertraut, dass ich mir nicht vorstellen konnte, auf ein unlösbares Problem zu stoßen – oder nein, lass es mich nicht so nennen, auf einen Fall, für den ich bis jetzt keine Lösung gefunden habe. Verzeih mir, wenn ich jetzt etwas sagen werde, das dich kränken könnte, doch die Ursache des Zwistes unserer beiden Streithennen liegt – so glaube ich – bei dir.«

Ich begegnete ihrem fragenden Blick mit der Aufforderung weiterzusprechen.

»Du willst dich nicht dazu äußern? Dann kann ich nur sagen, was ich nach längerer Beobachtung vermute. Mit beiden, Hero wie Megara, fühlst du dich näher verbunden als mit den anderen Schülerinnen. Man müsste schon blind sein, um das nicht zu bemerken. Die Zuneigung der Mädchen zu dir überschreitet auch das hier übliche Maß. Du hast dich einer Lösung durch die Reise nach Eresos entzogen und nun muss ich gestehen, dass es auch mir nicht gelang, den Streit zu schlichten.«

Ich lächelte sie an und streichelte ihren Arm.

»Ich bin nicht gekränkt, Anagora, auch nicht überrascht. Du hast die Tatsachen richtig erkannt und wohl gespürt, dass die Reise in meine Geburtsstadt auch eine Flucht war. Nur, was ist jetzt zu tun? Beide von der Schule verweisen? Bei Hero gibt es dazu keinen Grund und bei Megara bringe ich es nicht übers Herz, obwohl ihre Entfernung sehr wohl zu begründen wäre. Vielleicht finde ich doch noch eine Lösung. Was gibt es über die beiden zu berichten?«

»Über Megara nichts Gutes. Gleich nach deiner Abreise hat sie lauthals verkündet, Hero habe dir so lange zugesetzt, dich von hier zu entfernen, bis du nachgegeben hättest, unter der Bedingung und mit der Absicht, Hero nachkommen zu lassen. Als Hero aber hier blieb, meinte Megara, da ihre Pläne nun aufgedeckt seien, habe sie es nicht gewagt, dir nachzureisen. Es gibt noch einige Mädchen, die sich als Megaras Freundinnen bezeichnen und ihr nach außen hin Recht geben, aber es werden von Mal zu Mal weniger. Heros Gemüt hat sich inzwischen so gefestigt, dass es mir scheint, als machten die Attacken ihrer Gegnerin sie von Mal zu Mal stärker. Sie verteidigt sich kaum, lässt Megaras Angriffe ins Leere laufen, vergilt nicht Gleiches mit Gleichem, sondern Bosheit und Tücke mit Nichtachtung oder Spott. Vor einigen Dekaden ging das dann so weit, dass Megara wutentbrannt Heros *chiton* zerriss und ihr mit dem Schreibstift das Gesicht zerkratzen wollte. Dazu kam es aber nicht, weil Hero – an Kraft der anderen überlegen – ihr eine Maulschelle verpasste, die sie umwarf. Die Lehrerin fuhr dazwischen und setzte zunächst beide auf Zimmerarrest, den sie für Hero schnell beenden musste, als alle Zeuginnen des Streits für sie aussagten. Ich habe Megara befohlen, sich künftig von Hero strikt fern zu halten, und gedroht, sie beim kleinsten Verstoß fristlos der Schule zu verweisen. So ist die Lage jetzt und ich lege den Fall in deine Hände zurück.«

Da war ich nun so ratlos wie vor meiner »Flucht« und konnte – musste zunächst nur eines tun, nämlich mit beiden sprechen. Noch ehe ich mich dazu aufraffte, klopfte Megara an meine Tür. Sie ließ mich nicht zu Wort kommen, fiel vor mir auf die Knie, brach in Schluchzen aus und stieß hervor:

»Deine – deine Abwesenheit hat – hat mich außer – außer Rand und Band gebracht, kopflos gemacht ... Ich – ich wusste nicht mehr, was ich tat, habe – habe Hero angefallen wie ein böses Tier – ich – ich schäme mich so ... Wie – wie kann ich das jemals wieder gutmachen? Bestrafe mich, lass mich auspeitschen, sperre mich ein bei Wasser und Brot, aber – aber schicke mich nicht weg – das – das wäre mein Tod ...«

Ich half ihr wieder auf die Beine, streichelte ihren Rücken, fand tröstende Worte, aber ich durchschaute sie. Ihr Gefühlsausbruch schien mir nicht so echt, wie er wirken sollte, und es war abzusehen, dass sie sich auch nach einer angemessenen Strafe niemals ändern würde. Was also tun?

»Mit einer Strafe ist es diesmal nicht getan. Ich werde eure gleichaltrigen Mitschülerinnen im Unterrichtsraum versammeln und vor ihnen, vor mir und vor den seligen Göttern müsst ihr beide – Hero und du – feierlich schwören, von nun an Frieden zu halten. Ihr seid mir beide gleich lieb, aber mir und den anderen bin ich es schuldig, die Sache zu beenden. Verstehst du das? Es täte mir in der Seele weh, eine von euch zu bevorzugen. Da ich ohnehin bald die Schule verlasse und ihre Leitung in Anagoras Hände lege, trifft es sich gut, jetzt einen Schlussstrich zu ziehen. Was ich dir soeben gesagt habe, werde ich noch heute auch Hero mitteilen.«

Megara setzte zu einer Rede an, aber ich schnitt ihr das Wort ab.

»Nein, meine Liebe, es gibt nichts mehr zu reden, du kannst jetzt gehen.«

Pera hatte wohl im Nebenzimmer gelauscht, trat schnell ein und hielt demonstrativ die Türe auf. Megara streifte sie mit einem giftigen Blick und lief hinaus.

Einige Stunden später saß mir Hero gegenüber. Megara hatte ich mit Absicht während unserer ganzen Unterredung stehen lassen, bei Hero gab es keinen Grund dazu.

»Sie war schon bei dir, ich weiß. Hat vermutlich Rotz und Wasser geheult, dich um Verzeihung gebeten und Besserung versprochen ...«

Ich lächelte. »Wie gut du sie kennst! Ich weiß natürlich, dass die Schuld überwiegend bei Megara liegt – ein klein wenig vielleicht auch bei dir?«

Als ich sie so ansah, fiel mir auf, dass sich ihr Gesicht aufgehellt hatte, wenn auch noch eine Spur der einstigen Verschattung zu erkennen war. Sie sah mich fragend an.

»Wie soll ich das verstehen?«

»Du bist im letzten halben Jahr selbstsicherer geworden und die düsteren Wolken um deine Seele haben sich gelichtet. Du bist sehr verletzlich gewesen, Megara hat das gespürt und es ausgenutzt. Jetzt begegnest du ihr mit Gleichmut und im Bewusstsein deiner Redlichkeit. Das bringt sie zur Weißglut und in einer solchen Stimmung hat sie dich angefallen.«

»Du willst sie doch nicht entschuldigen?«

»Nein, gewiss nicht. Ich versuche, die Zusammenhänge zu klären, weil ich auch gegen Megara gerecht sein will. Ich habe angeordnet, dass ihr beide vor euren Mitschülerinnen und im Angesicht der Götter Frieden schwört – jedenfalls solange ihr gemeinsam unter meinem Dach lebt. Bist du damit einverstanden?«

»Wie steht es dabei mit der Schuldfrage? Soll es so hingestellt werden, dass wir beide den gleichen Anteil an unserem Zwist hätten?«

»Nein, das wäre ungerecht, aber ich will Megaras Stolz nicht verletzen. Dir habe ich es ja gesagt, dass sie in diesem Fall die Hauptschuldige ist. Damit musst du dich begnügen, meine Hero. Vor den anderen aber soll davon nicht die Rede sein.«

»Gut, das verstehe ich. Wie ist es dir in Eresos ergangen, dem Ort, der sich mit der Ehre deiner Geburt schmücken darf?«

Da musste ich hellauf lachen. »So gestelzt – so feierlich? Das erinnert mich an einen gewissen Phaon, der mir dort seine Schwester vorgestellt hat, die ich dann hierher mitnahm. Er schätzt meine Dichtung und hat einen *hymnos* auf mein Werk gesungen, der mich hätte schamrot werden lassen, wäre er nicht so verstiegen gewesen. Ich weiß selbst, was ich wert bin, da bedarf es nicht der Lobhudelei eines Fischers.«

»Was – er ist tatsächlich ein Fischer? Hat er da nichts Besseres zu tun – oh verzeih.«

»Ich weiß, wie du es gemeint hast. Er nennt sich Fischer und das ist fast so, als würde Pittakos sich als Bauer bezeichnen. Seine Vorfahren haben diese Tätigkeit noch selbst ausgeübt, er sitzt zu Hause, liest in meinen Werken und lässt andere für sich arbeiten.«

»Ist er noch jung – wie schaut er aus?«

»Jung? Wie man es nimmt, ich glaube, er nähert sich schon seinem dritten Lebensjahrzehnt. Wie er aussieht? Sein erster Anblick hat mich an einen Kouros erinnert, du weißt schon, jene Jünglingsgestalten aus Marmor an den Gräbern der Reichen. Mit den Augen unseres Alkaios betrachtet, ist er wohl kein richtiger Mann, eher ein arbeitsloser Schöngeist. Weißt du, was ich meine?«

Hero schüttelte ihren Kopf und scherzte: »Dann kommt er für mich als *nymphios* nicht in Frage?«

Es tat mir so wohl, dass sie jetzt scherzen konnte, denn noch vor wenigen Monaten hätte ich das kaum zu hoffen gewagt.

»So viel ich weiß, ist er noch unverheiratet, aber ich will dir den Unterschied zwischen ihm und Alkaios erläutern. Unser Dichter hier schätzt die Musen über alle Maßen, die Dichtkunst ist sein Leben, aber bei ihm kommt sie aus dem Leben. Damit will ich sagen, wenn Alkaios vom Kampf, vom Wein, vom Hass auf Tyrannen und nicht zuletzt von uns Frauen singt, dann schöpft er aus der eigenen schönen sowie bitteren Erfahrung. Dafür schätze und bewundere ich ihn. Phaon ist offensichtlich ein Stubenhocker, der sich gespreizt und quasi augenzwinkernd als Fischer bezeichnet, aber so gepflegte Hände hat wie eine Luxushetäre. Er selbst dichtet nicht, hat zumindest nicht davon gesprochen, saugt sich hingegen wie ein *parasitos* mit meinen Liedern voll – er arbeitet nicht und lebt von den Mühen anderer. Das nenne ich ein Leben aus zweiter Hand, will allerdings nicht verschweigen, dass ich seinen Eifer für mein Werk schätze. Ich schreibe zwar meine Lieder vor allem zur eigenen Freude, doch es würde etwas fehlen, könnten sie nicht auch andere erfreuen. Er hütet den größten Teil meines Werkes in seiner Bibliothek und wird versuchen – wie er mir sagte –, es in Bücher zu gliedern.«

»Das ist doch schön ... So wie du mir diesen Menschen geschildert hast, erregt er kaum meine Neugier. Mein *nymphios* soll eher sein wie Alkaios – freilich ohne seine schlechten Seiten.«

Ich lachte. »Wenn du sie ihm nimmst, bleibt nichts mehr übrig. So ist das bei fast allen bemerkenswerten Menschen. Ziehst du ihre schlechten Seiten ab, dann bleiben nur noch Schatten, als seien sie schon gestorben.«

Hero blickte mich versonnen an. »Das dürfte dann auch auf

Megara zutreffen. Wäre sie nicht verlogen, intrigant, rach- und eigensüchtig, was bliebe dann noch von unserer Megara?«

»Weniger als ein Schatten ...«

Hero lachte, dann runzelte sie die Stirn. »Nun reden wir schon wieder von ihr! Kehren wir zu uns zurück, ja? Ehe du für mich einen *nymphios* gefunden hast, will ich nicht auf – auf gewisse Dinge verzichten ... Oder ist der diesbezügliche Unterricht schon zu Ende?«

Noch vor kurzem hätten solche Worte in mir eine Flamme entzündet, hätten mir die Kehle trocken und die Kleidung zur Last werden lassen. Ich wartete auf diese wohl bekannten und immer willkommenen Zeichen, aber da war nichts. Lag es an ihr, an mir oder an der gespannten Lage zwischen Hero und Megara? Wie sollte ich es ihr begreiflich machen, ohne sie zu kränken, zu verstören? Ich war ja selbst überrascht und fühlte mich wie eine *kithara* ohne Saiten, die nichts weiter ist als ein totes Stück Holz.

»Ich bin – wie soll ich es sagen – ich bin etwas angeschlagen von eurem Streit ... Das hat mich vielleicht tiefer getroffen als euch beide ... Lass mir Zeit ...«

Da sah ich etwas in Heros Miene, das mich stutzig machte, denn mir gegenüber hatte sie es noch niemals gezeigt: Argwohn, Misstrauen.

»Du glaubst mir nicht?«

»Es fällt mir nicht leicht, das muss ich schon zugeben. Hättest du bei Megara das Gleiche empfunden?«

»Warum fragst du das? Megara war vor dir da – am Ende schnitt ich ihr das Wort ab und wies ihr die Tür.«

Hero senkte den Kopf, eine ihrer nussbraunen Haarsträhnen fiel nach vorn, ihre Finger verkrampften sich darin und sie zog so stark daran, dass ich leise aufschrie.

»Hero, was tust du? Reiße dir nicht die eigenen Haare aus!«

Sie blickte auf und versuchte ein Lächeln. »Ich glaube, es ist an der Zeit, dass eine von uns weggeht. Megara ist die Jüngere, also werde ich es tun. Wie weit bist du gekommen mit deiner Suche nach einem Bräutigam? Ich will meinen Vater nicht enttäuschen.«

»Aber dieses Jahr solltest du noch bleiben, so war es doch geplant. Treibt es dich mit solcher Macht fort von hier – weg von mir?«

»Ich will nur vernünftig sein. Wenn Megara und ich uns morgen den ewigen Frieden schwören, dann sind das für sie nur leere Worte und wir alle wissen das. Lange wird sie es nicht aushalten und mich von neuem mit Hass und Eifersucht verfolgen. Sie wird es dann geschickter und nicht mehr so offen tun. Dir ist es gelungen, meiner verdunkelten Seele den Weg ans Licht zu zeigen – das werde ich dir niemals vergessen. Du bist mir lieb und teuer wie niemand sonst, ohne dich wäre ich in meiner Trübsal verkommen.«

Über ihr ernstes Gesicht huschte ein Lächeln. »Die meisten Lehrer begehen den Fehler und vergessen nur allzu schnell ihre eigenen Worte. Darf ich dich zitieren? Jedes Ding habe seine Zeit, hast du uns gelehrt, denn alles auf Erden sei endlich und einer Wandlung unterworfen. Bei Pflanzen, Tieren und Menschen sei es ein dauerndes Werden und Vergehen und das träfe auch auf alles andere zu. Kein Leid, kein Glück, keine Stimmung halte an, alles befinde sich in einem stetigen Wechsel, gleiche den Wolken, die über den Himmel ziehen und dabei unablässig ihre Gestalt verändern. Warum sollen wir – du, Megara und ich – dabei eine Ausnahme machen? Das ist der Lauf der Welt, von den seligen Göttern so eingerichtet. Verzeih, wenn dies nach einer Belehrung klingt, aber ich wollte dich nur an deine eigenen Worte erinnern ...«

Wider Willen musste ich lachen und es drängte mich dazu, Hero auf Wangen und Mund zu küssen.

»Du bist nicht nur eine aufmerksame Schülerin, du hast auch den Mut, deiner vergesslichen Lehrerin den Spiegel ihrer eigenen Worte vorzuhalten. Dafür danke ich dir.«

Noch ehe ich am nächsten Tag Hero, Megara und ihre Mitschülerinnen im Unterrichtsraum versammelte, ließ ich meinen kleinen, holzgeschnitzten Hausaltar dort aufstellen. Er zeigt den Augenblick von Aphrodites Geburt, wie sie aus der Meereswoge emporsteigt. Meine Mutter hat mir den bunt bemalten Altar vererbt und nach meinem Tod soll er in deine Hände übergehen, liebe Kleis. Ich hatte den Wortlaut des Schwures verfasst und war bemüht, ihn so kurz wie möglich zu halten. Hero als die Ältere sprach als Erste. »Im Angesicht der Götter, vor dem Altar der seligen Kypris, vor dir, verehrte Sappho, und vor euch, liebe Freundinnen, gelobe ich, den Streit zwischen Megara und mir auf ewig und immer zu begraben. Bei einem Eidbruch mögen mich himmlische wie irdische Strafen treffen.«

Megara sagte es mit leiser Stimme nach, verhaspelte sich zwei Mal und musste deshalb wieder von vorn beginnen, denn ein Schwur ist – wie ein heiliger Text – ungültig, wenn er fehlerhaft gesprochen wird.

Ich hatte Heros Worte nicht vergessen und bemühte mich – mit Larichos' Beistand –, die als Ehemänner in Frage Kommenden auf drei einzugrenzen. Dabei handelte es sich um Zweit- oder Drittgeborene aus guten Familien, die – nach menschlicher Voraussicht – kaum etwas zu erben hatten und deshalb zur Untätigkeit verdammt waren, es sei denn, sie begaben sich auf die Spuren meines Bruders Erigyos.

Die Verhandlungen mit den Eltern zogen sich hin, dann glaubten wir doch den richtigen, zu Heros Wesen passenden Bräutigam gefunden zu haben. Zusammen mit drei Brüdern hatte er das väterliche Gut bei Methymna bewirtschaftet, dabei zwar viel gelernt, hätte am Ende jedoch der dienende Knecht bleiben müssen, denn das Erbe, durch drei geteilt, reichte gerade noch hin, die Brüder und ihre Familien zu ernähren. Es aber zu vierteln hätte allen die Lebensgrundlage entzogen. Ach, wie sie alle aufatmeten, als der jüngste und doch so lästige Bruder endlich versorgt war! Bei der Verlobungsfeier stellte sich dann heraus, welches Erbe Heros Ehemann zu erwarten hatte, und dann kam der Neid, der sich nur dürftig unter beißendem Spott verbarg.

»Jetzt, da wir den Tyrannen endlich losgeworden sind, stellt sich heraus, dass unser Brüderchen sich zu einem solchen aufschwingt. Ob er es schafft, eine ganze Insel zu regieren? Da wird er am Ende noch dankbar sein, wenn wir ihm dabei helfen. Ob wir es tun, hängt von der Bezahlung ab! Ein paar Äcker und Weinberge wirst du schon herausrücken müssen ...«

Da es bei solchen Festen nicht üblich ist, dass die Braut etwas anderes als einige zeremonielle Worte spricht, ließ Hero den Spott schweigend über sich ergehen. Wenn er auch ihrem Bräutigam galt, so wusste sie doch, dass der aus Neid geborene Hohn auch sie miteinbezog. Später versicherte sie mir, es habe ihr nichts ausgemacht und einige Male sei es für sie schwer gewesen, ihr Lachen zu unterdrücken. Ihr Vater hatte bestimmt, dass die Hochzeit erst auf seiner Insel Gyaros gefeiert werden sollte, und so gab es einen etwas überstürzten Abschied, denn in diesen Spätsommertagen konnte das Wetter plötzlich umschlagen und die Schiffsführer drängten auf schnellen Aufbruch.

Wenn du mich jetzt fragst, meine Kleis, ob mir der Abschied von Hero schwer gefallen ist, muss ich dir eine klare Antwort schuldig bleiben. Mehr und mehr trat in den Hintergrund, dass sie meine Geliebte gewesen war, denn Freude und Stolz überwogen, eine fast hoffnungslos Schwermütige ins Leben zurückgeführt zu haben. Ich will nicht behaupten, dass es allein mein Verdienst war. Der Geist unserer Schule mag daran ebenso einen Anteil gehabt haben wie das Bemühen einiger ihrer Freundinnen und nicht zuletzt Megaras Umtriebe, die Heros Widerstandskraft und Selbstbehauptung gestärkt hatten.

Megara war klug genug, bei Heros Abreise ihren Triumph, den sie gewiss fühlte, nicht zu zeigen. Sie kannte mich gut und wusste, wie ich darauf reagieren würde. Sie gab sich alles in allem bescheiden – leiser, nicht mehr so fordernd, aber geändert hatte sie sich nicht. Ja, sie blieb meine Geliebte, das will ich nicht verschweigen, aber ein wenig war sie mir jetzt fremd geworden und es bestätigte sich, was ich bei dem Gespräch mit Hero bemerkt hatte: Die Persönlichkeit eines Menschen ist eine Summe von Stärken und Schwächen. Nimmt man ihm seine Fehler, so ist er nicht mehr derselbe und diesen Eindruck machte jetzt Megara. Sie muss es wohl gespürt haben, denn einmal sagte sie zu mir:

»Vielleicht hast du genug von allem, bist der Schule und des Lehrens überdrüssig geworden. Ich bin noch jung, doch ich kann mir schon vorstellen, dass eine so vieljährige Tätigkeit einen Menschen verschleißt. Jahr um Jahr immer dieselbe Geduld für uns junges Gemüse aufbringen – ich könnte das nicht.«

»Du weißt ja, dass Anagora bald die alleinige Führung übernimmt. Ganz seid ihr mich dann zwar nicht los, denn von Zeit zu Zeit werde ich mich schon sehen lassen – vielleicht werde ich einen Schlussstrich ziehen – wer weiß …«

»Wirst du hier wohnen bleiben?«

»Vorerst schon, doch habe ich schon erwogen, wieder nach Eresos überzusiedeln, wo ich geboren bin.«

Da log ich ein wenig, denn mir war dieser Gedanke erst jetzt gekommen. Gleich darauf schüttelte ich über mich selbst den Kopf, denn Merit und ihr Gemahl waren mir innerhalb unserer Familie die fremdesten Menschen. Du, meine Kleis, wie auch Larichos und Charaxos, ihr lebtet in und um Mytilene, warum sollte ich fort? Zu dieser Zeit, das muss ich zugeben, wusste ich selbst nicht, was ich wollte.

18

Das Frühjahr kam und ich erwartete den damit verbundenen Auftrieb. Je älter man wird, desto lähmender wirken die Wintertage auf das Gemüt und manchmal hatte ich den Eindruck, die heftigen Stürme nahmen Lebenslust und Lebensmut mit sich hinweg, trugen sie hinaus aufs aufgewühlte Meer und ließen sie dort achtlos fallen.

Elaphebolion und *munichion* zogen ins Land, Adonis kam freudig aus dem finsteren *tartaros* ans Licht, und wie hatte ich mich jedes Mal auf die Feiern zu seinen Ehren gefreut! Diesmal blieb alles in mir taub und stumm und ich überließ es Anagora, für das Adonis-Fest einen Mädchenchor zusammenzustellen.

Ich raffte mich zu etwas auf, das ich während der letzten Jahre nur selten getan hatte, ich stattete Doricha einen Besuch ab. Wie immer bei solchen Ausflügen war Pera an meiner Seite, doch sie verbarg ihren Unwillen nicht.

»Solche Besuche können dir schaden, ihr hingegen nur nützen! Sappho in einer Hurenschule! Wenn sich das herumspricht, dann ...«

»Halt, halt! Nun lebst du schon so lange im alten Hellas und bringst noch immer Verschiedenes durcheinander. Doricha bildet keine *hetairai pezai* aus – billige Hafen- und Söldnerhuren, die übrigens keiner Schulung bedürfen, weil nach Frauen ausgehungerte Seeleute und vom Schlachtfeld heimkehrende Krieger nur auf gespreizte Schenkel aus sind, um den lange aufgestauten Samen abladen zu können. Sie schult *hetairai musikai* und dafür ist nicht jede geeignet. Wenn diese jungen Frauen Dorichas Haus verlassen, dann können sie singen, tanzen, musizieren, sind vielseitig gebildet und machen bei einem Homeros-Zitat keine fragenden Gesichter. Was Doricha selbst reich und berühmt gemacht hat, versucht sie anderen zu vermitteln. Sogar Pittakos hat ihre Schule mehrfach lobend erwähnt.«

Peras breites Gesicht blieb skeptisch. »Ein Mann! Wenn einer dieser Kerle das sagt, dann höre ich eher seinen *phallos* als seine Zunge sprechen. Immerhin ist Doricha eine Frau, die sich ihren Unterhalt mit eigener Arbeit verdient.«

Pyrrha ist die einzige Stadt auf Lesbos mit einem weiten, flachen Hinterland, nicht zuletzt Hauptursache für ihren Reichtum. Hier gedeihen Obst, Korn und Wein in fast beängstigender Fülle und – anders als sonst auf Lesbos – kein Winzer oder Ackersmann ist jemals genötigt, einen Stein aus der Krume zu lesen, denn das frühere Sumpfland hat sich nach und nach in fruchtbare Erde verwandelt.

Das Hinterland begrenzen sanfte, bewaldete Hügel und hier – schon etwas außerhalb der Stadt – hatte Doricha vor nun schon (rechne du es nach, meine Kleis) etlichen Jahren auf einem weiten Gelände ihre Schule errichtet. Da sie großen Wert auf Körperübungen legte, gab es rund ums Haus Möglichkeiten, sich athletisch zu betätigen – ein *gymnasion* im Kleinen. Doricha bestand jedes Mal darauf, mir etwas davon vorzuführen, diesmal wehrte ich jedoch ab, da es mir darum ging, mich mit ihr zu unterhalten – vielleicht auch ihren Ratschlag zu hören.

Auch an Doricha war die Zeit nicht spurlos vorübergegangen,

aber sie hatte es mit Geschick verstanden, die Zeichen des Alters nicht mit groben Mitteln zu vertuschen, sondern sie auf feine, kaum spürbare Art zu dämpfen – gleichsam undeutlich zu machen. Ihre berühmten roten Wangen – einst Ursache für ihren Kosenamen Rhodopis – waren verblasst und sie wandte keine Farbe an, um den Schein zu erhalten, sondern hatte alle Bemühungen ganz auf ihre Augen konzentriert, die noch immer durch ihre ungleiche Stellung und durch das leuchtende Graugrün bewundernde Blicke auf sich zogen.

»Wie ist es dir inzwischen ergangen, Doricha?«

Mit einer unbekümmerten Geste hob sie ihre kräftigen, geraden Schultern.

»Dass ich Doricha bin, haben die meisten vergessen und von den roten Wangen der Rhodopis träumen nur noch einige alte Herren. Doch meine Augen üben nach wie vor ihren alten Zauber aus und so ist alles, was ich für mein Gesicht tue, darauf angelegt, die leidigen Runzeln nicht grob zu übertünchen, sondern behutsam durch adstringierende Mittel und tägliche Pflege mit Ölen und Klopfmassage abzumildern.«

Sie schnalzte begeistert mit den Fingern. »Ich habe da ein Rezept entwickelt, das ich streng geheim halte – dir aber werde ich es verraten.«

Sie kritzelte etwas auf einen Zettel, den ich nachher flüchtig überflog. Das Wichtigste war ein Absud aus Eichen- und Ulmenrinde, auch gewisse Wurzeln sowie Essig und Zitronensaft waren angegeben. Ich habe das Rezept übrigens nie benutzt und es bald darauf unauffindbar verlegt.

Schon früher hatte ich erwähnt, dass ich mit Doricha ohne Scheu oder Vorbehalte Angelegenheiten intimster Art besprechen konnte. Sie hörte aufmerksam zu, stellte Zwischenfragen, zeigte aber niemals Ungeduld oder aufdringliche Neugier. Ich schilderte ihr mein Unbehagen und mein Ungenügen am jetzigen Leben.

»Ich sehne eine Veränderung herbei, ohne zu wissen, was ich eigentlich will. Obwohl ich glaube, dass ich meine Schule ohne Schwierigkeiten noch jahrelang fortführen könnte, hindert mich ein innerer Widerstand daran. Ich habe auch schon den ersten Schritt getan und eine tüchtige Nachfolgerin gefunden. Die alten Liebschaften sind dahin, vor neuen schrecke ich zurück – nein, das ist nicht richtig. Es ist kein Zurückschrecken, sondern nur Angst vor Schmerz und Enttäuschung. Natürlich war mir auch früher bewusst, dass es im Verhältnis zweier Menschen nicht nur eitle Wonne gibt, doch damit wurde ich fertig, dieser Preis war mir niemals zu hoch. Jetzt ist es mir das nicht mehr wert ...«

Fast zärtlich blickte sie mich an, und als sie lächelte, fand ich sie – wie stets bei unseren Begegnungen – wunderschön.

»Du solltest es zur Abwechslung wieder mit einem Mann versuchen – wie ich.«

Doricha hatte ihre damalige Andeutung wahrgemacht, die Schule nicht ohne einen Mann an ihrer Seite führen zu wollen. Sie hatte einen freien Handwerker geheiratet, der von früh bis spät damit beschäftigt war, das große Anwesen instand zu halten.

Mir war jetzt nicht nach Scherzen zumute. »Einen besseren Rat hast du nicht?«

Nun drückte ihr Blick Besorgnis aus. »Dass du keinen Spaß mehr verstehst, stimmt mich bedenklich. Du wirst alt, meine Sappho, und willst es nicht wahrhaben.«

»Da täuschst du dich! Ich bin mir dessen seit längerer Zeit bewusst und beobachte mich genau.«

»Das meine ich nicht. Natürlich bemerkst du es wie wir alle, doch du hast noch keinen richtigen Umgang damit gefunden. Deine Regel ist wohl schon ausgeblieben?«

Ich nickte. »Schon im letzten Jahr.«

»Auch das ist ein wichtiger Einschnitt im Leben einer Frau. Du kannst keine Kinder mehr empfangen ...«

Ich winkte ab. »Das betrifft mich nicht – ich habe Kleis und sie genügt mir. Meine Aufgabe ist es, oder besser war es, Mädchen zu erziehen, und nicht, Kinder zu gebären. Ich bin froh, dass diese Mühsal für immer vorbei ist.«

Doricha schüttelte den Kopf. »Du nimmst das zu leicht und hast es einfach beiseite geschoben und es damit als erledigt betrachtet. Das ist falsch, denn da ist immer noch etwas ins Reine zu bringen. Doch eine Auseinandersetzung darf nicht ewig dauern, das gilt für den Umgang mit Menschen genauso wie mit den eigenen Problemen. Es muss zu Resultaten kommen, verstehst du, sonst zehrt es dich auf. Wen die Götter lieben, den lassen sie jung sterben – da ist schon etwas dran. Ich verstehe es aber nicht so, dass sie jene hassen, die sie älter werden lassen. Damit ist uns eine Prüfung auferlegt, wie wir mit diesen geschenkten Jahren umgehen. Wärst du nicht Sappho, die hochberühmte Dichterin, so fiele es mir schwer, dir zu raten. So ist es nach meinem Dafürhalten einfach. Dir wurde ein ungeheures Talent in die Wiege gelegt und du hast es genutzt. Aber ist es damit genug?

Nicht anders als dir, der Tochter aus adligem Haus, haben auch mir, der Sklavin, meine Lehrer den Homeros eingebläut – wenngleich aus anderen Gründen. Was aber wäre aus dem Werk unseres großen Dichters geworden, hätten sich nicht ordnende Hände seiner angenommen? Damit will ich sagen, wende alle Kraft an dein Werk! Schaffe etwas Neues, wenn dir danach ist, vor allem aber hüte und bewahre das Vorhandene. Mir wurde – und nicht nur einmal! – erzählt, dass man dich schon da und dort nachahmt, dass man dein Werk verfälscht, deinen Namen für elende Klappverse missbraucht. Dagegen solltest du etwas tun!«

Jetzt, da ich diese Unterredung niederschreibe, kommt mich ein ungläubiges Kopfschütteln an. In meinen Liedern hätte ich niemals gewagt, eine Hetäre so sprechen zu lassen, doch Dorichas weit reichender Ruf war nicht nur ihrer Schönheit zu verdanken, sondern mit Klugheit verbundener Bildung.

»Einen ähnlichen Vorschlag hat mir vor kurzem ein Mann gemacht und angeboten, mir dabei behilflich zu sein. Da nun zwei kluge Menschen beiderlei Geschlechts unabhängig voneinander zu demselben Ergebnis kamen, werde ich mich wohl danach zu richten haben.«

Ich hatte einen scherzenden Ton angeschlagen, der Doricha nicht entging.

»Du nimmst mich nicht ernst? Du wirst es tun müssen, um mit dir selbst ins Reine zu kommen. Der Mann, von dem du sprachst, kann wohl nur Alkaios gewesen sein?«

»Nein, meinen Dichterfreund habe ich länger nicht mehr gesehen, doch hörte ich, dass er krank sein soll. Es war ein Fischer, der mir vorschlug, mein verstreutes Werk zu sammeln, zu ordnen, in chronologische Folge von Büchern zu bringen.«

Ihre graugrünen Augen weiteten sich vor Erstaunen.

»Ein Fischer? Der sollte eher mit dem Sammeln von Meeresfrüchten befasst sein! Kann er denn lesen?«

»Er kann es, und wenn ich ihn recht verstanden habe, tut er nichts anderes. Das Fischen überlässt er seinen Sklaven.«

Sie lachte und es war wie das zarte Klingen von silbernem Geschirr. »Dann kann es nur Phaon aus Eresos sein. Sein Ruf als Mann ist nicht der beste, das spricht sich herum.«

»Sein Ruf als Mann? Wie ist das zu verstehen?«

»In den Augen unserer Herren ist es keineswegs abträglich, wenn einer hurt, säuft, sein Vermögen verprasst, einen anderen aus Gründen der Ehre erschlägt, Frau und Kinder wegen einer anderen verlässt, einen Konkurrenten samt Familie zugrunde richtet und einiges in dieser Art mehr – so bleibt er dennoch ein rechter Mann. Wenn einer es jedoch wagt, sein Leben nur mit Lesen zu verbringen, ohne daneben rauschende *symposia* mit teuren Hetären zu veranstalten, wenn er sich allen Kampfübungen entzieht, weder heiratet noch sich eine Geliebte oder einen Geliebten hält, dann macht er sich verdächtig. Mit dem kann etwas nicht stimmen, das ist kein Leben nach Männerart.«

»Und so ist Phaon?«

»Ich dachte, du kennst ihn?«

»Er hat mir nur seine jüngere Schwester vorgestellt – sie ist jetzt in meiner Schule. Bei dieser Gelegenheit kam sein Vorschlag, der dem deinen ähnelt. Ich weiß nicht, was ich von diesem Mann halten soll.«

»Lasse dich weder von deinem ersten Eindruck beeinflussen noch davon, was andere Männer über ihn sagen. Falls du sein Angebot annehmen willst, lernst du ihn näher kennen und kannst dir ein eigenes Bild von ihm machen.«

Ich küsste Doricha auf die nach kostbaren Ölen duftende Wange. »Einen verwertbaren Rat hast du mir zwar nicht gegeben, aber mit dir zu reden hat mich schon erleichtert. Du hast mich darin bestärkt, das zu tun, was ich ohnedies vorhatte, nämlich mein Werk in eine Form zu bringen, die es mir und anderen leichter macht, einen Überblick zu gewinnen.«

Doricha nickte zufrieden. »Du musst auch an die Zukunft denken! Damit meine ich künftige Geschlechter, die dein Werk schätzen, es vortragen, es – wie Hesiodos und Homeros – zu Schulzwecken benützen.«

Sie kicherte in – wohl gespielter – Verlegenheit. »Da muss ich dir gleich ein Geständnis machen. In den Stunden, die meine werdenden Hetären sich mit den Musen zu befassen haben, ist dein Werk – wie das von Alkaios, Alkman oder Aisopos – ein selbstverständlicher Teil. Sie kritzeln deine Verse auf *ostraka* und mich kostet es dann Stunden, die Fehler auszutilgen. Freilich nehme ich eine fehlerhafte Grammatik nicht gar zu ernst – mir kommt es vor allem auf den Vortrag der Lieder an. Eine Hetäre muss nicht belehren, sie muss unterhalten können.«

Sie lachte fröhlich. »Im Grunde tun wir beide das Gleiche: Wir versuchen aus ahnungslosen und ständig gicksenden Küken gebildete, gepflegte und wissende Frauen zu machen. Ob sie ihre *parthenia* im Bett des Bräutigams oder in den Armen eines betuchten Freiers verlieren, ist nicht so wichtig. Sie müssen nur wissen, was sie erwartet, und wir beide sorgen nach besten Kräften dafür.«

»Wobei deine Schützlinge – genau betrachtet – ein weitaus fröhlicheres und abwechslungsreicheres Leben erwartet als meine künftigen Ehefrauen.«

»Das stimmt nur zum Teil. Als Hetäre gehst du zwar freier durchs Leben, aber wenn du nicht später zur Hafenhure verkommen willst, darfst du dir keine Fehler erlauben, und auch das versuche ich meinen Mädchen einzubläuen. Willst du es hören?«

»Aber ja! Wenn bei mir auch manches nachgelassen hat, meine Neugierde ist immer wach geblieben.«

»Der erste Fehler ist, sich nicht rechtzeitig freizukaufen. Wer seine Einkünfte an irgendeinen Kerl hängt, anstatt sie für die *aphesis* aufzusparen, gerät in Gefahr, zeitlebens eine unfreie

Liebesdienerin zu bleiben. Der zweite Fehler ist, anstatt nach Freilassung sich teuer zu verkaufen und das Vermögen gut anzulegen, als *pallake* in das Haus eines Ehemannes zu ziehen. Da bist du dann zwar als Nebenfrau anerkannt und versorgt, doch ständig in Gefahr, von seiner keifenden Ehefrau oder einer jüngeren Konkubine verdrängt zu werden. Den dritten Fehler begehen auch nicht wenige, nämlich den genauen Zeitpunkt zu versäumen, da die Herren mehr deine Unterhaltung, deinen Gesang und dein Musikspiel schätzen als deinen Körper. Das mag eine Weile gut gehen, aber am Ende will man die Trink- und Liebeslieder doch von einer Jüngeren vorgetragen wissen, schon um von den Gästen nicht ausgelacht zu werden. Ich habe es bei mir und anderen gesehen: Ist man als Hetäre einmal zur begehrten und kundigen Frau geworden, dann steigen nicht nur die Preise, dann kommen auch die Heiratsanträge von älteren, meist sehr wohlhabenden Herren, die, nach ihrem Dafürhalten glücklich verwitwet, ihre alten Tage mit einer Frau verbringen wollen, die genau weiß, worauf es im Bett ankommt. Du musst dir dann sehr sorgfältig seine Verwandtschaft anschauen, denn erwachsene Söhne und künftige Erben schätzen es gar nicht, durch eine Stiefmutter das Erbe geschmälert zu sehen.

So ist das, meine Liebe, aber ich glaube, dass ich am Ende doch das bessere Los gezogen habe. Mit meiner Schule verdiene ich nicht weniger als zuvor und mein braver Gemahl ist mir eine große Hilfe. Er tut zwar so, als hätte er eine Gorgo geheiratet, doch ich weiß, dass er meinen wahren Namen kennt und stolz darauf ist wie ein Pfau.«

Getröstet und mit mir selbst wieder im Einklang, reiste ich nach Mytilene zurück, um wenige Tage später eine Überraschung zu erleben. Zuvor aber erhielt ich eine traurige Nachricht: Alkaios war gestorben.

19

Charaxos, der während Alkaios' schwerer Erkrankung im Begriff war, an einer Handelsfahrt nach Samos teilzunehmen, zog sich auf Wunsch des Todkranken aus diesem Geschäft zurück. Gleich am Tag meiner Rückkehr hörte ich seinen Bericht.

»Alkaios wollte in seinen letzten Tagen alle Jugendfreunde um sich versammeln, um mit ihnen ein Abschieds-*symposion* zu feiern. Du hättest ihn nicht wieder erkannt, Sappho, so mager und hinfällig war er geworden. Ich hatte für den besten Wein gesorgt, den starken und süßen Chios, der – so glaube ich – im Olymp den Nektar der Götter als gleichwertiges Getränk ersetzen könnte. Alkaios lag kraftlos auf seiner *kline* und musterte seine Freunde mit eingefallenen, fieberglänzenden Augen und wir bemühten uns, spöttisch dreinzublicken.«

Charaxos seufzte und wischte ein paar Tränen fort, die über seine Wangen liefen.

»Mich überkommt einfach die Rührung, wenn ich daran denke ... Dann setzte Alkaios mit leiser, brüchiger Stimme zu einer Rede an, die ich nur halb verstand. Es ging um die Weisungen seines Arztes, in allem – hauptsächlich beim Wein – auf strenge Mäßigung zu achten, und er versicherte uns, das habe er eine Weile getan, als sich jedoch erwies, dass es nichts half, sei er zur alten Lebensweise zurückgekehrt. Das sei gar nicht so einfach gewesen, denn er habe so gut wie nichts mehr vertragen, aber zum Glück habe der Wein auf sein Gemüt in altvertrauter Weise gewirkt, sodass er seine Krankheit wenigstens für Stunden vergessen konnte. Auf sein Geheiß blieben die Mischkrüge draußen und wir tranken den goldenen Chios, wie er aus den kleinen, bemalten Amphoren floss.«

Charaxos seufzte verhalten.

»An diesem Abend floss ein Vermögen durch unsere Kehlen, doch ich bereue es nicht. Alkaios war so schwach, dass Freunde ihm den Becher an die Lippen setzen mussten, aber das Trinken hatte er nicht verlernt. Ich glaube, dass er im Laufe dieser Nacht sechs oder sieben *kotylai* schluckte, als Gesunder vertrug er noch viel mehr. Er redete nicht viel – dazu war er zu schwach –, aber er bat uns, seine liebsten Trinklieder vorzutragen, einige wirst du ja auch kennen. Jeder von uns wusste ein paar auswendig – ich zumindest eines und das trug ich vor.

Lasst uns trinken! Wozu noch erwarten das Licht?
Nur ein Fingerbreit währt der Tag!
Reich die mächtigen Becher,
die bunten, die gern ich benutze, her!
Einstmals schenkte der Sprössling des Zeus und Semeles
den Menschen Wein zum Vergessen des Leides.
Drum mische mir einen und mische zwei,
randvoll gieß die Gefäße!
Rasch folge ein Becher dem anderen!

Wir taten recht fröhlich, lachten und scherzten viel, obwohl keinem von uns danach zumute war. Einmal hörten wir Alkaios sagen: »Ich hoffe nur, dass es im *tartaros* so lustig weitergeht ... Nach und nach werden wir uns ja alle dort versammeln.« Da brachen einige von uns in Tränen aus, aber Alkaios hat es nicht bemerkt oder nur so getan. Gegen Mitternacht ist er dann eingeschlafen und wir haben uns still davongemacht.

Leider hat sich unsere – und wohl auch seine – Hoffnung nicht erfüllt, dass er, vom dionysischen Trank geleitet, in den *tartaros* hinabstieg. Wie ich erfuhr, hat er noch zwei Tage gelebt und da wollte er keinen Mann mehr um sich sehen – keinen seiner Freunde, nicht einmal seine Söhne. Er ließ sich in die *gynaikonitis* bringen, dort haben ihn seine Schwester und die beiden Töchter betreut und in ihrem Kreis ist er gestorben.

Angeblich – und das würde zu ihm passen – hat er kurz vor seinem Tod gesagt, er wolle als letzte Erinnerung schöne Gesichter mit ins Jenseits nehmen.«

Mit Alkaios verlor ich einen verständigen Freund, der – wie ich – mit vollem Herzen den Musen diente und sich in seiner rauen Art doch immer treu blieb.

Es war vorhin von einer Überraschung die Rede und sie kam in der Gestalt des Fischers Phaon in mein Haus. Er tat recht erstaunt. »Die Sommerpause steht doch vor der Tür und so will ich meine Schwester Helena abholen.«

Sein jünglinghaftes Gesicht mit den großen, etwas hervorstehenden Augen blickte arglos, was der kleine, ewig lächelnde Mund noch verstärkte. Wir unterhielten uns eine Weile über Helena, von der es weder Gutes noch Schlechtes zu berichten gab. Sie gehörte zu den Mädchen, die durch nichts auffällig werden, die man kaum tadeln und selten loben muss, die weder Fleiß noch Trägheit zeigen und die die Lehrer wenig Mühe kosten. Dennoch muss ich sagen, dass es mir lieber ist, Träge aufrütteln und Fleißige loben zu können, denn nur da spüren wir, dass uns der geliebte Beruf fordert, dass wir uns mit Geist und Körper einsetzen müssen.

Hörte Phaon überhaupt hin? Ich hatte den Eindruck, dass sein Geist mehr und mehr abschweifte, dass er an etwas anderes dachte. Dann kam es heraus.

»Ich habe unser damaliges Gespräch nicht vergessen, habe hin und her überlegt, wie System in dein Werk zu bringen ist. Darf ich?« Er holte einen gefalteten Papyros hervor und blickte mich fragend an. Ein wenig neugierig war ich schon und so nickte ich. Er lächelte mich erfreut an, entfaltete das Blatt, warf einen Blick darauf und begann, frei zu sprechen.

»Zuerst sollte eine Gliederung in Themenbereiche erfolgen – also ein Buch für Hochzeitslieder, je eines für Sinnsprüche, für Liebeslieder, Gebete, Betrachtungen, dazu eines – vielleicht auch zwei – für Vermischtes. Ich habe mir darüber nur ein paar Notizen gemacht, aber der Plan ist in meinem Kopf schon weitergediehen. Wenn du willst, zeichne ich ihn auf und dann könnten wir uns zusammensetzen ...«

»Ich werde es überdenken ...«

Da unterbrach sein Mund das ewige Lächeln und begann zu schmollen, wie es kleine Jungen tun – wie es Larichos getan hatte, als er vier oder fünf gewesen war. Es kostete mich Mühe, ihn ernst zu nehmen, aber dazu fühlte ich mich verpflichtet, weil seine Verehrung für mein Werk keine flüchtige Laune war.

»Du traust es mir nicht zu!«, kam es trotzig heraus, »aber ich werde es auch allein schaffen und dir beweisen, dass ...«

»Phaon, verzeih, doch zur Zeit bewegen mich andere Sorgen. Mein guter Freund und Gefährte beim mühseligen Tun, Dichtung zu schaffen, ist vor kurzem gestorben, wie du sicher weißt. Da ich es bald in die Tat umsetzen werde, kannst du es ruhig jetzt schon wissen: Ich werde mich noch in diesem Monat von der Schule zurückziehen, werde den Sommer wieder in Eresos verbringen und dann – das verspreche ich dir – reden wir weiter über ein Thema, das mich nicht weniger bewegt als dich.«

Er sprang auf und verneigte sich tief. »Das ist ein Wort! Du könntest im Gästetrakt meines Hauses wohnen ... Ich weiß zwar, dass es sich nicht schickt, wenn eine allein stehende Frau bei einem Mann zu Gast ist, dessen *gynaikonitis* verwaist ist ...«

Er schlug sich vor den Kopf. »Nein, nicht ganz! Dort lebt eine verwitwete Tante mit ihrer Dienerin, und wenn du mit deiner *kerbera* dort einziehst und Helena mit ihrer Amme dazukommt, dann tönt wieder Frauenlachen durchs Haus und ich kann mich fühlen wie ein richtiger *patriarchos* inmitten seiner Sippe.«

Er hatte sich in Begeisterung geredet und seine großen, etwas hervorstehenden Augen glänzten wie im Fieber.

»Wer ist mit meiner *kerbera* gemeint?« Ich ahnte es natürlich, wollte es aber nicht kommentarlos hinnehmen.

»Oh, das ist nur so ein Vergleich, denn manchmal erinnert mich deine Pera an *kerberos,* den dreiköpfigen Höllenhund, wenn auch im umgekehrten Sinn. Bekanntlich lässt der Hüter des *tartaros* jeden eintreten, aber keiner darf zurück. Über Pera an dich heranzukommen ist sehr schwierig, am Fortgehen hindert sie jedoch keinen, das erfüllt sie eher mit grimmiger Genugtuung.«

Wider Willen musste ich lachen. »Kein schlechter Vergleich, Phaon, aber du tust ihr Unrecht. Pera fühlt sich verpflichtet, auf mich Acht zu geben, und hat für ungebetene Gäste wenig Verständnis. Männern gegenüber ist sie besonders misstrauisch, und das nicht ohne Grund.«

»Kannst du ihn mir nennen?«

»Nein, Phaon, das wäre ihr nicht recht.«

»Gut, aber was hältst du von meinem Vorschlag?«
»Wir werden alles bereden, wenn ich nach Eresos komme.«
»Ich freue mich darauf.«

Jetzt, da ich wieder einen Weg vor mir sah, da sich mein Gemüt gefestigt und meine Gedanken geklärt hatten, fand ich die Kraft, mit Anagora aus Milet das entscheidende Gespräch zu führen. Anagora mochte jetzt schon um die fünfundzwanzig sein, doch ihr Antlitz und ihre Gestalt umgab etwas Altersloses und verlieh ihr eine Würde, die sonst vielleicht erst einer Vierzigjährigen zukam. Sie als schöne Frau zu benennen, würde ihrer Erscheinung nicht gerecht werden. Eine kraftvolle Anmut zeichnete sie aus, etwas Respekt und Vertrauen Einflößendes. Zugleich aber war sie auf Abstand bedacht. Ab und zu erlebte ich, dass sich mir eine Schülerin im Übermaß von Freude oder auch Leid an die Brust warf. Bei Anagora wäre das undenkbar gewesen. Sie hielt ihre Empfindungen zurück, ihr musste man sich mit Worten nähern, einen Überschwang der Gefühle ließ sie nicht zu und sie wartete lieber, bis die Gemüter sich beruhigt hatten, um dann den jeweiligen Fall in einem – oft sehr langen – Gespräch zu klären. Das war nun einmal ihre Art und ich fühlte mich weder veranlasst noch berufen, ihr andere Wege zu zeigen oder gar meine Methoden aufzudrängen. Vielleicht hätte ich es versucht, wäre nicht ihre Art von den meisten Schülerinnen gutgeheißen worden. Junge Leute spüren schnell, ob man sie ernst nimmt, und sind dann auch bereit, auf die Eigenarten ihrer Lehrer einzugehen, wenn sie mit Aufrichtigkeit und gutem Willen gepaart sind. Ich konnte die Jahre über beobachten, dass bei den anderen, manchmal schnell wechselnden Lehrerinnen nichts so sehr verabscheut wurde als Unentschlossenheit, Launenhaftigkeit und als Schwäche ausgelegte Nachsichtigkeit. Strenge darf niemals willkürlich oder beliebig sein und Nachsicht soll maßvoll und begründet angewandt werden.

Ach, Kleis, tische ich dir schon wieder Lehren und Erfahrungen auf, die dich langweilen müssen. Schnell zurück zu Anagora, meiner Nachfolgerin.

Ihr stets beherrschtes Gesicht zeigte sich von meinem Entschluss kaum überrascht, verriet weder Freude noch Erleichterung.

»Da ich von dir weiß, wie genau du dir deine Entschlüsse überlegst, werde ich mich davor hüten, dir ab- oder zuzuraten. Du hast mich für meine Aufgabe gut vorbereitet und so darf ich annehmen, dass du mich dafür für geeignet hältst.«

Da dies ein wenig nach Frage klang, sagte ich sofort: »Du hast deine Eignung längst bewiesen, und wenn du in manchem andere Wege gehst, so heiße ich das gut und wünsche dir den Segen der Götter.« Im Gegensatz zu Anagora war Pera sofort anzumerken, ob sie sich freute, ärgerte, etwas guthieß oder missbilligte. Von der bevorstehenden Fahrt nach Eresos zeigte sie sich durchaus erfreut. Ihre beiden Kinder waren inzwischen älter und selbständiger geworden und es genügte, dass der Vater – Peras Ehemann – ein Auge auf sie hatte.

Dazu äußerte sie schulterzuckend: »Nicht dass ich meinen Gemahl missen oder sonst wohin wünschen möchte, aber ihn für eine Weile aus den Augen zu haben, ist schon auszuhalten. Doch das muss unter uns bleiben, *kyria!*«

»Natürlich! Du wirst doch nicht glauben, dass ich so etwas herumtratsche. Diesmal könnte es allerdings etwas länger dauern, und ich muss es dir überlassen, notfalls vorzeitig heimzukehren.«

»Dazu wird es kaum kommen«, sagte sie und tat etwas beleidigt.

»Pera, du bist eine freie Frau, bist Mutter und verheiratet. Nach allgemeinem Brauch bist du zuerst und vor allem deinem Gemahl gegenüber verpflichtet. Wenn er bestimmt, dass zwei Monate deiner Abwesenheit das Äußerste sind, so musst du dich fügen.«

Sie feixte über ihr ganzes, etwas breites Gesicht. »So – muss ich das? Er ist auch dein Gärtner und Hausbesorger, und wenn du als seine Herrin …«

»Lassen wir das, Pera, es führt zu nichts. Mich freut, dass du gerne mit mir gehst, du bist mir die liebste Begleitung.«

Das ging ihr ins Gemüt wie Honig und elf Tage später trafen

wir in Eresos ein. Helikon und Merit zeigten Freude, die vielleicht ein wenig geheuchelt war, doch das konnte ich gut verstehen. Es war ein viertes Kind dazugekommen und sie brauchten das Haus für sich. Noch ehe ich zu einer Entscheidung kam, schlug Phaon mir vor, als hoch geehrter Gast in sein geräumiges Haus zu ziehen. »Das wird auch unserer gemeinsamen Arbeit zugute kommen! Du wohnst in der *gynaikonitis,* zusammen mit Pera, meiner Tante und meiner Schwester, dazu kommen noch zwei Dienerinnen. Es wird also niemand einen Grund haben, sich das Maul zu zerreißen.«

Ich schmunzelte. »Das wäre ohnehin lächerlich – du bist ein junger Mann und ich eine alte Frau mit einer wachsenden Schar von Enkeln …«

»In meinen Augen bist du alterslos und ich könnte mir recht gut vorstellen – nein, ich wage nicht, es auszusprechen.«

Es wäre vernünftiger gewesen, dieses Gespräch abzubrechen oder auf ein anderes Thema zu lenken, aber – habe ich es schon öfter gesagt? – man tut im Leben nicht immer das Vernünftige. Ich runzelte die Stirn und zog die Brauen hoch.

»Du wagst es nicht? Darf ich fragen, warum? Was fürchtest du? Meinen Zorn?«

»Auch den – vielleicht. Gestatte mir, meine Gedanken frei schweifen zu lassen, ohne Beziehung auf uns …« Er blickte mich fragend an.

»Natürlich gestatte ich es dir – also?«

»Gut. Ich nehme an, du stimmst mir zu, wenn ich sage, ein Mensch kann sich nicht nur in einen anderen verlieben, sondern auch in ein Tier, ein Haus, ein Schmuckstück, ein Schiff, eine Landschaft …«

»Ja, sicher, nur die Liebe zu einem Hund oder einem Pferd oder gar zu einem Schmuckstück unterscheidet sich doch wesentlich von der zu einem Menschen.«

»Gewiss, aber auch da gibt es – wie du sehr gut weißt – weitere Unterschiede. Du liebst deine Tochter anders als deine Enkel, anders als deine Schülerinnen – anders auch als einen Mann.«

Ich lächelte geduldig. »Bald wird Pera anklopfen und nachsehen, was wir so lange machen.«

»Pera ist deine Dienerin und muss sich gedulden«, sagte er unwillig, beugte sich dann etwas vor und sprach mit gedämpfter Stimme weiter. »Ich liebe die Epen des Homeros und verehre ihn als den größten Dichter der hellenischen Welt. Doch sein Körper ist längst vermodert und so muss sich meine Hochachtung mit einem ehrenden Andenken begnügen. Du, meine Sappho, bist am Leben, sitzt jetzt vor mir und ich könnte deinen Arm berühren, deine Wange küssen. Zudem bist du eine Frau und so fließt es untrennbar ineinander – die Liebe zu dir und zu deinem Werk ist eines. Du bist der Quell, aus dem deine Lieder flossen, und wenn ich bisher daraus trinken durfte, so drängt es mich nun, die Quelle mein Eigen zu nennen.«

Er schaute mich mit seinen etwas hervorstehenden Augen so dringlich an, dass ich es nicht übers Herz brachte, ihn mit Ausflüchten abzuspeisen.

»Wenn ich dich recht verstanden habe, so ist dies ein Heiratsantrag?«

Er nickte heftig. »Du als Dichterin hast sofort den Schlüssel zu meinen Worten gefunden – ja, liebe und verehrte Sappho, ich begehre dich zur Frau. Sage jetzt nichts. Der Keim ist gelegt und ich hoffe, dass er in dir aufgeht. Das muss nicht morgen oder übermorgen sein. Lass uns jetzt zusammen arbeiten, lass den Sommer vergehen und du wirst sehen, dass ich wie eine Schatztruhe bin, die deine Lieder sammelt, ordnet und hütet.«

Phaon hielt sein Wort, und wenn sich die Nachwelt in den neun Büchern meiner Werke bequem zurechtfinden kann, so ist es sein Verdienst. Doch er tat noch ein Weiteres.

Schon nach wenigen Tagen als Gast in seinem Haus musste ich erkennen, dass er mehr über meine Lieder wusste als ich selbst. Er hatte längst Vergessenes aufgespürt, kannte fast jede Abweichung der vortragenden Rhapsoden zum Original und bemerkte bald, dass ich ihm bei seiner Arbeit wenig helfen konnte. Dann kam sein erstaunlicher Vorschlag.

»Nütze die Ruhe und Abgeschiedenheit in meinem Haus und schreibe die Geschichte deines Lebens. Tauche tief in die Vergangenheit, schreibe auf, was dir von Vater und Mutter bekannt ist, mühe dich, an die Grenze dessen zu gelangen, was wir unser

Erinnerungsvermögen nennen. Es ist nur ein Vorschlag, doch die Nachwelt wird entzückt sein, sich nicht nur an Sapphos Liedern erfreuen zu können, sondern etwas über sie selbst zu erfahren.«

Ich schüttelte den Kopf. »Nein, Phaon, die Nachwelt soll und muss sich mit meinen Liedern begnügen. Mein Werk, das bin ich, der Rest geht keinen Menschen etwas an.«

Er lächelte. »Keinen? Was ist mit Kleis, deiner Tochter? Sie wird sich freuen und dankbar sein, wenn sie vom Leben ihrer Mutter erfährt, was ihr fremd ist, weil sie noch nicht geboren oder zu klein war. Du kannst verfügen, dass dein Lebensbericht nur in die Hände deiner Tochter kommen darf, und mich als Sachwalter und Treuhänder benennen. Nein – besser nicht mich allein, auch deine Brüder sollen Zeugen sein. Was immer auch geschieht, deine Erinnerungen werden nur in die Hände deiner Tochter Kleis gelangen.«

»Noch sind sie nicht geschrieben ...«

Seine Augen leuchteten. »Du wirst es also tun?«

»Ja, Phaon, das werde ich und sei für deinen Vorschlag bedankt.« Eine neue, ungekannte Ungeduld trieb mich schon am nächsten Tag an das Schreibpult. Ich ärgerte mich ein wenig, dass mir der Gedanke nicht selbst gekommen war, dir, meine Kleis, über mein Leben zu berichten. Zum Teil war es auch dein Leben, denn du hast ja unser Exil auf Sikulia geteilt, wirst dich aber kaum daran erinnern können. Du wirst sehen, dass von dort nicht nur Schönes zu berichten war, doch ich habe dir in meinem Bericht – der jetzt bei der Gegenwart angelangt ist – nichts Wesentliches verschwiegen.

Während der Sommer seine hitzetrunkene Herrschaft antrat, kam Charaxos hierher zu Besuch. Er wusste natürlich, dass ich Phaons Gast war, und ich sah ihm sein Missfallen an. Er äußerte sich nicht dazu, zeigte Phaon gegenüber eine kühle Höflichkeit. Von der Niederschrift meiner Erinnerungen sagte ich ihm nichts – sie ist nur dir, meine Kleis, gewidmet und nur du sollst von ihrer Existenz wissen.

»Wenn deine Arbeit mit Phaon abgeschlossen ist, wirst du doch nach Mytilene zurückkehren?«

Ich muss gestehen, dass ich mir über das Danach noch keine Gedanken gemacht hatte. »Ja – nein, ich weiß nicht …«

Charaxos schüttelte den Kopf. »Aber hier kannst du doch nicht bleiben … Merit braucht das Haus für sich und ihre wachsende Familie, es sei denn … Nein, die Frage stellt sich nicht, denn mir wurde die Ehre zuteil, dich als Sprecher der Adelsversammlung zu fragen, ob du im Herbst nächsten Jahres das Amt der Oberpriesterin im Tempel der Aphrodite übernehmen willst. Als Ausnahme und um dich zu ehren soll es dir auf Lebenszeit übertragen werden. Die Ernennung von Amts wegen kann erst erfolgen, wenn dein mündliches Einverständnis vorliegt.«

Mir war, als öffne sich der Himmel und das strahlende Antlitz der Aphrodite blicke lächelnd auf mich herab.

»Eine Ehre …«, stammelte ich, »ja, das ist eine große Ehre … Du weißt, ich habe niemals danach gestrebt …«

»Ja, das weiß ich. Auch wenn ich nicht dein Bruder wäre, muss ich doch sagen, dass keine Frau auf Lesbos besser für dieses hohe Amt geeignet wäre. Du hast zeitlebens die selige Aphrodite in deinen Liedern gepriesen und angerufen. Die Göttliche selbst wird es gewesen sein, die den Sinn der Adelsversammlung dahingehend beeinflusst hat. Also gut, ich gebe deinen Entschluss weiter, und wenn du nach Mytilene zurückkehrst, wird man im *prytaneion* deine Ernennung in einer Feierstunde bekannt geben.«

Phaon erfuhr es von mir als Erster, und dass darin unausgesprochen auch die Antwort auf seinen Antrag verborgen war, wird ihm nicht entgangen sein. Er jedenfalls kam nie mehr auf dieses Thema zu sprechen. Dafür taten es andere, wie ich von Pera erfuhr. Auf deutliche Weise gab sie mir zu verstehen, dass draußen auf den Märkten, an den Brunnen und auf der Agora ganz offen darüber geredet werde, ob ich nicht bald die *kyria* in Phaons Haus sein werde, da wir den Tisch und vermutlich auch das Bett schon teilten. Wie um meinen aufkeimenden Ärger zu dämpfen, umfasste Pera sanft meinen Arm.

»Glaube nur ja nicht, dass diese Bemerkungen hämisch oder spöttisch klingen. Phaon und du, ihr seid beide gleichen Standes und wahrscheinlich meinen die Leute nur, dass es einfach schicklicher sei, aus eurem geheimen Verhältnis ein vor aller Welt offenes zu machen.«

»Ein Verhältnis, das nicht besteht! Niemand weiß besser als du, dass mich mit diesem Mann nur die gemeinsame Arbeit verbindet. Seit er diese fast allein tut, bekomme ich ihn tagelang nicht zu Gesicht.«

»Das weiß ich und alle hier im Haus können es bestätigen. Nur wie willst du das den Menschen draußen begreiflich machen? Wärt ihr nur einfache Freie, so würde sich kein Hund um die Zustände in diesem Haus scheren, aber ihr kommt beide aus angesehenen Adelsfamilien und denen schaut das Volk besonders genau auf die Finger.«

Ich hob mit spöttischem Lächeln die Schultern. »Sollen sie doch! Ich bin nur mir selbst und vielleicht noch meiner Familie Rechenschaft schuldig und wir alle wissen, was hier geschieht.«

»So ist es«, sagte sie und ging leise seufzend hinaus.

Was ich zu Pera bemerkte, war nicht nur so dahingesagt – das Gerede der Leute draußen kümmerte mich tatsächlich nicht. Ich stürzte mich mit Eifer in meine Arbeit und jetzt, da ich am Ende bin, stelle ich fest, dass die Niederschrift nicht einmal ein Jahr gedauert hat.

Es ist Spätsommer geworden, die Landleute holen schon Feigen, Mandeln und Nüsse von den Bäumen – bald wird Weinernte sein. Ich habe mir vorgenommen, vor meiner Abreise noch einmal in Ruhe die Orte meiner Kindheit zu begehen, so wie es meine Mutter damals mit mir machte. Nur schade, dass ich es nicht allein tun kann, denn mein Stand und mein Ansehen verlangen eine angemessene Begleitung. Pera hatte auf meinen ausdrücklichen Wunsch die Frühjahrs- und Sommermonate bei ihrem Mann verbracht, nun ist sie seit einigen Tagen wieder hier und will mich auf dem Rundgang begleiten.

Epilog

Dies füge ich, Kleis, Tochter der Sappho und des Kerkylas, dem Bericht meiner Mutter hinzu. Obgleich sie die Geschichte ihres Lebens nach ausdrücklichem Bekunden nur für mich verfasst hat, halte ich es für notwendig, einiges richtig zu stellen.

Wie nahezu jedermann auf Lesbos weiß, hält sich hartnäckig das Gerücht, meine Mutter sei aus hoffnungsloser Liebe zu dem Fischereiunternehmer Phaon in den Tod gegangen. Er selbst könnte dieses Gerücht durch die Wahrheit entkräften, doch er schweigt. Er tut es wohl deshalb, um nicht nur als der von Sappho autorisierte Herausgeber ihrer Werke in die Geschichte einzugehen, sondern auch mit der Aura, Geliebter der Hochberühmten gewesen zu sein – freilich nicht im Sinn einer körperlichen Begegnung, sondern in einem höheren, geistigen Sinn.

Ich gebe nun den Bericht von Pera, Freigelassene und vertraute Dienerin meiner Mutter, wieder, die Sappho auf ihrem letzten Weg begleitet hat. Es wäre etwas verwirrend, Peras umständlicher Darlegung zu folgen, und so fasse ich mit eigenen Worten das Entscheidende zusammen.

An einem der letzten Tage des Monats *boedromion* machte sich Sappho am frühen Morgen mit Pera und einer Dienerin auf den Weg, der – so wünschte sie es ausdrücklich – nicht in Richtung auf die Stadt, sondern weg von ihr führen sollte. Pera hatte dringend dazu geraten, festes Schuhwerk anzulegen, aber meine Mutter, die manchmal bis zur Unbelehrbarkeit eigenwillig sein konnte, zog ihre leichten Sandalen vor. Diese Wege seien ihr von Kindheit an vertraut und weder anstrengend noch gefährlich.

So gingen sie von Phaons Haus landeinwärts auf einem zuerst ziemlich steil ansteigenden Pfad und bogen dann nach

Osten ab. Sappho wies auf das von hier sichtbare Felsgebilde in Form eines Skorpions und erzählte Pera von den damit verbundenen Schrecken ihrer Kindheitsträume.

Gegen Mittag suchten sie einen Schatten auf und die Dienerin packte den Mundvorrat aus: Brot, Käse und die von meiner Mutter bevorzugte Mischung von einem Viertel Wein und drei Viertel Wasser. Dann schliefen oder dösten sie bis in den späten Nachmittag und machten sich auf den Rückweg. Wieder gelangten sie an den Punkt, von dem der *skorpios* gut zu sehen ist, und Sappho glaubte sich erinnern zu können, es gäbe eine bessere Aussicht, von wo auch die beiden dem Land zugekehrten »Scheren« zu sehen seien. Noch ehe Pera sie hindern konnte, ging Sappho zu einem Felsvorsprung, blieb stehen, schaute hinab und wollte einen letzten, behutsamen Schritt nach vorn tun, als sich ihr Fuß in einer Brombeerranke verhakte. Sie kam ins Wanken, versuchte, sich an einem dürren Strauch festzuhalten, doch das morsche Wurzelwerk riss aus und sie stürzte mit einem leisen Schrei in die Tiefe. Ein zufällig mit seinen Schafen und Ziegen vorbeiziehender Hirte kletterte sofort hinunter, doch meine Mutter lebte nicht mehr.

Ihr Leichnam wurde nach Mytilene gebracht und die halbe Stadt war zugegen, als der Scheiterhaufen brannte und ihre Asche in einem Ehrengrab beigesetzt wurde.

Niemand von uns Heutigen bezweifelt, dass Sapphos Name in ihrem Werk nicht nur weiterleben, sondern bald überall da bekannt sein wird, wo man große Dichtung schätzt, verehrt, lehrt und vorträgt.

Anhang

Nachwort

Was die Einschätzung der von Sappho aus Lesbos (ca. 615–570/60 v. Chr.) geschaffenen Dichtung betrifft, so herrscht in Fach- und Kennerkreisen Einhelligkeit. So wenig von ihrem sicher sehr umfangreichen Werk auf uns gekommen ist, so sehr überzeugt das Wenige, und selbst aus kargen Fragmenten, wie Max Treu sagt: »... blinkt uns manches Wort entgegen, klar wie ein Kristall, zugleich so schlicht und so rückhaltslos wahr, wie wohl nur diese Dichterin zu sprechen vermöge von sehr nahen und auch wieder weltweiten Dingen.«

Um ihr Werk geht es freilich in diesem Buch nur am Rande, denn uns bewegt die Frage, inwieweit Sappho tatsächlich Begründerin einer Liebesbeziehung ist, die man nach ihrer Heimat die lesbische nennt, oder ob man ihr etwas unterschiebt, was sie nicht gemeint oder gewollt hat. Diese Frage ist nicht leicht zu beantworten, und wenn ich es nun versuche, so muss ich weiter ausholen und mich bemühen, die Geschlechterrollen in jener archaischen Zeit zu durchleuchten.

Das Verhalten von erwachsenen Frauen und Männern wird in Kindheit und Jugend entscheidend geprägt, und wenn in der Zeit um 600 v. Chr. von Erziehung die Rede war, dann betraf es ausschließlich den männlichen Teil der Bevölkerung. Das Leben der vornehmen Mädchen und Frauen spielte sich – mit wenigen Ausnahmen – ausschließlich im Innern des Hauses ab, während die künftigen Krieger und Kaufleute, Seefahrer und Politiker schon von Jugend an in eine Öffentlichkeit traten, in der sich auch später fast ihr gesamtes Leben abspielen sollte. Ein wesentlicher Teil der Knabenerziehung, nämlich von der Pubertät bis zum Ephebenalter von achtzehn, wurde von einem Mentor geprägt, wenn auch dieser eher literarische Begriff in der Praxis durch *erastes* (Liebhaber) ersetzt wurde. Welche

Aufgaben er hatte, habe ich in meinem Roman dargestellt, möchte jedoch wiederholen, dass zu den Hauptpflichten des Schützlings die körperliche Hingabe gehörte, die mit dem Wort *charizes thai,* also »sich schenken« benannt wurde. Es wäre falsch, diesen homoerotischen Brauch mit Homosexualität gleichzustellen, denn der Mentor war in der Regel Ehemann und Vater und sein Schützling strebte nichts anderes an. Der eigentliche Sinn dieser erotisch-pädagogischen Verbindung war, den Knaben zum vollwertigen Bürger und Krieger heranzuziehen, wobei der Mentor als Vorbild galt, dem der Knabe nachzueifern hatte. Quasi als Nebeneffekt war damit die sexuelle Aufklärung verbunden, die zunächst vom Mentor kam und die der Jüngling später auch bei Hetären am anderen Geschlecht erproben konnte. Kurz gesagt: Wenn er *ephebos* und damit heiratsfähig wurde, so wusste er über Sexualität mehr oder minder Bescheid, während seine Braut, wenn auch nicht ganz ahnungslos, so doch ziemlich unwissend ihre Hochzeitsnacht erlebte.

Dass Sappho in ihrer Mädchenschule dem entgegentreten wollte und bemüht war, als Mentorin aufklärend zu wirken, liegt auf der Hand und diese Meinung hat sich heute auch in Fachkreisen durchgesetzt. Die Sappho-Biografin Marion Giebel schreibt dazu: »Die jungen Mädchen weilen bei Sappho bis zur Hochzeit, sie werden bei ihr auf ihre Frauenrolle vorbereitet. Dieses Bild einer Gruppenerziehung unter der Leitung einer älteren Meisterin legt es nahe, wie bei der Erziehung der männlichen Jugendlichen an die alte Form der Initiation zu denken. Zur Initiation gehört der Eros und es ist konstituierend für Sapphos Mädchenkreis, dass dessen Mitglieder mit der Meisterin auch erotisch verbunden waren. Das Phänomen des sapphischen Eros lässt sich – in Analogie zur Knabenliebe – nur von dieser erzieherischen Funktion her befriedigend erklären.«

In einer solchen Funktion konnte es nicht ausbleiben, dass Sappho zu der einen oder anderen Schülerin eine tiefere Neigung fasste, und es entspricht der Art ihrer Dichtung, diese Gefühle in ihren Liedern auszudrücken. Kleinere und größere

Fragmente haben dies deutlich und unmissverständlich überliefert. Eifersucht, Leidenschaft, Hingabe, Wehmut, Sehnsucht – all dies finden wir angesprochen.

Innig war ich verliebt in dich, Atthis, vor langem schon …

Atthis, dir ward es hassenswert, meiner zu
denken – hinter Andromeda läufst du her!

Unleidlicher hab' keine als dich, Iranna, ich getroffen.

Eros löst meine Glieder und stört mich auf –
das bittersüße, das unüberwindliche Ungetüm.
Es war richtig, dass du kamst – ich sehnte mich nach dir,
du entflammtes noch heißer die Glut meines Verlangens.
So viel Freuden für dich wie Stunden der Trennung …

Kamst du endlich! Hab Dank, denn ich harrte deiner
in Sehnsucht,
überströmen nun lässt du mein Herz, das in Liebe brennt.
Sei gegrüßt viele Mal, so viel Mal wie die Zeit …

… strecktest dann auf ein weiches Bett
sanft dich nieder und stilltest den Drang,
der dich hinzog zu deinen Gefährtinnen.

Es gäbe noch mehr Beispiele, um zu belegen, dass Sappho mit einigen ihrer Mädchen mehr verband als das Verhältnis Lehrerin – Schülerin. Um unverbindliche Rollenpoesie konnte es sich dabei nicht handeln, denn nicht selten nennt sie die Namen ihrer Geliebten, von denen uns etwa ein Dutzend bekannt sind.

Wie Sappho genau ausgesehen hat, wissen wir nicht. Zudem widersprechen sich die sparsamen Nachrichten aus der Antike. »Sappho, die Schöne …«, nennt sie eine Quelle, eine andere spricht davon, dass sie höchst unansehnlich gewesen sei und sehr hässlich …

Bildnisse in Stein, Bronze, Marmor und auf Keramikgefäßen sind zahlreiche auf uns gekommen, doch nur wenige davon sind porträthaft zu verstehen, und die es sind, stammen aus späterer Zeit. Zwei davon interessieren uns besonders, weil sie Zeugnis geben von ihrem Exil in Syrakus.

Bei dem einen handelt es sich um einen attischen Krater, entstanden um 470 v. Chr., also ziemlich genau hundert Jahre nach ihrem Tod. Er wurde in einem Grab bei Agrigento (dem griech. Akragas) gefunden und stellt ihren Zeitgenossen und Landsmann Alkaios dar, der mit gesenktem Kopf Sappho gegenübersteht. Beide halten sie eine Lyra in der einen und das Plektron (Schlagholz) in der anderen Hand. Dieses Prunkstück steht heute in der Münchner Antikensammlung und legt Zeugnis davon ab, wie lebendig die Erinnerung an den Aufenthalt der Dichterin in Sizilien war.

Bei der anderen Darstellung handelt es sich um eine 1958 bei Piräus aus dem Wasser geborgene Bronzestatue, bei der es sich mit ziemlicher Sicherheit um die Kopie einer anderen handelt, die im Rathaus von Syrakus aufgestellt war. Cicero erwähnt, dass Gaius Verres, der raubgierige Statthalter von Sizilien, sie mit vielen anderen aus der Stadt entführte. Das Gesicht dieser Bronzestatue – sogar die eingelegten Augen sind erhalten – zeigt nun tatsächlich keine schöne Frau, aber es trägt markante, geistvolle Züge mit einer schmalen, kräftig ausgebildeten Nase.

Wie sehr man sich auch später auf die berühmte Landestochter besann, zeigen die im 2. Jh. n. Chr. geprägten römisch-griechischen Münzen von Eresos und Mytilene mit Sapphos Bildnis als Lyraspielerin.

Ihr Nachruhm in der gesamten griechisch geprägten Welt war so gewaltig, dass Platon sie als die zehnte Muse feierte. Die alexandrinischen Literaten nahmen sie in den Kanon der neun größten Lyriker auf und Horaz preist sie als Sängerin, deren Lied die Schatten im Hades stumm und staunend lauschen. So ist anzunehmen, dass zumindest bis in die Zeit der Spätantike die neun Bücher ihres Werkes erhalten waren.

Warum aber ist so wenig auf uns gekommen? Aus mancherlei Anzeichen ist zu schließen, dass byzantinisch-christlicher

Glaubenseifer das Werk der »lüsternen und unkeuschen« Dichterin austilgte.

Was ihr Fanatismus nicht erreichte, waren die Papyri und Ostraka, die meist in Ägypten gefunden wurden. Das schönste und wertvollste Beispiel ist ein 1937 in Ägypten gefundenes Ostrakon (Tonscherbe), auf das ein Schuljunge in höchst fehlerhaftem Griechisch eines von Sapphos schönsten Gedichten gekritzelt hatte – ich habe es als Auftakt zum 2. Buch meines Romans verwendet.

Die im Roman zitierten Werke Sapphos und anderer Autoren habe ich nach den Übersetzungen von Max Treu, Dietrich Ebener, Manfred Hausmann, Joachim Schickel, Hans Rupé, Anton Weiher u. a. übernommen und teilweise frei bearbeitet.

Personen

Abanthis	Chorführerin (choregis) Sapphos Lehrerin
Alkaios	Dichter und Sapphos Zeitgenosse
Andromeda	Führt die Konkurrenzschule in Methymna
Antimenidas	Bruder des Dichters Alkaios
Apries	ägyptischer Pharao
Charaxos	Sapphos fünf Jahre älterer Bruder
Doricha	Charaxos' Geliebte und Hetäre
Erigyos	Sapphos vier Jahre älterer Bruder
Gorgo	Unter diesem Namen führt Doricha eine Hetärenschule
Helikon	Merits späterer Gatte
Jason	Familienoberhaupt in Syrakusa
Kamon	Onkel von Sappho mütterlicherseits
Kerkylas von Andros	Sapphos Gatte
Kleis	Sapphos Mutter
Kleis	Sapphos Tochter
Larichos	Sapphos jüngerer Bruder
Melanchros	Usurpator
Merit	Erigyos' Frau
	Kinder von Erigyos und Merit: Berenike Penthilos
Myron	Jasons jüngster Bruder
Myrsilos	Tyrann
Nechos	ägyptischer Pharao
Niobe	Larichos' Frau
Penthilos	Sapphos Großvater
Pera	Sapphos Dienerin aus Sikulia
Pittakos	Tyrann
Psammetichos	ägyptischer Pharao
Sappho (ca. 615–560)	Dichterin aus Lesbos
Skamandronymos	Sapphos Vater
Telesippa	Charaxos' Frau, früher Sapphos Schülerin
Thetis	Jasons Frau

Schülerinnen

Anagora	aus Milet (wird Sapphos Nachfolgerin)
Atthis	aus Lesbos (Pyrrha)
Euneika	aus Salamis
Gongyla	aus Kolophon
Hero	aus Gyaros
Iranna	aus Chios
Megara	aus Lesbos (Antissa)
Telesippa	aus Lesbos (Mytilene)

Griechische Begriffe

Acheron	Unterweltsfluss
Adeia	Amnestie, Begnadigung
Adyton	heiligster Ort im Tempel
Akarpia	Unfruchtbarkeit
Akroterion	Kap
Alphabetos	Alphabet
Anapos	jetzt Anapo, Fluss bei Syrakusa
Andreios	mannhaft
Andron	Männersaal, Hauptraum des Hauses
Aphesis	Freilassung von Sklaven
Apoikia	Pflanzstadt der griech. Kolonisten
Apotygma	kurzes Obergewand
Archiera	Oberpriesterin
Archontes	hohe städtische Beamte
Arete	Gesamterscheinung eines Menschen
Ariston	Frühstück
Aulos	Flöte
Auletes	Flötenspieler
Atropos	eine der drei Moiren, sie schneidet den Lebensfaden ab
Barbiton	Musikinstrument in der Art einer vergrößerten Lyra
Boutypos	Rinderschlächter
Cheirourgos	Wundarzt
Chiton	Untergewand in der Art einer Tunika
Choregis	Chorleiterin

Daimon	Dämon
Deipnon	Hauptmahlzeit
Dekade	altgr. Woche von zehn Tagen
Deltion	kleine Schreibtafel
Despoina	Hausfrau
Didaskalos	Lehrer
Didimoi	Zwillinge
Domation	Schlafgemach
Dorkas	Reh, Gazelle
Dorpon	Abendessen
Doulos	Sklave, Knecht
Ephebos	wehrfähiger junger Mann von 18 Jahren
Erastes	Liebhaber
Erinyes	Rachegöttinnen
Euge	Bravo!
Eurakylon	stürmischer NO-Wind
Euporion	Handelsplatz
Gamelion deipnon	festliches Hochzeitsmahl
Gamika	Hochzeitsfest
Gamoroi	Adelsherrschaft
Gamos	Hochzeit
Gymnasion	Schule für Leibesübungen
Gynaikonitis	Frauengemächer
Heraion	gemeinsames Heiligtum aller fünf Städte auf Lesbos
Hestiatopion	Speisesaal
Hetäre (hetaira)	Gespielin, Freundin, Geliebte
Himation	Oberkleid
Hymenaios	Hochzeitslied
Hypostrategos	Unterfeldherr
Iatros	Arzt
Katachysmata	feierliche Hochzeitszeremonie
Kerberos	Hund, der den Eingang der Unterwelt bewacht
Kline	Speisesofa für Erwachsene
Kobalos	Kobold
Kouros	anmutige Jünglingsgestalt

Kyane	jetzt Ciane, Fluss bei Syrakusa
Kyparitton	Zypressenhain
Kypris	Die auf Zypern Geborene = Aphrodite
Kyria	Herrin, Gebieterin
Mageiros	Opferpriester
Megaira	eine der drei Erinyes
Megale Hellas	Großgriechenland (Magna Graecia)
Melos	Lied
Naos	Vorhof, Vorhalle
Nauarchos	Schiffsführer, Kapitän
Naukleros	Schiffseigner, Kauffahrer
Nautia	Seekrankheit
Nomisma	Münze
Notos	südlicher Wind in Frühjahr und Herbst
Nympheuteria	Hochzeitsbegleiterin, Brautjungfer
Nymphios	Bräutigam
Oinochoos	Mundschenk
Oligarchie	Herrschaft einer kleinen aristokratischen Schicht
Omophagia	Gottessen
Oneiropantis	Traumdeuter
Orthagoras	»Steifling« (sexueller Kosename)
Ostrakon	Tonscherben für Notizen
Palaistra	Übungshalle
Pallake	Nebenfrau
Parasitos	Parasit
Parochos	Hochzeitsbegleiter des Bräutigams
Parthenia	Jungfernschaft
Parthenogenesis	Jungfrauengeburt
Pentapolis	Fünfstadt – andere Bezeichnung für Lesbos
Peos/Phallos	männliches Glied
Peplos	Obergewand
Peristylos	Säulenhof
Poietes	Dichter
Poietria	Dichterin
Pronaos	Vorhof
Prytaneion	Rathaus
Pyloros	Pförtner

Sappheiros	Saphir
Satyros	Satyr, Waldgeist und Begleiter des Dionysos
Scorpios	Skorpion
Stoa	Säulenhalle
Strategos	Feldherr
Symposion	Trinkgelage
Tamias	Hausverwalter, Majordomus
Tartaros	Unterwelt
Taxiarchos	Hauptmann
Tekton	Zimmermann
Telonion	Zollhaus
Thalamos	Schlafkammer
Thiasos	Gruppe, Verein
Triere	Kriegsschiff
Trophos	Amme, Kinderfrau
Tyrannos	Alleinherrscher, Fürst

Zeitrechnung

Die frühen Griechen setzten den Jahresbeginn auf die Sommer-Sonnenwende.

Hekatombaion	Juli
Metageitnion	August
Boedromion	September
Pyanepsion	Oktober
Maimakterion	November
Poseideon	Dezember
Gamelion	Januar
Anthesterion	Februar
Elaphebolion	März
Munichion	April
Thargelion	Mai
Skirophorion	Juni

Ein Monat = 30 Tage = 3 Dekaden (1 Woche = 10 Tage)

Maße

Daktylos (Fingerbreite)	1,93 cm
Palaiste (Handbreite)	7,72 cm
Spithame (Spanne)	20,50 cm
Pus (Fuß)	31,00 cm
Stadion	185,00 m
Obolos	0,72 g
Drachmon	4,37 g
Statera	8,50 g
Kotyle	0,27 l